U00397749

海東青——臺北的一則寓言

◉李永平／著

聯合文叢 355

本書的寫作，承「聯合文學」資助，謹謝。

海東青

【再版序】

李永平

《海東青》銷聲匿跡甚久，終於重現江湖了，聯合文學出版社決定重印這本厚達近千頁的磚頭書，要我寫篇新序。回頭檢視這部五十萬字寓言小說的緣起、創作和出版歷程，心中感念頗多。

在前不久出版的《迢迢：李永平自選集》（台北，麥田，二〇〇三年〉自序〈文字因緣〉中，對當時的心境有一段非常眞誠翔實的記述，値得摘錄出來，作爲再版代序，也算是對自己以及所有關心《海東青》的人——尤其是對張寶琴女士的一個交代吧。（至於原序〈出埃及第四十年〉，當時是在某種奇特的情況下匆促寫成的，並不能代表我對這本書的眞正感覺，所以新版決定拿掉。）

一九八六年寫完《吉陵春秋》，在一樁巧妙的機緣安排下，我接受聯合文學發行人張寶琴女士資助，衣食無憂，得以辭去中山大學教職，以四年時間專心寫作《海東青》。頭兩年蟄居北投山上，後兩年遷到南投鄉間。一部小說從北寫到南，可不管住在哪裡，推窗一望，總也會看到台灣的燈火撲面而來：北投溫泉鄉，樓台縹緲中，那漫山繚繞的硫煙和一谷旖旎的燈火；南投貓羅溪畔，煙雨蒼茫水田中兀自旋轉閃爍的三色燈。咦？紅藍白三色燈，那不是我們挺熟悉的理髮店標誌嗎？如今，一盞盞搔首弄姿，出現在台灣田野，怎也變得如此燦爛冶豔起來？

面對一窗華燈寫小說，我攤開一疊稿紙，搜索枯腸，翻遍字書，試圖用手上那枝沉重無比、自認負載著神聖使命的筆，捕捉台灣燈火叢中閃現的一幅幅詭譎的支那圖騰，設法透過各種文學途徑——諸如象徵、典故、文字意象、敘事結構——進入其中隱藏的神祕洞天，將訊息揹出來呈現給讀者，只是，不幸，卻因此一頭墜入了文字障，竟致不能自拔越陷越深，《海東青》這則寓言寫到後來，不知怎的竟建構出一座巨大的文字迷宮，而我這個「小說家」竟也像雅典名匠戴達魯士，在作品完成後，驀然驚覺，發現自己被囚禁在自己創造的迷宮中，必須付出慘痛代價才得以脫逃。

不堪回首，我的前妻景小佩，當初看了《海東青》手稿，曾婉言相勸：「這是一罈初釀成的葡萄酒，質地頗佳，只是味道稍稍有點辛辣嗆鼻，不如先擺在地窖儲藏個十年，等味道變甘醇些才端出來奉客，豈不更好呢？」狂妄自大、自以為剛完成一部曠世鉅著的我聽了這話，老羞成怒，遂一意孤行將書出版，沒聽小佩的勸。

刻意求工，弄巧反拙。卻不知藝術的至高境界就在「藏巧」，所以作品看起來無巧。無巧即大巧，見山又是山。

《海東青》倉促面世後，內心的沮喪與錯愕實在不足為外人道。幸好那時小佩還在我身邊，鼓勵我莫消沉莫喪志，《海東青》只不過是我一生寫作歷程中一個必經的試煉階段，否則又如何能脫胎換骨，邁入藝術的第三境界？小佩，這次我聽妳的勸告。歇息一年重新出發，試圖從困境中跨出第一步，於是寫了《朱鴒漫遊仙境》，算是《海東青》的下卷或完結篇……

《海東青》出版迄今逾十年了，本來應該利用再版的機會，將全書文字徹底處理一番，提高這部小說的「醇度」，但這項工程浩大，而時間倉促，目前手頭上偏偏又有幾件事正在進行，修訂的工作只好另等機緣了——我堅信，人生中總會有一些美妙的機緣等待有心人的。

——二〇〇六年二月於花蓮東華大學

目次

CONTENTS

海東青

目次 CONTENTS

第一部

秋，一圝水月

第一章 霧裡的姑娘

海東起大霧。海峽漁火一片涳濛，午夜時分，飛機漂盪在雰雰霏霏漫城兒眨的水霓虹中盤旋了二十分鐘，終於降落機場，一囂，悽厲地，滑進那一水稻田悄沒聲溟茫的煙雨裡。停機坪上，白瀟瀟飄漩起一渦渦雨氣縹緲著一架架寄泊的客機，艨艨艟艟，霧中，閃爍著紅晶燈。滿場水銀燈飛燦開簇簇雨花，蹦亮蹦亮。靳五挨著窗洞，眺望田壟上小小一座土地公祠孤伶伶兩盞幽紅佛燈，呆了好半晌，拎起手提袋，跟著那窩子滿頭鬖鬖睡眼惺忪的阿公阿婆，蠭湧出艙門。一堂光明。歡迎光臨海東！大廳口，蹬著高跟鞋守著個女郎，挺兟亮一襲藏青小腰身短旗袍紮著月白毛線衣，背著手，溫婉地瀏覽旅客，點頭。襟口別著服務證。靳五回頭望望。出國八年，半夜回來海東的姑娘忽然變了個樣，飛颺睥睨起來。這一個名字叫向潔，燦白一廳的日光燈下，兩圈紅絹帶拴住腦勺上一髻黑鬖，揚起臉，綻漾開兩渦子笑靨。不知怎的，靳五想起了秋棠，遙迢，遙迢的一片綠柳村莊。豔陽天，十三歲的丫頭兒繃住臉趴著井口搖起轆轤正待打水洗臉，忽然看見水裡兩隻烏黑瞳子，睞啊，眨，兩根小花辮紮著紅頭繩只一盪，一盪。滿天裡飄颻起柳絮般，一毬毬一朵朵白雲悠悠飛渡過井口，不知哪兒翩躚下兩片梧桐葉，剎那間，那井天光破碎了，兩隻眼瞳眨著眨著，那穹窿藍天就綻開了圈圈水漩子來，粼亮粼亮。自己那張小臉龐，碎了，又聚攏起來靜靜蕩漾井中。水渟渟。小丫頭攀住轆轤探著頭半天只管端詳水中的臉兒，看得癡了，瞇，待笑不笑，把鬢上鬅散著的髮絲挑到脖子後，照著井水，左看右看，耳根一熱不知怎的兩隻腮幫就臊紅上來。靳五思念得癡了。

「歡迎光臨海東！先生？」眉梢一挑，日光燈下兩瞳子的疑問。靳五怔了怔，把手提袋兜上肩膊揉揉眼皮：「對不起，小姐。」輸你馬些輸你馬些六七十歲的日本小婦人褊襬著袍襬子，蹦蹬起碎步子，邊走邊哈腰，呢呢喃喃，把隻鱷魚皮包摟到心窩裡，人群中，瞟望著，只管隔開五六步光景趑趄趑趄跟住兒子。五短軀幹，昂首，那日本兒子一身寶藍緊腰秋西裝扣起兩排銅釦，板起腰桿提著公事包，頭也不回，橐躂橐躂，趫起尖頭高跟黑皮鞋，昂聳出玳瑁眼鏡自顧自朝關口邁去。歡迎光臨海東！向潔哈個腰，目送日本母子倆消失在一窩高頭大馬的西洋客中，眼眸狡黠一亮，看看靳五，掉過了頭去背起手端起臉容又睥睨起魚貫而入的旅客來，笑吟吟。滿廳人頭，燈下睜著瞳瞳血絲。入境大廳那排落地玻璃長窗外一田水星迸濺，悄沒聲，四野又飄起冷雨。天的北邊，一巒一巒水嵐葱葱蘢蘢滿山瀰漭了開來，半夜了，幾家農莊子還點著電燈，暈黃暈黃，一窗瞑矇著一窗。田中，一架銀白波音七四七庬然盪開漫天雨霧閧窿降落機場，機尾燦著一輪紅太陽。五六架客機靜靜浮游滿場水銀燈光中。疏疏冷冷，一盞盞猩紅的警示燈，閃爍著。靳五獨自個站在窗前，點支菸，眺了半天，回身走進阿公阿婆窩中挨擠向閘口。這團海東老人蓬鬆著滿頭花白雙雙對對遊罷美國歸來，飛了二十來個鐘頭，精神抖擻，大包小包攬在懷裡，快活得一窩小花雞似的。齔嘻嘻，一位小阿婆仰起臉，晃盪著花斑髻上嬌紅嬌紅兩朵憔悴的鬱金香，只顧扯住她家阿公的衣袖：「有歡喜否？有否？」阿公七十多歲了，一條竹篙身子寬寬鬆鬆披掛著一套米黃秋西裝，兩拳緊緊捏著，挺立人窩中，齶禿禿咧開兩顆黑金虎牙，只是不吭聲。一跺，阿婆咬咬牙翻起眼睛，白兩白，跂起三寸高跟鞋勾住阿公的胳臂把嘴湊上阿公耳洞，悄悄說了兩句話，抿住嘴，忍住笑，撮起阿公的耳根子噗哧擰了兩把：「有歡喜否？」「有！」滿閘口阿公阿婆一窩子捉對兒廝廝打打笑鬧起來。靳五聽得傻了。這阿婆小福小泰看起來子孫滿堂了，一張風霜臉膛，黑黧黧塗抹著水粉，膝頭下只管搖盪著一襲藍底小綠花洋裝的裙襬子。靳五瞅著她，笑：「阿嬤，今天打扮得卡水哦。」燈下那兩瓣枯癟的腮幫兒抽搐了半晌綻開兩朵小梨渦來，望望靳五，一臊，挨到她家阿公肩胛下，兩膀子挽住他胳臂：「唉，因為太歡喜啦。」阿公揸住兩本護照，待笑不笑，昂起脖子直挺挺只顧凝望頂頭那盞日光燈，眨，眨，忽然咧開嘴洞，回過臉來眼上眼下端詳起靳五，點點頭，鬆開手爪撣了撣西裝襟口，一把攬住他家阿婆的肩膀子拍了拍：「有！有歡喜。」阿婆那張臉燦開了笑靨。靳五朝老兩口兒哈哈腰：「回國真好！」拎起手提袋進入關口，一回頭。人頭簇簇，那襲藏青小腰身旗袍繃著兩瓣翹小臀兒褊褼起衩襬子，䠷亮䠷亮來回逡巡著，漂失在滿廳燦爛的燈火裡。長窗外一架雪白噴射客機滑翔過雱雱霏霏一穹黑天，紅燈閃爍，半夜裡著陸了。

風颸颸雨離離。

霧，深了。

海東天地一片淒迷。

靳五跟著那日本母子倆獨自個走出國際機場大廈，一凜，打個寒噤，扣起襯衫領口擡頭眺眺天空。中天一輪月，漂盪在漫天浩渺的煙水靄中，悄沒聲。遍野水稻田流竄著風，霧裡，壟上那一排排防風林瀲灩著水月光嘩喇嘩喇招飆了起來，彷彿起了潮水。夜雨紅燈，山頭上，北斗七星疏疏冷冷一杓清輝，早就望不見了。

雨花中排班的計程車探出了顆頭顱來：

「先生坐車？」

「等等。」

「嗯？好。」

一愣，司機縮回脖子。

濺濺潑潑，兩輛金碧輝煌的遊覽巴士燈火通明闖開了茫茫雨氣，颼地，停到機場大門口，門一開，花裙颭颭蹬著高跟鞋攀下兩個海東姑娘，格格笑，躥過水簷，抱住膀子縮起肩窩打哆嗦。駕駛座裡一星火光閃亮。有個司機點起香菸。咭咭呱呱一陣鼓譟，靳五身後兩扇玻璃門盪了開來，阿公阿婆，繽繽紛紛，脖子上掛起五彩大花環，齶愣齶愣只管笑咧了癟嘴皮，讓一大窩媳婦孫女給牽著攙著簇簇擁擁捧送上了車。大箱小箱，標籤琳琅，脹鼓鼓拎在她們家年輕男人們手裡。一個個，笑嘻嘻。兩位隨車小姐甩著滿頭雨絲抖盪起裙襬攀上車，閤上門。黑天半夜，霧中，兩輛遊覽車燈光一黯，滿鐵籠子頭顱聳動星星點點閃爍起香菸，鬧鬨鬨駛出海東鯤京國際機場，一霎水月下，轉上那條縹緲著盞盞黃晶燈的公路，驃向南部鄉下去了。

靳五獨自個拎著手提袋，發起了呆。

雨下得蕭索起來。

「要坐車了？先生。」

「好。」

「鯤京？」

霧中燦起兩盞雨燈悄沒聲一輛計程車脫班而出，滑了過來。司機穿著灰藍制服，兩腮子刮得亮青青，齜牙笑笑，搖下車窗探了探脖子打量起靳五。「鯤京！」猛哆嗦，靳五躥過簷下那一霤飛濺的冷水花，鑽進後座。車子駛出機場，雨月夜，闖進水田中那戶戶農家一龕佛燈幽紅著一龕的大霧，迎著風踩足油門，盪開路心上渦渦油亮水星。司機瞟瞟照後鏡。

「鯤京哪裡？先生。」

「嗯？」

「飯店？」

「火車站！再說。」

靳五呆了呆，一回頭。鯤京國際機場大廈一殿日光燈衣香鬢影幻漾在滿田水月光中。颼冷，颼冷。靳五把手提袋摟到心窩蜷起身子打起了盹，嚶嗡嚶嗡，闃窿窿闃窿窿，耳鼓裡餘音嬝嬝只管不住旋轉起飛機渦輪來，一聲，一浩渺，迴盪著他的耳膜。飛機從美北芝加哥起飛，一路穿越阿拉斯加白令海千島群島日本列島東中國海，黑天夜，下冷雨，回到了青青一嶼的海東。藍天白雲，窗洞外碧海中，阿拉斯加南梢離島群那一毬又一毬眺望不斷的夏綠，麗日下燦漾著，水燐粼。闃窿窿闃窿窿。一睜眼，霧裡現出觀音的滿月相，笑吟吟。靳五揉揉眼皮。天地幽微中，只見兩支雨刷咯喇咯喇刷著滿窗飄飛的雨絲。司機聳起脖子覷住前方。窗前照後鏡下，一晃一搖盪，低眉含笑，兩根紅絲線兜掛著小小一尊白磁觀音坐像。車頭兩盞雨燈，潑亮渦渦雨霧。計程車飛馳在白茫茫一條柏油臍帶上，穿越海東九月漫野水綠，驀然，銀燈璀璨中，拐個彎，兜過飛揚交錯的交流道騰雲駕霧也似駛上六線超級公路。

「修了一條高速公路！」

「出國很久？」

「八年。」

「看起來滿年輕。」

「三十五。」

司機掌住駕駛盤瞇瞇照後鏡，肩膀一聳。

靳五搖下車窗透口氣。漫天大霧挾著鏃鏃冷雨絲，潑飀，潑飀，迎面撲來，照後鏡下觀音菩薩喝醉了酒般抿著嘴唇忍著笑自管盪起鞦韆。車窗外，水銀路燈一盞飄忽一盞，霧中浮漾過來，好一條晶瑩的黃鑽鍊蜿蜒穿過鯤京南郊一巒一巒草木，山巔上彎啊彎，閃爍著猩紅警燈。對面來車悄沒聲飛滑出雨霧，一燦，打個照面又隱沒進雨霧裡。靳五索性敞開領口，憑著窗，托起下巴，讓山谷中畦畦水田吹送上雨絲來，撩起他的頭髮，沁起他的心窩。一時間只覺得天地遼闊心酸酸思念起了母親，遙迢，遙迢。「聽先生的口音好像客家人？」「是。」「客家人多哦。」「飄散了，世界各地都是。」「先生客家哪裡？」「揭陽。」「海西！我也是客家人吔。」「隔條海峽。」「我是龍潭，海東。」司機瞄瞄照後鏡飆駛過兩盞水銀燈回頭勾過了兩眼來，瞅瞅靳五，一粲。路燈下，挺寬厚的國字紫臉膛刮得亮青青，笑瞇瞇，四十來歲。水銀光閃忽了過去。司機踩起油門超過霧中踽踽獨行的一輛小轎車，叭，叭，揿了兩聲，又自管聳起脖子靜靜覷住前方。喀喇喀喇，兩支雨刷晃擺不停。漫天冷雨飛灑了大半夜，滴滴瀝瀝彷彿停歇了下來，山腳下叢叢箭竹林，窸窣窸窣，風中眨亮著水珠飄漫起一籠籠青煙。水田裡一戶農家三合院，正堂兩扇玻璃窗，漾著紅，透出神龕燈火。滿山遍谷，水光瀲灩一塘一塘霧裡綻響起一聲急似一聲的蛙噪。中天那輪明月，迸開漫天水霧。蕾蕾水銀燈豁然一片燦爛，車子停了停，通過了攔截在高速公路中央的收費站。山頭上，警示燈星星點點密集起來，紅蕊蕊。靳五扣上襯衫領口把手提袋摟到懷裡自管又打起了盹。「有去過我家龍潭？先生。」「唔，出豆乾的地方。」「那是鄰鄉大溪啦。」「海西也有個地方叫龍潭也很出名，跟您的龍潭隔條海峽。」「在哪裡？」「長江邊。」「哦！為甚麼會出名？」「孫傳芳在那兒打了一場敗仗。」「孫傳芳？」「五省聯軍總司令。」「哪五省啊？」「江蘇省浙江省江西省安徽省福建省。」「喲！後來呢？」「全軍覆沒。」「一共死了幾多人？」「三萬。」「五省聯軍總司令是哪一省的人？」「山東。」「哇！」好半晌。「先生怎麼都知道這些古事？」「書上說的。」靳五只覺得自己兩隻眼皮越睜越沉，脖子一歪就靠到了窗口上。一陣落山風，月下浪白浪白蕭蕭瑟瑟招颺起滿山坡露水芒花，洶湧進窗口。照後鏡下，觀音菩薩低垂著眼瞼癲癲狂狂兜甩起脖子上兩根紅絲線，半天，笑盈盈抖盪不停。靳五關上車窗，闔上眼。窗外，高速公路上一波追逐一波呼嘯而來的風濤，剎那間彷彿遠颺而去。萬籟俱寂。司機清了清喉嚨裡一窩痰悄悄打開收音機。一條女嗓顫抖著，低迴，絕望，漩澴在密封的車廂裡。莎樂美，莎樂美，妖冶的公主莎樂美，妳那誘惑的身材使那荒淫的帝皇迷醉，莎樂美，莎樂美，酒中升起妳的蛇腰妳是勾魂的女妖看妳一眼就要死亡，死亡，莎樂美，莎樂美，妳害死先知約翰，妖冶的公主莎樂美蛇一般的公主莎樂美！靳五一睜眼。觀音菩薩邋著鞦韆，一晃一抿笑。喀喇喀喇，兩支雨刷只管空打著。雨歇了。白茫茫水銀燈一路閃爍到八線中山高速公路盡頭，中天一輪霽月，雪樣白，潑灑著群山環抱中好座大城。漫山絪縕起了水嵐，滿京皎潔，燈火霓虹一片寥落。高速公路凌空架起穿越谷口人家。挨挨擠擠，一窩水泥公寓亂葬崗般蹲踞水月光下，一龕紅一龕紫，戶戶鐵柵玻璃窗上漾亮著佛燈。悄沒聲，天一黯，海東初秋這場夜雨淅淅瀝瀝滿天裡又斜飛了下來，月色朦朧。不知哪家屋裡，嘩喇嘩喇邋起麻將聲。環城山巔，泫起紅燈。司機掏出破布抹抹前窗昂起脖子凝望霧中一城瀟瀟燈火，聽著歌，點著頭，不聲不響幽幽想起甚麼心事。水花迸濺，車子駛下了路燈迷濛空蕩蕩的交流道，進了城。

靳五回頭一望。黑天滄茫，那巒巒青山閃爍著漫巔紅星又淒迷起了煙雨，霧中，隱沒了。路旁一口土塘，孤伶伶，兩株江南水柳迎著滿城斜風細雨一縷一縷給挑撩起來。

「鯤京哪裡？」

「嗯？想逛逛看。」

「先生？」

「過了小龍江，停車。」

「丸龜町？」

「嗯？我要在安陽街下車。」

「一樣！日本人以前叫它丸龜町。」

水花中，車子盪進了渡口大鎮那條古老的街町。雨霧裡的輪臺鎮，荒落落，滿街紅霓燈兜爍著一窪窪水光。

五彩斑斕淋漓著一街招牌的高昌路，坑坑洞洞蹎蹦起車子，窗外簇簇油亮的水星，濺潑著路燈。陣陣的春風吹開了斷——腸——紅——一跺一跺，司機蹋躂起皮鞋打起拍子應和著收音機流盪出的歌聲。猛一顛，車子躥過了個黑水窟，晃兩晃。觀音菩薩待笑不笑渾身只管抖簌不停。司機瞪瞪照後鏡，嘴一咧，綻開腮上兩糰笑渦。十字街口，霧裡，燦起一蕾紅。高昌路上兩排店厝窗佛燈雨中流淌下一絙一絙血水涎，沒聲沒息。柯三鎮機車行。好客之家。胡知母婦產科中心醫院。筒井壽司。康居街交河街西夜街。街口，黑洞洞幽亮幽亮一個水晶玻璃店面，盤繞著霓虹燈管，眨著眨著，兜閃個不住，宛若一個俏豔的黑美人披著兩肩子黑鬟，穿一襲紅裙，臨著街倚望在門口，在這海東的雨夜睜著兩隻黑瞳子向路過的人車，冷冷地，睞啊，睞。蓬萊閣觀光理髮廳。乾羅街車師街條支街。深巷裡燈影搖紅，滿地窸窣的雨花蒸漫起一嬝一嬝水瘴氣，五六圜紅霓兜眨著。簷下黑影地裡，一星火光閃爍，長板凳上孤蹲著一條人影，摟住膝頭吸著菸，烱烱狩望街口。覷五回回頭。長長的一條六線柏油馬路滃滃渤渤瀰漫開了大霧，滿町淒迷。河頭好一棟玻璃帷幕大樓矗立滿城雰霏的雨絲中，屋頂上睥睨著四個霓虹大字，潸紅，潸紅，潸紅。

鑫鳳賓館。

司機回回頭，一齜金牙：

「歡迎回到鯤島！」

「嗯？」

「我們這個島古早以前叫一鯤身。」

司機把方向盤撥兩撥，驃出了河堤窩裡黯幢幢一窜矮門小戶人家三兩窟紅霓，滴溜溜，滑個彎，一燦，水銀燈中迸濺著油水花，駛上風雨飄搖的宗周橋。

黑水白芒。

中天一環水靄，朦亮朦亮映漾滿河水洄子，漁火兒昏昏黃黃飄忽，沙洲上五六個老人頂著斗笠披颺著油布雨衣跋涉著窟窟烏泥，出沒在一江翻白的芒花裡，低頭，佝腰，橋燈灑照下，一爪爪撈起紅蟲摺進手裡提著的塑膠袋子。河上漫起了霧。對岸星星燈火，山連山。漫江艷水粼粼，一堤霓虹蕩漾中，車子飛濺過水泥大橋，風颭颭奔轉上高架路，兜，兜，跨越城北那座蹲伏在層層柏油路底下的古城門，盪開空蕩蕩滿街雨氣，颼地，抵達火車站。

觀音菩薩翩躚起舞。

滿場子，淅淅瀝瀝。

鏜。

一點。

靳五拎起手提袋，推開門，縮起肩窩，穿過成周路安陽街口珠海時報大樓簷下花花霤霤一片冷水簾，躥進騎樓裡，跫，跫，跫，跺落滿身雨珠。紅磚人行道上長長一排公共汽車站牌下，淋著雨佇立著一條孤瘦人影，目光睒睒，只管回過脖子眺望車站門樓上那面大鐘。

司機收拾好車資踩動油門倏地煞住車子搖下車窗，探探頭，綻開兩渦笑。

「先生——」

「啊？」

「半夜三更下雨，去哪？」

「去岐陽路找個朋友，先逛逛。」

「客家人愛漂流！」

司機揚揚手縮回脖子把收音機音量撥大了。我的年輕郎，離家去南洋——歌聲中，司機搖上車窗，載著一車柔腸寸斷的周璇，白茫茫，迸濺起坑坑油亮的水花消失在鯤京夜雨街頭。

十二線成周路。

路心盞盞水銀燈雪似皎潔，驀地瓢灑起一街爛漫的雨絲，迸迸蹦蹦一窩小精靈似的，颺著，追著，朔風中嘩喇喇撲進騎樓底下來，撩起靳五的衣領子。猛哆嗦，靳五縮起肩窩閃到珠海時報門洞口那盞日光燈裡，點支菸，溘冷，溘冷，打起牙戰，瞅著手中一星閃爍的火光，吸兩口，把手提袋兜上肩膀，眺望起環山中一谷浩渺的水霓虹滿京城霶霈的秋雨。西門外，小紅町叢叢燈火玲瓏。簷口人行道上飄飀起一襲藍布長袍。竹篙也似，一動不動，等車的老人只管絞起眉心傍著站牌垂著手挺立風雨中，獨自個，眺長了脖子，氈帽上綴起顆顆雨珠兒。兩蓬子雪花眉，白頭翁。靳五吸著菸悄悄踱到水簷下。對街，武濟路口，喜來登飯店二十層燈火寥寥落落一窗白紗朦朧一窗，悄沒聲。門洞裡兩扇黑玻璃滑開了，金光迷離，一廳水晶吊燈，人影飄忽，門燈下水柳般搖曳出了一襲孔雀藍小腰身高衩長旗袍來。肘子上，兜著個小黑皮包，裸白白。一輛排班的計程車竄出雨霧駛到門廊下。風中，那兩肩子黑鬘漂盪了盪，閃進了後座。篷篷水花一路飛濺。計程車轉眼隱沒進了黑夜裡。喜來登七樓窗口，白紗帘後，燈影裡一條人影高頭大馬腆著個啤酒肚，滿頭蓬鬈渾身精赤，站到窗前，把隻大巴掌摀住胯子，搔了搔，打個哈欠熄了燈。靳五把菸蒂彈到水簷外，回回頭。空蕩蕩，等車的老人頂著氈帽褊襬起了長袍下襬，跖躂跖躂踩動皮鞋，獨自個，冒著雨朝向成周路底宗周橋頭那座古城門樓彳亍過去了。

河上，一天縹緲的水霧。

「坐車否，人客？」

兩支雨刷掃潑著滿車窗雨花，霧中飆出了輛桔紅計程車，蹦，煞住了。司機搖下車窗探過頭，叼著香菸嗞起血齙齙兩齦子檳榔汁，操著海東話招呼了聲。

靳五搖搖頭。

司機瞪了瞪踩起油門。

「等等！」

靳五指指雨中踽踽趕路的老人。

司機一粲：

「大棵呆啦。」

「嗯？」

「神經不正常。」司機勾起食指頭彈彈自己腦殼子：「狷！天天半夜都站在這裡。」

「等人？」

「等巴士回他老家。」

「老家哪裡？」

「海西，共產黨那邊。」

司機勾過了眼來乜住靳五，血絲絲，瞟兩瞟，搔著耳脖子只管端詳靳五手裡拎著的行囊忽然瞳子一柔亮：「愛叫小姐？」「莫愛。」靳五笑嘻嘻揮了揮手。笑笑，司機吐掉菸蒂，呸！一口檳榔汁啐過了水簷，路燈下緋紅緋紅濺潑到珠海時報櫥窗上，綻開一朵血花。司機咬咬牙，詛咒了聲，搖上車窗揚揚手往那紅燈烺烺的十字路口飆竄過去了。

獨自個。

鏜。

一點三十分。

中天湧出一圓明月，一天幽澱裡，靜悄悄，宛若跪在聖壇前合十禮拜的少女給披上了兩肩子潔白的輕紗。漫京紅塵洗滌過了般。雨歇了。艟艟高樓水霧中眨起屋頂上盞盞紅晶燈。靳五跨出水簷望望北門，玄英門，一襲藍布長袍漂盪。靳五呆了呆把手提袋兜上肩膀，鬆開領口，趿起鞋跟，跋涉過火車站前十二線成周路一溷溷一窪窪水銀燈光，躥上洛口街，跺，跺，逼出滿鞋柏油烏水，朝城西紅霓兜閃一町燈火如花的白藏門，徜徉過去。街上白漫漫蒼茫起了燈霧。三兩條孤黑人影，飄竄，閃忽，城心長長一條陳留路滿街綢布莊書店證券公司廣東燒臘金店銀樓，黯沉沉滴瀝著斑斕的招牌。靳五走上大街心，剎那間只覺得霽天遼闊，月光下一城幻漾水光中。商邱路雍丘街城濮街黃池路大梁路倉垣街官渡路汜水街成皋路河陰路伊陽街。一圞水月。陳留路盡頭，西門弘農路平交道一片空落，晶瀅，晶瀅，兩雙鐵軌閃爍著兩珠穿過城心蕊蕊水銀路燈。清早大霧，一蘢一蘢氤氳了開來。

霧中綻起風鈴。

嚀叮叮嚀叮叮一串又一串迴盪城心。靳五踱到弘農路口十字路心，平交道上，那兩排黑鐵柵欄燦起紅燈早已放落下來，嚀叮嚀叮。南門，朱明門外，鐵軌轉彎處，車頭燈漫空潑了兩潑，一列客車盪開嬝嬝白霧拉起汽笛一聲悽厲一聲剮破凜冽的城天。靳五提著行囊獨自個等在路心，叼著菸，打哆嗦，看著一廂日光燈燦亮著一廂闃窿而過。窗口一雙又一雙愣愣睜睜的眼眸男的女的不住飛閃過靳五眼前，鬇鬡，鬇鬡。北上的莒光號列車咆嗥過去了。車尾兩盞警示燈，紅熒熒，飄忽在滿城夜霧裡。兩雙鐵軌眨著冷月光青森森一路蜿蜒向城外。

鐵柵升起。靳五呆呆眺望了半天，槖，槖，槖，穿過平交道走上城西通衢大道三輔路，一回頭。城中人影出沒，十字路口盞盞紅燈下流竄著一輛輛儷影成雙的計程車，中天一綹兒白紗，西斜了。平交道口黑爍爍小小柵房子，窗洞裡，一星火光閃亮，看柵的老阿公拱著棉襖蹲在高板凳上拈支菸顫巍巍吸著，瞳子一睜，朝靳五咧開兩枚大齙牙，笑嘻嘻，搖晃起他那顆花斑小頭顱來。靳五哈個腰。

霧中的小紅町。

霓虹下，月光漪漾著水銀街燈。

新世界戲院。太陽盟。

花馬。

飛鷰。

浪琴。

榊。

曼珠沙華。

夢十七。

快活林。

小鷗少女服飾。

靳五踩著街心窪窪五彩斑斕的水霓虹，遛達進了西門那一町燈火流紅裡。海東雨，飄灑了一夜，停歇了。清早黑天大霧滄滄漭漭闔城瀰漫了開來，鯤京萬家燈火幽暝，町中一窟軟紅，花塢般，半空裡一環兒睞著一環血虹蜺。快活林廣場街燈下，空蕩蕩一灘水銀光。眺著，眺著，靳五兜起手提袋晃晃悠悠踱到了十字街心，悄沒人聲。一穹水朦朧。白雲滔滔阿拉斯加離島群澔澔碧波中漾亮著一毬毬一串串夏綠，粼，粼，粼，漂迢了，自己這個人遊魂般，飄浮在空闃闃一架波音七四七之中，航向天涯鯤島一蕾青。「幹！不會走路。」霧裡顛顛簸簸洴濺出了輛小轎車，滴溜溜一煞車，蹦蹬蹦。後座兩個海東郎鬅著滿頭油鬈子，挾住短髮颸颸三個小女生，一左一右，竄出小頭顱來指住靳五，齜開兩嘴血泡，詛咒了聲。靳五躥到雍城街口，拍拍心窩，望著那輛乳白的計程車踩足油門猋過十字路口紅燈，水銀街燈中，潑爍，潑燦。後座一窩人頭銀鈴般綻出格格兩聲嬌笑，一噎，哽哽咽咽，給扠住了喉嚨。那驃水星轉眼消失進路底河堤下霧中叢叢紅霓深處。

一町空寂。

雍城街睞啊睞。

跫。跫。跫。靳五聽著自己的腳步聲，獨自個徜徉進那滿街子圜圜兒紅的水雺裡。一回頭。馮翊路大街上一閶青霓，黑洞洞，閃爍著，一輛計程車飛駛過來，停到卡迪亞觀光理髮廳門口，載上紫裙颭颭一個摀住兩唇丹硃只管打哈欠的年輕女客，砰碰，闔上車門迎著河風開走。十字路口，一篷血燈霧。嚀叮叮嚀叮叮陳留路弘農路三輔路口平交道綻響起警鈴。長長一條黑巷，簷口眨著水珠。紅霓一斕。顫聲嬌。海陸空三式仁者樂山智者樂水。滿店面烏亮玻璃，門洞裡紅幽幽一龕佛燈。蓬蓬鬘鬘一窩子披頭散髮抱起胳臂吸著香菸，坐著十來個少小姑娘，星星火光，媳閃著。冷夜裡濺濺滌滌，屋後有人瓢著水洗著甚麼。靳五擡擡頭。簷口閣樓兩玻璃窗子紅燈中，蕩漾著一大一小兩條繾綣的身影，嚶嚀，呻吟。空窿空窿一轂轆車輪，追逐著漫天嗥起的汽笛飆滾過了城心。北上的莒光號列車抵達終點站。千鳥屋。壽司。水簷下掛著六對月白油紙燈籠，漆著十二個妖嬈的中國字，鳥，風中飄盪著，宛若一屋子扶桑女人給敷上兩腮渦白粉，一字排開，哈著腰，屋簷下笑吟吟招徠著路人探出六雙小圓臉兒來。靳五站到街心上，點支菸四面覽望。水銀燈下滿街水漶子一窪窪眨漾著月光，紅霓朵朵。湘咖啡。雩。敘心園名酒鋼琴。玉泉宮。黑燻燻金漆彫花滿龕佛燈瀲灩著白臉黑鬚一神仙。有位小姑娘拜完神，拈著香撐起膝頭。街口一行人影飄忽進街子來，路燈下，吐吐痰，又隱沒回滿城繚繞的水瘴氣裡。淫啼，浪哭，游絲般一縷一縷只管嬝盪在長巷中，狉，狉，簇簇痰花綻放，猲猲猲兩條人影喘著氣吐著痰，蹲到街心上搯住心窩呼天搶地，呇出了滿肚子酒餿。「八個野鏤！喝醉酒亂吐。」霧中，黑影地裡，有人破口詛咒了聲，兩蓬檳榔汁血潑潑啐到了水銀路燈下。那隊子人影又是哭又是唱，板起腰桿子一路蹦蹬進巷裡來：「君為代呢，千代呢，八千代呢——」浪人歌中東咿呀西咿呀，門戶相望的雍城街閣樓上打開了扇扇窗子，惺惺忪忪，探出顆顆大小頭顱。槐里國民小學牆根下，肩併肩，眼瞇眼，小學生似的一排站開了八個西裝革履的中年日本男子，腮腮酡紅，朝著滿弄堂人家，解開褲襠噓噓噓撮出一根根朘子來。靳五看呆了。八位男士闔起眼，捧著髖下的命根，撅起臀子齜著滿嘴金銀牙繃住腮幫，嘩啦啦洩出了一壩洪，幽幽嘆息了聲，一個窺瞄著一個扣上西裝褲頭，回身看見靳五，怔了怔，端肅起臉容一字兒哈起腰來：「看板娃。」「骨古落桑！」靳五鞠個躬，笑嘻嘻瞅著八個日本西裝客搖著脖子踮躧起尖頭高跟皮鞋，蹺，蹺，踢躂踢躂，夜半四更悲歌起來，一隊子矮墩墩又隱沒進雍城街紅霓兜竄的冷霧裡。

咿呀咿呀滿街閤起了閣樓窗。

「猶豬哥！」七巧茶藝館門洞裡縈縈纍纍一窩紅燈泡，兩盞佛燈，海東小郎抱著胳臂哆嗦在水簷下瞌蹬瞌蹬抖著一條腿子，嗻住哈欠，啵，啵，啐出兩口血泡，朝靳五點點頭只顧嚼啄著檳榔，回眸瞟了瞟街心那行飄忽的人影：「伊娘！阿本仔喜歡到處小便。」

靳五呸口痰掏出香菸，遞過一根：

「八個野鏤！」

「一起打完炮——」

「一起放尿。」

海東郎哈哈腰桿子接過菸來，湊過嘴，點上了火，一睜，端詳著靳五趿趿起褲衩下兩隻塑膠東洋拖鞋，猱身上前，嗞笑嗞笑，把火紅辣辣一張嘴巴嘬送到了靳五鼻尖下。

「叫小姐否？頭家。」

「免。」

「幼齒？愛否？」

「沒時間，要去找朋友。」

「足新鮮吔！十二歲小查某仔給你摸給你弄給你爽歪歪哦。」

靳五一顫。海東小郎睫著靳五，啵，紅蕊蕊一泡檳榔汁啐到水銀燈下。蜂腰小臀，一條黑綢喇叭長褲搖盪起來，蹭回了七巧茶藝館簷下。靳五趑趄半晌。小郎乜住他，瞳子一柔，綻開兩排糯米樣小血牙舔了舔嘴洞裡那粒翠綠苞子，慵睏睏舒伸個懶腰，抿個哈欠，燈下回眸眨起兩蓬子睫毛，睞啊，睞，自管狩望起街頭街尾。男人女相！靳五打個寒噤，掉頭把手提袋兜上肩，拐進了槐里街那條後街深巷裡。

雍城街的霓虹，霧中，霎黯了。

一巷門。

呼嚕呼嚕有人睡夢中打起小悶雷。崆。崆。崆。靳五踩著自己的腳步聲，低著頭，鑽過巷中人家暗沉沉滴瀝著雨珠的黑瓦矮簷。一櫺挨著一櫺，溫婉婉，東洋小婦人似的蹲著一街子日治時代木板樓。街中，仰天眺望，小紅町漫空霓虹霧裡盪漾著中天那穹水月光，兜著眨著，漸漸遠去了。悄沒聲盞盞老街燈灑下灘灘水銀清光。鼽——鼽——鼽——哈啾！睡夢中有人呼天搶地打了個噴嚏。燈一亮。三聲無奈。砰，哪家屋裡摔開了一扇門臭小查某臭小查某恨恨兩聲詛咒，嘩啦啦瓢起一盆水，濺濺潑潑洗著甚麼。滿街鼾聲中，唉，一聲惋嘆。齘齘齘有人睡夢中咬牙。齟齟齬齬老少兩個男女蹦蹬著被窩鬭起了嘴。龕龕佛燈，靈火樣熒紅，覷出鐵柵玻璃窗。一扇窗後披頭散髮閃爍著兩隻黑瞳子。咭咭聒聒一窩小姑娘吵鬧著在牀上翻了個身，哇，小囝子放聲大哭。漫町紅霓下一闕石碑，風雨滄桑霧中砥礪著冷月闌拱在巷心。節孝。貞珉一片長留明德在人間；辛檗半生幸有遺徽型海上。大清旌表楊氏坊。登瀛書院黃子方拜。一街好人家。靳五瀏覽著碑文，穿過貞節牌坊，叼支菸，瞅著一星火光閃爍，聽著腳下的履聲蹬蹬蹬走過戶戶擐甲執戟的門神一對對紅春聯，往西徜徉過去，穿過肉市場黑窣窣一攤攤血腥，豁然一亮，三岔巷，驀驀水銀中現出小小街坊公園。一汀月光洗滌著兩支鞦韆，風中，只管晃盪個不停。藍田街。靳五穿過城心大清早漫颺起的篷篷白霧，走上公園，打開行囊摸出記事本，燈下翻了翻。岐陽路三段六九巷七九弄五五號之四三樓。宗周里。一團水月綻開笑靨來，探出了兩肩子縹緲的縞素，俯瞰著醴泉街藍田街杏城街一町水泥公寓，紅櫺櫺，一家家神龕燈火。嘩喇喇閨閣裡瓢起波波麻將聲，驀地一桌男女勃谿，摔起了牌，不知哪家一聲哽咽著一聲風中辛酸地傳出小姑娘的哭泣。飄飄，忽忽。

岐陽路。

月下，灘灘水光。

雪亮雪亮霧中矗起一支血紅水晶十字架。

靳五呆了呆駐足紅磚人行道，鬆開領口，讓風吹著，半天望著一盞紅燈下清早空蕩蕩十字大街。商山街口，一燈青，小小的石灰水泥禮拜堂坐擁玫瑰花園朦朧著兩窗子日光燈，守望在萬家寥落的燈火裡。一京紅霓滄漭，山，溟茫著山，漫巒黯淡的水嵐星星點點幽紅著警示燈。綠燈大亮。豗豗咻咻。一輛破卡車癇癲著一窩噪鬧的肥豬公，馳驅過八線岐陽路，大早趕屠場去了。街燈下，獨自個，一襲灰布長袍褊褼著兩隻黑布鞋，踏著月色踽踽漫步。一頭華皓。靳五兜起行囊躚過十字路口渦渦荒冷的風。黃公夏教授低著頭，一履，一框，踩著人行道上方方紅磚早已踅進了商山街那蘂蘂水銀燈霧中，手裡握著兩卷書。咿呀。榕樹蔭下袍襬子撩了撩，兩隻布鞋跨進一扇朱紅角門裡。靳五煞住腳步，呆呆站在街口。蹭蹭蹭不知甚麼時候追躡起了一雙高跟鞋，一聲，趑趄著一聲，俏生生，只管迴盪在清早十字大街心。靳五聽了聽，擡起腳步沿著禮拜堂鐵蒺藜水泥圍牆慢吞吞走進商山街，猛回頭。水銀燈下，一顫，折柳般一把腰又飄搖回滿街風颸的夜霧裡。蹬。蹬。蹬。一街青冷。靳五只覺得心頭突突亂跳，點支菸叼上嘴，側耳凝聽，徜徉進商山街篷篷榕蔭下燈茫茫一齋齋白頭縹緗裡。悄沒聲，香風漂鬢，那襲紫藍小長裙早已挨到了身邊，水白的瓜子臉燈下挑起眉梢：

「找旅館？」

「唔。」

「要不要找小姐？」

兩隻瞳子幽黑幽黑睏睠地撐起陰藍眼影，瞅住靳五，半晌垂下頭，嗒然笑了笑。「對不起。」細伶伶一雙高跟鞋搖曳起那身水紫，橐橐橐自管蹭蹬進了那街滃鬱。

「小姐！」

「噯。」

「岐陽路三段六九巷，怎麼走？」

霧裡一隻小黑皮包肘彎兒上兜著兜著隱沒了，街燈下，紫粼粼裙漂漂，好半天空盪盪沙啞出了回應聲：「不知道，去問警察！這裡是大學老師住的宿舍。」又一盞水銀燈，一亮，那把水柳腰肢風中飄颺起兩肩子黑髮毬，漂失在月朦朧滿街幽眨的水澴子裡。

靳五呆了呆。

雨，淅淅瀝瀝又落了。

一街水窪窸窣窸窣洴亮起榕蔭下竹籬外家家滴水簷，霧中，兩條人影躥動。橐橐沓沓，柏油路上此起彼落一片履聲，盪響出街底。三兩齋窗檽漾亮起了暈黃的電燈，五六顆白頭探出書房，朝街上張了張。遝遝遝，一串皮鞋聲逼近了。靳五揹起行囊站在街燈下跂起鞋跟朝雨霧深處眺了眺。街尾，閭巷人家鼾息四起，漫天雨絲悄沒聲飄灑著一厝厝黴黑的屋瓦，兩條人影穿著黃卡其警察制服，蹦著躥著。蹕——蹕——蹕——臭小查某死七阿桂差一絲絲又給她跑掉了——媽的！拜託吹大聲點兒嘛——蹕——蹕——水銀燈霧中，一裙水紫湍濺湍，踉踉蹌蹌兩隻峭尖小高跟鞋踩著水窪一路顛走出街底來，兩腮子蒼冷蒼冷，綴起雨珠兒。一仰臉，那小女郎呆了呆煞住腳步，四下睜望，雨中兩肩子哆嗦，只管抖蕩著肘彎上掛著的小黑皮包。眼瞪眼，一照面。靳五望望街尾。跖跖跖兩遝子履聲霧中迸綻了過來，簷口，榕蔭裡雨潸潸又亮起五六齋燈光。街燈下，那兩黑瞳子的荒冷，竄閃了閃。「別怕！跟著我。」靳五攫住了濕湫湫一條生冷的小胳臂，三腳兩步躥下商山街，黑裡拐進了條衚衕，一簾紛緋的花雨中，鑽進騎樓，閃進了窩紅窩紅彩燈閃爍的樓梯間。

霧裡兩雙大皮鞋奔騰在街中。

「妳別怕。」

「好。」

靳五只覺得兩腔子心叩著心忐忑亂跳，脖子上一霎熱一霎冷，細簌細簌，給哈著氣，風潑潑，懷裡那隻小身子哆嗦著，只管跂起三寸高跟鞋挺起兩苞兒小乳房挨靠到他心口，半天動也不動，喘著。靳五屏住氣鬆了鬆胳臂，悄悄嗆了嗆，伸根指頭，挑撩開胸窩鬱鬱蒸蒸兩肩子濕髮絲。燈下那張瓜子臉仰了起來睄睄靳五，抽抽搐搐喘回了氣，眨起兩眸子陰藍眼影，探出腕子撥開眉心上濕搭搭兩蓬劉海，抹抹腮幫上的雨滴，蓄蓄紅燈中，袖口下，腋窩裡嫩黑葱葱兩叢子汗珠，幽幽漫漾了開來。一窩辛酸氣。靳五窒了窒，一顫。兩個兒吁喘在樓梯間怦怦廝摟著。那兩雙大皮鞋逡巡著衚衕蹓蹓蹓一雙蹦濺一雙穿過十字街口，橐沓，橐沓，隱沒在滿城夜雨裡。靳五噓了口氣，懷裡，那身小腰肢蠕了蠕只管挨住靳五心窩，忐忑忐忑，眨著，眨著，兩瞳子瞅乜住靳五黑澄澄狡點一亮。

靳五呆呆端詳起她的臉龐：

「妳才幾歲？」

「猜。」

「十二歲。」

「十四。」

「三更半夜妳一個女孩子——」

「出來找客人啊。」

「晚晚？」

「今晚下雨，家裡沒客人上門。」

水簷口一盞紅霓嬛嬛兜睞著漫街涳濛的冷雨。

霧靄茫茫。

蹬。蹬。蹬。

夢萍按摩院紅燈樓梯深處迸起腳步聲。

「朋友！讓讓路。」

「對不起。」

兩個黑人狎客，搔著胯子哼著海東小夜曲汗羴羴捲出滿窟香水狐臭，妖妖嬈嬈，一路扭擺著臀子蹎跌下樓梯，迎著梯口一渦冷風，打了兩個鼽嚏，看見靳五，笑了笑綻開兩齦子紅涎，燈下白磣磣齜起門牙來：

「強尼，今晚快樂嗎？」

「放輕鬆哦。」

一柔，兩雙瞳子彎彎勾了勾小姑娘，伸出紅灩灩兩隻舌芯子，狧狧嘴，眨兩眨，哼哼唱唱勾肩搭背搔著卵泡，兩個兒徜徉進了衚衕口夜雨街頭。

靳五望著簷下那簾紅雨，一回頭。

不聲不響，兩肩髮梢甩了甩，海東小娘漂盪起踝子上那一裙水紫，兜著小黑皮包，蹭蹬起高跟鞋，哆嗦進了雨霧中獨自個跟上兩個滿身酒氣的黑人狎客，頭也不回。

靳五心頭只一涼，喚了聲：

「小姐！」

「謝謝您。」

三條人影轉眼隱沒街頭。

黑人的歌聲，飄熄在城心。

雨夜花
雨夜花
受風雨吹落地
無人看見
暝日怨切

雨夜花
花落土

有誰可看顧
無情風雨
誤阮前途

那一聲繾綣一聲悽悽惻惻的海東夜曲只管在霧中繚繞，洋腔，浪調。獨自個，靳五站在紅燈窟口那圜水霓虹下，望著雨聽呆了，心一毛，機伶伶打個寒噤。

燊燊水銀路燈下，風中，漂漩一把小黑鬖。商山街迸濺出了輛計程車。

「坐車否？」

「不坐。」

「找旅館？」

「天就要亮了。」

簷口一霤水光裡靳五覷了覷司機腕子上的夜光錶，三點二十五分。司機呆了呆，揉揉眼，睜起兩窠子血絲隔著那窗蜿蜒的雨水回回頭又睃了靳五兩眼，一踩油門，闖過路口紅燈，兜盪起照後鏡下掛著的媽祖神符，開走了。嘩喇喇，商山街榕蔭裡驀地綻起一波麻將聲。四下沒了聲息，滿街淅淅瀝瀝。衕衕外，十線大馬路上一棟玻璃水晶高樓黑天雨夜蕩漾在漫城水靉中，曫，曫，屋頂上睞眨著四個紅霓字，霪霪霖霖。雲月別館。門外，車道上小旗飄飄停泊著四輛黑色官家氣派大轎車。靳五點支菸，眺著雨。

一炫一炫，霧裡一輛警車兜閃著紅晶燈靜悄悄盪開滿衕衕白茫茫雨氣，細刷細刷，掃撥著滿窗雨花，慢吞吞駛出商山街。「有事否？啊？」駕駛座裡那張黧黑的年輕臉孔繃起兩腮子筋肉，睥了睥靳五。座旁，五十開外老巡警皺起滿額頭風霜，探過臉來一疊聲：「沒事吧？你沒事吧？」靳五哈腰覷了覷，搖搖手，隔著簷下那簾花雨望著警車漂蕩出雨霧紛緋的衕衕口，心一動，揹起行囊，蹦蹦濺濺追了上去：請問岐陽路三段六九巷七九弄怎走啊——怎走啊岐陽路三段——衕衕口大馬路盞盞水銀燈早已淹沉在滿京煙雨中，天際，那團水月望不見了。街心上一盞紅警燈，熒，熒，飄飄忽忽鬼火般逡巡街頭好半天隱沒霧裡。

紅霓淋漓，雲月別館大理石門廳水晶門悄地滑開，嬌嬌小小，搖曳出一衩衩一裙裙紫綾紅羅衣裳。十來個少小姑娘，十二三歲，捏著口紅補著粧，款漾起腰肢兜甩起小黑皮包戰慄進門口那排黑色大轎車，車燈大亮，風中，招颺起車頭插著的小旗，一縱隊，盪進十線大街迷茫的水霓虹中。

白旗上一輪旭日。

血樣豔紅。

靳五躥進騎樓霧中走下扶風路一梯口一梯口閃爍的紅霓。對街，店家樓上，窗窗暝矇著佛燈。雨小了。靳五兜起行囊踏上人行道，走過岐陽女中鐵蒺藜水泥圍牆上漆著的八個朱紅大字：建設寶島，反攻大陸。校門裡花木濟濟，滿園水月光幻漾。校門口，花壇上，一臉沉穆凝視大街坐鎮著國父孫中山先生的銅像。颼地，一輛計程車停下。照後鏡下兜掛的白磁觀音只管笑盪不停。司機探探頭，一照面，怔了怔，看看錶搖下車窗伸出脖子來呵呵兩笑：

「客家人愛漂流！」

「逛！」靳五認出機場司機：「還未收工？」

「賺食哦！——老兄逛了兩個多鐘頭。」

「一路到處看到小姑娘。」

「半夜三更——」

「怎回事？」

「這年頭男人玩女人，口味變啦。」

一齜，司機綻開兩腮笑渦揚揚手撥大了收音機的音量，載著鶯啼婉囀的周璇，菊花瓣兒多——桃李花兒亮——百合花的姐姐你——茉莉花的衣裳——蓬蓬飛濺的水星中闖下了扶風路一街佛燈水霓虹。

棘門街。

郿城街。

醴泉街。

兜了半天，靳五呆了呆又回到三岔口那座小小的街坊公園。兩支鞦韆雨珠滴答。水銀清光下，咿呀咿呀，一裙水紫風颭颭挨貼著鞦韆板子，一把髮鬉濕湫湫披散了開來，臉兒歪靠到肩窩裡，瞅著天。霧中，兩隻黑色三寸小高跟鞋撐著水泥地只管蹬過來，蹬過去。盪啊盪。靳五拎著手提袋赼趄了半晌，踩著自己的腳步聲走上公園。鞦韆索上，兩隻攥著的小手，一抖，滿肩髮梢一篷子甩了過來回回頭，燈下，睜亮兩窠子血絲眼眸。猛哆嗦，靳五看到了她腮幫虬虬纍纍給抓出的十來條血痕，耳脖上，掐一塊嚙一塊，青青紅紅。公園口杏城街滿衖人家鼻息齁齁，戶戶神龕幽紅，霧裡，一聲飄忽一聲，淒淒迷迷不斷地盪漾起兩個黑人的浪歌聲。

雨無情
無想阮的前程
並無看護——

城天湧出了一輪月皎皎冷冷只管泛漾在滿城絪縕的水靄中。鞦韆板上，一盪，一盪，痀瘻著一把細小腰肢。靳五站在公園中央燈下那灘清光裡，四面望望，空蕩蕩一汀水泥閃爍著月光，呆了呆，橐橐走前兩步。

「被那兩個黑人欺侮了？」

「嗯。」

髮飛颺，風中那兩腮幫兒血痕亮了亮探出肩窩來，燈下，兩瞳淚光，一眨，靜靜瞅住靳五。大小兩個對望著。那小姑娘勾起小指挑起滿肩髮梢濕搭搭撩到耳脖後，背過了身子撈起裙腳，揉著搓著，絞下兩把汗水，窸窸窣窣整起衣裳來，把雙手掐住肚子嘔著喘回了兩口氣，扶住鞦韆索，撐起膝頭，一步，一顛，蹬著高跟鞋挽著小皮包自管走出公園彳亍進藍田街公寓人家裡。街燈下一回頭。那把水柳腰肢，風裡，飄颻著紫藍小洋裙只管搖折了起來。

鞦韆下一塊衛生棉。

慦慦紅。

黑人的歌聲纏綿在霧中。

靳五呆了呆：

「這種日子妳還出來找客人？」

「嗯。」

簌落落渾身一哆嗦，靳五拎起行囊跟進了藍田街。一瞑，水月沉淪，漫天泱漭起了雲靄，雨，湓溂湓溂又飄灑在瀝青路上蹦蹦跳跳迸濺起蓬蓬油水花兒，瀲亮瀲亮。呦呦咽咽，霧裡公寓人家又飄忽出了聲聲小女娃的哭泣，如影隨形，哀婉地淒清地。靳五加快腳步。涳涳濛濛一街街燈下，那身水紫裙影，顛著步子蹭著高跟鞋，兜起小黑皮包，一霎明一霎滅，濺沓過灘灘水銀清光，穿過雨紅潸潸悄沒聲窗窗長明佛燈筊筊筊三兩龕木魚，腰肢一折，朝西，飄搖進河州路。兩肩子小髮鬖蓬蓬飛飛。茫茫黑天，風中，綻起雷聲。那一串轂轆一串的小悶雷好半天只管嗚咽著躑躅著，驀地裡，迸開了大霧盪響在城心，閴窿，閴窿。靳五回頭眺望。七八條街外，小紅町一町霓虹花團錦簇霖霖淫淫兜竄著，潑亮一角城天。平交道口廂廂日光燈璀璨，一窗髣髴一窗，闐開渦渦雨氣不斷飛眨過去。嚀叮嚀叮。凌晨北上的莒光號金黃列車嗥起一天汽笛駛過總統府，嗚嗚嗚又抵達鯤島終點站。空蕩蕩京西河州路八線大街盞盞水銀燈一路瞑矇進小紅町，滴水簷口，圜圜水紅霓下，霧中條條人影飄躥，出沒。

靳五拎著手提袋站在紅磚人行道上淋著雨，呆呆眺望半天，回頭，不知甚麼時候，那雙蹎蹬的三寸小高跟鞋早已拐進導河街，雨中漂沒了。一裙風颼颼。滿簷日光燈通明。轟隆轟隆，一街印刷鋪子開著工，海東郎打著赤膊三三兩兩髦髦髩髩披著頭髮叼著香菸，神龕燈下，烏汗皺皺，守著機器佝僂在那堆堆佛經耶經印書紙中。靳五穿過簷簷水光走下騎樓，鋪子裡瞳瞳血絲乜住他，愣愣睜睜。

河關街。

雨霧中的京觀里，一閭呻吟。

滿街子低矮洞房滴瀝著血水簷，樓望樓戶挨戶亮著日光門燈，紅一閃紫一閃，照得家家堂屋宛如春雨夜的花塢。水銀街燈下，灘灘縞素紅綾，雨粼粼。一條人影扣著褲襠搔著胯子鑽出紅門洞飄躥出街口，回回頭，哆嗦進了大街。門上倚出了個美嬌娘，綠衫子，娫著條朱紅小絨裙，汗湫湫，縮起肩窩摟住胳臂抖簌著皎白皎白兩隻膝蓋，張望門外的夜雨，搔著癢喘著氣。豆蔻年華十三四！眼波流轉，陰藍藍兩隻小鳳眼只管勾啊勾打量靳五，噘噘著嘴，笑，不笑，瞟兩瞟，把雙小奶子握在手心揉搓著，甩甩髮梢探到門外路燈下，水銀光中，臉一慘白，早已扯住靳五的衣袖把身子猱了上來，勾起小指頭，悄悄，撈住他的小指。

「打罵你否？」

「甚麼？」

「嗳。」

門燈下血樣紅一張小臉龐夢魘般幽幽嘆了口氣，一睜，瞋住靳五，眼瞳子淥淥轉兩轉，抿抿嘴，噗哧，綻開唇上兩蕊丹硃踮起腳尖把嘴噘湊到他耳朵上，孌孌娛娛呵了口熱氣：「特——馬——利！日本話過夜啦。」那聲口磁磁瘂瘂卻像個繾綣的慵睏婦人。心一蕩，靳五悄悄掙脫了手，搖搖頭。小姑娘呆了呆，眼瞳子森冷了下來不聲不響躥出水簷冒著雨攔截到巷心，踮起腳攀住靳五的脖子，咬咬牙。綠衫袖口下，黑萋萋，腋窩裡晶瑩著兩叢子汗珠。

「入來睏！」

回頭朝堂屋裡喚了兩聲：

「阿母啊阿母。」

「啥啦？」

「郎客來啦。」

一笑，門洞口綻出了兩齦白瓷門牙：

「特馬利是莫？先生。」

「唔是啦。」

「求客？有有。」

靳五搖搖頭，掰開了脖子上箍著的十指尖尖蒼冷的蔻丹，風溲溲，猛一嗆，兜起行囊踩著窪窪燈影逡巡過京觀里閨門口一簷一簷水霤紅。雨，紛紛緋緋一衖衕又飄灑了下來。巷道上三兩條人影，西裝翩翩打著傘，霧中，花虻般來來回回採探。一龕一龕家家堂屋佛燈下洋裙繽紛，瘕著水柳腰肢坐著站著一窩女人，披起兩肩黑鬃，睜起雙雙眸子，眢望著雨只管靜靜瞅住門外。不知哪家屋裡濺濺潑潑瓢出了陣水聲嬌笑。簷下，戶戶閣樓漾著紅燈，憁憁淋漓。儷影鬇鬡。閨閨鬧鬧一衖男女呻吟汗腥被窩裡聲聲詛咒。猛一哼有個男子幽幽洩了精，吁，吁，喘起大氣，驀地引吭高歌起天黑黑要落雨阿公仔舉鋤頭要掘芋——掘啊掘，掘啊掘——

掘著一尾旋鰡鼓咿喲喂都真正趣味——啷噹叱噹槍哇哈哈——哇哈哈——哈哈——霧裡那聲聲哈哈瘖瘖瘂瘂破鑼般敲盪出閣樓來，好半天，氣咻咻迴響在巷心灘灘燈影搖紅裡。佛龕哭哭。靳五淋著雨彳亍過一家門口，站了站。「郎客！來坐！」滴水簷下紅門燈裡獨自個站著滿臉稚氣細高䠷兒的小媽媽，鬖鬖鬖鬖，披了兩肩髮毬，娗著七八個月的身子啃著根鹵公雞脖頭，齧兩口，狠狠啐一啐骨渣。俏生生兩渦笑：「客兄！我有水否？」靳五連連點頭笑，躥開去，閃開了朝他眼前撩起的那襲鵝黃小花媽媽裝，猛一窒，嗆了嗆，覷覷她胯間那叢子黑菹，揉著鼻頭，甩起行囊閃進衖中一條防火巷。身後，小媽媽格格笑。鴥！穿穿黑甬道中蹦出一條斯斯文文西裝人影，踉蹌出衖口。靳五煞住步子，摸著路。「少年！奇摩雞？入來。」黑裡閃爍著突突紅燈泡雙雙青睜眼，一洞一洞，門檻上蹲坐著老媽媽桑，搔著胳肢漫漾出窩窩陳年汗酸香水。有個老蚣蚣，夢遊般，痀瘻著腰子齜支菸，躑躅在龕龕門洞間。窩窩媽媽桑一片聲黑魠魠亮起胳肢窩毛伸出胳臂來：「少年吔，入來爽。」靳五心頭噗噗跳，搖著頭，把手提袋摟到懷裡撥開一隻又一隻探攫過來的白癬爪子，穿過霧裡檻檻招喚，摸著黑頭也不回，蹎蹬過窪窪尿溞一路鑽出了防火巷。豁然，滿院霤亮。水簷下漣漣灘灘一汀流紅的燈影，雨中風粼粼。靳五躥進場子當中，四面望望，十幾間門洞子一圜紫光燈旖旎著一圜，圍合成小小四合院，燈裡影影綽綽，倚著門環站著四五十個少小姑娘，花衫子，小羅裙，雙雙細羚腿子裹著玻璃絲襪，抖簌抖簌，抱起條條嫩白膀子，啁啾著，隔著一簷滴瀝的花雨眺望頂頭那輪黑天朦朧月。雙雙瞳子乜著他，笑，不笑。靳五呆了呆拎著手提袋獨自個站在院子裡，瀏覽四周一洞一洞盤絲，雨中，登時沒了主意了。水簷下姣姣蜈蜈探出了兩隻孅白腕子，血瀅瀅十指蔻丹雨淋淋，勾，勾。斬五心一盪，中蠱般，點了支菸吸兩口叼在嘴裡，哆嗦哆嗦踩著滿場子水花走上四五步。紫燈裡兩雙臙紅小梨渦只管綻漾著，噗哧，齜開兩口小魔牙，皎白白。

好妖嬌的一對孿生小姐妹。

「客兄，入來睏。」

「請問小姐——」

「講啥咪？」

「有路出去嗎？」

「聽無——」

「你講卡大聲點嘓。」

「我要出去——」

「害嘍！」

「慘嘍！」

「去了了！」

「妳們說甚麼？」

「伊講——」

「這裡無路出去的囉。」

「我要回家。」

「唉。」

「今晚這裡就是你的家嘍。」

門洞子裡咻咻呦呦，淫啼浪笑窟窟喘。

雨迷離，滿院子紫雨簾屋簷下雙雙眼眸只管朝靳五乜了過來，待笑不笑，哈欠四起，條條小白膀子搭到門框上，燈下搔起胳肢窩。烏羢羢，汗羴羴。有個黑線衫紅窄裙小小姑娘咧開兩唇丹硃，睏睏望著雨，虯！打出了個大噴嚏濺出一頭一臉鼻洟，睨睨靳五，瞑瞑眼笑了笑背過身子掏出手絹修補起兩腮渦兒臙脂。噗哧。一回頭，眼波流轉勾起小指尖捅起鼻齉子。靳五呆了呆雨中打個寒噤，一門子一門子逡巡過去。水簾洞中，家家堂屋當門供著個金漆彫花小神龕兩盞長明琉璃佛燈，缹繚繚點著一爐香。龕裡披紅掛綵嘟嘟起嘴巴，肥腮大耳不知垂拱著一尊甚麼神佛，滿屋子紫燈流漾，梆，梆，梆，有家媽媽桑頂著銀白髻兒黑羖羖披一襲緇衣跪在皮墊上，一槌一槌，雨打芭蕉般敲著木魚。奧加桑，哈喲打甘卡——一條嬌柔的小嗓子抖著抖著驀地裡嗥出了水簷下紅窗濟濟的閣樓——啊，依牙搭！死哥依死哥依聲聲顫。一汀窸窸窣窣，雨絲中，泮濺著圈圈水洄子。門圜裡那對小姐妹擡起膀子汗萋萋綻開兩隻腋窩，又招起手來，勾啊，勾，兩指尖尖只管撩撥著那一簷潺紫流紅的燈影。兩滴血。「入來！客兒。」「夭壽爽哦。」滿院子上百隻小黑瞳子，羚羚，挑睃了過來。靳五拎著行囊呆呆瀏覽簷下那雙雙瀲灩著紫光燈的細白腿兒。髮絲一甩亮，佛龕下，四個小娘子滿身大汗披頭散髮，痭著肚子瘕著腰肢送出了八個西裝客，捉對兒，接啄，猗猗泥泥滿堂鞠躬道別，哈腰鑽出臨春閣。門口那八個中年狎客端整起臉容，猲猲狘狘，喘著大氣，撣撣西裝撐開四把黑洋傘四對兒摽起膀子勾起肩膊，一隊子邁出尖頭高跟黑皮鞋，滃涔滃涔，踩過滿院雨紅，往結綺閣望仙閣兩家妓院牆間一條黑衚衕裡，鑽了進去。一排兒八桿腰子觚了起來，朝牆根解開褲襠。噓噓噓。水簷下十來龕紅門子吱吱喳喳一片送客聲中，哈起四五十條小腰肢——骨古落桑！呢麻辛子莫跌古扎伊內斯，多阿里加多——噓噓噓。牆下，八癟子背脊猛一挺嘩喇嘩喇迸出了八脮子燦爛的水花。西裝客撒完尿，整整西裝回身朝滿院姑娘一鞠躬，趫，趫，邁出皮鞋四對兒繾綣在傘下跋涉著窪窪羴溲——君為代呢千代呢八千代呢——哼哼唧唧，唱著東洋浪人歌，揮別那窟人面桃花。心一亮，靳五兜起手提袋拔起腳步蹦蹦濺濺追上那八個日本觀光客，跟出了黑衚衕子。

天水街。

一地水銀清光。

靳五踩著灘灘路燈風颼颼迎著一江清溦走上河濱高架公路。天，霽了。萬家燈火零落，滿京凜冽，巒巒紅晶燈一盞瀅亮一盞，閃爍著，俯瞰環山下那一繆涳濛的水霓虹。河堤下水泥公寓人家一窗佛燈霝紅一窗，霧中的京觀里，百來間門子，矮簷下蕩漾出滿窟嬌喘聲，梆梆梆聲聲木魚，窈窕人影迷離。飄飄忽忽黑影地裡有個小小女孩在飲泣。秦州路漫街店招斑斕淋漓，市廛中，黑燻燻金光燦爛一座觀音大廟，山門裡紅幽幽一龕熒燊。街口，兩輛警車兜閃著紅燈悄沒聲盪起篷篷水星。小龍江對岸城西輪臺鎮，河頭一呰蒼茫霧中睞眨著幾十盞紅霓，宗周大橋上兩行水銀燈蕤蕤亮。絪絪縕縕，天際，一寰水霧綻漾了開來驀地皎潔皎潔縹緲出一綃白素，兩肩子輕紗。

一甌水月。

秦隴街兩盞黃燈泡。

麵攤子。

靳五覷望著霧中那一蘢蒸蒸騰騰的水汽，心一暖，深深吸口氣，呆了呆，餓了個整天只覺得滿肚子胃酸翻攪著碎玻璃似的，蹣蹬蹣走下河堤來。燈下好一顱花白。那瘦子背脊，拱著，披起草綠破軍大衣肩上油黃黃搭條汗濕毛巾，剁剁切切，哈鼽，撈起毛巾擰擰酒軃鼻頭，揭開湯鍋，朔風中滿攤子飄燎起好一漩渦麵香。

「先生，吃點兒甚麼啊？」

蒼涼西北腔。

「大碗酢醬麵吧。」

「沒嘍。」

「牛肉麵。」

「有！您吃不吃辣？」

「吃。」

一堂日光燈。

靳五鑽進店堂挑了張燈下蠓亮著一筒竹筷的桌子，撥了撥飛蟲，透口氣，撂下行囊，撮起襯衫襟口鬱鬱蒸蒸抖了抖滿身雨水。無無麵香洋溢一屋。門口麵攤上兩盞黃燈泡一朦朧，滿簷又蒼茫起了湯水霧，白頭晃漾，秦隴街頭，一地瀝青盹亮著雪樣水月光。靳五解開手提袋摸出了條毛巾，抹抹臉。牆上，煙火斑斕貼著兩張大紅紙，筆走龍蛇睥睨著個個茶盅大的毛筆字。

陽春麵　十圓
大鹵麵　十五圓
酢醬麵　二十圓
牛肉麵　四十圓
鹵味　隨意

牆根下一張行軍牀兩條紅鸞花鴛鴦大被，疊成豆腐乾。

兩調羹紅油落了肚，心田登時竄起了股暖流。一瞑，嘶五嘆出了口氣，兩筷子撈夾起椒紅椒紅一簇子麵條，瞅了瞅噙住口水索性捧起海碗嗞著牙灌下十來口火辣牛肉湯。滿心窩火燒火燎，早已爨出了一頭汗珠。

「辣！來瓶紹興，老闆。」

「不賣嘍。」

「高粱。」

「有！要不要切點兒鹵味啊？」

磕磴，磕磴，水月下街上一盞一盞水銀路燈螟螟蠓蠓，五六個少小姑娘踩著木屐，撐著花洋傘，一渦兒飄漩起腋下汗酸粉香，撩起睡裙襬子，嗞叼著牙籤涉過窪窪水光哈欠連連走過麵攤子。水芙蓉，朵朵漾。那簇傘花漂沒在秦州路滿街淒迷的水雰裡，空蕩蕩街心，不斷地，洄盪起跫跫跫五六雙木屐。咭咭呱呱一窩笑鬧。霧月茫茫。靳五覷著攤口黃燈下繚繚繞繞一鍋湯水霧中白蒼蒼一顆頭顱，喝了兩盅高粱，心一酸，酒意湧上來，眨了半天索性解開襟口抖抖濕襯衫，問老闆討來飯碗把酒斟滿了。頂頭那一盞日光燈，幻亮幻亮。嚶嚶嗡嗡一籠子阿公阿婆又飄盪在銀白波音七四七中，白雲，笑靨，麗日下阿拉斯加離島群那粼粼夏綠一毯只管噪鬧開一毯。碧海青天。觀音菩薩盪起鞦韆，嫣嫣然笑不笑。「喂！喂！慢著喝哪先生你可慢著喝哪。」猛擡頭，一凜，靳五看見老兵那張蒼涼的老臉皺起兩眉梢風霜，直湊到他鼻頭上來，蠢笑蠢笑，骨瘤瘤大掌子拍拍他肩膀。麵攤上兩盞黃燈泡，霧中，一窩一窩。兩縈水星激盪起烏彪彪一輛警車，紅燈兜漩悄沒聲駛過攤口。店裡兩個客人汗濟濟兩腮酡紅撐起膝頭：「老闆，多少?」「七十九，八十四。」兩個付了帳收起皮夾彈開黑洋傘來，蹬，蹭蹬，睜睜眼相視一笑闔起雨傘挾到膀子下悠悠踱到店簷口，望望雨過天霽的大街，打了兩個酒嗝，一南一北，踉踉蹌蹌分頭走進大清早荒冷的街頭。

老闆收拾那兩桌殘酒半碗紅油湯。靳五回回頭，呆了呆，店堂裡只剩得了一個客人。紅舞衣牛仔褲白白淨淨的一個海東小兒郎，獨自個據張檯子，自斟自飲，把手一撥，撩起眉眼上烏溜溜兩篷劉海，燈下露出兩腮紅酡，十三四歲！瞄見了靳五，點點頭舉起手裡那盅紅露酒敬了敬，日光燈裡血亮血亮。腮幫上，兩渦子笑吟吟。靳五眼上眼下端詳著揚揚酒碗喝了口。

「這一晚的雨！」

「停啦。」

「不像九月的天氣。」

「海東天！」

一嘆，小郎勾起小指招呼麵攤老人切來兩盤牛筋牛肚豆腐乾，送過一盤到靳五桌上。腮幫上那雙笑靨，綻漾著，早已暍出了花樣姣紅一對梨渦，兩隻黑瞳，水睩汪汪。靳五揉揉醉眼瞅著那襲小紅舞衣，笑了笑舉起酒碗嘬了口高粱。小郎把半盅紅露乾了，咬咬牙，燈下一睥睨，端起酒盅眨了眨眼睛乜住靳五亮了亮盅底。

「聽老兄口音不太像本地人。」

「客家，海西。」

「老兄家——」

「南洋。」

「這兒老兄沒親人？」

「有個在女中教書的朋友，八年前住在岐陽路三段六九巷——」

「甭找了！」擺麵攤的退伍老兵回回頭：「您找岐陽女中老師宿舍啊？鬧鬼，房子早都拆了。」

靳五嗆了嗆端起酒碗呆了半天。半瓶高粱一海碗紅油牛肉湯落了肚，渾身火辣，蒸出了兩腮汗，身上那件濕襯衫早風乾了，颼涼颼涼。靳五悄悄打個寒噤。一街荒。清早颳起的朔風中，髮飄飄，那海東小郎抿住嘴吞下了兩個酒嗝，把隻手兒支起下巴來，彎彎瞅住靳五，一笑，又斟了盅紅露，啜兩口笑吟吟望著靳五豎起拇指：「老兄，爽快人！」靳五哈哈大笑端起空酒碗朝頂頭日光燈照了兩照。兩蕊子黃燈下，麵攤口一簷湯霧，那西北老兵拱著草綠軍大衣肩窩搭條毛巾，兩膀子抱住膝頭獨自個蹲坐在矮板凳上，滿頭花白，一顱風霜，骯噻，骯噻，擰著鼻頭守著那口下麵鍋，靜靜眺望店簷外秦隴街上滿地水月清光。海東秋雨雰雰霏霏淋漓了一夜，歇了，小龍江上吹起清早風，一飀又一飀荒冷冷空蕩蕩好半天只管流竄下條條街街，幻盪起一城大霧，澴漩，澴漩，澴漩。對門三兩家屋裡濛濛亮起了電燈。天青了。靳五呆了呆招呼老人家熱來兩碗牛肉清湯，給鄰桌送去一碗，日光燈下揚揚酒碗敬了敬：

「酒夠啦。」

「老兄這次回國——」

「教書。」

「哪？」

「國立海大。」

眼一亮小郎瞅住靳五舉舉半盅紅露：

「南洋老兄不回去囉？」

「只有個媽媽。」

靳五笑了笑撐起膝頭望望燈下那眨啊眨兩瞳子的訝異，自管斟了小半碗高粱，朝小郎一觚，兩口落肚，滿腔子翻翻騰騰驀地打遛兒蹁躚起來。「老闆，兩邊一起算。」蹌踉踉，靳五拎起行囊迎著一街蕭瑟的晨曦，解開領口，搧著，醉眼矇矓，回頭瞅瞅店堂中那身子紅舞衣牛仔褲紅噗噗兩渦兒笑靨，一粲：

「小老弟！我會回南洋的。」

「嗯？」

「看我媽呀。」

出得店門，一京燈火零落佛龕熒熒閃爍在白茫茫滿街飄飃的大霧中。破曉，東海迸出金光。海峽一片迷濛。秦隴街兩旁店家漫起了炊煙，剳剳剳，廚房裡綻響起刀鏟聲。熱烘烘靳五透出了兩口氣扣起衣襟縮起肩窩，颼地，迎著漫天朔風打個冷哆嗦，一回頭。店堂裡，紅舞衣小郎捧起酒盅嗞嗞牙兩口乾下半盅紅露，蹭蹬蹭扶著檯面撐起身，反手摸到脖子後，一扯，晃兩晃，日光燈下甩開了油光水亮兩肩子黑鬘來，窈窕窕伸個懶腰，抖開牆根下紅鸞雙喜一行軍牀花綢被褥。好個嬌柔的少小姑娘！靳五呆了呆，心一蕩。「先生，您上那家旅社歇息去吧！」簷下老人家攏起草綠軍大衣擤了擤鼻涕指指街口一圜紅霓，弓起腰，哈乞！抖著滿頭花斑，關掉兩盞黃燈泡，熄掉湯鍋下碧粼粼一蓬瓦斯，推起麵攤步步痀瘻進了店堂，嘩喇，拉下鐵捲門。霧裡迸濺出了輛天藍五十鈴貨車，血漬漬，車上一胴一胴掛起四五十副清冷的屠體，紅印印蓋著官府關防。蓬蓬水銀路燈下，悄沒聲滿車白豬，噘起嘴吊起脖子旭日下彷彿披上一襲紅紗，清早趕市場去了。河上蕭蕭水芒中竄出一窩子鷺鷥，翮白，翮白。佛燈熒熒，京觀里家家門洞口熄了紫光燈，滿窟淒迷。靳五兜起手提袋獨自個踹躚上十字街心。天際那一圝水月，隱沒了，滿京城高樓一穹凜冽屋頂上紅幽幽閃爍著盞盞警示燈。空蕩蕩八線河州路紅霓兜睞人影飄忽，闃窿，闃窿，隔著十來個街口，北上的莒光號金黃列車燈光燦爛盪開城心大霧，嘷起汽笛，一窗悽厲一窗，凌晨五點飆閃進了鯤島終點站。

第二章 瓊安

「怎麼，還是老樣子？」

韓主任推開辦公室彈簧門鼽嚏著一窩冷氣把靳五領了出來，堵住門縫，搖頭，瞅著他，眼瞳一轉播了播他肩上兜著的手提袋。系務室悄沒聲，長窗下兩個年輕助教汗溱溱端坐在滿天井陽光中捧著書，擡頭望著靳五，抿住一嘴笑。靳五摸摸滿嘴鬍渣，扣上領口。眼上眼下，韓主任又自管端詳起靳五。靳五笑嘻嘻望著他。湖湘男兒剃了顆傲岸的小平頭，睥睨，八年不見，門口漫進的一廊天光裡芒白芒白燦亮起滿顱的風霜。

「瞧你衣衫不整渾身汗臭！沒洗澡。」

「昨晚才到的。」

「鬼混？」

「城西走走混一晚。」

「中秋節？雨夜？有啥奇遇啊？」

「沒！就只大清早在京觀里附近一間小店吃麵，遇見一個很清秀的男孩——」靳五腼腆一笑，望望窗口兩個女助教：「醉眼矇矓，離開時，才發現這個大杯喝酒的男孩原來是個十三四歲的女孩子，跟擺麵攤的老兵同居！」

「稀奇嗎？浪子，闊別八年，你回到了咱們這個反攻復國基地的寶島啦。」韓主任揪揪鼻齉子狠狠打個大噴嚏，回頭朝窗口召喚：「潔之，玉爾。」

「有。」

「給靳老師找的房子——」

「找到了一家。」

有個女助教擱下書本站起身，一笑，蹬著高跟鞋走過來，那身鵝黃水綠碎花衣裙宨漾起晌午的陽光。靳五接過紙片，謝了聲，看看那兩行矯健的小字：「紀南街七六巷，知道！老師請留步。」收下地址，一鞠躬，看著韓主任昂揚起一顱華髮打著魫噎走進了冷氣辦公室，兜起行囊跨出系務室門口，回回頭。檻裡，女助教雙手扶著當門那條長櫃站在一窗鶯飛中，笑吟吟。

「別忘了過一個禮拜開學啦，靳老師。」

「不忘記。」

「我叫李潔之。」

「妳好！昨天是中秋節？」

「是。」瞳子一亮：「中秋節啊。」

靳五呆了呆走上文學院悄沒聲花影粼粼一條磨花石板長廊。窗外，一蔭樟香。好一穹藍！

芊芊樟葉芽兒眨啊眨窺探著櫺櫺長窗，一燦，水綠洴濺，抖簌起陣陣薰風滿園秋光。靳五站在廊上，憑窗眺望半天。一垣子葱蘢三兩角紅牆㸌白白小鳥啁啾枝頭，驀地，繽紛一亮，木葉間柏油路上綻漾出五六十朵傘花，麗日下漂盪起來。一襲襲清素，裙翩褼，暑假進修的國中教師打起小陽傘，三五成群走過海大校園中央那條空蕩蕩的棕櫚大道。靳五看呆了。傘花下，笑語聲一簇一串流篩過窗外那叢海東樟傳進了文學院，迴響在長廊裡。天上飛眨著小小白雲，一絮，一毬，只管棲息在東海一嶼無邊無際的澔藍中。

蔭裡一窩蟬噐。

「靳老師還沒走啊？」幽幽一波沐浴皂香風中飄漫過來，清爽爽，李潔之踩著高跟鞋娉婷著那裙水綠碎花走過靳五身旁，耳垂子綴著雙白金小環，廊上，燦燦起天光：「別忘了看房子哦。」

「不忘。」

「忘了又流浪街頭。」

回頭，一甩耳脖上短髮梢。

㲎。㲎。㲎。

風中綻起古銅鐘。

靳五點支菸把行囊兒上肩走出文學院，踩著滿園空盪盪的鐘聲，徜徉著，眺望那一城天飛絮走向校門。棕櫚大道灘灘瀝青迸濺著天光，東一朵，西一雙，飄颻起花傘素裙。薰風陣陣。花木中一座紅磚碉堡子。白頭風霜，老校警穿著土黃卡其制服，鑽出崗房背起手逡巡在杜鵑花叢間，覷覷靳五，撈起脖子上掛著的哨子，嘬上嘴。靳五撂掉菸蒂。嘩喇喇，國立海東大學大門外兩條十線馬路縹漩起渦渦紅塵，太陽西斜。街上人頭泛漾，黃燈亮，兩排車潮面對面潑出一天金光洶湧起陣陣波濤追闖過來，倏地煞住了，矗矗紅燈下，對峙在艾森豪路三楚路交叉口斑馬線上。路心，紅燈大亮。風燎燎，靳五兜起手提袋跟上那一街髻鬟的男女人頭，挨擠過路口，心中一動回回頭。紅燈下喘著一輛乳白冷氣計程車，後座那女客秋老虎天一襲藏青小腰身旗袍扣著月白毛線衣，挑起眉梢，習習地，眺望著窗外，汗湫湫把隻小黑皮包摟在懷裡。襟口別著服務證：向潔。國際機場那位女服務員。靳五呆了呆。兩下裡，一照面。開車的海東少年郎搖下車窗鑽出一顱油黑鬈子，睥睨著噘起嘴巴，颼地兩蕊子檳榔痰血花花啐到了大街心。綠燈亮。計程車嗥起滾滾煙塵闖過路口，轉眼消失在滿城蒼茫的秋光裡。

艾森豪路的車潮，落日下，兩條花火龍。

靳五眺望半天嗆了嗆揉揉眼皮徜徉下三楚路趲轉進紀南街，暮靄氈氈，男女人頭一車車漂沒在身後大馬路。漫天汽車喇叭，彷彿遠去了。炊煙裊裊，五層樓一閭水泥公寓家家陽臺花草蕤蕤圍起鐵柵籠子，樓下大門口兩扉朱紅，黃昏天密閉著。滿巷冷氣機抽抽搐搐，滴瀝滴瀝哽咽出一篷篷熱水蒸氣。靳五撮起領口抖抖汗水，掏出小紙片，瞄了瞄，撂下手裡半截香菸兩腳踩爛了，揿起五樓單號那戶對講機。

「哪位啊？」

兇來兮。

「海大韓主任介紹來的！姓靳。」

「哦——老師。」

門一響，靳五推了推。

「打不開。」

「怎會？」

朱紅大門上鍋鏟也似又一聲怪響，靳五呆了呆，推，推，半天連個隙兒也摸不著一齜牙硬著頭皮擡起鞋跟踹上兩腳。對門屋簷下，兩隻瞳子冷冷覷望著。那小小女孩坐在雜貨鋪門口塑膠小紅凳上捧著一本小人書，歪起脖子揚起臉，烏溜烏溜，眨也不眨落日下只管打量靳五。「你找誰？」「五樓單號。」瞳子一轉女孩兒放下書本，踢躂起塑膠紅拖鞋把小凳子抱過巷道擱到門下，踩上去，揿了揿電鈴湊上嘴：「我是小玲，有人找余媽媽。」門響了，女孩兒回眸瞅住靳五把隻手心按到門上輕輕只一推，咿呀，朱紅門中那扇小角門打開了。

靳五臉飛紅。

「小玲，謝謝。」

「不客氣。」

靳五把行囊兜上肩低低頭正待跨進角門子，心一動回回頭。巷心上，那小小女孩摟著小紅凳揚起臉蹙起眉心，冷冷抿住嘴望著靳五，只管把眼睛圓睜著，那神情像在探索甚麼新奇事可又流露一臉的無邪。靳五挑挑眉梢。

「怎麼了啦？」

「對不起，你怎麼曉得我叫小玲？」

「妳自己說的呀。」

「哦！」

瞳子轉兩轉，貶了。女孩兒歪起脖子皺著眉頭想了想，點頭，又端詳靳五兩眼，抱著小凳踢踺回雜貨鋪門口聚攏起裙襬子，獨自個，安坐下來摟住膝頭自管翻看她的小人書。一簷夕照。靳五鑽進角門，蹬蹬蹬踩著水泥樓梯直奔五樓。那余媽媽披著毛衣堆出福泰泰兩糰子笑渦早等在門縫裡，抱起膀子，直打著噴嚏，看見靳五愣了愣蹬蹬退出兩步：「靳五教授？哎呀請進。」眼一瞟卸下鐵鍊打開鐵板門讓進了客人。好窟子陰涼！一堂烏木家具。十來坪客廳向陽落地長窗遮起了白帳幔，窗上，一口冷氣機嚶嚶嗡嗡幽咽著。靳五端坐。滿頭霜，日光燈下余媽媽熱騰騰泡了杯巧克力切來兩個月餅，站到茶几前，眼角眉梢，只管睃著靳五客客氣氣打量起來。「一晚沒睡？可憐。」「剛到。」「我家先生是公務員姓俞人則俞嘓。」「俞太太您好。」「老師太客氣哎呀可憐就叫俞媽媽。」「是，俞媽媽。」眼一柔俞媽媽拖過一張沙發墩子坐到對面攏起身上毛衣，摟著，哈觔哈觔揉起鼻囊，笑盈盈瞅著大口大口吃月餅的靳五。靳老師八年沒過中秋了？可憐，留學辛苦！怕不怕吵？那好！三樓那間房子原先住我兒子跟媳婦——出國——美國——現就隔成兩間，大的租給靳老師，後面小間的租給兩個中部鄉下來的學生——不是大學生，兄妹倆哥哥十七歲妹子十五歲來北部補習，考學校——好不好吃？再一個？靳老師沒親沒娘自個兒住在這裡，可憐，可憐長得那麼大個頭又不刮鬍子，一八〇公分有吧？平常需要甚麼儘管上來跟俞媽媽講哦，可別不好意思——

靳五吃完月餅。

俞媽媽笑了笑嘆口氣拍拍沙發墩子撐起膝頭走進臥房裡，嚀叮嚀叮，拎出一簇鑰匙，攞起身上那襲家居灰藍仿綢旗袍衩子，拂拂下襬，趿起拖鞋領著靳五，摸著滿樓梯暮色嘴裡只管叮囑著走下三樓。門一開，一輪紅日。俞媽媽瞇住眼睛跑到沿巷那排落地玻璃窗前拉上帘子，裡裡外外，匭，匭，打著噴嚏巡查個兩遍，回頭又喘上五樓抱下一壺熱水一隻保溫杯，蹙起眉心又吩咐了五六句。

「謝謝俞媽媽。」

「這裡住，你好安心。」

俞媽媽拍拍心窩。

靳五口口聲聲答應著送俞媽媽出了門，把行囊撂到書桌上，汗淋漓趴上牀闔上眼。藍天白雲。阿拉斯加離島群毬毬夏綠轡轡眨著麗日。水月一鑾。一睜，悄沒聲窗上炊煙竅竅早已滄茫起滿巷夕陽一紗落紅，飯香瀰漫，整棟公寓四下盪響起刀鏟聲。靳五揉揉眼皮換身乾淨衣服，洗把臉，撿起鑰匙走下樓梯去了。

霞滿城。

雜貨鋪門口水簷下，獨自個，小女孩坐在紅凳上有一絞沒一絞只管玩弄著心口兩鬏子花辮梢，攏住裙腳攢起眉心，覷著眼抿著嘴，湊到膝頭攤著的那本小人書上一頁頁翻看。靳五悄悄站到巷心，瞅著她。落日下三楚路大街上波波潮騷，金光燦爛漩起一天煙塵流瀉進巷裡來。簷下那雙瞳子，冷森森一睜。女孩兒擡起了頭睥睨著靳五，眼珠睩睩兩轉，眉心一舒，把胸前垂著的兩根小花辮甩到了耳脖子後：

「買東西？」

「信封信紙原子筆。」

「好。」

屋裡還沒點燈。

店堂後五六坪小客廳，夾竹桃蔭裡一窔晚紅。一顱花斑，聳著。胖胖白白一個男子巇著白背心花內褲拱坐在老藤椅裡，兩盅子輪流斟著瓶虎骨酒，齁，哈齁，流著鼻涕汗湫湫擰著紅齇鼻頭。屋角，二十四吋螢光幕五彩斑斕迸亮出一團殺氣，萬眾騰歡鼕鼕鼕。我方投手牽制二——二——二壘啦哈哈挺漂亮的回馬槍——波多黎各第七棒剛薩雷斯厲害厲害莫小看他只有十歲，小不點兒，兩好三壞滿球數連連好球殺不死他——硬，硬，硬殺不死他！鬼靈精剛薩雷斯——各位國內的觀眾，本屆世界少棒冠軍賽我軍戰略錯誤不幸馬失前蹄栽在美西手上，落入敗部，死中求生，好幾員小將今兒個帶傷上陣以求報効——哈哈，九命怪貓剛薩雷斯這下掛了啦！揮棒落空，三振出局。「啊——」電光中猛一聲暴喝，高頭大馬兩手撐住膝頭翹起臀子蹲在捕手身後的美國裁判，倏地，一蹁躚伸出胳臂，抖兩抖，指住那黑不溜鰍笑靨靨擎著球棒的娃兒，喝令出場。剛薩雷斯垂下了頭，蹦蹬蹦蹬跑出球場。客廳裡，一顱子肉白白粉紅頭皮幾十莖華髮，昂了昂，睥睨起滿屋夕照。那男子啜啜虎骨酒，勾起小指甲探到後腦勺搔了搔，伸出脖子拔起拳頭揮了揮，顫抖著渾身脂肪汗濟濟又瞪住電視。鼕鏘，鼕鏘。一篷飛迸的虹彩閃爍著一堂老藤家具。後門滿院子暮色越沉越紅。

「先生，試試。」

女孩兒佝僂著細伶伶一桿小腰肢往櫃底摸索半天，找出信封信紙，擱上櫃臺，回頭把一支原子筆塞進靳五手心。心一動，靳五要了張報紙，寫下兩個字。女孩兒背著手仰起臉，瞳子一亮，攀上櫃臺，湊上眼睛覷了覷，花辮兒一甩回眸似笑非笑就瞅住了靳五。

「你怎麼曉得我叫小玲？」

「妳說的呀。」

「哦。」

眉心一蹙，女孩兒打量住靳五，滿眼睛的詫異，點點頭撮起兩根辮梢撩到肩膀子後：「對不住！稍等。」回身從簷下搬來小紅凳，伸手輕輕柔柔往靳五手心裡撬出原子筆，趴上櫃臺，抿著嘴在那「玲」字上畫個叉叉，旁邊寫個小小「鴒」字，歪過臉睄了睄靳五，沉吟半晌，才打定了主意握起原子筆把「小」字一叉就給封殺了，寫個「朱」。

「我叫朱鴒。」

「朱鴒！幸會幸會。」

「靳先生。」

「妳怎麼知道我姓靳？」

「你自己說的。」

靳五呆了呆，付過了錢把信封信紙一把塞進褲後口袋跨出鋪子來。滿巷歸人。榕下，兩筒三色燈兒漩，貞陽街口曼珠美容院霞光鬖鬖人影幻漾。長巷盡頭，江津路上，兩排車潮嘩喇嘩喇落日下潑出一穹窿喧囂的紅塵，炊煙漠漠，滿城飯香。靳五嚥了嚥口水回頭看看朱鴒，店堂後，碧燐燐一窟子電光流竄鏘鼕鏘鏘鼕鏘。「朱鴒。」「嗯。」「妳不看少棒賽？」「第二次重播！」靳五說了聲再見獨自個朝巷口徜徉出去。滿巷水泥公寓，盪起聲聲刀鏟。底樓人家客廳亮起日光燈，渾白渾白，男人們老老少少把汗衫捲到胸脯上，盤腿兒繾綣在沙發裡，雙雙瞳子，血絲嬰嬰乜住電視。鼕鼕鼕我方小將被對方投手連連三振斬斬斬連斬五員先鋒哈哈！同胞們，我方小將絕地大反攻啦，梆，梆，梆，三支安打，羅美棧陳秋冬高玉宏分別攻占上三壘，一陣廝殺，殺殺殺殺，殺得敵軍瞪瞪瞪陣腳大亂，波多黎各老教頭親赴前線，陣前易將，準備更換投手啦——這群娃娃兵太太太可愛太愛國了——各位觀眾，這是本臺記者傅通義在美國威廉斯波特為您作現場立即實況轉播——太可愛了，唉，鼕鏘鼕鏘，留學生新移民老移民，扶老攜幼攜家帶眷敲鑼打鼓遠道趕來替祖國娃娃兵加油助陣，戰鼓鼕鼕。心一動，靳五回頭望望。一簷子落紅蒼蒼茫茫，朱鴒站在鋪門下捏弄著心口那根小辮，冷冷眺望巷口，揚起臉，抿住嘴，獨自個思念著探索著甚麼，一回身飄飄起裙襬子消失進門裡。店中，日光燈亮了。

彤雲毬毬。

巷口，紀南街荊門街丹陽街三岔口一窩公寓裡，人頭嘬嚃，團聚飯桌。炊煙中小小街坊公園，兩支鞦韆空盪空盪。荊門街口十線馬路上一渦油煙，車潮中悽厲起蕊蕊紅燈。靳五穿過公園走上艾森豪路紅磚人行道，落日下，紅塵中，徜徉過店簷外那一粂一粂燦爛的木棉花。綠燈大亮。汗狨狨滿街裸白腿子，蹬著高跟鞋雜沓過斑馬線。靳五拔起腳步，追上人群。紅燈乍亮，路心，空蕩蕩驀地裡漩起一縹喧囂，兩排汽車闖過艾森豪路三楚路丁字路口分頭咆哮下去了。靳五躥上路心鐵籠子安全島，漫天渾濛下，獨個，摟住膀子喘著氣，覷望著夕照中蠕蠕蜒蜒兩條花火蛇呼嘯過身邊，車窗裡，髮颭颭。長長一條十線大動脈艾森豪路，株株棕櫚，一輪太陽，浮盪在鯤島向晚滄漭起的一穹暮靄裡。彤雲壓城，城欲摧。睞啊睞，馬路兩旁木棉樹梢層層店家，東一環西一彎綻亮起了霓虹招牌。靳五站在車流中守望著交通燈，汗矇矇一睜眼。路口紅燈下，窩窩髮絲翻颺。一篷子齊耳的短髮漂漾在燥風中，落日下耳垂子上兩隻白金小環燦眨著。李潔之佇立人堆裡，一身水綠衣裙，肩上掛著黑皮包雙手交握裙前高躭躭眺望大街，揚起臉。兩下一望。隔著滿街車潮，李潔之挑了挑眉眼上的髮絲先就笑開了，招招手。黃燈亮。斑馬線上蹭蹬蹭趄趑趄一窩蜂洶湧起纍纍人頭羚羚腿子。靳五跨下安全島，躥出馬路心。

腋腋汗酸。

人窩裡李潔之滿臉笑，瞅著靳五走上紅磚道。海東九月島上燎燒了一天，粘粘糯糯一輪落日滿城蒸。靳五挨擠過來，一爽，煙塵中似有若無聞到了李潔之身上清涼沐浴皂香。

「滿身大汗！靳老師。」

「妳好。」

「在等個朋友。」

「哦？」

靳五接過李潔之遞來的兩張面紙擰了擰鼻子抹起臉來，瞧瞧她眼瞳子，回頭往對街眺望過去。一座紅磚堡子滿園葱蘢，悄沒聲，沉溶在漫天爨起的紅塵裡。夕陽下，國立海東大學棕櫚大道濛濛亮起水銀燈。

「對不起得先走一步啦。」

「知道！他來了。」

臉子一揚，李潔之挑起眉梢，兜起皮包，蹬著高跟鞋穿梭過十線艾森豪路渦渦流竄的霞光，車潮中，滿脖子蓬飛起短髮來。落日下兩隻白金小耳環霍地一甩亮。李潔之回過頭來朝紅磚道上招招手，兩瞳子的笑：

「靳老師！」

「是？」

「別忘記過一個禮拜開學。」

靳五站了半天。

一黯，太陽沉落東海。

艾森豪路三楚路荊門街歸州街浩浩渺渺綻亮起水銀燈，城西，一抹紅，滿京高樓女兒牆水塔上眨爍起紅晶燈。蒼茫，萬家燈火。靳五昂起頭來，眺了眺頂頭水鬖鬖一縹月，呆了呆，點支菸，把手插進褲袋踽踽在人潮中走下了艾森豪路紅磚道。

一條騎樓雪樣白，玻璃櫥窗裡琳琅彩燈灑照到街上來，紅霓轡轡，兜睞著簷下逡巡而過的一髻髻燙鬈青絲，三兩顱花髮。戼，戼。滿街鼻涕流淌噴嚏連連。溽暑天，一城少年兒女吃飽了晚飯探索著滿京紅霓窟，漂逐上大街，濃，濃，空氣潮得化不開，紅磚道上洶湧起條條細零身子，一襲花裙，一領紅涼恤，小指勾小指雙雙黑眸瞟閃。嚶嚀嚶嚀滿街冷氣機一窗一窗滴殢滴殢。一爐炭火，紅滋滋。猇亭街口人行道上擺起了烤小鳥攤子，一隻五十元，馝馞馝馞油花迸濺，汗水淒迷噙著口水圍攏著五六對士女，摽結住膀子。艾森豪路上，月下，波波汽車潑漩出一街水晶燈光黑滔滔朝三楚路口奔騰過去，哭，紅燈亮。好一條咆哮的火龍！抽搐，痙攣。綠燈亮，兩渦油煙颾起，闖蕩開了路心條條飄躍的人影，嘩喇嘩喇又往江津路十字路口紅霓叢中宣洩下去，西天，落霞癡癡。滿街喇叭。猇亭街衙衕中小小唱片行邊響起海東夜曲：

真情真愛
父母無開化
不知少年啊
熱情的心肝——

聲聲惜別，斷人腸子。靳五蕩漾進那一衙衕燈影搖紅中，跟著滿街一顱顱油亮的小平頭一把把飄漫的髮絲，穿過猇亭街一街悲情，走上奉節路。天上一輪縹緲，水紅紅。巴東街口兩盞紫光燈霖灑著一攤冰花鮮魚，螟蠓，螟蠓，一支電動撣子兜拂著兩籮鮮紅白煮蝦。靳五要了杯生啤酒，歇歇腳，露天下紅磚道上找了副座頭，五六口酒落肚，心窩裡猛一沁，呆半天，把斗大的玻璃酒杯往檯面上沉沉一奠，點支菸，鬆開領口，瀏覽起巴東街上圜圜虹彩下雙雙漂逐的少年兒女。閣樓上，三兩龕佛燈。街口艾森豪路一漩渦紅塵，滿城燹。

車燈漭漭。

港邊海鳥
不知阮分離
聲聲句句啊——

硍。硍。硍。

海東大學敲起了古銅鐘，一聲一蒼涼，搖盪起天際那輪水紅月，半天繚繞在滿園子翏翏棕棕一壟宮寥落的燈光裡。靳五眺望了半天，心中一動，城東，天北，一顆星星獨自個閃爍著，軟紅十里茫茫黑天中皎潔皎潔一星失落的幽光，深澄迢遙。奉節路金光燦爛，波波小轎車輾過熱熔熔的柏油，猋向城心紅霓深處。燥風中冷氣車窗裡儷影朦朧，睜著一對對眼眸烱烱地眢望城頭月，盞盞水銀街燈下，倏明，倏滅。

「骯！」

靳五猛回頭。

路燈下，一頭飄颺的金鬃。

「好老天爺！」

「嗨。」

「瓊安。」

「哈——哈！」

「妳在這兒幹甚麼？」

「學中文。」

瓊安睄了睄街口對面那座紅磚碉堡子。

兩瞳子，笑盈盈。

「你想不到，對不？」

「瓊安！」

「靳，你好。」

瓊安卸下兩腋子沉甸甸扣著的青帆布背包，往檯腳一擱落了座，擰擰鼻尖，噓，噓，透出長長兩口氣，勾起小指挑起腮渦上汗蓬蓬兩毬髮鬈子撥到了耳脖後，眼瞳一冷，不聲不響打量起靳五。「擦把臉，瓊安。」靳五呆呆瞅著她，心一酸，遞過毛巾，回頭叫海鮮店裡滿頭汗忙進忙出的小姐送來兩杯生啤酒。「謝，靳。」眉心一舒，那兩腮幫曝紅的雀斑漾亮著街燈笑開了，兩排牙兒玼白白。「好個海東夜！瞧那些燈。」瓊安眨眨瞳子，眺住了那穹窿璀璨的紅塵中燐燐星光下環城一巔巔紅警燈，好半天嘆口氣，解開小藍格子棉布襯衫領口兩顆鈕釦，抹起耳脖上的汗珠，忽然，沉下臉瞋住靳五，水銀路燈下那雙眼瞳北海樣冰藍。

「浪人！」

「我回國了啦。」

「這趟又會待多久？」

「天知。」

「靳！你到底在尋找甚麼？」

「孫逸仙博士。」

「正經點！」

「嘻。」

「嘻！」

「昨晚中秋節，瓊安。」

「對啦。」瞳子一柔瓊安把隻腕子水白白路燈下伸過檯面，一掌兒，暖暖罨覆到了靳五手背。小指根上，那枚白金戒指眨著街頭紅霓滿攤冰花鮮魚兩支紫光燈：「你好？靳。」

心一抖，靳五咬咬牙。

瓊安瞅著靳五半天擎起澄甸甸一玻璃斗子海東生啤酒，睜了睜，抿嘴笑，昂起脖子啄了長長兩口，彎下腰來解開背包摸出梳子，撩起胸窩那蓬蓬汗鬈子：「好熱！靳。」抖抖領口站起身，歔，歔，透著氣瞅著天際那輪月亮，車潮中一篦一篦自管扒梳起了髮梢來。溽暑天，密匝匝裹著漂白牛仔褲，綳住臀子，捲起兩褶褲筒蹬著小皮靴，滿肩髮毬，獅鬃樣金毧毧亮著汗珠。靳五靜靜瞅著她。水銀燈下，襟口，曝紅斑斑一胸窩兒煉乳似腴白，汗湫湫泛起了酒酡。瓊安猛一回頭，睜起那雙冰眼瞳睨住了靳五，似笑不笑，把梳子插進藍格子襯衫口袋坐了下來捧起酒杯。「慢慢喝！瓊安。」心窩一熱，靳五顫了顫把自己那張臉湊過了檯面探探手搓搓她小臂，瞅住她瞳子。瓊安兩腮幫兒冷冷沉了下來：「悄悄溜走！靳，你是個無情的浪蕩子。」臉一揚自個玭玭笑了起來，一指尖，戟住靳五的鼻尖搖著頭甩開了兩肩膀金絲騌。「你好嗎？靳五。」澀澀訥訥五個中國字，顫著洋腔幽幽咬了出來。靳五呆了呆，伸出胳臂隔著窄窄的檯面攬住了瓊安的肩膀，手一緊，摟了摟，把臉埋進瓊安髮梢那窩汗酸裡。奉節路紅磚道上麂嚏麂嚏，狩望著霓虹燈漫街少年兒女漂盪，車燈燐燐，一轟瀧一轟瀧。滿城中秋月，剎那間，一京紅霓只剩得了瓊安心口那窩子溫溫濕濕的乳香。

北美飄雪。

「靳，我們走走去。呵嚏！」

瓊安趴著身子摟住靳五的肩膊，睜睜眼，狡黠一眨，撥開他耳鬢忍住笑湊上嘴呵呵呵一麂嚏噴出了兩口酒氣。酥癢癢，一股子熱流蕩漾出丹田，直竄上靳五背脊骨。瓊安站起了身，撩開髮梢，水藍瞳子轉兩轉，瞪住了街燈下檯面上斗大的六隻空啤酒杯，搖頭，嘖嘖笑。海鮮店小姐出來算過了帳，眼角眉梢，乜了個白眼瞪了瞪瓊安，撥開她的手，一轂轆攞起六個杯子蹬蹬蹬搖曳起青羅裙走回紅霓門洞裡。猛踉蹌，靳五笑。瓊安呆呆望著那海東孃的背影，滿臉訝異，忽然伸出舌芯子，睜睜瞪個眼，彎下腰來拎起桌腳沉甸甸擱著的帆布背包，就要紮上胳肢窩。

「瓊安！」

「嗨。」

「讓我來揹。」

靳五接過背包一把兜上自己肩膊。

瓊安瞅著他，滿瞳子話。

暈陶陶，兩個人蹁躚在紅磚道上渡過奉節路一街口一街口盪亮的紅綠燈，夷陵街，安蜀街，歸州街孑孓霓虹下，人影迷離男女老小雙雙摽結著膀子。條條橫街外，城天一輪紅月，十線通衢大道艾森豪路濤濤車燈朝北洶湧向城心，捲起渦渦腥燥風，淙瀧淙瀧，不住漩颳進街口。瓊安悄悄打個寒噤蹬蹬蹭到靳五身邊，挨住他，滿頭髮鬃，水銀路燈下蓬蓬汗汗兩肩子飛揚了起來，一綹，一蘗，撩弄著靳五的鼻頭，摩挲他的心口。靳五攬住她肩膀，心一燦。夜市塵囂，那滿胸窩汗水乳香幽幽漫漾開來。瓊安敞開襯衫領口，把牛仔褲筒捲到踝子上呆呆蹬著高跟小皮靴，只顧低垂著頭，一步一箜趸，踩著人行道上煙塵磔磔的紅磚。靳五摟著她把胳臂緊了緊。

「瓊！」

「是？靳。」猛擡頭，路燈下那雙瞳子冰藍藍睫了睫靳五，兩腮酒酡：「你要說甚麼？」

「準備待多久——這兒，鯤京。」

「好一會。」

「然後？」

「念書？」

「打算走趟日本。」

「探探日本人的陶器，我想學。」

「瓊！天上東北方那顆星星，妳看。」

紅塵燎天。

瓊安煞住腳步，昂起脖子，抹去睫毛上的汗珠覷了覷，月下霓虹叢中，那臉子小雀斑綴著顆顆汗珠泛起了兩腮渦兒酒紅，瞳子一亮，癡癡地，撥弄著眉眼旁的髮毬，狩望起天上的星星來，嘬起嘴唇吹起口哨。滿肩髮梢，夜晚吹起的燥風裡只管漂撩著身上那件藍格子襯衫，汗津津，袖口捲到肘彎上，綳著。燈下，兩腋窩汗漬。滿街人影青絲白頭雙雙穿梭著車潮。瓊安仰望天空蹎著高跟小皮靴穿過人行道上灘灘水銀光，只顧往前走，兩隻臀兒迸著牛仔褲只管撅起來，一步一俏盪。靳五把青帆布背包兜到肩上，敞開衣襟，吸著菸跟住瓊安的身影。海天寥廓，鯤島一圞紅月。汗矇矇，瓊安盯住那顆星星噓出蓬蓬酒氣獨自個越追越遠。那聲聲口哨，唿飀唿飀，穿過圜圜紅霓家家佛龕車潮中流轉了回來，嘹喨，迢遙，孤伶伶瀠洄在人行道。盞盞街燈下甩起一把金鬃，飄颺在滿街晃漾的黑髮中。

三軍總醫院樓樓日光燈通明。

永安路。

廣漢路。

瓊安甩甩髮梢回過頭來，指住艾森豪路口永安國民小學：

「孫逸仙博士。」

「我國國父。」

靳五覷望著煙塵中一臉沉穆坐鎮小學門口的國父銅像，鞠個躬。

「讓我們走去河邊看月亮！靳。」

「我腳痛。」

「靳——」

路燈下瓊安一玼牙。

黑水。

白芒。

燐粼水紅月。

滿城燈火蜿蜿蜒蜒流淌過一片沙洲水瀨，溪上，叢叢海東水芒，浪白花花蕭瑟著一穹窿喧囂的紅塵。漁火螟蠓。捕紅蟲的老人弓著腰，三兩瘦子，分頭跋涉在泥水潭中。瓊安躥上水泥堤垛扠起腰來，飛颺著兩腮幫汗湫湫髮毬子，揚起臉呵著酒氣，好半天靜靜眺望對岸，越嶲路水銀燈下花火龍也似一波嘩喇一波的車潮。「靳！」猛回頭冰藍藍睜住了靳五，月光下兩瞳子的話。「不——靳，我不想說甚麼。」搖搖頭眼一泫，燦開兩渦子笑靨，瞪瞪靳五捽過頭去，敞開領口自顧自站在風頭上撥掠起滿臉亂髮絲，躭噓躭噓，猛嗆出兩把鼻水，回眸乜住靳五狡黠一笑伸出食指，勾，勾，磴磴磴，迎著那一溪熛漩的腥風，髮翻飛跑下河堤。

秋水芒花，只聽得潑剌一響，粼粼月光綻開蕊蕊水星，好半晌，烏湫湫一顆小小頭顱鑽出了黑水潭潑出篷篷油白水花，格格笑。溪畔，老榕下泊著兩艘油漆斑駁的小舢舨，濔濔洿洿搖盪著水月光。哈躭哈躭，十來條小身子黑不溜鰍眨亮著汗珠一窩兒蹎蹦在船頭上，追躥著，月下精赤條條，抖盪起腿胯間那蟲兒樣根根小朘兒。忽地，兩聲唿哨，五六條身子一翻騰飛魚也似刺波而下，澴，澴，好半天，河心上探出頭來，睥睨著滿京紅霓迸迸濺濺搖晃開一顱一顱水月光，笑齤齤。

瓊安望著那群戲水的小男孩，一時看得癡了，回頭豎起食指尖，囁住嘴唇，牽起靳五的腕子撥開水湄芒花一腳腳踩探著淺瀨中的石頭，悄悄涉渡到河心，躥上沙洲萋萋莽莽一鋪水野草。

龍潭溪畔水泥堤壩車燈潑燦一濤一濤綻響起喇叭，塹江路越舊路兩岸堤下人家，冏冏佛龕溟濛在一城熒燊的霓虹燈火中。燐燐黑水，一輪紅月。滂滃，滂滃，老阿公痀瘻著腰桿子淋漓著兩肩膊汗珠，跋涉烏泥窟中，一爪子一爪子撈起紅蟲搽進塑膠袋裡，頭也不擡，草叢中只顧鑽進鑽出。兩瞳血絲雪亮睜睜。螢火兒一轡轡繚繞著芒芒月光，車潮中聒噪起青蛙。瓊安回頭睄住靳五，汗瞢瞢，眸子一柔亮，自顧自蹭蹬到黑水潭邊，覷眺著天空，反手挑起肩上兩鬃汗濕的金蓬子撩了撩撥到耳脖後，噘起嘴，吹出聲聲口哨。兩個人挨著蹲坐進草窩裡。瓊安剝下泥靴子，摟住膝頭，呆呆瞅望河上金風飄搖起的盞盞漁火，蕭蕭一江九月芒。小指上，那枚白金環子閃爍著堤岸兩路燦爛車潮，一眨眨。

潑刺刺，兩蘂水花。

「魚！靳。」

「聽見。」

潭上澴澴水霓虹。

鱗亮，鱗亮。

瓊安伸出脖子悄悄探了探頭，乜過眸子瞠住靳五。月光下，兩隻水藍眼瞳眨閃著一臉兒汗瑩瑩曝紅的小雀斑，迸亮起喜悅的光采。靳五呆呆瞅著她，探出食指，悄悄挑開她眉心上兩綹子濕搭搭的髮絲。草窩裡兩相依偎。瓊安又睜起瞳子側起耳朵諦聽了半天，一齜，蹲著打赤腳躡手躡腳竄到了水湄，窺望著，哈——啾！呆了呆抹抹鼻涕回頭嗞起牙來瞋住靳五，把食指尖豎到嘴唇上。

「魚兒給妳嚇走了啦，瓊安。」

「噓——」

「十三年前我還在海東大學念書時——」

「噓！」

「待會再跟妳講。」

靳五獨自個沉湎回憶中。

明月皎皎。

老五老五醒來醒來跟我去龍潭溪看人抓庵仔魚，討幾尾回來下酒！靳五揉搓開眼皮，看見廖森郎燦著他那顱子鬎鬎小平頭，站在一窗月華中賊嘻嘻喚著他，鏜，教官室裡掛鐘打了一響。靳五蹓落了牀鋪。同學倆摸黑翻出第七宿舍後牆，水田中，跋涉上五嶺路，踩著海大後牆砂土路棕櫚叢中娑娑月影子，穿過艾森豪路，滿城鼾息中，蹬蹬追躡著塹江路堤下泥衖家家佛燈，攀上亂石坡。水光瀲灩！五月天，晌午下過了場西北雨，月下，一溪海東芒閃爍著雨珠悄沒聲搖曳起滿城寥落的燈光。嚀叮嚀叮，磷磷流水。漫潭水洄子眨著月光一圜漾開一圜。哥倆凝聽著蛙噪水潺，跋涉著水芒草，蹦蹬過河牀上璁璁瓏瓏一灘又一灘亂石沙洲，往鯤京南郊，溪上游，一路尋尋覓覓穿渡了過去。月光下龍潭溪宛若千條萬條水蛇群山谷裡流竄出來，銀閃閃刷個彎，繞過一坍石崖。洲中一壟芒草地。八九個海東漁兒郎佝僂起背脊抱住膝頭蹲在水湄上，烏鰍鰍，打赤膊，水光裡雙雙眸子愣瞪著崖下那窟碧水潭。黧黑黧黑臉孔兒，一腮子一腮子早已喝得漾起了紅酡。猛回頭，帶頭那老漁郎白髮花花聳了聳脖子吐出兩口檳榔汁，咬著牙嗞出了聲：「禁聲！」靳五廖森郎哥倆哈著腰涉過兩灘淺瀨，悄悄渡上草壟子，跟著大夥兒蹲伏在沙洲上，縮起肩膀。一窩子汗酸酒氣。「飲啦。」小漁郎十五六歲，撈起肩胛上搭掛著的紅襯衫抹抹心窩那叢汗珠，咧開十來顆小虎牙，哈個腰，遞過半瓶紅標米酒。靳五接過來湊著瓶嘴嘬兩口，一嗆，望望中天，雨過天青飄飄緲緲那輪明月披上了一綃白紗，城心眨起一穹星星。螢火兒，朵朵漂。龍潭溪下游霓虹凋落中，廣漢大橋盞盞水銀燈瀲灩著那一溪皎潔的山中水，空窿空窿，悶雷般嗥過兩輛卡車，載著兩窩黑毛豬半夜趕鯤京屠場去了。灘灘鵝卵石頭，晶瑩著兩珠兒。芒草壟上，十幾雙眼瞳血絲閃爍，只管盯住石崖下那窟深水潭，悄沒聲一漩一漩水紋子。不知過了多久，靳五只聽見天地間萬籟俱寂琤琤琮琮一溪流水，驀地，月亮湧出了雲鬟，潑刺，白鱗竄亮，潭上飛濺起兩蕊子水星。帶頭的老漁郎撂下酒瓶猛一哆嗦抹掉兩腮子豆大的汗珠：「來嘍來嘍。」明月當頭。黑瀅瀅一潭水，剎那間霹霹波波沸騰起了蕾蕾水花，鱗鱗銀紅，千尾萬尾魚兒追逐上了水面，月下喝醉酒般，蹦蹦濺濺癲癲狂狂衝著撞著顫著攣著滿潭子交配個不停起來。機伶伶，靳五打個寒噤。廖森郎把兩隻膀子箍住膝頭蹲到水湄，呆呆嚥著口水。那群漁兒郎撂掉了米酒瓶，提起一張大魚網跳進水瀨，往那銀魚飛掠的潭面罩撒過去。月光滿潭。水花兒一簇簇燦燦白，八九條烏鰍鰍瘦痀痀的身子鬼卒般蠢齜開滿嘴血泡牙，呸呸，啐出檳榔汁，又是躥又是跳，四面包抄，半天哼著嘿著拽上了滿羅網活蹦亂跳的庵仔魚來。那張張臉孔，春月下癡癡醉醉只管綻開朵朵笑靨，酡紅，酡紅：

「夠裝他兩大米籮囉！」

瓊安聽癡了。

兩瞳子，碧瞵瞵。那滿肩髮梢飄蔌了起來，拂著她自個的臉孔撩著靳五的眼睛。溪上漩起腥風。一嗆，瓊安打個觥噎，摟住兩隻膝頭側起臉掠著腮幫上的髮絲呆呆瞅住靳五。紅螢漫天，黑水瀠洄。兩個人併肩坐在河心沙洲芒草窩裡。溪畔一瀨芒花，搖曳滿城燈火。堤上車潮嘩喇嘩喇流淌不停。悄悄，靳五伸根指尖，撥了撥瓊安那滿鬟子汗湫湫風亂的髮絲。

瓊安一哆嗦。

「好狠！」

「中國有句話：一網打盡。」

「靳，這是為甚麼？」

「好吃。」

「這魚好吃？」

「庵仔魚一到春季肚皮就變粉紅──」

「粉紅！」

「他們叫它婚姻色。」

「呃？」瓊安瞅乜著靳五癡癡一笑：「婚姻色的魚好吃？」

「交配期啊。」一顫，靳五睄睄瓊安：「交配期的魚又肥又嫩叫人看了忍不住想流口水！後來有人嫌網魚麻煩就乾脆去藥房買幾顆氰酸鉀，一等春天，半夜庵仔魚從潭底鑽上水面交配，就丟下幾顆毒藥，月光下一整個水潭立刻翻浮起成千上萬粉紅色的魚屍。」

瓊安聽著，聽著，兩腮渦兒綻亮起紅霞來，眼瞳子渙漾著奇異的光采，月光下，側起臉，只管捏著衣領子抹拭著胸窩那叢汗珠靜靜瞅住靳五，眨也不眨。又一颼腥風剽掠過水面，蕭蕭抖簌起荒古的芒花。一哆嗦，瓊安悄悄攏起襟口，觥嚏。草窩裡，兩個兒眼瞅眼。黑水燐熒影影窣窣一片水瀨蒿萊，岸邊老榕下，十來個海東男孩兒一身精赤，咭咭呱呱蹎蹦著兩艘破舢舨，唿颼唿颼兩聲長哨，追逐著紛紛躥進水中，潭上月光飛濺起一簇又一簇油亮水星。好一窩小水精！四下鑽出水面，顆顆顱子睥睨著瀾瀾車燈，一嘯，往廣漢大橋游竄過去，肩膀上晶瑩著水珠兒，烏鰍烏鰍。三兩朵漁火兒飄忽，白頭老人痀瘻起腰桿子彳亍跋涉在烏泥窟中。瓊安揚起臉，掠著腮上颼颼髮絲覷起眼睛眺望頂頭那穹窿城天，環山，巔巔紅燈閃爍。乳白白一張臉子，漾亮著小雀斑。心一熱，靳五探出手來抖索索搓了搓瓊安鼻梁上的汗珠，芒草窩裡，挑撩開她那滿肩子金絲鬃，解開她襟口的鈕釦。腋下，兩窩兒汗漬。瓊安一顫。龍潭溪畔兩路車潮嘩喇嘩喇熛漩起燦爛的油煙流瀉過去。天際一縹圓月，娘娘卸下輕紗，嫣紅，淫黃，浮盪在那一京喧囂的萬家燈火茫茫蒸起的紅塵中。漫溪霓虹流紅。秋風飆起，剎那間紛紛雪雪滿城芒花翻浪，靳五只覺得天地間只剩得了一窟毒水潭，漩澴中，瓊安心口一窩子乳汗溫香。

尋找一窟水源。

一輪緋月。

汗萋萋，尋找那一窟活水源——

水聲響動，嘮啵，黑水潭上紅霓迸裂鱗鱗竄起了兩瀼子水花。瓊安揉著心窩，一身大汗坐起身來，喘著，半天扣上衣襟，顫柔柔撥開靳五額頭上汗濕的亂髮。月下，水光裡兩瞳子眨啊眨，宛若北國夏季遍野翠綠中兩泓子冷冽的清泉。靳五流轉出了汗水迷離的漩渦。洿滀，洿滀，老阿公蹬著高筒靴拎著塑膠袋鑽出水芒叢，頭也不擡，撈起兩爪子紅蟲。下游黑鐵橋滾動起了悶雷，北上列車，一窗日光燈閧窿閧窿飛燁著一窗。瓊安靜靜蹲在水湄，凝眸，沐浴月光中，揚起臉笑不笑甩著甩著只管抖開蓬蓬汗汗滿頭金鬃，歪起脖子，一梳梳，睨著黑水潭入神地篦起頭髮來。

「瓊安。」

「嗨。」

「夜涼了回去吧。」

「好啊。」

瓊安只管綻漾著兩渦子笑靨呆呆又篦了半天，甩甩，讓髮梢流瀉回肩膀上，穿上小馬靴，把青帆布背包紮上腋窩，眼睛一睜，兩爪兒摎住靳五的肩膀仰起臉冷森森瞋住他。那滿臉子小雀斑，灑亮在月光下。靳五伸出食指尖抹去她眉眼上的汗珠，雙手環起她的腰肢，摟住了，兩個兒鑽出荒草窩一腳腳踩拾著水瀨中礧礧黑苔，撥開芒花渡回了岸上來。

芒芒月光。

兩艘破舢舨空盪盪。河上水霓虹蕩漾蕩漾，一顱子一顱子驀地綻出十來顆小頭顱，黲黲水星兒甩了開來，㗇颼，㗇颼，兩聲長哨，縮起肩窩翹起臀子又鑽回了水裡，好半天濺濺潑潑追躥上船頭。十來個小兒郎濛眨著眸子背著手赤條條一字站開舢舨上，顛著，盪著，擠眉弄眼瞅住靳五瓊安，鬼笑鬼笑。月下，淅淅瀝瀝一排晃盪起胯間那十來隻小雞雞。賊嘻嘻，涎瞪瞪，有個小不點跳上岸來彳亍到瓊安跟前昂起脖子瞻仰著她，肚腩下那根小朘兒，烏騮湫湫滴答著水珠。

瓊安看呆了。

「走吧，瓊安。」

「小男孩在說我甚麼？」

「說——」

「甚麼？」

「他說伊娘我鬼，給伊羞死了。」

「嗯？他叫我甚麼？」

「米國某。」

「嗨。」瓊安彎彎瞅住小不點，打了聲招呼，齜笑笑，一撩兩肩子金絲鬃狠狠把髮梢撥到了耳脖後，扠起腰肢，沉下臉步步逼上前去。小不點蹬蹬退三步猛一挺胸膛瞪住了瓊安也扠起腰桿子，拱凸出肚腩，嬝嬝甩盪著朘子，乜起眼。兩下裡，眼瞄眼雀斑對鼻涕只管僵持起來。

蠢蠢一笑，小不點撲上身來把鼻子聳到瓊安肚臍眼兒下，咻咻，嗅兩嗅，皺起鼻頭一哆嗦躥回兩步，對峙著。瓊安呆了呆，兩腮子臊紅上來。船上那窩小兒郎黑鰍鰍中了蠱般滴瀝著渾身烏泥水，只管伸長脖子張著嘴，愣瞪。秋風起，一溪飄白。瓊安怔怔望著芒花中舢舨上那一隻隻昂揚的小雞雞，噗哧，一甩髮梢哈哈大笑欺前兩步，勾起食指，往小不點腦勺上脆梆梆敲個兩記，回身撈住靳五胳臂吹起口哨來，呦飀呦飀，哈勲，磴磴磴揹著青帆布袋直跑上河堤。

兩個兒摽著膀子，月下，腥風裡，徜徉進窗窗佛燈嘩喇喇車潮滿城的霓虹叢裡，塹江路廣漢路艾森豪路荊門街。

說了個五
道了個五
石榴花開
紅屁股！
說了個六
道了個六
雞冠花開
像狗肉！
說了個七
道了個七

金桂花開
香撲鼻！
說了個八
道了個八
牽牛花開
像喇叭！
說了個九
道了個九
鳳仙花開
摘在手——

巷裡，水銀街燈下一雙小花辮漂甩。

靳五獨自個站在巷口，聽癡了。

朱鴒小小一個人肘彎挽著菜籃腳下蹦蹬著塑膠紅拖鞋，店鋪門口，跳一回唱一回，辮梢翻飛，兩鬏子紅頭繩飄颺在滿城熛漩的秋風中。瀝青路上零落著灘灘街燈，碧洴洴，巷中人進人出。朱鴒搖曳起腰肢下那篷子小青裙，山林中小水精般，媥姺過來，踢躂踢躂趿著拖鞋水銀燈下亮閃了閃，又自管挽著籃子遨遊開去。十樣花！一數一朵兒，聲聲好溫柔的召喚，不住流轉在滿巷電視歌舞霹靂的電光虹彩裡。雜貨店簷下灑出兩盞黃電燈，頭角崢嶸，一顱抖簌的人影。颩，颩。一呵噓，鋪門裡聳出了一墩胖大的身影，勾起小指甲反手搔搔後腦勺。嗓門兒一挑，清澇，哀婉，歌聲中那襲小青裙早已翩躚出一棟公寓門下，躥過巷心人車，蹲下來攏起裙腳往菜籃裡摘出了朵鵝黃剪紙花，嵌進另一家門縫：

說了個十
道了個十
高粱花開
直又直！

靳五聽得心酸。

「壞！偷看人唱歌。」

猛擡頭，兩隻黑瞳子街燈下一轉不轉打量住了靳五，冷生生。靳五抱起胳臂倚在電線桿上摸著滿腮鬍渣，乜起眼睛，端詳著孤蹲在人家門口的朱鴒。眼瞄眼。大小兩個對峙在滿巷歸人輛輛流竄的計程車中。一眨，靳五端出了笑臉，跨過巷心。朱鴒昂起脖子攏住裙襬只管攫住手肘上那隻菜籃，冷睜睜探索著靳五。

「誰教妳唱十樣花？」

「不知。」

「我知！」

「誰？」

「妳媽呀。」

「我爸！他在屋裡。」

「怎不見妳媽？朱鴒。」

「你怎知我姓名？」

「妳寫我看。」

「咦？」眉心一蹙朱鴒皺起鼻子眼上眼下掃瞄著靳五，嗅嗅，縮了縮鼻頭：「靳——先生，你跑去哪裡玩了水來？滿頭滿臉都是泥草一身臭烘烘汗酸酸。」

「我要買東西。」

「哦！」朱鴒呆了呆，兩瞳子狐疑，睨住靳五點個頭，站起身躥過巷心踩著鋪門下那一顱衰颯的影子，蹲了下來把兩朵紙花嵌進自家門檻，嘆口氣，撩撩辮梢兒，挽著菜籃子撐起膝頭，回眸又嗅了嗅招招靳五：「進來。」

店堂裡，兩顆黃燈。

朱爸爸打起赤膊兩腮紅濟濟聳著那顱子稀疏的華髮，獨自個，胖大白淨，坐在廳口藤椅裡，手上一柄白紙扇不停往心窩搖過來，啪！搖過去。滿屋子虹彩迸燦。螢光幕上四個少年郎繃著背心裹著韻律褲妖嬝起水蛇腰，猱著，狔著，簇擁住一個女歌星，乳波臀浪，抖盪出一窟繽紛電光。歡樂今宵。猛一抽搐朱爸爸打出兩個酒嗝，燈影裡只管拱起肩窩伸出脖子，愣瞪，攥著那盅虎骨酒，勾起小指甲刳刳刳搔著後腦勺那一蚯一蚯紅癍。

兩奶子，汗晶晶。

後窗一蘢月。

「靳——先生！」

靳五回頭。

朱鴒探出小爪子撮住靳五褲後腰，悄悄扯上兩扯，皺起鼻尖，仰起臉絞絞眉心黃燈下兩蓬子睫毛眨啊眨：「買甚麼？」「兩瓶紹興酒。」「嗯？」「紹興！」靳五扠起腰來笑嘻嘻瞅著她。朱鴒不吭聲慢吞吞趿起拖鞋走進後廳搬出了張圓板凳，攏攏裙腳攀上去，摸索半天，顫巍巍一懷子抱下兩瓶海東紹興：「嗯！兩瓶紹興酒兩百零八塊，退瓶子一隻四塊。」豁浪浪，瓶子晃亮，兩瓶酒給擱到了玻璃櫃上。朱鴒攏住裙子爬下板凳，睫毛一挑，眼瞳裡那兩泓子清光忽然凝聚起來一閃不閃靜靜睐著靳五，遙迢，鄙夷。

靳五心頭一顫把兩瓶酒悄悄揣進懷裡，涼涼竄出一背脊汗。

「謝謝，朱鴒。」

「謝甚麼？」

「妳把我當酒鬼了！」

朱鴒仰起臉，望著靳五慢吞吞搖了個頭把根辮梢抄到手裡，一絞，捏住了，腮幫兒上飄過兩朵烏雲。後廳口，朱爸爸抖擻起兩膀子脂肪，碾著藤椅掙扎出了個長長懶腰，半天迸出兩個酒嗝。「噯——」幽幽一嘆整個人洩了氣，拱兩拱，癱回藤椅裡，搔搔腋窩又瞪起屋角那一霆子歌舞妖嬈的少年男女。

呃呃呃呃。

——鼽！

朱鴒捏著辮子悄悄站在店堂中。

「我回去啦，朱鴒。」

「見！」

生生澀澀那聲口像把磨鈍的小刀。朱鴒撩起辮子，往肩膀後一摔，掉頭，聚攏起裙襬坐到了簷下那張塑膠小紅凳上，拾起小人書，攤在膝蓋上，覷住眼，照著街燈把一根指尖撐住下巴自管字字點讀起來。

心一涼，靳五摟起酒瓶低低頭鑽出鋪門。「對不起！」簷外水銀燈下一潑風闖進了個少女，十四五歲。靳五煞住腳步，檻上打個照面。那頭油黑鬈子風塵僕僕耳脖上雞窩也似昂聳了聳，兩隻眸子一藐，睄睄靳五懷裡的酒。靳五讓出路。「謝。」一揚臉，瓜子下巴翹了起來縮縮鼻尖，兜起肩下那隻印第安花布袋子跨過門檻，回頭瞄了瞄簷下。

朱鴒頭也不擡：

「二姐。」

「媽呢？」

「不知。」

「姐呢？」

「不知。」

「爸呢？」

「屋裡。」

小二姐把花布袋往玻璃櫃上一撂。怦！靳五呆了呆，街燈下睃睃心口那兩瓶金光亂竄的海東陳紹，一把挾進腋窩裡，朝簷下喚了聲：「小鴿，晚安。」跨出店門，踩過巷心一灘水銀清光，掏出鑰匙打開俞媽媽那棟公寓朱紅大門中的小門。

「晚安，靳先——」

冷。

靳五爬上三樓打開房門撩開棉被一頭栽進汗窩裡。

遼迢。兩瓶紹興落肚。

北美飄雪。

縹縹緲緲一天白絮，靳五呆了呆眺望平天把書包紮上肩膊推開兩重玻璃大門，一腳高一腳低，踩著瑞雪，走進悄沒聲茫茫小鎮。西邊天際蕾蕾彤雲，潑血般，平野上一林楓樹，火燒火燎飛舞起蕤蕤朵朵雪花。今年大雪來得早！靳五獨自個跋涉在放學的路上，雪中落葉窸窣，偶爾，噢，一輛汽車亮起兩盞雪燈悄駛出風雪來，一潑燦，濺起鏃鏃雪泥，兩顱子人影耳鬢廝磨隱沒進了雨雪其霏的街頭。滿鎮人家，炊煙霧緋。石板人行道亮起了水銀燈，盞盞漾亮著雪中株株楓紅。呱，呱，一雙寒鴉抖落了黑枒杈上的雪毬。布坎南街上皚皚草坪棟棟白木屋閣樓透出了窗窗燈光。滿街坊廳堂，瀅黃瀅黃，水晶吊燈下人影亮麗，碧鎏鎏迸閃著電視夜間新聞。法蘭克雷諾斯。陳謝勒。克朗凱特。三大電視網銀髮主播琅琅讀稿。暴風雪襲擊全美。靳五把肩膊上的書包紮緊了，縮起肩窩迎著一鎮飆旋的銀絮，蹎走過望不斷兩排燈火人家。霍桑街角，悄沒聲捎出了條瘦小人影，裹著一身臃腫寒衣，佝僂，低頭，邁著沉甸甸大皮靴喘著大氣朝向靳五跋涉過白雪來，水銀燈下閃了閃，猛擡頭。靛藍夾克斗篷裡滴瀝著兩腮子蒼黃雪花。韓國人？日本人？中國人？兩下一照面。眼皮一挑血絲烱烱，瞟了瞟，低頭縮起肩窩，一癱子灰黯，步步漂失進漫街燈火炊煙中飛繚的雪花裡，喀喇喀喇。十字路口，一輛天青雪佛蘭靜靜停下來，前座那老伴兒倆擁住冬裝街燈下燦著兩鬢子銀絲鬃，頷首讓路。靳五點頭答謝，躥過路心轉上托克威爾街。有家前院紅葉斑斕落霙中一聲呦呦一聲響起狗吠。「黑皮黑皮不要叫！乖。」窗門推開，燈光裡小小女孩探出耳脖上滿頭金鬈子柔聲呼喚。風緊了。天邊蕾蕾殘紅凝成一抹血，遍野楓樹燊紅燊紅，標漩起漫天狂雪，剎那間那一繆小鎮人家給捲進了渦渦紛緋落葉中，白茫茫。鎮尾，托克威爾街那頭夕照下路燈一盞滄漭一盞，閣樓上，窗裡瓊安亮起了燈。

簫聲吟！秦樓月。

靳五醉夢中翻個身坐起牀來摸摸心口，一窩汗，黑裡，摸索著找到那俞媽媽下午送來的保溫杯把大半杯冷茶喝了，點支菸。滿帘月，一巷迷茫。聲聲洞簫半夜只管吹個不停，纏綿，反覆，懾著人的魂，縈繞人的心肝腸子。靳五癡癡聽了半天，心一酸，趿起皮鞋跂著腳追索著簫聲登上通往公寓天臺的水泥樓梯。溟濛，漫天星靨靨。滿京燈光寥落，環山中孑孓紅霓眨著兒著汕亮起一城燐火，北上列車闖閃過小龍江鐵橋，磕，磕。紀南街荊門街丹陽街磈磈碭碭一窩公寓，艾森豪路三楚路大街上，一波一波轎車醉醺醺，猋著喇叭，儷影成雙猋向天際水紅紅一輪中秋月。滿巷鼾聲，秋風裡，朱鴒家店簷外一盞水銀清光姹紫嫣紅飄零著朵朵剪紙花。靳五站在天臺門口，飅飅撩起衣襟，拂著心口。

海天寥廓。

四更天島上蒸漫起的紅塵中，一笛橫吹，公寓天臺女兒牆上依偎著一雙少年兒女。

第三章　秋光滿京

〈上〉　彩虹車

校園鎏亮起鐘聲。

「好！今天到此為止。」

紛紅駭綠滿堂窸窣起衣裙八九十個女生收拾起書本筆記，一飆子，聒噪出文學院第二十四教室。一窗秋陽，蓊蓊薆薆，溫撫著九個落單的男生。靳五站在講臺上，點支菸，堆出笑容瞅著九顆黑黧黧剛受完暑期軍訓回來的小平頭，一顆魚貫一顆，笑憨憨跟住那渦二年級女生走出教室。行政大樓前古銅鐘，鏜，鏜，迴盪在幽深的文學院裡。窗外，一穹麗日滿園子繚白縈青，蘢蘢秋光。棕櫚大道上兩排招展的大王椰飆搧著花裙髮梢，一簇一群，大學生抱著書本，三兩朵小陽傘漂漾。海東秋！一堂座椅空蕩蕩，不知哪個女生把長柄子鮮紅塑膠梳子遺留座頭上，烏溜溜兩綹髮絲纏繞。兩椏子海東樟，滿枝熟黃，流篩著太陽闖進窗口來，薰風中只管打起盹兒。聲聲蟬囂，驀然一嘵。靳五聽了好半晌吸完最後兩口菸收拾起書本。門外石板樓梯上，跫跫蹬起高跟鞋。

靳五一回頭。

「還沒走啊？靳老師！」李潔之抱著一墩全錄講義眉眼上綴起汗珠站到門口，皝亮亮，陽光裡一襲水藍衫裙。靳五把菸蒂悄悄彈到講桌下，蹂熄了，回頭笑了笑。李潔之跨過門檻：「下堂課廖森郎教授上文學批評。」噓口氣，把講義往窗臺上沉沉一擱望住靳五，看看錶，反手抹抹額頭，窗下，耳垂子兩隻白金小環只管燦眨著脖子上那篷短髮。「廖森郎教授開學永遠晚到五分鐘整，要助教先發講義。」

「森郎兄！英國紳士菸斗派頭。」

「照片您帶來了沒？」

「嗯？」

「送部審啊。」

「這就回去拿。」

「不急。」

一粲，李潔之綻漾起兩渦兒笑靨。

窗口兩椏子黃葉颭颭一迸亮，搖曳進了陣薰風來，光影中，撩起那篷子齊耳的髮梢。好一襲清爽皂香！靳五悄悄吸口氣說了聲再見看看李潔之，笑了笑收拾起學生上課證，挾起書本步下講臺走出教室。四年級女生趕文學批評來了，長廊上，漩起一窩花裙。「老師好！」「好。」靳五點著頭堆著笑，穿梭過一窗一窗燦漾著陽光迎面繽紛撲來的女生，走下石板大梯出了文學院。

一園金風。

兩排大王椰張掛著迎新海報，一幅幅，翩舞出青春，一路燎燒到校門口杜鵑叢中那座紅磚碉堡子。鐘臺下，飄忽出一顱子白髮。靳五站在文學院門廊中，遮起眉眼，瞇住太陽，望著老校工兩爪子攀住大蔴繩蹬起腳扭起腰敲起了銅鐘來，鏜鏜鏜，盪嘵嘵，迴響在滿園蔴雀噪開的秋光裡。校門外艾森豪路幻泛起波波車潮，嘩喇嘩喇。兩眼翻白，老人家搖盪出聲聲銅鐘，摔下蔴繩，撈起衣襟抹抹滿頭汗珠，佝著腰蹭蹬下了鐘臺來，漂閃進行政大樓。棕櫚大道上，老校警脖子下掛著哨子背著手跖躂著灘灘豔陽光，逡巡徜徉。一輛輛破單車男生載女生，髮飄飄，迸濺著太陽飛馳向十一點十分那堂課。海藍天。濤濤白雲棲停。靳五挾起書本踩著粼粼回音穿過圖書館後院那窟松蔭，走出側門，嚻，三楚路車潮燦爛，紅燈亮，簇簇小陽傘洶湧過路口，漂盪進紀南街煦暖炊煙裡。「靳老師早啊。」荊門街紀南街丹陽街三岔口街坊公園，水泥地上兩支鞦韆一亭紅琉璃。石凳上，俞媽媽繃著一襲灰藍仿綢老旗袍攬著個滿頭花白的老嬤嬤，咬起耳朵講悄悄話，一回頭。靳五蹬上亭子。

「俞媽媽。」

「老師這麼早就放學了？」

「下課。」

「這是白奶奶。」

「白奶奶。」

「先回去休息去！熱水瓶裡灌了開水自己泡杯茶喝。」一乜，待笑不笑，俞媽媽蹙起眉心覷著滿街坊太陽端詳靳五，回頭瞅瞅白奶奶：「老師喝酒！兩個紹興酒瓶也幫你退給了朱家小鴒，錢就擱在書桌上，八塊錢。」

「有人半夜在樓頂上吹笛子。」

「小武呀。」

「誰？」

「他那個武——」

「——跳舞的舞字。」

白奶奶齜齜滿口好白牙兒。

靳五一呆：

「他有個妹子？」

「叫亞星——」

「——天上的星星。」

「小舞亞星。」

「兄妹兩個都上補習班考學校。」

「姓？」

「沒問過——」

「——南部孩子。」

靳五道了乏，回頭向垂拱在石凳上衰颯一癱的老嬤嬤哈個腰，挾起書本，暖洋洋，踢躂著一水泥地晨暉走出公園，拐進紀南街七六巷。

一簷太陽。

朱鴒那張塑膠小紅凳搬出了簷下。朱家鋪子門口流灑起天光，一大一小，薰風鬖鬖兩條人影依偎。小凳上，箕坐著個三十好幾的婦人，抿著哈欠，咬住兩根紅頭繩，把腳踝子上鵝黃晨褸下襬慵慵提攏了起來攤在膝頭間，心窩裡，一膀子攬住朱鴒，一梳一蹙眉心，給朱鴒篦刷著她那兩肩子烏黑髮絲。屋裡，悄沒聲。靳五站到了公寓朱紅門前水泥電線桿下來，瞅著。巷底貞陽街口，曼珠美容院兩筒三色燈豔陽下髟髟兜轉。江津路上，秋光粼粼。一波波車聲潮騷，嘩喇喇湧進巷裡。家家公寓天臺上飄漫起了午炊。朱家簷口一圓黃鐵皮招牌，油漆斑駁。菸酒。太陽下兩個紅字燦爍著風霜。小藍裙，白上衣，朱鴒挨站在婦人懷裡東張西望只管跂磨著腳上那雙白帆布鞋，一凜，猛回頭，睜住陽光覷了覷，呆了呆沉下臉來。兩瞳子冷森森乜望靳五。一把黑髮，腰肢上小黑瀑也似漾亮。薰風吹，大小兩個隔著那摩托車流竄白花花人閃人躥的一條巷道對望半晌。靳五心一寒。小凳上，婦人絞起眉心狠狠攫住那束只管甩盪不停的頭髮，篦著，扯著，甚麼時候，就在朱鴒脖子後編出了根麻花小辮子，拿下嘴裡哈著的紅絲線，紮住辮梢，一齜，咬咬牙勒緊了，鮮紅鮮紅打個蝴蝶結，勾起小指搔搔朱鴒的胳肢窩。一甩花辮梢，朱鴒嗞起牙昂起脖子瞇覷住滿天絢爛的太陽，格格笑，望望靳五又沉下了臉。婦人放下梳子，撮起晨褸襟口抖了抖胸窩的汗水撩撩肩上兩毬髮絲，遮住嘴，打哈欠，撥開朱鴒腦門上一篷劉海托起她下巴來，左看右看，一瞪，眉開眼笑，搿起兩隻膀子摟了摟朱鴒，怏起嘴唇，往她臉上吹口氣，順手整了整她那身白衣藍裙小學生制服。靳五靜靜站在電線桿下，瞅了半天。擡頭，婦人挑起眉梢陽光裡望了望靳五，閤起膝蓋，把晨褸下襬拂到踝子上，臉一紅，抿嘴噤了個哈欠。麗日中天，靳五挾著書本穿梭過滿巷人車走向那一檻晌白的秋光。

「朱鴒，妳早啊。」

腮幫一綳朱鴒揹起書囊。

靳五笑了笑：

「上學去？」

「唔。」

婦人把條膀子環抱住膝尖坐在凳上歪起脖子自管梳著頭，望著大小兩個，呆了呆，低低頭天光下攏起襟口來。一褸子零落的髮絲。胸窩裡，汗湮湮兩臟子迸綳。靳五別開臉去。蒼茫，一顱花斑，朱爸爸腆起肚腩抖擻著胳臂把汗衫捲到胸脯上，悄沒聲胖白墩墩，獨自個來來回回踱蹀在後廳兩窗太陽下。一柄白紙扇搖啊搖。滿巷公寓鏗鏘鏗鏘綻起鍋鏟聲。店門口，婦人篦完頭髮，把梳子啥到嘴裡低下頭來反手撈起兩肩髮梢，撩了撩，甩掠到耳脖後，揚起臉拖起晨褸下襬撐起膝頭，一爪子揞住襟口。

朱鴒站到門檻上跂起小白鞋：

「爸！上學。」

「阿鴒，妳又幹嗎啦！不理人家。」朱媽媽一把攫住朱鴒的腕子，捉回來，把她緊緊摟到自己腰身上，回頭望著靳五，抿住了個哈欠瞅了瞅襟口臉一紅鬆開朱鴒，抱起胳臂攏住晨褸：「她現在讀下午班啦。」

「先生！」朱鴒揚起臉：「要買甚麼？」

眼瞳裡一雙剪子。

靳五一凜。

「不買紹興酒，朱鴒。」

朱鴒愣了愣陽光裡慢吞吞歪起脖子乜起眼睛望住靳五，笑，不笑，打量了半天，把胸前那根麻花辮子撥摔到肩膀後，兩爪子攫住朱媽媽的腰帶，扯了扯，咬忍住兩腮渦笑靨。

「媽媽！」

朱媽媽漲紅了臉一轉身：

「又動手動腳。」

「他就是那個喝酒的靳老師。」

「老師好。」朱媽媽訕訕遮起腰口，一身鵝黃晨褸沾著縷縷黑髮絲逃閃到門檻上，望了靳五兩眼，瞋瞋朱鴒，探出脖子朝巷底曼珠美容院堆出了笑容：「蔡太，早。」

「朱媽媽早阿鴒早。」

姅白的婦人！薰風中媥姺過來。

朱媽媽撈起襬子，翹起腳拇趾，趿起塑膠東洋紅拖鞋，甩著兩肩髮蓬把蔡太太推送過門檻。兩個三十幾歲的婦人湊起嘴皮子，笑進了店堂。後廳裡一柄白紙扇飄搖。靳五一回頭。白衣小藍裙朱鴒兩腋子紮起了塑膠紅書囊佇立一巷天光中，俏生生，仰起臉瞅望屋裡。

兩隻黑瞳子，太陽下探索著。

「朱鴒！」

「知道她是誰？」

「誰是誰？」

「曼珠美容院老闆娘。」

「哦。」

「蔡馮曼珠。」

一指尖，指住貞陽街口兩筒三色燈：

「婦女會選出的模範夫妻。」

「怎個模範？」

「恩愛。」

瞳子一眨，朱鴒端肅起臉容。

海大校園盪漾出鐘聲。

朱鴒笑：

「十二點！」

「唔，該上學去了？」

靳五撮起朱鴒的腕子覰覰她的錶。

朱鴒踮起鞋尖，甩甩書囊下辮梢上那紮子紅頭繩，歪起腦勺望了望靳五，點點頭跟住他往巷口走出去。一路沒吭聲。靳五回頭瞧著朱鴒把書本挾到腋下，兩手插進褲袋，小步小步，遛達過巷心煖煖秋光錚鎗錚鎗家家刀鏟。日正當中。炊煙中，哪家屋裡嘩喇喇飆起滿桌麻將聲，齟齟齬齬婦人笑罵，一閨鏖戰。烏彪彪一潑亮，巷口闖進了兩輛山葉追風兩百西西日本重型摩托車，滿巷颼起一渦煙。高高翹起的座墊上痀瘻著兩對海東小郎，瘦羓羓糾結著，花衫梟裹，迎向薰風，啐出蕊蕊檳榔汁蜿蜒穿梭過一巷上學放學小男生小女生。黃舌帽，朵朵漂竄。油煙滾滾兩驃子黑花影，猋閃過貞陽街口兩筒法國燈，太陽下追逐，轉眼間消失進巷底江津路燦爛車潮。靳五放慢腳步，讓朱鴒跟上。大小兩個一前一後緊挨著徜徉向巷口紀南街。

——朱鴒。

——嗯。

——妳怎不戴小學生的黃舌帽？

——悶。

——妳家幾個人？

——五。

——妳爸，妳媽，妳。

——姐，二姐。

靳五回回頭。

炊煙裡朱鴒仰起臉瞇覷著中天鋩鋩太陽望住了靳五，不吭聲，滿瞳子的話。靳五站住了，瞅著她。嘴一抿朱鴒又低下了頭，反手揪起辮根子，扯兩扯，踢躂起白帆布鞋閃躲著滿巷人車跟住靳五只顧走著路。

一臉子落寞。

——媽忙。

——嗯？

——不常呆家。

——姐呢？

——今年考上大學。

——哪一間？

——海師。

——師範大學！妳姐名叫甚麼？

——朱莉。

——茉莉花的莉。

噗哧！朱鴒閃出靳五身後往前躥出兩步，回頭睇住靳五，咬著笑，太陽下水靈清一張臉子，綴起五六顆汗珠。眼瞳一亮朱鴒覷覷巷頭巷尾，探出手來悄悄捉過靳五的腕子，勾起自己的食指尖，寫一筆，睨一睨他，半天在他手心上寫了個字。靳五搖搖頭。一呆，朱鴒綻開腮渦，笑了笑撮住靳五的小指頭牽到牆根下，攏起裙腳，蹲下身子，卸下肩背上紮著的紅書囊打開筆盒拿出了支青色的彩筆，回頭望望靳五，站起身，趴到水泥電線桿上睜住陽光寫出了個字。靳五湊前看。「鸝！妳姐的名字，好美。」朱鴒沉下了臉來乜住靳五慢吞吞點個頭，眨眨眼一掉頭，甩起腰肢上那蓬子飄零一巷炊煙薰風中的花辮梢，又在電線桿上寫個字。

「二姐，朱鳶。」

靳五呆了呆。

朱鴒收起彩筆揹上書囊，趄上荊門街口紀南街。

——妳們家三姐妹。

——嗯。

——大姐朱鸝。

——嗯。

——二姐朱鳶。

——嗯。

——么妹朱鴒。

——嗯。

——有心事！

——誰？

——么妹。

靳五板起臉孔。

朱鴒仰起臉兒望著靳五呆了呆，一玼，燦開兩排小白牙瞇著陽光搖頭晃腦吃吃笑起來。

「誣賴！」臉一紅：「小人家哪有心事。」伸手撥了撥兩鬢子汗溱溱風亂的髮絲，低低頭。

靳五在街邊站住，回轉過身來扠起腰，呆呆地，瞅著一穹豔陽下那一身白衣藍裙秀秀婷婷一根麻花烏辮子，笑了。擡頭，朱鴒瞇紅著臉，踮起鞋尖探手悄悄扯了扯靳五的衣袖，抿抿嘴，笑不笑：

「趕上學囉。」

「是。」

黃舌帽兒滿街漂盪。

大小兩個踩著金風中海東大學綻起的鐘聲。

炊煙漫。紀南街口三楚路十線大馬路上迸濺起鏃鏃陽光。正午，紅燈魎魎，兩排汽車一漩渦一漩渦踩著煞車流竄過斑馬線上高掛的交通燈。靳五牽住朱鴒的腕子，握緊了，站到街口一奰紅晶燈下來。滿城秋。鏜，鏜，聲聲銅鐘盪亮起蘢蘢紅樓中一穹白雲。校園裡驀地一繽紛。九月天杜鵑開得一片醉似的，滿園子漂出朵朵小陽傘，麗日下，襲襲花裙洶湧向校門。三楚路紀南街艾森豪路滿街餐館早已爨起一城飯麵香，南腔北調，吆喝，跳躍，白頭老兵端盤送碗忙進忙出，店堂裡人影幢幢嘬噿著中午覓食滿身大汗的男女大學生。

靳五守著朱鴒趑趄在斑馬線頭。

對面，紅燈口，海東大學側門流水落花洄漩出一波陽傘，女生們抱住書本褊褼起陣陣薰風。朱鴒跂起腳探出脖子覷了覷。傘花中，一襲冬黑西裝閃兩閃，龍驤虎步邁出了條壯碩的人影，跨步占到紅燈下，探出脖頭瞇望了望快車道，蹬蹬蹬踩著大頭皮鞋退回三步。一窩女生堵住校門。笑語聲，一澴子一澴子漂過馬路，蕩漾。好個清秋天，那男子穿得一身厚重冬裝沉甸甸拎著咖啡色老公事包，矗立花裙窩中，狐亮狐亮，兩杏子黑眼眸燈上燈下只管睃瞟不停。朱鴒蹙起眉心，眨兩眨。紅燈下，男子把巴掌上揸著的兩本洋裝書挾進腋窩闖上了斑馬線，邁出大皮鞋打起手勢，跳房子似的，一躥，一蹭蹬，穿梭過十線大街的車潮，層層夾縫中汗濟濟一路哈腰禮讓渡到了這邊來。

「靳博士靳老師！」

「您是？」

「馬！馬清流。」

黑蒼蒼一張風霜臉膛，看不出年紀。

「馬清流！早上旁聽過老師的西方小說選讀，有幸有幸。」男子一鞠躬打開公事包，撮出名片扭扭腰閃開兩輛追竄而過的摩托車，遞到靳五眼下，陽光裡目光瞵瞵，瞟了瞟朱鴒：

「請賜教，靳博士。」

「馬清六馬兄！韓主任早上才關照過。」

「剛從部隊退下，聽課聽聽課。」

「歡迎。」

「這位小妹妹——」

「朱鴒。」

「老師的——」

「鄰居。」

綠燈譬譬亮。

對面海東大學側門葱蘢中盪起波波花潮，一傘，一裙，聒噪著流瀉過馬路，日正當中洶湧向各家飯鋪。人頭纍纍。靳五覷了覷馬清六，哈個腰，揝住朱鴒的肩膀一把摟到身邊來，占上斑馬線，煙渦裡，追逐著滿路心跳蹦的黃舌帽白衣小藍短褲小藍裙，穿過喘炅炅兩排對峙的車陣。

靳五朝朱鴒揚揚手正待跨進校門，一回頭。

車潮中，朱鴒揹著紅書囊腰上拖著根痲花小辮佇立在門口紅磚道上，仰臉，細伶婷婷，

跂著白帆布鞋歪起脖子只管瞅望他。

兩瞳子汗濛濛一瞬不瞬。

靳五呆了呆。

「朱鴒。」

「嗯。」

「妳在哪裡上學？」

「建業國小。」

「遠嗎？」

「坐公共汽車三六九路。」

「我帶妳去。」

朱鴒點頭。

太陽下，眼瞳子泫然一亮。

心一㸌靳五俯下了腰身來撥撥朱鴒眉心上那兩蕊子劉海，捋下自己的襯衫袖子，撮住袖口，拭著，輕輕替她抹去鼻梁旁的小汗珠，捲回衣袖握起她的腕子：「我們上學去！」榕蔭亭亭，大小兩個沿著海東大學操場鉥亮鉥亮一排鐵槊子紅磚圍牆，手勾著手，踩在方方紅磚鋪出的長長人行道上。一丱子鮮紅頭繩，書囊下，颼啊颼，晃動在杈椏間篩下的天光裡。靳五悄悄掙脫朱鴒的手冷不防攫住她的辮梢，揪一揪，扯兩扯。朱鴒回頭瞠住靳五，淚光中滿瞳子眨巴著疑惑。靳五哈哈笑。朱鴒玼玼牙。滿校園花木燊燊燦爛在一天秋陽裡，運動場空蕩蕩，三兩朵花傘下，耳鬢廝磨儷影翩躚，驀地兩隻蟬兒放開嗓門嘷了嘷鬪起嘴來。朱鴒豎起耳朵，捉摸著榕蔭裡綻出的天籟呆了呆一把攥住靳五的腕子，勾起食指尖，輕悄悄掐了掐他手心窩。小小指頭兒只管搔著靳五的巴掌。行道樹外十線瀝青大馬路浪白花花，炊煙車潮，喧嘩起渦渦秋光，掃蕩著路心安全島上一朵一雙黃舌帽。榕中，漫步出一窩子男女，五六個美國留華學生膊頭上紮著帆布囊，羢羢披散開滿肩金鬃迎面嬉笑過來。斑斕斕一身身襤褸。瓊安把青帆布背包高高兒上肩胛昂起臉覷望樹梢頭，磕磴磕磴踩著紅磚，敞著領口，軌！打個噴嚏，嘬住嘴唇有一聲沒一聲又自管吹起口哨。「嗨——」瞳子一亮，兩腮幫小雀斑蓊蓊天光裡汗湫湫綻開了笑靨：「靳。」「瓊安。」靳五笑笑。一夥男女嗞嘻嘻此起彼落打起了招呼，嗨，嗨，瞅著朱鴒眨兩眨，晃起滿肩髮毬挨著海大圍牆魚貫擦身而過。一窩汗酸。波波笑語，迴傳出榕蔭來。三楚路滿路油煙嘩喇喇燦起兩條花火龍。剔透的藍天，皎豔的太陽。運動場上吹起軍號，百來個大學生男的女的穿著土黃卡其軍訓制服，飛颺起黑領帶，四下蹿跑過來，日正當中集合到了司令臺前。

青天白日旗正飄飄。

「等車！」

朱鴒煞住腳步。

靳五只覺得手心蚤蚤一癢，看看朱鴒。那五根小指尖掐了掐他，早已掙脫他的手。蹬蹬，小丫頭往後躥出兩步，冷起臉，白衣藍裙揹著紅書囊獨自個躲藏到人行道上一榕日影裡。「妳怎麼啦？」「沒。」「要不要我送？」瞳子一黯朱鴒抿住嘴慢吞吞搖搖頭。靳五呆了呆把書本挾到腋窩下，背起手，弓下腰，湊到朱鴒鼻尖上瞅住她的瞳子。朱鴒一摔頭，踮起鞋尖覷起眼睛，眺望到馬路對面。貞陽街口紫綾綾一裙颼裊，風塵中，朱媽媽肩窩裡夾住傘柄子打開皮包撮出耳環，歪起脖子戴上了，張望一街太陽，招手截下了一輛計程車，闔起小紅傘絕塵而去。

靳五看看朱鴒。朱鴒沉下臉。

「朱鴒？」

「嗯！」

「我送妳上學去。」

朱鴒擦擦眼睛反手揪住了書囊下那綹子飄颺的辮梢，扯兩扯，仰起臉靜靜望住靳五，半天，瞳子一瞇笑，點個頭，五根小爪子攫過靳五的手刮刮他掌心，牽著他走向三六九路公車站牌。

男女老小伸長脖子站滿路肩。

路心，黃舌帽兩朵兒漂。一雙小姐弟揹著書囊佇立路心安全島上，等著過馬路，手勾住手，覷望著身前身後一濤濤盪起陽光擦身而過的各國轎車。一對士女，廝守在小陽傘下，摽纏著膀子穿梭過十線馬路來，笑個不停。紅磚道上悄沒聲，麗日下汗潸潸愣瞪著幾十雙大小眸子。

榕下一肩子懸掛著青布書包。

朱鴒睜了睜眼瞳：

「亞星姐！」

「朱鴒。」

一回頭榕下的少女笑盈盈瞅住了朱鴒。

白衣，黑布學生裙。

「靳老師？」

「亞星？」

「是。」

「半夜聽見妳哥哥吹笛子。」

「小舞！」

瞳子一柔亮。

吁吁喘，黑煙裊裊薰風中彳亍駛來了輛鯤京市政府公共汽車，銀白車身上鬃著一彎彩虹，嫣然，燦爛著太陽。靳五望望車頭標示的路線：江陵街—廣陵路。站牌下，等車的人一漩渦揪擠著顛蹦下路肩蠭湧上馬路，男人女人，老的小的，團團堵住三六九路公車門口。「上車！」朱鴒睜了睜眼睛攫出爪子撮住靳五的指頭，一齜牙，笑央央，扯起了亞星肩胛上掛著的青布書包：「亞星姐上車。」「朱鴒，妳急甚麼啊？」亞星掠掠兩腮幫風亂的短髮絲慢吞吞撥到耳朵後，兩隻瞳子狡黠一亮，雙手交握到裙前歪起脖子只管站在榕蔭裡瞅住朱鴒。朱鴒怔了怔仰起臉孔張著嘴巴，睜起瞳子。姐兒倆不聲不響對峙在紅磚道上，眼瞪住眼，半天一瞬不瞬。榕樹梢頭一穹湛藍，停雲靄靄。嘻嘻嘻，朱鴒晃盪起書囊下辮梢上兩綹子紅頭繩指住亞星的鼻尖，搖頭燦綻開兩渦笑。亞星呆了呆猛眨眼笑彎了腰，兩掌子撐住膝頭。「妳輸了！亞星姐。」朱鴒沉下臉繃住腮幫，眨也不眨豎起食指尖指住自己的眼瞳，圝睜睜。「該上車了吧？妳們兩個。」靳五把書本挾到腋窩下抱起胳臂歪著頭看完這場對峙。「我睜不過妳，朱鴒。」亞星一柔聲，伸出食指尖撥撥朱鴒眼瞳上那兩篷子森冷的睫毛，哈！搔搔她胳肢。朱鴒格格笑。亞星捉過她的腕子，替她整整那身白衣小藍裙，一躥，跟住靳五，追趕上公車門口一朵花傘下依偎著挨擠上車的情侶。

鬱鬱蒸蒸一鐵籠汗酸。

司機聳起醭白癡癡一株風霜頸脖，睥睨著滿車客人，滿頭花白，盤踞在駕駛座裡揩著條白毛巾抹著肩窩上的汗珠，一絞，抖抖毛巾，滴瀝滴瀝甩開十來顆汗汁。

花傘情人倉皇四顧。

司機一樂：

「拜託！大家給往後站站，就要開拔囉。」

蒼涼海西腔。

滿車乘客男女老小麀麀麌麌登時蹦蹬出一漩渦汗潘。靳五攫住亞星的腕子，蹌踉，踩住男情人皮鞋尖，站穩了，人堆中搜求到朱鴒，探出手掌把她那兩隻胳臂幫給摀到自己腰身上來，胳臂一緊，攬住她，靠到車門口汗糯糯那根不鏽鋼圓柱上：「好擠！」幽幽一眨眼，朱鴒揹著紅書囊踮蹄在人窩裡，仰起臉。瞳子一柔亮，亞星伸根指尖挑了挑朱鴒眉眼上那兩小蓬劉海，撮起來，撥到她腦門上，人堆中攞過自己肩上掛著的書包，伸手攀住頭頂的手環站好了。女情人挾起花傘，翻起白眼。靳五賠了個禮，把腳挪出嗞牙咧嘴男情人的皮鞋尖。司機抹完汗攤開毛巾，抖了抖搭到照後鏡，回頭笑瞇瞇望著滿車乘客揞起腰間掛著的錫水壺，骨嘟骨嘟啜了五六口。

鋃鐺，車門闔上。

「開車囉！眾位鄉親站好。」

孿孿一抽搐。

滿車人猛一蹁躚。

三六九路彩虹公車闖開漫街炊煙，顛顛蹦蹦，蕩漾進三楚路白花花車潮裡。

靳五噓了口氣，直挺挺靠在車門鋼柱上摟住朱鴒的肩膀子，扭頭望向前窗外。中午，鯤京大動脈上，烺烺秋光閃爍著兩條花火龍，東一朵西一簇浮盪起黃舌帽，紅橙黃綠漫街書囊漂逐。蓬蓬小藍裙，金風滿城。瓊安！嘩喇嘩喇潮囂中海東大學磷磷綻響起了銅鐘。靳五把兩條胳臂緊了緊，猛回頭。腰桿上，朱鴒一雙爪子拶住他的褲帶挨住他昂起臉，只管眨著眼睛。男女老小八九十顱人影髮颼颼瞇覷著窗外麗日，滿車籠，顛著盪著。汗窩人堆裡一雙眼瞳遙迢迢，兩泓子眨爍著幽光。亞星一肩子掛起青布書包，伸出右手攀住手環側起臉凝望車廂頂，勾起左手食指尖，挑著，撩著，只管撥弄耳朵後那束短髮梢，想甚麼心事。白衣黑布裙，細高眺，腰口勒著條黑皮帶潾亮潾亮扣起一方銅釦。「伊娘！」前座風吹簌簌打著哆嗦自言自語一顆小平頭，咧開紅門牙。嚼啄，兩窠子血絲眼瞳睨著滿窗太陽，啐出兩蕊檳榔汁：「老芋仔這樣開車，神經呢。」三楚路合肥路十字路口紅燈大亮。猛一痙攣，車子洩了氣。吁吁。一鐵籠站客蹭蹬蹭蹬踉踉蹌蹌煙渦中翩舞出聲聲詛咒。靳五咬咬牙猞起朱鴒撐著門柱軋住腳跟，探出手攫住亞星的肩膀。

「亞星站穩！」

「好啊。」

一跂，亞星撈住頭頂的手環。

朱鴒揪住靳五仰起臉靜靜眨著眼睛。

鏘。鏘。鏘。

麗日下銀光皎皎一潑閃，三個憲兵頂著銀盔踩著鐵釘小皮靴一前二後撅翹起臀子，遢啊遢，綳住下巴不聲不響，走過紅燈下那條斑馬線。街頭洶湧起朵朵黃舌帽肩肩書囊，一窩風，藍裙翩翩，幾十個小小女生飛撲過十線大馬路。

前座那顆小平頭回眸瀏覽著滿車觳觫的男女老小，自管拍著心口，一樂，血齹齹燦開兩渦子笑靨，摟起雙膝蟠蜷進了座椅裡，昂起脖頭瞟瞟靳五，頷首向他致意：

「驚死老百姓！亂亂開車。」

嘟噥：

「伊娘——」

兩腮渦子猛一收縮，小平頭嘬住嘴裡的紅痰一口啐出車窗外，回眸乜起眼睄睄朱鴒，血絲絲兩瞳子閃爍只管瞅住了亞星，探出爪子搔起胳肢窩。一掉頭，亞星撥撥腮幫上的短髮絲攞過肩胛掛著的書包，攀住手環，探著身子，自管睇眺起前窗外白花花大街。合肥路上兩排車潮燹起漫天油煙面對面咆哮過十字街心。槖。槖。槖。三頂銀盔燦潑著太陽逡巡在鬧市街頭。滿街黃帽兒裊裊小藍裙，煙塵中飄飆。一車老小愣瞪，穩住腳跟揉著心窩喘回了氣。汗瞢瞢，司機扯下照後鏡上搭著的毛巾，睜開眼睛揉揉眼塘子，豔陽裡，紅燈下，抹起一頭斑斕的汗珠，揝起錫水壺唼著壺嘴啜兩啜嗽嗽口啵啵朝窗外噴噴，欷歔嘆息了兩聲，回頭睇望著滿車乘客。堂堂一張國字臉！皺起滿額風霜。綠燈亮。司機把毛巾摔掛回照後鏡上。油門大踩，路口漩起漭漭油煙，三六九路彩虹公車咩起喇叭顛闖開斑馬線上朵朵黃舌帽。砰碰，蹦，車身猛一哆嗦。

一車男女滿籠飛。

「祖媽！肚子震得夭壽痛咧——」

小平頭齜齜捧起肚腩。

探首窗外。

啐！

回眸眱住靳五：

「差一絲絲撞死一個老阿公。」

「這歐吉桑！過馬路像散步。」

靳五望望窗外搖搖頭。

小平頭咬咬牙指住駕駛座：

「呸！老芋仔一面開車一面做迷夢。」

「過緒圻街下車囉。」

靳五腰眼一酥，低頭瞧瞧。人窩裡，朱鴒兩條胳臂箍住他的腰桿勾起指尖搔了搔提醒他一聲，反手揪揪花辮梢，整整兩腋子紮著的書囊。靳五心頭一爍緊了緊胳臂，摟摟她，伸手扯起門上的車鈴。

「我帶妳上學。」

「不要。」

朱鴒昂起脖子只管望住他汗矇矇忽然兩瞳子一睞亮，眨三眨，悄悄扯住他衣袖。一凜，靳五挨擠著人窩蹲下。朱鴒扳過他的後腦勺子撥開他耳鬢，湊上嘴：

「車上有壞東西！留心。」

「誰？」

「小檳榔頭。」

「知道。」

「鬼頭小臉瞄亞星姐。」

朱鴒鬆開靳五的脖子揚起臉冷森森瞅望著他，會心，一點頭，映映眼睛，小指尖探索過人窩來悄悄勾了勾他的小指。

「亞星姐，我下車啦。」

「朱鴒再見。」

亞星睄了睄朱鴒，玼起一口好白牙。

笑藹藹，司機盤踞駕駛座，督導著小朋友們揹著書囊魚貫下車。

蹦。

蹬蹦。

紅磚道上一汪太陽。朱鴒一身白衣藍裙蹬起白帆布鞋，回頭舒探出脖子，笑覷覷，只管朝三六九路公車揮手。白莐莐鐵蒺藜水泥圍牆，一蘢秋，陣陣薰風，火樣燦爛飆颺起紅書囊下朱鴒那根麻花辮子，彯紅，彯紅，兩鬏子紮著的頭繩。靳五趴著車門口看得呆了，心一動，探頭朝校門口罨日潑照下那窩窩小藍裙小藍褲喊出了聲：「朱鴒幾點放學？」「五點正。」「要等我哦。」「說定！」一齜牙朱鴒瞇瞇眼覷向大馬路車潮，兩腮子，漾亮著中天那一泓大日頭綻開了笑渦。鏜。鏜。鏜。建業國民小學操場上，鐘聲洄盪起漭漭黃沙。司機抹抹心窩把毛巾撂回照後鏡上：「諸位給往後站啊，拜託！開拔囉。」脖子一兜轉汗涔涔乜過眼眸睨瞅住滿車男女，銀鐺把車門闔上了。眼一亮靳五看看亞星回頭望去。一街黃蝴蝶翩躚。小藍裙小藍褲四下流竄出十字街頭飄颼上紅磚道，藍天白雲，秋光裡，飛撲向車潮中懾人的鐘聲。一個追逐一個，小男生小女生蹦跳過圍牆上紅燦燦漆著的斗大標語，三民主義統一中國，蹼蹬蹼蹬，猛煞住腳步脫下黃舌帽，立正，朝著坐鎮校門口的國父銅像一鞠躬，繞過花壇，戴上帽兒，拔起白襪白鞋躥跑進黃沙滾滾一寨子五層水泥教室大樓。一蓬花辮梢，風沙中漂甩。

麗日下滿校園此起彼落，琅琅，綻起千百條小嗓子：

「老師好！」

「同學們都好。」

一校老師同聲相應。

眼一亮，亞星望望靳五。

「怎麼了，亞星？」

「你喜歡她？」

靳五呆了呆瞅住車籠中人窩裡那兩瞳清柔，笑了，使勁點個頭。

「妳也喜歡朱鴒，亞星。」

亞星笑，挪挪肩胛上的書包帶子。

鬧市車潮驀地響起浩浩讀書聲。

朱鴒上課了。

「夭壽！」車子猛一騰跳，吁吁大喘，兜閃過馬路上汗衫短褲踢躂涼鞋背著手彳亍踱步的老阿公。一鐵籠，蹦蹬蹦。小平頭矇矓中睜開睡眼愣了愣臉一白兩爪子攫住前座椅背，四顧茫然，呸啵！拱起肩窩腆起臀子血齙齙嘔出兩口檳榔汁：「猜咧！頭殼壞去，老芋仔這款弄伊娘祖媽你要死自己去死啊，怪老子，自己去死！」

唓唓一齜牙。

照後鏡上汗漬斑斕兜搭著毛巾，晃晃。顛顛，彩虹公車盪漾開十字路口的太陽，朝北駛向城中區。

司機大樂！回眸乜乜小平頭索性敞開車窗打開收音機，軍樂濤濤，風蔌蔌，滿顱花髮倒豎，睥睨著中天那輪麗日奔馳上長長一條十二線淮海路，一踩油門，縱車飆向城心南門樓。

滿臉慵睏，小平頭遮住嘴打個呵欠昂起脖子，望望窗外揉揉兩眼窠子血絲，瞟了瞟亞星，瞅乜住靳五腋下挾著的書本。兩下一照面。那雙小眼珠轉兩轉，嘴一咧，粒粒小紅牙潋灩著滿窗陽光燦綻了開來，聲口一柔轉：「老傢伙開車專門在夾縫裡找路亂鑽！」「是嘛。」「險象環生。」「是。」「夾縫中求生存嘿嘿怪老子做迷夢想回老家！」靳五呆了呆，端詳起那瘦伶伶兩條胳臂環抱住的一窿子凹起的胸膛。司機回回頭，顧盼，滿頭風霜太陽下斑白花花。小平頭凸挺起腰桿，顱子猛一聳，抽風似的左右拗兩拗，轡轡一柔亮兩顆鼠兒樣的眼珠勾住了亞星，吐出舌芯子，舔舔嘴皮。

「這位大妹子——」

「我妹妹！」

眉尖一聳靳五望住小平頭。

小平頭凜然整肅起臉容，目光炅炅，瞅了瞅亞星笑不笑端詳起靳五，兩隻爪子插進胳肢窩，刮刮搔著，半天，噗哧一笑撅起臀子探探身朝靳五亞星兩個哈了哈腰：「大哥失禮！妹子失禮！」擡起臀子汗黏黏脫離了窗下那張單人座。嫋嫋男兒身，癟尖嘴，看不出歲數。一瘦子骨坳坳裹著條紫紅窄腰仿綢長袖襯衫，腰口，一條鱷魚皮帶勒住黑喇叭長褲。靳五鼻頭一辣，嗆了嗆。苾苾兩胳肢窩兒古龍香精！小平頭踮起腳，兩爪子攫住頂頭那隻手環，蹭蹬蹭，吊住身子，臉一紅睄睄座墊上兩渦子汗漬，往後褲袋掏出報紙給鋪上，頷首回眸一折腰：

「坐！妹子。」

亞星挑起眉梢瞅住他。

靳五笑笑：

「坐！亞星。」

吊環下那桿水蛇腰嬝嬝一擺盪，讓了讓。亞星落座，把白衣肩子掛著的青布書包擱上膝頭，拂攏了攏黑裙襬，麗日下，望望靳五，瞇起眼睛掠了掠鬢上短髮絲從他手裡接過書本來，疊放到書包上。靳五擠出兩步挨站到亞星身邊，回頭望望。人窩裡，兩瞳子兇光閃爍著滿窗陽光。靳五心一寒。那雙眼珠轉兩轉早已笑漾出滿眸子的溫柔，五根爪子探到胳肢窩下，搔著：

「對不起大哥。」

「怎麼？」

「剛才對亞星妹子失禮。」

淒然一笑。

靳五猛打個哆嗦：

「算了。」

「大人大量，大哥！」

五根爪子螟螟鑽過人窩握住靳五的手：

「小弟安樂新。」

「安——」

「嘿。」

喜孜孜嘴一咧，那安樂新一手拶住吊環，纏夾起兩隻腿子把腳尖跂著地，一手扠住腰，裊裊褊褼著喇叭褲筒，昂起頭瞄起靳五，半天，噗哧噗哧笑，繾綣過膀子來悄悄挽住了靳五的胳臂，湊上嘴：「本名蔡森郎外號鬼仔郎藝名安樂新，請多多指教小弟，大哥！」哈哈腰，兩瞳子轡住靳五只管仰起臉。靳五悄悄縮起鼻頭嗆了嗆。臉一飛紅，安樂新瞪住陽光沉下臉來，眼塘裡飄出兩蓬兇光望著靳五勾起肘子往人窩裡猛一撞，慢吞吞退半步，叉開五根手爪，搗住紫綢襯衫腋下那窩子汗漬：「大哥失禮！小弟有狐臭？」靳五呆了呆搖搖頭拍拍他肩膀。眼一柔安樂新笑了，搔搔胳肢窩歪起小平頭，睨睨亞星回眸勾乜住靳五眼上眼下打量起來。「你好體貼嚉，大哥！」窗下，亞星把雙手交握在膝頭一隻青布書包兩本洋裝書上，白上衣黑布學生裙，側起臉，瞇眺著窗外淮海路朗朗秋光蕩漾起的車潮市囂，只管想著自己的心事。耳朵後一束短髮梢，清湫湫。一回頭，那雙黑眼瞳太陽下遙迢迢亮了亮覷覷靳五。「豔福不淺哦！大哥！」安樂新磔磔笑。靳五心一寒。安樂新早已猱過身來，一扭腰，嗞起兩瓣子癟嘴皮血鮑鮑湊到靳五耳朵上：「亞星妹子！小弟保證她還沒開苞，清純度一百。」猛一咳嗽，安樂新垂下脖頭，翻起白眼乜住靳五搗起心窩往腳跟前啐出兩口檳榔汁。靳五那張臉颼地漲紅，望住安樂新咬咬牙。「哥！明人不做暗事，喲——大哥哥你的臉色真難看哦！驚死人。」安樂新蹬蹬退出兩步搔搔胳肢窩瞅住靳五，嘖嘖搖頭。「幹！」唓喋一咬牙，安樂新兩爪子擦住吊環，扭起水蛇腰陀螺似的滴溜滴溜兜出兩圈。滿車站客，羚羚，跳躥成一窩。淮海路湖陸路十字路口一片紅燈悽厲。司機煞住車子，吁噓，撮起領口擦擦兩鬢霜，茫然四顧，汗瞢瞢讓過斑馬線上紛紛緋緋一溪流竄的傘花，回眸瀏覽起一鐵籠老小，眗覷著陽光燦開兩枚大齙牙。照後鏡下一條毛巾，黃湫湫兜盪兜盪。「老芋仔做迷夢亂亂開車總有一天會撞死老百姓，伊娘祖公——幹哪！」蹭蹬蹭蹁躚蹁，安樂新兒旋了半天一爪子螯住靳五的肩胛，跂住腳尖吊穩了腰肢，齜嘻開嘴洞瞪住司機，滿嘴血泡腥紅腥紅啐向一窗麗日：「幹破你母。」「唬！」司機瞍瞍安樂新噓出了口氣，猛踩起油門兜盪過十字路心，鱗鱗一濤秋光，洶湧上湖陸路。安樂新轡著靳五只管張開嘴巴，猲猲猲，喘著氣揉著心窩噴出兩囔子酒氣。靳五掉頭掙脫他的手爪，扶住亞星的座背望出窗外。一城煖煖白。司機撥大了收音機的音量，拱著兩墩肥壯的膀子掌住方向盤，勾起食指頭，叭叭，叭叭，打著節拍敲著喇叭應和著軍中廣播電臺播放的鼓號，瞇覷起眼睛，迎向漫京燹起的煙塵，睥睨前進。金鄉街鉅野街清水路。亞星揚起臉覷著太陽挑挑耳脖的髮梢，鼻梁上瀐亮瀐亮綴起了五六顆汗珠。靳五瞅著她的瞳子笑了笑。一瞑，亞星眨眨眼睛。三六九路彩虹公車晃漾車潮中，穿過南門樓朱明門駛進鯤京中樞廣場。燁燁紅磚，一闥巍峨。總統府前十六線車道波波汽車蜉蝣在白洋洋一片浩瀚天光裡。潑燦燦，憲兵戴著銀盔橐橐閃爍起一銶一銶冷光。噼噼啪啪城中飛綻起滿街花雨，炮煙瀰漫，一顱一顱笑魔魔黑不溜鰍，紅綵彯彯，麗日下枋頭街轉出了十輛敞篷吉普車，載著二十個娃兒巡行過市中心，揮手迎向閱兵臺。歡迎我少棒小將榮獲世界冠軍凱歸。司機把顆花白大頭顱聳出車窗外，揚揚手，一嘯，排出滾滾黑煙，飆竄進市中心東燕路，滿頭大汗，倉皇四顧，揩起水壺大口大口喝著，闖蕩開鬧市的車潮轉進倉垣街。凱歌高奏，軍樂濤濤。一凜，靳五機伶伶打個寒噤背脊上竄出了冷汗來，低頭看看。車籠中，人窩裡一顆大趾頭蛆白蛆白，翹探出丹紅塑膠東洋浪人鞋，挑啊挑，只管逗弄著靳五的鞋尖。兩癟子嘴皮齜齹齹，燦著陽光湊到靳五鼻尖下血泡泡呵吐出滿嘴洞葷腥酒餿：「亞星妹子！清純度一百哦，哥。」安樂新搔搔胳肢窩笑不笑瞅住靳五。靳五擡起皮鞋悄悄挪到安樂新拇趾上，軋，軋，磨上兩磨。「痛——喲！讓小弟分點殘羹嘛。」安樂新竄出脖子咬起牙根睥睨了睨滿鐵籠男女老小，一瞪，呸了口檳榔汁把嘴嘬到靳五耳旁：「簡單，哥！到西藥房買一粒安樂新羼進可口可樂，開——啦。」

「開甚麼？」

「開亞星妹子！痛。」

陽光裡，兩眼珠血絲骨睩睩一泫。

靳五擡起鞋跟磨他兩腳：

「買甚麼？」

「一粒安樂新。」

「迷藥？」

「西藥房多問他幾家，速效安眠藥，哥！」

眼一柔安樂新瞅瞅亞星。

赤天中午。城中區通衢大道陳留路上，一輪太陽兩排車潮瀾瀾囂起滿街紅熒燈。人頭蕩漾。

靳五額頭沁出涼汗。

「下車啦。」

一踹，靳五回頭。

滿車男女老小飛舞成一窩。

亞星抱著書本肩上掛起青布書包拂拂黑裙襬子站起身，望住靳五，兩瞳子清清一亮：「下車！襄邑街到啦。」靳五站穩了腳跟回轉過心神，攬住她白衣肩子。滿籠蒸騰，八九十個乘客驚魂甫定，一哄，登時漩起一渦頭顱鬼趕也似蠢湧下了三六九路公車。

車身燦爛著一弧彩虹，一溜煙空蕩蕩落荒而逃，滿京車潮洶湧中闖開一條通路往東流竄向山陽街，折南，消失在廣陵路。

「亞星！」

「哎？」

亞星臉一揚。麗日街頭兩瞳子清柔。

靳五從她心口接過書本：

「在哪上學？」

「廣武街補習班。」

亞星指了指。

廣武街街口吞吐著一群群中學生。

滿騎樓小吃攤。

「廣武?考考妳的歷史，那是甚麼地方?」

「楚漢對壘。」

招牌熠熠。

留考。升學。文理。

眼一亮靳五指住對街：

「武濟路呢?」

「武王伐紂渡河的地方啊。」

「成周?」

「洛陽別名。」

靳五瞅住了亞星。

太陽下，好一臉清湫。

「哪家補習班?」

「集英。」

「看到了。」

「我趕上學去啦。」

「幾點放學?」

「五點。」

「我接妳回家，亞星。」

亞星覷著滿街太陽點點頭掠了掠耳朵後那束短髮梢，望望靳五，一回身，攥住肩胛上掛著的青布書包，黑裙颼颼，一閃，漂漾進車潮，穿梭過襄邑街躥上武濟路，煙塵裡回過頭來，泫亮起一張笑靨。白衣黑裙腰口一方銅釦，清粼粼，勒住腰間黑皮帶，轉眼消失在廣武街纍纍少年頭中滿街蒸騰起的飯香油霧裡。

一穹秋光幻盪漫城人頭。

雙雙眸子，瞇覷。

人來人往靳五點支菸迷惘半天踱到珠海時報騎樓下，擡頭，白日青天，對街喜來登飯店帘帘白紗瀲灩著太陽。悄沒聲，十樓玻璃窗推開，一蓬黃燈中探出了兩肩髮梢，一筒藏青旗袍領子，兩泡口水嗞白嗞白啐出大街心。砰！玻璃窗閤上，燈窟裡那把黑鬘一蕾丹硃驀地不見了，一帘白紗。寃寃鵝黃洋磚大樓衣香鬢影一闔幽深矗立成周路上罨日底下。滿街血絲眼，汗濛濛睖望著。男女中學生們肩胛上掛著書包，逡巡在斑斕一城的壓克力招牌下。三一三路市公車站牌空蕩蕩，一襲白長衫，兩蓬雪花眉。獨自個，白頭翁垂著手鵠立在海東初秋漫京薰風遊人中，竹篙也似，眺長脖子，只管覷望對街喜來登國際五星飯店。青天裡一聲霹靂。靳五側起耳朵。空窿空窿，那串悶雷車潮中飆起自南門外淮陰路，纏綣著蜿蜒著，驀地裡一潑燦，漫天盪響開來。

北上的金黃列車莒光號閃爍過城心，抵達北門下成周路總站。一顫，白頭老人回回眸。靳五覷覷車站門樓上那烱大鐘。兩點。西裝革履玳瑁眼鏡一個男子趴到珠海時報門口公共電話上，齜起虎牙，金光閃閃，摀住耳朵挾著公事包。

「哭！哭你尪死。」

「嚶嚶。」

「有話緊講，幹。」

「咻咻。」

「嗳，聽沒到啦。」

汗潸潸兩腮子刀削般尖。

小兩口鬧彆扭。

「先生借火。」

靳五回頭。

冷冷，四雙瞳子。

兩對男女中學生晃盪著太陽團團圍攏過來。帶頭的男生，瘦瘦，睥睨，剃著三分小平頭頂著個電燈泡似的，聳起脖子跨步街頭，一身土黃卡其軍式制服，肩上兜個書包。「先生！請，借個火。」兩瞳子冷光睒睒搜索著靳五。一凜，靳五掏掏口袋摸了個空，呆了呆從嘴裡撮下半截菸來彈兩彈遞過去。

痘子臉一藐：

「謝！」

一窩四個，十六七歲，穿著卡其制服鵠候騎樓下。

瘦高男生瞇瞇眼睛吸了兩口菸挺拔出脖子街頭街尾，盱，吐出三個好煙圈，邈邈飄進成周路渾白渾白天光裡。車潮，麗日。萬千顆人頭汕漾在一城蒼茫五彩斑斕煙塵中。那男生瞪望著煙圈，愣愣出起了神。他那矮個子同伴頂著土黃高中生大盤帽，把雙膀子環抱住心口，跂著兩條青蛙腿，一抖一盪，瑟縮起肩窩探出頸脖，乾瞪著那鬮鬮煙圈從高個子嘴洞裡妖嬝出來，兩瞳子哀哀睞：「秦哥！來根草哈哈。」秦哥自管慢吞吞調理出兩個煙圈，目送著好半天才拗轉過脖子：「哈！哈你去死啊。」一瞪，從土黃卡其長褲後袋掏摸出半包登喜路高級英國草，颼地撂出了根：「哈去！」「謝秦哥。」手一抄矮個兒接過香菸幽幽嘆出兩口氣，眼角眉梢瞄了瞄靳五，那張白皙臉皮靦嘻了嘻。靳五遞上嘴裡的菸。一裊一裊，那帶頭的男生吐著煙，愣愣眺望大街把五根手爪攥住肩上書包帶子，半天蹙著眉心，忽然回過眸子來：

「上哪兒豁去？」

「跳舞嘛。」

土黃卡其上衣卡其窄裙。

一臉子清素。

兩個女生肩胛上掛著黑帆布書包，白襪，白鞋，仰起臉兒，車潮中甩亮著脖子上那一篷齊耳的短髮。太陽下，兩雙眼瞳清幽幽，只管盯住秦哥那張痘子臉。男生絞起眉心望出騎樓睥睨著人來人往的大街沉吟起來，乜，瞅瞅女生，一彈，手裡的菸蒂飛落到路過黑色官家轎車頂篷上。

「妳兩個有錢啊？」

「小凱她有。」

一個女生抿嘴吃吃笑起來。

秦哥笑笑：

「小凱！」

「好了好了嘛——」

臉一揚小凱藐住了兩個男生甩甩短髮梢，翻起眼眸，白兩白，把隻手兒慢吞吞探進卡其窄裙袋裡，掏著。窸窣窸窣老半天，小拳子緊緊捏著伸出了裙袋來，天光裡張開手。帶頭的男生坍塌下了腮幫咬咬牙一爪子剮了過來，攫住小凱手心的鈔票，笑，不笑，握起拳頭晃兩晃高高舉到簷口：

「哪兒搞上的啊，小凱？」

「管！」

「嗯？」

「拉斐爾。」

「唔唔，西餐廳。」

「德國人吔！身體亂棒的。」小凱勾起小指尖挑挑鬢上的髮絲汗瀸瀸笑靨了開來，把黑帆布書包拎在手裡，兜著，兜著，忽然甩到肩胛上，眼睛一柔亮，揚起臉挺起兩隻奶子瞅住了兩個男生：「身高一八四，結棍噉，眼睛藍得像愛琴海叫人家看見了又是想他又是怨他。」

秦哥打個冷顫：

「少鳥！」

「漢斯請我喝啤酒。」

「筷筒子！」

「你罵我濫？」

「德國佬今年高壽啊？」

「五七。」

「腰身還結棍？」

眉梢一挑，眼角裡小凱瞄了靳五兩眼把書包掛回肩上整整卡其校服，望著白帆布鞋尖，忽然，紅起了臉：「我第一次坐進漢斯的車子，他就吻我吔！」一噁，小凱臉煞白，摀住心窩咬咬牙嚥回兩口水太陽下泫泫綻開兩渦笑靨。

呃！呃！

一轉身小凱佝僂到陰溝旁，嘔兩口。

靳五心一抖。

簷下，帶頭的男生昂起脖子聳兩聳睥睨著大街張開了拳頭來。兩張翠綠票子，細細巧巧，給摺疊成豆腐乾兒。「皮條！」臉一沉秦哥瞅住鈔票呆了呆潑潑兩泡口水啐出騎樓：「二十塊大洋，賤！」拳頭一收，兩張美鈔消失進卡其褲袋裡。陰溝旁，小凱那張水白臉兒青了青颼地漲紅上來，半天，慢吞吞撐起膝頭，兩肩子，一雙手，豔陽中細簌細簌只管顫抖著。眼瞳裡淚盈盈，閃爍著冷火。矮個子男生倚著騎樓廊柱摟住書包抖盪著兩條青蛙腿，啣住香菸，吸兩口，朝陰溝洞裡一啐，涎笑起那張白皙的瓜子臉來呶呶對街：

「秦哥，上喜來登撇條去！」

「你有搞頭啊？」

「小昭啊。」

白面皮男生把黑帆布書包往肩胛後一兜，戴上了大盤帽，哈個腰，捏捏帽沿。

小昭臉飛紅。

「少來！」

「唉，我們小昭啊——」

「才念高一。」

「未開發的小國家。」

「拱手讓老洋鬼子開發——」

「對不起中華民族列祖列宗。」

噗哧！小凱揉揉眼皮淚光中笑嘻嘻睐住小昭。

眼一柔秦哥勾起小指尖，刮刮小凱臉皮：

「筷筒子！笑。」

兩男兩女肩上掛起書包。四身土黃卡其高中制服飄盪起了兩顆小平頭兩篷短髮絲，膀子摽纏著膀子，兩雙兒依偎，徜徉進成周路滄滂車潮，穿梭著竄閃著渡到了對街武濟路口。喜來登一岺豔陽，燦爛起帘帘白紗。

鐓。鐓。

火車站綻漾起鐘聲。

靳五聽了聽，心一盪，挾起書本登上陸橋，人流中廝廝磨磨渡過十二線成周路熛漩起的煙塵，跟住一窩子女生，洶湧到喜來登飯店門口。蓬蓬短髮，纍纍書包。滿街氾濫著人頭。一驃一驃計程車紅黃藍白闖蕩到喜來登大門口，司機煞煞車探探頭，一溜煙，又飆滾進城心燦爛秋光裡。麗日下喜來登黑鐓鐓兩扇玻璃門蕩然滑開。門毯上，一雙俏小身影甩起脖子上那篷齊耳的髮梢，攥住肩上書包帶子，窈窕，閃了閃，兩隻臀兒綳著土黃卡其窄裙，隱沒進了衣香鬢影一廳幽黃水晶燈窟裡。兩扉黑玻璃門蕩漾著幢幢人影，悄沒聲闔上了。太陽白花花。司閽方額廣頤一身絳紅戎裝腆著個大肚膛守在門洞口，齜不齜，只管靜靜瞅住靳五。靳五齜齜牙，回身坐到花壇上，架起二郎腿，曬著太陽望著雙雙士女一吞一吐出沒喜來登國際大飯店。滿堂花醉三千客。海東秋！一城水晶燈宮，金風中粼亮在環山下漫京紅塵裡。

「哥！等亞星妹子？」

靳五呆了呆：

「你？」

「我安樂新啦。」

太陽下，血蓊蓊聳著一粒小平頭。

〈下〉 玉女池

陰魂不散。

眼一柔，安樂新探出爪子搔搔胳肢窩覷著陽光綻開笑靨，半天，瞅乜住靳五，血絲眼瞳翻了翻白兩白，倏地竄出兇光，嘴洞一燦爛，啵啵，兩泡檳榔汁麗日下慈紅慈紅朝喜來登門廊飛啐了過去：「看門的！你性格個啥咧。」司閽挺著一身紅戎裝怔了怔鼓起大肚膛。安樂新格格笑：「哥！」一乜，睃著靳五膝頭上兩本書，哈哈腰，趿起塑膠東洋拖鞋慢吞吞挨到他身邊倏地跳上了花壇，縮起肩窩蹲下來，回眸，笑不笑端詳靳五，喃喃喃只管呵吐著嘴洞裡那團酒溲氣：「等亞星妹子放學？嗯？哥？」猛一嗆靳五悄悄打個寒噤。兩個人肩併肩曬著太陽一蹲一坐守望在喜來登大門口。安樂新抱住膝頭發起了愣，呃，呃，打起酒嗝，兩顆大趾頭蛆白蛆白不住翹探出兩隻東洋拖鞋來。

盪！

兩扉黑晶玻璃滑開。

門洞裡，兩扇子黑鬘颼颼一閃，搖曳出了一襲短襬子小腰身藏青旗袍，襟口一隻小銅牌燦了燦。司閽鼓鼓胸脯啵地閤攏起兩墩大腿，邁出軍皮鞋，趨前打開飆駛過來的小轎車後門。「謝謝桑尼楊。」桑尼楊雙手捧過小費退守到車門下：「我的榮幸，布坎南先生。」布坎南先生捲起花衫袖子，腰肚上繃繃著條紅藍格尼龍短褲，滿臉憔悴望望大太陽，眼睛一眩，扶住銀邊眼鏡，搔搔腦門上幾十莖花白的金鬈髮把公事包摟進了後座，虛脫了似的：「請！林小姐。」日影裡那襲旗袍窈窕一亮，款擺起腰肢，猛回頭嘬起兩唇丹硃。靳五心一撞，呆呆瞅著那林小姐擡起一筒皎白膀子掠掠鬢上風亂的髮絲，腋下，黑毿毿一叢汗珠。兩下打了個照面。

「你認錯人了！先生。」

轎車裡清脆地傳出陰柔的聲音。

靳五望著那輛藍寶堅尼載著兩個耳鬢廝磨的男女，秋光裡，一潑閃，消失進成周路洶洶人頭兩排燦爛的車流裡。司閽挺拔起腰肚，麗日下通體火紅。靳五往城心煙塵深處覷眺了半天，掏出香菸，摸摸口袋，一呆。噗哧，安樂新搔搔胳肢吃吃笑，慢吞吞從腋窩裡抽出了爪子來，喀嗒，火一亮送到靳五鼻頭下。

「安樂新！」

「哥？」

「你是個小賊。」

「吃吃。」

「笑！甚麼時候摸走的？」

「亞星妹子給人摸走你都不知道！哥。」

礫礫兩聲笑，安樂新蹲在花圃上瞟乜著喜來登門洞中出沒的三兩朵學生裙，抖盪起黑喇叭褲腳，迸出了兩眸子淚水，樂不可支，半天，把打火機伸到天光下喀嗒喀嗒打起火來，塞回靳五口袋裡。鏜。靳五回頭望望中央火車站。兩點半。對街，珠海時報門口三一三路公車站牌下秋風撩起一裊白長衫，竹篙般，白頭翁動也不動，佇立在滿路肩等車的人堆裡。

靳五心一亮：

「這老頭我見過！」

「哥？」

「中秋節，半夜下雨一個人等車。」

「祖公！天天都站在那裡。」

「等巴士？」

「猾！要回姥姥家。」

「嗯？」

「回海西啦。」

噗哧，安樂新指指西天。

一顆檳榔悄悄給塞進靳五手心裡：

「吃一粒，哥。」

「不。」

「哥不賞臉？」

兩瞳子，血絲白白竄出兇光。

靳五悄悄打個哆嗦接過檳榔攤到手心上太陽下左看右看，咬咬牙丟進嘴裡，嚼兩嚼，火辣辣滿嘴麻痺直嗆進心窩。「好傢伙！」眼一閉，唅住檳榔心酸酸迸出兩滴淚水。兩扉黑晶玻璃門，開開闔闔，一盪一盪吐納著男人女人。金光灩灩水晶大廳裡人影迷離，短髮蓬蓬，肩胛上掛著書包，漂甩，逡巡。門外花壇上，涎瞪瞪安樂新抱住膝頭乜起眼打量門洞口那身火紅戎裝：「你叫桑尼楊？楊上校？駛你娘你是誰看門狗看人大小目？大支囊的，神氣！」兩泡口水血花花啐到了喜來登國際五星飯店門廊下。司閽挺挺腰桿，撳起褲胯。呃！安樂新咬咬牙嘔出了兩口酒餿，掉頭瞅住靳五，搔搔胳肢窩眼一柔綻開兩尖腮子笑渦來：「哥，剛才和美國老鳥出去的小姐——」

「哪個？」

「穿青旗袍的。」

「面熟！」

「哥的——」

「以前房東小妹妹。」

「林妹妹？」

嗤！安樂新忍俊。

「不開玩笑，安樂新。」

安樂新呆了呆歪起脖子流轉起眼波端睨著靳五，兩烱子血絲燦漾，笑，不笑，抖著兩隻蹲在花圃上的腿子，嘴一咧，麗日下嘘呵起嘴洞裡那窩酒氣忽然湊到靳五耳朵上：「小妹妹？以前房東小妹妹？人家林小姐現在是有名的外貿公司的開發部副理嘞——哥沒看她胸部？有塊名牌？上面寫臺芳公司？臺芳貿易公司開發部女副理幹啥的？開發業務，哥！開——」一齜：「追趕跑跳黏女副理進出國際飯店！進出幹甚麼？伊娘，開發買家。買家就是那些美國老鳥啦，拜爾拜爾英文你懂不懂？一家攏總有幾個女開發副理？哥講外貿公司？三十，四十，個個國立大學外文畢家世清白身高體健外語流利——全島攏總有幾家外貿公司？幾百家啦。攏總有幾間工廠？上萬間啦。」嘿嘿笑，安樂新搔扒起胳肢窩，睨瞪住人行道上那窩子肩掛書包白衣黑裙褊襬而過的女學生，軋軋一咬牙，太陽下眼窠子裡閃爍著兩熒血絲：「甚麼女人玩甚麼鳥！」

心一抖斬五嗆出滿口檳榔渣。

百無聊賴，哥倆厮守在喜來登飯店門口花壇上瀏覽鯤京市中心大街，一蹲，一坐。鋩鋩陽光泛漾著纍纍人頭。

北門外，宗周橋上車潮燦白嘩喇。

「神經呢——」

「安樂新？」

「哥，看那些路牌！」

「看啦。」

「日本中國相殺。」

「嗯？」

「日本打輸，中國打贏。」

「怎麼？」

「就改我們路名。」

「哦！」

「以前叫金田町豬苗代町丸龜町——」

「日本地名。」

「現在叫成周路安陽街許昌街。」

「中國地名。」

「以後——」

「叫雷根路佐藤路樂新路。」

「哥！」

「開玩笑。」

「亂亂取路名，沒有道理。」

「哦？」

「有些路知道意思。」

「朝歌？商邱？」

「中學我們有讀過中國地理歷史。」

「武濟路呢？」

「哥？」

「武王伐紂濟河處。」

「噍！後面那條許昌街——」

「三國——」

「曹操的首都。」

「有學問！安樂新。」

「以前有讀過三國演義啦，哥，再一粒。」安樂新掏出檳榔包挑選半天撮出一顆遞到靳五手心上，瞅著他唅進嘴裡，眼一柔：「亂亂改路名，好笑！今天中午我在江陵街喝喜酒，喝完搭巴士，經過三楚路合肥路赭圻街湖陸路金鄉街鉅野街清水路枋頭街東燕路倉垣街陳留路，在襄邑街下車，就好像在古早古早的中國，兜過一圈！笑死人。」

靳五呆了呆嚼著檳榔回眸打量安樂新：

「安樂新？」

「哥！」

「你做甚麼工作？」

「迌迌。」

「剃頭？」

「海東話，迌迌就是流浪啦。」

麗日下血螽螽曬然一笑。

滿街人頭幻盪。

成周路上聲聲汽笛嘷出車潮，閧窿閧窿。

「唉。」

「安樂新？」

「哥，火車又到站了呢。」

「你想家了？」

眼眸一泫，安樂新摟住兩條腿子把下巴支到膝尖上幽幽哼起了歌：

若想起故鄉
目屎就流落來
免掛意
請您放心
我的阿母
雖然是孤單一個
雖然是孤單一個
我也——

機伶伶，靳五打個疙瘩。

安樂新咬住下唇回頭瞅住靳五：

「我也有阿母。」
「知道。」
「哼！」
一掉頭又吟唱起來：

尾班的上北夜快車
十點三十分
啊——
哀愁火車站
第二的月臺

靳五不吭聲。
安樂新蹲在花壇上瞋住喜來登門洞口那身火紅戎裝，半天發起呆來，噗哧，豎起小指勾勾：
「上校，楊上校。」
司閽鼓起胸腔。
兩蕾子紅痰飛濺出安樂新嘴洞：
「狗！」
玻璃門滑開。一雙肥白腿子金羢羢燦亮著汗毛，翹起十趾塗得猩紅猩紅的蔻丹，趿住紅拖鞋，蹓躂蹓躂，遛出了一條驃騷跳躥的大黑狼狗來。司閽拈拈大盤帽沿。麗日下，洋婆子燦爛起脖子上那窩雪亮的銀絲鬈：「哈囉，桑尼楊。」「楊上校，哈囉。」安樂新噘起癟嘴皮子朝司閽嘬了嘬，一顫，打個哆嗦，把兩隻手爪夾進胳肢窩裡搔了搔驃乜住那隻偉岸的畜牲。兩瞳子冰藍，巒巒一柔亮，洋婆子瞅瞅花短裙下猗猊著的狼狗，噘住兩唇丹硃：「奧塞羅！要乖。」瞇嘻瞇，司閽悄然退隱到門廊一隅日影裡挺起腰肚。洋婆子扯住手上烏繃繃的一條大皮帶：「莫怕他，桑尼。」「我不怕奧塞羅相反的喜歡他，托克威爾夫人。」司閽掏出手絹，抹起兩腮渦笑靨一頸脖汗珠。踆踆蹀蹀奧塞羅聳出鼻頭四下嗅了嗅，繞著夫人的腿子門上門下逡巡，白森森一齜牙，瞠住太陽，吞吐起紅涎涎一根舌頭，渾身筋腱結結條條顫慄著僨張起來，兩瞳子瞅乜住安樂新，鬃鬃鬃鬃。壇上壇下眼瞄眼。安樂新跂蹬著塑膠拖鞋蹲在花壇上把兩隻爪子拶住胳肢窩，猛一哆嗦，扯扯兩筒喇叭褲腳遮住兩顆大趾頭，縮起腿子，笑嗨嗨，從襯衫口袋裡摸出一塊夾心奶酥小餅干，朝洋婆子撅起臀子哈個腰，撩著逗著，把餅干撂進了花壇下紅齦齦豁開的狗嘴裡。嗟喋！奧塞羅齧住餅干。安樂新睨睨斬五使了個眼色自管抖起腿子摟住膝頭。司閽笑姁姁闚探出脖頭：「奧塞羅他餓了，夫人。」「回來！」夫人睜起瞳子擡起腳跟跺跺紅拖鞋，扯起皮帶勒住狗脖喉，嬌聲一叱：「做個乖男孩！」呦呦，大狼狗哀吟兩聲翻起白眼咬著餅干，吞下了，歪吊起舌頭，瞅瞅安樂新嗥兩嗥夾住尾巴躥回花短裙底下，鶼鶼鰈鰈，一舔又一舔，自管舔起了紅拖鞋上腴白白兩顆猩紅的蔻丹趾頭。麗日下好一身毛兒，黑狨狨賊亮賊亮。洋婆子幽幽嘆口氣，瞅瞅依偎在她裙下把隻腮子廝磨著她腳踝子的奧塞羅，眼一柔：

「這才是我的小乖男孩！啄啄。」

「狗男女，青天白日戀愛。」

啐！一哆嗦，安樂新吐出兩團紅痰撅起臀子瞅瞅自己兩顆大趾頭，猛一縮，把腳埋藏到臀凹裡，盤腿高踞花壇上，涎涎流淌著檳榔汁，愣瞪花短裙下兩墩光裸的白腿，發起了瘧子似的抖簌簌打出五六個寒噤來。兩瞳血絲，熒熒燦爍。靳五心頭悚地一顫。喜來登門口那一庭煦白的陽光裡，大狼狗昂挺起脖子，咥嗤咥嗤，又一塊餅干落了肚，驀地，渾身迸出痙攣翻白起眼眸仰望著洋婆主子呦嗥出兩聲，哀哀，一蹶，匍匐到那十趾翹紅的兩隻肥白腳盤上，癱蜷成一團。嚶嚶，呻吟。一根紅舌頭黏黏涎涎抽抽搐搐只管舔著夫人的踝子，吮著夫人的趾頭。靳五打個哆嗦，看看安樂新。賊嘻嘻，安樂新把兩隻爪子搔進胳肢窩，抖起蹲踞在花壇上的腿子自管哼起歌兒來——啊——哀愁火車站第二的月臺——瞟瞟靳五豎起食指，嘴一噘，使個眼色。心一亮，靳五看見他悄悄把手探進口袋又摸出了塊餅干。「奧塞羅奧塞羅！怎麼啦？」夫人望著裙下繾綣的大狼狗扯著皮帶跺著腳柔聲呼喚，聲聲叫斷人的腸子：「奧塞羅！唉，我可憐的乖小男孩奧塞羅。」臉一黯夫人放鬆了手裡的皮帶，幽幽嘆息著，回眸瞅乜住趑趄在門角裡笑不笑探頭探腦的司閽：「奧塞羅不懂得愛惜他自己，桑尼楊。」「夫人，他忠誠於你。」猛一嗆靳五滿口檳榔噴濺出血花，掉開頭去，眼一花，火車站前瀾瀾車潮閃爍著太陽照面燦潑了過來。鏜。鏜。鏜。鐘聲盪漾過洶湧的人頭。對街三一三路公車站牌下，一顱高聳，麗日下白芒芒眺長脖子。獨自個，竹篙般。白長衫老人鵠立人窩中覷望著後火車站范陽路燹燹煙塵，半天，回身飄颺起襬子，穿渡過成周路車潮，彳亍徜徉向筒筒三色燈兜轉的雍丘街。一開，一闔，喜來登大飯店兩扉黑玻璃吐露著金灎灎滿堂水晶雙雙士女，燈影中，漂漾起三兩篷齊耳的短髮，一肩書包。門洞外人來人往。剮剮剮，安樂新搔著胳肢窩只管癡癡瞅住門毯上那雙腴白的腳踝子，嚼著檳榔，啐出兩蕊血花，勾起食指尖招來大狼狗，又餵牠兩塊餅干。哐哫！太陽下雪樣白嗞起兩排尖牙。安樂新縮起肩窩，哆嗦，撩起喇叭褲腳趿起塑膠拖鞋躥下花壇：

「哥，走！」

「哪去？」

「找樂子去啦。」

「啥樂子？」

「找馬姐給哥鬆鬆骨。」

太陽白花花。

一眩，斬五心魂燭火也似晃兩晃：

「少纏！安樂新。」

「哥等亞星妹子放學？」

「你是陰魂！」

「咦？」

「跟定我！」

「咦？」

「莫名其妙！」

「咦？」

「安樂新，我認識你嗎？」

安樂新愣兩愣，笑了，眼一柔，把兩隻爪子勾搭了過來趿起拖鞋攬住靳五的肩膀。兩腋子羴臭！汗毿毿蓊鬱著古龍香精。靳五嗆了嗆。安樂新夾住胳肢窩，一嗔，瞪瞪靳五攫住他的手，把水蛇般一條腰身猱蜷過來，挨兩挨，蛆白蛆白，兩顆腳拇趾翹探出拖鞋逗啊逗只管揉搓起靳五的皮鞋尖：「認識，認識！百年修得共枕眠十年修得同船渡——緣啦，哥。」靳五背脊上疙瘩瘩竄出了冷汗來。安樂新那嘴子酒溲氣，早已呵吐到靳五耳洞：「哥，走！安樂新帶你去找樂子，叫兩個好馬姐給哥抓抓龍骨按摩按摩，爽兩爽煞煞火——」臉一變，安樂新瞪出兩窠子血絲兇光，回身指住那群肩掛書包圍攏在喜來登門口吃吃笑的女生：「看甚麼看？笑？攏總給我上學去！美國老女人養一條大狼狗戀愛沒看見過啊？甚麼女人玩甚麼鳥！哥——」靳五只覺得掌心酥酥一陣癢，螞騷螞騷，忍不住打起哆嗦格格笑。安樂新那五根小爪子筍白尖尖早已扣住他的虎口。兩瓣血嘴皮，蠢，綻出兩渦笑。一顆檳榔血紅嫩綠麗日下燦了燦，悄悄給塞進靳五手心。

「哥，再吃一粒。」

「頭暈。」

「還不習慣。」

「怪。」

「怪甚麼怪？哥。」

「你，你——」

靳五倒抽了口涼氣摔開安樂新那十根纏綿不捨的爪子，躥到騎樓外一街天光下，攤開手心，瞧了瞧那顆檳榔，簌簌抖，瞇睜著眼睛指住安樂新。一蹦，踢躂踢，安樂新趿起塑膠拖鞋閃到喜來登門下站進了那一庭麗日裡，翹起大趾頭，睥睨著扠起腰，乜住靳五笑吟吟只管涎淌著嘴角涓涓血絲。紫粼粼花綢小襯衫，腰桿子痀瘻著紮條鱷魚皮帶。兩條青蛙腿子一嬝一嬝抖盪起兩筒黑布喇叭褲襬。呸，呸，兩蕾紅痰。門洞口司閽探出脖子齜了齜兩枚金門牙，瞅著夫人絞起眉心。啀喋！大狼狗抽搐在花裙下伸縮著肚腩下紅涎涎好長的一根臊子，昂起頭又齧住兩塊餅干。「奧塞羅奧塞羅，乖！」夫人望望滿街行人，臉一紅低頭瞅著腳踝子，扯著皮帶噘起嘴唇柔聲呼喚：「啄啄，姆媽帶你逛街去，奧塞羅。」一窩子圍觀的女生甩著短髮掩口吃吃笑，一哄，臉飛紅，兜起肩上掛著的書包四下逃散開去。滿街人頭燦爛著太陽。靳五搗住心窩啐出兩口檳榔汁蹭蹬蹭打個踉蹌心中一蕩，戟起指頭愣瞪住安樂新，癡，癡，癡，只管浪笑個不停起來。

「頭暈心跳！怪，怪。」

「怎麼啦哥啊你是怎麼了啦？」

「我為你

蓋了烏龍院

我為你

花了許多銀

我舉手掄拳

將爾打！」

「哥！檢點檢點。」

「將——爾——打——」

「哥哥莫在大飯店的門口唱戲。」

「嗤！上校。」

「上校，你笑甚麼笑？」

「歪歪笑。」

「哥哥喝醉了？」

「哥哥吃了安樂新的春藥。」

「哥！哥！青天白日你莫亂開玩笑。」臉一端安樂新瞅乜住了靳五，兩瞳幽怨，踢躂踢趿上兩步，捋起紫綢衣袖繾綣過兩隻膀子來跂起拖鞋攬住靳五的肩膀，悄悄揉搓著。兩腋子，汗萋萋。靳五心頭惡泛泛一陣洶湧上來，叉開手爪緊緊摀住心口，噱著噎著，拐起肘子砰地播到安樂新胸窩上，跺起鞋跟，蹂了蹂他趾頭，往他臉上嘔出滿口檳榔汁。安樂新那一顆小平頭兩腮子尖笑渦冷汗濟濟，煞白了，瞪住靳五渾身顫抖，只管指著頭頂那輪麗日，燦開滿嘴血花：「我的檳榔沒有羼藥的哦，哥！」

「蛆！你連餅干也羼春藥，餵狼狗吃呢。」靳五吃吃笑起來蹭蹬一蹁躚兩指頭戟住了安樂新鼻尖：「將爾打！我舉手掄拳——」

「哥，走。」

「哪去？」

「安樂新帶你去找馬姐姐。」

「給伊馬殺雞！」

「爽否？哥哥。」

「爽歪歪。」

「哥！你的英文書。」安樂新弓起背脊撿起花壇上兩本洋裝書，瞅瞅門毯上那條花短裙，蹲下身窺了窺，一哆嗦，滿臉詭異，撮出襯衫袖口沾了泡口水把書皮抹拭兩遍，笑瞇瞇塞進靳五胳窩：「伊娘！我大哥想到要去找馬姐姐按摩，就咭咭笑，兩本英文書都忘記了囁。」

一漩渦太陽。

青天裡，焗白焗白兒盪。

「大哥哥！」

「嗯？小兄弟。」

「拿著。」

「啥好東西？」

「安樂新。」

一蓊，安樂新綻開兩齶子十來粒小血牙。

靳五攤開手心。

麗日下皎皎一顆白丸子。

「安樂新？」

「嗨！」

「啥用？」

「迷死伊。」

「嘻。」

「哥好好走路囁！」

「兄弟。」

「哥。」

一翩躚靳五睜睜眼睛。

火車站，旗影影。

滿京秋光蕩人心魄白茫茫洴濺起千渦萬渦雪火花，照面燦潑過來。影幢幢，一街人頭汕亮。靳五勾住安樂新的脖子游走大街上，蹭蹬蹭四下顧盼，大樂！青天白日。兩龍汽車一南一北蝘蜓出武濟路安陽街，紅燈亮，猛一唬，對峙在成周路十字口，鉈鉈煙塵颮漩起路心三兩朵傘花，飄袅起喜來登二十層水晶洞房帘帘白紗。靳五心一動回頭望去。飯店後門，許昌街基督教青年會館門廊下日影裡兩星火光閃爍，一高一矮，兩粒小平頭頂著大盤帽，叼著香菸，探聳出土黃卡其高中男生制服。兩對眸子鬼火般具住街口。「嗨！」靳五吃吃笑躥過街心招招手：「秦哥，在等小凱小昭？姐兒倆還在喜來登大飯店——」安樂新詛咒了聲，一把拶起靳五的胳臂蹦進騎樓，閃開兩輛追纏叫罵滿街飛竄的計程車。青天嘩嘩，響起霹靂。閃窿，閃窿，北上的客車一條黃火龍也似翻騰著哽噎著闖開城心麗日，一嘯，窗窗頭顱髻鬆進中央火車站。

鐓。三點三十分。

靳五心中電殛一亮。

「兄弟！」

「吓？」

「要轉回去。」

安樂新回眸冷冷勾乜住靳五：

「接亞星妹子？」

「五點。」

「亞星妹子現在還在上課？」

「嗯。」

「在集英，對否？」

安樂新指指廣武街滿弄堂炊煙裊裊五光十色的補習班招牌，麗日下眼珠一轉，盈盈兩笑，揎起紫綢花襯衫袖子，猱過身來，兩爪子揫住靳五的肩膊，搔著，逗著，眼一柔悄悄翹出大拇趾搓了搓他腳踝：「哥，先去找馬姐姐馬殺雞按摩按摩爽伊兩爽，殺她一馬，再回來接亞星妹子放學，嗯？」一哆，靳五點頭。安樂新跂起腳下那雙東洋拖鞋把顆檳榔餵進靳五嘴裡，噘起嘴，瞟住靳五，血嘻嘻綻開兩尖腮子笑渦。哥倆齜嚼起檳榔勾搭起肩背，蹁躚咥啄，啐出慈慈血花，穿梭過陳留路璀璨一街的壓克力招牌，綢布莊書店銀樓證券廣東燒臘，暖洋洋，徜徉向西門小紅町。安樂新搔著胳肢樂不可支，惷，咭咭笑，牽起靳五的腕子，睥睨著他那粒小平頭顧盼城心條條犬牙交錯的街町。「哥，你看那條雍丘街。雍丘，是啥所在？聞雞起舞的那個祖逖就是死在那裡！哥，你問我怎麼知道？安樂新有讀過中學歷史啦——神經咧！我帶大哥哥走過一條街一條街，找馬姐姐，雍丘街城濮街黃池路大梁路倉垣街官渡路汜水街成皋路河陰路伊陽街，噗哧！伊娘，好像走過古早古早的中國，實在有夠好笑——亂亂取路名，呸，日本和中國相殺——咦？大哥哥你好好走路囁！」安樂新攫出兩隻爪子箍住靳五的胳臂，蹦蹬，閃過兩輛長髮飄飄花裙颭颭追逐而過的火紅速克達。安樂新咬咬牙：「死查某仔！猾也，街上比賽飆車。」渦渦麗日靳五只覺得心魂燭火也似晃兩晃潑地嘔出檳榔汁，眼一眩猛回頭。海天寥廓，一穹湝藍，滿城汽車人頭幻亮幻亮蜉蝣在白瀾瀾秋光中。

「哥哥啊，好好走路！」

「哥哥吃了春藥，嘻嘻對不起。」

「哥，瞧。」

「啥瞧？兄弟。」

「對面過平交道不是？」

「馬姐姐？」

「哥！」

「看到了——玉女池。」

靳五心中一蕩。

「兄弟！」

「吓？」

「不是說好去找馬姐姐鬆鬆骨，殺她一馬嗎？」

「哥喲——」安樂新格格兩笑一爪子攫住靳五的胳臂躥到弘農路西門口，跂腳，睇覷，搔著胳肢窩嚼啄著檳榔。鐵軌上，車輪轔轔，一漩渦，油煙中金光燦爛癲癇著波波飛闖平交道的汽車。城西那圈大太陽烱白白照面迸濺過來。靳五睞睞眼。白衣黑裙，一襲一襲中學女生制服紮著黑皮帶燦亮起腰口那方銅釦，飄飄過鐵軌。平交道上一肩肩書包兜盪不停，短髮翻飛，車潮中，蓬蓬漂逐進秦中街朝邑街華陰路三輔路，流淌向西門小紅町。雙雙黑眸子覷住陽光，漫街探索著。一顆一顆，塵氳中浮蕩起中學男生的小平頭，齜著香菸桀驁睥睨鬧市大街。土黃卡其軍式校服，肩上掛著帆布書包。人影雜遝。滿街町招牌層層疊疊簇紅簇紅瀲灩在那一穹窿青天白日下。新世界戲院。雪山盟。花馬。浪琴。榊和式料理。曼珠沙華咖啡雅座夢十七快活林小鷗少女服飾店。飛薦。靳五呆了呆，猛一嗆踉蹌挾起書本揪住安樂新後領子追上人潮，竄過平交道渡到小紅町上來。嚀叮嚀叮，鐵柵落下。南門外嗥起了汽笛爚亮爚亮潑閃起冏冏太陽，好一龍咆哮的金光！鐓。鐓。鐓。鐓。城心火車站綻響起大鐘，盪漾過十來個街口傳出了西門。靳五心中陡地一亮啐出兩口血泡：「兄弟，要轉回去囉！朱鴿亞星姐兒兩個五點放學，等我一塊結伴回家。」腳一勾，當街把安樂新絆了個倒栽葱仰面八叉，掉頭就走。麗日下一捻腰肢，搖曳著一襲紫綢小長裙佝僂著鑽過鐵柵，蹬，蹬，蹬，獨自個穿過平交道來。唇上一蕾丹硃，冷冷嘬著陽光。霹靂靂，莒光號金黃列車飆閃著窗窗男女人頭，飛駛過西門。

靳五呆了呆：

「小姐！」

那把及腰的黑髮，飄啊漩，煙渦中鑽出了鐵柵，白洋洋滿町人影恍惚車流燦爛裡，甩晃出平交道，漂渡上大街。腳下一雙峭尖小高跟鞋蹭蹬。一揚臉，兩杏子眼眸冷冷挑乜住了靳五，滿瞳怨毒。靳五背脊涼了涼冒出冷汗，挾住書本訕訕低下頭來：「對不起！認錯人了。」「神經。」那小女郎冷笑兩聲，掉頭蹬起鞋跟兒起肩胛上掛著的小黑皮包，嬝嬝皂香，一捻腰肢，橐橐橐自管搖曳進湯泉街衚衕中兩扉子紅門。

玉女池。

一團死霓虹。

漫街亮天光。

「哥！」

安樂新縮住肩脖一瘻子孤蹲在騎樓底下，兩眼窠血絲，淚汪汪瞅望住靳五，一爪一爪五根指甲，搔扒著瘪嘴洞裡流淌出的黑血涎。

「哥這一腳踢得好重哦。」

「如蛆附骨。」

「蛆？」

「你是一隻蛆。」

「我是安樂新。」

「嗤！安樂新是迷藥。」

「朋友隨便給我取的外號啦，哥，莫見笑。」

「失禮！忘了你的真名字。」

「蔡森郎。」

「森郎兄。」

「痛哦。」

一泫，兩瞳子怨懟。

靳五哈哈大笑掏出白丸子。

太陽下一照。

「安樂新！」

「嗨？」

「藥房有賣這個？」

「多問幾家，偷偷問。」

「好。」

「爽死哥！」

一顫，安樂新格格笑。

靳五把藥丸藏回襯衫口袋：

「兄弟，起來吧。」

安樂新昂聳著脖子呻吟出了兩聲揉揉腰眼顫巍巍撐起膝頭，弓起背脊，抖簌著兩筒黑喇叭長褲，一步一瘸，鑽出騎樓底下來。「哥，以後莫再對安樂新亂亂動腳了哦，拜託拜託——」兩瞳子兇光，熒熒勾住靳五。滿嘴檳榔汁嘓嘬嘓嘬，一翻眼呸地啐出了大街心。麗日下，人影飄竄，小鶥少女服飾店門口，十來個小女生紛紛閃躲著安樂新嘴洞裡燦濺開的簇簇血花。靳五心魂猛一搖晃。「再來一粒，哥。」眼一柔，安樂新把爪子探進紫花襯衫口袋搔兩搔撮出了顆檳榔，跂起腳尖，蠢，笑吟吟餵進靳五嘴裡。「大哥哥，你跟我來嘛——」踢踢踢安樂新趿起兩隻紅塑膠日本浪人鞋，翹啊翹昂起兩顆大趾頭，頂著太陽闖蕩下華陰路，叱開滿街頭兜盪著書包四下狩望如饑似渴的男女中學生，拐過會昌路趄進湯泉街。「哥，緊走啦！小馬姐姐撩起裙子等哥入來爽呦。」回頭格格笑，安樂新覷著麗日晲了靳五兩眼剮剮剮扒搔起胳肢窩，勾起手肘，一攮，撞開了玉女池兩扉子猩紅門。

「郎客來坐了啦——」

一星火光。

突閃。

門洞裡一支小電扇，黑天夜霧一波水浪也似，漂蕩起滿肩燙鬈髮，兩片腮紅，一亮，綻出兩渦笑靨，迎著門口潑灑進的天光，漫漾起兩腋皂香浮現了過來。一蕾紅唇叼支菸：「郎客坐啦。」手背一遮擋住太陽，玭玭牙睄著靳五打了個小哈欠，赧然笑笑，高擡起膀子勾起小指尖搔搔胳肢窩關上了兩扇紅門扉，把手搭到門上。腋下，黑毿毿一叢汗珠。靳五窺了窺打個哆嗦。門燈下那兩腮桃紅粲了粲甩起滿肩髮毬，瞟瞟搭在門上那隻膀子，悠悠把胳肢窩閤上了，拂拂身上那襲青羅裙撣撣袖口。花燈藟藟。門縫透進的陽光裡，突紅突紅蒸漫起一洞汗酸迷霧影幢幢滿堂郎客小姐，嚶嚀，詛咒，恩恩愛愛結成一雙一對黑裡只管悚聳著，蠕蜷著。瞳瞳燐火飄竄。一窟子迴盪起叫牀般的歌。今夕何夕。雲淡星稀夜色真美麗只有我和你我和你——北平妖姬白光小姐呻吟出電唱機，慵慵痖痖，打心窩底裡嚶唔出一剮一剮的斷腸哀歌——我和你我和你才逃出了黑暗黑暗又緊緊的跟著你，啊，今夕何夕。操嘞！伊拉娘格小娘魚——駛你娘，我你祖媽啦，老芋仔吳六爺老不死毛手毛腳癢——死——人——顫啊顫，海東小娘魚打起哆嗦，驀地昂起脖子絞起兩條小胳臂箍住上海老郎客那顆花斑大顱，一窋紅燈霧裡，抖簌抖簌，咬起小銀牙咒一句顫兩顫。滿堂老少郎客汗濤濤咻咻喘閃爍著一顱一顱火眼。今夕何夕。啊！溪水流夜風急只有我和你。哈——乞！靳五鼻頭一酸打個噴嚏嗆著一窟汗溲脂粉，烘烘冒起冷汗。窟窿，窟窿。靳五豎起耳朵聽了聽。那串小秋雷迢迢遙遙彷彿綻起九重天外。滿堂郎客小姐，雙雙對對一昂首。嗯，嗯，老芋頭上海老客兄拜託慢慢弄輕輕搔爽爽癢死人。吁——伊格小娘魚！海東小爛雜母我吳寶猜吳六爺今天要整死妳矣——操嘞。空窿空窿。嗯呃，痛。兩條細小胳臂顫顫孿孿纏繞住一顆花斑大黑頭。鬨窿窿，鬨窿窿。靳五聽著雷聲呆了呆挾起書本躥到門洞口。「哥——站住！」一聲淒厲，安樂新扭起腰肢蹦蹬擋到門上，眼窠子裡飆出兩撮兇光，張起爪子攔住靳五，忽然，噗哧一笑綻開兩齶血牙，睄睄靳五，跂起腳尖，把兩隻手攀住了五指孅孅塗著蔻丹搭在門框上的那筒胦白膀子，揉揉，搓搓，噘起兩瓣癟嘴皮啄了過去，咬起耳朵講起悄悄話。

鶼鶼鰈鰈。

「要癢死媽媽桑！死郎。」

「爽否？」

「夭壽。」

又一串悶雷飆滾過去，迸，閧窿閧窿，雷聲一陣霹靂一陣在玉女池音樂咖啡廳門外綻響了開來。北上的莒光號列車痙攣過華陰路驪邑街新豐街平交道，鯖鯖，繞過西門，闖向城心成周路鯤島鐵路局終點站。

一洞頭顱顛盪。

「有有，是小琪啦！馬上給他去叫來坐。」媽媽桑兩巴掌摑開安樂新的嘴子，汗津津擡起膀子來，揉兩揉，擦了擦耳垂上的唾沫，一睜，挑起兩片陰藍丹鳳眼皮乜起眼睛門燈下瞄瞄靳五：「美國華僑囁——歡迎僑胞回國參觀雙十國慶。」

黑蓁蓁一腋窩，雨露瀅瀅。

靳五悄悄打個哆嗦。

安樂新咬牙：

「緊！媽媽桑。」

「安啦——」

眼角帶鈎。

「大哥哥——」安樂新眼窠裡竄出兩烱子冷火，把腳一跂，往媽媽桑胳肢窩掐了一爪，倏地躥跳到門口，兩胳臂箍住靳五的腰桿搓著揑著哀哀呻吟出兩聲：「哥，哥，安樂新要跟媽媽桑去後面辦事，十萬火急，哥！你站在這裡莫走失了哦。」蓄蓄一笑，揉揉靳五心窩，睞睞眼，從他襯衫口袋裡撮出那顆白丸子背著媽媽桑燈下亮了亮：

「爽死伊！」

機伶伶一哆嗦，安樂新咭咭笑。

「去！我等你回來。」

「真喔？」

手心一瘙癢靳五抖了抖。

安樂新汗魆魆早已探過了小指來勾住靳五的小指，揑揑他拇指頭，啄，打個手印：「生死約不見不散的哦！」兩瞳血絲，一燦，跂起腳把兩條瘦小胳臂摽住媽媽桑的姅白膀子，兩個兒廝磨著，褊襬起青羅裙黑喇叭褲，飄忽進了燐燐紅燈泡煙霧茫茫一窟悚閃聳蠕的頭顱堆裡。

四下呻吟，嚶嚶嬌喘。嗯呃，癢。

啊！今夕何夕

雲淡星稀

「這位先生——」

磁柔柔的聲口，游絲般，召喚出紅霧來。

洞中，燈影迷離水柳也似搖曳出一襲紫粼粼拖地小長裙，一步一個蹭蹬，蹬，蹬，高跟鞋尖遢響在滿堂儷影聲聲呢喃裡。門燈下那張姣白臉子亮了亮：「先生！歡迎。」腰肢上一把黑鬘迎著櫃臺上的電風扇小瀑般漂掠了掠，甩兩甩，一雙手兒交疊到裙前，側起臉，昂著脖子望住靳五呆了呆嘬起唇上一蕾丹硃。

「我叫小琪。」

「見過。」

「嗯！」

「剛剛在路上。」

「先生你貴姓？」

「對不起，我在等朋友。」

「好！」門口一蕊紅燈下小琪那雙秋水瞳子紫勾勾只管瞅乜住靳五，忽然，狡黠一眨，睞了兩睞聳聳兩肩子小骨胛：「好，也沒有關係，裡面坐坐喝杯咖啡，你朋友陪媽媽桑辦事按規定一節四十分鐘——」

一腕子柔荑，悄悄探索了過來燈影搖紅裡勾勾靳五的小指，一掐，汗津津扣住他的虎口：「進來等！這麼大條壯漢還害羞。」小琪絞起眉心揚起臉，噘，搖搖頭，兩瞳清光森冷冷藐住了靳五格格兩笑猱過了條胳臂來，跂起三寸跟小銀鞋，勾住靳五的脖子，瞅住他，豎起小指尖刮刮自己腮幫上那瓣兒臙脂。腋下，苾苾蓁蓁一叢子黑嫩。靳五顫了顫。人影蠕蜷。嗯，呃嗯。白髮黑鬟男女頭顱顫爍著眸光捉對兒喁啄，蕩漾起滿窟紅燈霧。啊！今夕何夕溪水流夜風急——「瞄！先生你瞄甚麼瞄啊？」眼一白小琪鬆開了靳五的頸脖，緊夾起胳肢窩扯扯小紅衫短袖口，勾起小指尖，掐掐他手心，牽住他腕子蹬起高跟鞋。一捻腰，夭夭折折搖曳著腳踝子上那襲紫羅長裙，蹎著，蹭著，摸索進了紅燈燐熒那一窩纏綣的男女裡。

「請坐啊先生——」

聲音冰冷冷。

「好的。」靳五心窩一縮嘆口氣探索著小卡座裡那張紅皮沙發，冷不防，一跤跌坐了下來，反手摸摸，椅背上粘粘糊糊兩潑兒不知甚麼東西。「小琪，我的書呢？」

小琪眉梢一挑：

「坐著！」

蕾蕾紅燈下那把小黑鬟漂甩了甩消失進了霧影中，跫，跫，跫。玉女池音樂咖啡廳外頭，馮翊路華陰路京兆路西門三條大街嘩喇嘩喇洶湧著車潮，巷弄裡人聲雜遝，打兒罵女。白光如泣如訴只管懶慵慵傾吐出電唱機，一聲，一剮：

只有我和你

我和你——

「喂！這不是你的書嗎？」

小琪肩胛上甩啊甩兜盪著小黑皮包把兩本書摟到心房，笑，不笑，凝瞅住靳五，一撩一撩只管挑動著藍勾勾兩篷子睫毛。

「謝謝妳，小琪。」

「嗯。」

「怎麼老放這首四十年前的老歌？」

「嗯？」

「今夕何夕。」

「上海老客人愛聽。」

嘴一抿，小琪把書本擱到茶几上，挑起鬢髮絲汗湫湫掠到耳朵後，回身背向靳五，把裙口旋兩旋，勒緊了，挨著沙發柔沉沉坐了下來側著腿併攏起兩隻小膝頭。「你的手！給我。」說著，挑起睫毛瞟了靳五兩眸子，血灩灩噘起小嘴唇，歔，吹口氣，把手裡那卷冷凍毛巾鋪開來颼地一抖，捉過靳五的手安頓到自己膝頭上，掰開他手心，一指頭一指頭只管揉拭著。「冷不冷啊？」眼瞳一柔亮，小琪仰起了臉來端詳住靳五，深澄，遙迢，滿窟呢喃人影蠕蠕裡，那兩隻眼眸只管閃爍著幽光。兩腋子芳草香。靳五顫了顫。白光那一刀慵啞一刀的泣訴，只管洄蕩在紅漫漫一穸迷霧裡。「冷？不冷哦？」小琪凝眸瞅住靳五忽然水靈靈眨了個眼，詭譎一笑，攤開冰毛巾噘起小血唇，啵啄，吹口氣，睨乜著靳五反手撈起兩肩子黑鬔撩了半天撥到耳朵後，自管揉搓起頸脖。燈影裡眨啊爍，嫩生生兩隻耳垂穿著耳洞，綴著一雙小小的白金耳環。靳五心一盪，瞅著瞅著就看得癡了，只覺得自己的耳根子火燒火燎燙紅了上來，怦然打個哆嗦：「熱！」小琪呆了呆望住靳五，點點頭，沉下了臉，兩鬢子烏黑髮絲流瀉到腮幫上，不聲不響，自管拂理著膝頭上那襲紫羅裙好半晌慢吞吞挨坐過身子來，低垂著眼瞼，抖索，抖索，一鈕釦一鈕釦解開了靳五的心窩。惢惢紅燈下，一頭髮絲小黑瀑也似披灑到肩上，兩腋子閃爍起汗珠，幽幽泌泌，撩刺著靳五的鼻孔震盪著他的血脈。滿坑斑白頭顱呻吟，顆顆探索著那汗萋萋一菹活水源。癵，癵。成對成雙。靳五渾身火燒火燎打起了冷顫。小琪嘆息了聲，眼一瞑，那隻小柔荑早已摸索了過來蠑蠑纏繞住靳五的頸脖，昂起臉綻開小血唇，小口兒小口兒呵喘著氣，搯起濕毛巾冷颼颼揉搓起靳五的心窩。

「爽不爽？」

「爽。」

「唉——」

小琪沉沉嘆口氣，垂下了頭，攢起眉心，把毛巾攤在膝頭慢吞吞折疊成豆腐乾擱到茶几上，擡頭撩開兩腮兒髮梢，睨瞅住靳五：「你貴姓啊？」靳五搖搖頭。小琪呆了呆噘起嘴唇靜靜打量靳五，一哂，冷起眼瞳，坐直腰身，兩鈕釦必剝必剝解開了腰間繫著的小羅裙，揚起臉，撇撇嘴，望住頂頭那盞紅燈泡掠掠鬢絲一爪子扒開衣領，迸地，剝露出一株小脖子，春筍樣白。耳垂上，兩隻白金小環瀅紅瀅紅一潑燦：「辦事吧！先生——」一攫，五根指尖血瑩瑩撮過了茶几上擱著的小黑皮包，掏出兩疊衛生紙。

「幹甚麼？」

「有備無患呢——先生！」

一串嬌笑乾冷冷綻漾出頭顱窩。

靳五背脊一涼。

霧裡，火眼兒飄忽。一瞳一瞳熒燐著紅燈泡悚閃著條條交纏的胳膀子。聲聲哮喘。哮爾，哮爾，伊拉伊格娘格小娘——魚！海東小壞囡仔爛雜母我吳寶猜吳六爺今天給妳玩掉了性命哉——一顆花白大頭顱，倏地一昂聳，燈影搖紅，翻起兩圝死魚眼，愣瞪瞪掙脫了抵死纏繞的兩條小白胳臂。上海老郎客癱瘓成一團。咻，咻。海東小娘魚跨在沙發上渾身一哆嗦搖盪起腰肢來，格格格，燦笑如花，把那顆白髮大黑顱往自己心口一揪，夾進胳肢窩裡。一根麻花長辮，紅燈下，兜甩起兩鬃子猩紅絲帶。

「看甚麼看？辦事！先生——」

小琪咬咬牙一爪子攫過靳五衣襟口，兩膀子纏繞過來箍住他的頸脖。

一蕾丹硃，顫喘開了。

啊！今夕何夕
雲淡星稀
夜色真美麗
只有我和你
我和你

才逃出了黑暗
黑暗又緊緊的跟著你
啊！今夕何夕
溪水流夜風急
只有我和你
我和你患難相依

電殛，一亮。

「小琪！」

「你又怎麼了嗯——先生。」

「妳是男生！」

「是嗯。」

小琪兩筒胳臂撈住靳五的頸脖，細伶伶渾身顫漾起一波痙攣。兩星子眼眸，汗瞢瞢一睜。

「小琪！」

「嗯？」

「這兒的小姐——」

「男生嗯。」

「全是？」

「嗯。」

「媽媽桑呢？」

「男人。」

小琪翻起陰藍眼皮，把兩隻爪子叉開來掐住靳五肩窩，猛一扭腰，昂起脖子，驀地，咬起小銀牙絞緊胳臂好半晌從腰肢口迸顫出兩波冷哆嗦來。「爽爽——啊。」脖子一歪，鬆脫了手。那頭小黑瀑似的髮絲汗蓬蓬流瀉下來，兩腮兒癱伏到靳五肩窩裡，靜靜抽搐成一團。

一窩人妖。

烱烱白！玉女池音樂咖啡廳門外好一城天光。

靳五晃晃悠悠走在西門鬧街上。顱顱人影，燦漾著。龍龍汽車四面八方蠕蜒出城心，嘩喇喇嘩喇喇，潑亮，潑亮，喧囂起一漩渦一漩渦紅塵，飄颺起街頭巷角朵朵黑布裙篷篷齊耳的短髮梢。滿町徜徉的女學生，笑靨如花，白衣肩上兜掛著書包。靳五回頭望望湯泉街衕衕。豔陽裡，玉女池兩扉子猩紅門一開一闔，滿窟呻吟，三兩顱白髮漂進漂出。海東秋。靳五心窩一絞痛，惡泛泛終於翻嘔了上來，咬住牙根掐住衣襟三腳兩步躥上弘農路平交道，噝著，噎著，把隻手掌心抵住水泥電線桿好半天回轉過了心神。一回頭。小紅町滿町招牌層層疊疊崒紅崒紅瀲灩在海峽一蠡落日下。黃舌帽，蹦蹬蹦。六七條街外扶風路三輔路十字路口，一隊小學生揹著書囊，啄著冰棒穿渡過大街。嚀叮叮嚀叮叮。市囂中綻響起一串風鈴。眼一眩靳五扶著電線桿豎起耳朵淒淒迷迷聽得入了神了。兩波車潮打著照面洶湧過來，嗥，兩渦煙，火樣燦爛對峙在平交道口。鐵柵欄黑燻燻太陽下蒼茫眨起了紅燈。闃窿闃窿。南門外金光潑照。莒光號金黃客車兜過城門樓，漫天剮響出了汽笛，一聲追纏一聲。窗窗人頭雙雙眼眸，洞亮洞亮，默片也似啞啞靜靜悚閃著抽搐著不斷飛掠過靳五眼前。叮嚀叮，叮嚀叮，鐵柵升起。兩龍汽車一聲呼嘯眼瞪眼顛著盪著早已竄過平交道。兩雙鐵軌蜿蜒向城外，麗日下，潑眨著幽冷的秋光。

向晚北門口湧起一穹窿彤雲，長蟲樣，兩刀電光交叉劃過。猛擡頭，靳五眺了眺平交道對面弘農路國民大會門樓上的大鐘。四點零五分。靳五呆了呆。鐓。火車站的銅鐘蕩漾過陳留路條條街口，傳出了西門來。五點三十分。落霞滿天，悄悄冷冷，炊煙中漫城歸人披起了一襲襲縹緲肅殺的紅羅紗。又一刀電光剜剜閃爍過彤雲。平交道口小柵房裡，一顆紅燈泡幽亮，看柵工人探出花白小頭顱。秋風起。靳五扣上衣襟睜睜眼，眺望著太陽潑照下喜來登飯店頂樓一帘一帘絢爛的落紅，兩三步躥過平交道，渡到城心上來。嚀叮，嚀叮。列車南下。陳留路大街零零落落眨著眨著兜亮起一圜圜蒼莽的紅霓。

廣武街口風颼颼一身白衣黑布裙。

「亞星——」

「是。」

「等好久？」

「還好。」

「我們回家吧。」

眼一泫靳五笑了笑。

歸客籠籠。

輛輛公車燦爛著車身漆著的彩虹顛闖開滿城夕照，蠭湧進市中心閱兵廣場。落日彫彫，一片旗海。漫天悲壯迴響起了號角。六點。初秋黃昏刮起的朔風，呼飀呼飀，流竄進鯤京四門，蕭蕭掃蕩起總統府前伊闕路上十六線車潮。靳五站在車門風口上，嗆了嗆打個寒噤，身上那條襯衫汗粘粘飄颼出一股腥臊來，風一吹，渾身蜂螫也似。哈——乞！車廂裡有人擤了擤鼻涕。車子駛出青陽門轉上城東沛國路。靳五回頭望望。火車站前珠海時報大廈頂樓一字一字兜燦起電動字幕：雙十國慶前夕，我國外匯存底突破七百億美元，全球一百六十餘國中，僅次於日本，以人口比率而言，我們這個孤懸東海人口不過二千萬面積不過三萬六千平方公里的小島，外匯存底高居世界首位。花團錦簇，暮靄車潮中漫京綻開紅霓。風熠熠。靳五打個噴嚏。伊闕路底一殿通明闔闔玉燭。待沉，不沉，太陽浮盪在茫茫炊煙一穹交竄出沒的閃電中。一身飄漫，亞星肩胛上掛著青布書包伸出胳臂擦住頭頂的手環，揚起臉，呆呆想著甚麼。

彤雲壓城。

一車霞光氈氈人影。

「亞星！」

「是？」

「好涼的風。」

「還好。」

兩瞳子落日清光，亮了亮。

一凜，靳五攫起亞星的腕子看看錶：

「朱鴒！」

「這就去找她。」

亞星眼一柔笑了笑揚起臉掠開腮幫上飛颺纏繞的短髮絲，人窩中好一臉霞彩，滿身落日餘暉，血火般燎燒著她那一身短袖雪白上衣黑布裙。兩腋汗，清湫湫。車廂裡還沒亮燈，大街水銀燈火闌珊篩進一片夕照，愣睜，愣睜，雙雙眼眸汗瞢瞢閃爍著血絲妝點著一張張光影迷離的臉孔。下班士女，一鐵籠子。

風中，三兩顆頭顱油光水亮枕著胳臂趴伏到前座椅背上，齁，齁，打起了鼾。車窗外漫天彤雲剖剖追掠出兩刀冷電光，咕嚕咕嚕滾過悶雷，刹那，白蛇交竄迸開一城炊煙，海天遼闊，淮海路暮色越沉越紅。亞星一身風濤揝住手環站在窗前，掠著鬢絲，撥到耳後，靜靜瞅著街頭四面八方流盪的秋風中三兩朵飄零的黃舌帽。兩瓣白衣領子，脖子上，飄飄蕩蕩翻揚起來。靳五心一動悄悄探出手來撥了撥她肩上掛著的書包，緊繃繃：「裝那麼多書！」「惡補！」一回頭亞星燦開了滿臉落霞。靳五皺起眉頭挪挪她肩上書包帶子，拂拂她衣領子，搖搖頭眼一亮，看到她白上衣胸口四個小藍字繡著的校名。「那是甚麼地方？亞星。」亞星低下頭來瞅了瞅，仰起臉望住靳五迎著窗口風濤，掠起滿腮幫紛飛的髮梢，眼瞳子瀲亮瀲亮，一黯，望到窗外：「我老家玉關，中部一個小地方——」光影裡亞星沉沉笑了笑。窗外落日車潮流閃著滿街朔風颮漩起的人頭，一櫥窗一櫥窗，走馬燈般，家家店鋪亮起日光燈。兩飆閃電，倏倏，迸亮一天殘血。江陰路新亭路口紅濺濺白潑潑猛一燦亮，四個憲兵頂著銀盔，兩前兩後，標挺著墨綠美式軍服，鏘，鏘，鏘，蹬著鐵釘皮靴腆動起臀子沉沉靜靜穿踱過紅燈下的斑馬線。

「下站就下車了。」亞星往車窗外探探脖子回頭瞅住靳五，兩瞳子狐疑，一睜：「你的書呢？」

「甚麼書？」

「中午帶的兩本書。」

「丟了。」

「遺失在哪裡？」

靳五呆呆瞅著亞星那滿頭滿臉風濤。一籠子，眼眸窅閃，一燈又一燈幾十張臉孔潑映著車窗外馬路心安全島上的水銀燈，暮靄中，明明滅滅。建業國小站快到了。靳五心頭忑地一跳背脊上竄出了涼汗——

「玉女池！」

「玉女池？」

「糟。」

「沒關係沒關係！」亞星仰起了臉蹙蹙眉心睜住靳五，瞳子裡，兩星清柔，悄悄探出手來扯了兩扯靳五的衣袖：「遺失兩本書不要著急！臉好白——」

「我簽了名字，書裡還夾著學生繳的上課證——」

「沒有關係！下車。」

靳五癡癡一笑。

炊煙潑潑。

天際好一霆落日！

鐵蒺藜水泥圍牆下兩灘水銀燈光，橐橐迴響起亞星的裙影屐聲。

一回頭，亞星望住了靳五：

「朱鴒走了。」

「朱鴒答應等我的。」

「六點多，放學一個鐘頭了。」

亞星肩上掛著青布書包，兩手交握裙前，站在校門下，望望牆上紅漆髹著的斗大標語，仰起臉，讓一街斜陽潑灑著白衣黑裙，只管把眼睛覷望住靳五。紅磚道上行人跫跫。猛回身，亞星迎著黃昏滿城刮起的秋風掠掠耳脖上飛颺起的短髮梢：「不要急！來，我們就找朱鴒去。」手一伸牢牢握住了靳五的腕子，牽起他，帶頭跑進校門，朝國父銅像匆匆一鞠躬，橐橐橐橐踩上前棟水泥大樓門口那片石板臺階，暮色蒼茫，悄，沒人聲，走進了圍牆中黃沙漭漭幾十支鞦韆一盪一盪的大操場。

「亞星！」

「是？」

「要緊？」

「對不起啊。」

手一緊，亞星捏住靳五的腕子仰起臉風中瞅著他搖搖頭：「朱鴒不會走失的！」眼瞳子清清一亮。靳五心一酸，讓亞星領著繞起操場樓上樓下五層教室間間尋覓了個徧。操場心一潑夕照，愈凝愈猩紅。靳五摸著鞦韆慢吞吞坐了下來，把雙肘子撐到膝頭上，托住腮幫，呆呆望著風沙中艨艟艨艟一地樓影，往襯衫口袋掏掏菸，猛哆嗦，攤開手心。落日下皎白瑩瑩一粒藥丸。安樂新！靳五咬起牙根打著寒噤，秋風霍霍，身上那條襯衫瀰漫著汗酸粘粘腥腥一瘙一瘙鼓噗起來。亞星回回頭。一篷子短髮絲滿腮颼舞，裙口雪樣潾亮勒著一方銅釦，獨自個站在操場中，覷起眼，只管靜靜眺望著頂頭那穹窿彤雲。圍牆外，濤濤車潮亮起了燈，倏閃著城西天際那一蛟蛟流竄的冷電光，潑紅，潑紅。亞星肩下飆盪起書包，一身白衣黑裙飄飄漫漫穿梭著鞦韆蹭蹬過來。

「亞星！」

「我們回去吧。」

「冷不冷？」

「還好。」

萬家燈火孑孓紅霓。

校門口兩盞燈。

獨個，細伶䠷䠷一隻身影佇立在那灘水銀清光裡，仰起脖子，絞起眉心，打量著端坐花壇上的國父，把個紅書囊拎在手上，白上衣小藍裙，脖子下拖著根麻花辮子，朔風中飄飀起一綹兒鮮紅頭繩。靳五膝頭一軟落了跪：「丫頭！妳害死我了啦。」「我去找你們——咦？」朱鴒一凜，蹬蹬退兩步瞪住靳五滿瞳子狐疑，呆了呆聳皺出鼻尖，咻咻嗅了嗅他心窩。靳五攬住她肩膀，一擡頭。水銀燈下夕陽風濤亞星衣裙潑潑把雙手交握裙前，笑，不笑，側起臉來，靜靜瞅著建業國民小學門口水泥地上這大小兩個眼瞳子，泫泫一亮。

第四章　蒙古冷氣團源源南下

——造就了入秋以來島上最冷的一天。

廊上，一粒小平頭閃了閃。

靳五睄睄教室門口，呆了呆，打個哆嗦擱下書本，站在講臺上瀏覽起那滿堂繽紛打著寒噤痀瘻著的冬裝，一瞳瞳，若有所盼的眼眸。方額廣頤，馬清六一臉膛風霜，挺著那身冬黑西裝凜然端坐女生窩裡。玻璃大窗外一院青葱，瀟瀟雨下，漂飄起三兩朵傘花。臺上臺下簌簌抖，眼，瞪眼。靳五把雙手撐住講桌望著寒雨自管出起神來。門口探進兩瓣蒼冷的尖腮子，血鼕鼕。「同學們！」靳五咬咬牙一回頭砰地把書本闔上：「秋風秋雨愁煞人，吃飯去。」春雷乍響。滿堂一蹦聒聒聒聒登時漩起了渦渦人氣，五六根麻花辮子，三四十蓬髮鬖，甩蕩起盞盞日光燈。煖烘烘。靳五站在講臺上，笑吟吟瞅著。那張張清冷的臉子燦綻起了笑靨擁著冬衣摟住書本，走過臺下，抿笑抿笑，蠭湧出文學院第十七教室。

燈下一聳，黑墩墩，馬清六揹起書本拎起老公事包站起身邁向講臺。腳下那雙軍用大黑皮鞋，喀喇喀喇跨出，穿梭著排排座椅沉甸甸盪響著磨花水泥地。

「鄰家小妹妹好嗎？老師。」

「哪個？」

「那天馬路上——」

「哦！朱鴒。」

「朱鴒？」

「她感冒了。」

「嗯，天氣變囉。」

日光燈裡眼瞳子狐亮了亮。

靳五一呆。

馬清六把書本挾進腋窩整整西裝探探頭朝門口睃兩眼，回眸一頷首，縮起脖子摟住了公事包：「再見囉！靳博士——」橐躂橐躂踱進文學院空蕩蕩一長廊颼竄的寒流裡。

滿堂一空。

校園裡綻起銅鐘。

「哥！」

安樂新蔌蔌聳進他那粒小平頭。

一癟子，裹著小紅夾克弓起背脊骨把兩隻爪子冷青青掐住胳肢窩，逡巡在門口，跂，跂，抖起兩筒黑喇叭長褲探著脖子：「冷冷咯，哥。」眼瞳子骨湬湬，瞅乜住靳五打著牙戰驫然綻開兩齦小血牙，哈哈腰。「咯咯哥哥——失禮失禮！靳教授靳老師啦，國立海東大學文學院外國語文學系囁——」搖頭嗟嘆。噗哧，安樂新抖縮起肩窩磔磔笑蹺起兩隻紅塑膠東洋拖鞋踩上了門檻，嘬住一癟嘴子檳榔汁，摸摸臉，怯生生，舒伸出脖子朝滿教室座椅睃溜半天，兩爪兩爪搔著胳肢，聳出鼻尖，咻咻嗅兩嗅：「咦——女生都放學回家了啦。」門檻上兩顆龜卵大的拇趾蛆白蛆白一翹，身子一拱陡地發起瘧疾似的，簌落簌落，篩糠般渾身打起擺子，亢張起鼻頭，滿堂狴嗅了起來。廊上，波波寒流飆漩過一灘一灘水銀燈，掃蕩起三兩個落單女生。靳五站在講臺上，靜靜看著安樂新。「雞——歪！滿教室攏是月經騷味，哥。」猛哆嗦，安樂新縮起鼻尖深深吸了兩口氣咬咬牙回頭瞅望住靳五，眼一柔，乜勾勾端詳著他，把隻爪子搔進夾克懷裡窸窣窸窣摸出兩本書來，雙手捧起，哈個腰，誠誠敬敬送到講桌下：「大哥哥——教授，失禮！哥留在玉女池的兩本英文書安樂新今天給哥送回來了啦。」

靳五背脊竄出了涼汗來。

「謝謝，安樂新。」

「小琪問好。」

「誰？」

安樂新臉一變：

「做人要講情義的哦！老師。」

一顫，靳五兩手撐住講桌。安樂新摟抱住膀子哆嗦在講臺下仰起臉嗔望著他，兩瞳子血絲冷冷竄閃著兇光。「對不起，安樂新。」靳五俯下身來拍拍他肩膀替他扣上了夾克領子，手一抖，接過那兩本書。

安樂新幽幽嘆息了聲：

「津子想念。」

「誰？」

「媽媽桑。」

「津子？」

「玉女池媽媽桑啦。」

日光燈下那粒小平頭三角臉蒼冷冷燦漾開了兩渦子尖笑，猲猲猲打牙戰，一嘴洞血泡呵吹向靳五噓喘出篷篷冷霧：「咯咯，哥！冷，飲他兩杯老米酒去。」眼波子一勾，朝教室門口琵琵琵縮著冬裝瘃瘦而過的教授們睃瞟了兩眼，蹦蹬，躥上講臺來，挨住靳五探出顆大趾頭，逗啊逗只管廝磨起靳五的腳踝子：「老師！做人要有情義呢。」眼角眉梢纘纘一挑：「好東西要和好朋友分享，哥——嗯？對不對？」望住靳五剮剮扒搔著胳肢窩半天慢吞吞抽出爪子來，燈下猛一齜，滿教室睥睨著攤開掌心。

「小琪致意！」

晶瑩瑩一粒白藥丸。

「哥！」

「怎樣？」

「小琪想死哥——」

心一抖靳五撥開安樂新的爪子。

廊上，綻響起高跟鞋。

安樂新格格笑：

「哥莫怕。」

「小琪？」

「小琪她正在玉女池嗯——嗯——嗯的叫呢，和上海老郎客相殺，嗤！哥臉白白，害怕伊要來大學找哥。」一扭腰，安樂新翹起臀子趿起日本拖鞋把兩條膀子猱上靳五的肩膊，攀住了，齤嘻嘻，日光燈下滿嘴洞檳榔牙噓呵出熅熅酒霧：「亞星妹子搞過了？爽？清純度一百？」臉一翻血磣磣咬了咬牙根啐出兩蓄紅痰：「教授，老師，莫對安樂新不講情義哦！好東西要和好朋友分享，嗯？哥？」格格兩笑，撮起掌心上那粒白丸子搓了搓悄悄送進靳五襯衫口袋，仰起臉，哀哀呻吟，兩瞳血絲勾乜住靳五：「給她爽，哦？安樂新想起亞星妹子今年十五歲新鮮度還保持一百，心裡就發抖！哥哥，留點殘羹給小弟呷呷，嗯？哥——」

「你發甚麼酒瘋？這是大學！」

「哥嗯？」

廊上高跟鞋橐橐走近。

「安樂新！」

「嗯，哥哥？」

「老師？」

一篷短髮爍爍著耳垂上兩隻白金小環，探進門口：「果然！靳老師還沒走。」笑吟吟，助教李潔之裹著米黃風衣蹬著高跟鞋站在那灘水銀清光裡，望望講臺，一怔。

「我剛要走，潔之。」

「照片？」

「嗯？」

「送部審的啊。」

「糟糕！又忘記了。」

一睜，李潔之背起手跨進門檻把隻肩膀倚到黑板框上望住靳五，搖搖頭，朔風中清清爽爽，甩了甩耳脖上那篷漂捲的髮梢，抿起嘴忍住一臉笑靨：「沒關係！明天請記住——韓主任請靳老師去一趟。」瞳子一冷，看了看蹦蹬在講臺上張開嘴洞哈出酒氣的安樂新，呆了呆蹙起眉心。安樂新鬆開了靳五的肩膊，低低頭一掌子摀住嘴洞：「老師！哥，做人要講情義。」兩瞳冷血絲，燈下飆閃出兇光窅住靳五，拖起兩隻塑膠紅鞋皮蹓蹓蹓退出五六步挨靠到了黑板上，一瘦子拱縮起肩窩，昂出脖子聳出鼻尖往李潔之腰下嗅兩嗅，猛哆嗦，抱起膀子，刳刳刳，掐住兩窩胳肢一爪一爪自管扒搔起來。滿嘴糯米樣小血牙，戛戛咬兩咬。

靳五挾起書本跨下講臺：

「潔之，咱們走。」

反手一撥，關上教室的燈。

一漩渦寒流颼進文學院大門，竄下長廊撩起三兩把黑鬘，裙飄飄。燈下一癰癰灰黯冬裝顱顱花白，蹬蹬閃忽。玻璃長窗外，落日餘暉滿校園斜飛起淒迷的秋雨，一簇，一朵，悄沒聲漂盪起傘花。紅樓掩映，兩排大王椰風中翠翠招飆出一浪青翠。圍牆外艾森豪路紅塵雰霏，漫街兜眨起了空濛的水霓虹一濤一濤遠遠傳來市囂，嘩喇，嘩喇，彷佛天外的潮騷。大陸冷高壓源源南下。「冷！」靳五悄悄打個哆嗦。李潔之回過頭來瞅住他打量了兩眼：「多穿件衣服哦！靳老師。」踢躂踢。空蕩蕩人影蕭瑟一條磨花石板長廊一聲迴盪一聲。靳五回了回頭。朔風中，安樂新拱擁著紅夾克趿踋起拖鞋漂渡過一灘一灘水銀燈，打著冷顫，哈著腰，側身讓開朵朵飄竄的花裙三兩顱華髮，遠遠追躡住靳五。踢躂踢，踢躂踢。長廊上蕩漾開猥褻的回音。

一爪子朝靳五招了招。

呸呸，兩蕊血花。

「老師！」李潔之在系辦公室門口站住了，回頭眺眺廊下：「這人不正經——誰？」

「小混混。」

「哦？」

「公車上認識的。」

「哦！」

「陰魂不散。」

李潔之一揚臉望住靳五，滿瞳子狐疑。

「靳五！」韓主任推開暖氣辦公室彈簧門熱烘烘帶出滿臉的紅光，一顱睥睨，芒白芒白，搖晃著花髮送出了個年輕客人：「來！靳五，給你介紹一位朋友。」

燈下，一株挺拔的脖子頂著顆金亮的水兵頭。

「傑夫諾曼。」

「靳五。」

兩下一握。

「瓊安弗萊明提起過你，靳。」

「是嗎？」

「瓊安要去日本。」

「我聽說。」

韓主任撮起櫃臺上的晚報：

「嘖！」

「老師？」

「那邊又胡搞了。」

「怎麼？」

「大開殺戒。」

「這回又得殺幾個？」

「中國人——」

「殺不完。」

李潔之接口說。

傑夫諾曼水藍睩睩側耳凝聽：

「那邊？」

「海峽西岸。」

「紅色中國？」

「嗯嗯！文在血腥鎮壓。」

韓主任幽幽一嘆息。

「回頭見，靳。」傑夫諾曼搔搔耳脖燈下靦腆笑笑磁了磁兩排小白牙：「韓博士找我教教英文會話，在美國我曾跟他學兩年中文。」瞳子一柔瞅瞅李潔之：「謝謝，李小姐。」回頭哈個腰，亢張起胸膛，側身閃過靳五跨出系辦公室門檻大步邁下文學院長廊。

「嘖嘖這美國大男孩！」韓主任一身灰呢冬大衣臟臟堵在暖氣內室門口，探出頭來摸著腮，眸子裡只管漾亮著笑意：「大冷天，還緊繃繃的只穿一件單薄的運動汗衫。」

靳五愣了愣。

「老師，您找我來——」

「沒啥事！」

李潔之笑了笑睇睇靳五：

「主任說——」

韓主任猛一回頭：「對了！傑夫說，你認識一個叫瓊安的美國女孩，很要好嘟——所以給你兩個介紹介紹。」格格兩笑，揸起拳頭往靳五背脊上擂了兩下：「支那薄倖郎！」

「老師還不回家？」

「好冷！」

「大寒流。」

「報上說大陸冷高壓今晚登陸本島。」

一哆，李潔之摟起膀子。

靳五走出辦公室。

水銀燈碧燐燐一盞一盞灑照著文學院逴逴人影。靳五打個寒噤，扣上襯衫領口。廊窗外，那叢海東樟窸窣著濤濤南下的西伯利亞大寒流，綠油油蒸漫起一蔭水靄。暮色滄茫，慈白慈白，滿校園柏油路上綻開了一蓬蓬水銀燈霧。漫天紅雨絲。踢躂踢。磨花石板上蕩浪起兩隻塑膠日本拖鞋。靳五心旌一搖，咬咬牙，廊上掏支菸點上火慢吞吞站住了：「安樂新！拜託，不要跟著我。」身後那瘦子紅夾克抖簌簌一躧閃，呸，啐了口，格格格一串迴音傳來銀鈴樣的冷笑聲：「靳老師！哥，小琪思念津子問好。」靳五呆了呆渾身冒出冷疙瘩回頭望住安樂新，癡癡笑兩笑，嘆口氣挾起書本，諦聽著那一蹋蹋空盪盪反覆纏綿的拖鞋，自管走出文學院大門。

一嶼青。

漫天北風似刀。

靳五瑟縮到文學院門廊底下來，叼起菸，摟緊胳臂，眺望棕櫚大道上嘩喇嘩喇兩排飄颺著寒流的大王椰，路上一朵一簇，裙裾颭颭打著小花傘趕夜課的女學生。鏜。鏜。鐘臺上，老校工披著草綠舊軍大衣一纓子蕭蕭蔌蔌攀住大麻繩，盪著，飄著，扭起腰桿敲起銅鐘來。靳五看呆了，猛回頭。笑盈盈，李潔之臂彎裡揣著兩本書蹬著高跟鞋站在文學院門燈下，撐起小綠傘。好一蓬子短髮，風潑潑。

「怎沒帶傘啊？」

「忘了。」

「我送老師。」

眉梢一挑眼瞳子清亮了亮。

心一暖，靳五接過傘柄子護起李潔之，頂住風雨，肩挨肩，踩著蕊蕊水銀燈，靜靜走向校門口那滿街溟濛的水霓虹一城凜冽的蒼翠。好一園繽紛的傘花！雨中乍開，亭亭簇簇，飄盪起那一聲聲綻漾開漫天寒流的晚鐘。「你好！靳五。」靳五回回頭。燈影裡一條漂白牛仔褲勒著墨綠汗衫，躥閃著。傑夫諾曼昂揚著一顱子金亮的雨珠緊繃繃臌起胸脯，喀喇喀喇，大踏步，迸濺起滿路油水星，闖開茫茫雨霧，穿梭過痀瘻著身子趕夜課的窩窩女學生，斜裡直邁了過來。兩下裡打個照面。靳五招呼了聲。傑夫諾曼煞住步子雨中瞟起海藍眼眸挑了挑李潔之，點個頭，瞅向靳五，斜齜起兩刀嘴皮一口細白牙：「晚安！靳，保重。」李潔之望著他。傑夫諾曼抿嘴笑笑，叉開五根指尖滿顱子梳攏了攏，擰下兩把雨水來，睒睒眸子，眼瞳一柔，揚揚手拔開步子踩著牛皮靴朝校門口喀喇喀喇直迸濺出去。雨下得滄漭了，滿園淒迷暝矇起盞盞路燈。悄悄一哆嗦，靳五把書本挾到腋窩裡支起小綠傘頂住漫京流竄的北風，遮住李潔之兩隻肩膀。一路水星迸蹦著。李潔之攏起風衣襟口把書本摟進懷裡，低著頭，一臉子清湫，只管瞅住高跟鞋尖一步一睜眨踩過棕櫚大道窪窪水銀燈影。風衣下襬颭颭獵起了北風。「潔之——」「是?」李潔之揚起臉掠掠耳脖上那蓬繚亂的髮絲，呆了呆眼瞳一柔亮：「是?」兩隻耳垂雪樣清瑩，燈下燦了燦。靳五心窩一熱呆呆瞅乜住她那雙皎潔的白金小耳環，好半晌回過神來笑了：

「冷不冷?」

「還好。」

「寒流今晚來囉。」

「靳老師!」李潔之側過臉來打量著靳五悄悄接過他腋下的三本書，摟到自己心口，眼瞳裡盡是話：「靳老師——自己一個人天冷要記得多穿件衣服。」一回頭，望住那滿園雨霧葱蘢紅樓雱霏足音跫跫的棕櫚大道，蹙起眉心：「唔!老師，陰魂不散的又跟上來囉。」

「不理他。」

踢躂，踢躂踢。

路燈下一瘦子小紅夾克，笑藹藹。

艾森豪路上燈火淋漓兒漩起豳豳霓虹。

一街炊煙凜冽。

「潔之!」

「是?」

「我餓了。」

「老師哪裡吃飯?」

「襄陽街一家小麵店。」

「我送老師。」

一京紅塵滄茫滿城樓臺燈火幻盪在無邊無際淒風冷雨中。艾森豪路三楚路口，潑濺潑濺，一漩渦一漩渦油煙喧囂起車潮，閃爍著蕾蕾流竄的車燈，路心人影飄忽，轔轔水星蕩漾起傘花。大寒。漫街歸人。靳五把手插進褲袋悄悄打起哆嗦，撐著傘護住李潔之，守候在紅綠燈底下，心一動掏掏褲袋。風中李潔之只管摟住書本蹬住高跟鞋，一篷短髮絲飛颺起來，衣裙颼颼飄漫開一身清爽皂香，兩瞳子凝亮亮，瞅望著對面大馬路騎樓下瑟縮著冬裝猴望著窟窟紅霓的一街男女。靳五悄悄抽出手來，紅燈下攤開掌心，一哆嗦，猛回頭，看見亭亭花傘中安樂新那顱子瘌痢小平頭蠢開血花，呆了呆咬咬牙，渾身顫抖出了兩個冷瘧子，掏掏襯衫口袋，又是一粒白藥丸。「老師!做人要講情義的囁。」格格兩笑，安樂新搔起胳肢窩:「好東西要和好朋友分享的呢，哥——」蹕蹕蹕。路心一個交通警察披著鵝黃塑膠雨衣吹起哨子，揩著電光棒，熠紅熠紅，水花燦爛中阻止住兩波咆哮的車潮，颼地敬個禮，讓過一列冒著大陸冷氣團無聲無息沉沉轉進的黑色官家轎車。小旗彯彯。紅電光一潑燦。蹕蹕蹕。靳五挾持著李潔之追上紛紅駭綠一溪漂漩的傘花，秋風秋雨，濺濺蹦蹦竄過馬路口，渡到艾森豪路澴澴紅霓下來。荊門街對面，歸州街，盞盞水紅燈籠下，蓬壺海鮮火鍋店老闆率領老闆娘搶到簷口一鞠躬，噓寒問暖，恭送一隊兒七八十個日本觀光客魚貫登上兩輛遊覽車。對街佛龕燈幽紅，彌馨月子中心樓上，披頭散髮一排兒站出二三十個坐月子的大小媽媽，攏著睡袍，哺著娃娃，倚在玻璃窗口靜靜俯望著街景。丹陽街長坂街襄陽街。西伯利亞寒流源源南下。海東，一嶼青。十線艾森豪路安全島上，車潮中棵棵棕櫚招搖著一天颳起的北風。

熱騰騰一街水霧。

麵香！

「我餓啦。」靳五心窩一煖，嚥下兩口水，望望襄陽街中攤攤日光燈下煙火烝烝圍聚著的老小人影，回頭瞅住了李潔之，好半晌：「謝謝妳送我一程。」

李潔之揚起臉覷了覷滿街迸濺的雨花，眼瞳子眨亮了亮，想說甚麼，一笑低下頭，往掌心裡哈口氣自管抹拭起書衣上的雨珠，半天遞還靳五：「你的書——老師再見。」一甩耳脖上濕湫湫的髮篷子接過了靳五手裡的雨傘，旋兩旋，回身聚攏起風衣紮緊腰口，蹬起高跟鞋娉婷出街口，走上了回頭路，水銀街燈下晃漾著兩隻白金小耳環，鮡亮鮡亮。轉眼，那支水綠小洋傘漂失進艾森豪路紅磚道上繽紛一街的傘花裡。

簷簷水霤紅。

「老師下學啦？」

「冷噢。」

「西北風。」

蒼涼海西腔。

店門口麵攤子蒸蒸騰騰瀰漫著一大白鐵鍋麵香水霧，一顱芒白，汗瀎瀎，睃探出了攤口那盞日光燈來。一瘦子肩膊，風中，骨嶙嶙浹著草綠軍汗衫搭著條油黃白毛巾。

靳五笑嘻嘻站到攤燈下來。

「牛肉麵，大碗辣。」

「有！」

陡地一聲吆喝。

鍋蓋揭起，一漩渦湯霧。

老人家瞇皺著那一額門黧黑的風霜，撈起毛巾，抹抹滿頭大汗，抓起兩團黃麵條颼颼撂進了湯鍋。滿攤氤氳。靳五瞅著燈下那顆聳動在風中的白頭，想起了誰，思索著，呆呆走進店堂穿梭過臟臟冬衣找了副單人座頭落了腳。五六桌男女學生，圍攏住裊裊麵香。海東雨，瀟瀟下。街角唱片行一聲幽怨一聲震盪起電唱機傳來歌女的怨嘆，自恨一生呆八字，薄情郎君，花蕊採了情也斷，害阮前途罩黑雲，心空虛，怨恨伊——唉！恨命莫怨天——三兩朵傘花出水芙蓉樣綻放在滿街秋雨中，晃漾過攤口，傘下雙雙儷影依偎著，閃躲開蕊蕊水星，格格笑一步一廝磨徜徉過襄陽街。艾森豪路上的車潮，遠去了。麵攤口白漫漫一篷燈霧。對街店鋪樓上窗窗佛燈濟紅濟紅淋漓在簷口圜圜紅霓下。

滿街炊煙四起。

「老師！靳教授。」

靳五猛回頭。

馬清六金刀大馬一頷首，挺拔起身上厚重的冬黑西裝，據住小桌，欠了欠身，擎起手裡的小酒盅。燈下，那張風霜國字臉膛黑蒼蒼濟漾起了兩朵酒酡，兩眸子窩住靳五睜了睜，戇戆綻出笑靨，乜了乜桌上臌臌擱著的咖啡色老公事包兩本精裝盜版宋史。

靳五笑笑：

「馬先生愛讀宋史？」

「鑑古知今。」馬清六站起身，拿下公事包回頭招呼店門口那漩渦水霧：「老鄉親！」

「有！鄉弟。」一顱白芒風蕭蕭一聳。

「給老師拿個酒杯。」

「好地——」

靳五端過牛肉麵笑嘻嘻隔著檯面對正馬清六落了座。馬清六擡了擡臀子：「天冷，老師喝杯酒！請。」一盅高粱火辣辣皎白皎白遞過檯面。靳五撮過酒盅睥睨住馬清六，一昂，乾了，滿心窩一潑火燒火燎澎澎湃湃直衝回了喉頭，登時漲紅兩隻耳根呆了半晌：「好燒刀子！」淚汪汪，眨起眼睛扒開襯衫領口來。馬清六擎著酒盅只管瞅住靳五，眼珠子狐亮亮，燈下拇指一豎昂起剃青下巴滿臉誠肅兩口乾了大半盅高粱。「靳老師爽快人！一盅金門高粱說乾就乾，噯，想不到。」嗟嘆半天，𡍼起腰桿子剝剝解開西裝外套襟口，又斟下兩盅高粱來，猛哆嗦，皺起一額滄桑，聳出鼻尖，嗅了嗅店門口襄陽街上波波西伯利亞寒流挾帶來的西北風。

「老師您請嗅嗅——」

「啥？」

「血腥氣。」

「刺鼻！報上說那邊又大開殺戒。」

「不見棺材不流淚。」

「自作孽——」

「不可活！」

撫掌，相對一笑。

靳五擎起酒盅腥風陰雨中敬了敬馬清六：

「馬先生府上？」

「湖北自忠，襄陽南邊一個縣。」

「馬兄，打過仗？」

「攻過城！」

「城？」

「靳老師這輩子沒見過攻城？命好。」蒼涼一笑，馬清六瞅乜住靳五搖搖頭撈起毛巾抹抹一脖子汗珠，拱擁住西裝，望望門口，揝起酒盅打個哆嗦回敬了敬：「喝一杯，我跟您講攻城。」

靳五乾了金門高粱。

「老師，三十八年在鄂北——」馬清六擺擺手揮開了靳五遞過的香菸，頓了頓，瞠住頂頭日光燈，遙想半天，揝住筷筒子拈著兩根竹筷一捅一捅往筒中呆呆插著：「匪軍在硝石灘大潰，流竄白河、南新，殘部退守萬山。我追兵於二月六日夜間在途中稍事休息，次日拂曉，以急行軍向萬山城追擊——」

靳五悄悄點支菸。

一擡頭。

牆上碧光粼粼二十四吋簇新彩色電視正報著新聞。主播小姐玼起白牙，一字一腔圓：美國國會眾議院，今天通過綜合貿易法案，今後將對不公平貿易夥伴包括我中華民國進行最嚴厲的報復。秋雨秋風，霓虹潺潺。攤口，滄滄茫茫繚裊起一鍋麵香蕭蕭著一顆白頭。一聲一斷腸，街角唱片行不斷震盪起紅燈綠燈照街巷，世間也有這款人，十年恩愛甘願放，下海去做煙花人——啊，五月花，恨你一世人——五月花蕊亂亂開，假情假愛的世界，自嘆薄命無人知——襄陽街滿街哀怨的歌聲中男女老小打著洋傘，冬衣繽紛，張大嘴巴呵吐出蓬蓬冷溲，追索著搜望著簷簷水霤紅下一轡一轡兜睞的紅霓。雙雙黑眸，目光睒睒。淫雨中紅磚人行道上棵棵海東樟戰慄起一樹青翠，窸窣著驍驍南下的蒙古冷氣團。宜城街口，一閭青霓，兜繞著黑晶晶一扉玻璃門洞，洞口孤蹲著一個小小擦鞋童。仙臺理髮廳。兩個阿兵哥一身草綠勁裝勾肩搭背瑟縮在一支小紅傘下，摸耳，搔腮，愣瞪瞪簷裡簷外逡巡著。

「靳博士！」

一凜，靳五猛回頭：

「在聽馬兄講國軍攻城。」

「哦？」

「老闆娶媳婦！」

「老師？」馬清六一怔。靳五呶呶嘴。攤角圓板凳上搽脂抹粉紅豔豔裹著鬮花棉襖坐著個婦人，低眉，垂目，悄沒聲白髮皤皤。馬清六回頭瞄了兩眼，粲然綻開兩渦子酒酡朝攤口舉舉酒盅：「我老同鄉佟老闆接收了他空軍老弟兄的遺孀！同是天涯淪落人啊，老師。」

靳五呆了呆舉起酒盅呼喚了聲：

「佟老闆，恭喜啊。」

燈下那顆白頭顱顫了顫，回眸覷覷，汗湫湫鑽出了一攤蒸騰的麵湯水霧哈著腰趑趄進店堂，喜孜孜，羞答答，拿過酒盅雙手捧著往靳五手裡承了大半盅高粱，一昂，乾了。

靳五笑笑：

「新娘子害羞哦！」

「嗳，過來了五天了。」

馬清六兩巴掌據住檯面端起臉膛繃著一身舊冬黑西裝，汗酙酙，笑不笑，只管閃爍著眼珠瞅住靳五。攤外，襄陽街上斜風細雨一聲聲洄盪著千金女妖嬌娘啊人講真好命——紅塵女招夫嫁尪，人講討客兒。蒙古冷氣團源源南下。靳五聽癡了。「老師愛聽他們海東小曲兒？淒涼涼盡是哭調！有啥好聽？」靳五吃吃笑舉起酒盅。馬清六回敬了敬端詳著靳五慢吞吞啜兩口：「剛給老師講攻城，講到哪了？是！二月七日黃昏我追兵主力冒著風雪抵達萬山城下。我擬乘匪喘息未定，一舉攻下萬山，立即下令爬城。政治部向老百姓徵發數百架毛竹梯子，晨三時，登城準備完畢。三萬官兵齊呼革命萬歲，吶喊衝向城腳，援竹梯蟻附而上。城上火炬通明，匪軍機關槍手榴彈火藥包爆發罐一時俱發，爬城我軍，毫無遮蔽，雖奮勇異常，然竹梯尚未架牢爬城官兵已悉被擊斃，無一倖免。城下，漢水河面上此時停泊著一艘英國炮艇，指揮官舉起望遠鏡觀戰——」

「馬教官！您在上國軍戰史課？」

馬清六愣了愣：

「嗯？」

「對不起，馬兄。」靳五耳根一熱雙手捧起酒盅咬咬牙乾了半盅燒刀子，日光燈下，把酒盅滴溜溜一轉亮了亮：「馬教官，請。」

「靳博士，爽！」

馬清六豎起了崢崢一顆大拇指。

靳五悄悄噓出兩口氣。

「馬先生。」

「有。」

「馬兄當過教官？」

「在省立高雄女中混過六年。」

「攻過城？」

「攻過。」

「萬——山？」

「三十八年鄂北漢水邊上。」

「那時幾大？」

「十五。」

「嘖！馬教官現在——」

「退下了。」

「高就？」

「在貴校外文系選課聽聽。」

「對不起，馬兄。」靳五斟滿兩盅高粱臉容一肅搖搖晃晃撐起膝頭來，金刀大馬，一躬，雙手擎起手裡那盅酒：「誠心敬您。」

馬清六呆了呆，蒼涼涼瞅住靳五，紫醬臉膛一陣青一陣白日光燈下變幻了半天颼地漲紅上來：「老師多謝了，坐坐。」呵呵兩笑，撮起酒盅顫巍巍擡起臀子聳起了那墩厚重冬黑西裝，雙手一擎：「靳博士！金門高粱。」只聽得豁浪浪一陣驚天動地，風捲殘雲掃蕩下了滿桌碗筷。馬清六撈住下襟，猛哆嗦，那張臉膛煞黑了。靳五雙手高高擎著酒盅望望那一地狼藉愣了愣。醉瞢瞢，眼瞪眼，兩下裡隔著小檯面躬立店堂中央只管呆呆對峙著，一樂，乾了高粱撫掌大笑：

「掃蕩共匪——」

「肅清妖氛！」

「讀聖賢書——」

「所學何事？」

「孔曰成仁——」

「孟曰取義?」

「而今——」

「老師。」

蹦，靳五一跳腳猛回頭。

「老師莫怕莫怕！我是周砉，您小說班上的學生。」小女生笑嘻嘻攏住裙襬蹲下身來撿起地上的碗筷。靳五漲紅臉皮。嘴一抿，周砉擡擡頭，兩隻瞳子睜亮睜亮往靳五臉上轉兩轉忍住兩渦子笑靨，回頭喚道：「梁，問老闆，能不能要兩杯熱茶來。」梁愣聳著那粒架著眼鏡的小平頭，半天不吭聲，望望碗裡沉下臉擱下筷子一步挨一步，往老闆手裡接來兩杯熱茶。周砉捧著盤盤碗碗站起身，瞅瞅梁：「他啊，老師，是我哥的學弟梁尚智，工學院資訊工程系不愛講話——」

半杯苦茶熱騰騰落了肚，酒醒大半。

「謝謝妳，周砉。」

「老師少喝。」

「好。」

靳五耳根一燥。

馬清六掏出手絹拭拭西裝下襟伸手一肅陪靳五落了座。兩個人對著一筒筷子啜著茶，抖簌在一街紅霓瀲灩的寒流中。噗，噗，馬清六兩指頭撮著雙竹筷若有所思又自管捅起了筷筒子。靳五點了支菸，望望牆上電視——晚安！各位觀眾，嗯，由於強大寒流不斷侵入，造成本島各地氣溫急速下降，平均最低溫本市五點五度——氣象局說，昨天開始，本島就在大陸冷氣團籠罩之下，使生活在亞熱帶寶島安和樂利豐衣足食的我們，總算如願以償，嘗到冷的滋味——兩朵兒小酒渦水梨樣姣白，笑，不笑，莒光電視臺播報氣象的少婦端莊起脖子上一髻黑鬘，穿著小腰身棉襖，囍囍繦繦宮紅絲緞，兩指尖拈支小棒指點著天氣圖上一葉秋海棠——從蒙古到貝加爾湖，早已經形成一個強大的大陸氣團，一波一波冷高壓源源不斷的壓下來，席捲華北平原，強渡長江，鋒面今晚越過海峽，登陸本島，氣溫急速下降的結果造就了今年入秋以來最寒冷的一夜。各位同胞請注意添衣保暖——一躬，少婦笑吟吟退出螢光幕。海棠紅。海東一蕉青。日光燈下靳五瑟縮起肩窩啜著茶吸著菸，心頭空空洞洞滿肚燒刀子翻湧了上來。蘢蘢麵香水霧，攤角，兩腮臙脂一頭皤白。老闆娘裹著紅緞子棉襖只管低垂著眼瞼，半天沒吭聲，端端正正坐在圓板凳上，手裡一方紅綃，絞過來絞過去。麵攤口那顱白髮汗湫湫抖簌簌在燈下一渦一渦蒸騰起的湯霧中，回眸望兩眼問了聲：「妳冷嗎？」「還好。」蒼涼湖北腔。水簷外襄陽街人行道上，棵棵海東樟蔥蘢在澴澴紅霓囧囧佛燈下，淅瀝，淅瀝，颼飆起一朵一簇頂著寒流滿街漂盪的傘花。朔風搖曳一支小紅傘。傘下，那兩個阿兵哥勾著膀子，逡巡過千葉賓館仙臺理髮廳愛媛咖啡屋，半天雙雙一縮肩窩，瘃瘦起身子，扶扶近視眼鏡閃進樓梯鑽上宜城街口四樓群馬按摩院。

蒙古冷氣團飄飄南下。

靳五伸出手：

「馬兄，幸會。」

「老師好走。」

馬清六擱下竹筷擡起臀子。

手一緊，握兩握，靳五挾起書本扣上領口謝過周砦，會了帳，穿過麵攤口那漩渦蒸蒸騰騰蕭蕭蔌著兩顆白頭的湯水霧，風中縮起肩窩走出店門。鏃鏃冷雨悄沒聲迎面螫了過來，靳五只覺心窩火燥，渾身顫抖出兩波冷疙瘩。酒意又湧了上來。朱鴿，亞星。平平安安又回到家了？靳五趑趄進了宜城街窄窄一條弄堂水簷下家家紅霓塢裡，裙衩蹬蹬，漫街迸蹦起油水星兒。花傘下，雙雙大學生廝磨著冬衣，一步一蹁躚，踩著那聲聲迴響街頭的歌曲，落煙花無理解父母所害，同伴姐妹淚哀哀——運命呆，大海小船遇風颱——人客像惡鬼，摧殘好花蕊——一嘴洞一嘴洞男男女女，寒流中，滿街齜著牙籤哈出蓬蓬葷腥。鵝鵝鰈鰈雨裡你儂我儂。靳五轉過唱片行哆嗦上炊煙淒迷鍋鏟砉砉的棗陽街。一京瀟瀟，華燈四起。滿城水晶樓臺洞洞春暖花團錦簇，漫空兜爍起了浩渺的水霓虹。冷鋒今夜過境，嗯，觀眾注意添衣。一咬牙靳五索性敞開襯衫領口把挾著的書本兜在手心上，火燒火燎，噎著滿肚金門高粱，吸口氣迎向那一城飄漫葱葱蘢蘢的海東雨。

天際，蕩漾起了一瓢水月。

「靳教授！哥——」

「安樂新？」

「我啦，大哥。」

安樂新濕湫湫蔌聳著那粒小平頭窩蜷在光化街口騎樓下，老猴兒似，拱著小紅夾克，嗦嗦，打起牙戰抖起腿子叼支菸孤蹲在黑影地裡，聳出鼻尖，嗅著滿街過路的婦女。裙襬漂飀。一星火光裊顫顫。吃吃一笑安樂新吐出菸蒂，眼窠子，淚熒熒，竄閃出兩撮血絲冷光人群中只管淒涼地瞅住靳五。

靳五抱起胳臂在紅磚道上站住了。

家家炊煙。

「哥。」

「還沒吃飯啊？」

安樂新幽幽嘆了口氣。

「哥！」

「不回家吃飯？」

「無家。」

靳五呆了呆。

安樂新只管蹲在騎樓下揉著眼皮。

「哥，教授老師！做人要有講情義。」

「怎麼？」

「小琪思念。」

一嗆，靳五心旌搖蕩了蕩滿肚子半瓶高粱翻翻騰騰洶湧上來，漫天漩渦中，躥上兩步，瞅望著滿騎樓朵朵飄盪而過的花裙下安樂新那瘦子紅夾克，笑嘻嘻兩齶血花。「安樂新，你毒！」硌硌一咬牙，靳五張起五根爪子掐住心窩，噈著，噎著，逼回了直搗上喉頭的酒餿，擡頭眺望城天。繁燈似錦北風如刀漫城紅霓叢中浮起一輪水月，笑靨如花，披上兩肩子白綃。紛紛緋緋一街澎湃起傘花，燈火鱗鱗，捲起渦渦水煙塵，嘩喇嘩喇光化街穀城街十字路口車潮飛濺蹕蹕哨聲大起，滿街淒迷，雨聲，歌聲，在靳五腦殼子裡混響成一團。猛回頭。蒼冷冷一粒小平頭兩窠子血絲眸光，騎樓下一眨不眨。安樂新縮起肩窩，舔著滿嘴紅牙笑不笑靜靜瞅望著靳五。啄！血花一綻，兩蕊檳榔汁一蓄黃濃痰啐到了紅磚人行道上那簇花裙下。安樂新聳出脖子，嗅兩嗅，捋起夾克袖口，伸出五根骨白爪子悄悄揉進胸凹裡，睨乜住靳五淒涼涼笑了笑，哆嗦著寒流刳刳刳只管搔起胳肢窩來。靳五呆呆站在雨中，望著淋漓一街的儷影。

「靳老師——」

「嗯。」

「冷不冷？哥哥。」

「冷。」

「想熱爽否？」

「想。」

「津子夫人還有紹興女兒紅酒。」

「玉女池媽媽桑。」

「走！哥哥。」

靳五心中一片茫然。

安樂新冷森森綻開了笑靨，點點頭，豎起一隻拇指楔進腳丫子裡嗞起牙一趾一趾搓了十來搓，拱起肩窩瞇住小眼珠，半天幽幽洩了口氣，坍塌下肩窩，咬咬牙趿起紅膠皮日本拖鞋，撐起膝頭，搔著褲襠鑽出了騎樓下搖曳而過的雙雙嬖子篷篷裙襬。「老師！走。」嘴皮子冷瘺瘺嘻了嘻，血螽螽氤氳出一熄一熄酒氣來。靳五把三本教科書挾到腋下扣起領口，雙手插進褲袋，心窩翻攪，酒一轟，天旋地轉，跟著安樂新蹦濺過十字路口蹌踉上穀城街八線華燈。天寒地凍。哥倆淋著雨，肩併肩，頂著那一濤一濤瑟瑟東進的大陸冷氣團，穿梭過滿街徜徉的男女大學生。

「哥！」安樂新頭也不回只顧弓起背脊縮住脖子趿躂著日本浪人鞋，城天水月下，風中，細伶伶一桿腰肢，褊褼起黑布喇叭長褲，閃跳過兩坑油水，詛咒著，狩嗅著，朝穀城街派出所門口一一二六路公車站牌哆嗦過去：「哥！」

「嗯？」

「她好嗎？」

「誰好嗎？」

「我們那個小妹子啦！老師，莫獨吞哦。」猛回頭，安樂新渾身顫了顫一咬牙兩腮雨濟濟綻出了兩尖子酒渦，咯咯咯笑三聲，眼窠裡竄出兩瞳兇光勾乜住了靳五，張起爪子副副扒搔起褲襠，半天，眼一柔抿抿嘴噗哧兩笑。靳五打個寒噤。「免驚！哥，做人只要沒不講義氣——」安樂新頓了頓瞅著靳五搖搖頭嘆息半天垂下了頭，擤擤鼻子摔掉兩把鼻涕，攏起小紅夾克摟向心口縮回脖子頂住寒流鑽過滿街花傘，一步一低迴，曼聲唱道：「天涯海角找無妳，妳是在哪裡？我的心肝叫著妳，妳敢無聽見？為著可憐子兒請妳著要返來阮身邊，噢！媽媽——八字衙門亂亂開。」安樂新煞住腳步，翻開兩齣小血牙，指住了穀城街派出所門洞值班臺上垂拱著的一線二星小警察，咄咄啐出兩泡檳榔汁：「有理無錢，幹！免入來。」吃吃兩笑勾起小指尖刮了刮自己的臉皮，媳媳，朝那警察扭起水蛇腰：「兩粒目珠瞪得足大足大，看吓？驚不死老百姓！腳仔仙假仙你去死啊回家幹破你母去，嗤！大棵呆。」格格兩笑，拽起兩筒黑喇叭褲樂不可支抖開了滿褲腳油水星來，回頭瞅乜住靳五，吐吐舌芯子扮個鬼臉，一路走一路踢躂起水花，嫪媳過派出所，忽然蹲下身來，臉煞白捧住肚腩揉著捏著，兩腮子冒出了顆顆蒼冷的汗珠：「伊娘我鬼，哥，肚子夭壽痛！今天下午去吃簡許玉桂議員娶媳婦的喜酒，吃了火雞腰子炒麻油薑絲，幹，美國進口的火雞腰子，冰凍太久不新鮮。」安樂新瞅住靳五翹起兩隻臀子，抽搐半天抖簌簌放個響屁，揉揉眼皮往胸窩裡掏出一顆檳榔哈進嘴，唓嗏，一咬，豚兩豚只管吮吸起來：「老師！講好好東西要給好朋友分享的——搞定了，哥，莫忘記要給安樂新分一杯殘羹呷呷哦。」

靳五心一抖紅磚道上站住了：

「你到底說誰？」

「妹子。」

「誰？」

「亞星啦。」

「你想怎樣？」

「開她。」

「她才十五歲。」

「十五歲開起來有夠爽吔。」

「想嘗鮮？」

「跟哥一起上去搞嘛。」

傘花中，裙襬下，安樂新蹲在路肩上揉著肚皮搔著褲襠哀哀瞅望住靳五。

「好！」靳五咬咬牙，血氣上湧，叉開五根爪子當街掐住安樂新的脖子，喀喇喇，一拗，捽住了他那粒小平頭揪起來往水泥電線桿上砰砰撞兩撞，扳起他下巴，街燈下照了照。安樂新捧著肚腩翻起了兩粒小白眼，咻咻喘著，瞪住靳五嘻開癟嘴皮子，齗齗打著牙戰黏黏涎涎流淌出了兩蚍子血泡來。燈下眼瞪眼，兩下裡對峙著。「蛆！你這個陰魂不散到處亂鑽的小混混以後不要跟住我，安——樂——新。」一鬆手靳五捽脫掉安樂新的鬅鬅頭，油膩膩往他夾克上抹抹手，擡起皮鞋跟，踩住了他那兩顆卵白卵白翹探出紅膠皮拖鞋的大拇趾，軋，軋，蹂了兩腳。

「哥——痛痛。」安樂新捧住肚腩一臉冷汗珠咬著牙根蹲坐到了水窪裡，兩腮子，尖尖煞青，渾身篩糠也似只管抖簌起來：「亞星妹子清純度一百，夭壽，開起來鮮死人！痛，哥——」

「你在叫誰？」

「老師。」

眼窠子裡迸出了淚珠。

靳五打個寒噤：

「我走了。」

血氣陡地一衝心窩裡翻翻攪攪眼一花酒意終於逼上來，突破了咽喉，哇，靳五嘔了口，整個人趴到電線桿上，一口趕一口吐出滿肚半瓶高粱兩碗紅油麻辣牛肉麵。翠雨紅霓。傘花一街翩躚。派出所門洞上那盞警示燈，嫣紅，嫣紅，肅殺地爍漾在滿京飆漩雰雰霏霏的西伯利亞寒流裡。花枝亂顫，綠亭亭，紅磚人行道上株株海東樟抖蔌著滿身花燈，嬌笑風雨中。靳五淘空了肚膛，酒意大醒，撿起地上的書本挾到腋下，扒梳了梳滿頭濕亂髮，點支菸，茫茫然，望著滿濃賓館防火巷裡，西裝革履蝦著腰排排站解開褲襠噘住嘴噓噓噓的日本觀光客。八顱子花髮，蔌蔌聳，捉對兒打著四支小花傘，背向大街小便。一陣香風捲出賓館來。三個少小姑娘梳著頭髮整著衣裳走出了賓館，兩腮臙脂，汗漬斑斕，兜起小黑皮包，撐開雨傘跨上門口等著的三輛摩托車，攀住開車小郎的肩胛，裙裾漂飛，一溜煙飆失進了大街寒流裡。靳五叼起香菸頭也不回拔腳躥過穀城街水花泆濺的車潮，渡到路心安全島，一回頭。八個日本老頭扣上西裝褲襠魚貫鑽進賓館。

噢！媽媽

妳敢是真正無情

放捨子兒——

如泣如訴，風雨中傳來安樂新幽怨歌聲。

靳五心一毛渾身打起冷疙瘩，掉頭，躥到了對街，雨中跋涉起紅磚道上一路搖紅的燈影，水光瀲灩，踩著海東大學聲聲綻響出校園蕩漾過鬧市大街的銅鐘，眺著天，一時間只覺得北風如刀華燈似水，冷，索性敞開領口，把書扛上肩頭迎著寒流滌蕩起殘餘的酒意來。中鋒大學圖書公司。寶島眼鏡。珈琲。吳神父苦茶小琦少女服飾。溫蒂，星條旗影影。追追追追聖靈上帝賜與我一顆喜悅的心。鐵蒺藜水泥洋灰圍牆上，潑血般，淒厲著斗大十七個方塊字。霪紅霪紅，一支水晶十字架矗立在那滿京城蛇樣游竄著霓虹的海東夜雨中。水簷口，樟樹蔭下儷影斐斐成雙成對大學生摟住書本，哈出嘴氣哆嗦在傘下，徜徉瞟望。穀城街市立國民小學門口，黃舌帽，朵朵漂，七八十個補習完功課的小男生小女生揹著書囊躥上街頭，猛回頭，煞住腳，朝坐鎮校門一臉沉穆凝視大街的國父銅像，一鞠躬，朔風中，哆嗦著跑下校門外人行道，蹦蹬過水泥圍牆上斗大的朱紅標語。毋忘在莒，還我河山。滿街男女依偎花傘下遛達過小學門口，頭也不回，自管瀏覽著街景眺望著城天雨。好一座草木葱蘢的水晶宮城！大陸冷高壓濤濤渡海東來。呸，呸，兩篷血花。一輛計程車載著雙老小情侶，猋向城心紅霓深處，疾駛中，司機打開車門薮聳出小平頭睥睨著車潮啐出兩口檳榔汁。靳五望望天頂。海天寥廓夜黑風高。城外，巒巒青山蓊蓊薆薆縹緲起漫巔水嵐，惢紅惢紅幽亮著警示燈。

涳濛。

一綃水月。

靳五踢躂著水花轉進南漳街紀南街口。

水簷下，滴瀝瀝一支小青傘，風中飄起一身白衣黑裙。亞星披著藍布學生夾克挑著傘柄子獨自個望著街上的雨，耳脖上一篷短髮梢，撩著風，翻颺起顆顆晶瑩的雨珠。靳五呆了呆，心一煖，悄悄站住了。亞星回過頭來呆了呆打起雨傘擺起裙腳，蹦濺蹦濺，穿梭著車潮跳竄進街心鏃鏃冷雨中。

「快過來遮雨！」

「亞星。」

「先別說。」

亞星把小青傘高高擎到了靳五頭頂上牽起他的衣袖，一扯，遮住他，踩探著水窪閃躲著汽車，渡回騎樓下來。「淋了滿身雨！」簷口紅霓淋漓裡亞星仰起臉，傘下，兩瞳子狐疑，端詳著靳五，伸手掠掠鬢上風亂的髮梢一縷縷挑到耳朵後。

滿臉子清湫。

「妳一個人啊？亞星。」

「我哥。」

眼一柔亮亞星閤起雨傘，反手揪住脖子上那撮濕髮梢，絞兩絞擰下雨水來，甩了甩，牽起靳五衣袖穿過窩窩花傘走過家家店鋪一梯ㄇ一梯ㄇ五彩燈，騎樓下，悄悄站住，回頭望望靳五舉起傘柄子指了指：「他就是我哥，小舞。」簷ㄇ一颮雨水簾，烏黑彪彪停著輛山葉追風一三五摩托車，風中單薄的一隻身影蹲在地上，兩腮子汗濟濟，敲敲打打把隻銀灰色圓鐵筒子裝嵌進排氣管。「小妹！」小舞咬著牙扳動螺絲起子，乜起眼角冷生生瞟住靳五，一藐，那顆痘糟臉高中生小平頭自管睥睨在街頭雜遝的人影中。兄妹倆，對望著。臉一柔小舞撈起土黃卡其上衣襬子搓搓手心的油汗，撂下起子，又皺起兩刀冷眉：「妳去了哪裡？小妹。」亞星瞅住她哥只不聲不響，臉一沉走上兩步，颼地，撐開小青傘滴溜溜滴溜溜只管旋轉起了傘柄子來，一兜飛快似一兜，濺得他滿頭滿臉都是雨珠。「妳住手！小妹，小妹。」小舞撈起衣襟蒙住了頭車身下嗞著牙蜷縮成一團。雨過天青。亞星收起了傘。小舞鑽出頭來滿顱子怒髮濕愣愣一聳，骯噓骯噓。亞星呆了呆眼一紅，抹抹眼皮咬咬嘴唇，從裙袋裡掏出白手絹悄悄走到她哥跟前挨住他蹲下來，只管不聲不響拭起他的頭臉耳脖。

靳五看癡了。

「哥！」

「甚麼啊——」

亞星眼一黯不吭聲了，攤開手絹抖了抖，蹲到滴水簾下搓洗乾淨絞兩絞往自己腮幫上抹起來，回頭瞅見靳五，那滿臉子雨珠簷口濃濃紅霓下粲了粲：「那是新來的靳老師，哥。」「知道！」小舞瞟起眼睛一瞄。亞星蹲著身子，把手絹攤到膝頭上疊成方塊子塞回了裙袋，支起下巴瞅住她哥。小舞只管陰沉著臉，一咬一咬，嗞著牙根，繃爆起細伶伶兩條胳臂把螺絲釘旋死在排氣管上，撂下起子，藐兩眼，站起身來往山葉追風座墊慢吞吞倚了過去，睄住靳五把卡其上衣襬子塞回褲腰裡。

「我哥小舞！」亞星站起身來仰起臉望望靳五，眼瞳一黯，回頭柔聲喚道：「哥。」

靳五笑了笑伸出手來。

小舞伸手一握。

樓梯口花蕾樣紅燈青燈閃爍。騎樓下人來人往一瘦子一瘦子瑟縮著冬衣哈出蓬蓬胃餿酒氣裊裊。簷外紅磚人行道，褊褼，遛達，朵朵水芙蓉支支小洋傘，遮漾著雙雙男女漂盪過茄苳樹一蘢一蘢綠雨蔭子。寒流深了。北風悄沒聲潑灑過來，雨打紅霓，淒淒迷迷，嶄五吸了口冷氣挾起書本把雙手暖進褲袋裡，靜靜瞅著簷下兄妹兩個。

「要去哪裡？小妹！」

臉一揚，亞星望著她哥狡黠地睞個眼，笑了：「去看祥興盃籃球決賽啊。」頭也不回撐開小青傘提起裙腳涉起了簷下那灘積水，雨花飛濺，三兩步躥上了紅磚道。「走啊，哥！」一回頭乜起瞳子笑吟吟逗住小舞，風中黑裙颭颭，把一隻手揣進藍布夾克口袋，一支雨傘不停兜過來兜回去，紅霓下濺潑開簇簇水星。「小妹妳不要搗蛋！下雨啊，我怎麼載妳？」小舞瞅瞅胯下的摩托車恨恨搔起小平頭，一蹦，躥下座墊，嗞起牙，縮住肩窩跳閃著亞星兜旋過來的雨花，蔌蔌抖站在水簷下。

亞星笑嘻嘻停下手來，揚起臉：

「讓不讓去？」

「不讓。」

「好。」

一回身自顧自跋涉上大街。

「小妹！」

「讓不讓去?」

「好。」

小舞咬咬牙看看靳五。

靳五站在簷口早就看得呆了，心一軟朝街上喊出了聲:「亞星，回來。」亞星回過了頭。水霓流紅，一片斜飛的街雨蒼茫蒼茫瞑矇起㬮㬮流竄的車燈。寒流中亞星打著小青傘，揚臉望著簷口，那身白上衣黑布裙只管飄漫在車潮裡，一臉子冷雨珠。靳五望著她放柔了聲口:「回來!我帶妳去。」亞星呆了呆，低下了頭攞起裙襬子涉過窪窪紅磚慢吞吞渡回騎樓下來。

小舞悄悄嘆口氣。

「哥。」亞星掠掠髮梢挨到他身邊閤起雨傘，眼一柔仰起了臉:「生氣了?以後不煩你啦。」

小舞呆了呆打出個哆嗦不聲不響攏起亞星的夾克襟口，拉上拉鍊，倏地抓過車頭搭著的雨衣披掛上身，一躍，跨上座墊，回頭睥睨起他那顱子怒髮朝靳五點個頭，嫠——嫠——油門一鬆蹦出了水簷，盪開朵朵傘花排開漫街白漭漭雨氣直闖上街心。寒流中，一張鵝黃塑膠雨衣，烏騔騔一輛山葉追風，飆飆流竄在紀南街上，兜兩兜消失進艾森豪路紅燈浩渺的車潮。

亞星只管清冷冷站在水簾下。

「亞星!」

「我跟我哥——」

一回頭，亞星笑了笑:

「相依為命。」

心一顫靳五看著漫城紅霓下那雙清冷遙迢的眼瞳，悄悄接過小青傘，撐開了，攬起她肩膀子，嘩喇嘩喇穿過水簾走上街頭，頂住西北風，一灘灘，跋涉著株株綠蔭下血紅瀲灩的水銀街燈走向穀城街。「球賽在哪裡?亞星。」「集芳園菸酒公賣局體育館。」「那是哪?」「葛嶺街。」「坐幾路公共汽車?」「一二七六路。」亞星接過靳五腋窩裡的三本書往自己夾克袖口上拭乾了，靜靜摟藏到心口，騰出一隻手來撈起裙腳提到膝蓋上，只顧低著頭，看著路，一步步領著靳五穿梭過紅磚道上雙雙對對蹦濺水花的腳踝子。

蒙古冷氣團大舉南下。

滿濃賓館。

嬌滴滴一環紅霓。

八個海東小郎嚼著檳榔痀起腰子蹲在摩托車下，哆嗦著扒搔胳肢窩，皺起眉頭直看錶，呸地，啐出蕊蕊血花，跨上座墊，接上八個汗濤濤喘著氣補著粧推門而出的少小姑娘，裙漂漂，髮飛飛，滿城朔風中飆馳進寒流車潮。穀城街派出所門洞口，淋淋漓漓，一簇花傘晃盪。一蕾紅門燈下糾聚著三四十個路人，男女老小拱擁著冬衣，個個舒伸起脖子愣瞪著，悄沒聲只管朝派出所門裡探望。簷口紅衣一閃。靳五怔了怔。一瘸一瘸，安樂新兩腮子煞青，汗濤濤乜起白眼歪齜著兩瘤子血嘴皮，咻咻喘著鑽出了派出所。「造反啊?」門洞裡日光燈下值班臺後彪立起了個年輕的警察，眉清目秀，瞪住簷外圍觀的群眾:「攏總給我散散去!嗯?想造反啊?」二三十朵傘花冷雨中靜蕩蕩。安樂新裹起了小紅夾克，弓起腰桿癡癡站在門檻上，打著牙戰望望路人一回身指住門洞中那個一線二星小條子:「我告你，毆打老百姓。」

腮幫子一膱，啵，嘴洞中迸濺出兩泡黑血，渾身發起了冷瘧子似的打著擺子挨蹭到隔壁滿濃賓館門口，落了跪，癱蜷成一癟子，翻起白眼，蹲坐在水泥地上，望著滿街看熱鬧的男女一群群揹著書包徘徊遊蕩的小學生，扯開夾克捧住肚腩，放聲大哭，紅霓下一盪，兩扉黑晶玻璃滑開，八個日本老觀光客蝦起小腰桿一臉汗珠魚貫鑽出賓館，咻咻哮喘著，整整西裝搔搔褲襠，捉對兒打起四支小花傘邁出尖頭皮鞋，臉青青，死人樣，哆嗦進海東夜雨漫京水霓虹裡。八顱子花髮，蕭颯北風中。

靳五背脊一涼打個寒噤。

「亞星，走！」

對街一家坐月子中心樓上，十來個大小媽媽披著睡袍奶著娃兒倚到了玻璃窗口，靜靜看著街景。靳五擡頭望望，攬起亞星，撐著傘頭也不回渡過大街，跋涉到月子中心樓下觀光理髮廳門口一二七六路公車站牌。亞星想起了甚麼，一臉狐疑，小藍夾克懷裡摟著書本，回頭眺出了神，只管望著滿濃賓館門口水泥地那瘦子抽搐的小紅夾克，猛一哆嗦：「他唱歌了！又哭，又唱。」「他叫蔡森郎外號安樂新，不理他！誰叫他先去撩那個警察？」靳五聽著安樂新那一刀刀招喚聲，心一抖，伸出手來搭到亞星肩膀上，滴瀝滴瀝，小青傘下只管瞅著她那張清湫的臉龐兩鬢子晶瑩的雨珠。

「妳冷不冷？亞星。」

「還好。」

「看到朱鴒了？」

「朱鴒媽——」

「怎麼？」

亞星咬咬嘴唇望著靳五漲紅了臉：

「朱媽媽又出門。」

「哪去？」

「日本留學。」

「自己？」

「一群街坊婦女。」

「哦？」

「前不久才被遣送回來。」

靳五呆了呆。

「上車！」亞星扯起靳五的衣袖追上滿路肩打哆嗦等車的大小學生，蠭湧上車門，鑽進那滿籠子拱擁著的冬衣裡找了兩個空位，暖暖，併肩落了座，往窗外一望悄悄打個寒噤。

「死老芋仔！稍等。」

車身猛一抽搐。

紅衣一閃，車門口漫街冷雨斜飛中孤魂般閃進了條人影，瘦伶伶。安樂新齜起小紅牙，嘴角流淌下兩蚯黑血涎，痀起腰桿，捧住肚腩，一喘一喘瑟縮著小紅夾克淋淋滴滴浮聳上車門踏板來，腳一瘸，靠到門柱上，兩窠子血絲瞟出兇光，冷勾勾睥睨滿車男女老小揉起眼皮只管抽噎著。日光燈下兩腮子煞青。鋃鐺，兩扇鐵門閤上，公車顛盪上了快車道那流紅滿街的窪窪雨花中，倏地大開油門。

安樂新猛一蹦蹬，呆了呆，四下望望，膝頭一軟蹌踉攫出爪子撈向車頂的手環，撲空，踢踏起拖鞋，扭擺起腰肢，陀螺也似滴溜溜滴溜溜旋舞出了滿顱子一篷篷雨珠來，哇地一叫，摔了個狗吃屎，整個人栽倒在車門下。司機聳起脖子愣愣掌著方向盤，滿頭白髮蕭瑟，哈著氣，覷住水花迸濺的車窗，轉過襄陽街仙臺理髮廳愛媛咖啡佟家牛肉麵千葉賓館群馬按摩院，涎涎紅霓中，四輪潑燦，水星簇簇奔馳上了京湖路林蔭大道，駛進那一京凛冽的青翠裡。車潮浩蕩。一鐵籠子男女哈著氣。慢吞吞，安樂新撐住膝頭咬緊牙根似笑非笑一齜一齜趴上了車門口來，挨著門柱站穩了，一手背一手背，抹起嘴角兩蜓黑血，靜靜瞅住滿車齜牙咧嘴待笑不笑的老小。噗哧！司機回眸一笑，嘻開兩枚黃齞牙。安樂新沉下了臉冷冷翻起白眼。司機打個哆嗦掉頭扭開收音機。軍樂濤濤。安樂新咬咬牙：「老芋仔開你的車！笑，笑甚麼笑？」「這是莒光廣播電臺！全國軍民同胞們，毛賊東說過：秦始皇算甚麼？他只坑了四百六十個儒，我們坑了四萬六千個儒。你罵我們是秦始皇，不對，我們超過秦始皇一百倍！全國軍民同胞們，今天，殺人成性的共匪在全世界新聞媒體注目下，又大開殺戒──」一凛，開車的退伍老兵狠狠啐出兩泡口水。滿車男女靜靜瞅望著窗外京湖路林蔭大道葱蘢兜燦的紅霓。一城寒流，嘯起北風。靳五打個寒噤豎起耳朵聽了聽。一照面。安樂新眼塘裡兩窠子血絲乜著乜著迸閃出兩眸冷火，兩顆大趾頭翹啊翹聳探出黑喇叭褲腳，緊緊趿住紅膠皮拖鞋。飛闖中車身一顫。安樂新兩爪子攫住頭頂的手環，齤嘻嘻，眼一柔瞅瞅亞星。靳五背脊竄出了冷汗，握住亞星的手。

亞星回過臉來。

手一緊靳五笑了笑：

「悶！」

「流汗了？」

亞星瞅著靳五瞳子一亮往裙袋裡掏出手絹，塞進靳五的手心，把車窗撥開了條縫罅，驀然回頭，一臉笑靨，清湫湫脖子上飛颺起那篷子短髮梢。靳五抹著額頭上的汗珠，看呆了。窗外街燈水銀雰雰霏霏一路搖紅，迸濺起雨花潑灑進了車裡。「夭壽冷！幹。」有人咒出了聲。亞星撥開眉眼上的髮絲揚起臉望望靳五，皎潔地，綻開一口白牙，回頭把臉湊到窗縫風口上。風雨淒漭。車子穿梭車潮中，逃竄著蹦跳著閃躲那波波追躡而來的蒙古冷氣團，駛下京湖路，一街口一街口，紅霓瀲灩花傘漂盪，水月下，郢州街復州街鄂州街黃州街蘄州街江州街池州街和州街。一鐵籠男女老小，病懨懨，哆嗦著繽紛冬衣。安樂新拱擁著紅夾克獨自個挨靠著門柱把隻爪子拶住手環，日光燈下兩窩子血絲眼，勾啊勾，只管冷白白瞟乜著司機睥睨起滿車客人。一捻腰桿子緊勒著條黑喇叭長褲，一翹一翹，兩顆卵白大拇趾跂著東洋拖鞋，站在車門風口上抖著他那雙青蛙腿子。兩瞳兕光潑照住靳五。靳五顫了顫。噗哧！安樂新抿起嘴忍住笑弓下腰眺望街景只管自言自語起來，手一戟，指住了車窗外的路牌：「建業街？亂亂取路名！日本中國相殺！日本打輸中國打贏，那些老芋仔中國兵就挑著飯鍋扛著破槍一船一船跑過海來，砰砰砰砰改我們馬路名，嗤！建業，三國孫權的首都，笑死人。」冷冷兩笑，安樂新瀏覽起車中張張臉孔眼一柔瞅住亞星哈了個腰，把隻爪子揉進夾克，剮，剮，搔起胳肢窩，幽幽嘆口氣垂下了頭，反覆纏綿自管吟唱起那支海東小曲來：

噢！媽媽
我的心肝叫著妳
妳敢無聽見
噢！媽媽
天邊海角找無妳
妳是在哪裡
噢！媽媽
到底為著甚代誌
放捨子兒——

一迭，安樂新抹起眼皮揉起肚腩抽抽噎噎起來。

靳五機伶伶打起冷疙瘩。

「亞星！」

「是？」

「快到了吧。」

「過了獨松門就到啦。」

建業街。四安街。安吉路。

一濤濤寒流推湧著一二七六路公車。

路上，亞星只管摀住耳脖上那蓬子翻飛的髮梢，探出鼻尖湊到窗縫口，瞇覷覷，一臉雨珠，出起神來想著甚麼心事，靜靜眺望安吉路上綠蔭霪雨中筒筒兜漩的三色燈。青紅霓下人影出沒，滿街理髮廳幽黑洞洞。少小姑娘倚出門口。三兩家月子中心樓上，媽媽們奶著娃兒看街。剷除共產暴政，復興中華文化。德祐國民小學草木葱蘢水泥圍牆上燦亮著斗大的朱紅標語，朔風裡漂盪起朵朵黃舌帽，一窩男女小學生躥出校門，煞住腳，回身朝國父銅像一鞠躬，揹著書囊跑上大街。亞星摟住書本看呆了。靳五撥了撥她那水藍小夾克肩上的雨珠。滿鐵籠男女老小噗哧笑，睃溜著獨自個盤據在車門口聲聲低迴吟唱的安樂新。「噢！媽媽，妳敢是無情——」苕光廣播電臺報完八點鐘新聞驀地盪響起雄壯的軍樂。司機把收音機音量撥大了，一聳白頭，凜然，挺起腰桿子睜住那滿窗洴濺的雨花。車中老小，愣，揉揉眼睛。公車穿過了獨松門轉上皋亭路，蓊蓊鬱鬱，大寒流中，駛進集芳園那一叢密似一叢一圝燦似一圝的水霓虹裡。

眼一眩靳五拍拍亞星肩膀子：

「下車了吧？」

「涼快！」

亞星闔上車窗回過了頭來甩甩兩腮子濕湫湫的短髮絲，燈下，好一鼻梁皎潔的雨珠：「好涼快！」「小舞知道了不會饒妳。」心一動，靳五瞅著亞星那雙清瑩的瞳子，勾起食指往她額頭上輕輕敲兩記，一撥，抹掉她鼻尖兩顆雨珠，站起身，挾起小青傘扯了扯鈴子。

亞星臉一白。

安樂新哈哈腰淒涼一笑只管打著擺子高吊著他那條猴兒臂，一爪子抓住手環，跂蹬起紅膠皮日本拖鞋，守住車門，燈下兩窠血絲一蓊血泡，似笑非笑勾住亞星，瞳子一柔，瞟個眼波。亞星掉開頭去。安樂新咬住了牙根，扒扒他那粒濕漉漉的小平頭，吃吃吃，笑三笑，把隻蒼冷的煙黃爪子揉進小紅夾克襟口刮刮搔起胳肢窩。靳五打個寒噤瞪住他，咬咬牙揩住了亞星的腕子，步步走向車門。

「哥——」安樂新睃睃亞星懷裡摟著的三本書柔聲一喚。「哥，靳老師，做人莫不有講情講義的噉，小琪思念哥。」兩眸子淚光燦了燦冷白白瞅乜住了靳五慢吞吞搖個頭，睨住亞星，綻開笑靨，捏住爪子抽出胳肢窩，把手背往嘴角兩蚯黑血一抹，兇光瞟竄，倏地，伸出胳臂朝滿車愣瞪的老小客人攤開了手心，顧盼睥睨：「好東西要和好朋友分享的喔，哥！」

格格兩笑。

燈光裡姣亮姣亮兩粒白丸子。

「津子夫人問哥好！」

「誰？」

「媽媽桑。」

「下車，亞星。」

靳五攬住亞星的肩膀站到了車門上，一照面，咬咬牙伸出傘尖對準安樂新肚臍眼，狠狠一戳，頂住他那捻子高吊在手環下陀螺也似翩躚兜轉的水蛇腰：「安樂新！讓？不讓？」安樂新擠眉弄眼嗞起糯米樣兩齟小血牙，縮起了肚腩，臀子猛一擨，啵啵，兩口檳榔汁噴濺到駕駛座裡。

司機猛回頭。一籠子男女拱擁著厚重冬裝睡眼矇矓旋舞出了個滿場飛，人窩裡，顛撞成一堆。車子竄上葛嶺街人行道榕蔭裡，死了火。噗哧！安樂新樂不可支，兩爪撈吊住頭頂的手環嬝盪起腰肢，滴溜滴溜，兜兩兜，煞住了腳渾身打起哆嗦低頭瞅了瞅手心上兩粒白藥丸，幽怨怨嘆出兩口氣來，跂著腳扭過臀子讓開了車門口。

滿車老小一鬨下車。

「大哥無情！」

「下車！亞星。」

靳五撥開安樂新揉過來的爪子。

一颼傘花，繽繽紛紛。閘口，漫城剽掠的西伯利亞大寒流決了堤似的，一漩渦一漩渦，挾著冷風冷雨，推湧著纍纍人頭巇巇冬衣，直灌進集芳園菸酒公賣局體育館。淋淋漓漓。場心空蕩蕩。四周水泥臺階滿坑滿谷男人頭顱中，迎著朔風，飛颺起一肩肩蓬鬆的秀髮一襲襲花裙襬子，老老少少直打顫，裹著冬裝，蹲坐在屋頂那百來盞強力日光燈底下，一片聲吆吆喝喝，昂探著脖子朝場心只管鼓譟。「夭壽冷。」「幹。」「緊比賽啦。」滿窟嘴洞哈出蓬蓬酒餿葷腥一嬝一嬝繚繞起菸煙。臺階頂層，瓦下，五彩斑斕四排空窗巧笑倩兮旗袍窈窕懸吊著幾十幅美人廣告，菸菸酒酒，長壽總統寶島凱旋，紅露花雕狀元紅金門高粱，風中，獵獵響，招撩著館外江干路湖墅街葛嶺街吳山路飆旋進的冷氣團。建設寶島，反攻大陸。看臺上血樣壯烈漆著斗大的朱紅標語。亞星站在閘門風口上，四下望了望回身牽起靳五的衣袖，蹬，蹬，蹬，攞起濕漉漉的裙腳穿過一雙一窩煙煙醺醺愣睜的眼眸，走上水泥看臺，落了座。場心一灘燦亮。

祥興盃全國籃球總決賽。

「我哥！」

「小舞？哪裡？」

「對面不是？」

「哦。」

「我哥不聲不響交上女朋友！」眼一亮，亞星回過頭來看看靳五齜了齜滿口皎潔的小白牙，挑起眉梢，日光燈下清湫湫綻開一臉子紅霞：「她叫張浵，三點水彤雲滿天的浵，國三——初中三年級。」

「小舞張浵，挺登對呀。」

亞星瞳子轉了轉：

「謝謝。」

靳五瞅著她那張笑靨，呆了呆。

「幹。」

前排六個少年苦力工，蜂腰小臀裹著花衫子黑喇叭西裝長褲，勾肩搭背，東歪西倒扭扭打打，啀喋啀喋一窩小狼樣嚼啄著檳榔。酒氣裊裊。哈欠連連，有個少年郎拗轉過脖子來乜乜亞星腕子上的手錶：「八點半了囁！冷死人，幹，伊娘祖媽還不開始相殺。」大刺刺腳一蹺，瞟瞟亞星把隻腳板架到膝蓋上兜搭著綠膠皮日本拖鞋，昂聳起拇趾頭，燈下嗞起牙，咯咯打顫擠眉弄眼，豎起兩根指頭，一趾一趾，只管狠狠戳弄起腳丫子來。亞星往靳五身邊挨了挨望到頂層空窗外，漲紅了臉皮。靳五點支菸。那少年郎嘬著檳榔忽然咬起了牙根，哼哼哼，呻吟著亢張起脖子，睜住眼，愣瞪著頂頭那叢日光燈打起哆嗦渾身戰慄迸出波波痙攣，半晌翻起白眼，一洩，幽幽嘆出兩口冷氣，瞅了瞅他那隻香港腳：「雞歪！爽咧。」一窩小花狼笑打成一堆。那少年郎臉泛紅潮笑嗨嗨回過頭來，饞啊饞眨起睫毛，眼波流轉羞答答眄了眄亞星：「小姐，失禮啦。」撅起臀子，往後褲袋摸出粉紅小骨梳，一小篦一小篦自管調理起他那顱子油黑水亮的燙鬈髮，笑笑，眼上眼下打量靳五，點個頭。

「頭家呷一粒！」另個少年蛇過小腰肢，細眉瞇眼，瞅瞅亞星哆嗦開一嘴碎紅牙，噓呵著葱蒜酒氣，哈腰，頷首，黑油油五根指尖撮出顆青嫩檳榔熟絡地遞給靳五：「來，頭家呷。」

「小兄弟，多謝。」

靳五接到手裡。

滿場鼓譟一片聲停歇了下來。

燐火樣，水泥看臺上雙雙眼眸男女老小悚閃在漫窟煙霧星星火光中，窸窣，哈骯，臟臟冬衣裡鑽聳出株株脖子，一齜一齜叼住菸吸起鼻涕。場子裡，燈大燦。屋頂那叢日光燈雪水般潑照下一東一西躥出兩隊球員，剎那，槖槖槖砰砰砰，此起彼落，矯矯二十條身影叱著喝著籃下蹦蹬起來。哨聲起。一簇藍一簇綠，兩隊球員分頭奔向場邊圍聚成兩窩子，汗湫湫卸落了外套，寒流中肩肩秀髮漂飛，撩舞起閘口灌進的滿城風濤，哆嗦，喘息，日光燈下裸露出雙雙姣白的胳臂條條修長的腿子。「拜託你坐下啦，幹！老芋仔。」前排蹲著的那窩黑手小工兒竄出脖子，一聲開罵，翹起臀子，把雙爪子撐住膝蓋，昂起六顱油澇鬈髮，一排搜山狗似的只管把眼珠睃溜著場邊。看臺前走道上，瘦痀痀，一個七十好幾的老漢聳起酒虈鼻上那副玳瑁框眼鏡，拈支菸，背隻手，披拱著破舊草綠軍大衣，來來回回，踢躂起圓頭大黑皮鞋若有所思自管踱方步，時不時把棵脖子兒轉向場心。「駛你娘，老雞囊，拜託拜託你老人家莫走來走去做迷夢了啦，坐！幹，阮看沒到。」六匹小花狼一咬牙齜起六蕊血花，潑燦潑燦，六泡檳榔汁啐到過道上。四顧茫然，那退伍老兵怔了怔煞住腳步扶起眼鏡呆半天把支菸叼上嘴，馯，馯，馯，抽吸著鼻洟打出兩個噴嚏，一臀子落了座。

滿窟男人瞟望向場邊一藍一綠兩隊扠腰聆訓的球員。

腋窩下，叢叢汗珠。

亞星回回頭：

「看！」

「誰呀？」

「張鴻。」

「她又是誰？」

「紮根大辮子的那個！張浵的姐姐張鴻。」

嗶！哨聲響。

滿場子白羚羚蹦蹬起長腿子。

一根髮辮飛竄。

寒流滿城。看臺頂層瓦下四排空窗，盪響著幾十幅菸酒公賣局美女廣告，灌進西北風來。

颼，颼。風中亞星把雙手心托住腮幫靜靜坐著，一臉清湫，睜，眨，那副神情彷彿神遊物外，自成一個天地，兩瞳子幽光，只管追躡著張鴻耳脖後那根粗油麻花辮子。滿場飛。靳五伸出食指頭，輕悄悄撥去亞星鼻尖上兩顆雨珠。白雪雪燈光下，一隊藍一隊綠球衣颭颭，婀娜，矯健，十雙胳臂二十條裸白長腿子捉對兒場上場下躥著追著，秀髮飄颺，汗水中吒吒喝喝早已淋漓成了一窩。四周看臺瀰漫起蘢蘢煙霧醬醬酒溲，火星閃忽，目光飄竄，黑鴉鴉鼓譟起滿坑滿谷撖脹著冬衣噓呵著冷氣的大小頭顱。啐血般檳榔汁迸濺。亞星右手邊端端正正坐著個西裝革履的中年人，拉長下巴，兩腮冷肅，擎起望遠鏡舒伸出脖子，一噍一噍吞著口水只管朝場心狩望。靳五左手旁，兩腋窩汗腥。那個三十來歲又瘦又黑滿臉老相的工人，憔悴地，摟住懷裡一個丫頭兒，出了神，靜靜看著祥興盃全國女籃決賽。前排觀眾一片聲央求起來：「拜託拜託啦，坐！老芋仔。」看臺前逡巡的老漢忽而站起忽而落座，酒齇鼻頭上顫聳著老花眼鏡，來來回回，揑著兩張報紙飄颯著草綠大衣冷風中踱起方步探望向場心，一個一個，指指點點，比對著體育版上的球員照片。窗外，淒風苦雨。日光燈下好一雙雙汗津津飛躥的白腿子！滿場囂。

前排那窩少年苦力冷得佝縮起花衫夾克，渾身打起擺子，簌簌抖，翹起臀子，蹲在看臺上揉弄著腳丫，指住場上藍藍綠綠十條拚鬥的人影中一根飛颺跋扈的髮辮，一口一聲，啐著檳榔汁喳喝了起來：

——辮子查某

——張鴻

——有夠悍！

——去西藥房

——買一粒安樂新

——羼進可口可樂

——迷倒伊

——幹！

——大家輪流上

——給伊死！

——幹破伊！

四周水泥臺階人頭竄聳，血花蕊蕊，風中男人們臌擁著冬衣叼住菸吐出檳榔汁，東一堆西一窩咬起牙，哆嗦哆嗦站了起來，根根指尖，一戟，指住那冷眼睥睨滿場出沒的張鴻：

——辮子查某有夠悍！

——給伊死！

——給伊死！

靳五打了個寒噤：

「亞星，怎麼觀眾那麼恨張鴻？」

「她太跋扈。」

「悍？」

「太高傲，人又漂亮，別人看不順眼。」

那群小花狼齜齜咬著血牙揉著腳丫，又唱和起來，六雙眸子十二瞳血絲，水汪汪，瞟定了男人堆裡攏住裙襬挾住皮包鑽進鑽出的一個時髦女子：「看那個查某！」「破病？」「流紅水！」「又跑去上便所。」一窩兒狉狉猝出紅痰蹲在水泥臺階上，撅起臀子歪下頭來，窩望起走道上那雙裹著玻璃絲襪踉蹌而過的腿子。咻咻，六隻鼻頭嗅了嗅。吃吃兩笑，細眉瞇眼的那匹小狼驀然回首，瞅乜住亞星，臉一紅，翻起嘴皮綻開兩支小齙牙噓呵出蓬蓬酒氣啄了啄檳榔，哈腰，眼一柔點點頭。身邊那匹鬈髮油頭的嗅了嗅手指頭，拗過脖子睨住亞星，睞了睞，掠掠鬢角，搔著褲襠向靳五遞過了顆檳榔：

——頭家再呷一粒！

——那個女的

——足怪！

——球賽才剛開始囁

——進出便所

——四次！

兩匹花衫小狼一口一聲唱和著。

汗腥腥，靳五身邊的工人端坐著，拍了拍趴在懷裡轡啊轡溜轉著眼珠望著父親的丫頭兒，探起脖子，不吭聲，咬住哈欠又看起球賽。亞星右手旁，西裝革履猛一跺腳，那中年男子繃起了臉孔鐵青青打量了那雙小狼兩眼，掉頭直挺起腰桿子，哼兩聲，滿場觀眾一片指戟叫囂裡，高高擎起望遠鏡，猛一哆嗦，嚥兩口水，瞄準場中汗水晶瑩娉婷奔放的十雙長腿子，自顧自搜索了起來。

滿坑滿谷大小人頭洶湧。

北風髩髩。

一囂：

——辮子查某張鴻！

——有夠悍！

——包夾伊！

——包夾伊！

濤濤寒流。

藍隊綠隊嬌聲叱叱相殺成一團。

蒼冷冷一粒小平頭滴瀝著兩腮雨珠聳出了看臺上蘢蘢煙霧。

安樂新抖縮起脖頭，佝摟住紅夾克，一步，兩躭噎，踢躂著紅膠皮日本拖鞋穿梭過人窩挨擠上水泥臺階來，失禮，失禮，一路哈腰致歉血眼瞟瞟，兇光一竄閃，看見了靳五。那張三角小臉格格打起牙戰，燈下慘白白綻開兩尖渦笑靨。靳五呆了呆。安樂新瞅住亞星，臉飛紅，垂下頭，望望自己那雙泥水滴答的喇叭西裝褲腳慢吞吞走上五六步，人窩裡站穩了腳，把雙爪子揉進夾克襟口，一抽搐一抽搐搓起肚腩搔起胳肢窩。「肚子夭壽痛，伊娘祖媽！哥，給你介紹一位球迷做朋友。」安樂新抹抹嘴角兩蚯黑血漬，回回眸。燈霧裡一嗆嗆，揉捏住鼻頭花亮花亮閃出一墩蘇格蘭呢大衣一副玳瑁眼鏡，兩瞳精光，燗笑燗笑，寒流裡綻開出兩糰子酒渦五六粒小米牙。靳五哈哈腰。燈下，那隻肥短白手燦了燦，戴著顆櫻桃大的貓兒眼戒指香噴噴早已伸到靳五鼻頭下：「我，林春水。」

「春桑！」安樂新跂起拖鞋攀住林春水的肩膊把嘴噘湊到他耳朵上，半天，講起悄悄話。瞳子一睜亮，噗哧，林春水咬住笑托起玳瑁眼鏡打量起靳五，睍睍亞星端整起臉容把小花傘夾進腋窩鞠個躬：「教授囁！老師幸會。」

安樂新喜孜孜哈個腰：「哥！這位是演藝界有名的節目主持人林春水春桑春大哥，女歌星叫他春大哥，日本人叫他哈露，哈露桑——春，日本話就是哈露啦，哥，知否？我們哈露桑春水哥有上過日本電視喔。」前排那群黑手小工朔風中蹲抖著腿子早已廝鬧成了一窩，吃吃嗎笑著，一唱一和，六雙血絲小眼珠淚盈盈只管睃瞟住林春水。

——哈露桑！

——嗨！

——伊拉夏伊媽謝！

——哈露春桑！

——哈喲達甘卡？

——嗨！

——春仔哈露！

——豬哥哈露！

——哈露春！

——珍哈露！

——奇摸雞？

——嗯，嗯，嗯，死哥依！

——猸豬哥囁，幹。

六四小花狼咥喋一齜牙。

靳五捧著肚皮瞄瞄安樂新瞅瞅林春水笑出了兩眶淚水來。淚光中，燈下，只見亞星那張臉子清瀅瀅燦笑如花！一窩狼樂不可支。林春水一呆，兩糰子笑渦宛如漏了氣的油白皮球一點一點坍扁下來，乜過眸子，撣掉肩上的雨珠，端起臉容，伸出爪子柔若無骨攫住靳五的手：「教授囁——呵呵幸會了，下次我去貴大學登門拜訪請教。」林春水端詳了靳五兩眼，托起玳瑁眼鏡掉頭轉身自顧自往人窩中找了個空位，一擠，落座，蹦起臀子，摸摸水泥臺階打個寒噤，撩起蘇格蘭呢大衣下襬蹲下來：「咦？陳理事長！」略一遲疑，撐了撐膝頭擡起臀子挾起小花傘，蹺，蹺，邁出尖頭高跟大黑皮鞋擠下看臺，煞住腳步，蹙起眉心，讓過了那位披掛草綠破軍大衣背手叼菸夢遊而過的老人家，一路哈腰致意，穿梭過貴賓席，鞠個躬綻漾起兩渦笑，同一位滿頭華髮的瘦小老紳士握手兒拍膀子，朔風中再鞠躬，跖蹠跖蹠，邁起皮鞋，給伊死給伊死滿場指戟吆喝中，步回看臺蹲身落座。場心上一根飛竄的麻花辮子，條條姣白長腿子汗津津。「教授！有認識他？」「誰？春水兒。」「祥興盃主辦單位珠海時報發行人兼全國女籃總會理事長，陳宜中陳老先生嘛！」「陳——宜——中？不認識！春水兒跟他熟？」「有去過他在占城街的別墅便飯二次。」「哦？」「討論請我領隊帶球員和影歌星去美加地區宣慰僑胞。」「扶卵泡囁！爽否？哈露桑？奇摸雞死哥依可扎伊媽跌死嘎？」六匹小狼一窩扭轉過脖子睞睞亞星，噗哧哧，掩口笑，拍大腿撞肘子撩逗起林春水來。安樂新臉紅訕訕，縮頭，嗞牙，痀瘻著小紅夾克抖盪著兩筒黑喇叭褲獨自個佇立頭顱窟裡，搔一搔胳肢窩瞅兩瞅亞星：「冷囁！哥。」柔聲一喚，格格打起牙戰，挨蹭到靳五身邊滴瀝著兩腮子兩珠哆嗦哆嗦蹲到了過道上。

那滿臉憔悴的工人拍一回搖一回哄著懷裡的丫頭兒，半天，皺起眉頭叉開五根爪子，叭叭，摑到了那瓣子黑裡透紅鑽出小花斗篷的腮幫兒上：

「冷？回家？阿母跟人跑去日本了，回家妳去死啊。」

——瓣子張鴻有夠悍！

——釘死伊！

——夾死伊！

——給伊死！

球賽進行到下半場，寒流深了，屋瓦下，那幅幅旗袍美人廣告笑吟吟嬌滴滴蕩漾著空窗灌進的西北風，喀喇，喀喇。整座體育館煙酒瀰漫早已喧囂成一窩。燐燐星火嬝嬝嘴氣，四圍看臺滿坑滿谷觀眾們拖兒帶女叼著菸哈著手心，撳聳起厚冬衣，一龍一龍，影影幢幢打著哆嗦站起來，根根指尖指住張鴻，躥高躥低只管跳腳。風中，髩髩髩髩一堆洶湧的老小頭顱。靳五打個寒噤，往襯衫口袋掏菸，呆了呆，摸出了顆白丸子，望望孤蹲在過道上打擺子搔胳肢翹昂著大趾頭的安樂新。齜，兩齦小血牙，嘬啄。靳五咬咬牙掏掏褲袋，又是兩顆迷藥。安樂新縮起肩窩，聳出鼻尖，嗅嗅過道上蹭蹬著高跟鞋進出廁所飄飈而過的一篷篷裙襬，格格笑，血潑潑啐出兩蕊檳榔汁。亞星回過頭來，兩瞳子狐疑。槖槖槖，澎澎澎，雪亮亮一叢日光燈下十雙翻騰的胳臂，腋窩裡汗瀅瀅。藍一胴綠一胴，姣白姣白二十條長腿子羚羚奔漩起渦渦燈浪，叱著，喘著，糾纏拚鬥成了一團。漫城驃驍流竄的西伯利亞大寒流裡，十個姑娘，喝醉酒般滿場子追奔逐北。汗窩裡，風飄飄，一根麻花辮子漂躡著場上場下娉婷睥睨縱橫的張鴻。哨聲悽厲。

——給伊死。

——給伊死！

——給伊死！

——啊！

千百條老小嗓子一哆嗦。

停電。

整座體育館人影鼓脹悚聳躥閃忽然陷入一窀死寂。亞星悄悄挨過來。靳五握住她腕子。黑裡，風中，一篷子短髮梢清湫湫只管靜靜眨閃著兩瞳光采，深澄遙迢，彷彿浩浩宇宙中兩星幽光。靳五把手緊了緊。亞星右手邊，那西裝革履的中年紳士只管板著腰桿子，一動也不動獨自個端坐著，高高擎住望遠鏡拉長下巴一嚥一嚥吞著口水，瞄定場心。閘口流灑進了一隧洞水銀路燈，雨雰雰，悄沒聲，潑照著看臺頂層水泥牆上漆著的八個朱紅大字。建設寶島，反攻大陸。鐓鐓鐓。鐓。白幡招飄燈光通明，兩輛遊覽車撳著喇叭，載著一瘻子一瘻子拱擁著羊毛西裝目光睒睒的白頭觀光客，頂著朔風，迎向寒流呼嘯而過。車身上掛著白布條，張牙舞爪，雨中淋淋漓漓燦爛起十個血紅漢字：日本國遊戲銃協同組合。鐓鐓鐓鐓，消失在吳山路集芳園紅霓叢中。一窩淒迷。羚羚白腿子僵在場心，汗津津打起哆嗦。一熒一熒，滿窟頭顱中星星點點四下閃爍起煙火。那六個少年苦力蜷縮起了花夾克，咯嚯咯，咬著牙，摽纏著膀子歪倒在水泥臺階上早已睡成了一堆，風中打著鼾噓。靳五身旁那丫頭兒，胖墩墩裹著花緞子斗篷小青棉襖，鼓著黑紅噗噗兩隻腮渦，笑不笑，齁齁流口水，趴在爸爸懷裡睡得好不沉熟。好個大男人摟著個小女娃！靳五笑了笑，心頭一煖。拍一拍揉兩揉，那工人憔悴地抱住女兒愣瞪著頂頭百來盞死滅的日光燈，忽然回過頭來，烱烱瞅住靳五：「聽講，這座體育館有上吊死過三個女的。」嚶嚀一聲，安樂新抖簌簌探索過他那蒼冷的爪子攫住靳五的肩膊，黑裡，目光瞵瞵，兩窠子血絲竄閃出兇光。前排走道一星煙火，飄忽著一瘻子草綠大衣。那老兵佝僂著腰桿，背手，叼菸，捏著報紙夢遊似的來來回回踱起方步風中逡巡個不停。「看那個查某！幹，又上便所。」綷縩綷縩一條黑綢花裙香噴噴飀跨過了那窩小狼，踮著撞著，男人堆裡踩動高跟鞋，摸索下黑魆魆的看臺。罵聲，一路齜起。靳五回回頭。林春水哈露桑昂聳起他那墩子肩膊肚膛，裹著蘇格蘭呢冬大衣，兩座大臀拱起，孤蹲，挾住小花傘爍爍著玳瑁眼鏡靜靜望住場心。黑影地上一頭鷲。場心十條窈窕人影，高駣駣髮飄飄，藍球衣綠球衣彷彿凝住了般。空窿空窿，閘門口驀地奔綻起滾滾焦雷，北上的莒光號列車悽厲起漫天汽笛闖過江干路平交道，人頭晃漾，睡眼矇朧，猋進城心葱葱蘢蘢一京水晶燈火中，抵達了終點站。雨歇了。閘門口四條大街漾亮起水銀街燈。小紅夾克一哆嗦，黑影裡，安樂新悚地聳昂出小平頭，颵嚏，颵嚏，抽搐起肩胛，摟住膝頭蹲抖在過道上，人窩中大放悲聲反覆吟唱起了那首邈古哀怨的海東尋母謠：

噢！媽媽
妳敢是真正無情
放捨子兒——

燐粼紅霓一瓢水月，潑灑進空窗。

滿窟髩髩。

小丫頭兒睜開眼睛骨睩睩骨睩睩鼓起腮幫四下望望，呆了呆，一顫，揉揉眼皮，瞅住了血蓊蓊的安樂新，忽然扯開喉嚨張起爪子掐住爸爸的胸脯放聲大哭：

「冷！回家！我要媽媽！」

六四小花狼睡夢中倏地一窩躥起。

月光下群魔亂舞。

——辮子張鴻！

——給伊死！

——幹爛伊！大家一起上。

一哄，四圍看臺手舞足蹈雜雜遝遝喧囂起了千百條老小嗓子。藍隊綠隊十個大姑娘，場心上汗湫湫嚇了個癡。北風一吹，一窩子哆嗦。六四小花狼磁開齤齤血牙踢踢著塑膠拖鞋，跳著躥著，踩過頭顱堆，翻翻滾滾呼朋引類一群群張起爪子搔著褲襠，直撲下臺階來。月光幽迷。亞星那張臉，煞白了。靳五打個寒噤狠狠摔開安樂新攫過來的兩隻枯冷爪子，踩住他那顆拇趾頭，軋軋蹂上兩鞋跟，胳臂一緊摟住亞星的肩膀，把她那張臉子摀到自己胸窩上。兩顆心突突亂跳。「不要往場心看！亞星。」「張鴻慘了。」黑裡滿窟子洶湧起了一漩渦一漩渦人頭。屋瓦下空窗外，一波，呼嘯一波，飆漩著長驅直下臯亭路撲向集芳園體育館的蒙古冷氣團西伯利亞大寒流。

好一場女籃決賽。

第五章 猋

怨靈般的笛聲。

一刀，一剮，街頭月月如鈎天荒地荒瀠洄在滿京蕭瑟的西北風裡。靳五沉沉翻了個身睜開眼睛，茫茫然聽得癡了，掀開棉被直挺挺從牀上坐起來摸摸心窩，夢中冒出了冷汗。寒窗外街燈半盞。三更半夜空蕩蕩漫城此起彼落綻響起一闉一闉麻將，嘩喇嘩喇。

靳五拉開落地窗帘。滿城天，星黶黶。荒荒冷冷西伯利亞寒流飆驫下艾森豪路捲進荊門街紀南街口，悄，沒人聲，閃爍過巷中一灘灘水銀清光，闖出巷底江津路。朱鴒家小閣樓還亮著燈，暈黃暈黃兩窗毛玻璃，一襲綠軍大衣衰衰颯颯蔌聳著一顱花斑，一來一回晃漾，鼽迸濺打出噴嚏。滿城蕭條紅霓孑孓。靳五站在風口上側起耳朶捉摸著那聲聲天荒地荒的淒楚，打起哆嗦，心一酸，披上法蘭絨襯衫，打開房門尋覓起笛聲摸索上水泥樓梯。咿呀，五樓鐵門開了。碧燐燐一簇電光中，滴瀝滴瀝，房東俞媽媽頂著滿頭泡沫五彩斑斕十幾二十個髮捲子，探出門縫來，呆了呆，堆出兩渦笑容攏攏身上那件男人夾克：

「老師，還沒睡啊？」

「睡過了！俞媽媽愛看七號情報員？」靳五揉揉眼皮往門裡那一霆子旖旎繽紛的槍戰瞄了兩眼，笑。老臉一紅，俞媽媽也笑：「打完牌把霉氣洗洗！俞爸爸睡死了，黑天半夜鬼靜靜的放點兒聲音也好安心。」

「有人吹笛子。」

「兄妹倆！」

「小舞？」

「半夜三更形影不離。」

俞媽媽蹙起兩岺刀也似秀長的眉峰，一挑，望望樓梯盡頭，堆著笑把鐵門給閤上了。

燈火闌珊一天星。

靳五鑽出樓梯悄悄跨上天臺。艟艟月色，滿城高樓，幻漾在滄茫一京的風塵中閃爍著一桅桅血樣晶紅的警示燈。磈硊水泥公寓，滿坑滿谷亂葬崗般。月下一堵女兒牆，清冷冷依偎一雙少年兒女。小舞那身土黃高中卡其制服裏上了藍布夾克，一笛橫吹，睥睨城天，桀驁地昂揚著小平頭，跂起腳蹲踞在牆頭上。黑布裙，風漂飀，亞星白衣上罩著青毛線衫抱起膀子挨住她哥靠在矮牆頭，蕭蕭燈火中眼瞳一亮，瞅住樓梯口並沒吭聲。街頭月月如霜。一聲一天涯。靳五躡著笛聲走進漫穹寒星下那城冷月清光，悄悄站在天臺心，迎著荒風打起哆嗦扒扒亂髮把雙手插進外衣口袋，靜靜望著兄妹倆。海天寥廓。一瓢綻響一瓢嘩喇喇四下濺潑起麻將聲。萬家佛燈幽紅。蓬萊海市。環城巒巒青山寒流裡葱蘢中眨閃著一巔巔紅警燈，城心，一窟悄沒聲，澴澴兒睞著青紅霓。漫天西北風流竄，月光下，黑水瀲灩，翻飀起了龍潭溪滿岸洶湧浪白浪白一江蕭蕭的海東芒，三兩盞漁火漂泊。粼，粼，十二線艾森豪路空蕩蕩一盞盞街燈灑下清冷的水銀，車燈迸亮，呼嘯，計程車追逐而過，路燈一閃照，潑了潑後座黑窩窩兩條廝磨著的人影。朱鴒家閣樓兩窗子黃燈，來來回回，晃動著那顆大白顱，一根小指尖勾到後腦勺，搔一搔刮兩刮只管挑弄著那幾十莖花髮。哈——毑！

哀婉，清亮，誰家屋裡綻起了小女娃的哭聲，風中飄飄忽忽如影隨形。手一顫小舞咬住竹笛，星斗下兩腮水白。「哥！文恨了？」亞星悄悄從他嘴上接過竹笛揣進懷裡，四下望望，泫泫然眼瞳柔亮了亮，瞅住她哥半晌往他心窩裡挨了挨兩膀子摟住他的腰桿。

風荒冷。

靳五扣上法蘭絨外衣，月下，踩著天臺一灘縞素走向女兒牆。

小舞只管蹲踞在牆頭上乜起眼睛，冷冷一藐：

「靳老師！半夜三更失眠？」

「睡過了覺。」

「福氣。」

「做夢夢到朱鴒唱月光光照四方。」

「小小一個人坐在門口——」

「看月亮。」

「唱。」

「老是自己唱歌。」

「朱鴒！」

小舞嘆口氣，望望朱鴒家簷下那張小紅凳。

一蹿，靳五翻身坐上女兒牆。

滿城星星眨眼！天臺上，霜霜月光。女兒牆頭衣袂颭颭打哆嗦挨靠著一窩子大小三個，朔風裡中了蠱般，諦聽著那一聲嘶喚一聲的啼哭。兩輛簇新五十鈴卡車顛盪著兩窩黑毛豬，風嘷嘷，豗嚎豗嚎，追闖過艾森豪路心一灘一灘水銀清光，半夜三更趕屠場去了。天際打起悶雷，半天，一笛淒厲，剮開了紅塵漠漠滿京闌珊的燈火，空窿窿空窿窿，北上莒光號金黃列車盪起寒流駛過龍潭溪廣漢大橋水銀燈，遙迢，飄爍。白芒招飄起北風，混響著閨閨瓢出的麻將聲。草綠大衣哆嗦哆嗦，一拱，猛地迸出了個酒嗝，朱鴒家閣樓兩窗孤燈蕩漾著顆白頭黑沉沉熄滅了。靳五掏出香菸點了支，一回頭。黑裡小舞那兩瞳冷光映著月光，澄澄亮閃了閃，笑不笑瞅住靳五，併起兩根指頭伸過來。靳五遞過了支菸，打上火。

女兒牆兩星火光。

高高低低一地峭愣的簷影。

「老師，瞧，朱爸爸就寢了。」

「朱媽媽——」

「嘿，又去日本。」

「聽說一群街坊婦女結伴去留學。」

「老師知道？」

「亞星說。」

「小妹聽朱鴒說?」

「哥，街坊鄰里誰不知道。」

「甚麼女人玩甚麼鳥子!留學。」

一咬牙，小舞冷笑了聲。

亞星臉煞白。

靳五悄悄打個寒噤。

「老師跟朱鴒這小姑娘要好!」

「緣。」

「老師南洋家裡幾個人?」

「兩，我媽，我。」

「沒妹子?」

「沒有。」

小舞瞅瞅靳五只管大口抽菸。

一灘縞素。

月下，三條蕭瑟的人影。

「我有兩個好妹子。」

「亞星。」

「還有個哦。」

「多大？」

「好小好小哦。」

「叫甚麼？」

「亞霙，早給我爸摞了啦！老師。」

「哥！不恨。」

亞星咬起下唇泫了泫瞳子瞅住她哥。

滿天寒星，一臉子水白。

癡癡兩聲冷笑，猛一哆嗦，小舞攏起藍布夾克把條腿子支撐住地面踞坐在女兒牆頭，又討支菸，就著菸頭接上火，一籀一籀嗞吸著，風蔌蔌睥睨起小平頭眺望起城外滿山巔紅晶燈，半天回眸乜起靳五：「有個山東人，少小從軍大河南北抗日剿匪，幹到沒兵帶光棍一鳥的團長，轉進到阮這個寶島，啥都丟了，只沒丟掉肚臍下面一根鳥——這根鳥，有個名稱叫無職軍官，嘖！老師不讀國軍戰史？民國三十九年最後一批國軍軍官撤退到復興基地，部隊番號因戰亂遺散，無兵可帶，奉派當個無職軍官啦，據國防部統計共有二萬三千多位吔，暫駐軍營外圍，保持待命狀態，以備隨時反攻大陸殺豬拔毛需要人手，可他左等右等，等老了鳥，上校退伍啦！老師，這位光棍一鳥的無職軍官，是我的爸亞星的爸我小妹子亞霙的爸。四萬塊，有！兩綑子五元鈔雙手奉上小岳丈，一手錢一手人，我爸領走了個原封未動的黃花閨女，解甲歸田，他老人家的鳥轉戰了半生也有個巢兒洞兒棲息棲息啦。這一棲，就棲出了我，棲出了亞星。我媽苗栗縣後龍鎮鄉下客家姑娘會吃苦，生仔，種水果，一種十八年，看我爸捲下褲腰展示了十八年他腰子上那個子彈窟窿，順著他的意，摸他十八年山東老鳥。我媽不笑也不哭，日出則作日入則息。我爸老來猛生痔瘡，我媽拒絕再伺候他鳥。分房囉！嘿，甚麼人玩甚麼鳥。我媽有時下山到姑婆家去睡有時在家睡。我媽客家女人，不怕曬那毒日頭。前年我媽夏天沒緣沒故害起了燥熱病，怕熱，怕流汗，一到半夜唉唉嘆嘆睡不住，就點了蚊香，捲條涼蓆，大熱天摸黑走到屋後竹林隔壁人家新蓋的空豬屋去睡。我媽怕蚊子，出門納涼總不忘帶捲蚊香，大清早，天涼涼回家，一捲蚊香剛好點完，我媽滿身紅斑斑好像出疹，汗濕濕又好像喝了酒，笑不笑的，羞人答答，嘴裡可又聞不出酒味。一條涼蓆，都是汗臭。我老爸蹲在毛廁托起卵子拿根竹籤刮他的痔瘡，哼哼，唧唧，滿口山東土話我媽聽無我也聽無，只亞星聽有，可她又不吭，弄得全家人搞不清老爸身上哪根筋又不對啦。我媽點蚊香，睡空豬屋直睡到中秋。我跟亞星就有了個小妹子！亮亮的一對好眼睛像極了亞星。我爸成天趴著搖籃，看得滿身發抖。有天大早逗著她，亞霙乖亞霙笑亞霙兩粒酒渦像星星喔——掐。」

「哥，不恨！」亞星哽咽了咽，彎下腰撿起叮噹落地的竹笛緊緊攥在手裡摟向心口。滿臉水白，風中，兩瞳清光泫亮泫亮瞅望住她哥，兩肩子裹著青毛線衫，顫了顫。

一颼黑裙襬子漂盪起冷月。

「蚊香！媽。」小舞嘆口氣勾起白眼乜著手裡那星火光，半天，愛笑不笑，忽然拗過脖子瞅住靳五叼住香菸，癡癡笑起來：「鳥！老師，我還當真我媽夏天空豬屋睡覺獨自個怕蚊子叮她哩——抱根鳥睡！」

噗哧兩聲輕笑。

靳五打個冷哆嗦。

「我爸老啦，我媽一見蚊香臉就白啦。」

天臺下一巷北風閃爍過盞盞街燈。兩燗子水晶燈，驀地潑亮，紀南街開進了輛黑色官家轎車，沉沉駛到巷心那棟洋樓公館，車後蕾蕾紅燈，燦了燦，沒聲沒息消失進車庫。底樓客廳亮起了一蕊水晶吊燈，金灩灩。

「郎將軍夫人搓完麻將擺駕回府啦。」幽幽兩聲嘆，小舞把菸頭彈出女兒牆瞅乜著它滴溜溜掉落巷心，回頭窅住靳五：「靳老師，你知否，陸軍一級上將郎瑛伊是啥郎？莫知，嘖，靳老師無讀過國史！頂頂有名的套匪英雄郎瑛就係伊！套匪？國語講就是討——匪——」一句一咬牙，小舞操著蹩腳的海東話，月下拉長兩瓣腮子蒼冷冷扮起鬼臉。靳五瞅瞅他眼瞳悄悄打起冷疙瘩。小舞掉頭，藐，睥睨起血絲眼睛，瀏覽起清早一穹寒星北風中草木葱蘢滿京凋零的紅霓，磔磔一笑，啐出兩泡口水：「剿匪名將郎瑛郎上將是我山東老爸的四川老長官！這老惡婆，郎太太，叫白景賢，阮大中國全國國民代表大會江蘇省代表哩！阮，國語來講就是我，我大中國。靳老師讀過中國地理，江蘇省在海西大陸，不是？江蘇省有座北固山，不是？北固山下有個鎮江縣，不是？江蘇省鎮江縣的國民推派出來選舉中國總統的代表叫白景賢，不是？白景賢是郎太太，不是？郎太太陸軍一級上將郎瑛夫人，夜夜在海東這個寶島搓麻將，搓了四十年，選了五任中國總統，不是？這條街叫紀南街，不是？郎公館在紀南街，不是？紀南在海西大陸湖北省，不是？靳老師讀過中國歷史紀南是春秋楚國舊都，不是？紀南街過去，公園旁邊是荊門街——杜甫有首詩，群山萬壑赴荊門，生長明妃尚有村，不是？荊門街對面隔條艾森豪路是歸州街，歸州，咱歷史老師講，就是大詩人屈原的家鄉也是大美人王昭君的故鄉，不是？公園另一邊還有條丹陽街，歷史課本說，周王封楚子於丹陽，不是？郎瑛上將夫人白景賢女士，住在海東寶島上，艾森豪路旁歸州街對面荊門街丹陽街紀南街三叉口巷子裡，搓麻將，選中國總統，不是？是？不是？鳥！甚麼世界講著講著我自己都亂了啦，老師，對不起。」癡癡兩笑一聳脖子，小舞自管眺望起頂頭那瓢子蕩漾水甕中的寒流月，海天寥廓，哼起了歌：

溪水流夜風急
只有我和你
我和你患難相依
啊！
今夕何夕

一凜，靳五咬住了個哆嗦。

小舞回回眸。

「我山東老爸愛哼白光這首老歌。」

嬰，嬰，車燈潑燦，紀南街口三楚路上兩輛計程車追竄過紅燈迤邐上艾森豪路，車門一掀，風蔌蔌兩顆小平頭探了出來，對瞄著，啐出一飈血花。兩蓬黑髮絲一渦子漂漩在後座。四更天漫京蒸起的紅塵中，雙雙儷影猋向城心紅霓叢。一窩水晶燈宮，艟艟艨艨。嘩喇嘩喇巷中公寓人家綻盪起瓢瓢麻將聲。燒肉粽——燒肉粽——巷心人影游晃一瘦子頂著北風踩著腳踏車挨家逐戶嘶喚，巷尾，貞陽街口，榕蔭裡曼珠美容院兩筒子三色燈靜蕩蕩，街燈下一篷麵香湯霧，兩顱花白，擺攤的老伴倆伺候著座頭上三兩個男女吃客。街頭月，月如霜，冷冷照在屋簷上。悄沒聲息，朱鴒家閣樓又漾亮起兩窗子黃燈飄忽起一肩軍大衣。

「朱爸爸又睏不著，起牀望月！」噗哧，小舞吐掉菸蒂，回眸望著巷頭荊門街口兩輛紅燈兒閃一囂而過的巡邏警車，幽幽笑了聲。靳五呆了呆眼一亮。郎將軍公館頂樓閨閣金光瀲灩綻起了一蕃小燈，窗口，五指蔻丹撩拂起兩肩髮絲。「郎家四千金！靳老師。」小舞回頭瞟住靳五，月光下笑漾起兩瞳子冷血絲：「郎瑛四女絲字排行，紈，絖，綸，絎。排行第三的綸今年考上大學，海大外文系你的學生。」

「郎綸，好姓名。」

「還有個絅。」

「郎絅？」

「香火種。」

「嗯？」

「白代表老蚌生珠。」

「老么。」

「嘿！將軍家一門陰人。」

「這郎絅？」

「男人女相。」

一顫小舞格格笑。

亞星哆了哆瞅住她哥：

「又恨？哥——」

小舞望望靳五嚥了嚥口水想說甚麼，回頭瞥見亞星的瞳子，一凜，不吭了，拉長兩瓣月白腮尖，抱起胳臂望著郎公館閨樓那盞燈中倚窗望月的人影。靳五心一蕩漾。風飛塵，那肩髮梢給撥到了耳脖後，兩根指尖撮住刮鬍刀，一刀一刀，閃爍在窗口剃刮起腋窩。風中小舞打起牙戰，眼窠裡竄出兩瞳冷火。

「大小姐喲。」

「郎紈？」

「半夜站在窗口賣俏，胳肢騷！當年美軍顧問團——」

「哥！不要說。」亞星一回身攔到了小舞跟前，黑布裙飄飄，咬著牙哆嗦在月下，仰起臉，迎著風一瞬不瞬把雙手攥住竹笛只管瞅望著她哥。小舞柔起瞳子，眨了眨，伸出了手握住亞星的肩胛暖暖地揉上一揉又搓上兩搓，瞅住她眼睛嘆口氣：「不恨！小妹。」

月西斜。

一灘縞素颼颼簷影。

女兒牆頭，一窩子挨坐著大小三個出了神靜靜守望巷心郎將軍閨閣。公館三樓陽臺，兩扉水晶玻璃，一肩鬖髿，蕩漾著月光潑照出一盞金燈。艾森豪路上計程車流竄，驀地，熛起荒冷的北風漩起渦渦煙塵，洴亮洴亮，車燈惢惢，一彪子馱著雙雙少年兒女追逐出了十幾二十輛日本野狼機車，五彩斑斕，呼嘯，號咷，闖過空粼粼一盞盞水銀路燈。小舞眺望著那族飆車少年迎風暴走而去，硌硌咬了咬牙，抖簌著吞吞口水，眼窠子裡閃爍出兩瞳懾人的光采，猛一回頭。

「靳老師！」

「是？」

「出去遛遛有興趣？」

靳五心中一亮：

「好！」

一蹦小舞跳下女兒牆！月光下一臉睥睨。亞星捏著竹笛靠在牆頭揚起臉不聲不響瞅住她哥和靳五倆，一身衣裳清冷，皝亮皝亮，風中彎下腰來自管攏起黑裙襬子。靳五呆了呆柔聲喚道：「亞星！先睡去吧。」一眼瞳一黯亞星點個頭，望望小舞，闔起兩隻膝蓋夾住裙襬，扣起青毛線衫領口那兩瓣白衣領子，回身抱起胳臂，把兩隻手肘憑到女兒牆上仰起臉眺著天。一穹曉星冷曆曆。「小妹！」「好啊。」亞星漫應了聲，托住下巴頭也不回，自管瞭望起龍潭溪畔萬家幽紅佛燈叢中蕭蕭一濤秋水白芒。城南，街街燈火寥落，海東大學幻漾在水銀燈海，紅樓朦朧草木蓼蓼棕櫚大道上一翣一翣棕櫚招飄起月光，窸窣窸窣。朱鴒家閣樓還亮著燈，骫，骫，一顱白髮，噴噓迸濺涕泗橫流。

閣樓下一盞街燈迷濛。

輕悄悄小舞把摩托車推出公寓門口。

「上！」

靳五跨上後座。

「靳老師，坐穩。」

嫳，嫳，嫳，半夜凌晨一嗥，那輛山葉追風蹦出朱鴒家門口水銀清光。郎公館頂樓閨房，月下，一蕊燈光中陽臺窗口探出兩肩黑鬘一雙筍白腕子，兩根指尖撮著一支刮鬍刀。猛哆嗦郎紈望望樓下，乳泡泡一夾闔起了腋窩。「筷筒子！喂，美軍顧問團的黑人大兵誰沒摇過妳？還怕人家看你胳肢毛？」小舞昂起脖子吆喝一聲啐兩口，揸起拳頭，筋筋結結兩條瘦長胳臂繃漲了起來一爪子揝住油門，拗，拗，驀地掉轉車頭，在郎家朱紅門前兜旋出五六圈，輾過柏油路面，燦迸燦迸，刨剮出一猋子金亮的火星，油煙滾滾滿巷喧囂朝巷口迤邐蜿蜒而去。靳五回回頭。星天一縹月，衣領翻飛，亞星揝著竹笛獨自個倚望在天臺上女兒牆頭，耳脖上一勺子短髮梢，風濤中蓬蓬颼颼。

小舞縮起肩窩回回眸，咬住寒噤，大開油門，闖過巷口鞦韆盪漾一座水泥街坊公園，穿出荊門街，猛擡頭，望望對面歸州街月子中心樓上三兩個奶著娃兒倚窗看街的婦人，搖搖頭啐兩口，迎著大寒流，一兜，飆上艾森豪路燊燊荒涼的水銀燈中。

北風獵獵。

悄，沒人聲。

十線柏油大馬路街頭月月如鈎。靳五踞住後墊，蕭，蕭，滿耳風濤，索性敞開襟口，昂起脖子迎向漫京驍驍一嶼出沒的西伯利亞寒流，飆過家家戶戶佛龕燈，騎樓下花門洞口，一眨一鸞不住兒爍的紅霓，三兩條孤瘦飄竄的人影。海天寥廓。艾森豪路空蕩蕩，路心，蒼冷著月光淋淋漓漓馳突過灘灘水銀街燈，飛蓬般，睥睨著小舞那顆小平頭。一街口紅晶燈光迸閃過一街口。燈火闌珊長坂街宜城街襄陽街簷下筒筒三色燈兒漩。觀光理髮廳，滿城招徠客。咿呀，門開處兩肩黑鬘一蕾丹硃，噘一噘，送出個客人。兩盞車燈燦潑出蕊蕊紅霓叢。武勝街口，和歌賓館。計程車後座鶺鶺鰈鰈白髮紅顏兩對頭顱四雙膀子糾纏一窩。「八個野鏤！」小舞咬咬牙，呸，望望那車日本觀光客理髮廳小姐詛咒了聲，把胸窩趴伏到油箱上頂住疾風，拶住油門，凝瞪著時速錶，整條身子瑟縮著寒流緊繃成一束暴突的筋腱。一三八。一三九。一四〇。極限邊緣一根指針細伶伶顫慄顫慄顫慄只管抖動不停。時速錶潑閃著一街口一街口紅燈。驟，驟，天風大起。靳五咬緊牙根睜睜眼。塵沙中，六七條街口外艾森豪路盡頭小紅町崒崒燈火花團錦簇，城天一鈎清輝，闃窿，闃窿，莒光號列車北上，聲聲汽笛漫天迴漩在一京漂盪起的洗牌聲中，嗚嗚嗚嗶喇嗶喇。猛擡頭小舞迎向濤濤撲面而來的西北風，鷹隼起脖子上那一蔌小平頭，凝眸，屏息，縱車飆向月亮。

汝陰街汝陽街。

靳五給捲進一漩渦潮囂裡。

亞星！

一彪火花。小舞猛地揸起煞車，軋軋，閃讓過那手牽手瞰脹著冬裝躥出長淮路的十來對阿公阿婆，兩腿子，夾住胯下那輛山葉追風。雞鳴早看天。老夫老妻白頭雙雙，渡上艾森豪路安全島一鋪綠茵扭開錄音機放起波蘭圓舞曲，鞠躬屈膝，請，腰挽起腰，踏著月色起個大早團團跳起土風舞來，翩躚相視一笑靦腆。小舞看傻了，回眸瞅了瞅靳五笑兩笑，搖搖頭繞過艾森豪路盡頭前清老府城南門朱明門，兜上老城東，沛國路，嗤地冷哂兩聲吸了吸嘴。城心，風塵颼颼，一襲藍布長袍。火車站前成周路空落落一灘灘水銀燈，斜月下，竹篙也似，等車的老人獨自個鵠立在珠海時報門口三一三路公車站牌下，朝東門眺長了脖子。

北風中，一顱芒白。

小舞磔磔笑：

「三一三路公共汽車早就停駛了。」

「站牌還在。」

「市政府忘記拿掉站牌。」

「嗯？」

「老師見過這老翁？」

「回國那晚。」

「等車？」

「想回家。」

「瘋！這老祖公。」

小舞迸開油門直飆上城北中山路。

靳五回回頭。寒天冷月，珠海時報大廈頂層女兒牆澴澴兒燦起斗大的電動新聞字幕，半夜凌晨，一字一字睥睨著漫京蕭瑟的燈光：國軍參謀總長昨天說，共匪在其軍事戰略上業已將原先的「實施封鎖，窒息經濟」調整為「奇襲外島，以戰迫和」，顯示出「必欲一戰」之勢，值得國人警惕。陳上將在主持我國國防部十一月份國父紀念月會中表示，自今年八月起，共軍持續在兩廣沿岸類似我方金馬地形之處，舉行「兩棲登陸」與「遠程空降」演習……靳五攀住小舞的肩膀回頭眺長了脖子。東門，青陽門閱兵廣場月光粼粼。飛簷畫棟好座城樓！月下，刁斗寂寂，十六線伊鬬路路底總統府紅磚嵬嵬，闉闉玉燭，悄沒聲，洸漾在一京野大的西北風滿城荒冷的霓虹寥落的燈火裡。蹡，蹡，蹡，銀盔燦潑起水銀燈。五個憲兵披著草綠大衣揝著拍紙簿，一步，一駐足，撅起臀子慢吞吞靜沉沉穿過路心。廣場上，兩輛計程車一窩子白頭紅粉繾綣載著不知幾對男女，呼嘯追逐而過。

小舞又把胸窩趴伏到油箱上頂著西伯利亞寒流，大開油門，飛飆在中山路心，一路朝北，風颼颼，馳騁過一衚衕一衚衕悽悽惻惻流蕩在海東深秋的日本浪人歌，條條燈紅酒綠的大街。信都路。真定路。常山路。四更天紅灩灩城北町町燈火凜冽。靳五踞住後座墊，哆嗦，咬牙，迎著一刀剮過一刀的荒風。不吭不動，小舞只管夾住胯下山葉追風，拗住油門飆失進了漫街水銀漩渦中，嗞起牙根瞟著里錶。指針一顫一顫。衚衕深處冏冏佛燈幽紅幽紅閃爍著樓樓賣笑人家。三色燈水綠瀅瀅兜轉，一街理髮廳小姐迎客笑。第七天國餐廳，兩扉子猩紅門，風裡，一開一闔裙衩飄颺半夜凌晨寒流中不住送往迎來，嗨，伊拉夏伊媽謝！哈魛哈魛，滿騎樓細嫩嗓子嬌聲嚦嚦。兒童公園門口淫啼浪哭，兩條人影蹁躚。小舞硌硌一咬牙煞了煞車猛回頭，風潑潑，呸，朝路燈下兩個勾肩搭背西裝革履解開褲襠對準燈柱的東洋客，啐出兩泡口水，加足油門。飆，飆，飆過中山國民小學大門中目光炯炯坐鎮花壇上的國父銅像，飆過圍牆上髹著的朱紅標語，毋忘在莒，復興中華，飆過城北叢叢銷金窩，飆向城外那一鈎西斜的冷月。盡頭，一巔璀璨。中山路底，格蘭大飯店雕欄畫棟雄踞水湄山頭，月下丸紅旆旗影影，滿殿燈火蕩漾在鯤京秋末漭漭滄滄四郊八荒流竄開的曉風裡。水銀燈下一鬟飄忽。風中一颮黑瀑也似，兩肩髮絲蓬飛在一襲孔雀藍小腰身高衩長旗袍領子上。大冷天，那女的摟住羊毛小披肩，光起膀子，兜個黑皮包，踉蹌著那雙青冷的白腿子徜徉在中山橋潾潾清光中，跫，跫，蹬著三寸銀鞋仰眺著城天，一聲一恍惚只顧抽縮著鼻尖哼唱著小夜曲。憂愁月夜。驀地，一回眸。那篷及腰的髮毬子颺亮颺亮甩兩甩，哈鼽，挑睃起陰藍眼影。路燈下好一張稚嫩的小臉子！醉酡酡，憔悴地綻漾起兩渦臙脂。靳五嗆了嗆。小舞大開油門，頭也不回早已剽掠過那一身子粉香兩腋窩汗酸，穿過中山橋轉下定襄路。啊，憂愁月夜，夜夜相思夜夜愁——月娘照牀頭——橋上一唱一噴噓只管蹭蹬著兩隻高跟鞋，跫，跫，彳亍在大清早滿江漩颭起的水月中。滿天星亮晶晶。器，兩盞紅晶燈潑閃。平城路口月色漠漠窺伺著兩輛朱紅巡防車，八個憲兵，銀盔燦爛，泥塑人兒樣綳住臉皮拉長下巴直挺挺端坐前後座。四對兒，不吭氣。小舞煞煞車撥轉車頭滑進慢車道。巡防車探出一張森嚴的小白臉，玼玼牙。小舞熄了引擎指指北郊龍城路盡頭燈火氤氳的北庭山：

「送老師洗溫泉。」

「老師？」

「海東大學靳五教授。」

「哦？」

八頂銀盔路燈下晶光亂竄，轉向窗口。一凜，靳五哈個腰摸摸後褲袋掏出兩封海大訓導處關防公文，指指大印章，雙手奉上，照著路燈朝兩輛巡防車窗口各亮了亮。眼一睜，白臉憲兵豎起食指碰碰盔沿：

「教授！」

「出了甚麼事？」

「有群眾。」

「哦？」

「請避開龍城路改走白登路。」

「群眾半夜滋事？」

「是，有狀況，謝謝合作！」

「謝謝憲兵同志。」

「教授平安洗溫泉。」

跫跫。水銀燈下一捻腰肢漂搖著藍緞子旗袍，媥姺，躑躅，小黑皮包兜甩到了肩胛上，揚起臉挑開兩眸子陰藍眼影，眺著天，兩隻踝子青冷冷蹬著高跟鞋獨自個踉蹌下紅磚人行道來。躭，躭，一聲小夜曲嬌嫩似一聲——

黃昏後
月上樹梢頭
啊！憂愁月夜

靳五心一蕩回頭看得癡了。

「教授！人家小姐酒廊打烊下班。」白臉憲兵齜齜白牙：「半夜三點，無事，請教授某在外面遊蕩平平安安洗完溫泉回家休息，切記避開龍城路。」

臉皮火辣辣一燥，靳五摺疊好了公文封，塞回口袋扒了扒滿頭怒張的髮窩，拍拍小舞的肩膀：「上路！」回眸，精光一炯燦，小舞不知甚麼時候戴上了水晶墨鏡，笑不笑，發動引擎滑駛出慢車道，猛一竄，迎向那波波呼嘯過海峽騎騎闖進小龍江口的西伯利亞寒流，迸綻開油門，不瞅不睬，自管飆下河堤穿過雲中街五原街朔方街，直衝向龍城路。

月下，黑水燐燐。

朔風野大。滿天星斗眨亮眨亮嘩喇喇一桶白冷水似的照面濺潑過來！小龍江風波惡，一濤水月瀲灩一濤。艨艨艟艟，對岸煙囪林立萬家燈火寥落，蘽蘽黑煙繚繞起星天，堤下水田中佛龕幽紅三兩戶農家，滿塘早起的鴨兒洴澼著月光，盪開浮萍穿過來穿過去。一縷炊煙。騃！水湄芒花紛紛雪雪倏地一窩一雙悄沒聲飛竄起漫江鷺鷥，翾白，翾白。

靳五看呆了。

防洪水泥堤上蕭蕭水銀燈。

小舞撥轉車頭，蹦蹬蹦，夾住山葉追風顛顛簸簸躥下高闕路河畔亂石坡，停到橋墩下，悄悄摘掉墨鏡。

月下，兩眸血絲狡黠一亮。

「來根草吧，老師。」

靳五掏出兩支菸。

大小兩個摟起膀子蹲坐橋墩上，叼菸，咬牙，哆嗦在河口湧進的西北風頭，靜靜眺望起天上一瓢清光，滿京縞素。城心，青燈紅霓一窟一圝眨睞向海天寥廓那一穹窿寒流曉星。城北水月葱蘢，北庭山下，佛燈蕩漾江水嚶嚀黑壓壓滿坑滿谷水泥公寓人家，嘩喇喇嘩喇喇四野八荒此起彼落迸綻起麻將聲。一梟硫煙騰起山中，瀰漫一谿樓臺燈火。燕然山莊，月色中笙歌旖旎。龍城路口高闕路上潑紅潑紅，穿梭著兜閃著盞盞警車燈。

靳五呆了呆，嗅嗅夜空中飄漾的硫磺。

小舞格格兩聲輕笑：

「老師，當真想洗溫泉？燕然山莊——」

「怎麼樣？」

「不是大學教授去的。」

「那你帶我來——」

「看賽狗！」

「賽狗？」

「唔！老師國外沒看過賽狗？」

「澳門。」

「好不好看？」

「賭錢嘛。」

「今晚帶老師見識咱們這兒的賽狗！」

高闕路上慈慈紅燈迸散，五六輛巡邏車呼嘯而去。月光下一蕩，金碧輝煌，兩輛遊覽車燈光通明頂著朔風轉進出小龍江畔萬家佛燈，窗口，一瘦子一瘦子羊毛西裝，目光燐燐，愣聳著八九十顱花斑髮。滿車裊裊閃爍著菸頭火光。車身上風潑潑懸掛著白布條，張牙舞爪招飆起十個血紅漢字。日本國遊戲銃協同組合。小舞嗞嗞白牙：「日本人結夥洗溫泉！」「浩浩蕩蕩。」「老師，遊戲銃到底是啥玩意？」「玩具手槍。」「原來這夥日本人販賣玩具手槍。」「同業公會組團考察。」「考察鳥！嘿，朱鴒媽去日本留學，保人就是這個遊戲銃組合的副理事長，日本老頭叫花井芳雄。」靳五呆了呆。那兩輛遊覽車蕩漾過高闕路上盞盞水銀燈轉進了龍城路，一星一顱，濛濛火光羢羢白頭，閃爍向北庭山麓漫谷硫煙，奔馳向燕然山莊閨閨閣閣滿谿水晶宮燈。紅燈潑燦，月下，兩輛警車馳出朔方街衚衕人家簷口一筒筒兜睞的三色燈，追逐起四輛摩托車，本田野狼一二五。油箱上，瘦小猙獰趴著四對少年兒郎，披頭散髮，邊逃竄邊回頭，朔風中只管嚼囁著檳榔呸呸呸朝警車啐出蓬蓬血花。轉眼，四彪子火星軋過柏油路面，猋竄進北庭山。五六輛警車兜漩著閃光燈，呼飀呼飀，又在高闕路龍城路口逡巡起來。

河心一艘採砂船澎澎震盪。

蹦，斬五躥上亂石坡，透透氣：

「好寬好直！」

「啊？」

「龍城路。」

「哦！戰備跑道。」

「啥用？」

「提防匪機來襲轟炸我們機場！」猛哆嗦，小舞指指河口呼嘯進的朔風：「海峽對面，就是共匪！咱們這座反共堡壘全島有二十條戰備跑道。」

「今晚在這賽狗？」

「是啊。」

「龍城路！」

「好鮮的路名。」

「漢書說五月大會龍城。」

「啥？」

「匈奴祭天。」

「咱們龍城路賽狗！」噗哧，小舞笑：「今晚從紀南街載老師一路飆車過來——」

「看賽狗！」

「紀南，楚國都城。」

「甚麼世界。」

靳五一睜。雲中街五原街朔方街條條街口出水芙蓉般風沙中綻亮起車燈。三四十輛摩托車疾駛上高闕路。後座，髮飄飄裙颸颸，側身坐著少小姑娘，個個把膀子摟住開車少年的腰桿，北風裡格格格打著牙戰，一唇唇丹硃血樣猩紅，水銀路燈下兩瓣腮子青冷冷。一漩渦香粉捲過，汗酸萋萋，姑娘們打起哈欠搔起胳肢窩擤起鼻涕。軏嚏，軏嚏。車隊轉進龍城路，月下，浩浩蕩蕩奔馳向燕然山莊那一谷旖旎的燈火繚繞的硫煙。靳五嗆了嗆：

「好快！」

「限時專送。」

「日本人急性子。」

「猴急。」

「今晚趕到——」

「洗完溫泉——」

「打過一炮——」

「大早坐飛機趕回日本。」

「製造玩具手槍。」

「遊戲銃。」

「甚麼世界！」

「鳥。」

小舞吃吃笑。

朔風鬖鬖。

摩托車隊穿梭過龍城路上熛漩的警車燈。

清早一京矕眨起漫穹曉星。

流星雨！

紛紛緋緋朔風野大，一眨眼京北一郊迸綻起了簇簇流星，花雨樣，悄沒聲，潑灑出條條街巷，上谷路雁門路定襄路雲中街五原街朔方街，萬家佛龕熒燊，燈火凋殘，驀地高闕路上漩起渦渦煙塵，轟隆轟隆人頭纍纍撲捲向龍城路口，水銀燈一灘璀璨，髮絲蓬飛。

雙雙兒女廝摟著趴伏在油箱上。

猋，猋。

小舞跨上摩托車。

「老師快上啊！看賽狗去。」

靳五愣了愣跑下亂石坡跨上後座。小舞發動引擎猛一嗽嗥竄上河岸。

星天一瓢月。

龍城路旁黑水白芒扶老攜幼早已嘯聚一群老百姓。好夜市！鬱鬱蒸蒸，路燈下熱汽氤氳三五十家流動攤販男的女的叫春樣嘶叫一團。天婦羅壽司——熱狗——香腸臭豆腐。朔風中呼兒喚女，爹娘們雙雙臌擁著冬衣嚼啄著點心消夜，哈欠噴噓連連，鼽鼽，滿頭亂髮撲蔌著河口湧進的西伯利亞寒流，大清早，起了牀，對對血絲睡眼搜山狗般，路頭路尾只管睃瞪不停。熙來攘往。

路肩上，有個小婦人披著水紅晨褸搬出小板凳疊起白腿子，兜盪著繡花拖鞋，不瞅不睬，端坐燈下拈支塑膠紅篦子，一梳梳刮理著那窩染成病黃色的髮絲。悠悠兩聲大哈欠，金牙閃爍，小婦人把手背遮掩住嘴洞。身邊那男人縮縮鼻尖掉開頭，自顧自拱著棉襖蹲在路肩上啜著茶。「王議員好！」「好。」「季平兄早！」「早。」滿路遊蕩的街坊鄰里哈腰致敬。王季平議員捏著小茶盅擡擡臀子回禮。一爐炭火颼颼，風中月下燉著一壺茶。龍城路口悄沒聲泊著兩輛南部車號的雙層遊覽車，北上來京觀光的阿公阿婆渾身新，滿臉黧黑風霜，斜倚金絲絨臥榻上，愣愣睜睜，望著曉風似刀人頭鑽動的一條銀燈夜市。一野男女，殘月下若有所盼。鏜鏜鏜有個海東少年郎路頭路尾躥進躥出敲起破臉盆，駛你娘，幹，駛你娘咧，咒一聲敲兩敲，螽起滿嘴血花叱喝著厲聲嗥過的警車。魷魚羹——壽司——米國漢堡。遍地裡頭顱翻飛，一颼腥風起自河心，掃蕩過十六線龍城路，席捲起北庭山巔嬝嬝硫煙一毬一毬大寒流中凝血似的朝雲。燕然山莊燈火皎醫。「燒吔！足熱足熱茶葉卵。」歐巴桑矮壯墩墩兩腮橫肉肘子上挽個鋁鍋穿梭人窩中，睜起睡眼叫賣，一聲哀婉一聲，扒搔著胳肢窩裡兩叢汗漬，陪笑哈腰，招徠客人。

靳五嘛嘛口水。

大清早蹲守在風地裡又餓又冷。

「少年，買兩粒茶葉卵。」一支鐵鉗子夾著一枚茶葉蛋熱呼呼送到小舞鼻頭上。小舞看看靳五，噝泡口水。笑嘻嘻，靳五掏起上下身口袋半天摸出了張皺成兩團的鈔票：「十枚！」

「頭家，買幾粒？」

「十粒啦。」

小舞乜乜靳五。

秋芒翻浪，一隧洞清冷的水銀燈。

筆直的一條龍城路。

路口，亂石河灘漩起渦渦飛沙黑鴉鴉早已凝聚著一族少年兒女，蕾蕾車頭燈，竄亮，潑閃。龍城路盡頭瀚海水草原，白鷺翾翾，秋蟲唧唧，水田人家繚繞起了早炊。嘩喇嘩喇山下萬家公寓佛燈中晨曦裡瓢灑出波波痲將聲。一口一熱呼，靳五蹲在路肩上，和小舞兩個剝吃著那十粒茶葉蛋，迎著曉風愣睜睡眼，望著對面一株青翠的海東樟下泊著的兩輛私家救護車。月影地裡，悄沒聲，乳白乳白。窗口兩個小護士冷繃著水白臉子。水銀燈下一條馬路夜市一轍轍鵠立著冬裝男女，龇牙，哆嗦，扶老攜幼哈觔出蓬蓬嘴氣，只管眺望河灘上那族少年騎士。路口警笛大鳴。兩輛遊覽車闖盪開群眾，穿過龍城路上油煙蒸騰攤攤小吃，白幡飄颺，招搖起車身布條上五個血紅漢字：祈，武運久長。

小舞乜起眼瞳。

「日本退伍軍人——」

「也組團來朝山了。」

靳五龇龇牙。

一晬，兩個人啃著茶葉蛋，瞅望著那兩車花白頭顱披星戴月奔馳向北庭山。燕然山莊硫煙嫽嫋。山下朔風大起，千百雙眼眸探索向河灘。梳頭少婦掩住嘴洞打個哈欠，叭！兩巴掌打死了隻血蚊子，一咬牙搔搔裙胯，從茶几下摸出一盒蚊香，回頭問身邊那王季平議員要過打火機，野地裡點起蚊香，交疊起腿子兜盪著繡鞋扒搔著大腿又自管梳篦起那窩黃髮絲。小舞靜靜瞪著那縷青煙，兩腮慘白。

靳五瞅瞅他的眼瞳，悄悄打個寒噤：

「這種天氣，還有蚊子！」

「這地方──」

「荒。」

「條伯伯打人了。」

小舞猛回頭。

路邊八輛警車銀盔潑亮躥出一隊制服條子，蹽，蹽，蹽，蹦起鐵釘鞋，掄起二三十支電擊棒，熠紅熠紅，一陣翻飛直搗得一條夜市滿路百姓呼兒喚女抱頭鼠竄。歐巴桑熱騰騰拎著那鍋茶葉蛋，抖盪起兩臀大肉，跳躲進水溝，夭壽夭壽，嘴裡詛咒著把兩墩子裹著白襪的泥巴腿蹲進芒草窩中。兩齶子六顆金鑲牙，路燈下嘻亮嘻亮。

小舞看傻了。

「歐巴桑妳今年多大歲數？」

「六九。」

「哦？看不出。」

「多活多做——」

「呵呵，歐巴桑那麼樂天！」

「了解了解。」

「今晚真鬧熱。」

「黑麻麻，壓扁人。」

老人家一逕笑嘻嘻搔著胳肢窩兩叢汗。

龍城路雞飛狗跳。

亂棒。

血潑潑。

路口那兩輛金漆高頭大巴士滿車一燦，大放光明，悄沒聲，上下兩層窗口目光瞵瞵，聳探起了五六十對北上觀光京城的鄉下阿公阿婆。梳頭小婦人不瞅不睬，曉風殘月，蚊香嬝嬝，自管攏著水紅晨褸端坐路邊小板凳上調理著頭髮，一篦，一哈欠。身旁男人縮著鼻頭撥開她嘴洞裡哈出的氣味，綳住腮幫蹲在路肩上，拱住身上那㿜子藏青緺花棉襖，文風不動，豖啊豖，守著一爐炭火啜著茶。「老百姓，想造反！」少年郎逃竄出雷光潑燦頭顱四迸的人窩，兩腮子鮮血濤濤，瘸著腿子躥上路口敲起臉盆，鏜鏜鏜穿梭著夜市，挑逗起那二三十個蹦蹦蹦揮舞電擊棒的警察：「幹你老百姓！半夜想造反？嗯？攏總給阮回家去。」有人放起沖天炮。颼，颼，蛇蛇火星閃爍上好一穹窿笑靨的晨星。小龍江上綻開春花，嬌滴滴，流星樣，淋漓在那一京凋殘的紅霓大清早漫江漫城颳漩起的朔風裡。鬖鬖颭颭，一中隊摩托車載送三四十位大小姑娘，揿著喇叭竄閃著狼奔豕突的群眾，魚貫前進，穿過龍城路夜市，香風陣陣，迎著寒流飛颺起各色羅裙，哈欠四起披星戴月奔馳向燈光明媚的北庭山溫泉鄉。

月下，一山巒縞素縹緲。

河灘上那族少年發動起引擎。

一輛雕龍畫鳳金漆斑斕的五十鈴小卡車駛進龍城路，悄悄，泊到羅傘樣一株老榕下。

靳五打個寒噤。

小舞笑笑：

「那是葬儀社的車。」

「頭家請簽！」一支原子筆遞到了靳五鼻頭上來。那海東壯漢剃著東洋平頭，笑嗨嗨，腰纏對講機，三十出頭腆著個啤酒肚膛一胯子汗腥堵到靳五眼前，手裡揝著一疊簽票，搧啊搧：「簽一支，頭家。」

靳五蹲在路肩上仰起臉：「簽甚麼？」

「賭！」小舞瞟起兩瞳冷光：「澳門賽狗賭不賭？老師，我不告訴過你今晚帶你來見識咱們寶島這兒的賽狗？全島幾條戰備跑道？二十條？今晚少說就有十場賽狗，滿坑滿谷的男女老小在看熱鬧，簽賭票押注！老師。」

「賽狗？」

「另有個名字，飆車。」

「軋車啦。」

壯漢齜了齜亮金金兩顆大麑牙。

靳五悄悄嗆了兩口：

「怎賭？」

「賭人命。」

「少年，莫這樣講吔！」壯漢撮起原子筆往胯下刮了刮，笑瞇瞇睨了靳五兩眼，兩腮橫肉一綳，趿起紅頭木屐，揚著賭票又穿梭進夜市，勾肩搭背湊嘴皮招攬賭客簽花押去了，橐蹋橐蹋。

靳五望望那一野蔌聳的男女人頭：

「他們也賭嗎？」

「插花。」

「嗯？」

「押兩把玩玩。」

「湊熱鬧！」

「老師，你一點就透。」磔磔兩笑，小舞攏起藍布高中生夾克閒閒靠上他那輛追風車後輪，蹲到路肩，伸出手蒼冷冷併起兩根指頭，問靳五討支菸：「教授！你還道這夥賣消夜點心的看熱鬧的瞎起鬨的男女老小，大清早失眠，兩口子攜家帶眷出門踏月啊？瞧清楚，老師，寶島賽狗開始了。」

潑燦，車燈綻亮。

山葉追風一三五對上本田野狼一二五。

兩輛摩托車，花騮騮，馱著兩對黑衣兒女飆出月下河灘。

嗶——

一聲悽厲，鎮暴警察躥出路口。

少年雙雙趴倒油缸上。

風蕭蕭。

嗶——嗶嗶嗶。

五彩斑駁兩輛日本暴走車盪開大清早茫茫水銀燈霧，頭也不回，闖進路口。山葉追風驟然一騰，刳——柏油路心剮出了一弧燦爆的火星，滴溜滴溜，車子兜兩兜，迸開油門，掙脫警笛聲中八九雙攫過來的手爪，竄過夜市，一野男女老小鼓譟吆喝聲中，一瘦子趴伏住油缸，闖進木葉蕭瑟芒草原上龍城路那一隧洞凜冽的水銀路燈，颿，颿，追逐起前頭那滾油煙，月下，消失進北庭山麓燈火旖旎的姑衍路。

漫野頭顱風蔌蔌爆出了采聲。

路口，夜市燈下，一個十三四歲的少小姑娘現出了本相。小身子裹著黑皮夾克，腰口勒著黑皮短裙。兩條胳臂細伶伶給攫在兩個警察手裡，掙也不掙。朔風中，俏生生，滿肩黑嫩髮絲一甩，人窩裡那張水白臉子揚了起來只管睥睨起兩隻森冷黑瞳子。

小舞冷冷說：

「抓到一個了。」

「小妞？哪抓的？」

「從剛剛那輛山葉車上硬生生抓下來。」

「沒看清。」

「太快。」

救護車裡兩個小護士瞟起四隻鳳眼兒。

咿呀，葬儀社車子前座悄沒聲息西裝革履鑽出兩個中年人，叼起菸打著哈欠，抱起膀子靠到車身上。曉風殘月榕蔭裡泊著五十鈴靈車，金漆雕花一座小廟似的。小舞吃吃兩笑：「準備收屍了！今晚運氣好，會有一筆生意，嘿嘿嘿，老師別嚇著，咱們寶島哪處賽狗場沒等著葬儀社的人？搶生意還打破頭！」梳頭少婦，哈欠連連。王季平議員蹲在路肩上啜著熱茶，猛掉頭紋起眉心縮住鼻尖。路燈下，一條夜市煎煎炸炸蒸騰起攤攤油煙肉香，人頭鑽動，呼兒，罵女，臭豆腐茶葉卵天婦羅熱狗，清早寒流淒迷中早已混響成一片。秋蟲唧唧，水湄芒花翻浪。那海東壯漢趿著木屐搧著簽票搔著胯子，路口跳進跳出，啐一口眺兩眼，把嘴嘬湊到無線電對講機上，朝晨霧深處扯開破嗓門：

「轟達贏？幹！這下賠死了。」

靳五眺眺龍城路底。

「本田贏了？」

「嘿，第一回合人車平安。」

小舞望向龍城路口：

「又一團朝山、洗溫泉的日本人大早開拔到了。」

兩輛遊覽車燦爛駛過。

鐓。鐓。

喇叭齊鳴。

白幡招颺。

佐世保市大和町商工會。

窗口雙雙睡眼燐燐俯瞰起路燈下的海東夜市。

水溝裡，齜嘻嘻六顆亮金牙。歐巴桑張著嘴箕著兩墩子白襪泥巴腿只管蹲在芒草中，守住那鍋茶葉蛋。小舞睜起瞳子猛哆嗦。驃亮驃亮，一輛銀紅保時捷不知甚麼時候泊到龍城路，車門上倚著個中年書生，笑吟吟，臉狹白，扶著金絲眼鏡勾乜起眼珠，朝兩個警察爪子下那黑皮衣黑髮鬖小姑娘冷峻的臉子上，打量著。月下燈中，一身燙貼的夏季西服銀光水亮。小舞慢吞吞撐起膝頭。回眸，書生擺擺手，挑起眉尖瞟向小舞身後那輛烏駶駶簇新的山葉追風：「還滿意吧？花了我——」一笑：「上個禮拜五看到了小妞。」

小舞顫了顫：

「哪？」

「公賣局。」

「看她姐張鴻打球。」

「辮子張鴻！這下吃了苦頭了。」書生幽幽嘆口氣：「張鴻的妹子，跟你廝廝摟摟挺要好的那個小妞叫甚麼名字啊？」

「張浵。」

「張浵幾歲啊？」

「十四。」

「搞定了？」

嗓子一柔書生瞅住小舞。

小舞咬咬牙：

「定。」

「亞星小妹好啊？」

「好！」

「這位——」

「國立海東大學老師，博士，姓靳。」小舞冷冷一回頭路燈下翻白起兩眸子血絲。靳五打個寒噤站起身來。書生呆了呆撣撣西裝襟子銀光熠熠漫步穿踱過路燈，渾身飄漾著沐浴乳清香，風沙中朝靳五撲面襲來，腮尖上兩朵小酒渦綻了綻，孅孅伸出了隻白手：「敝姓姚，窈窕淑女，姚。」

靳五只覺手心膩膩一涼。

好隻柔荑！靳五掙脫了手叼起香菸。

姚先生臉色一變，蹙起兩萃秀眉，一挑，睇睇靳五似有若無撥開眼前那裊裊煙圈：「對不起，打擾靳教授看飆車的雅興了。」路燈下姚先生齜齜牙，兩熌子金絲框眼鏡片猛一燦亮朝小舞潑了潑，摔摔手，踱回保時捷倚著車門瞟著黑皮衣小姑娘，笑吟吟瀏覽起夜市來。

一縱隊摩托車香風飄飄裙衩颭颭穿梭過人群趕赴溫泉山莊。

河灘上一族少年騎士。

旭日迸出東海，潑開漫野肅殺的霞光。

兩騎馳出。

嗶——

紅燈潑潑六個警察跳上巡邏機車。

滾滾油煙猋過夜市。

一蓬黑鬘飛颺。

髣髴，一粒小頭顱趴伏油缸上。

「川崎赤鳳對決鈴木黑龍。」

鏜。鏜。鏜。

海東郎敲著破臉盆躥上路心引吭吆喝。

梳頭少婦站起身。

救護車裡，小護士憑窗乜起兩對鳳眼兒。

「白搭！追不上的。」小舞望望一紅一黑兩驃影子後面騎著摩托車追趕的警察，齜著菸，格格笑，蹲靠回山葉追風後輪上，冷森森搖頭：「條子開的是哈雷，美國車，八桿子也追不上日本四大廠的車，鈴木山葉本田川崎，鳥。」

嗶嗶嗶——六輛哈雷追進了龍城路。一雙少年兒女細伶伶，各自趴在火紅川崎烏黑鈴木上，兩瘦子，一溜煙，迎著破曉時分呼嘯過海峽騎騎闖進小龍江口的西北風，並轡，馳驅，甩脫追逐的警察，穿過盞盞水銀路燈飆失進河口瀚海水草原。秀髮翻飛。「幹！小查某仔！今年才十四歲就莫愛命哦，飆車，飆得比男的快。」賭客中有人張牙舞爪潑口詛咒。壯漢腰纏對講機手揸賭票，跂起木屐，瞪眺半天，跺跺腳跳躍在人窩中，啐出兩蕾血花痰搔搔胯子拔出對講機嘁湊上嘴巴：「卡瓦薩奇贏？小查某！給伊死。」硌硌一咬牙。靳五背脊涼了涼，回回頭。路口駛進了輛天藍五十鈴小貨車，晨曦中，血漬漬，一胴一胴掛滿四五十副清冷的屠體，姣白姣白，豬皮上紅豔豔蓋著官府關防大印大清早趕送菜市場。司機撳起喇叭，鐓鐓。鏜鏜鏜海東郎敲起臉盆，擻扭著腰下兩瓣歪小臀子，鑽過攤攤油花迸濺肉香四溢的小吃，覷住東海旭日，瘸啊瘸，踢躂著塑膠紅拖鞋蹦兩蹦敲一敲擠到路口，脖子一轉，指住司機：「伊娘祖媽咧！陽關道有路你不去給他走，鬼門關無路你跑進來囉——」鏜鏜鏜，瞪起血絲小眼珠，瞅住路肩上哆嗦著冷風打牙戰吃香喝辣的一排男女老小，綻開滿口腥紅牙猛一嘯，跳起腳來，目光狊狊，眺望住溫泉山莊那鉤殘月，把破臉盆高高拎在手裡，龍城路口，水銀燈下，發起羊癇瘋翻起白眼繞著那車白皮閹公豬敲打跳躍詛咒起來。群眾鬨然喝出了一聲采：「起佟了！讚。」靳五看傻了。小舞把菸頭彈到路心上望望那海東郎：「這小子是個乩童，大清早神性發作了。」朝霞瀲灩小龍江白芒蕭森，捲起一漩渦腥風潑向四野，嘩喇嘩喇，群山下萬家公寓佛燈幽明嬝嬝飄起炊煙四下綻起痲將聲。王季平議員，孤蹲，守著炭爐啜著茗茶。

身邊那小婦人站上路肩，背過臉去，張開嘴巴，五六顆金銀牙閃爍著曙光，迎向旭日打起哈欠，曉風裡一身水紅晨褸一窩黃髮絲淫淫浪浪飛颺起來。路口早已嘯聚了大群男女，寒流中擁擁著繽紛冬衣，吃，喝，蚵仔米線壽司熱狗燒肉粽魷魚羹香腸臭豆腐，熱呼呼，蔌蔌抖，包圍住那輛五十鈴小貨車指點著司機只管撩逗調笑。那海東組頭踢躂著木屐，捏著油膩膩一疊鈔票，沾一口水，點數兩張，夜市裡闖進闖出，板著臉派發彩金。歐巴桑不知甚麼時候爬出水溝挽著那鍋茶葉蛋攀上車窗，顫巍巍，探進五十鈴駕駛座：「喂，少年的——」兩句土話笑翻一路口看熱鬧的男女。靳五呆了呆回頭看看小舞。「沒啥好笑的，老師！歐巴桑說，年輕人大清早你的某在家，等枉你送完豬肉回去打炮？趕甚麼路，妨礙飆車。」司機坐困人窩，只管笑嘻嘻腼腆著他那張稚氣的風霜臉膛，兩排細白牙燈下玭亮玭亮。城東一穹朝霞凜洌。滿車白皮公豬噘著嘴昂吊起脖子，悄沒聲披上一身紅綃。日出。遊覽車上層燈光通明，齁呼齁呼鼾聲四起，阿公阿婆滿臉滄桑摟住毛毯淌著口涎雙雙繾綣成一窩。路口駛來了輛敞篷吉普。「拜託，拜託，諸位親愛的民眾拜託請不要妨礙交通——」三線一星大警察，兩鬢飛霜滿頭花斑戴著一副學究眼鏡，標立車上擎著擴音器，水銀路燈下陪笑起那張清癯的月白臉膛：「天亮了，諸位累了，請各自回家休息，謝謝諸位街坊鄰里阿公阿嬤先生太太小弟弟小妹妹合作，請不要妨礙龍城路交通，拜託，拜託。」

拱手，哈腰。

蒼涼海西腔。

群眾一窩子推讓。

龍城路口，高闕路上蕊蕊警車燈兜漩。

有人放沖天炮，颼！

鐓。鐓。鐓。兩輛遊覽車撳著喇叭招飄著車身一幅白幡八個朱紅漢字，廣島衛材商工組合，朝霞肅殺，朔風中，盪開蕭蕭芒花滿路逡巡的警車，駛進龍城路戰備跑道兩旁夜市人潮。斬五給小舞遞支菸：「這團日本人是衛生器材同業公會。」「賣馬桶的！」「日本人一車一車朝山。」「海東人扶老攜幼看賽狗。」「看哪門子的賽狗！」「朝哪門子的山？」小舞吃吃一笑啐兩口。大小兩個蹲在路肩哆嗦著黎明滿京流竄的西北風，咬忍住哈欠，打著牙戰吸著菸。那兩車西裝筆挺的日本商人，猋猋奔馳向硫煙熅熅的北庭山，曙光中一路蕩漾起喇叭穿梭過人窩。鐓。鐓。鐓。

鏜鏜鏜海東郎敲著臉盆。

歐巴桑搔著胳肢窩一聲嘶啞一聲：

「茶葉卵茶葉卵——燒吔，兩粒十元。」

「拜託，拜託，諸位民眾——」

大警察風中喊話。

晨曦蒼茫，滿路口人影漂躍。

「今晚賽狗壓軸大戲就要登場了！」小舞冷冷說：「老師，見識見識忍者大對決。」

「那是甚麼車？」

「超級忍者七百五。」

「日本車？」

「嘿！當廢鐵進口再拼裝的。」

「日本人報銷的！」

靳五望望河灘上黑凜凜龐然大物兩輛超級重型摩托車。油缸上，細伶伶，跨著兩對少年兒女。路燈下姚先生拈著白手絹摀住鼻尖倚門瞟望平天，回身鑽進保時捷，燈一亮，剮地兜個彎闖散人群，朝佇立敞篷吉普上的大警察舉手致意，探出脖子盯住小舞托托金絲眼鏡：「回頭找我！嗯？」一驃銀紅，竄過高闕路上紅潑潑呼嘯兜漩的警車燈，朝河堤下朔方街絕塵而去。小護士睜起鳳眼。榕下兩星火光，那輛金漆雕花五十鈴靈車門上併肩倚著兩個西裝客，低著頭不瞅不睬，自管抱起膀子吸著菸。旭日潑照著河灘，影影駧駧，亂石白芒中燦起一片車燈。流星雨！渦渦油煙螢亮螢亮一飈子竄出五六十輛川崎鈴木山葉本田，一輛輛，油缸臓臓，馱著一雙少年，追隨著那兩輛高頭大馬超級忍者，蹎蹦上路肩洶湧進路口，火星迸爆，闖過夜市，一滾黑旋風捲進了龍城路戰備跑道上兩排筆直的水銀燈。「伊娘——」一野人頭靜蕩蕩，有人詛咒出了聲。靳五呆了呆背脊一涼蹦地跳起身來。五六蛇火星，軋軋刨剮過柏油路面，凌空翻騰起四輛摩托車八條細小人影，金灩灩爆開一大篷火光。路口夜市，看飆車的男女老小個個中了蠱般，張著嘴愣瞪起睡眼舒伸出脖子，朔風中，哈欠連連噴嚏迸濺，格格打起牙戰，靜靜覷望著芒草原上一條十六線公路一團熊熊烈火。橐躂橐躂，兩隻木屐盪響在路心。那海東壯漢腰纏對講機手揸簽賭票，人窩中舳起啤酒肚愣瞪著翻覆的四輛摩托車，把隻爪子扒住褲襠，搔進，搔出。

旭日下煙塵中，一飆旋風飄忽著五六十盞車尾燈，紅熒熒，龕火般，紛紛駢駢朝龍城路盡頭姑衍路那一谷旖旎的燈火凋殘的霓虹，竄動，倐閃，轉眼隱沒晨曦中。靳五覷望著那族狂飆的少年騎士，一標冷汗冒出背脊。

嚀叮嚀叮，兩輛乳白救護車綻起鈴聲追逐著一彪警車，馳向出事現場。榕蔭下那輛靈車金光燦爛，悄沒聲駛進夜市。「夭壽——」群眾驀地發聲喊，風潑潑，一野人頭男女老小鬖鬖鬖鬖漫江芒花中喧囂起一陣波濤，瞳瞳血絲，燦著旭日，洶湧向戰備跑道上那郯郯大火一堆殘骸。

「路上給撒了鐵釘了！」小舞瑟縮著藍布學生夾克挨靠著他那輛簇新山葉追風後輪，蹲在路肩上，大口大口齜吸著菸，咬起哈欠聳起脖子，朔風中睥睨著眼眸裡兩焗子森冷的血絲。

靳五心一寒。

「誰在大馬路上撒鐵釘？」

「輪胎店的人。」

「天公伯！心肝狠哦——」歐巴桑挽著那鍋茶葉蛋跂著兩墩子白襪泥巴腿，站在路心搥著腰眼兒，愣瞪，詛咒，回頭瞄瞄靳五，指住了河堤下炊煙梟梟佛龕熒熒曙光中一家小修車廠：「就是伊！」

門口，兩個男女探頭探腦。

靳五打個哆嗦。

「伊只是想多賣一兩隻輪胎啦！唉，歐巴桑，來兩粒卵。」貨車上那屠場司機招招手買了兩枚茶葉蛋，剝開了，兩口塞進嘴洞，發動引擎，載著一車開膛破肚血漬漬紅印印的皎白屠體，自顧自趕向菜市場去了。

裙衩飄颻一支摩托車隊馳向溫泉山莊。

小舞嗤嗤兩聲冷笑：

「限時專送。」

「大早！」

「日本人猴急。」

河畔水田雞啼五更。

戰備跑道上潑紅潑紅一片閃光燈兜眨。

人影雜遝。鏜。鏜。鏜。海東郎拎著臉盆瘸著腿子扭擺起水蛇腰，龍城路口，跳進跳出，穿梭著點數鈔票紛紛收攤的男女小販，敲打起那鳳陽花鼓歌。左手鑼右手鼓，手拿著鑼鼓來唱歌——依喲哎呀！得兒鐺鐺飄一飄得兒鐺鐺飄一飄得兒飄得兒飄，得兒，飄飄，又得兒飄飄又一飄——颼颼颼颼！兩對沖天炮花蛇樣五彩斑斕追逐著纏綣著游竄上了旭日青天，一鈎殘月，篷篷花雨。轟！朔風中一颮濃煙火星迸爆洶湧出龍城路心。兩輛私人醫院救護車，火光裡乳紅乳紅。哨聲悽厲。得兒飄得兒飄得兒鐺鐺得兒鐺鐺，又飄一飄。拜託拜託，諸位敬愛的民眾請不要妨礙救人，人命關天，謝謝諸位街坊阿公阿嬤先生太太小弟弟小妹妹合作，拜託拜託。打恭，作揖，三線一星大警察挺立吉普車上擎著擴音器，放悲聲喊話。火光中飛舞起二三十支電擊棒，紅熠熠。路口各式小吃攤翻飛，小販叫罵聲中闖進兩輛運兵車，蹿下一隊憲兵太陽下燦潑起朵朵銀盔，七八十張盾牌鏗鏘鏗鏘，橐橐，橐橐，軍靴爆響，迸上戰備跑道，驟雨般撲向那滿路擻著冬衣團團圍住大火瞠目結舌的群眾。

青天又綻開慈慈春花。

影幢幢，兩條瘸腿子火光中跳躥。

得兒

飄飄

又得兒飄飄

又一飄

「茶葉卵——茶葉卵——」

「條伯伯翻臉了！」小舞哆嗦著冷風縱身跨上了山葉追風，朝陽下一回眸燐燐閃爍著兩瞳血絲：「坐上！老師，我們走啊。」

靳五跨上後座。

一野火光，呼兒喚女。

觀光巴士上阿公阿婆摟著毯子剝茶葉蛋。

榕下，悄沒聲守著五十鈴靈車，小廟樣。

小舞不瞅不睬兜上高闕路背向晨早河口澎湃進的寒流，滿城荒冷，朝南，飆下小龍江，穿過朔方街五原街雲中街轉進定襄路。盞盞水銀燈，迷濛著旭日。嗶喇，不知哪家廳堂流瀉出清脆的麻將聲。佛燈蒼茫。鐓，鐓，兩輛遊覽車撳著喇叭白幡颯颯擦身而過轉上高速公路，大清早趕赴國際機場。日本國遊戲銃協同組合。窗口，白髮蕭森臉色鐵青一瘦子一瘦子拱擁著羊毛呢西裝，打著盹。「快槍手！」小舞啐了啐：「洗完溫泉打過一炮，嘿，小姐還沒喘完氣就鬼趕回東京。」紅燈潑閃，兩輛乳白救護車啁啾著警鈴迎迓著旭日急馳而過，嚀叮，嚀叮。靳五回回頭望了望。路燈下雕龍畫鳳廟堂堂一亮，悄沒聲息靈車追躡上去了。

滿城高樓晨曦中一艟艟浮漾出來。

踽踽人影，風裡，中山橋上空蕩蕩搖曳起三兩襲水柳似的羅裙。鼽嚏鼽嚏。蹬，蹬，蹬。江上迴盪起高跟鞋。滿車黃舌帽兒飄颺過中山橋，窗口咭咭聒聒譟鬧開朵朵笑靨。清早頭班公共汽車，前一一九路，載著小學生駛下北庭山雞啼大五更趕進城來上學了。車身一弧彩虹，囅然笑迎向大寒流中迸濺起的朝霞。一縱，小舞衝開油門，飆過中山橋人行道上那三兩蓬子漫漾著酒氣汗酸的髮鬘，馳下中山路叢叢凋落的血霓虹，掉頭蹎蹦過平交道轉進河東路。悄沒聲，路口白幡漂盪，泊著四輛雙層遊覽車，空蕩蕩。宮城縣桃生町野菜出荷協議會。「這團日本人幹啥的？老師。」「不知道，好像是農民團體。」「嗤！日本莊稼漢也組團浩浩蕩蕩來咱們寶島尋幽探秘了，大清早遊逛按摩街。」窮門小戶長長一條十二線河東路，店簷口蕩漾著霞光，兜睞著一蕊蕊紅霓。文君明妃南風綠珠麗華媚娘玉環花蕊師師紅玉圓圓小宛金花。家家按摩院，玻璃窗幽紅著佛燈。騎樓下樓梯口孤蹲著一瘦一瘦人影哆嗦著狩望大街，伸出爪子，驀，血沫嘻嘻，啐出檳榔汁吃起早點，招徠那三兩個脫隊行動搔著褲襠縮頭探腦的東洋西裝客。小舞不瞅不睬，朔風中飆過洞洞盤絲，駛下荒冷的大馬路，迎著城東一輪紅日折轉進了條住家衚衕，平陽街。火樣銀紅，街燈下燦潑著朝霞泊著輛保時捷。小舞剮地煞住車子，一哆嗦。

「老師，我跟人有個約。」

「我和你去。」

小舞慢吞吞把山葉追風架到公寓門口扣上夾克睨睨靳五，揿起電鈴。迸！朱門彈開。不聲不響小舞領頭躥上那一梯皎潔的水銀燈。好一娘子沐浴乳香！鐵門開處，迎面嘸黃嘸黃大框小框滿牆黑白照片。姚先生披著白地小藍菊花和式浴衣，隨意地繫起腰帶，敞亮著胸窩兩排肋骨，瞇起烏黑眼塘，水淨淨一張清癯臉膛探出門縫呆了呆瞅住靳五打量半晌，一咬牙，悄悄潑了小舞兩眼，攏起襟口，滿臉堆出溫文笑容。

「靳教授！稀稀。」

靳五落了座。

一廳子的柔。

柔沙發。

柔墊子。

柔燈。

小舞沏來兩盞茉莉香茶。

「姚兄——」

「不敢！靳教授大清早遊蕩累了，請先用杯熱茶。」眼上眼下一瞟瞄，姚先生撥了撥眉心上兩毬滴水的枯黑鬈子戴上金絲眼鏡，疊起腿搖兩搖，摸著黲青青剛刮的下巴：「家父家母帶著內人跟兩個小女兒，一個十四，一個十二，住到美國去了。」

「姚兄獨個兒——」

「留守！」

「高就是——」

「做點股票打發日子。」

「令尊？」

「以前在警界。」

靳五啜著茶瀏覽起琳琅滿目一牆照片。

花翎頂戴，森然一部黑鬚。

「那位是家外曾祖父。」姚先生抿抿嘴咳了咳悄悄撥開靳五吹出的兩口煙，眉峰一蹙，乜乜小舞，示意他遞過五斗櫃上擺設的水晶菸灰缸：「哪張？噢，那是吳淞鮑家三朵花！左邊是家母——家母上海人不挺會做家事。」

三姐妹，腰挽腰，穿著一式花緞子小腰身長旗袍迎笑向一湖山光水色。

「好有氣質！姚兄府上——」

「家父山西臨汾。」

「臨汾？霍去病的故鄉。」

姚先生端坐沙發上交疊起腿子揉一揉膝頭瞄兩瞄小舞：「是嗎？不知道吔！聽老輩說，只曉得臨汾縣附近有個洪洞縣，是蘇三起解的地方。」笑吟吟，眉梢一挑，姚先生流盼起眼眸來，捏起青葱樣兩根指尖比個手勢，拉起一段西皮流水，清清嗓子放悲聲：

蘇三離了洪洞縣
將身來在大街前——

「一號在哪裡？對不起。」

「浴室？」一齶，姚先生睞睞小舞沉下了狹白臉子來攏攏浴衣撐起膝頭，慢吞吞繫上腰帶，光著腳蹁跣進內室，放柔聲口嘟嘟噥噥不知跟誰說話，半天踱蹀出來朝客人擺擺手：「教授大清早野外遊逛想是受了風寒，請方便。」

「忽然，肚中柔腸百轉——」

靳五苦笑了聲。

推得門來香馥馥撲面好一窩熱水霧。滿缸沐浴乳花，漩著漩著蕩漾下排水管。心旆一搖晃，靳五站穩腳跟，深深吐納了兩口氣半晌回轉過心神來悄悄闔上門，鬆口氣，點支菸，端坐到那一窩柔亮柔亮鵝黃羅馬瓷磚中。暖香迷離，一媳一媳，不知哪裡漫漾出沙威隆消毒水，幽幽螯進靳五鼻頭。平陽街上朔風呼嘯，鄰家後窗嗶喇迸響起一闈麻將。靳五蹲上馬桶瞅著那缸洗澡水吱吱唔唔洄漩了半天，伸出食指尖，通通出水口，一呆，撮起了一叢子黑嫩髮絲，猛哆嗦，蹲回馬桶上傾聽著那滿缸香精泡沫空窿空窿排放盡了，迷霧中睜睜眼。門下，擱著雙小小紅繡拖鞋，牆頭晾著一套小黑皮衣黑皮短裙，濕湫湫一隻皎白小乳罩。靳五呆了呆把菸蒂捺熄了，撂進那蕊紅蕊紅一桶子雪白棉紗裡。

熱馥馥出得門來靳五打個冷哆嗦。

姚先生一回眸：

「沒事吧？」

「謝謝。」

「咦？靳教授臉色似乎——」

「老師回去！」小舞咬住牙根默默收拾起茶盅扣上夾克打開鐵門，砰地，反手闔上，蹬蹬蹬大步下樓跨上摩托車，頭也不回直飆出平陽街。旭日潑照下，兩腮子水白。靳五把雙手摟住他腰桿踞住後座，回回頭。四樓陽臺，滿街坊潑出的麻將聲中，曉風颼颼，姚先生披著那襲白地小藍菊花浴衣把雙手肘撐住朱紅欄干，胸窩大敞，廳內，蕾蕾柔燈漾亮，只見他那條精白身子浸沐在漫天霞光中，晶瑩起一根一根肋骨。

靳五猛一怔：

「這姓姚的好瘦！」

「淘虛。」

「縱慾過度？」

「嘿！他愛搞少小處女。」

「那飆車小妞——」

「哪個？警察抓到的那個嗎？剛被他保了出來。」

天青青亮。

西伯利亞寒流滿京荒荒漠漠流竄開來，騯，騯，朔風野大，席捲起城北燕然山莊嫋嫋硫煙一瓢殘月。小舞只管趴著身子，抖蔌蔌聳著一顱怒髮，闖出平陽街穿過晉陽路平交道轉回中山路，縱車，一路南飆，飆過中山國民小學門口沐浴曙光中的國父銅像，飆過朵朵黃舌帽群群蹦跳上學的小學生，紅燈閃爍，飆過十字大街，飆過第七天國西餐廳一開一闔秀髮蓬飛的兩扉子猩紅小門，飆過防火巷飄漩出的尿溞。朝霞滿天，炊煙四起。常山路真定路信都路，窟窟鎖金窩悄沒人聲晨霧中浮現起一舫舫歌臺舞榭，紅霓熄滅，如泣如訴，悽悽惻惻日本浪人吟遊在衚衕。靳五覷起眼睛，風中，眺望著珠海時報大廈頂樓燦爛著曙光閃爍起的電動新聞字幕：據最新統計，迄昨日為止，我國中央銀行持有的外匯存底，已由十月九日國慶前夕的七百億美元，增加到七百二十億美元，此外，同資料顯示，央行挹注本市外幣拆放市場種籽資金高達五十餘億美元，因此，我國之外幣資產（不含黃金）共七百七十億美元以上，高居世界第一……靳五昂起脖子，回頭眺疼了眼睛。城心，閱兵廣場刁斗寂寂，飛簷畫棟漫穹浩渺的曉星下燦亮起好一座古城樓！一丸紅日，蕩漾出東海。

閴窿，閴窿，莒光號北上列車嗥起汽笛大清早抵達終點站。滿城大街小巷洶湧起車潮。靳五趴在小舞肩膊上風潑潑打起了盹來，一睜眼，呆了呆揉揉眼皮，漫街煙塵中，看見那輛山葉追風車頭燈下香火燻燻掛著一隻小小的紅靈符：

「天上聖母。」

「我媽。」

「嗯?」

「我媽燒香拜神求來的。」

「平安符?」

「平安符。」

「亞星也有一個?」

「小妹也有一個。」

第二部

冬，蓬萊海市

第六章 迢迢

〈上〉 逍遥遊

隆冬天，傑夫諾曼把脖子上那蓬金髮修剪成一顱子峭短的水兵頭，綳起墨綠汗衫，慵慵睏睏，倚在外文系辦公室進門櫃臺上發呆，看見靳五，抿個哈欠，眼珠兒血絲絲一眨斜齜起兩排細白牙：「嗨，靳。」「傑夫，昨夜又有奇遇了？來我們國家教書才兩個月──」靳五跨進門檻，笑嘻嘻，瞅了瞅傑夫諾曼腋下夾著的兩本高級美語會話教科書。五點鐘放學時分，辦公室人進人出。長窗口暮靄蒼茫，一天井綠茵三兩雙人影，悄沒聲蕩漾著冬日的落霞。助教李潔之裹著白毛衣黑棉褲把條青絲巾繞在脖子上，擎著電話筒，細高䠷，站在辦公桌前，一臉冷峻打起清脆的官腔，跟教務處不知哪個不識相的辦交涉。靳五笑了笑。一回眸，臉飛紅，李潔之甩了甩耳脖上那篷子短髮，狡黠地笑開了。兩隻白金小耳環粼粼亮了亮。眼瞳子一柔，傑夫諾曼倚著櫃臺扭過腰肢結結棍棍迸張起兩脯子肌肉，伸個懶腰，打個哈欠，覷住滿窗絢爛的冬陽，瞅瞅李潔之，眏眏，抛送兩個水藍眼波。

「靳老師，有甚麼事嗎？」助教柯玉爾打發走那一窩五六個平頭愣腦的大一男生，笑瞇瞇，擁著冬大衣迎上櫃臺來。靳五搖搖頭，眼一亮，瞅著那兩渦子蘋果樣的笑靨滿耳脖漂鬈起的髮毬，笑了笑：「燙了頭髮了？玉爾。」

「爾今天看起來，確實大不相同！」傑夫諾曼乜乜水藍瞳子挑挑金絲睫毛，斜齜齜笑兩笑，張起手爪子梳攏了攏頭髮，其文一轉捲起美國大舌頭柔聲操起中國話，滿口洋京腔：「您能賞個臉兒，爾，讓我今兒個單獨請您看個電影兒嗎？」

靳五打起冷疙瘩哈哈大笑。

柯玉爾瞇瞇鳳眼兒。

「嗨！每位。」彈簧門一晃盪，暖氣內室裡高頭大馬邁出了個外國老神父，紅光滿額，腆起肚膛，大冷天穿著紅花格子法蘭絨恤把袖口捲到毛膀子上，兩腮子銀絲鬈雪颼颼，往櫃臺一站睥睨著辦公室，四下朗朗打聲招呼。

靳五嗞嗞牙肩膊上早挨了兩大巴掌。

「今天你感到快樂嗎？博士？」

「快樂，神父。」

「真快樂？」

「真。」

「年輕人不知道共產黨！」瞳子一黯，神父瞅了瞅身後送客的韓主任悠悠嘆息了聲，一睜，忽然翻起嘴皮，舔舔門牙朝李潔之扮個美國鬼臉：「我喜歡妳的絲巾，再見。」

韓主任望著老神父昂揚起紅亮大頭顱傲岸地跨出門檻，愀然搖頭：「老天真！唉，樂自遠神父在中國四十年了！耶穌會教士，身子骨硬朗，看不出給共產黨爾了半輩子整出一身爾節炎吧？尼克森把他保了出來，送回美國，可是他對中國有特殊情感，美國待幾年，不習慣，輾轉又漂泊到咱們海東這個反共基地來——」

「避秦！」

門口驀地探進那兩腮銀絲鬃。

靳五怔了怔。

韓主任呵呵笑：

「樂神父中文很好哦。」

「共匪教的。」

一粲，樂自遠神父望望同仁們，縮回脖子，飄颯起兩鬢子銀絲，落日朔風拔開大步邁下文學院長廊。

滿校園盪響起銅鐘。

韓主任抖抖冬呢大衣回身正要推開彈簧門走進內室。「老師！」柯玉關悄聲一喚。韓主任回頭。門口，一張滿月臉膛架著玳瑁眼鏡笑姁姁探了探外文系辦公室。三十來歲，五短身材，把條鱷魚皮帶勒住腰上顫巍巍一毬脂肪，兩渦笑，一躬腰，蜻蜓點水似有若無鞠了個躬：

「韓主任在忙嗎？」

「不忙不忙。」

「冒昧——」

「旭輪兄請進！玉關，今天十二月十三號嗎？幾乎忘了，跟丁教授約好找日本交流協會那位新上任的文化參事，吃個飯——歷史系丁旭輪教授，錢大師關門弟子。」韓主任伸手往門上肅客，瞟了瞟靳五遞個眼色。靳五忙忙伸手一握，手心膩膩一熱。「敝姓——」老少主客兩個早已頷首哈腰寒暄禮讓退隱進了暖氣內室。靳五呆了呆。夕照中，李潔之晃漾著耳垂上兩隻白金小環抱起膀子站在窗口，絲巾纏繞頸脖，笑吟吟，暖著一身白毛衣黑棉褲只管搖頭瞅望他：「靳老師不冷啊？衣穿得少哦。」

「靳！」一扭腰傑夫諾曼從櫃臺上撐起胸膛抖擻起兩膀子筋肉，睄睄李潔之，揉著眼皮，抿住了個哈欠，往腋下抽出那兩本會話教科書拍到靳五背脊上：「沒課了，一道走如何？」

靳五打個疙瘩。

李潔之笑。

冬晚，日色纁黃，文學院長廊亮起了盞盞水銀燈。樂神父一顆花眉凍得紅亮只管敞開法蘭絨襯衫上襟口，獨自邁著大步，顧盼，遛達，瀏覽著滿廊火熱熱舞出青春的海報，銀鬃飄颻，側身一跨，禮讓過了位迎面踱來的老先生。滿頭華皓，中文系黃公夏教授揝著兩卷書撩著灰布長袍衩襬子，一步一頷首，凝望住腳跟前自個的影子只管踩著自己的路，笑眗眗，昂藏七尺，避讓開肩膀下那群群流竄趕場的女生，踽踽踅了過來。

靳五側身讓到廊窗邊，一鞠躬：

「老師，好。」

「咦？靳五回來好久了？」

「沒多久。老師還住商山街？」

「一住四十年囉。」

「回國那晚遇過老師。」

「是。那晚心情不好沒去住旅館——」

「商山街？」

「半夜遊蕩？有沒有奇遇啊？」

「中秋節下雨！老師也喜歡半夜出門散步？」

「不會衝撞到別人嘛。」

「是。」

「還喝酒嗎？」

「甚麼時候陪老師喝兩杯。」

一鞠躬，靳五目送著黃公夏教授，一襲灰袍飄颯過廊上徜徉睥睨的樂神父，溫恭恭穿梭在女生窩中踱下長廊去了，橐，橐。廊燈下，一個嬌小身影跂起高跟鞋趴住飲水機骨嘟骨嘟喝著冰水，驀地擡頭，朝靳五燦開兩渦子笑靨：

「老師好。」

「妳是——」

「周砉！老師少喝酒哦。」

心一亮靳五那張臉皮火燒火燎臊了起來：

「那晚在襄陽街牛肉麵店——」

「就是我啊。」

「嗨靳。」

樂神父翻起嘴皮舔舔兩排瓷白假牙揚揚手睫睫傑夫諾曼，自管走出文學院，隆冬天，光出兩條毛膀子，敞開領口，昂揚在滿校園瑟縮的冬裝中跨上棕櫚大道，五六步一駐足，回回眸，瀏覽起那株株潑血般繽紛熱鬧的海報。腮幫上兩鬃白髮，落日驍驍。向晚天漫城彤雲蕩漾起一輪太陽。靳五站在門廊下，扠起腰，眺望那穹窿肅殺的紅塵，一京浩渺的炊煙。文學院門裡驀地一窩子呱噪，絲巾朵朵，潑燦著夕照，蒼茫蒼茫覷起眼睛抱住書本走出十來個饑腸轆轆的女生。「咱們走！靳。」傑夫諾曼擠個眼賊嘻嘻斜咧起兩瓣刀樣細嘴皮，玼了玼小白牙，眼珠一亮挾起書本綳起胸膛撳起褲襠，拔步，闖過那窩女生，朝校門口直邁出腳下那雙牛頭牌白球鞋。艾森豪路，一派金光。落日車潮簷下香火繚繞中一隊出家眾頭頂斗笠足登芒鞋，眼觀鼻，鼻觀心，托著鉢一步一聲佛穿渡過大馬路口。

冬陽下，袈裟燦爛。

傑夫諾曼抿著哈欠看得呆了。

「喂！洋客。」靳五往他膊頭拍了兩巴掌：「中國尼姑你沒看見過嗎？」

「挺俏的！」

「混蛋。」

「靳，你朝哪走？」

「回家去。」

「一個人回家沒有氣氛。」傑夫諾曼覷望著那隊行腳尼姑口宣佛號走下艾森豪路，搔搔耳脖子忽然狡黠一眨：「我就這麼站在海東大學門口！靳，朋友給我情報，這兒的女孩喜歡找外國男人磨練她們的口頭英文。」

「甚麼？」

傑夫諾曼悄悄湊上前瞅住靳五的眼睛：「中國處女！知道？靳。」瞳子一柔，水藍藍映兩映。

靳五臉色一變。

傑夫諾曼呆了呆蹬蹬退開兩步亂搖起手來：「對不起，靳！無心冒犯。」

「操你自己的驢洞！洋客。」

掉頭，靳五穿過艾森豪路口的車潮，一回眸。夕陽下，傑夫諾曼叉開兩條長腿子綳著那身墨綠汗衫漿白牛仔褲，靠在校門口旗桿上，怯生生挾起會話課本，睥睨著滿校園瑟縮灰黯的冬裝，睞啊睞，張起爪子，梳攏起耳脖上那蓬子水兵樣峭短的油亮金髮。不知甚麼時候，繞著頸脖打了個蝴蝶結，纏上了一蕊子姹紅絲巾。

靳五獨自個徜徉進落霞滿天一城坋煙裡。

嘩喇喇，車潮迸濺起滿街黃帽兒。

靳五心中一動，閃躲著群群放學流竄上街的小學生在人行道上站住了，人來人往，豎起耳朵，諦聽鬧市街頭那一聲嘶鳴一聲，邈遠的童年！朵朵鵝黃鴨舌帽，騎樓下圍聚成一窩。小學生揹著書包裹著土黃卡其上衣卡其長褲藍布夾克，男孩女孩，個個把雙手兒撐住膝頭，翹高臀子伸直脖子，愣瞪起幾十對眼睛，只管眨望著地上一隻紅塑膠菜盤裡兩隻拚鬪的蟋蟀，評頭品足，指指點點一場議論：「這是蠶！我奶奶養過。」「亂講！明明是人家美國的蟑螂。」「美國才沒有蟑螂。」「蠶蠶蠶。」老闆擁著冬呢大衣垂拱在藤椅裡笑酡酡招徠過路的小學生。兩隻十元，酬謝小朋友愛顧買兩隻送一隻，存貨無多。靳五看得癡了。城西龍潭溪上落霞群雀飛，炊煙嫽嬝一丸紅日湧出毬毬彤雲，蒼茫起漫城車煙，流瀉進騎樓下來，金溶溶，潑灑著孩子們那一瘸子一瘸子肩膊上沉甸甸紮著的塑膠書囊。隔壁書店人頭鑽動，吁吁，喘出兩位店員小姐，掙紅著臉龐搬運著一捆捆風漬書，攤曬在人行道太陽下，插上標籤：拍賣諾貝爾，每綑叁佰圓。顯克維支海明威劉易士艾略特賽珍珠史坦貝克泰戈爾。書鋪樓上，月子中心。兩位護士拎著大包小包送出了位主顧。那中年太太坐滿月子，幽幽嘆著氣，滿臉愁，把條花緞子小被褥裹起紅噗噗眉清目秀一個女娃兒，抱在懷裡，獨自個坐進了計程車，回回頭眼圈一紅，想說甚麼卻又沒說出來。樓梯口，兩位護士雙雙把手交疊到膝頭上堆出滿臉笑容哈個腰。樓上窗口一排兒，悄沒聲，瞇覷住夕照，站出三四十位坐月子的媽媽大大小小高高矮矮披上睡袍，哺著娃娃，望著大街。向晚五點多鐘山東餃子館開了門，繽紛，明媚，落日下蕊蕊絲領巾裝點著臟臟灰黯冬裝，隆冬天聒噪起一堂春光。吆一吆喝兩喝，那跑堂的老鄉光起膀子，穿梭著招呼著那桌桌湊分子吃晚飯趕夜課的海大女生，撈起肩膊上搭著的毛巾，汗湫湫抹著額頭搔著胳窩。黑袈燦亮。那隊行腳托鉢的出家眾頂著一城落紅，宣動佛號，簷下，渡過香火繚繞家家店鋪供養的素果鮮花。滿街行人，合十頂禮。靳五沐浴著那煦嫗萬物的冬陽徜徉在紅磚人行道上，瞇覷，游目四盼，只管瀏覽這一街有情眾生人間冬暖。一輛簇新綠豹積架飆駛到紅燈下。駕駛座裡，落霞潾粼，黑瀑樣漂漾起一把髮鬘，兩肩子皎白蕾絲披攏住藏青小旗袍領口。車陣中兩眼睥睨，那年輕女子打開身旁擱著的公事包掏出備忘錄翻兩翻，拈起口紅，冷起水白臉兒，對著照後鏡智智地補起了唇上那蕾子丹硃。靳五瞅著她，想起了誰。車中少婦一手掌住駕駛盤，嘬住嘴，捺著抿著，猛回眸打了個照面颼地旋上黑晶玻璃車窗。襟口別著的小銅牌，太陽下燦了燦：容琳，臺芳貿易公司。綠燈亮，那輛小綠豹轉眼竄失在日落大街艾森豪路兩排奔瀉的車流裡。騎樓下眼來眼去，翻動著血絲白眼珠，兩個拾荒的海東歐巴桑戴著斗笠包著花布頭巾對峙了半天，呸地一聲開罵，張起爪子掐起對方眼珠，跳躥起腳來，兩墩臀子顛顛盪盪直扭打上紅磚道。「駛妳娘！妳是誰咧——」「我妳祖媽！笑死人咧，妳是誰？」看鬥蟋蟀的小學生男娃女娃一鬨跑出騎樓游嬉起冬陽，拍著手蹦蹦蹬蹬，蕩漾起背脊上紮著的一癟癟塑膠書囊，撩著逗著，挑唆起兩個爭風打架的婦人來。靳五看得傻了，吃吃笑。黝黑瘦瘦，那拾荒的男人四十出頭滿臉風霜，憔悴地筆挺起身上那套水紅仿綢長袖襯衫黑呢西裝褲，蹬雙高跟皮鞋揹個竹簍，不瞅，不睬，若無其事，手裡一根竹杖只管撩撥著簷口一桶桶垃圾。月子中心隔壁，一環紅霓，兩筒三色燈，黑晶門洞裡巴比倫觀光理髮廳妖妖嬌嬌盪響起了電唱機：

妖冶的公主莎樂美

蛇一般的公主莎樂美——

靳五踩著艾森豪路上迴盪的歌聲徜徉進荊門街。

街坊公園，冬日依依，兩個婦人手握住手挨坐在水泥凳上朝向落日曬著太陽。「瞧，靳老師放學了。」房東俞媽媽老遠笑開好一臉的富泰，拱起棉襖，欠欠腰身，覷住眼睛挑了挑額頭那兩岑刀樣秀長的眉峰：「白家奶奶，見過？」

「見過！白奶奶，俞媽媽。」靳五打過招呼笑嘻嘻穿過閘口旋轉門走上公園來。白奶奶把她那勺子疏落的白髮紮顆小髻兒綰在後頸脖，抱起胳膊，瘦起腰桿，曝曬著枯小身子上包裹著的黑棉衫黑棉褲。

「老師穿得少。」

風燭殘年好一口瓷白牙。

靳五笑笑：

「習慣。」

「莫給凍著喲。」

靳五捲下法蘭絨襯衫袖子扣上袖口笑嘻嘻坐到鞦韆板上。天上彤雲，一簇一毬，潑血般漂渡過落日。公園一汀水泥簷影幢幢流篩起漫街夕照，金溶溶，寂沉沉，浸沐著水泥凳上白奶奶俞媽媽兩膱子依偎的冬衣。靳五攀住鞦韆索，盪啊盪，眺望那滿京越沉越紅愈落愈靜的迴光，側起耳朵來，傾聽那一聲宣動一聲的佛號，艾森豪路上波波似遠若近不住洶湧起的車喧人囂，潮騷般。嘩喇嘩喇，炊煙漠漠繚繞起公園週遭荊門街紀南街丹陽街公寓人家，鍋鏟鏗鏘刀砧騞騞，鐵籠窗裡一閨綻響一閨，飄灑出麻將聲。滿街坊黃帽兒漂逐，蹦蹬蹦，放學的小學生揹著各色塑膠書囊煙渦中流竄出大街車潮。落日潑照一襲白裙，蹬蹬蹬高跟鞋蹬動。

俞媽媽呆了呆：

「好天氣！」

「誰？」白奶奶挪過小身子回頭朝紀南街巷口瞇望了半天，一凜，悄悄打個哆嗦：「郎將軍的大小姐阿紈！這會兒洗過澡出門來了。」

「難得。」

「那身子白！」

「三十好幾的女人了！妳老人家看她走路那個模樣，多嬌氣。」笑不笑，俞媽媽瞅望住巷口飄灑著兩肩子黑鬘夕照中晃漾出來的裙影，蹙蹙額頭上那兩岔眉峰，睜起眼睛：「又是三寸半！人說，郎將軍四個小姐從早到晚除了睡覺洗澡，屋外屋裡，都蹬著三寸半高跟鞋，連拖鞋也是三寸半——」

「受罪！」

「大家風範！早年在江蘇鎮江舊家郎夫人官宦人家，對女孩子管教得可嚴，走路不動裙，微笑不露齒——」俞媽媽朝巷口呶了呶嘴睨睨靳五湊到白奶奶耳朵上：「那位大小姐，那年不是在美軍顧問團做事嗎？嗤！懷孕十個月，不管醫生怎麼個勸每天照樣三寸半不離腳。」

「受罪！二小姐——」

「叫郎絖，在電視臺報告氣象。」

「老三——」

「郎綸剛考上大學，海大。」眉峰一聳，俞媽媽望了望靳五拍拍白奶奶的膝頭：「老四郎紆念高中，老五郎絅是傳香火的種子。」

「郎五見過！」夕陽蕭瑟白奶奶佝僂起那身黑棉衫黑棉褲往掌心呵口氣，搓起手來，猛一哆嗦：「又瘦又高又白，長得像條白蚯蚓可嘴唇紅紅的像個女囡仔，十五六了吧。」

「桃花眼，男孩女相。」

「將軍家一門陰人。」

「殺人太多。」

靳五望著那郎紈招手截下巷口飛闖而過的計程車，腰肢一飄搖，落日，白裳，腋下挾著個黑皮包閃進了後座，髮鬟披肩，一臉素白，轉眼飆出荊門街，兜過歸州街口紅綠燈，煙塵中，消失進艾森豪路兩排泱濺著夕照花火龍也似咆嗥的車潮。漫城歸人。黃舌帽朵朵漂，蹦蹬蹦，雙雙細腿子白襪白鞋盪起背上的書囊竄過滿街絪縕的炊煙，咭咭聒聒噪鬧著，撲向各自家門。太陽早已凝凍成了猩紅的一丸子，城南外，山頭上五彩斑斕，亂葬崗火燒火燎北風中燦潑著好一天肅殺的彩霞。簷影料峭，家家公寓人頭鑽動，閃爍起廳中神龕點著的佛燈，不知哪裡啁啾出十來隻麻雀，撲，撲，抖擻起翅膀，飛渡過三楚路十線車潮，竄進海東大學葱葱蘢蘢一園夕照盞盞水銀清燈，鏜鏜鏜，晚鐘綻響。白奶奶縮起肩窩打個哆嗦，哈口氣，搓起手，身上裹著的黑棉衫黑棉褲蜷成了一團。蒼茫暮靄，漫起寒流。俞媽媽攏住棉襖往白奶奶身旁挨上兩挨，握住老人家的手，揉著搗著，忽然眼睛一亮：

「瞧是誰回來了！」

「誰回啊？」

「光化市場夫妻兩個擺攤子賣蚵仔煎蛋那個邱陳月鸞，不是？」噗哧，俞媽媽遮住嘴，笑不笑的，瞅乜住一個挺著六七個月的身孕牽著個揹書包小男孩的婦人。「海東雜母，三十零點，文文靜靜還挺清秀的，可生就一雙三白眼，勾得死男人！」俞媽媽望著那母子倆踩著滿巷炊煙依偎著走進一棟公寓，蹙起眉峰，冷冷一哂，瞄瞄靳五悄悄把嘴嚬湊到白奶奶耳朵上：「年頭，邱陳月鸞不說出國觀光嗎？在美國吃上了官司！出庭應訊，被人家美國法官判服勞役三十個小時——前些時報上有登的。」

「勞役？」

「就是做工嘛。」

「甚麼工？」

「嗤！打掃美國街頭吧。」

「犯了甚麼罪？」

「鬼知！」俞媽媽遮住嘴吃吃只管笑個不停起來，眉梢一挑，瞟瞟靳五：「還不只邱陳月鸞一個人喲！十幾二十個花樣年華的海東小姐太太穿戴得珠光寶氣的，一字排開，青天白日，給美國警察押著打掃紐約的大馬路，您看，這是甚麼樣的景致！」

「到底犯了美國甚麼法？」

俞媽媽忍住了笑，收斂起臉容往空蕩蕩街坊公園裡四下掃瞄了兩三眼，挪過身子，一挨，咬著白奶奶的耳朵說出幾個字。老人家那張蒼冷的瓜子臉，颼地漲紅了。

「她們家男人曉不曉得？」

「鬼知！」

俞媽媽吃吃笑。

「帶隊的是個男人。」

「哦？」

「叫楚寶珩，還是咱們湖北人哪。」

「是甚麼出身？」

「師專，當過小學老師。」

「現在嗎？」

「移民美國在加州蒙特利公園市開餐館，一年半載，回來一趟招兵買馬——」眼角兒乜了乜，俞媽媽瞅瞅靳五，摟起白奶奶的脖子又湊上嘴巴咬了半天悄悄話，鬆開手往老人家膝頭上一拍，搓兩搓，聳起眉峰待笑不笑只管瞅住老人家那張小瓜子臉。白奶奶覷起眼睛，望著歸州街荊門街落日炊煙家家歸人，渾身一顫，打起兩個哆嗦：「怪道，這兩三年街坊那些海東太太一團團辦簽證去美國觀光——這楚甚麼，先前也住這條街上？」

「還過兩條街。」俞媽媽呶呶嘴：「那邊！光化國民小學老師宿舍。」

「造孽。」

「是！打掃美國街道。」

「叫服勞役？」

「三十個小時噉。」

「美國有這種稀奇古怪的法律！」

掐指一算，俞媽媽忽然絞起眉心：

「今天幾號？」

「十二月十三號。」

「唉！我家那個在史丹福念書的老四小雯嫁了史蒂夫，搬到加拿大安大略省——」俞媽媽覷望著歸州街盡頭朔風漠漠一江飄漩起的漫空芒花，半天，幽幽嘆口氣：「五個月零七天沒來信了。」

嗚嗚嗚，海東大學操場吹起了降旗號。

一身白衣黑布長褲，細高䠷，夕陽下款漾進街口來。亞星肩胛上掛著青布書包，一臉彩霞，獨自個踩著那聲聲洄漩過三楚路車潮的號角，炊煙中走進紀南街，穿梭著滿街歸人，猛擡頭呆了呆，推起旋轉門走上公園來站到老人家跟前：「白奶奶，俞媽媽。」一回頭把雙手交握在褲腰下揚起臉，望望靳五。公園裡一汀水泥，寂沉沉流漾著一片冬陽餘暉長長凝聚起老少四條人影，家家飯廳飄香。靳五只管坐在鞦韆板上，盪過來盪過去，瞅望著城西天際一輪猩紅下亞星脖子上那篷剛修剪的髮梢。

臉飛紅亞星甩甩頭。

「亞星！今天天氣好好啊。」

「出了太陽。」

「不冷？」

「還好。」

「你們這兩個！都不愛多穿衣服。」俞媽媽堆出兩腮渦子慈藹的笑容，搥搥腰眼撐起膝頭，向靳五白個眼，紋起眉峰，眼上眼下打量起亞星，伸手扯扯她那件敞開襟口披著的小藍尼龍夾克：「愛俏喲！姑娘家。」

「俞媽媽自己今天穿扮得可——標緻！」笑嘻嘻靳五端詳起房東太太那身時新紅團花棉襖黑緞子棉褲，眏兩眏，朝亞星擠個眼：「好天氣，我請俞媽媽逛街看場電影。」

「我那尪愛呷醋！」俞媽媽老臉一臊冒出了句海東話，回眸瞅瞅亞星：「妳去吧。」

靳五看看亞星：

「好不好？」

「好！」

亞星那張臉子燦起落霞。

「丫頭！兩天沒見她影兒了。」

靳五忽然思念起：

「我找她去。」

眼一亮，亞星甩起髮篷子飄失進巷口。

老姐兒倆挨坐水泥凳上眺望荊門街口一丸紅日。

俞媽媽說：

「朱媽媽回來了。」

「哪？」

白奶奶呆了呆。

「在家呀。」

「難得！朱太太這趟又去了哪一國？」

「去日本留學！」

「留學，妳說？」

「有人保送赴日進修。」

「誰好心？」

「一個遊戲銃組合的副理事長。」

「遊戲銃是甚麼？」

「玩具槍。」

「哦？日本人不打真槍了？」

「玩具槍賣錢。」

「一年到頭出門去！可憐朱爸爸——」白奶奶打個寒噤一瘻子瑟縮起身上那套黑棉衫黑棉褲，拱向荊門街口那片落紅，黃昏刮起的朔風中，曝曬著，半天擡擡頭瞇瞇靳五：「早年在海西大陸老家，朱爸爸家同我們家住蘇北邳縣同一個鎮，隔條溝，有錢人哪！老爺子歸天，那口六塊板福州杉定做的棺材叫四十八個長工給小心挑著，按規矩一路上不准落地，穿過五進院落直擡出大門。那口壽材，可有多大！光是命釘就釘了十多斤，通身漆上一重重不知幾重紅漆。剛說，這一趟，朱媽媽又去了哪個國家？」

「去日本呀。」

「哦，自個兒去？」

「她們海東太太們喜歡去留學日本！」俞媽媽笑兩笑：「一個團一個團的去。」

「有那麼好學。」

「鬼知！」

「那個賣玩具槍的叫啥？」

「花井芳雄。」

「好大歲數？」

「足足當得上朱鴒的爺爺。」

「哎喲！天不早了。」

「我家那個老雜碎也該下班了，作怪！怎沒見進巷口？」眉峰一聳，俞媽媽睜起瞳子，眺眺荊門街口對面歸州街漫天煙塵中蕩漾的一丸子紅日頭，咬咬牙，摟住白奶奶肩膀子，攙起老人家，眼一亮，呶了呶水泥地上蹲著的紅磚牆黃琉瓦小小廟龕兒。「誰在市立公園蓋土地廟？像間狗屋。」「巷裡善心人！他們海東人愛拜神，瞧這偌大一座城，大街小巷家家戶戶屋裡都供著神龕點著佛燈，也不知拜的是甚麼神，甚麼佛。」白奶奶玼玼兩排好白牙，朝靳五笑了笑。靳五站起身哈個腰，目送這雙海西鄉親老姐兒倆互相依傍著，閃閃躲躲，夾縫中，穿梭過滿街載著一家子男女老小顛顛竄竄駛過的摩托車，一步，守望一步，落日迴光中，走進三楚路紀南街滿巷炊煙家家歸人裡。

森冷的霞天。

漫京彤雲，蕊蕊紅。

鏜。海東大學敲起晚鐘。

濕湫湫朱鴒脖子後兩把髮絲給撈在她媽媽手裡，母女倆，牽扯著，逃逃追追躥過滿巷人車穿過街口跑上公園。蹬蹬，朱鴒煞住了腳步。一踉蹌，朱媽媽兩膀子攫住朱鴒的肩膊，望望靳五漲紅了臉，靦腆笑笑撥開腮上汗蓬蓬兩綹髮鬈子半天喘回了氣來：「這囡仔！給我坐好。」一咬牙揪起朱鴒肩下那兩束濕髮梢絞兩絞，擰出洗頭水，摟住她坐到水泥凳上，兩腿一夾，騰出手來拍撲著朱鴒那頭及腰的小黑鬖，大口大口，呵吹著氣，好半天在朱鴒脖子上鬆鬆蓬蓬編織出了兩根小髮辮。朱鴒磨蹉著腳跟站在她媽媽懷裡，一臉清湫，不吭不笑，只管矕起瞳子，探索著瞅望住靳五。一瓢迴光金灩灩，蕩漾進荊門街口，流篩過磈磈水泥公寓樓房悄沒聲潑照進水泥公園來。靳五盪著鞦韆，呆呆地瞅望著母女倆臉龐上凝聚的霞彩，心頭一顫，看見朱鴒髮窩裡，朱媽媽皎白的一隻腕子，腕口上，血瑩瑩不知給誰戳個香菸頭，烙印出一顆殷紅的痘子。靳五打個寒噤，回頭看看亞星。夕陽下，亞星出了神，站在靳五身邊攀住鞦韆索，側起臉望著朱家娘兒兩個，一雙瞳子水樣深澄。朱媽媽沉沉嘆口氣，拿下嘴裡啥著的兩根白絲線纏繞著朱鴒辮梢，綰兩綰，打個活結，整了整她那身土黃卡其上衣長褲校服裡穿著的小紅毛衣，挽起她的手，牽送到靳五跟前，一哈腰，把雙手往自己膝頭上疊了疊：

「老師對不起！沒給她換件衣服。」

「哪裡，剛放學嘛。」

「媽，再見。」

「阿鴿不要給我逛太晚哦。」

朱媽媽獨自個站在落日冬風滿公園晃響的鞦韆影裡，掠著腮上髮蓬子，招招手，笑，覷住街口一丸太陽，搔搔腕上那顆紅痘，忽然眼圈一紅掉頭走出公園。炊煙中一身豐腴，裹著黑毛線衣，褊褼起兩隻筍白腳踝子上那襲小腰身水藍綢長裙，揉著眼蹭進了巷裡。朱鴿甩甩辮梢上那兩鬃子雪白頭繩，仰起臉瞅望住靳五。

靳五躥下了鞦韆板來：

「丫頭！上哪？」

「我們去迌迌。」

「剃頭？」

「嗯！海東話流浪的意思。」

亞星一粲：

「逍遙遊。」

「我們逛街去！」

靳五笑嘻嘻一爪子捉住朱鴿辮根子。

格格笑，一甩頭，朱鴿早已躥出了公園閘口。大小三個穿出荊門街遛達上了十線艾森豪路長長紅磚道，徜徉在滿城歸人裡，車潮中，結伴兒走進隆冬天那青青一嶼的霞光，漫天的纁黃。逍遙遊！迴迵。靳五索性捲起法蘭絨襯衫袖口背起手來，踱起方步，伴隨亞星，望著朱鴒那身卡其衣褲校服上晃盪著的兩隻髮辮一雙白絲線。一腳一格，跳房子般，朱鴒蹦蹬在人行道方方紅磚上，穿梭著落日下行色匆匆的人群。艾森豪路暮靄粼粼，煙渦中兩排汽車川流不息蒼蒼茫茫一路亮起水銀街燈，簷口，鬱鬱紅霓眨起。家家鋪子店堂後廚房裡，錚鏦錚鏦，鍋鑊大響，疾風驟雨般一聲聲迸爆起滾燙的油花，飄送出好一馬路菜香。朱鴒猛地回過脖子，嚥下兩口水，煞住腳步覷起眼睛，呆呆眺望著人頭洶湧機車流竄的人行道。紅磚上，彳亍著一襲灰布長袍。低眉含笑，黃公夏教授點著頭答著禮穿梭過滿街覓食的大學生，自管踩著腳跟前的路，一履，一框，走下人行道，趄到了前二三一路公車站牌下來。肘彎裡，摟著隻公事包。朱鴒跂起白帆布鞋，人窩中，瞅望住黃公夏教授寬厚的肩膀上那張國字臉膛滿頭華皓，扯扯靳五衣袖：

「那樣高大的老教授！」

「黃老師？他是北方大漢啊。」

「燕趙男兒！」

朱鴒肅然起敬：

「怎會流落到海東？」

「避秦。」

「逃避大陸的秦始皇？」

「共產黨。」

「那他為甚麼還這樣小心走路?」

「丫頭!做人總得小心。」

「這是自由寶島。」

「小心慣。」

「他吃過苦頭?」

「朱鴒,妳太聰明又太好奇。」

朱鴒呆了呆,睞,待笑不笑瞅瞅靳五,望著黃公夏教授溫恭恭退讓著給擠上了開往商山街的公車,睜起瞳子又探索半天,一甩,晃盪起兩根白頭繩自顧自跳著房子蹦蹬前去了。

殘紅滿天。黃舌帽兒一朵一雙漂逐上大街。落單的小學生佝起身子馱起書囊,放學了。黃沙漭漭,光化國民小學操場上悄沒人影自管飄搖著滿園鞦韆,一盪一嗚咽,朔風中漩起渦渦暮靄,溟濛起教學大樓三兩堂日光燈,大門口一灘水銀清光。朱鴒煞住腳步,挽起亞星,車潮中向坐鎮小學校門凝視紅霓大街的國父銅像雙雙一鞠躬,回頭瞅住靳五,等著。靳五端起臉容跟著一鞠躬。大小三個踩著紅磚道,背著手踱著步,徜徉瀏覽鐵蒺藜水泥圍牆上朱漆斑斕十二個標語大字:保我民族文化,還我民族自由。炊煙漫漫大街上迸爆起家家油香。朱鴒嘖嘖口水,提提卡其長褲腰。亞星笑。靳五悄悄嘖了兩口水,笑嘻嘻停下腳步打量著這姐兒倆。一個白衣黑布長褲一個土黃小學生冬制服,細高䠷䠷,併肩站在街頭,夕陽下,揚起臉龐望住靳五饑腸轆轆只管漾亮著兩張笑靨。

「朱鴒餓了。」

「餓！」

「亞星餓不餓啊？」

「還好。」

「真？」

「有點餓了。」眼瞳一亮亞星迎著城天落日甩甩耳脖上那篷子短髮梢，笑出好一臉霞彩，忽然呆了呆，回身側起耳朵扯扯靳五的衣袖：「你聽。」鬧市大街，海嘯般澎澎湃湃迸濺著車潮一濤吟哦一濤綻響起梵唱聲。滿街鐘磬木魚。朱鴒豎起耳朵聽了聽：「有喪事！走。」一睜，張起兩隻膀子，央求靳五抱起她來，追隨著四下竄出家門呼兒喚女群群趕去觀看法事的男女。一街老小，尋聲覓去，拐過光化街跑上穀城街大馬路。紅磚道上，璁璁瓏瓏矗立起一座水晶宮，燈火燦爛人頭鑽動。騎樓下席棚子一路搭出大街來，車水馬龍，合十，趺坐，百來眾僧人披著黃袍罩著大紅金線袈裟誦起妙法蓮華經，法器響動。燈火中幢幢白幃，滿靈堂衣冠似雪。隔壁，滿濃賓館簷口那一環紅霓熄滅了，兩扉子黑晶玻璃門上貼著一幅白紙兩個黑字：忌中。檀香繚孃，人窩裡靳五攬住亞星，閃躲著慢車道上馱載著滿家大小咆哮而過的輛輛摩托車，把朱鴒抱上路心安全島，大小三個，呆呆依偎車潮中，昂起脖子瞻仰起水銀路燈下一座金紙紮成的瓊樓玉宇。朱鴒攀住靳五的脖子，指點著那棟靈屋，看癡了：「哇，五層洋樓！客廳麻將間臥室廚房浴室，三溫暖按摩椅，電冰箱電唱機麻將桌沙發酒櫃大英百科全書，車庫兩輛賓士五六〇轎車，很多很多小人，一個一支雞毛撣子，打掃屋子，還有三個歐巴桑臉上好像流著汗正在廚房炒菜，大門口站著兩個小孩，是誰？」

「金童和玉女啊。」

「做甚麼?」

「伺候老爺。」

「老爺——老爺是誰?」

「那位。」

靳五指指靈堂中香火繚繞紅灩灩供著的一口高頭朱漆大棺。一睜,朱鴒覷了覷,縮回脖子瞑起眼睛甩甩辮梢上兩根白頭繩,不吭聲了。

路心安全島上,黑鰍鰍抱住小娃兒愣伸著脖子孤蹲著個中年苦力工,蠢蠢一笑,擡起頭來望望靳五三個,路燈下齜嘻開滿口米粒樣血碎牙:「錢太多!這間金紙靈厝,花了伊三十幾萬塊錢請老師傅做,燒給伊老爸——伊就是隔壁滿濃賓館董事長李正男啦——伊老爸住在陰間,卡爽!」兩口檳榔汁,呸,呸,車潮中濺潑開一簇血花,啐到慢車道上摩托車陣中扶老攜幼參觀靈屋的人堆裡。

白幡招飄。

紅磚人行道上觥籌交錯流水般早已開出五六十桌酒席。大紅桌布,一張張燦亮街燈下。七八個跑堂小廝蹬著尖頭高跟黑皮鞋,白衣黑褲,紅蝴蝶結,一掌子托起五盤火雞腰子炒麻油薑絲,穿梭過滿街看法事的男女老小,分送到酒席上。朱鴒嚥嚥口水。城西,龍潭溪上那一穹窿落日彤雲潑血般亮了亮轉眼沉黯下來,穀城街大馬路,燈大亮,朔風中兜爍起慈慈青紅霓筒筒三色燈。梵唱聲峭急。八個西裝革履的日本觀光客鑽出計程車,趬,趬,邁起高跟皮鞋，搔搔褲襠，魚貫穿梭過桌桌酒席駐足到滿濃賓館兩扉子黑晶玻璃門前，昂起脖子，覷覷門上一幅白紙兩個漢字：忌中。一窩兒愣了半晌，整整西裝，回身朝向隔壁靈堂中的喪家親屬鞠個躬，趑趑趄趄一路哈腰致歉，穿梭出了酒席來，檀煙氤氳鐘磬玎璫中，眼睜睜，跂起皮鞋昂起脖子咬起耳朵端詳著那棟金紙紮成的洋房，撈起脖下掛著的相機，瞄準，咔嚓，朝喪家又一躬，邁上大馬路沿街狩望起家家理髮廳。一隊兒八瘦子扒搔著褲胯，蕩漾在海東落日下。「紮得好漂亮的房子一把火燒掉，可惜。」亞星忽然說，路燈下凝著兩隻瞳子，好半天，只管瞅望住街頭層層疊疊燦爛著西天一丸紅日矗起的靈厝。滿屋子樓臺燈火，花蕾般一盞盞灑照著個個紙紮人兒。安樂新穿著深黑西裝結著水藍領帶端坐一桌男女弔客中，兩腮子紅酡酡，睥睨著他那粒小平頭。靳五悄悄一哆嗦。兩下裡，隔著慢車道猛然打了個照面。安樂新齜起兩齦小血牙搔搔胳肢窩，夾起兩顆火雞腰子敬敬靳五，啀喍，一口咬住，滿桌男女猜拳罰酒中，自管吃起火雞腰子炒麻油薑絲。朱鴒吞了兩泡口水，肚皮咕嚕響。靳五抱著朱鴒牽起亞星的腕子，人窩中挨挨擠擠，跳躍過八線快車道，穿梭過慢車道上波波流竄的摩托車，依偎著，渡到了對街，滿樓坐月子媽媽凝視下，擠進一家月子中心騎樓下來。

靳五放下了朱鴒。

「吃甚麼？」

「麵。」

「好。」靳五把雙手撐住膝頭，弓下腰，凝瞪住朱鴒那兩隻睜得又冷又亮的黑瞳子對峙半天，眼一眨哈哈大笑：「我睜不過妳！朱鴒，我請妳吃又香又嗆的湖北牛肉麵。」

姐兒倆併肩站在街頭，笑。

「亞星也餓了？」

「餓！」

日落海峽。梵唱濤濤炊煙漫漫，靳五領著朱鴒亞星，三個兒背起手，瞇望住城西天際那一痕痕殘霞，徜徉下紅磚道，穀城街南漳街宜城街，人影漂沒，紅霓窟窟佛燈閃爍仙臺理髮廳千葉賓館愛媛咖啡群馬按摩院，車潮中，趄轉進襄陽街。熱騰騰兩盞黃燈一攤水霧，飄送麵香。

「朱鴒聞到沒？」

「聞到。」

「香不香？」

「香。」

「嗆不嗆？」

「嗆！」

「靳老師好多天沒來吃麵嘍。」佟老闆光起白結結兩隻胳膀子痀瘻著身上那條草綠汗衫，汗瞇瞇，撈著麵條，鼽嚏，從鍋口滃渤而起的湯霧中探出一顱花髮：「您這會才放學？」

「佟老闆又傷風了？」

「噯！傷風都四十年嘍。」

朱鴒睜了睜：

「避秦？」

「小姑娘有學問！」

「請問老闆府上是？」

「湖北叫石花街的小地方。」

「新娘子？」

「嗯？小姑娘。」

朱鴒指指店堂裡那一頭皤白兩朵紅絨花：

「老闆娘啊。」

「她？棗陽縣嘛。」

「同鄉？」

「隔條漢水。」

靳五揪揪朱鴒辮根：

「佟老闆當過空軍哦。」

「小姑娘，我這個空軍不開飛機。」

朱鴒呆了呆。

靳五說：

「三碗牛肉麵一大兩小，辣！」

「有！」一聲暴喝，湖北老鄉抓起兩把麵條撂進湯鍋，熱霧中鑽出頭來，瞅瞅襄陽街路燈下併肩站著的姐兒倆，乍見鄉親也似，眼瞳柔亮了亮，撈起肩膊上搭著的毛巾哈鼽哈鼽拭起眉眼上的汗珠：「兩位小姑娘，敢不敢吃辣啊？」

「敢！」

「吃。」

靳五瞅住這大小兩個ㄚ頭燈下兩雙水樣清靈的瞳子：「佟老闆的麵，辣！」笑嘻嘻，揑住朱鴒辮梢牽進了店堂來。兩盞日光燈，滿堂大學生。男男女女鬆開冬衣圍聚住七八張檯子，扒著大碗大碗麻辣麵，呼嚕呼嚕，齜牙咧嘴，隆冬天打起小悶雷般。朱鴒挑了副座頭：「好熱！」嘶兩口水，扒開土黃卡其上衣領口晃晃辮子，朝牆上那面簇新紅鸞囍鏡屏望了兩眼猛一愣，噗哧，指住鏡中人，甩起兩根白頭繩吃吃笑個不可開交起來：「鬼樣子！」靳五望了望哈哈大笑。朱媽媽給編的那雙濕湫湫粗花小辮在路上吹散了，風乾了，一頭鬇鬡，小小ㄚ頭兒頂著窩野草似的。大小兩個隔著那檯面指指戟戟。「來！朱鴒。」亞星端坐板凳上，攬住朱鴒肩膀子解下她辮梢上紮著的兩根雪白絲線，含到嘴裡，往自己褲袋掏出梳子，撮住她的髮根刮著編著，把個朱鴒逗得閉眼齜牙笑倒在亞星懷中。

心一動靳五從亞星嘴裡拿下那雙絲線：

「ㄚ頭！」

「嗯？」

「怎麼紮起白頭繩？」

「奶奶過世了。」

「奶奶？」

「我爸的娘。」

「哪過世？」

「在蘇北邳縣——邳縣就靠近臺兒莊啊——鄉下老家。」眼圈一紅朱鴒披著兩肩子小黑鬘依偎在亞星懷裡，仰起臉龐澄澄瞅望住靳五：「我爸爸哭了兩天兩夜，不騙！嗯？有的。我爸爸有託人帶筆錢，在鄉下買兩塊松木做一口薄薄的棺材，家裡停放三天，沒燒紙，沒念經，就雇兩個人挑上墳挖個兩尺多深的坑兒埋了也就完了。信上說的！不騙。我爸一邊讀信一邊流淚，說，母子天隔，四十年沒能盡孝道，將來反攻回去，一定風風光光給娘再起造過一座金碧輝煌的大墳——」

「奶奶幾歲？」

「活了九十六歲。」

「別難過，朱鴒。」

「好。」

老闆娘端來三碗紅油牛肉麵。

「麵來嘍——」

「謝謝您啊。」

「哪的。」

鬢上，兩朵喜紅絨花。

朱鴒睜乜起瞳子，只管探索著。

老闆娘睄睄朱鴒低下頭撈起圍裙拭拭額上的汗珠，老臉蒼涼，一紅，回身羞答答媥姺回麵攤口。靳五端起麵碗喝了口湯，望著這六十好幾的湖北婦人聳著滿頭皤白穿梭在店堂，呆了呆。前些天大寒流，來吃麵，看見攤角小凳上一瘦子裹著紅團花棉襖端坐著個新娘子，低眉垂目，兩腮幫搽著臙脂，不聲不響只管絞弄著手裡那塊紅絲帕。日光燈下，一麵攤子清冷冷的喜氣。進門才幾天，瞧，新嫁娘洗盡臙脂卸下紅妝換上青棉衣黑棉褲，簪雙紅花，一身俐落，拋頭露面端盤送碗招呼客人了。碧燐燐簇新新，二十四吋三洋彩色電視高踞店堂後牆那座香火繚繞的神龕上，天，地，領袖，親，師，紅紙黑字神位下兩張行軍牀挨著牆根，頭靠頭，擺雙繡花枕疊雙紅鸞被。牆上掛著的日曆撕到了十二月十三號，潑血般，給用硃筆畫個圓圈，旁邊筆走龍蛇寫著五個毛筆大字：南京大屠殺。靳五揉揉眼皮仔細一瞧，呆了半天。攤口兩盞黃電燈一蘢子麵湯水霧，兩顱花白。襄陽街上落日迴光，蕊蕊睞眨起滿簷紅霓。遊魂也似，路燈下那八個日本觀光客趫起尖頭高跟各色皮鞋，脖子下兜盪著照相機，魚貫，蝦腰，西裝筆挺，搖著褲襠一隊兒邁出宜城街口蕩進襄陽街來。環環一閭青霓兜爍著兩扉黑晶玻璃門，門洞口孤蹲著個小小擦鞋童，仰起臉綻開兩渦笑，站起身來把雙油黑手兒疊上膝蓋朝簷外嬝嬝哈了個腰：「嗨！依拉夏依媽謝。」蹬蹬，八個東洋客齊齊煞住腳步，一窩駐足仙臺理髮廳簷下，嘰哩聒聒，聳著八顱花髮，聚首討論半天，齊齊搖頭邁出皮鞋狩望下襄陽街家家佛燈洞洞紅霓去了。千葉賓館。群馬按摩院。愛媛咖啡。穀城街大馬路木魚梆梆一濤浩渺一濤不斷傳來梵唱聲。

「靳老師。」

「丫頭？」

「您在想心事！」

朱鴒肩子後早給亞星編出了一雙好不俏麗的麻花小辮，兩綹兒紮上皎白絲線，一晃一晃。燈下，小丫頭齜嘻著兩排細白牙嘶吸著滿嘴紅油麵條，只管睜睜瞅住靳五。兩隻瞳子狐亮亮。靳五愣了愣，兩筷刀切麵火辣辣堵在喉嚨口猛地嗆出兩把淚水來：「亂講！小孩兒家甚麼叫心事？」朱鴒縮起肩膀，樂不可支。小筷小筷，亞星守著她那碗牛肉麵蹙起眉心斯斯文文挑送進嘴裡，腮幫子紅洶洶，早已焗出了滿頭一脖子的汗珠。

靳五哈哈大笑：

「嗆不嗆啊？亞星。」

「還好。」

「丫頭嗆不嗆？」

「嗆死。」

「想不想再吃？」

「想！」

「想。」

雙雙一擡頭。

靳五看看亞星又看看朱鴒，姐兒倆滿頭大汗，一個白衣黑布女生長褲一個土黃卡其小學生冬制服，肩挨著肩，並排坐在板凳上，牆頭那面紅囍鏡瀲灩著日光燈，滉漾著兩個依偎的人影滿堂呼嚕吃麵的男女大學生。一抹夕照凝聚麵攤。襄陽街上，那隊東洋客蝦著八桿腰兒西裝革履又蕩回來，齜齜臭臭，八對小眼珠閃爍起血絲，探索著家家簷下兩扉子一開一闔探出張張臙脂小臉的紅門洞。趫，趫，皮鞋盪響在紅磚道。紅霓兕睞，梵唱澎湃。眼一亮亞星驀地回過頭去，燈下汗湫湫綻開滿臉笑靨。店堂一角，挨著牆，據住小小檯面坐著個大姑娘大筷大筷挑起海碗裡的麵條，望見亞星，一玼，滿口皎潔的牙齒燈下亮了亮，眨眨眼，甩動耳脖上那蓬短髮梢，點個頭。一頭髮窩蓬蓬鬈鬈，像剛燙過又像給硬生生拔扯掉大半頭髮。

靳五看看亞星。

一柔，亞星眼瞳裡漾亮著笑：

「你看過她打球！」

「哪回？」

「祥興盃。」

「哦？」

「她的辮子給拔了啦。」

靳五呆了呆望望人堆裡那叢子雞窩似的短髮，心一亮。蒙古冷氣團源源南下，朔風中好一場全國女籃總決賽！滿看臺血花迸濺，啐出慈慈檳榔汁。千夫所指，場心，白羚羚十雙娉婷的長腿子一根飛飆的麻花粗油辮子。

張鴻雙手捧起大碗公，睥睨著喝完紅油湯，掏出花絹手帕抹抹嘴角掠掠髮梢一身裹著冬裝站了起來：「亞星！」汗湫湫一揚臉，張鴻撈起檯角搭著的風衣穿梭過桌桌男女大學生，摟摟亞星肩膀子，挑起眉梢看看靳五。

亞星仰起臉：

「他是海大的靳老師。」

「哦？老師好。」

張鴻攬住亞星的肩膀打量了量靳五。

「看過妳打祥興盃。」一凜，靳五望望張鴻脖上黲黲疤疤狗啃似的髮根，把手伸過檯面，揪住朱鴒那兩鬃子辮梢扯了扯：「張小姐，球迷好恨妳那根辮子！辮子查某有夠悍，給伊死。」

朱鴒齜牙咧嘴格格笑掙扎成一團。

臉煞白張鴻笑了：

「走啦。」

張鴻伸出兩隻指尖撮住朱鴒辮根，揪了揪捏兩把，揝起風衣走到攤口會過帳，回頭朝亞星眨個眼跨出了水簷，路燈下一藐，潑了兩眼皺起眉頭，和襄陽街上那一隊八瘦子浪遊的日本西裝客擦身而過，頂著頭上那蓬雞窩，高躭躭，走進霓虹炊煙中。

滿街孩兒們流竄。

家家廚房催響著鍋鏟。

八桿腰子一挺，十六隻眼眸四下搜索。那夥兒日本老紳士，魚貫蝦腰，邁進了育英月子中心群馬按摩院兩樓中間那條防火巷裡，排排站，肩併肩，解開西裝褲襠，脖下掛著名牌照相機，對準牆根迸地洩出了好一壩尿洪來。噓噓噓噓。八顱子華髮紅霓下蔌蔌顫。一齜牙，嘆口氣。八雙蒼冷的手爪燦爍著櫻桃大的貓兒眼祖母綠各款戒指，扣上褲襠。笑容滿面，那隊東洋觀光客解了溲鑽出防火巷，鞠躬頷首，打著招呼，穿梭過紅磚道上跳房子的十來個街坊小孩，駐足到宜城街口千葉賓館簷下，捉對兒，咬耳朵嘰聒半天，一趟，邁出尖頭高跟皮鞋，搔搔胯子魚貫推開那兩扉黑晶玻璃消失進門內蕾蕾金燈中。

朱鴒雙手捧起麵碗，玭，玭，玭，喝完辣油湯，兩腮兒漲紅喊起了熱把卡其上衣袖口捲到肘彎上，撮起衣領搧起涼來。靳五捉過她的腕子，燈下照了照。眼瞳一泫，朱鴒揉了揉臂膀上紫豔豔瘀起的一蕾子血。

「花井伯伯前天擰的。」

「哪個花井伯伯？」

「花井芳雄，媽媽留學日本的保人。」

「哦？那個甚麼遊戲銃副理事長？」

「日本國遊戲銃協同組合。」

「他打妳？」

「不是！他忍不住。」

「就擰妳？」

「他是表示心裡很疼我。」

「疼得說不出？」

「嗯！」

「就動手？」

「嗯！」

「當真？」

「花井伯伯自己是這樣說的！還叫我不要喊痛。」一睜，朱鴒瞅瞅靳五，咬住牙根，把腕子從他手裡掙脫出來自管揉起臂膀上櫻桃大的瘀血，忽然想到了甚麼，噗哧！甩甩辮梢上兩根白頭繩，一臉紅霞綻出兩朵笑靨：「他說，鴒子，日本人爺爺疼孫女兒就是這樣表示的呢。」

靳五機伶伶打個寒噤。

「老師用水果。」

笑嘻嘻，老闆娘滿頭大汗端來了盤切得平平整整的小紅柑。靳五仰起臉，笑，望望那張薄施脂粉漾亮著清冷喜氣的滄桑臉龐，心中一酸道聲謝。「哪的！」靦腆笑笑，湖北大娘撈起圍裙拭起手來，呶呶裹陽街頭一攤水霧中那瘦子草綠汗衫一顱蕭蕭的花白，悄聲說：「他叫送的。」麵攤口，佟老闆笑驁驁回過脖子哈個腰。靳五擡起腰身拱拱手：「恭喜！」臉一紅佟太太瞟瞟牆頭紅鸞鏡，一扭腰，端整起臉容拂拂鬢上紅絨花端盤送碗穿梭店堂去了。靳五朝朱鴒悄悄睒個眼。小丫頭，笑不笑。滿堂大學生噓呵著嘴裡的辣油，停筯，汗水矇矓，望到了後牆神龕中天地領袖親師牌位上那臺簇新三洋電視。秋海棠，一葉紅。我國華北從外蒙古到貝加爾湖一帶形成了極強的大陸氣團，前鋒已經穿越長江，預期，嗯，今晚渡過海峽登陸本省，明天凌晨起本省各地氣溫急劇下降，請觀眾注意添衣保暖。滿店堂大學生望望牆頭日曆，又望回電視螢光幕天氣圖上。海東，一嶼青翠。播報氣象的少婦端起臉容，兩朵小酒渦，一襲小腰身寶藍緞子旗袍溫溫婉婉罩著月白毛線衣，一笑，明眸皓齒，拈著小棒兒鞠個躬退出鏡頭，結束了莒光電視臺晚間新聞節目。

朱鴒睜睜靳五：

「你知道她是誰嗎？」

「郎絖。」亞星一碗牛肉麵小筷小筷早已吃出兩腮幫汗珠，擡擡頭，回答了朱鴒。靳五問老闆娘要來三把冰毛巾。亞星摟過朱鴒替她拭起臉，望望靳五：「郎絖是郎家二姐。」

「哦！那個郎紈呢？」

「大姐啊。」

「小舞怨恨她？」

「紈姐？」亞星擦過了汗，低著頭慢吞吞自顧自把毛巾折疊成一塊小豆腐乾兒，擱到檯角，半天才仰起臉望著靳五說：「我爸退下來以後有一陣子常去郎公館看望老長官，紈姐最喜歡小舞，抱著小舞叫弟弟，弟弟啊。」

三樓陽臺那滿肩黑鬖兩筒姣白的膀子！靳五忽然想起，那晚，漫天寒星一瓢月光下，在公寓天臺女兒牆頭眺見過獨個倚在窗口刮著腋窩的郎紈，一呆，瞅住亞星的瞳子：

「後來？」

「紈姐進美軍顧問團做事啦。」

「不理小舞？」

「紈姐懷了孕啦。」

「結婚了！」

「沒。」

「那——」

「不知道怎麼回事，那晚，紈姐參加美軍顧問團聖誕舞會，喝醉酒，滿身帶傷回家——」

亞星一雙瞳子燈下水樣清澈：「紈姐後來生下了個小黑人。」

「甚麼？」

「美國黑人啊。」

亞星臉漲紅。

靳五悄悄打個哆嗦抱起格格笑樂不可支的朱鴒：「丫頭！我們逛街去。」胳臂一緊，摟住朱鴒掉頭走到攤口會過帳道聲喜跨出了簷下。哈active哈active，佟老闆又打起噴嚏。佟太太拿過了件草綠軍外套披到老伴肩上，拍兩拍。麵攤對面一間青霓。仙臺理髮廳門洞口孤蹲著的小小擦鞋童站起了身來，把雙手兒疊上膝頭，窈窕窈撅起臀子朝靳五哈個腰：「大哥，進來參考看！」好一口京片子！靳五呆了呆搖搖頭讓亞星伴隨到身邊，大小三個依偎著，徜徉進襄陽街滿街鍋鏟炊煙一片紅霓燈火裡。猋，猋，裙衩颼颼短髮漂漂，一渦香風中，闖出了八輛摩托車邊開宜城街口跳房子的街坊孩兒們，停到千葉賓館簷下。後座側腿而坐的八個少小姑娘，蹦下車，兜起小黑皮包，橐橐橐蹬著三寸小高跟鞋，掠著耳脖上風亂的短髮篷子匆匆推開那兩扉黑晶玻璃門，魚貫消失進千葉賓館。開車的少年郎，一窩兒，蹲靠到車輪上吸起香菸，等著。朱鴒攀住靳五的脖子回眸呆呆望著賓館門口，忽然吃吃笑起來：

「限時專送。」

「丫頭！妳怎麼知道這個？」

「誰不知？」

一愣，朱鴒甩甩辮梢上兩根白頭繩。

靳五呆了呆抱著朱鴒伴著亞星踱出襄陽街轉上棗陽街。梵唱悠揚，梆，梆，木魚一聲峭急似一聲，蕩漾著滿京夜市車潮。大小三個吃了佟家紅油牛肉麵，渾身熱烘烘！火燒火燎，迎向城天凝血般一丸子紅太陽，滾滾彤雲下萬家燈火，寒流中迢迢逍遙，瀏覽著紅磚道上簷簷花霓，穿梭過雙雙齜著牙籤依偎遛達的儷影。「朱鴒。」「嗯？」「我把妳給賣了好不好？」「嘻嘻嘻不好。」「為甚麼不好？」「被人用摩托車限時專送載去千葉賓館。」「嗯？」「流落煙花。」「手拿一張無情狀淚流兩行急急忙忙跑入公堂告俺的爹娘：愛銀錢，將俺賣在煙花巷，喪盡天良——」靳五抱著朱鴒，踱起方步扯開破鑼嗓子放悲聲唱起山東小曲告爹娘，擠眉弄眼，一聲一抽噎，把個丫頭兒逗著咭咭咯咯直甩起辮梢上紮著的白絲線。「到煙花，十三十四學彈唱，醜名外揚，今日姓李明日姓張夜夜換新郎，到晚來思想起來恨斷腸，埋怨俺爹娘，愛銀錢——」一回頭，街燈下靳五看見亞星一臉紅霞清湫湫笑出兩瞳子的淚光。車潮煙塵中，那身白衣黑布女學生長褲，細高䠷，敞著水藍夾克襟口，跟住靳五朱鴒兩個，只管靜靜遛踩著人行道上格格紅磚。一篷短髮絲飛飀，漂蕩在海東冬夜吹起的西北風中，漾亮過花塢般一環一環紅霓。靳五停下腳步，讓亞星跟上了，抱住朱鴒，頂著寒風撥了撥亞星腮幫上的髮絲替她拉闔起夾克襟口。

鐘磬大響，梵唱濤濤。亞星回回頭眼瞳一亮：

「紮得那麼漂亮，可惜。」

「早晚燒掉。」

「燒給伊老爸陰間住，卡爽！」

朱鴒玭玭牙接口說。

啖啖火光，男女老小滿街人影拍手跳躍。大小三個站在棗陽街口，呆呆眺長脖子，望見兩條街口外白幡招飄，魷籌交錯，穀城街人行道上金光燦爛搭起的那一棟瓊樓玉宇紙紮靈屋，車潮中，風潑潑給點了一把火，倏忽，灰飛煙滅。

一掉頭，亞星自顧自徜徉下紅磚道。靳五抱著朱鴒跟上了，一路回過脖子。朱鴒揪揪靳五鬢根：

「你不可回頭看！」

「嗯？丫頭。」

「回頭一看就會變成一根鹽柱。」

「誰說？」

「葛培理牧師。」

「妳去聽過他佈道？」

「嗯！在公賣局體育館。」

「誰帶妳去？」

「爸。」

靳五呆了呆。

朱鴒忽然豎起耳朵：

「聽聽！」

「那風鈴！」

眼一亮亞星牽起靳五的衣袖，三腳兩步，穿過武勝街口，閃過紅燈下一隊八輛香汗淋漓裙衩飛飈猋竄而過的摩托車，豎起耳朵，聽啊聽，捉摸著追躡著車潮中那串風鈴，遛達下信陽街紅磚道。悄悄一揪，朱鴒攀住靳五的脖子扯扯他耳朵。靳五在信陽國民小學門口煞住腳步，回眸瞅瞅朱鴒，呆了半晌會過了意來，抱著朱鴒領著亞星，大小三個朝向那坐鎮小學校門凝視紅霓大街的國父銅像，一鞠躬。朱鴒嗯了聲，點頭，讓亞星牽著靳五的衣袖追索那串風鈴去了。風起兮，店簷下盪響起好長一張珠簾，玎玲璁瓏。亞星停下腳步，抹著汗，望著那一串一串成百上千的空可口可樂罐子編織成的風簾，呆住了。街燈下，兩腮清湫一臉紅霞。靳五哈哈笑。朱鴒格格笑。大小三個駐足鬧市車潮中，昂起脖子，瞻仰著信陽國小旁這家又別致又破落風情萬種的冷飲店，半天樂得像傻瓜。靳五乜乜朱鴒瞅瞅亞星，撥開珠簾探進頭：「兩位小姐吃了佟家麻辣麵口乾不乾？」「乾！」「乾。」雙雙一玼牙。靳五放下朱鴒來，跟著姐兒倆掀開那滿簷風裡撞響不停的可口可樂空罐子，走進滿堂風鈴聲中，三口一聲，召喚老闆，送來三罐冰凍可口可樂。「朱鴒還敢不敢嘗佟老闆的湖北紅油？」「敢！」「亞星敢不敢？」「敢啊。」亞星眼瞳子水靈清一亮。朱鴒五六口可樂落肚嗞了嗞牙早已坐不住，躥下板凳，跳跑到店門口張起兩隻爪子，攀住了兩串風鈴，水簷下大街上叮叮噹噹自管盪起鞦韆。腰肢上兩根白頭繩，一飛一晃。喜孜孜，那海東少年老闆抱起胳臂站在冰果攤裡抖動兩條細瘦腿子，叼住菸嚼嘬著檳榔，給朱鴒逗得綻開一蓋血花。靳五坐在店堂裡，呆呆地，守望著朱鴒那細伶伶漂盪空中的一身土黃卡其上衣卡其長褲，忽然心中一動，電光石火想到了甚麼。

「亞星！」

「是？」

「那個小黑人呢？」

「黑人？」

「郎納生下的那個孩子啊。」

「不知道！納姐也弄不清父親是哪個。」

亞星那張臉煞白了。

一凜，靳五望望亞星那雙眼瞳，呆了呆心中電殛一亮悄悄倒抽了兩口涼氣：「對不起，亞星，不該問妳這個。」歉然一笑伸出了手來探過檯面，握住她的腕子，揉兩揉，暖暖把手覆蓋到她那隻水樣沁涼的掌心上。

店門口朱鴒不知甚麼時候跟少年老闆攀上了交情，央求他，給托住腰桿子，一推一盪，鬧市車潮中大小兩個就在冰果店屋簷下，玩起了盪鞦韆來。老闆樂不可支，蓋蓋燦爛著滿嘴檳榔汁，豚兩豚啐一啐血花蕊蕊吐出大街心，抱著朱鴒，拋著接著越盪越高，吃吃吃笑個不停。滿簷風鈴聲中飛竄起一雙素黑小辮，格格笑，蕩漾著兩綹子白頭繩。店堂裡的客人都站到門檻來，鼓掌起鬨，紅磚道上行人駐足呼兒喚女笑成一團。對街，月子中心樓上佛燈幽紅，夕照中，坐月子的大小媽媽吃過晚飯叼著牙籤三三兩兩倚到窗口看街，眼一亮，望住冰果店簷口，笑了，指指點點逗弄起懷裡奶著的小娃娃。橐蹋橐蹋，蹺，蹺，一縱隊日本人八瘦子西裝革履掏虛了似的蔌聳著滿顱花髮，株株短脖子兜掛著相機，一臉憔悴兩腮蒼黃，無聲無息，魚貫邁過簷下那一簾風鈴渡過信陽街轉進羅山街，折北，往紅霓浩渺的趙口路，搔著褲襠獀望過去了。少年老闆齜齜牙呸地啐出兩口檳榔汁：「八個野貗！幹，打完炮臉青青就像死人一樣。」一藐，望望那八條遊蕩在海東黃昏一丸紅日滿京樓臺花燈中的人影，呸呸呸，又啐出三蕾血痰，掉頭昂起脖子瞅住店簷口，笑嗨嗨又自管推送起朱鴒盪玩起鞦韆來。黃舌帽兒兩朵漂。隔壁信陽國民小學門口一灘清燈中躥出一雙落單的小學生，姐弟兩個手勾住手，回身朝國父銅像一鞠躬，揹著書囊跑過鐵蒺藜水泥圍牆上斗大的朱紅標語，光復大陸，還都南京，迎著傍晚刮起的朔風直追逐下紅磚人行道來，蹦蹬，煞住腳步昂起脖子，駐足冰果店門口，雙雙仰望起簷下那簾可口可樂罐子中飄盪著的兩根白頭繩。車潮中街燈下四隻烏溜眼眸睩亮睩亮，一時看得癡了。

靳五站在門檻上看得呆了，一回頭，看見亞星滿臉笑獨自個坐在店堂裡。

「瞧這隻小鳥兒！亞星，走了？」

「好。」

靳五笑嘻嘻撥開滿坑滿谷看新奇事的男女老小，鞠個躬，從老闆手裡接抱過朱鴒。少年老闆哈個腰，兩腮子一粲綻，笑得只見十來顆米粒樣小血牙。呸！沒頭沒腦，兩口檳榔汁啐到紅磚道上兩個鏗鏘而過的憲兵鐵釘皮靴跟前：「失禮，失禮。」朱鴒早就盪出一臉紅暈，汗溱溱，兩渦子笑靨，還只管甩晃著辮梢上兩根白頭繩蹦蹬著腳上那雙帆布鞋，格格笑，喊著熱，捋起卡其上衣袖口，揉搓起膀子上那一蕾子櫻桃大的瘀血來。

「老闆再見！」

「小妹妹再來坐！」

風起兮。

聽！那風鈴。

亞星牽住朱鴒的腕子，回頭，眺望了望那滿簷叮噹繽繽紛紛燦爛著落日紅霓的可樂罐，迎向海峽漩起的西北風，姐兒倆髮颭颭，依偎在煙塵中，踩著呼溜呼溜捲出穀城街靈堂掃過車潮的漫天金紙灰，徜徉下信陽街，迢迢，遛達，轉進桐柏路火鍋街燈火喧嘩城開不夜裡。

一蓬短髮絲兩朵白頭繩。

風中，靳五背起手跟住亞星和朱鴒，閒閒瀏覽著華燈。

海天寥廓，一瓢月。

四五條街外趙口路車水馬龍窩窩銷金窩燈紅酒綠，驀地，沉穆悽愴，市囂中綻響起一堂樂聲。一凜，朱鴒在街頭站住了，攫住亞星的腕子，端起臉容豎起耳朵捕捉著揣摩著那濤濤傳過車潮的悲歌，眼一睜，眨也不眨望住靳五：

「君為代！」

「嗯？」

「日本國歌。」

朱鴒甩甩辮梢街頭引吭高歌起來：

君為代呢
千代呢
八千代呢——

靳五瞅著水銀路燈下朱鴒那滿臉子的肅穆，呆住了。

「妳怎會唱？」

「花井伯伯教我唱。」

「那個遊戲銃組合副理事長？」

「嗯！」

朱鴒齜齜小白牙，粲然，望住靳五，反手撮住腰肢後那兩綹子飛舞著西北風的白頭繩，抖抖辮上沾著的金紙灰。靳五心一寒，望望趟口路上滿街喝醉酒望月悲歌的日本觀光客，打個寒噤。猛一睜，覷了覷，朱鴒甩甩辮梢扭扭腕子掙脫了亞星的手，鬼趕般頭也不回，闖開人行道上滿街齜著牙籤寒流中哈著熱氣的家家老小，躥出二三十步：「二姐！妳去哪裡？」十字路口，人窩裡一潑風也似兜甩著印第安花布袋飆閃出了個少女，車潮中正待闖過紅燈，回頭俏生生猛一望，呆了呆煞住腳步渡回到慢車道上來。朱鴒睜起瞳子等著她。姐妹倆，叉起腰站在紅磚道上不聲不響對峙上了，眼瞪眼。一眨，朱鴒甩起了辮子，指住朱鸝的鼻尖格格笑起來。歲末寒流天，朱鸝一襲花裙風中飄飄颼颼裹著件咖啡色套頭小毛線衫，捲起袖口。水銀路燈下，雪樣姣白一臉森冷，只管聳著耳脖上那窩油黑鬈子睥睨滿街逛蕩的吃客。「靳老師！好。」眉梢一挑，朱鸝揚起瓜子下巴瞄了瞄靳五，蹲下身，攫住朱鴒的肩膀捉住那雙只管晃來晃去的辮子，蹙起眉心，吹著撥著，拈掉她那滿頭滿臉閃閃發光的金箔：「哪沾來的紙錢灰？亂跑！早點回家哦。」靳五只覺得自己那張臉皮紅了一紅。朱鸝瞪瞪朱鴒，站起身，掉頭兜起肩上掛著的印第安布袋，風中花裙漂竄，闖過十字路口，獨自個浪遊在黃淮路火龍也似兩波車潮一街樓臺花燈裡。鬢上一朵白絨花，蕩漾在紅霓叢中。

朱鴒望著姐姐的背影跺跺腳反手一扯白頭繩，沉下了臉。靳五捏捏她辮根：

「走，朱鴒。」

「不走！」

「吃不吃火鍋？」

「不吃！」

朱鴒使勁搖了兩個頭，不瞅不睬，望住腳上那雙帆布鞋一步一格磨踩著人行道上的紅磚。靳五點支菸，叼著，瑟瑟寒流中，瀏覽起家家火鍋店裡汗水淋漓圍聚住熊熊湯火的男女老小，望望朱鴒呆了呆，沒了主意了。一颮金紙灰捲出紅霓窟，雰雰霏霏飄灑下車潮中。滿街燈火輝煌，闔家其樂融融。一蹦，頭也不回，朱鴒闖過桐柏路口的紅燈穿過唐河街跑上艾森豪路，朔風中髮辮飛逐，小鳥兒般獨自個竄下人頭洶湧的紅磚道。亞星追上了，一摟，把朱鴒攬進懷裡。朱鴒昂起脖子仰起臉望住亞星半天哇地哭出聲來：「她們從早到晚都不回家！媽媽一年到頭去日本留學，朱鸝交男朋友，朱鷰在街上遊蕩，只有爸爸在家裡喝虎骨酒看中日少棒賽——」眼瞳一泫，亞星在人窩中蹲了下來掏出手絹瞅住朱鴒擰了擰她鼻尖，擦擦眼，牽起她腕子。姐兒倆手勾住手依偎著漫步大街上，迌迌，遛達，鑽過叢叢花霓，忽然拔開腳步追著逗著賽起了跑來。一身白衣黑長褲，一身土黃卡其小學生冬制服，雙雙飄飀飀，迎向西北風，追躡過艾森豪路人行道方方紅磚漂逐在城西一痕殘霞下。蹬蹦蹬，雙雙煞住腳步，朝坐鎮魯山國民小學大門口的國父孫中山先生一鞠躬，回頭望住靳五只顧笑。靳五追上姐兒倆笑嘻嘻跟著一鞠躬。「君為代呢千代呢八千代呢——」朱鴒哼起了歌，汗湫湫好一臉子紅霞，甩起腰肢後兩根白頭繩，瀏覽起鐵蒺藜水泥圍牆上鬃著的十六個朱紅大字，毋忘在莒建設寶島，三民主義統一中國，一蹦一蹦，跳起房子遛達下了魯山國小牆外紅磚道。亞星滿臉清湫背起手，路燈下徜徉著跟住朱鴒。猛一睜，朱鴒喃喃唸唸數起電線桿，數著數著在艾森豪路盡頭站住了，跂起腳仰起臉，燈下瞇起眼睛，覷了覷漆著七個黑字紮在水泥電線桿上的一塊白鐵皮：

「第十五個！」

「甚麼？」

「第十五支電線桿上有南無觀世音菩薩。」

「善心人貼的，滿城都是。」

靳五揪揪朱鴒辮梢。

一粲，朱鴒破涕為笑。

白幡招飄。兩輛遊覽車載著一團日本觀光客，燈下花髮蕭蕭，西裝瘦瘦，駛出東門蘭陵路，轉進南門長淮路馳向城心那一町火樹銀花瓊樓玉宇中。一九一九紅日，蕩漾在那百來個東洋老翁手裡招搖著的小旗上，紛紛緋緋。「廣島原爆被害者協會！」朱鴒睜起瞳子，一字一字，讀出車身張掛的白布條上飄飄閃爍著的九個血紅漢字，回頭望望靳五，滿眼睛的狐疑。靳五一把攬住朱鴒肩膀子。大小三個，寒流中，站在艾森豪路盡頭南門城樓下，望著那兩車觀光客消失在城心洞天霓虹中，呆了呆，一擡頭，望見北門火車站前珠海時報大廈頂樓兜轉著的電動新聞字幕，一字一字，斗大斗大熠熠生輝，漫天紅塵裡，閃爍向城西小龍江河口海峽中載浮載沉的一蕾瘀血般的太陽：一向反共、反北平政權、親中華民國的日本國會議員石原愼太郎，接受十月號美國《花花公子》雜誌專訪，竟然否認南京大屠殺。花花公子雜誌問：美國固然在日本投下原子彈殺死許多日本人，但是，日本過去的所作所為，難道就不算殘酷嗎？中日戰爭期間發生駭人聽聞的大屠殺慘案，你又作何解釋？石原愼太郎答：手槍和機關槍哪能跟原子彈相提並論！我們日本人做了甚麼？哪裡有大屠殺？花花公子雜誌問：只舉一個例子，一九三七年十二月十三日的南京大屠殺，起碼有十萬中國人慘遭日軍殺害。石原愼太郎答：大家都說那是日本人幹的，事實不然，那是中國人捏造出來的謊言，蓄意要誣衊日本的形象，根本沒這回事！……滿街男女老小挨擠在十字路口，等著綠燈，愣瞪住珠海時報頂樓一字一字兜燦在朔風中的新聞字幕。靳五攬住朱鴒牽住亞星，眺望了半天，綠燈亮。大小三個背起手，遛達著，跟上人潮躥過南門徜徉進西門繁燈似錦的小紅町。

〈中〉 快活林

嚀叮叮，嚀叮叮。

平交道口閃爍起蕾蕾紅晶燈。

北上的莒光號金黃列車嗥起汽笛剃刀般剮開漫天寒流一瓢冷月，日光燈通明，闃窿闃窿，一窗頭顱燁燁閃忽著一窗，電光石火，闖過了西門町一街口一街口人頭洶湧秀髮翻飛的平交道。

朱鴒早已擦乾了淚水，睜睜，牽住亞星，守候在小南門同軌路平交道口瀏覽著城中滿坑滿谷人潮車潮，時不時，甩起兩根白頭繩，回過脖子，覷望城心閱兵廣場中國總統府那一殿玉燭，自管出起神來。姐兒倆手勾手，依偎在人窩中。風裡，嚀叮叮嚀叮叮長長一條弘農路綻響著警鈴，平交道上人影飄躥。亞星掠著耳脖上那蓬短髮梢，一臉清湫，眺過鐵路，望著西門外寒流中那一町花霓含苞燈火高燒的水晶宮。花馬飛薦浪琴。榊。和式料理。溫娣。曼珠沙華夢十七快活林太子城一點紅觀光理容總匯。漂漂鬖鬖，滿町風塵，兜盪著一肩肩青布書包，招飄起一襲襲黑布學生裙。饑腸轆轆，放學後的女生漂泊上街，迢迢遊蕩。斬五守望住亞星和朱鴒，叼支香菸，等著，心一動悄悄拈掉亞星髮根上沾著的兩片金箔紙錢灰。鐵柵升起，嗶喇，滿城心車潮人潮洶湧出閘口，竄過條條平交道。斬五攬住姐兒倆，挨挨擠擠跳閃著狼奔豕突的轎車摩托車，滿街呼兒喚女聲中，鑽過渦渦油煙，跟上人潮，黑鴉鴉浩蕩蕩徜徉進了小紅町蓬萊海市那一洞天旖旎的華燈裡。

朱鴒回回頭，呆了呆：

「四點零五分！」

「亂講！七點十五分了。」

靳五撮起亞星的腕子紅霓下看了看錶。一噘，朱鴒跂起腳，眺過弘農路的車潮把嘴呶向中國國民代表大會門樓上的大鐘。靳五揪揪她辮根：

「那個鐘停了好久了，丫頭。」

「哦！」

「想上哪玩？」

「隨你。」

「想不想去美國走走？」

「去美國？」

朱鴒瞳子睜睜一亮。

「這傻小丫頭！」靳五哈哈大笑一把捉住朱鴒辮梢上那兩縷子飄颼的白絲線，扯了扯，弓下身瞅住她眼睛。人潮洶湧街頭上，大小兩個扠起腰大眼瞪小眼對峙起來。「那不就是？溫娣漢堡。」靳五眨眨眼睛伸手指了指。町中，闔家老小飯後上街，馮翊路三輔路口一殿通明騎樓下花旗影影閣樓上燈火輝煌，小小客人，端坐滿堂。靳五把隻眼睛乜住朱鴒，笑嘻嘻：

「丫頭要不要去美國走走啊？」

朱鴒睜著眼一眨不眨。

「我不吃漢堡。」

「妳要幹甚麼?」

「遊蕩!」

「好。」

朱鴒眨眨眼。

一咬牙，靳五瞪住她那雙清靈的瞳子燈影搖紅中兩排齜嘻的小白牙，擰，擰，揪起她腮幫哈哈大笑。朱鴒呆了呆，格格，格格，縮起脖子回頭望住亞星花枝亂顫只管笑個不停。亞星背著手歪著頭，站在一旁，瞅著大街上一蹲一站眼瞪眼樂不可支的大小兩個，瞇瞇笑，漫町花蛇漩漶下，清粼粼綻漾起一臉子紅霞。細高挑一身白衣黑布長褲，朔風潑灑。滿城大寒流，小町紅，簇簇花塢大街小巷燈火璁瓏萬頭鑽動。「妳們兩個，聽著!」靳五站起身來，瞪瞪朱鴒瞅瞅亞星心田一暖把姐兒倆給攬到身邊，人窩中，撮起朱鴒的腕子握到亞星手裡:「手，拉著手!別給我走失了。」亞星揚起臉來望望靳五的眼睛，呆了呆點點頭，弓下腰，拂拂朱鴒那身土黃卡其小學生衣褲整整領子裡的紅毛衣，覷準了猛一攫，捉住那雙甩盪不住的辮梢，撈起兩根白頭繩，紮緊了。瞳子一亮，小丫頭這回不知又看到甚麼新奇事，早又睜住了，眨不眨，只管愣伸出脖子霓虹下人堆裡探索著。靳五眺過車潮望到對街。一老一小，兩個日本小女人踩著小碎步，穿梭著騎樓下窩窩晃盪的男女中學生，蹬，蹬，木屐跫跫，輸你馬些呢輸你馬些呢——哈腰，致歉，慌急急跟住一老一少兩個西裝革履自顧自邁步往前走的男士。父子婆媳一家四口。兩墩子西裝褲後頭，嫋啊嫋，追躡著兩襲兒花花鳥鳥的小和服，繃起一雙玲瓏小臀，怯生生，游走在車喧人囂的海東街頭。「你瞧！好可愛的頸子。」朱鴒覷瞅半天望望靳五伸手一指。燈下，一老一小兩株脖子剝露出和服領口，春筍樣白。朱鴒看癡了，蹦起腳，牽起亞星的手甩起辮梢躥過大街跟上這家子日本觀光客，悄悄追踪著遛達下燈火輝煌車水馬龍的馮翊路，繽繽紛紛，一街人頭晃漾的櫥窗。小棠少女皮飾。黛妃嬌點咖啡屋香帥觀光理髮廳儷園賓館安業寺。村鐵板燒。榊和式料理。蹦蹬，朱鴒煞住了腳步，猛回頭揪住靳五的衣袖扯兩扯呶呶嘴示意他蹲下身來，攀住他脖子，把嘴湊上他耳朵：「瞧！看到了？那個駝背的日本小老頭兒就是花井伯伯。」「遊戲銃副理事長花井芳雄？」一愣，靳五昂起脖子，人窩中，打量起那一趟一趟邁著尖頭皮鞋率領著妻兒媳婦的老紳士。簷下一駐足，四口兒哈著腰，魚貫進入了榊和式料理店。靳五望著那家子日本人，呆了呆揪扯住朱鴒，站到霓虹招牌下，擡頭看見簷口五對月白油紙燈籠風中漂盪起十個黑漆日本漢字，榊，嬌嬌嬈嬈。閣樓上洞房春暖，窗口，白髮紅顏酒中耳鬢廝磨。門帘一挑，兩雙和服少女腮渦上敷著白粉送出了六個客人來，笑盈盈簷下一排兒鞠躬。客人中，四個海東少婦穿著一式藏青小腰身裸膀子短旗袍，隆冬天，肩上披攏著一綹純白蕾絲巾，滿臉紅暈，娉婷著高跟鞋拎著公事包簇擁起兩個挺胸凸肚美國中年客。風裡，黑瀑樣，漂漫起一把髮鬟。靳五心一動覷了覷她襟口別著的小銅牌：容琳，臺芳貿易公司。橐躂橐躂那兩個美國生意人裹著冬呢大衣邁出皮鞋站到了燈籠下，挾起零零七公事匣，兩腮酒酡，一臉憔悴，眺望那漫京寒流慈慈花燈只管搔著褲襠，打起哆嗦。路燈下一揚臉，容琳冷起胭脂腮子反手撩了撩腰肢後那把飄颻的髮絲，舔舔唇上那蕾丹硃，乜過眼瞳，望望靳五，掉頭，打開手裡拎著的公事包掏出鑰匙。

一窩兒六個男女鑽進了停在榊料理店門口的綠豹積架，砰碰砰碰闔上黑晶玻璃車門。車頭燈潑燦，一吼，那輛小綠豹飆下人頭洶湧的馮翊路，朔風中，嗥，闖過平交道兜進同軌路，竄失在城心閱兵廣場嵬嵬燈火瀾瀾車潮中。嚀叮嚀叮，西門下條條街口綻響起風鈴，平交道上熛漩起渦渦黑油煙，呼兒喚女，人頭飄竄。北上的莒光號列車一窗燈火潑閃一窗悽厲著汽笛奔向終站。靳五站在榊料理店燈籠下，眺得呆了，一凜，回頭看看亞星鬆了口氣笑了笑。亞星扯著靳五的衣袖，兩瞳子狐疑。赧然，靳五伸手攏了攏亞星白衣上披著的水藍女學生夾克：「那個臺芳公司副理容琳，我認識！以前房東的小妹妹，那時十五歲，剛上高中跟妳現在同樣大。兩個月前我跟安樂新在喜來登飯店門口遇見過她，沒想到今晚——朱鴒呢？」猛哆嗦，靳五跂起腳四下搜望。亞星笑起來瞅瞅靳五的眼睛伸手指指人窩。小丫頭早已溜下了馮翊路，扠腰，昂首，站在華陰路口新世界戲院騎樓外，獨自個不知瞻仰甚麼。靳五躥過車潮，一把抱起朱鴒。格格，小丫頭只管笑著攀住靳五的脖子甩起腰肢後那雙白頭繩，一指。靳五擡頭望去。電影院頂樓大看板上，齜啊齜，似笑非笑，一個美國西部好漢金髮碧眼斜咧起兩瓣嘴皮一口白牙，巇巇叉開腿胯子，朔風中飛颺著頸脖上那蕊子姹紅絲巾，俯瞰小紅町芸芸海東眾生，乜起眼睛準備拔槍。緊繃繃牛仔褲襠子上，雙飛地繡著兩隻粉紅蝴蝶兒。

「丫頭，我道甚麼看得那麼入迷！」靳五揪住朱鴒辮根，扯兩扯：「荒野大鏢客這部電影我老早就看過了。」

「庫林吐伊死吐烏朵！」猛甩頭，朱鴒把辮子從靳五手裡掙脫出來，指住看板上的美國好漢，格格笑不住：「花井伯伯說他最喜歡這個美國明星。」

「妳說誰？」

「克林伊斯威特。」

「哦！」

「日本人叫他庫林吐伊死吐烏朵。」

「我見過妳的花井伯伯。」

「剛剛。」

「唔，還有一次。」

「在哪兒？」

「丫頭！不准多問。」

「偏想知道！」

「有天晚上三更半夜我跟小舞去龍城路看飆車，遇見兩車日本人，車上掛著布條，寫著日本國遊戲銃協同組合，丫頭，妳那花井伯伯，不就是這個組合的副理事長嗎？」靳五抱著朱鴒，人潮中，仰望著漫町燈火一瓢冷月下那個昂藏七尺紅巾飛颺的槍手，忽然背脊涼了涼：

「妳那花井芳雄伯伯今年多大歲數？」

「七十二。」

「一定在中國打過仗！」

「當陸軍上士。」

「真？」

「磯谷師團。」

「真的？在臺兒莊被殲滅的磯谷師團？沒打死他？九命怪貓！」

「花井伯伯自己告訴我爸爸，我媽媽翻譯。」

靳五猛地一怔。朱鴒攀住他的脖子，昂起臉只管覷望電影看板上的美國鏢客，忽然回過頭來甩白頭繩睜住了靳五：「遊戲銃是甚麼？格格，我知道！我是故意考你的。」朱鴒搖頭晃腦樂不可支指住靳五的鼻尖格格笑個不住：「遊戲銃就是玩具槍！咦？姐姐來了。」朱鴒乜起眼睛往燈火人潮中探索起來，掙了掙，蹿下靳五懷抱，拔起腳闖出五六步蹦蹬蹦在克林伊斯威特胯下站住了。

朱鸝抱著書本一身黑棉褲黛綠毛線衣翻出白衫領子，鬢上綴著朵白絨花，滿臉笑，高䠷䠷，依偎著個漂亮大男生，漫步向新世界戲院售票口，時不時，眼一柔，回回眸甩起耳脖上那蓬又黑又濃的髮梢瞅瞅那男生。

眼瞅著眼，人窩中旁若無人小兩口兒。

霓虹下清清爽爽。

「噓！朱鸝跟她的大學男同學楊長林楊哥哥，兩個都讀大一，快訂婚了。」朱鴒擠個眼整肅起臉容伸出食指，噘起嘴唇凜凜瞪住靳五，噓了噓：「禁聲！不要驚動他們。」牽起亞星的腕子扯住靳五的褲腰，躡，躡，繞出荒野大鏢客褲襠子下蹦起腳竄下馮翊路騎樓。

靳五點支菸，迢迢，跟隨著姐兒倆燈火中瀏覽著繽紛的櫥窗，看滿街男女叼著牙籤，扶老攜幼，黑鴉鴉好一片人頭流盪進一杓月光下小紅町迷宮樣丸丸兜睞的紅霓。

北風，人潮。

秀。

玲瓏少女皮件服飾。

豪爺觀光理容總匯。

香帥賓館。

鯤鵬書屋。

龍月子中心。

室女座。

巴灑史。

酷。音樂咖啡。

十幾個男女高中生肩掛黑帆布書包抖簌著土黃卡其校服，牽牽扯扯，糾聚在「酷」樓梯口。羞人答答短髮女生，五六個，瑟縮在男生堆裡把手撐住膝蓋翹起窄裙臀子圍攏成一窩，悄聲咬起耳朵，漲紅面皮，擰一把捶兩拳回眸瞋著男生吃吃笑成一團。「哥們！上。」帶頭的男生竄聳出小平頭宣布談判成功，三聲令下，昂首闊步，七八個男生率領那窩兒兩腮蒼冷滿面紅暈待笑不笑的女生，蹬，蹬，蹬，兜甩起書包，登上那一窟洞嗯呃嗯傳出聲聲呻吟的猩紅樓梯。靳五站在「酷」梯口望著卡其窄裙下那雙雙小腿子，春筍樣白，一雙戰慄著一雙盪起塵埃，蹭蹬著白襪子小黑皮鞋消失在轉角。滿町黑帆布青棉布書包漂蕩肩上，晃啊晃，蓬蓬短髮漫城流竄的風塵中飛颺出株株蒼白的脖子，黑布裙滿大街飄搖。燈火裡一個落單的小女生捏住小錢包，跂著鞋尖，守望在巴瀝史西餐廳樓梯口。靳五叼著菸遊逛下騎樓。筒筒三色燈兜轉人潮中雙雙爪子攫出門洞口環環青紅霓：「進來參考看嘛！大哥。」「少年來洗洗頭抓抓龍骨。」「頭家入來叫兩個十二歲的小囡仔相殺，包你爽歪歪。」「哥，參考參考嘛！我們這家理髮廳攏總是在學女生客串操刀，保證清純度一百哦，哥啊。」花燈下鬖鬖笑靨嘬弄著嘴洞裡的檳榔，啄潑，啄潑，一蕾兒一蕾兒血痰啐出家家觀光理髮廳門口。哈腰陪笑，失禮失禮，靳五道歉著撥開雙雙繾綣過來的蒼冷爪子，一路守護住腰胯，閃躲著拉客的老小男子，穿梭過滿騎樓糾聚逡巡的中學生闔家飯後逛街的老小，獨自個，叼著菸，遛達下京城西門小紅町鬧市大街。槖槖，蹡蹡，銀盔潑燦著紅霓，一隊兒六個憲兵邁著鐵釘皮靴黑瘦瘦挺著墨綠美式冬季制服，撅起臀子拉長下巴，揝住拍紙簿不聲不響穿梭在騎樓下。馮翊路上車潮川流不息，兩條迎面咆哮的花火龍也似。街心人影飄躚，呼兒喚女。一晃一晃，兩丱子白絲線飛盪在人窩中。朱鴒掙紅著臉，甩著辮梢，汗湫湫吁吁喘不知哪裡鑽了出來，覷起眼睛蹙起眉心四下裡搜索，忽一眨，看見靳五，不聲不響兩爪子摻住他的褲腰嘆了口氣跌跌撞撞闖過人潮，把靳五拖到亞星身邊：「你在張望甚麼！害我，害亞星姐，到處找你找了老半天。」臉皮一臊靳五蹲下身來人窩中攬住朱鴒的肩膀子，牢牢摟了摟：「對不起！朱鴒，下回不亂跑啦。」朱鴒點點頭，眼瞳子轉兩轉不知又發現甚麼新奇事，掉頭早又看呆了。奉先街口厚生月子中心樓下，一哄，男女老小挨挨擠擠嘯聚到了金紐約觀光理髮廳門口騎樓。「失禮失禮。」那賣藥的少年郎剛吃過飯嚼著檳榔抹著油嘴請開看熱鬧的人，佝起腰脊哮喘著，從摩托車後座搬下三兩件行頭，往地上一蹲拉起場子。兩枚生雞蛋，一籠花蛇，五六十瓶蛇鞭丸。「今天要各位將目珠張得足大足大，看一下，白娘娘被法海大師關進雷峰塔前和許仙生下的小白蛇，在陝西華山玉泉宮，修行五百年，今天是國曆十二月十三日，黃道吉日，飄洋過海經由美國來到貴地海東寶島，要登場表演吃雞蛋。」朱鴒豎起耳朵聽了聽，掙出靳五的懷抱躥過車潮蹲到金紐約理髮廳簷下來，挨蹭到場邊，悄悄探出脖子，睃望場心那條通體雪白挺身昂首頂著隻小白鼠的眼鏡蛇，一回頭：「他賣甚麼藥？」靳五呆了呆揪揪她辮根：「蛇鞭丸。」「小妹妹，這是我去歐洲丹麥國走一趟拿回來的男人專用的皇帝藥。」賣藥郎蹲在場心，拱起臀子哈哈腰。朱鴒打個哆嗦，一齜牙縮起脖子瞅瞅靳五。樓上，厚生月子中心兩個坐月子的小媽媽把小被褥裹住娃娃，抱下樓來看熱鬧，一聽，臉飛紅，睞著理髮廳門洞裡濃粧豔抹探出脖子的大小姑娘，噗哧噗哧，你擰我我哈你，兩個兒摟著娃娃羞笑成一團。買了藥的男人，五六個，揣著瓶罐逡巡在理髮廳那兩筒兜漩的三色燈下，笑齧齧，朔風中瑟縮著冬衣，扒搔著滿頭亂髮，打量起倚門看街的理髮小姐們傻笑出渦渦蒼冷的笑靨。一鑽，兩個捧著皇帝藥，消失進理髮廳門洞。滿街漂逐的書包黑裙紛紛駐足。呸呸，賣藥的少年郎嚼嘬著嘴洞裡那苞子翠綠鮮嫩的檳榔，撮起地上兩枚生雞蛋，四下團團一亮：「小妹妹，莫再亂問！白娘娘被法海大師關進雷峰塔前和許仙生下的小白蛇，在華山玉泉宮修行了五百年，今天要在貴地表演吃雞蛋。」裝神弄鬼，半天沒動靜，那五六十瓶大補蛇鞭丸可銷了二十瓶。理髮小姐老老小小一門兒抱起膀子，只管凝冷著血絲眸子，眨著水藍眼影，把手摀住哈欠燈下金牙閃閃探著頭瞅乜住滿騎樓男女老小。又有兩個買藥的男人，齧笑嘻嘻，讓兩個少小姑娘攙進理髮廳。「騙人！」朱鴒撅起臀子昂探出脖子蹲在場邊，眼上眼下，只管端詳著白娘娘生的小白蛇頭頂上棲停著的小白鼠，一伸手，捏了捏，竄起身睜起瞳子人窩中指住那賣藥的少年郎：「騙人！這是眼鏡蛇的標本，不會吃雞蛋。」少年郎瞅住朱鴒靦腆嘻嘻綻開兩齦菸屎小血牙來，搔搔胳肢窩，笑不笑，刀削樣兩瓣蒼黃的尖腮子霓虹下一陣紅一陣青變幻了半天，颼地，眼窠裡竄出兇光，嘴洞中啐出兩蕾紅痰。靳五打個寒噤抱起朱鴒，回身，呆了呆：「亞星呢？」看弄蛇的老小男人揣著瓶瓶罐罐的丹麥皇帝藥，一哄四散。兩位媽媽看了半天熱鬧，拍拍嘴巴咬著哈欠，豚弄著懷裡娃娃的腮幫兒，趿起拖鞋撩起睡袍襬子蹬蹬蹬回到樓上月子中心去了。騎樓下人來人往，駐足。「今天要各位將目珠張得足大足大，看一下白娘娘——」理髮小姐抱著膀子，似笑非笑站滿一門洞子。靳五四下搜望了半天一哆嗦背脊上竄出了涼汗來。朱鴒攀住靳五的脖子，睜著望著，忽然眨眨眼甩起辮梢指住燈火叢中。

霓虹漩澴下一臉子紅霞，獨自個，風飄飄，亞星可不就坐在快活林廣場花壇邊。

火樹銀花。

濤濤人頭。

亞星只管揚起臉，眺望那一町樓臺。

靳五摟著朱鴒躥過那六個皮靴鏘鏘巡行街中的憲兵，穿梭過人窩，挨在亞星身邊坐下來，街燈下，呆了呆伸出食指尖悄悄撥去她鬢上沾著的金箔紙灰。

闃窿，闃窿，雙雙眼眸血絲矇矓一窗閃爍過一窗顛盪過西門平交道，猋闖過國民代表大會，嗥，北上莒光號列車又進站了。夜裡熛漩起寒流風，颿颿颼颼，亞星耳脖上一篷短髮梢只管撩拂著她的腮幫兒，一襲白衫子裹著藍夾克，風塵中街燈下，一身水漣漪的白，水漣漪的藍。亞星只管揚著臉望著滿町燈火想著甚麼？靳五心中一凜。冷月下海天遼闊，小紅町上玉樣皎潔高燒起一棟棟水晶宮，蘂蘂花燈，潑灑著漫街衣香鬢影紙紮似的人兒。人潮盪起窩窩汗酸，鬱鬱蒸蒸宛如燒窰。靳五輕悄悄握住亞星的手心，暖了暖。一回頭，亞星瞅著靳五掠掠鬢上亂髮，燈裡綻亮起好兩腮子紅霞：「朱鴒，冷嗎？」粲然一笑，亞星揪住朱鴒辮梢扯兩扯從靳五懷裡牽到自己腳跟前，扳起她下巴，左看右看忍住笑，撮起她鼻尖擰掉兩把鼻洟，整整那身土黃卡其小學生冬制服，一摟，攬到心窩上，解開兩根白頭繩啥到嘴裡，往裙袋掏出梳子不聲不響梳理起朱鴒那兩根小花辮來。大陸冷氣團，波波南下。滿町依偎的男女裹起厚重冬裝，紛紛緋緋飄零起好一街花絲巾。朱鴒挨在亞星懷裡，看癡了。大小三個，一窩兒坐在町心小小一座廣場花壇階上，半天，靜靜地，望著對面快活林商場大樓層層燈火中不住鑽動晃蕩的大小人頭。小吃街鬧烘烘，日光燈雪似通明。眨啊眨，朱鴒悄悄嚥了兩口水只管睜圓瞳子，瀏覽著一町兜炫的青紅霓中一扇扇黑晶玻璃門，那神情，笑不笑，彷彿在探索著甚麼新奇事，可又流露出滿臉子的無邪。

一雙辮梢風獵獵。

——朱鴒。

——嗯？

——想不想吃碗紅豆湯？

——不想。

——熱呼呼甜滋滋紅豆湯？

——不想。

——打電動玩具？

——不想。

——歌廳聽歌？

——不想。

——那妳想做甚麼？

——想變戲法。

——嗯？

——把牆都變不見掉。

——幹甚麼？

——看裡面的人都在做甚麼！

靳五猛一怔。

朱鴒只管搜望著那滿町黑門洞筒筒三色燈，寒月下，一京瓊樓玉宇。

——丫頭！妳怎麼那麼好奇？

——我不知道。

一甩辮梢，朱鴒格格笑。

亞星瞅著這一大一小一問一答問著答著眼瞪眼又對上眼睛，忍不住哈哈大笑，瞪兩瞪，玭玭牙，摟起朱鴒捏住她腮幫兒擰了兩把。朱鴒動也不動只管冷冷睜著瞳子。靳五眼皮猛一跳眨兩眨，輸了。嘻嘻，小丫頭擠擠眼睛，擦擦鼻涕，猛地縮起肩窩鑽進亞星懷裡張牙舞爪哈起她胳肢來。靳五蹲在花壇上，瞅著姐兒倆笑鬧成一團，心一暖，伸根指尖刮刮朱鴒腮幫逗弄起她那隻凍得通紅的鼻子，扯起破嗓門，放悲聲哼起那首告爹娘：「手拿一張無情狀淚流兩行急急忙忙跑入公堂，告俺的爹娘：愛銀錢，將俺賣在煙花巷，喪盡天良！到煙花，十三十四學彈唱醜名外揚今日姓李明日姓張——」朱鴒趴在亞星懷裡攀住她脖子，望著靳五，聽著，笑著，霓虹下滿臉子紅灩灩燦開的春花甚麼時候就凋萎了下來，眼圈兒倏地泫紅了，朔風中眨漾起兩瞳晶瑩的淚珠。靳五呆了呆心頭一剮，躥下花壇，從亞星懷裡攬過朱鴒，胳臂一緊，把她那雙飄飀的白頭繩兩瓣兒淚水涔涔的腮幫，暖暖摟藏到自己心口。亞星咬起下唇來，揚起臉眺望那漫町燈火樓臺。大小三個，靜靜挨坐在町心快活林廣場中央紅磚花壇臺階上。

花霓如蕊，北風似刀。

「朱鴒。」

「嗯？」

「回家了吧？」

「不想。」

「我剛唱歌是逗妳玩的！」

「知道。」

「怎麼難過了？」

「一下子悲從中來。」

肩膀子一顫，朱鴒望住靳五抽噎了噎。

靳五心中一酸把朱鴒給摟緊了。

風潑潑，滿場子漂盪起青布書包黑布裙子，男女學生窩聚水銀街燈下，窸窣，哆嗦，眢望著一瓢月光下城心那穹窿凜冽的華燈急切地談判著甚麼。嘩喇嘩喇，潮騷般，小紅町三條大街馮翊路京兆路扶風路人頭飄竄，金光燦爛，洶湧著一濤濤紅燈迸綻的車龍。

朱鴒反手捉住腰肢後那雙飛蕩的辮梢，扯兩扯，淚光中一睜眼，怔了怔，彷彿又看到新奇事呆呆歪起頸脖往人窩裡瞜溜起瞳子。

靳五攬住她肩膀子，順著她眼光望過去。

橐躂，橐躂，街燈燐粼人影雜遝的小廣場上兩隻軍皮鞋綻響。方額廣頤，兩腮滄桑，馬清六獨自個滿場子來來回回逡巡不停，又從街口踅回來，一瞄，駐足，端詳起看板上群雌粥粥一身春衫薄的海東歌舞女郎，舉起腕子，覷覷錶攢起眉心，四下裡狐疑望了望，背起手悄悄踱到快活林大歌廳售票口，探出頸脖往窗洞裡睄了睄。洞中寂沉沉，半天沒動靜。回眸，馬清六踮起腳眺望廣場上的電鐘，對對錶，搖搖頭，邁出大頭軍皮鞋橐橐穿梭過水銀燈下一簇一雙中學生，滿臉疑惑，又踅回長武街口，迎著朔風瞟著手錶出起神來。靳五呆了呆。朱鴒早就抹乾了眼淚把手攀住靳五脖子撥開他鬢上的亂髮，噘起嘴湊到他耳朵上：「這個大漢姓馬！上次你帶我上學，記不記得他闖紅燈走過來攔住你講話？」「他上過我的課。」「哦！你這老學生是哪裡人？」「湖北省自忠縣。」「哦，避秦。」「丫頭妳說啥？」「他孤伶伶流落在海島是因為逃避大陸暴虐的共匪，跟黃公夏教授一樣。」「丫頭，他是退伍軍人！十五歲就當兵，攻過城。」「哦。」「上次我在他老鄉佟老闆店裡吃牛肉麵——就是襄陽街宜城街口那家呀，辣呼呼牛肉麵，妳不剛吃過嗎——他喝了酒自己跟我講的！三十八年在鄂北，隆冬天，我軍大清早急行軍冒著大風雪追殺共匪一路追到萬山城下，三萬官兵齊呼革命萬歲，喊殺連天衝向城腳。城上火炬通明，共匪機關槍手榴彈火藥包全都出籠了，我軍爬城，暴露在敵人火力下，毫無掩蔽，雖然奮勇異常，然而竹梯尚未架牢，攻城我軍即已全部被共匪擊斃，無一倖免。這時，萬山城下漢水河面上大風大雪中停泊著一艘英國炮艇，指揮官舉起望遠鏡——」「嘟嘟嘟。」「丫頭？」「吹法螺。」「那個馬清六自己這樣跟我講的！」「噓！」朱鴒挨站在靳五懷裡攀住他脖子捏弄著他耳朵，聽他講馬清六攻城，一呼，伸出食指噘起嘴唇，甩甩兩根白頭繩回眸端詳那蹙眉看錶踱蹀而過的海西大漢。靳五摟住朱鴒細細一瞄，怔了怔。龍驤虎步，邁一邁皮鞋回一回頭，馬清六把他那套終年不離身的黑冬舊西裝給換下了，兩鬢子，揉捲得油光霜亮，大寒天，一件簇新黑皮夾克兜在肩膊上，白襯衫領口飛颺起兩莖兒孔雀藍絲巾。紅霓下紫蒼蒼，滿臉膛風霜。笑不笑朱鴒乜著瞳子看得傻了。快活林商場大樓底樓電梯晃盪一開，風中，滿門廳花燈裡，娉婷著高跟鞋走出了兩個少小歌舞女郎，小肩子大臀兒，腮幫上紅一瓣紫一瓣搽著蕩人心魂的油彩，兩胴身子裹著春衫裙，飀啊飀。一睥睨，雙雙挑起水藍眼皮藐了藐滿場子臌擁著冬裝的男女老小，挽起膀子咬起耳朵，笑著瞟著，咕咕呱呱往奉天街熱烘烘小吃街蹭蹬過去。朱鴒望著那兩臀兒抖蕩飄飀的小小青羅裙，一嘆：「娃娃臉，婦人身！注射荷爾蒙催熟的呢。」靳五愕了愕。朱鴒格格兩笑伸根指尖撥了撥靳五的睫毛。售票窗口，燈光一燦。滿場子四下裡躥出一千老少男子，雙雙對對草綠軍裝阿兵哥，掏出錢包蠭湧而上。回眸，覷錶，馬清六亢昂起脖子鬆鬆領口紮著的孔雀藍絲巾，邁出大頭軍皮鞋，穿過人窩踱向快活林大歌廳票窗，猛一怔煞住腳步呆了呆。靳五抱起朱鴒笑嘻嘻哈了個腰。水銀燈下，玼玼兩笑，那張國字臉膛皺起滿額風霜綻亮開好一口白牙。馬清六豎起兩隻手指，觸觸額頭，回身把皮夾插回後褲袋，趑趄半晌，兜起肩膊上那件黑皮夾克徜徉過街口黑裙颩颩一簇女生，蹦躥過紅燈，絲巾飄飄橐蹋橐蹋，一步沉重一步遛達進定平街，獨自個，朔風中，消失在小紅町那一洞天水晶燈宮黑濤濤起伏的人頭裡。

朱鴒癡癡眺望半天：

「第十！」

「嗯？妳又發現甚麼了？」

「這條馬路上，第十間診所招牌寫著——」朱鴒指指馮翊路奉先街口金紐約理髮廳隔壁厚生診所，噗哧一笑，玼玼小白牙，攀過靳五的脖子把嘴巴噘湊到他耳朵上：「精割包皮，無血無疤。」

「朱鴒丫頭！」臉皮一燥靳五怔了怔：「妳一路數診所的招牌啊？」

「嗯！」

「妳太好奇了。」

「甚麼是皮花科泌尿科——」

「丫頭！」靳五一巴掌封住朱鴒的嘴，擰擰她腮幫扳起她下巴，水銀街燈下，左看右看，只管皺起眉頭端詳著她那張不過巴掌大的皎白小臉子：「朱鴒，妳那顆心生了十五個竅，太聰明！不好。」

「為什麼不好？」

「命歹哦。」

「哦！別人的心有幾個竅？」

「一個。」

「亞星姐的心呢？」

「三個竅。」

「你的心呢？」

「兩個。」

瞔，朱鴒呆了呆歪起脖子乜起眼睛瞅瞅亞星回眸又瞄瞄靳五，待笑，不笑，半天一甩白頭繩，自管搜望起厚生診所門口鑽進鑽出的老小男子來。

寒流夜。

小町紅。

鬱鬱蒸蒸一城男女裹著厚重冬裝，燜熬出腋下窩窩汗酸。

閧窿，閧窿，北上莒光號列車金光燦爛闖開朔風，嗥過城心閱兵廣場玉燭巍巍總統府。亞星敞著夾克領口靜靜端坐快活林小廣場花壇階上，托住下巴，一撩一撩，撥著眉眼間風亂的髮梢，側起臉，好半天瞅望住定平街口人窩中孤冷冷一個女孩子。水銀燈下兩腮水白。只見那女孩細伶伶小身子披掛著寬大的黑呢風衣，手心捏住小錢包，守在街口蒼涼四顧。「她站在那裡快一個鐘頭！」亞星說。靳五心中一凜，握過亞星的腕子燈下看了看錶。電梯開處，血絲瞳瞳，快活林商場大樓底層潮水般流洩出雙雙男女闔家老小，個個齜咬著哈欠。快活林大歌廳晚間頭場表演散場了。小吃街上，亂髮蓬鬆洶湧起人頭。那女孩掏出兩張入場券蹭蹬著高跟鞋趕到電梯口，揉起眼皮，跂望半天，波波人潮餓腸轆轆傾洩乾淨了，才回轉過心神來，擡起腕子看看錶，對對廣場上的電鐘，嘆口氣，捏著小錢包揸著入場券獨自個又守望到街口水銀燈下。怯生生，十五歲。靳五呆了呆悄悄看了看亞星。一雙瞳子，水樣清柔。亞星瞅望著煙塵中那襲飄搖的黑呢風衣兩瓣尖冷的腮子，呆呆托起下巴，自管想著甚麼。嗷，嗷，漫街咆哮起渦渦摩托車，馱載著家家上完歌廳的父母子女披星戴月飆竄回家去了。滿場子北風峭急，黑裙飀遢起肩肩書包。男女中學生一窩一簇窸窣哆嗦啃著鹵鴨翅膀鹵雞脖頭，打情罵俏，還只管糾聚街頭。橐橐橐那隊兒六個憲兵邁著鐵釘靴，撅扭起臀子綳住腮幫不瞅不望魚貫穿梭過廣場上盞盞水銀燈，銀盔潑燦。朱鴒縮起脖子，痀瘻起那身土黃卡其上衣長褲趴在靳五懷抱裡，鼾鼾，早就睏著了。鼾聲中猛一哆嗦，小丫頭眨了眨兩蓬子烏亮烏亮的睫毛狐疑地豎起耳朵。靳五怔了怔撮起兩根指尖，輕悄悄，撥開她的眼皮湊上前去。

「丫頭！」

「嗯？」

「聽到甚麼了？」

「哈利路亞哈利路亞——」

「甚麼？」

「有人唱美國經。」

靳五豎起耳朵車潮中聽了聽：

「朱鴒，妳那雙小耳朵怎麼那麼靈？」

「我不知道。」

咭咭咯咯。

一笑，朱鴒驀地睜開眼睛，喊著熱，掙脫靳五的胳臂，捋起袖口揉揉膀子上那一蕾子櫻桃大的瘀血，咬了咬牙，絞起眉心。兩腮子小梨渦睡夢中給凍出好一雙紅暈來，哈䶎！涕泗迸濺打個噴嚏。「好睏哦？」靳五撥開她眉心上兩鬈劉海，水銀燈下瞅了瞅她眼瞳：「醒醒！喂，坐公共汽車回家去了嘍。」靳五哈哈她胳肢窩叫她站穩，替她整了整卡其上衣領口裡密匝匝裹著的紅毛線衣，抱著她站起身。眼瞳一泫，朱鴒玼著牙咬住了個大哈欠沉下了臉來。

「怎麼，ㄚ頭？」

「不回家！」

「那妳還想幹甚麼？」

「還想迌迌。」

「剃頭？」靳五揪起朱鴒腰肢後那雙白頭繩指指金紐約理髮廳：「好！我帶妳去。」

「不是剃頭髮啦，海東話流浪啦。」

「還想逛？」

「嗯！」

朱鴒懶洋洋把條胳臂纏繞住靳五的脖子，咬住兩個哈欠，揉起眼皮，肚子轆轆一響，鼓起腮幫兒悄悄覷望著那條燈火蒸騰人頭晃漾的小吃街，指縫裡瞟啊瞟，好半晌臉一紅，瞄瞄靳五，別開了臉去朝亞星吸吸嘴巴。

靳五哈哈大笑：

「餓了？」

「嗯。」

朱鴒回過頭來一揚臉睜圓了瞳子狡黠地瞅住靳五，一眨，不眨，悄悄嚥下兩口水。

亞星早已站起了身來，背著手，揚起臉，寒流裡短髮蓬飛只管笑出兩瞳子的光采一臉子的清柔，佇立街燈下，靜靜瞅著這大小兩個。靳五看看她笑了笑心頭一煖：「亞星，妳也餓了。」騰出一隻手來，替她攏了攏身上那件水藍女學生夾克領口，把拉鍊拉到脖子上，抱著朱鴒，朔風中大小三個依偎著，鑽過快活林大樓漫天血雨般一簇閃潑一簇的紅霓，穿梭過囊囊巡行的憲兵隊，滿場子流晃的人影，廹廹，遛達，挨擠進小吃街熱烘烘一堂堂埋頭嘬嗟的吃客堆裡。

朱鴒回眸望了望，一睜扯扯亞星衣袖：

「那女孩子等到男朋友了！」

「真的？」

「是嗎？」

靳五亞星雙雙一回頭。

定平街口孤冷冷守望在路燈下的那個十四五歲少女，趿著高跟鞋，泫然，一揉眼皮，捏著小錢包三腳兩步躥過車潮，風中飄颺起肩胛上那襲黑呢大衣，蹭蹬蹭，踩著高跟鞋奔下馮翊路，一跺腳，在厚生診所簷口外站住了。一個少年十五六歲痀瘻著深藍小西裝，齜啊齜，叉開褲胯子鑽出診所，猛擡頭愣了愣。小兩口眼瞪眼，對峙在人行道環環花霓下滿街漂逐的男女中學生堆裡。抓耳搔腮，一哈腰，少年陪起笑臉攬住少女的肩膀子，咬耳朵講起悄悄話。蹬蹬，少女往後躥開兩步，忍住笑，一臉古怪眼上眼下打量起那少年來，噗哧！咬咬嘴唇擦擦淚眼，昂起脖子望望簷上厚生診所那塊燈光雪亮的壓克力招牌。少年鬆了口氣，鬆鬆褲襠，揉揉胯子，從少女手裡接過兩張入場券摟起她的腰肢，捏兩把，噘起嘴往她額頭啄一啄。小兩口廝摟著，徜徉過人潮車潮走進了快活林大歌廳電梯。

朱鴒一呆：

「你看他走路的樣子！」

「誰？」

「那個男生。」

「他剛看過醫生。」

「你猜他幹甚麼去看醫生？」

「我怎知道？」

「嘻嘻，我知道。」

「丫頭兒！」

「我是故意考考你。」

朱鴒樂不可支。

靳五哈哈大笑擰了擰朱鴒的腮幫。

臉一紅，亞星咬住下唇。

朱鴒顫了顫：

「走！」

「怎麼了？」

「那個鬼跑來了。」

「誰？」

「花井伯伯。」

靳五抱著朱鴒回回頭。蹺，蹺，花井芳雄父子倆邁著尖頭高跟皮鞋，板起腰桿，西裝筆挺，率領著兩個一身玲瓏花花鳥鳥包裹著和服木屐蹬蹬的小女人，魚貫，躬腰，賠著禮挨擠過滿町人潮，遛達下馮翊路騎樓來。一家四口子，父子婆媳，兩對兒晚飯後上街觀光，愣伸起脖子，呆呆瀏覽著海東京城寒流中一町夜市丸丸紅霓菊菊燈火，時不時，駐駐足，湊成一窩兒咬起耳朵指指點點。靳五抱著朱鴒跂起腳，人頭堆裡，望著那兩株剝露出和服後領口春筍樣白的小脖子，半天出起神來。朱鴒掙了掙躥下靳五懷抱，牽著，扯著，一爪子拶住他後褲腰把他揪進小吃街口火鍋店，落了座，眨個半天，揉著眼皮趕跑睡魔，瞅住靳五格格兩笑，日光燈下只管晃甩起那兩蓬子花辮梢一雙零落的白頭繩。

「他不是人，他是個鬼。」

「妳說花井伯伯？」

嘻嘻，朱鴒點了個頭。

滿堂春煖——

好菜香！

靳五瞅瞅姐兒倆悄悄嚥下兩口水。

一睜朱鴒指住他：

「你！」

「我甚麼？」

「笑我！你也嘴饞。」

好一臉凜然。

靳五愣了愣挑起眉毛眼上眼下把個朱鴒打量了半天，看得小丫頭呆了呆，臉一揚，板起臉孔隔著檯面冷冷回瞪過來。靳五眼皮猛地眨了眨。「朱鴒，我瞪不過妳。」哈哈大笑，把手伸過檯面咬咬牙揪住朱鴒辮梢上紮著的兩綹子白絲線，狠狠，輕輕，晃兩晃扯兩下。大小三個圍聚著小小塑膠檯子操起塑膠筷，熱呼呼，夾著那ㄖ海東雜菜和式火鍋。晚上頭場電影散了，呼兒喚女，一渦悽厲一渦小紅町四面八方猋竄出摩托車，馱載著家家老小喧囂起喇叭。漭漭紅塵迷漫，一波一蕩，漂逐出紅男綠女，蜷縮著繽紛冬衣愣睜起血絲眼眸雙雙對對摽結住膀子，踉踉蹌蹌，流瀉進奉天街小吃街燈火肉香中來。滿街嘬噬。齜嘻齜嘻，朱鴒夾著肉丸醮著辣椒沙茶，早已吃出兩腮子紅霞一頭臉汗珠，眼瞳一轉呆了半晌，望住牆頭鏡中三個人影，噗哧，憋住笑：「蓬頭垢面！頭髮上都是紙錢灰，像三個才送葬回來的孤兒。」格格兩笑，忽然想到了甚麼只管怔怔打量起靳五又回眸乜了乜亞星：「我們三個，天南地北，你是南洋客家人，亞星爸爸山東人媽媽苗栗人，我爸爸生在江蘇邳縣長在南京落籍海東，媽媽臺南人，咦？嘻嘻，我們三個怎會湊到一塊在這兒吃火鍋？」「唉，萍水相逢！丫頭。」「避秦？四十年前蔣公帶領我們渡過海峽，像摩西分開紅海。」「妳真聰明哈䖙快吃火鍋。」猛一嗆靳五涕泗迸濺呼天搶地打出了個噴嚏。朱鴒呆了呆，瞳子一柔，拍拍他胳臂嘆了口氣問老闆要來熱毛巾，握過他的手，拭了拭，叫他自己把鼻涕擰乾淨，回頭瞅瞅亞星望望牆頭鏡，好半晌一甩白頭繩，自管覷眺起店簷外那漫町燈火人潮中天際一瓢寒月，癡癡出起神來。小吃街，燒窯般，家家店門口油花迸爆北風中熛漩起渦渦肉香。橐躂橐躂，炊煙中孔雀絲巾一飄，遛達出了馬清六來。只見他把簇新黑皮夾克兜甩在肩膊上，獨自個龍驤虎步，蹁躚，逡巡著穿梭過騎樓下桌桌春衫薄吆三喝六的歌舞女郎理髮小姐，來來回回只管踱方步。花燈下兩鬢子油黑霜白，亮堂堂一臉滄桑。朱鴒停下筷子乜起眼睛呆呆望著馬清六一來一回的踪影，忽然絞起眉心，緊摀住胸口噁了噁，扯過靳五的衣袖把嘴巴湊到他耳朵上：「八個野縷又來了！」「哪八個？」「我們在襄陽街吃牛肉麵，看見八個鑽進千葉賓館的日本人呀。」「哦！陰魂不散到處亂鑽，滿城找女人，這會兒又遊蕩到小紅町這兒來了。」靳五怔了怔，望望店簷外。快活林廣場蕾蕾銀燈下，一隊兒八瘦子，搖著褲襠，邁著尖頭高跟各色皮鞋彳亍出了八個西裝光鮮的東洋老翁，魚貫，蝦腰，株株短脖子掛著照相機，穿梭過滿場子糾聚的男女學生，駐足到小吃街騎樓下來，咬起耳朵嘰哩咕嚕，脖子一縮，齊齊鑽進了倈倈百貨公司後門防火巷，排排站，捉對兒，解開西裝褲襠，背對一街男女吃客窸窸窣窣掏摸了半天撮出根根朘子。八隻西裝臀子猛一翹。噓，噓，噓。朔風中八顆顱子翻飛起花髮，悽悽惻惻哼起東洋歌：

君為代呢
千代呢
八千代呢——

一齜牙，齊齊闔起了眼睛長長嘆出了口氣抖抖朘子，扣上褲襠。八個老翁哈起八桿腰，朝小吃街滿街吃客鞠個躬，舉手敬禮，和六個巡行街中的憲兵擦身而過，一隊兒邁出皮鞋，蹭蹬，踉蹌，又是唱又是哭遛達下大街消失在海東寒夜蕊蕊紅霓叢中。

朱鴒聽傻了。靳五看呆了。

「那幾個老阿本仔吃醉酒啦，放完尿，又要去找小姐再打一炮啦。」笑瞇瞇，一個少年郎挨擠過人窩向靳五打個招呼。蜂腰，小臀，骨坳坳的身子綳裹著黑喇叭長褲披掛著蘇格蘭呢大風衣，一瘸一瘸，沿家逐桌打恭哈腰，向座中的男客派發公司名片：「大哥，請多利用，謝謝。」

靳五接到手裡，掃兩眼。

小菁少女服飾店五九╳四四〇四。

「大哥，參考看！」那少年郎挨在桌旁撅起兩瓣歪小臀子彎彎瞟定亞星，勾一眼，笑兩笑，綻開兩顆大魔牙，日光燈下血泡泡齜嘻向靳五：「撥個電話，保證大哥滿意。」

朱鴒歪起脖子乜起眼睛靜靜瞅著他。猛一凜，少年縮起肩窩，伸出爪子撮了撮朱鴒肩膀下那兩根颼地一甩的白頭繩，啐了口檳榔汁，哈腰，道擾，扭起小蜂腰瘸起細伶伶兩條青蛙腿，瞇笑瞇笑，逐桌招攬男客去了。朱鴒回眸瞅起靳五，似笑非笑。一怔，靳五把名片塞進襯衫口袋回頭看看亞星。滿堂十來桌火鍋蒸騰起的湯霧裡，一臉清湫，亞星耳脖上那蓬短髮髮根上早已綴起汗珠。好兩腮幫兒紅霞！靳五笑了笑，探過脖子瞅瞅她白上衣胸前繡著的四個藍色小楷體字：玉關中學。亞星揚起臉，一笑，勾起小指尖挑挑眉梢上汗濕的髮絲。朱鴒抖抖土黃卡其上衣領口，喊起了熱，捋起衣袖，揉了揉皎白小膀子上櫻桃般猩紅的一塊瘀血。靳五咬咬牙，擱下筷子握過朱鴒的腕子日光燈下看了看她胳膀：「還痛不痛？朱鴒。」「有時痛有時癢。」「把妳的膀子擰成這個樣子，還說心裡疼妳疼得說不出來！主八，花井芳雄。」靳五狠狠呸了兩口。朱鴒仰起臉瞅住靳五半天不聲不響，忽然掙脫他的手，擦擦眼睛，淚光中一甩辮梢，回頭自管瞅望起那滿店堂鑽進鑽出派發名片的少年瘸子。只見他披拱著蘇格蘭呢風衣，蹎一蹎腳，扭兩扭腰，朝一對對耳鬢廝磨的情侶五六桌闔家圍爐的男女老小，瞇笑瞇笑鞠躬致歉，把名片遞到男士鼻頭下擠擠眼睛：「頭家，請利用這支電話！」「大哥參考看嘛！」猛回頭，那少年打個哆嗦瞅著朱鴒眼上眼下打量半天，伸手摸摸自己腦勺子，綻開兩枚大板牙，遞個眼色。一怔，朱鴒摸摸後腦瓜，拈下了兩片焦黃的金箔紙，燈下瞧瞧，格格兩笑，甩起兩根白頭繩覷了覷靳五勾過胳臂攀過他的脖子，叫他低下頭，尋尋撥撥半天拈出滿頭金紙灰。靳五哈哈大笑望望牆頭鏡，一呆，愣瞪，瞅瞅亞星，叫她伸過頭來替她拈乾淨了耳脖上那篷子俏亮的短髮。

「瞧我們三個人！」

「灰頭土臉。」

日光燈下亞星燦笑如花。

朱鴒樂不可支。

呆呆，靳五瞅著汗珠清瀅肩併肩端坐在檯子對面的姐兒倆，不知怎的，忽然心中一酸：

「妳們兩個——」

「嗯？」

「是？」

「要好好給我保重！」

「嗯。」

「是。」

靳五笑了笑揪住朱鴒辮根：

「萍水相逢——」

「朋友一場！」

眼圈一紅朱鴒咬咬下唇甩脫了辮子，掉頭，半天不吭聲，自管歪起脖子，凝望著火鍋店門外大寒流中金光燦爛車潮澎湃的小紅町。朔風潑潑，町心快活林廣場繁燈似錦，人影雜遝。

亞星停下筷子，把雙手兒交握在膝上，呆呆瞅著檯心碧燐燐一爐瓦斯熱騰騰一口火鍋。蹎瘸蹎，少年郎撅著歪臀子，揝著兩疊名片，撩起蘇格蘭呢大衣穿梭過騎樓下圍爐消夜的老少理髮小姐，鑽進隔壁海鮮店，打恭，奉呈名片，請座中男客參考看看。朱鴒端坐凳上怔怔望著簷外廣場，猛一睜豎起了耳朵。

「丫頭！」

「嗯？」

「聽到甚麼？」

「美國人來傳教。」

「怎麼知道是美國人？」

「前天中午來我們學校門口傳過。」

靳五探出脖子。

月下，快活林廣場憲兵皮靴鏗鏘聲中駛進了輛天藍五十鈴小貨車，祖孫三代十幾口，一家子，黃毛綠眼兒，衣衫襤褸翩躚車上，頂著漫城流竄的朔風只管舒展著四肢，中了蠱般，婆娑起舞。炊煙飛潑滿場子水晶燈火中，哆嗦，瞰脹，擁著冬衣啣著牙籤，圍聚起滿町上過歌廳看過電影吃過消夜的雙雙情侶闔家老小，一個個嘻瞇瞇笑，縮住肩窩昂出脖子端詳起那輛小貨車。那家子美國人自管載歌載舞，不瞅也不睬，滿臉喜悅，簇擁著，瞻仰車上那個蒼涼矗立在兩隻啤酒箱上的美國後生。滿頭怒髮，花燈下金光燦爛。小貨車蕩漾著快活林大樓叢叢兜睞的紅霓，鏦，鏦，鏦，揿著喇叭，驅開盞盞水銀燈下兜著書包啃著鹵鴨脖頭的男女中學生，讓過巡街的憲兵隊，停泊到火鍋店簷外。眼一睜，碧熒熒，那美國後生倏地伸出了一條胳臂，滿臉慈愛兩瞳悲憤，凝視住小吃街風冽冽熱烘烘一街飲食男女。

「他剛罵甚麼？」一凜，朱鴒兩爪兒攫住靳五的衣袖。靳五哈哈大笑撮起筷子覷準朱鴒的眉心，輕輕戳上兩戳：「你——不可殺人。」

朱鴒呆了呆。

嘻嘻嘻。

五十鈴小貨車上有個年輕的華僑女子打著哆嗦，趑趑趄趄，寒流中兩腮蒼黃，佝僂起腰上那件紅藍滑雪夾克，蹦躥出舞蹈歡騰的美國一家子，悄悄挨站到後生腰眼下，伸手一戟，硬生生操起廣東官話，腼腆笑兩笑，指住了嘯聚到貨車下齜著牙籤愣愣瞪瞪的老小祖國同胞：

「上帝愛你們的心，乃是如此。」

「哈利路亞！」

「哈利路亞！」

滿車美國老小竄出膀子。

一粲，朱鴒睜圓瞳子看得傻了。

「她是誰？」

「通譯。」

朱鴒猛地打個嗝。

「那個美國男生是誰？」

「哪個？」

「站在啤酒箱上指指點點的那個。」

「他演上帝。」

「那個紅鬍子演誰？」

「摩西。」

「他們在演甚麼？」

「傳十誡。」

睫，朱鴒回頭乜住靳五，笑了笑一甩白頭繩躥下塑膠凳子，鑽過桌桌吃客，跑出店門，站到小吃街簷口火光琰琰刀鏟割割一排塑膠紅燈籠下來，笑，不笑，扠起腰昂起脖子，瞻仰著小貨車上如醉如癡似喜似狂一家美國人。

華僑女子腼腆嘻嘻冷風中顫抖著兩瓣蒼黃的腮子，蜂兒採蜜般，穿梭著那美國家庭舞群躥進躥出，指戳著車下一眾男女。鏉鏉，鏉鏉，司機揿起喇叭，嚼豚著檳榔瞪兩瞪，驅開一窩兒五六個攀住男生脖子探望進車窗的中學女生。一瓢月下，啤酒箱上，那美國後生穿著藍斜紋布西洋農夫工作服，隆冬天捲起白襯衫袖子，臌臌叉開胯子，昂藏七尺滿眸悲涼，俯瞰著小吃街上芸芸海東眾生，一睜，燦起眼珠伸出胳臂，金毛狨狨一手指住小紅町漫天花燈眨爍下車潮中那滿街漂逐的男女，斜齜起兩排皎白牙，叱吒，呵責了聲。華僑女子倏地竄出那家子載歌載舞的美國父子婆媳祖孫，依偎著站到後生腰胯下，手一戟，指住朱鴒：

——你不可姦淫。

——哈利路亞！

——哈利路亞！

——上帝愛你們的心，乃是如此。

——你不可偷盜。

——哈利路亞！

——哈利路亞！

——你不可作假見證陷害人。

——哈利路亞！

——哈利路亞！

——上帝愛你們的心，乃是如此。

——你不可貪戀人的房屋。

——哈利路亞！

——哈利路亞！

浩浩瀚瀚，稱頌上帝的名。五十鈴小貨車上穿花蝴蝶樣翩躚著男女老小一窩黃髮綠眼兒，倏地伸出條條毛膀子，一排，目光睒睒，指住了燈火通明油煙蒸騰小吃街滿街吃客。中天一瓢冷月，水似蕩漾。朔風中，朱鴒站在火鍋店簷口兩盞晃盪的紅燈籠下，一眨不眨，昂起脖子，望著啤酒箱上金鬃飄飄神光赫赫獨自個矗立的美國後生，不知又在探索甚麼，半天出起了神來。滿場子濤濤人頭中車上車下大小兩個，眼瞪眼對峙著。噗哧，一眨，朱鴒瞇起眼睛，甩晃起腰肢後兩蓬辮梢，伸出食指尖指住車上的美國後生吃吃笑個不停起來：「庫林吐伊死吐烏朵，砰！砰！」後生齜齜牙，悄悄眨個眼。靳五怔了怔哈哈大笑。亞星望望那後生，呆了呆，端坐凳上汗水清瑩噗哧笑出了滿臉紅霞兩眶淚光。滿堂客人，一鍋鍋焦燎起的湯霧中，停下了筷子，愣愣瞪瞪探過了頭來。

碧燐燐一爐爐瓦斯火舌，人頭蒸蒸。

——哈利路亞！哈利路亞！

——我們在天上的父。

——願人都尊你的名為聖。

——願你的國降臨。

——願你的旨意行在地上如同行在天上。

——哈利路亞哈利路亞！

——因為國度權柄榮耀全是你的。

——直到永遠，阿門！

——哈躭！

——哈利路亞哈利路亞！

——上帝愛你們的心，乃是如此。

紅燈潑閃。

貨車上，那穿梭著美國家庭舞群躥進躥出伸一指宣一句的華僑女子，倏地煞住了腳，兩腮蒼冷，篩糠般，顫抖起肩胛上披掛著的紅藍滑雪大夾克，機伶伶打個噴嚏，就地一鑽，瘦痀痀挨躲到白牙美國後生兩條修長腿胯下來。那家子傳教士載歌載舞正在興頭上，一個個跟蹌跟蹌停下腳步，臉煞白，一瓢寒月漫町華燈下，只管愣睜起雙雙綠眼眸，頂著朔風昂探出顱顱金鬈子，中蠱般，滿瞳子狐疑，朝馮翊路鬧市大街靜靜張望。

四輛警車飆漩起紅晶燈闖進快活林廣場。

潑紅，潑紅，一町悽厲起警笛。

滿店吃客，鬨然回首。

朱鴒站在簷口跂起腳呆呆覷望著，猛一蹦蹬，拔腳，頭也不回拖甩起辮子，竄出火鍋店門口圍爐的理髮小姐老少恩客，鑽過橐橐魚貫穿梭騎樓下的六個憲兵，一溜風鬼趕也似，朝快活林廣場學生堆中跑過去。

靳五跳起腳來，撈起亞星的腕子，跑到櫃臺會帳，跟上滿場子洶湧的人頭奔向對面郃陽街滿街服飾店。霓虹兜潑，人影幢幢，五光十色早已嘯聚起好大一窩看熱鬧的男女，黑鴉鴉冬衣臌脹。四輛警車門門大敞，竄出十來個一身冬黑制服的警察，橐蹽，橐蹽，皮鞋混響銀棍竄亮，風也似闖進了燈光雪亮滿櫥窗衣香鬢影的小菁少女服飾店。

人窩裡，一雙小花辮兩根白頭繩只管亂晃。

靳五嘆口氣：

「還笑！」

「麻煩你抱我一下。」

朱鴒把雙膀子勾住靳五的頸脖，兩腮汗，滿頭灰，漫城寒流風中，只管覷住簷口紅霓，睥睨著騎樓下鑽聳起的一窩人頭。

「朱鴒！」

「嗯？」

「我同妳約法三章！」

「好的。」

「妳不可不聲不響說跑就跑。」

「好！」臉容一端，朱鴒使勁點個頭，攀住靳五的脖子俯下腰身來伸出小指尖挑起他的小指頭，勾了勾：「第二條是甚麼？」

靳五呆呆想了想。

「沒了。」

炫漩，炫漩，四盞紅警燈潑照著滿坑滿谷愣瞪的臉孔。四輛市警局巡防車厲聲呼嘯，橫七豎八停在小菁服飾店簷外紅磚人行道上，門大開。朱鴒打個寒噤，睜圓瞳子，又發現甚麼似的，昂出脖子怔怔探索起來。車潮人潮中，哀哀飲泣聲。燈影裡，一輛巡防車後座兩隻肩膀抽抽搐搐依偎著一雙豔粧少女，十二三歲，花衫單薄，把臉兒埋進彼此的肩窩。朱鴒覷望了半晌打個哆嗦，掉頭，沉下臉絞起眉心。

五十鈴小貨車上那家子美國傳教士扶老攜幼攀下了車來，疑神，疑鬼，追隨著牙籤飛濺的人潮，跑出小吃街，父子婆媳祖孫十幾個手牽手圍聚成一窩。紅鬍子摩西張起兩隻大爪，毛毵毵，咬牙切齒，攫住那華僑女子通譯的肩胛扯起洪鐘樣大嗓門，弓下腰湊上嘴，人聲鼎沸中吼進她耳朵，打聽著。眼一亮，朱鴒格格笑。那美國後生昂藏七尺，矗立人潮中挺起腰桿，把兩隻拇指扣住身上那件藍斜紋布農夫工作服兩條吊帶，冷森森，俯瞰著，一回頭看見朱鴒，眨，腼腆笑笑紅霓下斜嗞起兩排細白牙。朱鴒愣乜著瞳子眼上眼下打量他，濤濤人頭中，伸出食指尖指住那顆怒髮金黃凜然昂揚著的頭顱，猛喝了聲：「你——不可殺人！美國荒野大鏢客庫林吐伊死吐烏朵，砰砰砰！」瞄瞄，勾起食指連開三槍，一甩白頭繩把兩蓬辮梢撩到肩膀後，攀住靳五的脖子笑得花枝亂顫起來。靳五看傻了，哈哈大笑。亞星彎下腰把雙手撐住膝蓋仰起臉望著朱鴒，笑出兩眶淚水。那美國後生愣了半天，眼瞳一亮，乜兩乜瞄定朱鴒，忽然叉開兩條長腿子撒起胸脯張起手爪，齜齜牙準備拔槍。朱鴒愕了愕，噗哧，甩起辮子樂不可支，央求靳五蹲下身來讓她騎上他肩膀再站起身。砰！砰砰！一個美國大後生，一個中國ㄚ頭兒，漫町兜燦的花霓虹下朔風潑潑四盞血似熛漩的警車燈中，眼瞪眼牙齜牙，旁若無人，隔著那滿場子起伏的老小人頭，只管勾著食指砰砰砰砰對決起來。

紅鬍子摩西茫然四顧。

鐓。鐓。鐓。

白幡招飄。

兩輛遊覽車載著一團觀光客蕩漾出城心叢叢洞天紅霓，馳下小紅町馮翊路，鐓鐓，撳著喇叭，驅開小菁服飾店簷外麇集的男女老小，泊到小吃街岩里海鮮店門口紅燈籠下。鐓鐓鐓，門開處，走下了兩位導遊小姐，十七八歲，朔風中飄盪著耳脖後一根麻花烏油辮子，侍立車門下併攏起雙手，交疊到裙前，哈腰問安，迎迓出兩窩子百來個西裝革履蝦腰而出的日本老阿公，一九一九紅日，滿街花燈中，燦爍在個個手裡招搖著的小旗上。店堂裡老闆整肅起儀容，引領老闆娘三腳兩步搶到簷口燈籠下，雙雙搓著手，哈腰噓寒問暖。啁啁啾啾，兩車白頭翁哈著條條小腰桿子，魚貫邁進店堂。滿騎樓吃客停下筷子愣瞪著。晃盪，車門闔上。兩位導遊小姐俏立店堂中央端起臉容嘬住嘴唇，捧著名冊，一頭一頭，清點了人頭，鬆口氣綻開笑靨，催促著逗哄著呵護著分頭導引那窩日本老先生入了座。席開八桌，正襟危坐。老闆哈著腰陪著笑敬菸奉茶團團兜轉，滿頭大汗招呼停當，挺起腰桿入據櫃臺，吆喝起老闆娘跑堂小弟小妹廚下歐巴桑，裡裡外外忙著張羅了起來。

朱鴒攀住靳五的脖子，咬住白頭繩，癡癡眺望著那油花迸濺刀鏟鏗鏘煙火燎燒的岩里海鮮店，甩兩甩，把辮梢撩到肩後，蹙起眉心，覷望住兩輛遊覽車窗下張掛著的白布條，一字一字朗讀出上面九個斗大血紅漢字：「廣島原爆被害者協會。」睜睜眼，掉頭，瞅住靳五伸出兩隻手指撮起他的耳根輕輕擰了兩擰。

「丫頭？」

「那些是甚麼人？」

靳五呆了呆：

「這段歷史從何說起——」

「我知道！故意考你的。」

「哦？」

「大難不死。」

「對。」

「再考你，他們結夥跑來幹甚麼？」

「我怎麼知道？」

「嘻嘻，考住你了。」朱鴒睄住靳五，朔風中滿臉子汗湫湫只管捏弄著卡其上衣領口那顆鈕釦，一瞬不瞬，半天格格兩笑，撥開靳五耳鬢上的亂髮悄悄湊上嘴：「我知道！花井伯伯告訴我！他的朋友木持秀雄是日本原爆被害者協會元副會長，所以，嘻嘻，他們組團來幹甚麼，我都知道。」

一怔，靳五撮住朱鴒的耳垂子，扯兩扯。

朱鴒早已掉過頭去，睜了睜，昂出脖子望著小菁少女服飾店門口。

「他們來幹甚麼？丫頭。」

「噓！別吵。」

「怎麼？」

「有情況。」

四盞紅警燈潑閃著一片人頭，騎樓下，黑鴉鴉驀地洶湧起了陣波濤。挨挨擦擦，蹎蹎蹦蹦，看熱鬧的男女老小齜著牙籤臧著冬衣昂出脖子跂起腳跟，笑著，咒著，潮水般往簷外湧退出五六步。寒流裡滃滃鬱鬱燒窯也似，汗酸蒸騰，金牙閃爍，一嘴洞一嘴洞呵哈出蓬蓬酒溲葷腥。靳五嗆了嗆，把朱鴒馱上肩膀牽起亞星躓上快活林小廣場花壇。小菁服飾店，一堂日光燈，雪樣亮。四個警察叱叱喝喝把二三十個體面的男女顧客聚成兩排，慢吞吞冷瞪瞪，查對證照，驗明正身，一窩羊似的四下亂竄驅趕出店門口來。待笑不笑，滿臉燥紅，五個結伴逛街的女學生一式白衣黑長褲披著黑西裝外套，走出店門趑趄到簷口下，低頭一鑽，掠掠耳脖上那蓬短髮，摟起肩上掛著的青布書包消失進看熱鬧的人潮裡。

亞星忽然扯扯靳五的衣袖。

花叢裡，蜂腰小臀，披拱著蘇格蘭呢大風衣血螽螽咧著兩顆大麑牙，靜靜蹲著一個人。

「躲在這裡！你，嘻嘻，請撥這支電話參考看嘛！」朱鴒騎在靳五肩膊上早已指住那雙呆呆閃爍的小眼瞳，樂不可支。黑影地裡，那少年郎縮起肩窩，猛地打個哆嗦悄悄啐出兩口檳榔汁，拱拱手。朱鴒格格笑，把手探進靳五襯衫口袋摸索半天掏出了張小名片來，街燈下亮了亮，琅琅一唸：「小菁少女服飾店五九╳四四〇四，請多利用，祝君如意。」手一伸逗著那人的眼睛，滿場子人頭堆裡把名片送到他鼻尖上招招搖搖，晃著。兇光一閃，少年瞇笑起兩粒血絲小眼珠，傴僂起身子慢吞吞窩蜷進花樹叢裡，撮起兩隻蒼冷爪子，猴兒樣，拱兩拱，悄悄豎起食指朝朱鴒勾了勾。朱鴒呆了呆，悄悄點個頭，把名片塞回靳五口袋摟住他的脖子躥落到地面上來，一蹲，挨到那人身邊。

「你好！」

「小妹妹你好。」

「怕不怕？」

「一點點怕。」

「那你為甚麼還不逃？」

「老闆欠我工錢。」

「警察在你們店裡幹甚麼？」

「救人。」

「救誰？」

少年齜著兩枚紅板牙，愣了愣，擡起頭來瞟瞟亞星。靳五心一寒牽過亞星抱起朱鴒。「失禮！先生。」那人淒涼笑笑蹲在地上朝靳五哈個腰，兩爪子攫住花樹枝，一撐，蹦起身來，飄颯起蘇格蘭呢大風衣歪撅起兩瓣枯小臀子，扭兩扭瘸一瘸，頭也不回無聲無息，隱沒在快活林廣場燈火人潮花霓中。

四盞警燈血潑潑。

「丫頭，他們到底來幹甚麼？」

「誰幹甚麼？」

「原爆——」

「哦！洗溫泉。」

「日本不也有溫泉？」

「我們溫泉水質特別有益他們復健。」

「花井說的？」

「嗯！媽媽翻譯給爸爸聽。」

靳五怔了怔。

「幹咧！七八個警察進去抓幾個小查某囡仔，抓到現在還不出來！」有人沉不住氣，咬牙詛咒，人窩裡咳兩咳血涎涎往自己腳尖上啐出一嘴洞檳榔汁。紅鬍子摩西領著一家老小，倉皇四顧，風中鬚髮蕭颯，皺起滿額風霜。那美國後生自管把兩隻拇指扣住身上那件工作服吊帶，昂揚著一顱子金黃怒髮，睥睨，兩瞳悲涼，冰藍藍俯視著黑濤濤看熱鬧的人頭。店中悄沒聲，日光燈雪亮。朱鴒勾住靳五的脖子歪著頭靠在他肩窩裡，懶洋洋，不吭聲，覷望著兩條街外城心的平交道。一窗霹靂一窗，人頭閃忽，鬨窿窿鬨窿窿，北上莒光號列車黃火龍也似飆過總統府闖過國民代表大會，嗚嗚嗚，駛進了終點站。平交道口嚀叮嚀叮鐵柵升起，頭髮翻飛，人影飄竄，煙塵中咆哮起渦渦汽車摩托車呼兒喚女滿街人頭。

「你聽！」

「又聽到甚麼了？丫頭。」

「噓！」朱鴒豎起食指噘起嘴唇，街燈下好一臉凝重：「數數！共有二十六樣花。」

靳五怔了怔豎起耳朵。

荷花葉兒圓茨菇葉兒長
石榴花的姐姐你走進了蘭房
芙蓉花的帳子繡花的牀
蘭芝花的枕頭芍藥花的被

繡球花的褥子小丁香
靈芝花兒抱
牡丹梔子花開姐望郎
荷花葉兒圓茨菇葉兒長
花花姑娘意蜜情長——

靳五抱著朱鴒伴著亞星站在花壇階上，滿場警燈熛漩人頭蕩漾中，三個人，依偎著，凝凝豎起耳朵，覷望那花燈如錦的快活林大樓，諦聽著不知哪家店裡一聲啼囀一聲盪響出的海西小曲。亞星拂著兩腮髮絲，風中，聽得出神了。靳五胳臂一緊暖暖摟了摟朱鴒，撮起亞星脖子上的髮根，輕輕一揪：

「對不對？一首歌唱出二十六樣花。」

亞星回過頭來。

眼瞳裡，笑漾出清柔的光采：

「妳真會數！朱鴒。」

「我家裡也有這張唱片，爸爸說，以前，奶奶在世時最愛聽這首歌。」眉梢一挑，朱鴒甩甩脖子後那雙白頭繩揚起臉睜了睜看著靳五，扳起指頭數起來：「荷花茨菇石榴花，蘭花芙蓉蘭芝芍藥，繡球花，丁香靈芝牡丹梔子姐望郎菊桃李百合，茉莉桂花玉簪，海棠花，櫻花紅杏牽牛花水仙花十里香——喏，二十六樣？」

眼一亮，朱鴒齜齜小白牙瞅住靳五。

「我服了妳！ㄚ頭。」靳五嘆了口氣：「妳知道這首花花姑娘是誰唱的嗎？」

「周璇！」

「她去世了三十多年啦。」

一愣，朱鴒眼圈紅了：

「爸爸騙我。」

「怎麼？」

「他說周璇還是黃花閨女。」

靳五呆了呆。

朱鴒早已甩過辮子：

「唔！警察抓到了江洋大盜。」

小菁服飾店大放光明，銀銀鐺鐺，叱叱喝喝，八個警察一身冬黑制服兩腮子汗瀞瀞押解出一起人犯。騎樓下，看熱鬧的人一聲驚嘆，鑽動起窩窩老小人頭。朔風野大，快活林滿場子苦候的男女齜著牙籤打著牙戰推推擠擠，驀地，一陣踉蹌，咒聲四起堵上了店門。為首的江洋大盜西裝革履五十來歲，小生意人，殷殷實實，挺著個啤酒肚，閃爍著鼻頭上一副玳瑁框眼鏡顫巍巍給銬出了騎樓下來，臉煞白。趑趄趑趄，身後跟住兩對小兄弟，四張猴崽子臉噘著嘴洞裡的檳榔，頂著滿肩油黑的髮鬈子，眼皮低垂兇光瞟竄。朱鴒攀住靳五的頸脖，睜一睜數一數：「三個四個五個六七八九十——」滿場人頭，眼睛一亮。惢惢紅霓下，店門口一隊兒蹎蹬著峭小高跟鞋走出了十幾個花短裙少女，婦人臀，娃子臉，紅灩灩搽著兩腮臙脂，抹著兩眸水藍眼影，倉倉皇皇一窩小母雞樣，給警察驅趕進飆駛而來的那輛鐵籠車裡。靳五看呆了。「十七個！」一凜，朱鴒回頭瞠住亞星。滿町遊逛的男女扶老攜幼呼嘯而上。電視臺採訪車闖到，迸迸，門彈開，大冷天竄出了個綠背心花短褲男記者，扛起攝影機，蹲下腰身，瞄瞄小菁少女服飾店門口不聲不響滿場子攝錄了起來。女記者，俏生生，摘下眼鏡揣進懷裡，拂拂藏青蘇格蘭呢套裝似笑非笑端立群眾中擎起麥克風，玼起白牙齒，一字一腔圓。鏡頭到處，蹦，騎樓下人頭滾動登時湧起了陣漩渦，報紙皮包公事包，衣袂衣袖，紛紛遮掩到各自的臉皮上，咯咯笑，看熱鬧的男女老小驟然受了驚的鹿兒也似，四下逃躥開去，遮遮躲躲閃避鏡頭。店門口，一襲襲花短裙下一雙雙滾圓臀子給警察推托上鐵籠車。朱鴒吆喝一聲：「起解！」砰砰車門闔上，四輛警車押著一籠少小姑娘悽厲起警笛人窩中闖出了條通路，開拔下馮翊路鬧市大街，潑，潑，紅晶燈兜閃，轉眼消失在車潮人潮漫町花燈叢裡。短褲頭男記者收拾起傢伙，載上女記者雙雙追逐鐵籠車去了。一哄四散，滿街父母呼兒喚女。小吃街燈火高燒刀剷霍霍，驀地裡，扶老攜幼洶湧進波波人潮。小菁少女服飾店門口白髮皤皤探望出了個老嬤嬤，嘩喇，拉下鐵捲門。

城西河口海峽中洶湧起寒流風嘩喇嘩喇掃蕩過小紅町，雰雰霏霏，漫天裡，花雨般，快活林廣場四下飛漩起紙屑果皮，飄灑下一根根啃得稀爛的滷雞翅膀骨頭，花壇上，一盞水銀燈，轉眼冷清清只剩下靳五三個，呆呆，大眼瞪小眼。那家子美國流浪傳教士不知甚麼時候開小貨車走了。

蓬萊海市一瓢寒月。

「就那麼回事！丫頭，官兵捉強盜演完了。」靳五把朱鴒抱到了地面上來，嘆口氣拿起亞星的腕子看看錶：「九點，回家。」

街燈下，朱鴒滿頭滿臉油煙，汗湫湫不聲不響只管捏弄著胸前飄颼起的兩鬃子雪白絲線，一甩，把辮梢撥到肩膀後，仰起臉繃住腮幫，冷森森瞅住了靳五：

「騙人！」

「我騙妳甚麼？」

朱鴒呆了呆。

「對不起！你生氣了？」

「唉。」靳五嘆口氣蹲下身來把兩條胳臂攬住朱鴒的小肩膀，摟兩摟，伸出食指，輕輕拭了拭她那雙泫然欲淚的眼睛，瞅住她瞳子：「妳說，我騙妳甚麼？」

「才不是官兵捉強盜！警察抓女生。」眉梢一挑朱鴒揚起下巴潑了靳五兩眼：「騙人！誰不知？少女服飾店神女大本營，一通電話限時送豔。」

「丫頭！妳電視看太多了。」靳五咬咬牙擰擰她腮幫兒，搖搖頭一跺腳，嘆口氣站起身來指指漫町燈火中天際那瓢水濛濛月光：「好了，朱鴒不要難過了！九點鐘了該回家了對不對？我跟妳媽是怎麼說的？」

「我不喜歡大人騙我！」

「好！回家啦。」

「不回家。」

「亞星？」

「不累！」

亞星脫口而出。

一怔，靳五回過頭來眼上眼下打量亞星。亞星揚起臉，笑，霓虹下好不燦爛。姐兒倆細伶䠷䠷仰起臉併肩站在町心一盞街燈下，迎著朔風，衣領翻飛。一雙央求一雙盼望，兩雙眼睛只管定定瞅望著他。靳五看看朱鴒。蓬頭垢面，兩根小花辮散落成了兩束雞窩亂草，兩腮凍得通紅，汗漬漬，那一身小學生冬制服土黃卡其上衣長褲早就揉皺成一團，腳上灰蹼蹼，蹬著雙白帆布小球鞋，左看右看活像個小女叫化。靳五心一軟，再看看亞星。那身單薄的白上衣黑布長褲裹著藍夾克，風潑潑，街燈下滿臉子水白，瞇笑笑望住靳五，一撥一撥，只管勾起小指挑掠著那兩腮颼亂脖子上滿頭蓬飛的短髮梢，揚起臉期盼著。「妳們兩個到底怎麼了？天寒地凍都不想回家。」靳五呆住了，半天搖搖頭，端詳著眼前這雙街坊小姐妹，從朱鴒的瞳子瞅望到亞星的瞳子，左看看右瞧瞧，忽然，不知怎的，心一酸，擡頭望望漫天寒流一瓢月光下京城小紅町正燒得燦爛的燈火。北上的金黃列車閃窿閃窿，窗窗日光燈，燐燐閃爍著眼眸。蹬，蹬，那隊兒六個憲兵綳挺著身上那襲燙貼的墨綠美式冬制服，拉長下巴，目光炯炯，揹著拍紙簿巡行過空蕩蕩的廣場，花霓下銀盔璀璨。靳五回過頭來，背起手瞅住街燈下那兩張靜靜仰望的臉孔：「亞星，朱鴒，我把妳們兩個給賣了妳們都不知道！好，咱三人今晚夜遊去。」

朔風獵獵，潑弄著一雙小辮梢。

朱鴒站在快活林小廣場飛漩的紙屑果皮中還只管昂起脖子，望住靳五，眨，眨，一雙眼瞳泫泫滾動著兩顆淚珠。靳五弓下腰來，雙手撐住膝頭，把眼睛湊到朱鴒的眼睛上，瞅住她，好半天，心頭酸酸澀澀像吞了顆絞了汁的青梅：「莫難過，朱鴒，不想回家就還不要回家也沒甚麼了不起，對不對？」朱鴒咬住下唇點個頭。亞星蹲下身來，背向大街，頂著那車潮人潮中呼嘯而過滿場子追逐流竄的北風，髮颭颭，不聲不響，拂拂朱鴒的衣服整整她那雙小辮子，捉住那兩蓬兒飛飀的白頭繩，紮緊了。街燈下，靳五探頭一看。亞星眼眶裡兩團淚光。

逍遙遊！

小紅町城開不夜。

〈下〉 莫回頭

——丫頭。

——嗯？

——妳最崇拜誰？

——國父孫中山先生。

——亞星呢？

——國父！

——我也是。

——我們三人都崇拜孫中山先生。

——丫頭，在海西，在中國東北有一種鳥全身羽毛都是青色，很大很神氣，一天能飛千里，是全世界最美麗最大的鳥。

——牠叫做甚麼？

——海東青。

——哦！大鵰。

——大鵬鳥。

——我們國父是牠的化身。

——對，亞星。

——我們老師教我們一句成語。

——甚麼？丫頭。

——燕雀豈知鯤鵬志。

——妳真上道！

——嗯？

——丫頭，我說妳真聰明，懂事。

朱鴒仰起臉望望靳五，紅霓下破涕為笑。肩併肩，背起手，大小三個眺望天上月光迎向朔風踱著方步遛達在紅磚道上，穿梭著波波漂逐的人頭，有一搭沒一搭，聊著，扯著，瀏覽過鋪鋪旖旎的櫥窗，徜徉過簷簷繽紛的霓虹。人窩中朱鴒昂起脖子跂起腳呆呆探索著，時不時回過頭來，一睜，拉拉亞星，指點著街頭飄忽而過特立獨行的異人，捕捉著稍縱即逝的新奇事。兩腮子，淚痕中，玭嘻嘻綻開了笑靨。靳五心一暖跨出兩步，站住了，回身倚到水銀街燈下笑瞇瞇背起手瞅望著姐兒倆：「今晚有個大寒流要來了！瞧，妳們兩個都穿得太少。」「不冷！」「還好。」雙雙一揚臉咬住了個噴嚏。靳五呆了呆，搖搖頭，拂拂亞星那滿額頭風亂的髮絲把她夾克拉鍊拉到脖子上，暖暖扣上領口，人潮中蹲下身來，托起朱鴒的下巴燈下瞧瞧，嘆口氣，心一疼，撥開那濕搭搭兩腮子烏黑的髮絲，把淚痕擦乾淨了，瞅住她臉兒，好半晌，撈起她腰肢後飛蕩不住的兩蓬辮梢一雙白頭繩，垂放到她胸前，拂直了，兩手握住她臂膀子，把她攬到自己肩窩裡暖暖地緊緊地摟了摟。一齜，朱鴒絞起眉心。靳五鬆了手瞧瞧她，猛怔了怔，牽過她的腕子隔著卡其上衣袖子揉揉她臂膀上那團瘀血：「痛？」「有時痛，有時癢。」朱鴒仰起臉泫然望住靳五，街燈下一臉子水白。靳五咬咬牙呸了兩口水摟摟朱鴒抱起她站起身來，牽著亞星，默不吭聲，徜徉下町心滿街花蛇亂竄的雍城街。朱鴒歪著頭，把腮幫挨靠到靳五肩窩裡，兩膀子牢牢勾住他頸脖，眨乾了眼淚，四下張望著，又自管睃睜起眼瞳來，探索著簷上丸丸蛇樣盤蜷著兜睞著的紅霓招牌，簷下窟窟花燈塢。花非霧。海陸空三式指油壓，仁者樂山智者樂水。朱鴒愣了愣，覷起眼睛窺窺簷下門洞又望望簷上的招牌。門子裡，滿龕佛燈幽紅。一堂子交疊著腿子吸著菸坐著七八個小姐，熄熄火光，一星一星，燈影搖紅中閃漾著腮上瓣瓣臙脂肩下蓬蓬黑鬘。簷上閣樓，兩窗小燈，濺濺潑潑打情罵俏，儷影成雙捉對兒瓢著水洗澡。

朱鴒豎起耳朵聽了聽，猛哆嗦，掉頭捉住亞星的膀子攀住靳五的脖子催促他往前走，人潮中，自管搜望那滿弄堂璀璨的花燈。湘咖啡。𠌶。敘心園名酒鋼琴。一回頭，朱鴒指住了敘心園隔壁簷口那惢子水青霓，勾起小指尖搔搔靳五的頸脖：「那個是甚麼字？」「花，古體字。」「那家店，兩扇桃紅門一開一闔，珠光寶氣的老女人帶著油頭粉面的小男人雙雙對對進出，是做甚麼生意？」「天曉得！妳怎麼那麼好奇？」「格格。」一笑，朱鴒甩起兩根小辮，昂出脖子，早又覷住了街心香火繚繞滿殿信女婀娜頂禮膜拜的玉泉宮，睜睜探索著那一龕紅蕾燈：「這個白臉黑鬚像沒睡醒的神，是誰？」「陳摶老祖，宋朝神仙，在華山修道常常一覺睡了好幾個月。」「怎麼現在跑到我們這兒來睡呢？」「我又怎麼知道？」「我知道！避秦。」靳五怔了怔哈哈大笑擰擰朱鴒耳根子。小丫頭樂不可支。大小三個穿梭著人潮，𨑨迌，逍遙，瀏覽著滿街樓臺燈火徜徉下町心衣香鬢影一條花街。嗚嗚嗚，空窿窿，滾滾鐵輪追逐著那聲聲嘯起的汽笛，中天一瓢冷月下，闖開漫京癹起的紅塵，飆進城南門。北上的莒光號金黃列車潑閃著窗窗人頭，朔風中，奔馳向鯤京火車總站。街口，京兆路大街上濤濤車潮燦爍起紅燈，愣愣瞪瞪一窩男女糾聚，不知在看甚麼熱鬧。朱鴒勾住靳五的脖子，眺得呆了。一挑一挑，亞星只管撥掠著滿頭臉飀亂的短髮梢靜靜挨跟住靳五，閃躲著滿街猋竄的摩托車，不瞅，不睬，揚起臉眺著天，花燈下一臉子皎白，兩瞳清柔不知想著甚麼心事。靳五呆了呆瞅了瞅她。眼一亮，亞星回過頭來，望望靳五，指指街中霓虹深處紅灩灩漂盪起的朵朵黃舌帽兒。槐里國民小學門口，男孩女孩，一窩子竄出了四五十個漏夜補完功課的小學生，風中，哆哆喀喀，打起牙戰瑟縮起土黃卡其衣褲，揹著書囊跑下雍城街，忽然，蹬蹬，煞住了腳步，一個推擠一個躡手躡腳挨蹭到槐里街口校園圍牆下，昂伸出脖子，愣瞪起眼睛，朝燈火葱蘢的槐里街不知窺望著甚麼，齜嘻嘻只顧笑。朱鴒覷住眼睛呆呆探索了半晌，一睜，撮起靳五的耳根子，搔兩搔。靳五怔了怔會過意來，牽起亞星，抱著朱鴒穿梭過滿街裙衩飄飈的摩托車跑到槐里街口，擠進小男生小女生窩裡眺望了望，一呆：「襄陽街千葉賓館那八個！陰魂不散，到處亂逛又遊蕩到這兒小便來了。」水銀路燈下，榕蔭裡，一隊兒八條枯小身子西裝革履背對滿街人潮車潮，排排站，解開褲襠掏出朘子，捧著，瞄準槐里國民小學圍牆上鬃著的八個朱紅大字「三民主義統一中國」，噓，噓，噓，八隻臀子一拱，嘩喇嘩喇迸出了八簇燦爛的水花。滿街口窺望的小學生，蹦地一跳，拍起手兒喝起采來。街燈下八粒花白頭顱蔌聳著，腮腮蒼冷，醭紅醭紅，喝醉了酒似的只管淌著汗珠。朱鴒攀住靳五的脖子蹙起眉心看得癡了。亞星揚起臉來，藐視著。幽幽一嘆，八個兒齊齊扣上褲襠，整整羊毛西裝，猛回頭，看見四五十個糾集在街口愣伸出脖子的小男生小女生，怔了怔，端肅起臉容，八桿腰齊齊一躬：「嗨！看板娃。」滿街口小學生一蹦咭咭咯咯揹著書囊跑回家去了。八個日本老觀光客瘃癱出榕蔭，邁起尖頭高跟皮鞋，踉蹌，蹭蹬，搔著胯子板著臉孔，矮痀痀，晃盪起脖下掛著的相機一隊兒魚貫徜徉下燈火旖旎的雍城街去了。

朱鴒只管呆呆端詳著帶頭那個日本老翁。

「丫頭，妳認識他？」

「不知道！」

一顫，朱鴒甩甩兩根白頭繩。

京兆路大街上，車潮中，那窩麇集在紅綠燈下不知在看甚麼熱鬧的男女老小，驀地，鬨然大笑。朱鴒睜了睜躥下靳五的懷抱，頭也不回奔向街口，蹦蹬，煞住了腳步一轉身，朝坐鎮小學大門口一臉沉穆凝視著滿街蛇樣花霓的國父銅像，一鞠躬，回頭瞅住靳五，招兩招手。靳五牽起亞星的腕子追上朱鴒，雙雙朝國父一鞠躬。大小三個手牽手，迎向朔風，跳躲著滿街追逐花裙翩翩竄出闖入的摩托車，跑出雍城街。

十字路口，騎樓下環環一閭青霓。

基比亞理髮廳。

靳五站在對街紅綠燈下跂起腳眺了眺，一愣，揪住朱鴒的辮梢：

「丫頭，不要過去！」

「為甚麼？」

「別給他看見！不好意思。」

「咦？別給誰看見？」

靳五怔了怔。

看熱鬧的男女指點著理髮廳簷外兩個糾纏的男子，評頭品足，一口一聲：

「伊講伊是大學教授。」

「不准進理髮廳。」

「可是，那個拉客的三七仔——」

「硬要請教授進去坐坐。」

「叫個小姐。」

「參考看。」

「馬兩節。」

「教授死不肯進去！」

「一個拉——」

「一個抵抗。」

「結果就這樣子糾纏起來了。」

靳五呆了呆定睛一看。

人叢中，丁旭輪教授氣咻咻掙紅臉皮，拱起臀子，跂起皮鞋，把雙肥短的手爪牢牢攫住馬路旁邊人行道上的鐵護欄，時不時，覷個空，騰出一隻手，撥撥眉心上那綹油亮的黑鬈髮，托托鼻頭那副玳瑁框眼鏡，齜開兩齦細牙。寒流天，兩腮渦子汗濤濤，似笑非笑。滿廳理髮小姐老老幼幼探出了肩肩黑鬘，十指蔻丹，勾啊勾，一門子招著手啾乜住丁教授評頭品足笑成一窩兒。大馬路上，車潮澎湃著朔風，燦起紅燈撳起喇叭。拉客的少年郎，轟，笑吟吟，瘦白精精一條身子繃著水紫仿綢襯衫翩躚著黑喇叭長褲，扭動水蛇腰，叼著菸，湊著嘴，只管撩起丁教授的風衣下襬，把隻爪子撈住他褲腰帶，扯兩扯抱一抱，搔搔他胳肢窩。

噗哧，噗哧。

丁教授忍住笑，牢牢攀住路邊鐵護欄。

看熱鬧的男女笑出瞳瞳淚光。

靳五背脊上冒出冷汗：

「走！」

「還沒看完。」

「丫頭！不能讓他看見我。」

「會懷恨你一輩子？」

「走！」

大小三個走下車潮中燈火滄茫的京兆路。

「腳走得痠不痠？亞星。」

「還好。」

「朱鴒呢？」

「我還想迌迌。」

「剃頭？好，今晚非給這丫頭兒好好剃個頭不可！」靳五哈哈大笑，一把攫住朱鴒的辮梢，拎到手裡，四下望了望，不由分說揪下大街穿梭著窩窩閒人滿騎樓找起理髮店來，蹦蹬蹦蹬，把個丫頭兒逗得兩腳亂跳一雙白頭繩亂晃。華原街口，睞，睞，兩筒三色燈店簷下兜轉著。靳五眼一亮捉起朱鴒三腳兩步揪到理髮廳門口。亞星追上來，扯扯靳五。靳五煞住腳步，猛擡頭，看見那扇黑晶玻璃門上紅紙黑字張貼著一張廣告：

全國最高待遇
急徵理容小姐
工作輕鬆月入十五萬
無驗可兼差可工讀可
歡迎中南部同學
加入賺錢的行列

門口蹲著的擦鞋童站起身，一哈腰。
「教授！」朱鴒問道：「你月入多少？」
「我？大學副教授月入多少？」靳五只管怔怔望著門上紅招貼：「兩萬八！丫頭。」
「哪家理髮廳門口沒貼求才廣告？大驚小怪！看半天。」格格一笑，朱鴒跂起腳仰起臉望望靳五，伸手抓住他的褲腰帶，扯兩扯：「金紐約理髮廳大馬色理髮廳基達理髮廳巴比倫理髮廳，還有剛剛那家基比亞理髮廳，連這家，唔，非利士理髮廳，一共十四家，門口都貼有急徵理容小姐月入十五萬的紅紙。」
「妳又數過了？丫頭。」
「嗯！」
京兆路大街簷下筒筒三色燈兜漩，滿街理髮廳小姐倚門招客，娃子臉，婦人臀。
朱鴒嘆息了聲：
「注射雌素酮催熟的呢！」

「嗯？丫頭？」

「雌素酮，促進女孩子發育的荷爾蒙。」

「老天，妳怎麼知道？」

「電視上有報導，誰不知道呢？」一愣，朱鴒回眸瞅了瞅亞星甩甩辮子似笑非笑睨住靳五：「這年頭有幾個錢的男人，都喜歡娃娃臉婦人身的小女孩呀。」

猛一掉頭，朱鴒又發現了甚麼新奇事，望著隔壁秋田診所門上的招牌，昂起脖子。

靳五望了望。

皮花科婦產科

留日醫學博士

電刀精割

矯治短小

朱鴒睜睜望了半天，一眨，扯扯靳五的衣袖叫他蹲下身來，把嘴湊上他耳朵：

「男生為甚麼要割呢？」

「丫頭！」

「故意考你的。」朱鴒睃了睃亞星甩甩辮梢撮起兩隻指尖擰擰靳五耳根，噗哧，憋住兩腮渦笑，端整起臉容：「我知道！那是神和亞伯拉罕在迦南立的約。」

「丫頭，這回妳又是怎麼知道的了？」靳五呆了呆，人潮中，蹲在秋田診所門口騎樓下伸根指頭挑起朱鴒的下巴，燈下左看右看，端詳著她那清湫湫一張臉子，皎白白兩排小牙齒：

「我知道！對不對？又是跟爸爸去公賣局體育館，聽美國牧師佈道講的？」

「不對！看電影，天火焚城記。」

「又是花井伯伯帶妳看？」

「嗯。」

靳五呆了呆，一擡頭眼睛一亮。

兩下裡隔著秋田診所門檻打個照面。

「人生何處不相逢！」

「老師！還帶著鄰家兩個小妹妹，在逛？」

馬清六一頭鑽出秋田診所，猛愣了愣，蹬蹬退出半步，回轉過心神來，黑凜凜一張風霜臉膛堆出了笑容瞅瞅姐兒兩個，覷覷錶，瞠了瞠眼睛，把黑皮夾克兜搭到肩膊上橐躂起大皮鞋，龍驤虎步，扠起腰來，自管徜徉進那滿街肩掛書包糾聚在路燈下的女生窩中。

朔風裡，獨自個，脖子上孔雀藍絲巾飄飄。

靳五站起身來跟住姐兒倆踱蹀下大街。

朱鴒牽住亞星，笑嘻嘻蓬頭垢面，遛達在城心火樹銀花人行道上，瀏覽過鋪鋪燈光璁瓏的櫥窗，蹦蹬，蹦蹬，閃躲著漫町逡巡跌跌撞撞的大小男女學生，一路走一路數，覷著腳下格格紅磚自管跳起房子，簷下，探頭探腦，張望進騎樓，向亞星指點那家家皮花科婦產科小兒科泌尿科診所。一個少小姑娘，十三四歲，摟住肩胛上掛著的小黑皮包，站在日光燈通明千葉診所門口，孤伶伶白裙飄颺，半天等出了個十五六歲少年郎，小兩口兒，羞答答，挽起腰桿勾起胳臂，依偎著徜徉下了大街，車潮中，轉眼消失進人頭洶湧霓虹深處。朱鴒昂起脖子跂起腳眺望半天，猛回頭，睫，瞅望住靳五似笑非笑。靳五呆了呆搖搖頭瞪瞪朱鴒，背起手，自管踱步，緊緊盯著人潮中那一雙小辮子上兩根晃盪不住的白頭繩。

雲陽街口姐兒倆忽然停下腳步，掙紅了臉，爭執甚麼。

蹦蹬蹦，朱鴒蹿了回來攫住靳五的腕子，二話不說，牽著，扯著，鑽開騎樓下的人窩把他給帶到街口那家耳環專賣店。靳五擡頭望望門上那塊招牌，喝了聲采：「瑣珥！好別致的店名。」銀燈雪亮，滿櫥窗紅絲絨上睞啊睞爍爍著各色各樣大小耳環。十幾個女學生，一窩子，滿頭短髮清湯掛麵般，身上一式土黃卡其上衣窄裙，肩掛黑布書包圍聚在櫃臺前，忸忸怩怩，推著讓著。朱鴒跂在門檻上探進脖子，肩膀兒一縮猛地打個哆嗦。亞星閃到靳五身後，咬住下唇。櫃臺裡老闆搔搔胯子，披拱著花呢大衣叼支菸腆著大肚膛，胖墩墩，嘻齜齜，彌勒佛也似溫柔地招招手把個小女生叫到自己胸脯下，撮住她的耳根子，揉著，捏著，擎起耳洞槍瞇笑瞇笑架到她耳朵上。朱鴒一睜。那窩女生剎那間窒住了，店中一片凝靜，心窩兒撲撲跳。砰！槍聲驟響，滿堂鬨然拍起手喝起采。猛一痙攣，老闆抖了抖胸口那兩脯子脂肪，擱下耳洞槍弓下腰噘起嘴唇湊到女生耳朵上，啄啄，吹了兩口氣。朱鴒機伶伶打個哆嗦，蹦地跳起腳，攫住亞星的腕子指指那老闆又指指亞星的耳朵。亞星臉飛紅，只管挨躲在靳五身後。靳五瞪瞪朱鴒，回眸瞅瞅亞星，哈哈大笑一手揪起朱鴒的辮子一手抓住亞星的胳臂，牽牽扯扯，一古腦兒，把姐兒兩個給捉進了店堂裡：「老闆，給這裡兩個小囡仔也穿穿耳洞！」「稍等稍等。」老闆笑嗨嗨。一個眉目姣好的小女生，臉煞白，瑟縮在笑面佛那兩筒又肥又媆的膀子裡只管打著哆嗦，閤起眼眸歪起頸脖，認了命。砰！白燦燦日光燈下，耳垂上嬌滴滴綻出了小小一蕊子晶瑩的血花。女生們一窩兒機伶伶打個寒噤，拍拍手喝聲采，忽地，愣住了。朱鴒縮起肩膀齜起牙。膝頭一軟，那小女生雙手攫住老闆的腰桿，整個兒癱瘓到他胸口那窩肉堆裡，半天動也不動，燈下只管昂起脖子翻起白眼。女生們紛紛打開書包，掏出風油精。臉一白，亞星甩脫靳五的手，掉頭，拔開腳步不聲不響躥出耳環店。朱鴒睜睜望住靳五，蹦，躲開靳五攫過來的爪子，發聲喊追出店門。靳五哈哈大笑踱到門口，背起手，望著姐兒兩個一大一小滿街團團追逐逃躲起笑面佛來。

轉眼間，消失了蹤影。

靳五等了半天。

那群中學女生心有餘悸逗笑成一窩，聒聒聒聒，滿店噪鬧，晃盪起肩胛上掛著的書包蠭湧出門口。老闆收起耳洞槍，提起褲腰帶勒緊了，瞇瞇望，嘻齜齜，啣著香菸臌著肚皮站到門檻上，搔著褲襠守著那一雪洞璀璨的耳環。簷裡簷外，人潮中，靳五舒頭探腦又張望半天。滿街不歸的男女老小。隔壁，福島診所門口趑趑趄趄逡巡著兩個十三四歲的小男生，揹著書囊，手勾手張望了半天，猛一哆嗦跨進門檻，蹦地，躥回門外，閃過了個一頭鑽出診所的白鬍子老阿公。靳五看見那兩個男孩雙雙鑽進了診所，一呆，眺向街頭，左等不是右等不是。「亞星朱鴒可莫給我走失了！」這一想，在小吃街喝下的滿肚子火鍋湯登時化成了冷汗，只管標冒出背脊來。靳五咬咬牙，突，突，突，心頭亂跳，又踱到水簷外磨蹭了半天，看看耳環店門口那尊捧著大肚膛拱著花呢大衣的彌勒佛，跺跺腳，一狠心，尋覓下車潮燦爛的京兆路，風中縮起脖子來，穿梭著人窩，朝街尾三秦路河堤下那一叢睞眨一叢的青紅霓，搜望過去。

細伶鮴鮴兩相依偎，可不就是！

靳五嘆口氣。

黑影地，亞星摟住朱鴒的肩膀子迎著朔風站在宜君街口騎樓下，一動不動，只管呆呆望著甚麼。靳五悄悄走上前去。一家歇業的大百貨公司拉下了鐵捲門，長長一條騎樓上，橫七豎八，蹲蹲，躺躺，站站，滿坑滿谷堆疊著剝光了身子禿露出頭顱的服裝模特兒。鬧市大街上好一座千人塚！精赤條條。冷清清一盞騎樓燈下，似笑非笑，有個面目姣好的模特兒支起兩條細長的小腿子，把雙手撐到身後，一屁股，坐在百貨公司門口人行道上，寒流裡，挺起兩蕾子奶頭兒，噘住小紅唇，嬌憨地昂聳著那顆光溜溜小頭顱。東一截小腿，西一條胳臂。漫町紅霓漩澴下黑影地騎樓裡呆呆睜著那幾百對眸子，冰藍，冷白，待眨不眨的，只管凝瞪路過的男女。靳五背著手站在姐倆身後，看了半天，悄悄挨上前，探出脖子往亞星頸背上冷颼颼噓吹了口氣。蹦，亞星回頭。朱鴒臉子煞白，掉頭，縮起肩膀閉起眼睛齜起牙根，一頭栽進亞星心窩。靳五撈住她的辮梢哈哈大笑：「逮住了！亞星，朱鴒，快快跟我回去，彌勒佛等著要給妳們兩個囡仔打耳洞哪。」

朱鴒沉下臉鑽出亞星的懷抱：

「輸了！」

「誰輸了？」

「我。」

「認輸也不成的。」

「為甚麼？」

「女孩子長大就得穿耳洞。」

「一定？」

「祖宗規定的。」

朱鴒仰起臉愣住了，忽然癡癡笑起來：

「就像男生長大要割——」

「丫頭兒！」

靳五一巴掌摀住朱鴒的嘴巴。

亞星揚起臉：

「好！我們跟你走。」

靳五押著姐倆，一步催著一步，半天給領回到雲陽街口叫「瑣珥」的耳環店來。

彌勒佛拱起兩肩肉堆子，捧著個大肚腩，笑瞇瞇，矗立門檻上，俯瞰那一街晃盪著書包追逐著水月下滿京花霓的少年兒女。蹦蹬蹦，影一竄，隔壁福島診所跑出了兩個小男生，煞青了臉摀住褲襠子，一個逃一個追。靳五怔了怔。朱鴒早已覷個空，縮起肩窩鑽出耳環店。手一抄，靳五撈住朱鴒的辮子哈哈大笑把她給揪回門裡。朱鴒瞟瞟笑面佛，眼一紅，臉白白張開了嘴巴瞅住靳五：「拜託，今天可以不可以暫時不要打耳洞？」靳五心腸一軟。亞星揚起臉，甩甩耳脖上那篷子短髮梢看了看靳五，摟起朱鴒的肩膀，大步跨進店門檻。老闆笑嗨嗨，肥肥，大耳，油亮油亮綻漾出兩顆小酒渦嘻咧開滿嘴煙黃米粒牙，提提褲腰，搔搔胯子，溫吞吞領著姐兒倆走進櫃臺，掏摸出耳洞槍。姐兒倆手勾手，廝抱著，白雪雪滿店日光燈下挨站在老闆胸口那兩毬子肉窩裡。靳五呆了呆。眼睛一亮，亞星狠狠咬兩咬牙，捽捽手，撥開了笑面佛那兩筒肥肥㜸㜸攬抱到她肩膀上的胳臂，鑽出他胸窩，牽起朱鴒的腕子瞟了瞟靳五，哈哈，兩笑，一溜風跑出耳環店。靳五怔了怔追出門口。車潮中，大小三個穿梭著小紅町那漫町徜徉不歸的老少夜遊人，簷裡簷外，追躪個不停起來。

朱鴒回眸招招爪子。

咯咯咯。

「笑！ㄚ頭。」

靳五狠狠一咬牙。

兩根小辮子飄獵著鯤京歲末滿城流竄起的寒流風，滴溜溜，一甩。朱鴒縮起肩窩低了低頭，咯咯笑，閃過靳五抄過來的胳臂，攫住亞星的褲腰。姐兒倆拔開腳步，頭也不回朝町心叢叢紅霓深處，雙雙蹦躂了進去。

人影幢幢。

姐倆，身形一晃。

靳五煞住腳步。

長長一條衖衖黑天裡滿簷滿窟兒睞著紅豔豔碧熒熒的霓虹。姐兒倆，手勾住手膀子挨住膀子，一步，探索一步，徜徉在人頭閃忽窗窗佛燈相對的巷道上。靳五站在巷口望望路牌，呆了呆，心中猛地霍殛一亮：「湯泉街！亞星朱鴒，妳們兩個快快給我回來啊。」亞星回回頭。朱鴒一轉身指住靳五博浪鼓也似只管搖晃著兩根小辮，蓬頭垢面，瞇覷起眼睛，街燈下咯咯咯笑得花枝亂顫，招著手樂不可支。靳五跺跺腳嘆口氣：「不打耳洞了啦，丫頭回來！」朱鴒吃吃一笑招兩招手，花燈蛇霓中，只管玼開兩排小白牙慢吞吞搖了搖頭，一回身，搭住亞星的腕子，頭也不回，招搖起兩根小辮闖進巷心裡。轉眼間，姐兒兩個那一身白上衣黑布女生長褲，那一身土黃卡其小學生冬制服，風潑潑，漂逐進紅霓窟。兩鬃子白頭繩蕩漾著，飄飀在京心滿衖衖猋竄的摩托車一脖脖繽紛飛颺的花絲巾中。

「朱鴒——亞星——」

背脊一涼靳五拔開腳步追進了湯泉街。

「等我！」

一門洞睞眨一門洞。

瞳瞳血絲閃爍。

芳西餐。

林富山診所。

喜多郎珈琲。

星容。

明采。

麗戎少女皮飾。

波斯拉理容總匯。

空窿空窿北上列車悽厲過西門平交道。

一媳子髮蠟香，斜裡，撲來，青霓澴澴門洞口黑影地矮板凳上倏地躥出了條身子，不聲不響，扭起腰肢，兩根胳臂骨饒饒摻上了靳五的肩膊，水銀街燈下，喜孜孜，綻漾開兩渦姣白的笑靨兩排雪白的小牙：「大哥！進來坐坐，參考參考嘛。」靳五心窩窒了窒鼻頭一癢嗆兩嗆：「沒空參考，對不起。」猛一掰硬生生撬開了那兩隻箍住他頸脖搔啊搔的蒼冷爪子。噗哧兩笑，門裡，乜著水藍丹鳳眼皮，探望出兩瓣兒臙脂小臉，勾定靳五，噘起嘴吮了吮食指尖頭那蕾子猩紅蔻丹。娃子臉，婦人臀。靳五拔起腳正待往前走。身形一晃，水蛇般那兩條胳臂又攀纏上來，兩條腿子悄悄勾住靳五的腿胯，搡一搡，拱兩拱，兩腋窩苾苾萋萋漫漾出古龍香水。靳五嗆了嗆。眼一柔，那拉客的少年郎噘起嘴湊到靳五耳朵上：「哥，來嘛，叫兩個妞子馬殺雞鬆鬆骨嘛，雙胞胎哦，保證新鮮度一百哦，本店信譽卓著絕不供應粗肉老肉的哦。哥！來嘛嘛。」腳一勾，兩條胳臂從靳五肩膊上蠕游下來纏繞住他的膀子，小鳥依人，哄著嗔著，往簷下那閭子兜爍的青霓拽了過去。靳五心頭煩躁上來，拐起肘子狠狠一撞。那拉客的三七仔呆了呆，捧起心窩，踹躧起腳上那雙小尖頭三寸跟黑皮鞋蹬蹬退出五六步，兩瞳兇光一瞟，咧起嘴笑涎涎瞅住靳五：「失禮失禮！頭家莫生氣啦。」噗哧，門洞口那兩嘰兒搽得紅辣辣的小嘴唇咧了開來，齜齜雪白大門牙，一笑，睄住靳五，豎起食指挑了挑牙尖上沾染著的口紅，雙雙轉身閃進理髮廳裡。彈簧門晃盪，闔上了。簷下，靳五抖簌簌咬起牙根，睜住那油頭粉面展亮著兩排好白牙的細瘦後生：「我不告訴你？我有急事！」猛一掉頭，撣撣衣襟自管朝巷心花蛇叢中尋覓下去。脖子後颼颼一涼，那兩腋窩古龍水羼漾著丹頂髮蠟香鬼魅般又飄襲過來，靳五嗆了嗆，機伶伶打個冷疙瘩。三七仔早又猱身而上，響，響，眨兩眨小鳳眼，張起爪子鐵箍也似牢牢纏鎖住靳五的腰桿，街燈下笑吟吟：「莫要緊莫要緊！大哥，下次有空再來，叫剛才那兩個雙胞胎小囡仔給哥馬兩節，參考看看。」靳五嘆口氣停下腳步，索性讓那後生攬抱著，一動不動，倚靠到他胸窩兩排肋骨上伸手指住了中天那瓢寒月：「下次來！我發誓。」揉揉眼皮，望望眼前那條人影飄竄紅燈慈慈的長巷，心頭突突亂跳。三七仔鬆開爪子，嫣然，瞅住靳五瞟了兩個眼波，蹬蹬蹬，踩動三寸跟尖頭皮鞋款擺著水蛇腰褊褼起黑喇叭褲，身影一閃，鑽回簷下青霓洞旁黑影地，點支菸蹲到矮板凳上，昊昊，猥望起街口。靳五心窩惡泛泛一陣翻攪，當街嘔吐了出來。

湯泉街盞盞水銀路燈蕩漾著佛燈霓虹。

湘咖啡。

姿。茶藝坊。

七巧酒店。

東宮月子中心。

兩棓少女服飾。

一窩紅灩灩兒睞著一窩。

「頭家咿！你愛做活神仙否？」

兩齦菸屎牙，簷下齜了齜。

啐啐，兩蕾子血痰綻開在巷心上。

閧窿窿北上莒光號列車震盪起一衕衕洞天花塢。

腳一軟，靳五把雙手撐住兩隻膝蓋險些兒當街跪落了下來。亞星，朱鴒。兩根小辮子！紮著雙白頭繩巷心上晃啊晃。蓬頭垢面，朱鴒歪起脖子仰起汗湫湫一張小臉兒睥睨在花燈簇中，格格笑，小叫化樣，招著招著，只管張起兩隻爪子逗引靳五。靳五慢吞吞撐起膝頭，一軟，當街蹲了下來把臉埋進手心，好半晌仰起臉瞅住朱鴒：「丫頭，不要穿耳洞了！回來。」亞星臉煞白呆了呆攫起朱鴒的手，穿梭過滿巷香風裛裛闖進竄出的摩托車，跑過來，淚瑩瑩，蹲到他身邊，瞅住他輕悄悄扯著他的衣袖。街燈下笑嘻嘻，朱鴒把雙手兒扶住膝頭湊上眼睛看了看靳五的眼瞳，猛一怔蹬蹬退出兩步，腮幫上兩渦笑靨慢慢沉黯了下來，伸手揉了揉自己的眼睛：「對不起。」靳五破涕為笑，看看朱鴒望望亞星伸手把姐兒兩個暖暖攬抱到一塊兒，猛擡頭，哆了哆。妖嬌紅霓下，安樂新拖起胳臂把雙爪子夾進腋窩，搔著搔著，「噢！媽媽，妳敢是真正無情放捨子兒」，哼一哼笑兩笑，獨自個蹭蹬上巷心。街燈下兩腮酡紅一嘴酒氣，蠡蠡，綻開兩齦子小紅牙。安樂新哼著歌兒在靳五跟前站住了，猴兒樣，痀瘻起肩窩，一身深黑西裝紮著水藍領帶，硌磴硌磴，只管跺動著腳上那雙簇新三寸跟小尖頭意大利黑皮鞋，抖起兩條細腿子，笑嗨嗨，瞅住地上蹲著的三個，脖子一歪，回眸覷了覷，撮起爪子拈掉肩胛上沾著的兩片金紙灰：「剛才去吃李董事長——伊，就是滿濃賓館董事長李正男——老爸過世請吃的酒，有看見哥，帶著這兩個小妹在看放火燒靈厝，伊兒子花三十萬請老師傅做的靈厝呢！哥，好久沒有見了哦。」

寒流裡一臉紅暈。

靳五呆了呆牽起朱鴒亞星。

「安樂新好！」

「哥，好。」

「你——」

靳五咬咬牙當胸揪住了安樂新脖子下那根小領帶，絞兩絞，一腳踩上他皮鞋尖，蹂，蹂，不聲不響狠狠磨上兩磨。咯咯咯，安樂新死咬住牙關，給割破了喉嚨的老母雞似的噎住一口氣抽抽搐搐起來，半天，呻吟出兩聲，掙脫靳五的手爪踉踉蹌蹌開十來步。

「老師！你神經？」

「安樂新你敢動這兩個？」

「教授老師！」安樂新鬆鬆領帶滿臉悲憤咬牙切齒指住了靳五，咻咻，喘回兩口氣，白眼一翻從肩窩裡竄昂出脖子來：「哥，你做人不講情義，要受報應的哦！這裡是甚麼所在？要不是我剛巧看到，幹你娘，嘿嘿，哥你這兩個小妹早給人拐進裡面去注射嗞素酮了啦。」

背脊一涼，靳五看看亞星。

亞星咬咬下唇。

靳五朝安樂新招招手：

「森郎兄。」

「你娘！」

「謝謝你啦，對不起了。」

眼一柔，安樂新瞟了瞟亞星整整西裝邁出皮鞋漫步踱過巷道來，水銀燈下，綻開糯米樣兩齙血牙，吐了吐舌頭，𤞑𤞑嘴洞裡那粒翠綠苞子，呸啵，朝靳五啐出兩蕊檳榔汁，一轉身惡狠狠指住朱鴒：「小狷查某！這是甚麼所在看也不看亂亂鑽跑進來？門口有寫，玉女池哦。」

瞅瞅靳五白眼一翻，瞳子裡竄出兩撮冷火只管瞟乜著亞星，慵睏睏，伸個懶腰抿起嘴忍住了個大哈欠，把手摸進腋下，㓾，㓾，寒流中抖起腿子打起哆嗦搔起胳肢窩。

「安樂新！」

靳五慢吞吞走到門洞下，擡起頭來。

「哥？」

「就是這一家嗎？」

「教授老師！今天是十二月十三號。」咯咯兩笑，安樂新抱著膀子搔著腋窩褊褪起黑喇叭長褲蹭蹬過來，往靳五身邊挨了挨，扭起腰，撞撞他腰眼，瞄瞄亞星，把一粒檳榔悄悄塞進他手心，捏了捏，跂起皮鞋噘起嘴湊到他耳朵上：「才三個月呢！哥啊，老師啊，那天的風流事情就忘記了哦？」

兩扉子猩紅門。

玉女池。

簷口一圈紅霓。

靳五呆了呆望著門洞那一弧五彩繽紛蕾蕾眨爍的花燈泡，心中一片渾沌。安樂新，蠢，笑嘻嘻。靳五打個寒噤忽然手心一暖。朔風中，朱鴒拖颯著腰肢後兩根零落的小辮梢一雙白頭繩，怯生生挨靠過來，牽握住靳五的手，覷起眼睛，仰起臉兒，望望門上的招牌又歪過頸脖偷偷看看靳五，兩瞳子的狐疑。一凛，靳五攬住朱鴒的小肩膀，摟兩摟。霓虹下亞星一臉紅漾，白衣颸颸走了過來伸手輕悄悄扯了扯靳五的衣袖，仰起臉來，瞅望著他，滿眼睛的話。濤濤朔風流竄過漫町車潮捲進巷口，靳五咬住牙根機伶伶打了兩個哆嗦。「哥！老師！這就是玉女池。」咯咯咯安樂新笑得花枝亂顫：「做人要講情義！小琪思念哥哦。」靳五呆呆望著門上那圜霓虹招牌，渾身一顫，發起了瘧子似的，心窩背脊一陣抖簌著一陣半晌冒出滿身冷汗來。亞星攫住靳五的手心。大小三個站在簷下，手牽手，依偎著，靜靜瞅望門洞口那兩扇風中一顫一呻吟嗯嗯嗯的紅門扉。

咿呀，彈簧門打開了。

一波歌聲震盪出電唱機流瀉到巷心上。

雲淡星稀

夜色真美麗

只有我和你
我和你
才逃出了黑暗
黑暗又緊緊的跟著你
啊！今夕何夕

「今夕何夕！」朱鴒豎起耳朵聽了聽，一睜，扯扯靳五的衣袖仰起臉兒瞅住他：「電影《人盡可夫》的插曲，白光唱的！爸爸沒事最喜歡聽這首歌，還有周璇的花花姑娘。」

靳五只管呆呆望著門洞口。

兩瓣紫紅小腮幫探出一把黑瀑也似的長髮，張望了出來，打個照面呆了呆。汗湫湫，那小女郎推送出了個白頭老郎客，站在門洞中，喘著氣，把雙手兒撐開兩扇猩紅的門扉，瞅住靳五望了兩眼，半晌沉下臉來，掉頭，嘬了嘬嘴唇上那蕾子丹硃，撈起拖地小青羅裙，咿呀把門扉闔上，消失進了紅燈蕊蕊人頭蕩漾的音樂咖啡廳。白光那一聲慵懶一聲的呻吟，隱沒了。

安樂新搔著胳肢窩樂不可支。

「老師沒情義！」

「啊？」

「伊是小琪。」

「小琪？」

「才三個月就忘記了𠰻。」

安樂新咯咯笑。

一蹦，靳五拖著亞星朱鴒讓開門洞。

媽媽桑搖曳著一襲小腰身高開衩鑲亮片黑緞子長旗袍，裸出兩筒姘白膀子，冷風裡，香汗淋漓，鬆開脖子下兩顆鈕釦招搖著胸房，笑一聲啐兩口送出了個郎客。

靳五怔了怔。

「吁！靳教授。」那郎客早就綻開腮上圓憨憨兩糰小酒渦，鑽出門洞，趨上兩步，朝簷外伸出腴白小手仰天呵呵兩聲長笑。「幸會幸會！老師。」門口花燈環中，兩瞳子精光燦燦著一副玳瑁框斯文眼鏡，驚樣，打量靳五兩眼，回眸掃了掃亞星朱鴒姐兒倆：「老師好健忘𠰻！那天晚上大寒流，在公賣局體育館看祥輿盃女籃決賽，吁！有見過面有見過面的嘛！球賽看到一半停電，嚇得人要死，呵呵呵。」

「記得記得！安樂新介紹過您，林春水林先生哈露桑，春大哥，影視雙棲名節目主持人。」靳五伸出手來只覺得掌心汗膩膩一燙，隔著屋簷握住了林春水的手，悄悄皺起鼻頭，咬緊牙根，避開他嘴洞裡笑呵呵吞吐出的一蓬蓬酒餿葷腥：「咦？哈露兄，記得那晚您提起，那位陳宜中陳老先生，珠海時報發行人兼全國女籃總會理事長兼祥輿盃主辦人，請您擔任領隊，率領女球員和影歌星，前赴美加地區宣慰僑胞，怎麼，哈露兄，您還沒動身啊？」

「對不起！剛才去喝李董事長請的酒，見笑，呵呵讓老師見笑了。」林春水掏出手絹摀住嘴洞，勾起食指，回眸撢了撢黑西裝禮服肩上沾著的金紙灰：「過兩天就啟程。」

「哈露兄幾時返國？」

「春節。」

「張鴻去不去宣慰僑胞？」

「辮子姑娘？吁！她高掛球鞋了。」

「張鴻不打球了？」

「她頭髮都給球迷拔掉了一半！呵呵。」

笑，不笑，朱鴒牽著亞星的手花霓下昂起脖子只管覷望住林春水，一哆嗦，打個寒噤，扯扯靳五的衣袖叫他蹲下身來，撥開他鬢上亂髮，湊到他耳朵上問了句話。

「小姑娘跟老師講甚麼悄悄話？以為我沒有聽到？妳問老師，這個人很奇怪為甚麼叫做哈露，挺香豔的男人名字，對不對？」兩烱子玳瑁鏡光燦了燦，林春水綻開腮幫上兩瓣子笑渦瞅住朱鴒呵呵大笑，探出手爪，攫住她辮梢，一凜，捽下那兩根飄颺朔風中的白頭繩，悄悄抹了抹手：「我就跟小姑娘妳講！我叫林春水，小名叫春仔，人家叫我哈露，因為我名字中那個春字用日本話來讀就讀做哈露，所以朋友就叫我哈露春仔，也有叫我春仔哈露，哈露春，春哈露，日本人尊稱我哈露桑，女歌星喚我春大哥，這家玉女池音樂咖啡廳的小姐叫我春桑，我自稱珍哈露，呵呵呵，小妹妹，好來塢肉彈明星美國大哺乳動物珍哈露哦！珍哈露桑，吁！這個男人名字聽起來實在有夠香豔，我這一身肥肉，頂好叫歐羅肥。」

林春水托起玳瑁眼鏡矗立玉女池門口那環五彩燈泡中，睨瞅住朱鴒，翹起兩臀肉毬，麂嘻嘻，捏著雪白手絹抹著滿脖子油汗，掉頭摀住嘴洞。朱鴒嗆了嗆皺起鼻尖，攫住亞星的腕子，躥開兩步，甩起兩根小辮指住林春水咯咯笑得直打起寒噤來。

笑吟吟，一哈欠，媽媽桑站在門洞口擡起兩株姣白膀子搭到門框上，蹬，蹬，只管颼盪著黑緞旗袍衩襬子，蹬跺著右腳那隻小銀鞋三寸跟，眼上眼下，打量著瞅乜住靳五。腋窩裡芳草萋萋，燈中，晶瑩著兩叢汗珠。猛一哆嗦，安樂新躥上兩步把雙蒼冷手爪攀住媽媽桑的胳膀，跂起高跟黑皮鞋，吁吁，咻咻，抽搐起鼻頭往她腋窩嗅了兩嗅，抖簌簌依偎到她腰身上，挨一挨，猱兩猱，嘬起兩癟子血嘴皮吮住了她耳垂上那蕊兒銀墜子，哀哀呻吟起來。朱鴒看癡了，風中，瑟縮著那身土黃卡其小學生衣褲，悄悄打個寒噤。亞星別過臉去，背起手，一身白衣黑長褲風颭颭，自管眺望起漫町燈火高燒中城天那瓢冷月。噗哧，眸子一乜，媽媽桑白了白安樂新，摔開他那兩條胳臂撩撩肩窩裡兩毬黑髮蓬，汗湫湫，晃兩晃，搖曳起水柳腰肢收縮起小肚子蹬著高跟鞋婸娩出門口來，眼一柔，笑盈盈，把雙手兒交疊膝頭上朝靳五哈個腰：「伊拉夏伊媽謝！嗨，靳老師教授好久沒有來玉女池坐坐啦，津子我，向您問好，我們小琪天天思念您。」心一寒，靳五牽起朱鴒的腕子雙雙朝津子鞠個躬。林春水掏出白手絹，呵呵兩笑，抹起頸脖上的油汗珠，順手掠了掠滿頭油亮的黑鬈子撣撣身上那套黑禮服，托起玳瑁眼鏡覷覷錶，兩瞳精光，一潑，瞟住亞星綻開兩腮臌子笑渦，朝靳五伸出手來長長噓了口氣：「吁！十二月十三號！今晚要招待長崎南星會親善交流團看表演——這些日本老阿公，喜歡我們玉女歌星齊姜小姐的歌，呵呵，專誠坐飛機趕來捧場！失禮，小弟先走一步。」

「哈露兄請便。」

「拜。」

林春水整整頸脖上那嵆子黑領結笑呵呵邁出尖頭大皮鞋，一回身，又橐躂回來，撈住靳五的手：「幸會幸會！下回請您萬萬要賞個臉兒，帶這兩位妹妹來看我主持的秀，嗯？教授？」手一緊，攫住靳五的胳臂晃兩晃，回眸撢撢肩上的金紙灰，燈下，只管端詳著朱鴒一蓬蓬吞吐著嘴洞裡的酒氣。

靳五嗆了嗆：

「好的。」

「快活林大歌廳哦！」

「好！哈露兒。」

「呵呵教授，君子一言——」

「好好，春節去看秀。」

津子媽媽桑從店裡叼出了支苗條牌香菸來，站在門洞中，把雙姣白的手兒撐住兩瓣猩紅的門扉子，一開一闔，一開一闔，迎著朔風汗萋萋只管搧著涼。「春桑，春桑喲！散場有記得要再來喔，多阿里加多可扎伊媽斯嘎。」眼角眉梢把林春水目送出湯泉街巷口，咬咬牙，啐，手一拍甩撥開安樂新那隻咻咻聳嗅進她胳肢窩的蒼冷鼻子，回眸齜向靳五，亮了亮兩顆銀鑲小虎牙，勾起小指尖，刮刮胳肢窩，搖著頭風中招展起肩上那兩綹黑鬢來。兩片水藍眼影乜乜挑起，花燈中，眸子一柔瞅住朱鴒。

靳五心神一蕩：

「亞星！我們走吧。」

朱鴒扠著腰昂起脖子站在簷下，望呆了。

趬，趬，八雙尖頭高跟各色小皮鞋，魚貫邁過門檻。一隊兒八個西裝光鮮兩鬢霜白老郎客把手摀住褲胯，蝦著腰，抖簌簌，鑽過媽媽桑搭在門扉上的膀子。顱顱花白，猛地一顫，覷了覷媽媽桑腋窩裡那叢子晶瑩的汗珠，鬼趕也似，煞青臉皮，逃出了玉女池音樂咖啡廳。街燈下腮腮醭紅，汗濟濟。那八個東洋觀光客喘回了氣整整隊形魚貫邁下湯泉街，一路哆嗦，一路回眸。

媽媽桑款擺起腰肢蹭蹬起高跟鞋走到簷口下，笑吟吟，把雙手兒交疊膝上，哈腰送客。八瘦子西裝甩盪起頸下掛著的相機，一蹦，逃出了巷口。

朱鴒站在巷心上，跂起腳，昂起脖子只管怔怔覷望著帶頭那個日本老頭兒。

靳五牽起亞星的腕子，揪住朱鴒辮梢：

「丫頭！走。」

「哥！等等小弟。」

蠢，笑瞇瞇安樂新躥過來。

靳五摟住朱鴒，咬咬牙，閃躲著滿衕衕裙衩飄盪香風撩人猋進猋出的摩托車，在巷心上等住了：「蛆！安樂新，你不要陰魂不散老跟住我，可以不可以？」手一攫，當胸揪住了安樂新脖子下那根臘腸樣水藍簇新小領帶，狠狠絞兩絞，蹬蹬蹬，拖到玉女池斜對面昭應街口水銀燈下來，扳起他的下巴，瞪著。

「拜託拜託，老師！」膝頭一軟，篩糠也似安樂新只管抖簌起胯下那兩條黑喇叭褲管，跂起三寸跟小黑皮鞋硬抵住路面，半天，一動不動，從肩窩裡竄昂出脖子來，齜開兩齦米粒樣小紅牙瞅望住靳五，哀哀搖頭：「安樂新做人有講情義！哥，大哥哥，拜託拜託放放手不要拖我從這裡走過去。」

靳五呆了呆擡頭一看。

一閼石碑，青苔斑斑朔風中砥礪著城天那瓢冷月，矗拱在街口。

大清。

節孝。

旌表林氏坊。

「安樂新！你怕這個？」

「哥！從女人下面走過去，不吉利。」

「你也迷信這個？」

靳五哈哈大笑，鬆開安樂新脖子，讓他繞過清朝婦人林氏的貞節牌坊。一蹬，一蹬，安樂新躡起高跟皮鞋，從陳香川皮膚科診所騎樓下穿了過去，繞回街燈下來。香風嬝嬝，街口摩托車流竄。朱鴒牽著亞星的腕子佇立牌坊下，仰起臉兒覷起眼睛，一字一字，點讀著石柱上兩行碑文。廿八歲痛撫遺孤從夫之終從子之始；六十載永操勁節為母則壽為婦則貞。風中，一雙小辮梢煙灰蓬蓬，飄飂起兩根白頭繩。靳五扠起腰站在巷心，笑嘻嘻，眼上眼下打量安樂新。不瞅不睬，安樂新自管整起脖下那根小領帶拂拂身上那套黑西裝，呸，啐出滿口檳榔汁，眼一柔，似笑非笑悄悄瞟住亞星。靳五哈哈大笑，揝起亞星的腕子揪起朱鴒的辮子穿過林氏貞節牌坊，蹦蹬，一閃，躲過兩輛追逐而過的摩托車。大小三個手勾手，依偎著，遛達下佛燈幽幽滿簷紅霓迸濺的昭應街，渾身汗酸，迎向漫城寒流，朝車潮燦爛人頭洶湧的大馬路走出去。靳五回頭望望。風中，汗湫湫慵睏睏，媽媽桑叼著香菸打著哈欠，倚在玉女池音樂咖啡廳簷下花燈環中那兩扉子紅門上，一搧，一搧，只管撮起黑緞旗袍襟口，透著氣。

朱鴒一路回頭呆呆望了半天，忽然蹦起腳：

「她是個男人！」

「誰？妳說誰是個男人？」

「津子，那媽媽桑。」

「妳怎知道？」

「她的脖子上有顆喉核。」

「妳怎那麼好奇？不要回頭看！」

一怒，靳五猛喝了聲。

朱鴒顫了顫，愣瞪，點點頭不聲不響把兩根辮子一張小臉兒埋進靳五腰間，依偎著他，不再回頭，兩隻瞳子瞟啊瞟悄悄瞅住他，彷彿看見了個新的人似的，想問他，可又不敢開腔。「對不起，惹你生氣了。」兩條小胳臂媆媆地緊緊地纏繞了過來摟住靳五的腰桿，探索出一隻手，悄悄，撬開他拳頭掏掏他掌心，紅霓下蹙起眉心仰起臉兒，眼瞳一泫，望著他笑出了兩眶子晶瑩的淚珠。靳五呆了呆，一把攬過朱鴒那兩瓣紅凍凍的腮幫兒，搗進自己臂彎裡，揉著，搓著。朱鴒怯怯望住靳五哇地哭出聲來：「對不住啦！好不好？」靳五心中一酸當街蹲了下來抱起朱鴒：「丫頭，丫頭！這個社會有點亂，妳們兩個可要好好給我長大啊。」亞星靜靜跟在靳五身邊，揚起臉，眺望著城天，一路上出起了神不知想著甚麼心事。風中，白衫子黑長褲，飄飄漫漫。靳五心一抖回頭看看亞星，悄悄替她拉上夾克拉鍊，暖暖扣起領口。街燈下，亞星回過臉來瞅望著靳五掠了掠滿腮鬅鬆亂的短髮梢，呆了半晌，瞳子一柔亮，笑了，伸手把靳五的衣袖從肘彎捲落到手腕上，緊緊扣上袖口。

「亞星，謝謝妳。」

眼前豁然一亮！人來人往，扶風路大街上車水馬龍朔風中繁燈如畫。

「聽！」

朱鴒攀住靳五的脖子豎起耳朵。

「又聽甚麼？丫頭。」

「爆竹。」

亞星聽了聽眼睛一亮：

「鑼鼓。」

「還有打梆子！」

「吹嗩吶。」

靳五側起耳朵車潮中聽了聽。

「丫頭，妳們兩個耳朵怎麼那樣靈？」

衕衕口水銀燈下，蓬頭垢面，朱鴒滿臉淚痕羞答答早就笑漾出了兩腮子紅暈來，一甩辮梢：「嘻嘻！不知道。」擦擦眼皮抽抽鼻水，暖洋洋把兩條胳臂纏繞住了靳五的頸脖，朝扶風路頭，昂出脖子怔怔覷望起來。

大馬路上篷篷綻起了爆竹。

絲竹齊鳴。

閧窿，閧窿，北上莒光號金黃列車潑燦著一窗窗日光燈，血絲瞳瞳閃爍過西門平交道。鬧市大街髩髩髩髩，簷下，人頭鑽動，蛇霓兜竄，車潮中飛颺起漫街硝煙噼噼啪啪迸綻開一簇簇花雨，扶風路頭，三輔路口，喜氣洋洋遊行出一頂紅綢鴛鴦小轎。中天水霎霎一瓢冷月，朔風淒淒。四名家丁身穿藍布大領衣紫花單褲腰繫一條紅緞帶，黑氈帽上插根紅雞毛，腳下踩著黑快靴，手裡高擎金囍牌，跟在喜轎兩旁吆吆喝喝鳴鑼開道。六個綠衫小鬟，三對兒，挑著紅紗宮燈。兩隊花翎綵衣樂工吹吹打打，跳閃著滿街猋竄的摩托車。轎前一匹白馬上，簪花，披紅，睥睨著好個劍眉星目玉樹臨風的新郎倌。朱鴿攀住靳五的脖子，看癡了。騎樓下，硝煙中一臓臓裹著冬裝的男女老小早已挨擠到街邊上來，齜著，嗆著，舒伸出脖子愣瞪起眼睛，中了蠱般，叼著牙籤，靜靜望著這一街紅灩灩爆竹連天的花嫁。漫町人頭煙煙濛濛，水月下，鑽聳在車潮滾滾的霓虹叢中。家家理髮小姐一窩子倚到了門洞口來，寒流裡，香汗淋漓，抱起胳膀喘著氣打著哈欠。三兩家月子中心，跫，跫，媽媽們披著睡袍趿著拖鞋把條小毯子密匝匝裹住娃娃，抱下樓梯，糾聚到簷下，一面看熱鬧一面兜搭起閒話說說笑笑逗弄起娃兒。神田診所，老醫生脖子上掛著聽筒，探出頭來。兩個初中小男生揹著書囊一頭鑽出診所，閃進簷下人窩裡，似笑非笑，嗞牙咧嘴，你瞄我我瞄你雙雙叉開褲襠捧住胯子。滿街女生兒盪著肩上掛著的布書包，一雙一簇，跂望在花燈簷口，囁著滷雞翅膀啃著滷鴨脖頭。鼓樂喧天中，鐓，鐓，鐓，兩輛遊覽車撳著喇叭白幡飈飈盪開馬路旁看迎親的人群，載著百來個白頭西裝日本老阿公，愣愣睜睜，酒氣滿車，揮舞著手上的丸紅小旗，停到了岐山街口金澤旅行社門前。朱鴒嗆了嗆，撥開漫街硝煙，舉起手兒遮到眉眼上，覷望半天，搔搔靳五脖子，指住對街星容少女皮飾店哈馬地理髮廳中間那條防火巷。一隊兒八瘦子兒盪著頸下的相機，排排站，噓噓，噓噓，捏著朘子解完了溲，扣上褲襠整整西裝冷風中臉青青魚貫瘃癃出防火巷來，翹起尖頭高跟各色皮鞋，蕊蕊爆竹花下，哈腰，致歉，抖簌著八顱花髮穿梭過迎親隊伍，車潮中渡到街這邊來，氣喘吁吁，攀登上兩輛等候的遊覽車。朱鴒覷起眼睛端詳半天，一凜，蹙起眉心，勾住靳五的脖子把嘴湊到他耳朵上：「我看出來了！嘻嘻，你知道這八個日本老頭兒帶頭的那位是誰？脫隊行動，不知哪裡去鬼混了一夜，整個人像虛脫了一樣，嘻，我好久都認不出他。」「丫頭，妳到底在說誰？」「木持秀雄！花井伯伯帶他來過我們家，還送我一張名片。」窸窸窣窣，朱鴒從土黃卡其小學生制服後褲袋裡掏摸出了張名片，送到靳五眼前，街燈下，一晃，亮了亮上面印著的幾行孅孅小漢字。日本國原爆被害者協會元副會長。廣島衛材商工組合理事長。株。木持秀雄。靳五呆了呆，抱著朱鴒牽著亞星站在神田診所簷下，人窩裡，汗酸中，望著那兩輛遊覽車接載上了八個脫隊的觀光團團員，撳起喇叭，鐓鐓，鐓鐓，滿車白頭迎著中天一瓢縹緲的水月，蕩漾出小紅町，白幡招飄，朝向城北溫泉山莊旖旎燈火奔馳而去了。躂。躂。躂。車潮中，新郎倌跨著披紅大白馬押著紅繡小花轎，顧盼，盱睨，穿過十字路口紅燈。扶風路十線大馬路兩旁，黑鴉鴉，滿街理髮小姐坐月子媽媽泌尿科小兒科婦產科醫師，男生女生，闔家逛街老小，一窩蜂喧喧騰騰挨挨擦擦湧出了騎樓，舒伸出脖子，堵住人行道。朱鴒望著喜轎一路遊行過來，呆了呆猛一掙，攀著靳五的脖子蹿下他的懷抱，拔腳，頭也不回，跑上街，冒著篷篷飛綻的爆竹嗆著蹦著穿梭過車潮闖到花轎門口，四下望了望，撩起那帘子紅囍緞鴛鴦帳幔，睜起眼睛探進頭去。那張小臉兒，颼地，煞白了。看迎親的男女一片聲尖叫起來。新郎倌甩甩馬鞭挑挑兩道劍眉，回眸，朝朱鴒一笑。嗩吶震天價響。朱鴒張開嘴巴僵住了她那張蓬頭小臉只管站在街心，小叫化也似，滿頭煙垢，拖著兩蓬子辮梢一雙白頭繩，癡癡怔怔。亞星呆了呆，扯起靳五的衣袖跑上大街一把摟住朱鴒。新郎倌一揮馬鞭，滿街睥睨了睨，躂躂躂，領著一乘花轎三對綠衫小鬟幾十個披紅掛綵的家丁樂工，吹吹打打，噼噼啪啪，朝扶風路底三秦路河堤下叢叢紅霓遊行過去了。紛紛緋緋漫街炮花下，只見喜轎頂上一蕾子晶紅琉璃燈，鬼火般，飄飄忽忽。靳五從亞星懷裡接抱過朱鴒來，撮起兩隻指尖，一撥，街燈下挑開她的眼皮湊上眼睛看了看。

「丫頭！」

朱鴒只管翻著白眼不吭聲。

「妳看到甚麼啦？」

「鬼。」

「亂講。」

「吊死鬼新娘。」

靳五望望那一町紅塵燎天夜未央遊人如織的樓臺燈火，看看亞星，撥開朱鴒兩腮子風亂的髮梢，又瞅瞅那張小臉兒。朱鴒睜住眼瞳，愣愣瞪著靳五。簷下，驀地洶湧起了陣波濤，滿街人頭漂竄，看迎親的男女頂著朔風扶老攜幼跌跌撞撞追跟上了花轎。「朱鴒丫頭！眼瞪瞪張著嘴巴，像個小白癡幹甚麼？」靳五咬咬牙捏住朱鴒的腮幫兒，擰兩擰，一怔，撈起她那兩條軟癱癱的胳臂纏繞到自己頸脖上，暖暖摟住她的身子，牽起亞星，拔開大步追上了一街送嫁的婦人，滿坑滿谷看新娘子的老小。

挨挨擠擠遊行過兩條熱鬧的街口。

「丫頭！妳上當啦。」

靳五哈哈大笑。

朱鴒呆了呆，眼一睜。

美陽街口中鏵大戲院頂樓上點起長長兩條紅鞭炮，漫天花雨，水月下，一篷篷一毬毬萬頭鑽動中綻放了開來。

絲竹高奏。

新郎倌下馬，朝花轎一揖。兩個綠衫小鬟挑起轎門上那帘紅緞帳幔攙出了新娘子，鳳冠霞帔，蓋頭紅，踩著軟底紅繡小鞋，踉踉蹌蹌給簇擁上戲院門口來。日光燈下，驀然回頭。新娘子揭開了臉上那方紅絲巾吐吐舌尖，滿臉慘白，羞答答嫣然一笑。朱鴒箍住靳五的脖子。看迎親的男女蹬蹬退出兩步，見了鬼似的呼兒喚女尖叫成一窩。亞星哈哈大笑，吐了吐舌頭，嚇嚇朱鴒，攫住她辮梢上那兩根沾滿煙塵飄零在朔風中的白頭繩，晃兩晃，指住戲院門上的廣告看板：

「朱鴒妳瞧，今晚演甚麼電影啊？」

「鬼——嫁——」

朱鴒癡癡一笑。

靳五挑起朱鴒的下巴，笑嘻嘻瞅上半天，眉頭一皺伸出食指往她眉心上戳了兩記：「丫頭，鬼靈精，這回妳可上了個大當啦，香港女明星高露潔隨片登臺，答謝祖國同胞觀眾！知道嗎？」朱鴒勾住靳五的脖子搖頭晃腦齜著兩排小白牙，傻瓜樣，笑出兩瞳子淚花來。

滿街追上來看新娘的閒人呆了半天一鬨而散。

「丫頭。」

「嗯？」

「迢迢了一夜，該回家吧？」

「好。」

朱鴒咬住了個大哈欠揉揉眼皮，脖子一歪，小臉兒就埋落到靳五肩窩裡。大小三個遊逛了一夜，汗湫湫，蓬頭垢面，瑟縮在滿京流竄的西北風中迎著濤濤南下的歲末寒流，踏上歸途，走向西門公車站。橐橐蹡蹡，六個憲兵邁著鐵釘皮靴魚貫巡行下騎樓，穿梭著人潮，沉著臉，一步一撅扭臀子，蕩漾過簷下筒筒兜漩的三色燈門口雙雙瞟乜的黑眼眸。朱鴒窩蜷在靳五懷裡，不聲不響只管瞅住他，一回頭。小紅町城開不夜，油煙滾滾，漫町水晶樓臺衣香鬢影蕩漾著一雙一群紙紮樣的人兒，車潮中，燈火燒得正旺。朱鴒呆呆望著。靳五望了望掉過頭來，擰擰朱鴒那兩瓣凍得通紅的腮幫。

「妳不可回頭看！」

「為甚麼？」

「否則會變成一根鹽柱。」

「誰說？」

「妳自己說的。」

「哦？」

「忘記了？丫頭。」

一笑，朱鴒點點頭闔上眼皮，風中摟住靳五的脖子自管打起盹來。

亞星回過頭來看看靳五，笑了笑，揚起臉，迎著風把滿額頭兩腮子颼亂的短髮絲撥掠到耳朵後，衣颱颱，望著中天那瓢月，北斗七星疏疏冷冷幾點清輝，一時眺得出神了。靳五昂起脖子，眼一亮。天際，漭漭紅塵中迸濺迸濺一顆小星星潑耍著水花兒似的，眨爍不停，像個精赤條條玩水的小頑童。「亞星！」靳五攫住亞星的胳臂。嗚，嗚，鬨窿窿鬨窿窿，北上莒光號列車顛盪著窗窗燈火眸眸血絲飆閃過平交道口。靳五指指天上：「看。」亞星煞住了腳步，昂起脖子，瞅望著那顆孤伶伶獨自個嬉戲的小星星，街燈下一臉子漾亮著光采，猛回頭，扯住靳五的衣袖，指了指城心珠海時報頂樓兒爍起的斗大電動新聞字幕：歷史見證！南京大屠殺又出現新史料！中共《瞭望》周刊最新一期，刊載當年德國駐華使館留守南京的大使館政務祕書羅森，於一九三八年初，對南京大屠殺的報告。這份一百九十頁的解密檔案，藏於東德中央檔案館。與南京大屠殺有關的證物，可說不勝枚舉。然而，一九三八年時，德、日兩國剛結盟不久，希特勒甚至曾頌揚日軍占領南京，因此德國外交官為盟友日本留下的這批罪證，格外珍貴可信。根據羅森的報告，在一九三七年十二月十三日展開的南京大屠殺中，被日軍活埋的中國平民達十九萬，零散被殺者，僅收埋的屍體即多至十五萬具，南京下關附近的長江，漂浮的死屍有三萬多具。許多年輕女子，被日軍剝光衣服，遭二十幾個日本兵輪姦後被刺死，日軍還強迫男子當眾姦汙自己的母親……平交道口路燈下亞星一雙瞳子，深澄，遙迢，只管眺望住那一字一字爍爍在漫京花燈紅霓中的新聞字幕：「十二月，隆冬天，長江流域下大雪吧！」靳五抱住朱鴒騰出一隻手來悄悄攏起亞星的夾克，翻起領口，扣好了，低頭看看朱鴒。丫頭兒齁齁打著鼾，兩條小胳臂鐵箍也似纏繞住他的頸脖，早就睏著了。嚀叮叮嚀叮叮，看柵老頭拉起鐵柵。靳五牽起亞星的腕子，跟上滿街睡眼矇矓扶老攜幼呼兒喚女慌慌搶路的夜歸男女，煙渦中，穿過平交道。

陳留路騎樓下影影幢幢跂望著一街的人。

夜霧滄茫。風中，亞星牽著靳五穿梭過冬衣臧臧一窩窩等車的男女老小，找到艾森豪線公車站牌。廊柱後黑影地裡，孤伶伶站著個小男子，一照面呆了呆，額頭那鬈油亮劉海下兩烱子鏡光閃了閃。一條鱷魚皮帶，勒住腰口脂肪。笑，不笑，男子遲疑半晌堆出滿臉笑容扶扶眼鏡踱出騎樓來，扣上米黃風衣襟口，燈下，折折腰，伸出了隻肥短的小白手：

「靳教授！不期而遇呵呵——」

「呵！丁教授。」

「五兄帶著這兩位——」

「鄰家小妹。」

「是是。」

「旭輪兄今晚一個人——」

「看場電影兒！」

「克林伊斯威特荒野大鏢客？」

「是是，挺熱鬧——」

丁旭輪教授僵住腮幫上兩渦笑慢吞吞退回了騎樓下，瞟瞟亞星，拱起風衣上兩片肩帶，搓著手訕訕地點個頭，一撩，撥了撥腦門下那綹汗湫湫的劉海，掏出手帕抹起滿脖子汗漬，嘆息了聲，瞄瞄天上那瓢水月：「唉，站在陳留路等艾森豪路公共汽車回荊門街，今夕何夕！」「今夕何夕？旭輪兄也聽過白光這首四十年前老歌？」「家父生前會哼兩句。」「府上是？」「山西文水。」「避秦！」朱鴒猛地睜開眼睛揉揉眼皮紅霓下望了望丁旭輪教授，怔怔打量兩眼，摟住靳五的頸脖，蜷縮起身子又把臉兒埋進他肩窩裡，睏起覺來。丁教授呆了呆，探出脖子往靳五懷抱裡瞅瞅朱鴒，撮起她的辮梢，一凜，撂下那兩根白頭繩。

「小姑娘剛說甚麼？五兄。」

「避秦。」

「呵！小小年紀也知道避秦？」

亞星扯扯靳五的衣袖：

「車子來啦。」

滿町歸人，男女老小齜著牙籤呼嘯而上。

靳五抱緊朱鴒攬住亞星，踉踉蹌蹌給挨擠到車門下，一回頭，看見丁教授那墩身子包裹著米色長風衣，鏡光閃爍，呆呆佇立人窩後，只管回眸眺望朔風中小紅町那一穹窿璀璨的紅塵凜冽的燈火。靳五退開半步，禮讓了讓。腳一跺，丁教授拱起拳頭哈了五六個腰，揮揮手，躥前兩步，把兩隻巴掌抵住靳五的背脊往車門上使勁一推送：

「五兄請五兄請！我等下班。」

靳五上了車。

鬱鬱蒸蒸一窩汗酸。

頂頭那盞蒼黃的日光燈，黯了黯，司機發動引擎。滿車男女蹭蹭蹬蹬跌撞成一籠子。靳五緊緊摟住朱鴒站穩腳跟，一擡頭，望到車窗外。怔怔，丁教授守望在站牌下，忽然拔開腳步，掙扎著撩起身上密匝匝裹著的風衣下襬往前奔出十來步，砰砰砰驚天動地擂打起車身。司機煞住車子。車廂裡，滿場飛。車門銑鐺一開，丁教授咻咻咻喘著大氣，聳著腦門上那兩箒子油亮的黑鬈髮，連聲道歉，竄進車門。

亞星咬住下唇忍住一臉笑。

「這老師奇怪！」

「怎麼？」

「好像受了甚麼刺激。」

「誤跑進玉女池。」

朱鴒睜開睡眼，格格笑接口說。

丁旭輪教授溫恭恭鑽過糾聚在車門口的男女擠進車廂中，看見靳五，瞇嘻了嘻，那張圓白臉膛憨憨綻開兩排細牙：「五兒見笑了！擠公共汽車，把讀書人的那麼點兒尊嚴都給擠碎了。」一笑，瞅瞅亞星點個頭，摘下玳瑁框眼鏡就著白襯衫袖口燈下自管擦拭了起來，回眸，瞄瞄司機：「這老傢伙開車顧前不顧後，真想一刀把他給騸了！」

「把他給甚麼騸了？旭輪兒。」

「鐓了！五兒。」

「鐓？」

「呵呵呵，就是把他給鐓了嘛。」

車子盪開濤濤歸人駛出城心百貨大街。

風潑潑，霓虹蕭瑟。

愣愣睜睜滿車血絲眼瞳。

鋃鐺，鋃鐺，鐵門子流竄進陣陣鑄縫風，捲起一鐵籠冬衣黲黲亂髮。朱鴒打個寒顫。靳五看看亞星，輕悄悄，把朱鴒那身汗酸幽漾的土黃卡其小上衣小長褲給攏緊了，背向風，摀住她腮幫，把她臉兒埋藏進自己肩窩。亞星只管把脖子探出窗外，覷起眼睛，眺望著火車站前珠海時報頂樓那一字閃爍過一字的新聞：一九三八年一月十五日，羅森報告，南京美國教會醫院內，有許多遭輪姦及刺傷陰部的女性，其中一人，腦袋被削去一半，連威爾遜醫生自己都不敢相信傷者仍活著。一個孕婦腹部被刺了一刀，胎兒已然死亡。許多女孩根本尚未達到成熟年齡，仍然難逃一劫，其中一人竟遭二十人輪姦……滿車男女老小叼著牙籤揉著睡眼。窗外，空蕩蕩，京心總統府閱兵廣場兩排水銀燈一灘水月光，蹚，蹚，蹚，皮靴迸響銀盔潑燦，朔風中撅著臀子扭著腰桿一步綽約一步走過八個憲兵。車子駛出城南門轉上艾森豪路。亞星眼睛一亮：「聽！」「聽甚麼啊？」「朱鴒。」日光燈下亞星一臉燦爛，指了指朱鴒那隻凍得通紅的鼻子。小丫頭齁齁齁打起鼾來了。挨挨擦擦，朱鴒把臉兒猱到了靳五頸脖上，張著嘴巴，呼嚕呼嚕打著小悶雷，腦門下，小女叫化兒也似汗漬漬兜搭著兩毬子蓬亂的劉海，兩腮子紅陶陶，愛笑，不笑，睡夢中沁出了五六顆晶瑩的小汗珠。靳五呆了呆，悄悄托起朱鴒的下巴照著頂頭那盞日光燈眼上眼下瞧半天，看看亞星，眨個眼，勾起小指，撩撥了撥朱鴒那一翕一張的小鼻尖。朱鴒皺皺眉頭絞起眉心，哈赽打個噴嚏，手一撥，摔開靳五的手指頭，噘起嘴唇晃晃兩根小辮伸出食指挖了挖自己的鼻孔，抽抽鼻涕，把腮幫挨住靳五頸脖，擦啊擦，嘴一咧，齜起小白牙狡黠地笑了兩笑。呼嚕嚕呼嚕嚕，一雙辮子零落在胸口。

亞星湊上眼睛，看呆了。

靳五看看亞星又看看懷裡的朱鴒。

睡夢中，猛哆嗦，朱鴒忽然睜開眼睛瞧瞧自己辮梢上紮著的兩根白頭繩，瞳子一泫：

「奶奶死了。」

「我知道，朱鴒。」

「我爸爸哭了兩天兩夜。」

「知道！奶奶活了多大歲數？」

「九十六歲。」

「別難過，朱鴒。」

「嗯。」

朱鴒揉著眼皮燈下仰起臉兒瞅住靳五抽噎了半晌，咬咬牙，忍住了個大哈欠，脖子一歪，摟住靳五的頸脖又闔上眼皮，睏起覺來。

車窗外，月如霜。艾森豪路燈火漠漠，朔風中沿街人家店鋪樓上閃爍著一窗窗幽紅佛燈，紅霓轡轡兒眨，嗶喇嗶喇，四下綻響起一閨閨麻將聲。鐵籠中，挨挨擠擠滿車男女老小瀰漫著汗酸臟擁著冬衣，習習眺望窗外。丁旭輪教授獨自個佇立人窩裡，摘下眼鏡皺起眉頭，湊上眼，瀏覽著車廂廣告。「熱！」朱鴒滿頭大汗蹙起眉心蜷縮在靳五懷抱裡，鼾聲中，睜睜眼，喊著熱捋起衣袖揉了揉膀子上那蕾子瘀血。靳五心頭一疼，不聲不響，摟住朱鴒，輕輕揉搓起她的膀子，悄悄拈掉她頭髮上沾著的金紙灰。兩瞳子鏡光，人窩裡，烱烱一潑燦。丁教授早已架回眼鏡兒轉過脖子來，朝靳五揚揚手，笑煦煦，瞅瞅亞星，把身上那襲帥亮的米黃風衣拂了拂緊緊攏到心窩口，回身，佝起腰，步步為營朝車門鑽擠出去。

亞星扯扯靳五的衣袖：

「下車啦。」

風漭漭。

靳五抱著朱鴒跟著亞星跨下車門口，打個哆嗦，頂著風，滿城燈火零落中，穿過艾森豪路盞盞水銀清燈下那十線荒冷的快車道。丁旭輪教授，彳亍，一襲長風衣腰口勒著鱷魚皮帶，翻起領口，飄掠在前頭，一回眸揚揚手踽踽消失進了衚衕裡。朱鴒攀住靳五的脖子打著哈欠，扯扯他耳朵。靳五會過意，在光化國民小學門口停下腳步，領著亞星，大小三個，朝獨自個坐在校門凝望著漫街月光的國父孫中山先生，一鞠躬。一笑，朱鴒揉揉眼皮睜開睡眼，蹓下靳五的懷抱，扳起五根小小指頭哼著數著那二十六樣花，唱一句，蹦兩跳，頭也不回歡天喜地跑進了巷裡。

水月下，兩蓬小辮漂甩著一雙白頭繩。

菊花瓣兒多
桃李花兒亮
百合花的姐姐你
茉莉花的衣裳

風中，一聲啼囀一聲。

朱鴒在街坊小公園旋轉門前那盞水銀燈下站住了，支起腳尖滴溜溜兜過身子來，滿臉笑，朝靳五亞星招著手，一回身，指住巷道對面那棟四層樓公寓，勾起食指連開三槍：「庫林吐伊死吐烏朵！砰砰砰。」咿呀，公寓朱紅大門開出了小角門來，兩串笑聲飄起，滿簷月光下，探出一顆金亮油鬈的水兵頭。隆冬天，朔風中傑夫諾曼穿著白背心光起兩條毛膀子，斜齜起兩排白牙，笑吟吟，送出了個飄逸著一腰黑髮抱住書本滿臉紅暈的瘦小女生。「嗨！靳。」

眼一柔，傑夫諾曼鬆鬆頸脖上纏繞著的一蕊子姹紅絲巾，瞅瞅亞星，水藍瞳子亮了亮，回眸瞥瞥那個趑趄在門口望著鞋尖的女生，悄悄向靳五眨個眼：「珍妮林，海東大學法學院二年級，對嗎？找我磨練她的口頭英文——對不？林小姐？」那女生抹抹耳脖上的汗漬只管瑟縮在寬大的灰呢大衣裡，揚起臉，眼角眉梢瞟乜了乜傑夫諾曼，小尖臉子，一紅，抿抿嘴待笑不笑摟著書本揚揚手：「拜拜傑夫。」「拜！林，下回第二次見，妳會覺得比今天更自在而沒有拘束。」腳一跨，傑夫諾曼邁出門檻抱起胳臂，僨張起兩胸脯子肉筋站在公寓角門口，臟臟叉開牛仔褲胯，風中，睥睨，目送珍妮林瘦伶伶飄搖著一把長髮踉踉蹌蹌走出巷口。

一回頭，傑夫諾曼斜齜起兩瓣嘴皮：

「你去了哪裡？靳。」

「散散步。」

「這種冷天？」

傑夫諾曼擡起毛腕子門燈下覷了覷錶，猛一睜眼睛聳起眉毛：「唔！我瞧。」賊嘻嘻睞個眼，豎起食指伸到靳五面門上晃了兩晃，回眸，瞳子一柔，向亞星瞟送個水藍眼波，探出胳臂往朱鴒那兩根小辮攫了過去：

「中國娃娃！砰砰砰。」

「拿開你的爪子！」

靳五躥上前撥開那隻毛手抱起朱鴒。

臉一變，蹬蹬，傑夫諾曼退出兩步張開兩隻手亂擺起來：「放鬆放鬆，靳！你今天動不動發脾氣到底怎麼了？我們是同事又是朋友，對不？靳。」搖頭晃腦，嘆口氣打量著靳五只管搔起他那顱子金亮的水兵頭。

「對不起，諾曼。」

靳五抱住朱鴒牽起亞星的腕子，掉頭，拔開腳步，繞過街坊公園，走進那一巷燈火闌珊嘩喇嘩喇瓢起麻將聲的公寓人家。朱鴒呆了呆，回頭望望，摟住靳五的脖子咬著哈欠只管哼起她那首花花姑娘，唱一句，數一數：

玉簪花的臉兒
海棠花的鬢
櫻桃花的紅唇嫩芬芳
紅杏花兒抱

「丫頭，妳在家老唱周璇這首歌？」

「木持伯伯也跟著我哼。」

「木持秀雄？他哼中國歌？」

「他在中國打過仗！支那派遣軍第六師團。」

「南京屠城部隊。」

「亞星姐，妳怎麼知道第六師團？」

「上歷史課，老師講的。」

街燈下朱媽媽披著她先生那襲草綠舊軍大衣瑟縮起肩窩，抱緊胳臂，跂跂，望望，踩著鋪子門口那灘月光，獨自個巷道上來回走動，一回頭，呆了呆撥開滿腮鬍鬍亂的髮鬈子眺望了好半晌，提起裙襬趿起拖鞋，往巷口跑上十來步。「對不起，朱媽媽。」靳五哈個腰把朱鴒抱到她懷裡。朱媽媽接過朱鴒來，燈下，撮起那兩根白頭繩瞅瞅朱鴒那雙小辮子，嘆口氣，吹掉辮梢上的金紙灰，扳起她下巴，擤出兩把鼻涕，捏著軍大衣袖口拭拭她腮幫上那兩條風乾了的口水。靳五臉一紅：「朱鴒玩累，在車上睡著了。」「謝謝您帶她去玩。」朱媽媽看看靳五，靦腆笑笑，抱著朱鴒搖曳起長裙三腳兩步往鋪子門口走了過去，一回身，哈哈腰，拍拍朱鴒的後頸脖：「妳謝謝靳老師啊！唉，哪裡去迌迌了一個晚上，滿頭滿臉都是紙錢灰。」朱鴒窩蜷在媽媽懷裡不聲不響只管瞅望著靳五，一眨，朝靳五悄悄擠個眼，齜齜兩排小白牙。靳五回頭看看亞星。街頭月，月如霜。亞星一身白衣黑長褲飄飄漫漫頂著巷口流竄進的寒流風，獨自個站在街燈下，側起脖子，一臉笑，掠著耳脖上那蓬子短髮梢，呆呆瞅著朱家母女倆。朱鸝抱著書本，清清爽爽，裹著黑棉褲黛綠毛線衣翻出白衫領子，探望出門口來。鬢上，一朵白絨花。店裡點著兩盞燈泡。朱爸爸腆起肚腩，披掛著滿身厚重冬衣昂聳著花斑頭顱傴僂著壯碩腰背，一口一口，往掌心哈著寒氣，自顧自，出了神似的在小客廳裡踱起方步。母女三個逗逗鬧鬧糾結成一窩兒走進店堂，嘩喇，拉下鐵捲門。靳五笑了笑，牽起亞星的腕子走向對門自家公寓門口，一擡頭，煞住腳步，看見四樓陽臺落地玻璃窗上紅灩灩幽亮著一龕佛燈，朔風中盪響起電唱機：

酒中升起你的蛇腰
你是勾魂的女妖

「亞星，四樓好像有人搬來住了。」

「我上午見過，是廣東人。」

「哦！」靳五心一動：「好久沒見小舞了，他到底在忙些甚麼？」

「姚先生差遣他不知做甚麼。」

「姚？瘦白瘦白，戴副銀絲邊眼鏡，笑起來兩個小酒渦像個體面的讀書人——」靳五心頭閃過那晚看見的姚先生。一襲東洋浴衣，白地藍菊花，披掛在肩胛叉開兩條細長毛腿子站在公寓三樓陽臺，雙手撐住紅欄干，廳中，一簇燈光，潑亮了他胸窩上根根晶瑩剔透的肋骨。靳五把手搭到亞星肩膀上，攬著她，怔怔瞅住她的眼睛：「這姓姚的，開一輛銀紅保時捷對不對？」

亞星仰起臉望著靳五，街燈下滿瞳子的疑惑：「對啊。」

「上回我跟小舞去龍城路看飆車，見過這姓姚的。」靳五悄悄打個哆嗦。

「他有個奇怪的名字。」

「哦？」

「姚素秋。」

第七章 浵

小舞排闥直入。

靳五窩蜷在一牀棉被裡睡夢中打個哆嗦騰地跳坐了起來，睜開眼睛，愣瞪，半晌回轉過心神，看見小舞搖晃著他那顆桀驁的小平頭，一身單薄，兩腮蒼冷，背向樓梯口灑進的那盞日光燈，喘著氣獨自個站在牀尾。

「你睡覺不扣上門啊？靳教授！」

「忘了。」

靳五摟住被頭呆呆瞅著小舞那兩瞳閃爍的血絲，心一寒，摔開被窩躥下牀來：「亞星？」

小舞搖搖頭四下望望，腳一勾，睨著靳五往牀頭下掃撥出了兩隻塑膠日本拖鞋。

「老師請用鞋。」

「亞星呢？」

「安！小妹上補習班去了。」

靳五鬆口氣把落地窗帘拉開看看鬧鐘，早晨九點不到。一屋子流瀉進天光來。巷頭巷尾蹬動著三兩襲冬衣，悄沒聲，灰黯繽紛，浮漾在那一城紅灩灩荒冷的晨曦裡。小舞點支菸遞過來。靳五接到嘴上，吸兩口遞還小舞，撈起牀頭搭著的汗衫套到肩膊上又要過菸來吸兩口，坐回牀頭，抱起胳臂，哆嗦著冷風不聲不響瞅住他。小舞挨坐到牀沿，天光裡，愣聳著脖子，佝僂著他那身高中生土黃卡其制服自顧自吸著菸。靳五揞過牀頭茶壺，就著壺嘴喝著冷茶。

「老師！」

「是？」

「有事請託。」

靳五回頭看看小舞。

小舞癡癡一笑：

「想把小𣳾寄存在老師這裡。」

「寄存？」

「姚，老師記得？那個專搞少小處女的姚？」小舞咬咬牙把兩瞳子血絲冷森森湊到靳五鼻頭上，望望門口，嘎啞著壓低嗓門：「行行好事，老師，別讓小𣳾落在這姓姚的手裡。」

「你喜歡上這個小𣳾了！小舞。」

眼一柔，小舞淒涼笑笑抽了抽鼻水伸出手來。靳五握住了，緊兩緊。小舞掉過頭去把手裡半支菸往掌心上戳熄，彈進廢紙簍裡，霍地站起身，三腳兩步走到房門口一把拉開虛掩的鐵門，探出脖子：「小𣳾！」漩渦也似，飛颺起一頭又黑又濃的短髮。風中，樓梯口日光燈下，落落大方轉進了個十四五歲肩掛黑布書包的小女生來，藍裙子風潑潑。

靳五呆了呆心中一亮：

「張澌！」

「你認識我？」

小女生掠掠兩腮髮絲燈下乳樣姣白揚起一張雀斑臉子，睄睄靳五，反手一推，把鐵門鎗鋃給闔上。兩隻森冷的黑瞳子，睥睨。靳五臉皮一燥，抓過書桌椅背上搭著的長褲穿上了身，扒梳了梳滿頭糾結的亂髮。

「我看過妳姐姐打祥興盃。」

「張鴻？」

「辮子查某——」

「有夠悍！」

「給伊死給伊死。」

張澌把書包卸下肩膀來拎到了手上，甩啊甩，揚起臉，掠著髮梢站在屋子中央只管端詳著靳五。小舞皺皺眉頭，攫過張澌的書包撂到書桌上。

「坐！小澌。」

「幹嗎？」

張澌潑了個白眼，撣撣小藍裙，慢吞吞走到書桌前坐進那張破皮椅裡，兩手交疊到膝蓋上，冷著臉，不聲不響瀏覽起桌上橫七豎八的書本來。靳五怔了怔，跟著小舞走到房門口，一把扳住他的肩胛，回頭看看張澌那孤伶伶桀驁的背影：「你就把她留下了？」小舞皺起眉頭，拗轉過頸脖，瞟了瞟箍在他肩膀上的那隻手爪子：「你行行好，老師！小洢只要熬得過十五歲生日，乳頭大了，不青嫩了，那姓姚的就對她失去胃口啦。」癡癡一笑，小舞聳聳肩膀掙脫靳五的手摔開房門來。靳五揪住他衣袖，燈下，瞧瞧他那張蒼冷的臉孔上熒熒閃爍著的兩眸子血絲，一凜，咬住了個寒噤，躥到牀頭，抓過夾克披到身上跑回門口：「你一天到晚替姓姚的跑腿，做甚麼？」「物色少小姑娘供他開苞！為甚麼？因為我欠他的！替他拉皮條的高中生又不只我小舞一個，怎麼？老師。」靳五悄悄打個哆嗦回頭望了望張洢。白上衣，藍布裙。張洢脫下了外套把手托住下巴端坐書桌前，回眸乜兩眼，森冷起水白臉子，甩甩耳脖上那篷濃亮的黑短髮，睨望著門口交頭接耳的兩個，晨曦裡，似笑非笑，一臉的揶揄兩瞳子的狐疑。蹬蹬蹬小舞頭也不回躥下樓梯。靳五呆了呆摔上房門追到轉角處，一閃，撞個滿懷。蹬蹬，那人踩著尖頭高跟男皮鞋退開兩步。日光燈下一照面。那人齜了齜，蒼蒼黃黃兩瓣猴尖腮子探出滿肩胛披掛著的各色冬裝，搓住手，打牙戰，窸窣著一身毛背心皮夾克呢大衣讓到牆根下：「今天天氣，好凜！」靳五點點頭躥過樓梯轉角，腕子一涼。冰鰍鰍，兩隻爪子早已攫住他的手，燈下綻出兩排假牙來，象牙樣白：「您必定係海東大學教授幹五幹博士！鄙人黃城，黃帝雞黃，香港華僑剛剛歸國請多幾教。」兩根煙黃枯小指頭，夾支菸，指住四樓那扇新換裝的亮黑鐵門。「黃兄幸會幸會，我姓靳不姓幹。」靳五擺脫黃城的爪子頭也不回躥下樓梯。巷道上，一滾黑煙。小舞撅起腎子佝起腰身瘦伶伶趴在山葉追風油缸上，逆著朔風，大開油門，闖開滿巷蕭瑟金光燦爛的朝霞，往巷口飆出去。

車頭燈下，風中，飀盪起香火爊爊一隻廟裡求來的紅靈符。

靳五呆了呆。

對門，滿簷霞光寂悄悄漂甩起一肩蓬鬈的髮毬子。朱媽媽探出頭來，絞起眉心覷起眼，把兩筒膀子環攏住身上那襲鵝黃晨褸只管朝巷口張望，瞥見靳五，腮幫一紅，扣起肩上披著的毛衣哈個腰靦腆笑笑。靳五笑了笑，點個頭。「老師今天沒有去學校上課？」朱媽媽低下頭來瞅瞅自己的腳。一雙踝子，皎白皎白。靳五瞄瞄門檻上那十趾鮮紅的蔻丹悄悄吸了兩口氣，望到門檻後。屋裡沒點燈。陰陰冷冷一窔晨曦。朱爸爸垂拱著軍大衣端坐在後廳藤椅裡，一瞪一骯嚏，張開嘴巴呵出蓬蓬冷氣，半天，望著牆角那霆子電光中鑼鼓喧天進行著的中日少棒賽。朱媽媽回眸望望：「才起牀呢，朱鴒她爸爸又看他那支寶貝的錄影帶了，老師不要見笑！」掉頭，眺了眺城天那輪旭日，風一吹打個哆嗦，掠掠腮上兩毬飀亂的髮絲撥到耳脖後，拎起晨褸下襬，覷覷巷口，回身趿著塑膠拖鞋媥姺進了店堂裡，打開滿屋電燈。靳五呆了呆拔開腳步，穿梭著滿巷流竄馱載闔家大小上班上學的摩托車，追跑了出去。

驃紅驃紅，街坊公園門口燦潑著朝霞停泊著一輛保時捷。靳五煞住腳步招招手：

「姚兄久違！還在留守？」

「嗯？靳博士？」

「姚兄令尊令堂兩老不是帶著嫂夫人和兩位令嬡，一個十二歲一個十四歲，移民去了美國嗎？」靳五笑嘻嘻哈個腰，彈彈保時捷車頭燈：「留下姚兄，暫時留守在祖國嗎？」

「再留守一陣子，看看。」天光下姚先生抖擻著他那身黑皮夾克灰呢長褲，清清爽爽，抱起胳臂，倚著車門似笑非笑端詳著靳五，鼻尖上，兩燗子銀絲鏡片，一燦，那張清癯的月白臉膛迎著漫天雲彩綻開兩朵小酒渦：「教授剛起牀？窗外日遲遲——福氣哦。」

一回頭，姚先生望望公園悄悄抿住了個哈欠。公園水泥地上，十來對街坊老夫妻裹著灰舊冬衣，不瞅，不睬，一雙雙悠悠然，神遊太虛也似瞇覷在曙光裡只管演練著太極拳。車潮濤濤燦爛，起落艾森豪路。靳五扒梳了梳滿頭亂髮，瞄瞄跨踞在山葉追風上絞著眉心的小舞，走上兩步笑了笑，向姚先生伸出手來：

「姚先生起得早啊。」

「五兄客氣！小名素秋。」

「素？」

「素車白馬的素。」

「素秋兄。」

「有句詩繁英落素秋。」

「香豔香豔。」

「見笑！」姚素秋鬆開靳五的手，一笑，遮住嘴抿個哈欠，撮起兩根春筍樣白的指尖抖抖皮夾克襟口透了透氣，風中，幽幽漾漾，兩腋窩沐浴乳香襲撲向靳五臉上來：「家母給取的名字——家母上海人。」

「聽素秋兄提過，令堂不會做家事。」

眼一亮，靳五探了探頭。

保時捷前座端坐著個小小女郎，一身子裹著黑皮衣黑皮短裙，裸出膝蓋，不言，不笑，摀住嘴自管打哈欠，望著公園裡十來對同進共退悠悠推拉著架式的老夫妻。靳五呆了呆：「素秋兄，會吃官司哦！」小女郎搖下車窗探出脖子濕湫湫甩了甩滿頭濃亮的黑髮，揚起水白臉兒，冷冷瞟瞪了靳五兩眼。好一車沐浴乳香，中人欲醉幽幽飄竄出車窗口。呸啵！一團香口膠黏黏濡濡啐到了公園閘門口水泥階上。兩瞳冷光，朝姚素秋一潑。颼地，車窗給搖上了。

姚素秋沉下臉來皺起眉頭回眸望望車中小女郎，自管掏出手絹脫下眼鏡，笑吟吟拭著，曙光裡，睜了睜那兩窠子血絲流漾的烏青眼塘，瞳子一柔，抿抿嘴瞅住小舞：「還滿意嗎？想不想我給你弄部哈雷啊？美國車，只有條子才開哦。」兩根指尖孅孅，捏住手絹敷到眼皮上揉了兩揉，摀住了個哈欠，嫣然一笑，架回銀絲邊眼鏡，指指小舞胯下那輛烏騔騔擦洗得油光水亮的山葉追風。

小舞一哆嗦咬咬牙：

「滿意！」

「小淜搞定了？」

「定。」

「小淜哪兒上學？」

「逸仙國中。」

「好！五兄幸會幸會。」

姚素秋伸出手來笑吟吟等著靳五的手，半天呆了呆，摔摔手，回身打開車門鑽進那一窩冷香幽漫紫金流亮的絲絨裡。小女郎繃著黑皮衣端坐駕座旁，猛擡頭，一照面，瞅了瞅小舞，撇過臉去把兩隻小白腕兒交疊在膝蓋上，不瞅不睬望出窗外。晨曦裡冷森森，兩瞳子眨漾著怨毒。靳五望了望小舞悄悄打個寒噤。啵！一蓬子香口膠又啐出車窗。花叢裡，摟著瓶紅標米酒孤蹲著個老頭，目光炯炯。小舞踩動引擎。靳五呆了呆一把攫住小舞的肩胛。小舞早已大開油門。一溜火星，迸爆，山葉追風刮過柏油路面竄開雙雙攜手回家的十來對老伴兒，旭日下，飆進艾森豪路車潮。姚素秋搖下車窗扶扶銀絲眼鏡，覷住太陽，探出他那張白淨的中年書生臉，冷香叢中，伸出手來朝靳五揚了揚：「五兒讀書人！該見見世面，哎，甚麼時候我帶靳老師去中山路六條通第七天國隨喜隨喜——第七天國？人間仙境啊。」吃吃笑，綻開腮幫上兩隻小梨渦抿起嘴吞下了個大哈欠，把脖子縮回絲絨窩裡。哈䶎，小女郎搗住哈欠打個噴嚏，兩肩子顫了顫，垂下頭來眢眢望著自己的膝蓋。北風浩渺，颼地，一驃銀紅燦潑起漫天凜冽的朝霞飛馳出荊門街，轉上艾森豪路。靳五望著那輛保時捷消失車潮中，一回頭。花叢裡，窸窸窣窣一身襤褸摟著酒瓶躥出了那個老頭兒，瞟瞟靳五，弓下腰抖簌著，撿起小女郎啐出的兩團香口膠嗅了嗅塞進嘴裡，吮一吮吸兩吸，嘖，嘖，咂起兩癟子枯冷的嘴皮搔搔腿胯，羞答答，朝靳五滋嘻開嘴窟窿中禿紅禿紅兩排牙齦。眼塘裡洞熒熒，兩瞳冷火閃爍。

靳五咬咬牙噎回了翻翻騰騰搗滾上喉頭的滿肚子冷茶，掉頭，走回巷裡。

「張瀰！」

門開處張瀰探出臉來，皺起眉頭，眼上眼下打量著靳五只管翻白起兩隻黑瞳子，搖搖頭：「大學教授呢！蓬頭垢面。」靳五低低頭閃進屋裡怔了怔眼睛一亮。窗明几淨。落地窗大開。張瀰把雙手兒交握在腰間那條單薄的水藍學生裙前，站到屋子中央來，揚起臉，瞅乜住靳五，兩瞳子的揶揄滿臉的狡黠。靳五深深吸了口滿屋清冷的空氣，嘆息兩聲，望了望張浵，指指那牀疊得方方整整的紅綢大棉被：「謝謝妳，小浵。」張浵默默一點頭，掠掠腮幫。耳脖上那篷濃亮的黑短髮漂蕩在窗口流竄進的一城朔風中，滿頭飛飀，只管撥弄著她的腮幫兒。霞光裡，一臉子水樣清豔。靳五呆了呆把落地窗閤上了。眼瞳一轉，張浵咬住下唇，噗哧，忍著笑板起臉孔來，弓下腰往牀底撮出五六條內褲捏住鼻尖高高拎在手上，燈下，靳五眼前，一兜一兜來來回回只顧招搖：

「生蟲子了哦！」

「對不起。」

靳五一把攫到手裡打開房門望了望，撂到樓梯間。張浵睜了睜眼睛，一粲，笑開了。靳五趕忙躲進盥洗室，換出了身乾淨的衣服來。

「我十點要上課了！妳怎辦？」

張浵繃起臉：

「呆在這兒啊。」

「妳別老衝著我繃臉兒！大小姐難伺候。」靳五板起臉孔回瞪了張浵兩眼，心一軟嘆口氣，拍拍她的肩膀子：「悶一天啊？」

張浵點點頭眼圈一紅：

「只好啦。」

「那妳乖乖啊。」靳五挾起兩本書走到門口，回回頭。張浵垂下了臉來，孤伶伶把雙手兒交握裙前站在牀頭望著自己鞋尖。靳五呆了呆嘆口氣：「妳偷偷出去玩吧。」

「小舞會揍我。」

「那——」

張浵眼一亮：

「我跟你去上學！」

「嗯？」靳五嗆了嗆：「我要教書。」

「我坐在你教室後面旁聽嘛，安安靜靜又不礙你。」柔聲一笑，張浵綻亮起兩腮子紅暈一嘴兒皎潔的牙齒，揚起臉，狡黠地瞅住靳五，忽然端起臉容，睜起兩隻瞳子冷森森凝住靳五的眼睛：「小舞把我寄存給你，可是白璧無瑕的哦！出了岔子，只怕你賠不起他。」

「走吧。」

「上哪？」

「上學去啊。」

「這一身跑出去啊？」張浵低頭瞅了瞅自己那身白上衣藍裙子，一乜，勾起瞳子，待笑不笑瞅住靳五跂起腳豎起食指尖伸到他眼前，晃兩晃：「人說，國立海東大學教授靳五博士，大白天拐帶初中女生。」

「妳說怎辦？」

「你出去！我換身衣服。」

張浵打開了書包。

靳五只管站在房門口，指指盥洗室：

「裡頭換去。」

「唉！」張浵跺跺腳跑上來扭住靳五的衣袖揪到盥洗室門口，砰地，朝外反扣上了門，叫靳五推推看。悄沒聲那門又滑開了。靳五怔了怔，再試。張浵揚起臉來掠了掠額頭上那蓬子劉海，撥到腦門後，冷睜睜望著靳五：「老師！你這個門裝有機關的哦，誰敢放心？」

靳五一張臉皮火辣辣燥紅上來。「給妳十分鐘！」反鎖上鐵門，點支菸挾著書本跑下樓梯站到公寓門口透氣。

朱家鋪子煦起滿簷朝日。

煖煖白。

後廳萬眾騰歡，霍光熠熠兩隊小兵鏖戰。

溫婉一笑，朱媽媽換了身宮青仿綢高衩長旗袍絜著月白小毛線衣，把兩肩髮毬挽到脖上，高䠷䠷，姅白白，蹬著高跟鞋陪出了個西裝客人來，讓到簷下，雙手往膝上一疊。客人回回身鞠個躬。門口等著輛乳白計程車。朱媽媽打開車門哈腰送客回眸瞥見了靳五，靦腆笑笑。客人板著臉孔。一乜，朱媽媽指指靳五俯下身來悄悄把嘴唇噘湊到客人耳朵上，嚶嚀了一番話。客人托起眼鏡，覷住太陽眼上眼下端詳著靳五，腰桿子一繃，挺拔起身上那套靛青冬西裝邁出兩條短小精悍的腿子，四五步跨過巷道，哈腰：

「先生呷！哈吉妹媽西跌——」

靳五怔了怔。

一張名片遞奉到他鼻頭下。

「謝謝！日本國遊戲銃協同組合副理事長。丸善遊戲銃工業（株）取締役社長。花井芳雄。大阪府東大阪市御廚榮町四丁目五番七號。」靳五就著天光，讀了讀名片上精工印刷的孅孅小漢字，呆了半天伸出手來：「花井芳雄老先生！花井桑，久仰久仰。」

花井桑暖暖撫住靳五的手。

一躬，皮鞋橐橐邁回朱家屋簷下。

朱鸝抱出書本，清爽爽，一身黑布長褲黛綠毛線衣翻出青衫領子，鬢邊綴著朵白絨花，脖上兜攏著兩圈白圍巾，回回頭，朝後廳鑼鼓喧天中聳著一顱華髮看電視少棒賽的朱爸爸，招呼了聲，寒起眼瞳快步穿出店堂來：「我上學去了！媽。」渾身一顫，花井芳雄弓起腰讓到門旁。六十好幾的東洋老紳士，簷下直挺起腰桿蹬著尖頭高跟皮鞋只夠到朱家母女耳鬢。靳五看呆了。一側身，朱鸝閃出了店門，頭也不回揚起臉甩甩耳脖上那篷又黑又濃的髮梢，沐浴著滿巷煦煖的冬陽，朔風中，飛颺起圍巾，摟住書本迎著一丸紅日朝巷口徜徉了出去。

鐓。鐓。計程車司機揿起喇叭。

「走吧！」柔柔一喚。

靳五猛回頭。

眼一亮。張瀰換上了簇新的細腰肢小黑皮衣黑皮窄裙，腰口勒著條黑皮帶，似笑非笑，只管招展著那頭濃亮的黑短髮瞅乜住靳五：「走吧。」晨暉裡，一臉子清柔水樣潔白，狡黠地閃爍著兩隻幽黑的眼瞳。靳五呆了半晌，低低頭，瞄了瞄她小腿子裹著的玻璃絲襪腳踝下蹬著的小高跟鞋。

「妳這一身！誰給妳買的？」

「姚。」

「姚素秋？」

「管他姚甚麼！」張浵兜了兜肩胛上掛著的小黑皮包，挑起下巴冷冷睨住靳五。心一寒，靳五揝過張浵的胳臂揪出公寓門口高高舉了起來，天光下，捋起她皮衣袖子，瞧瞧她腕子上戴著的白金小女錶：「這個，也是那姚給妳買的？」

「才不是！老爸送的。」

「哦？」

「生日禮物啊。」

「妳幾歲？」

「十四！」髮梢一甩張浵揚起臉來。

靳五嘆口氣鬆開了手：「書包呢？」

「留在屋裡。」

「嗯？」

「這身衣服揹著個書包啊？」

「唉！」靳五怔了怔：「妳怎麼出來的？我出來的時候把房門反鎖了啊。」

張浵格格兩聲長笑：

「你那門啊?」

「上學吧。」

鐓鐓鐓。

「吉也!莎哟娜拉。」

「姐嘻媽打伊拉夏伊媽謝——」

花井桑板起腰桿一鞠躬。

簷下,朱媽媽堆出滿臉笑把雙手兒伸到膝頭上,一疊,送客人進門口等著的計程車。

張浵望望靳五,眨兩眨,使個眼色,把小黑皮包兜到肩膀後,掠著耳脖上的髮梢蹬起踝子下那雙黑峭的小高跟鞋,款步,媥姺到計程車旁,笑兩笑,勾起食指彈彈後座車窗。花井桑愣了愣搖下車窗,齤笑嘻嘻,探昂出頭來托托玳瑁眼鏡。眼波一寒,張浵沉下臉冷起瞳子噘起嘴,天光下,湊到花井桑那一嘴洞米粒樣菸屎牙上,啐了口:「老牛想吃嫩草!八個野鹿跌死囁——」回頭揚起下巴朝靳五揮揮拳頭兒。花井芳雄打個哆嗦,兩腮子,煞青了,縮回脖子搖下車窗氣咻咻擂打起前座椅背,回頭盼盼朱媽媽,掏出手絹抹起臉。鐓,鐓,司機揿起喇叭盪開雙雙挽著菜籃攜手出門的老伴兒,闖出巷子竄出荊門街。靳五哈哈大笑。朱媽媽一轉身,簷下褊褼起那襲小腰身宮青長旗袍,笑,不笑,閃進了電光燦爍兩隊娃娃兵廝殺一顱花怒髮昂聳的朱家後廳。

張浵仰起臉,望著靳五。

靳五瞅著她那一鼻梁七八顆小雀斑:

「好張㳽！」

「謝啦。」

晨曦裡燦然一笑。

靳五拿起張㳽的腕子看看錶：「還有二十分鐘！喝碗熱豆漿，想不想？」張㳽把小黑皮包掛到肩子上點了點頭，拂拂短髮梢，一甩，踩動高跟鞋跟住靳五靜靜走出巷口。

漫天彤雲潑燦，迸出一城冬陽來。

簷下，紀南街滿街繚起炊煙。

靳五領著張㳽鑽進人窩。一照面，老廣黃城渾身層層疊疊披掛著毛背心皮夾克呢大衣，咯咯打牙戰，摟住一瓶酒，趑趑趄趄走出店堂，看見靳五點了點頭：「凜！香港無賊裡凜！剛回國不習慣。」張㳽綳住臉忍住笑，乜起瞳子瞟住黃城懷裡的寶貝。眼一睇亮，黃城從胸窩中捧出了那隻玻璃甕子，門口天光下，晃兩晃，小心翼翼擎到靳五張㳽兩個眼前：「西全大補酒！小迷迷，妳瞧呢個人心。」張㳽絞起眉心接過酒甕抱出人行道上，高高捧在手心，照著滿街陽光，端詳起高粱老酒中精赤條條舒伸四肢浸泡著的一支人參。黃城撩起大衣躥出店門。「千年老心呢——」顫簌簌摟回甕子窩藏進心窩裡：「小迷迷冬天早晨喝半盅，賽過吸一鑊黑皮香肉。」張㳽鼓綳著腮幫咬著牙，噗哧，把肩上掛著的小黑皮包摔到腰肢後哈哈大笑起來，雙手往膝頭上一疊，朝黃城哈個腰：「阿里加篤！謝謝。」黃城呆了呆捋起層層衣袖覷了覷腕口上紮著的勞力士，睨睨張㳽向靳五伸出手來握兩握，縮回了手，窩藏住玻璃甕，攏起大衣襟口勒緊腰帶探出脖子眺眺天色：「凜！」一哆嗦，縮起肩窩，迎著寒流中那輪旭日，蹭蹬起高跟皮鞋朝海東大學側門戰抖過去，忽然回頭：

「幹五博士心體好！不怕凜。」

「嘸好嘢！」

靳五哈了哈腰，心一動：

「城兄，你拜神？」

「拜十八手觀音老母！嗯？」

「哦！昨晚看見城兄窗上亮著佛燈。」

黃城呆了呆格格笑，齜齜兩排象牙樣白的假牙摟著酒甕揚揚手，鑽進車潮中。

張澥冷冷一睨：「這人有毛病！」

「這年頭有毛病的人少嗎？還有八分鐘，喝碗豆漿。」靳五拿起她的腕子看看錶找了副座頭叫她坐在對面，叫來兩海碗熱豆漿，捧起碗公，大口大口喝著，眼角裡，只管瞅著她那株姣白小頸脖上一篷子跋扈甩亮的黑髮絲：「妳常常逃學嗎？」「管！」張澥揚揚臉挑起眉梢。靳五呆了呆正眼打量了量她。十四歲初中女生，一身子，裹著黑皮衣黑皮窄裙綳住臀子端坐滿店大學生中，小半匙小半匙舀著豆漿，送到那蕾兒小紅唇上，人堆裡，挺起腰肢，只管睥睨著兩隻森冷的黑眼瞳。靳五捧著碗公自顧自喝著豆漿：「不上學就做甚麼？」「逛。」「還有？」「飆。」「再來？」「嗑藥。」靳五手一抖把半碗豆漿潑到了檯面上。張澥呆了呆，眼瞳一柔，伸出手來接過靳五手裡的碗公，撿起桌上的抹布把檯面拭乾，怯生生瞅望住靳五。靳五嘆口氣，捋起張澥的衣袖瞄了瞄她腕子上紮著的白金小女錶，挾起書本站起身來。

張浵低低頭，一泫，望望靳五不聲不響把自己那大半碗豆漿推過檯面。靳五捧起她的碗喝了五六口，擱下了，抹抹嘴，三腳兩步躥出店門。張浵笑笑，把小黑皮包掛回肩胛上拂拂窄裙嬖子蹬起高跟鞋來，一甩髮梢，跟住靳五走上街，忽然伸過小指尖悄悄勾了勾他的指頭：「剛騙你！我逃學，可從沒嗑過藥。」

靳五回頭瞅了瞅張浵。

「小浵！妳媽媽從不管妳？」

「大白天打麻將，你聽過？」

「滿街聽到！妳聽。」

張浵豎起耳朵，車潮中凝聽著巷弄裡此起彼落嘩喇嘩喇綻起的麻將聲，捉摸半晌，一粲，望住靳五：「其中一家就是我家。」

「妳們這些有錢人家孩子！」

一哂，靳五搖了搖頭。

張浵呆了呆咬住下唇沉下臉來默默跟著靳五走出街口，紅燈下站住了，慢吞吞揚起下巴，晨暉裡滿瞳子怨懟，只管冷冷瞅住靳五，半晌，掉頭闖越紅燈，兜起皮包蹭蹬著那雙尖峭的小高跟鞋穿梭過三楚路車潮。靳五站在街口，覷起眼，煙渦中，望著那把小腰肢繃著黑皮衣裙搖曳進了海大校門，一時呆住了，拔腳闖過紅燈，追上了張浵伴在她身邊走著。張浵只管寒著臉兒望著路的盡頭，不瞅，不睬，趻趻蹬著三寸鞋跟，走自己的路。滿校園葱葱蘢蘢燦爛著冬陽。鏜，鏜，銅鐘盪響。靳五拔起腳步怔了怔朝文學院跑過去，一回頭。似笑非笑，張浵憋著的一張蒼冷臉兒早已綻亮開兩腮子紅暈來，乜住靳五，格格兩笑，兜甩起肩胛上掛著的小黑皮包，追跟上了他。

文學院一廊冬煖。

靳五匆匆把張浵監領到外文系辦公室寄存給李潔之：「路上逮到一個逃學的國中生，女的，名叫張浵，三點水彤雲滿天的浵，李助教妳幫我看著！我下課領回。」李潔之呆了呆，眼上眼下把張浵那身子黑皮裝束一雙高跟尖鞋打量了遍，狐疑地看看靳五。張浵只管站在辦公室中央，人進人出，睥睨著她那對清亮的黑瞳。日光燈下好一臉水白。靳五自顧自往櫃臺上倒過半杯冷茶，兩口喝乾，挾著書本掉頭躥出辦公室門口。廊上，一襲灰布長袍，踽踽晨暉中。黃公夏教授胳臂彎裡挾抱著兩本書，一步一頷首，瞄著鞋尖踩著路，避讓著滿廊流竄鬖鬖鬖鬖影沙影沙趕場的女學生蹽了過來。靳五煞住腳步，側身讓到廊窗下，鞠個躬。

「老師好。」

「靳五上課去啊？」

一擡頭，黃教授靦然笑了笑。

靳五心頭一暖。

「老師近來身體還好？」

「好。」

「還出門散步？」

「半夜！不會衝撞到別人嘛。」

靳五讓了讓，望著黃教授一頭華皓穿梭過肩膀下窩窩黑髮絲踱下長廊，猛回頭，躥進文學院十七教室。「同學們，對不起老師今天睡過頭了！」跨上講臺攤開書本：「今天我們講美國小說——」眼睛一亮。靠門那張座椅裡，細腰身一襲黑皮衣黑皮窄裙綳住臀子疊起腿兒，把隻小黑皮包擱在膝蓋上歪揚起臉，笑不笑，兩眼瞳冷森森凝乜住靳五，可不就端坐著張浵。耳脖上，一篷濃髮風潑潑。靳五闔上書本不動聲色走到風口上把門給闔起了，燈下，站到講臺前，背起手來回踱個五六步，回頭冷冷瞅了張浵兩眼。

「同學們看過弗萊明哥舞沒有？」

「看過！」

「哪看過？」

「好來塢電影。」

「豬哥亮餐廳秀。」

「瞧！」靳五回身跨上講壇一揚臉睥睨住滿堂愣瞪的臉孔，站定了，雙手撐到講桌上：「一對西班牙舞者，女的緊綳著火紅的荷葉裙，男的緊綳著驃勁的鬥牛裝，兩個兒佇立場子中央，眼瞪眼腰挺腰，不聲不響，摟抱著對峙著挑撥著打量住對方，蹬動起兩雙高跟鞋，一拍手、一頓足、一轉身、一凝眸，每個動作都具現最嚴謹最含蓄自制的節奏和秩序，千錘百煉，旋舞之間，流露出來的迸發出來的卻是最奔放、最浪漫、最豐沛、最火爆的情感！讓人眼睛一亮心頭一震禁不住戰慄，狂喜。同學們，這是文學作品！形式內涵、外在內在、理念情感之間存在著無比張力，激盪著既對峙衝突又婉轉纏綿的關係。這雙西班牙舞者，舉手投足之間，一顰，一睇，為我們展現了小說藝術極高的境界。又好比日本小女人，見到男人就哈腰倒茶鋪被子，說多柔順就有多柔順，你看她滿臉文靜，誰知道這當口她內心裡頭是不是燃燒著一把熊熊烈火，轉眼，繾綣之間，足以夷平六個榻榻米的房間？形式和內涵之間——」

滿堂鬨然。

靳五站在講壇上板起臉孔等同學們捶胸跺腳喘回了氣，一乜，睨睨張洌，掃視全班清清喉嚨：「形式和內涵，又好比咱們的黃河之水——同學們看過黃河之水沒有？」

「沒！」

「丟臉喲。」

一窩子男女大學生嗞牙咧嘴。

「老師看過嗎？」

「沒！」靳五笑了笑：「又好比黃河之水，洪流滾滾挺壯觀挺雄渾對不對？兩岸隄防築得愈高、愈牢，黃河之水越發洶湧澎湃驚心動魄，對不對？沒不對？好！各位同學不妨把黃河的隄防看成文學作品的藝術結構，把黃河的洪流，看成作品裡頭描寫的人生經驗、悲歡離合。藝術遏制人生，人生沖擊藝術，形式內涵劍拔弩張共同建構一個古典浪漫的文學世界。黃河一朝潰決了隄防，氾濫起來，可不就變成一片汪洋了嗎？這種作品，還有甚麼看頭！」

靳五頓了頓。

日光燈下，兩腮滄桑，馬清六𢶉著他那身冬黑西裝鐵塔樣從女生窩中聳立起來，半晌，四下望著，呆了呆漲紅起臉膛舉手一鞠躬：

「報告！」

「是？馬同學。」

「我十三歲看過漢水氾濫。」

「怎個樣？」

「如同老師所說，慘不忍睹。」

「謝謝請坐。」

「還有——」

「馬同學請說。」

「是！文學作品需要隄防，社會也需要隄防。」

馬清六一鞠躬落了座。

張浵咬住下唇。眼角裡，靳五瞅了瞅堂上那一襲挺著腰肢綳著臀子的黑皮小衣裙，潑了個眼色，瞪兩瞪，攤開書本來：「文學作品形式和內涵之間的張力，各位同學好好想想，拿這個當試金石，現在我們來讀雪伍德安德森的短篇小說，林中的死亡。」滿堂書葉翻動。琅琅讀書。一雙黑冷瞳子只管凝住靳五。望穿秋水！兩節課。鏜。校園裡悠悠盪響起了銅鐘。靳五闔上書本，點支菸，宣布下課一轉身挾起書本走下講壇拉開門躥出教室。

蹬蹬蹬。

「靳老師！」張浵蹭蹬著她那雙小高跟鞋趕上來，柔聲一喚，滿廊蓬蓬湧而出的大學生中，揹住肩上的皮包帶子就在文學院中堂大門廳站住了，俏生生一鞠躬：「謝謝您讓我旁聽您的課。」

靳五呆了呆：「不客氣。」

「老師還有課嗎？」張浵仰起臉兒來。

「張浵！」靳五瞅住了陽光裡那雙一眨不眨的眼瞳。大小兩個，對峙半晌。靳五望望長廊上餞腸轆轆滿院漂逐的女學生男老師。「我下午三點有課！小舞他甚麼時候把妳領回？」

「不知道。」

「怎會不知道？」

「姚很難纏！他不是人，他是個鬼。」

眼圈一紅張浵望望高跟鞋尖。

「餓了？」靳五拍拍她腮幫子：「待會兒我去辦公室辦點事，就帶妳去吃午飯。」

「嚇！心窩兒一把火足以夷平六個榻榻米的房間？五兄！」笑煦煦丁旭輪教授披著毛外套，襟口大敞，把條鱷魚皮帶勒住褲腰上纍纍脂肪，躂躂，躂躂，邁起圓頭小皮鞋，蕩漾著一門廳冬陽穿梭過窩窩女生徜徉了過來：「才下課嗎？」兩燗子玳瑁鏡光猛一潑，瞟瞟張浵。張浵揚起臉挺起腰肢繃著那身子黑皮衣黑皮窄裙，眉頭一皺，藐兩眼，冷森森瞅住丁教授那張圓白小臉膛。丁教授訕訕兩笑。靳五挾起書本抱起胳臂早已站了開去，笑嘻嘻，冷眼瞧著。張浵狠狠咬住下唇，回眸朝靳五悄悄眨乜個眼。靳五哈哈大笑踏前兩步向丁教授伸出手來：「丁老師，吃過飯了？」「吃了籠包子。」丁教授扶扶鼻頭上那副玳瑁框眼鏡，豔陽中眄了眄張浵，退開兩步瞄瞄靳五，嘆息了聲，拔下齒縫裡楔住的牙籤回頭覷覷門外滿園青翠的冬光，嘶嘶嘶吸了三口氣，反手撂掉牙籤，擎起手裡一隻小茶壺往靳五臉上晃兩晃：「唉，可憐見兒！咱們這個寶島呵呵三民主義的模範省，最不仁的地方，五兄，就是不讓小女孩們有成長的機會。」

「小洲！」靳五瞅瞅張洲：「這位是歷史系丁旭輪教授丁老師，昨晚咱兩個，還有朱鴒亞星，在小紅町京兆路基比亞觀光理髮廳門口不期而遇。」

一愣，丁教授揝住小陶壺渾身脂肪顫了顫堆出滿臉笑容來，眼上眼下端詳張洲：「小洲？洲小姐！幸會幸會啊。」呵呵兩笑攏起毛外套襟口，收縮起肚腩朝張洲折折腰。

張洲睜起眸子張開嘴巴，白癡樣，眼勾勾，把個丁教授頭上腳下瀏覽個遍，端整起臉容來，往肩胛上掛起小黑皮包，併攏起踝子下兩隻小高跟鞋，婉然一笑，睄住丁老師，屈了屈腰桿子把雙手兒疊到膝頭裹著的玻璃金絲襪上：

「看板娃！丁教授桑昨晚奇摩雞囁——」

丁老師愣了愣，掉頭側側身子朝靳五蜻蜓點水哈個腰，仰天搗住個大哈欠，撮起兩根指尖，捏住那把玲瓏小陶壺的耳柄子，就著壺嘴啜了兩小口茶，齜，齜，嘶吸著牙縫，自顧自穿梭著滿廊女生一路頷首答禮踱蹀開去了。靳五背起手，站在文學院門廳中央只管瞅著張洲，半天，點點頭。

張洲臉一燦：

「我早就看出來了。」

「甚麼？」

「你討厭這丁——」

「對！」

「所以我才幫你糗他啊。」

「謝謝妳！張浵。」

「高不高興？」

「高興！」太陽下靳五覷了覷張浵鼻梁上那七八顆小雀斑，捏捏她鼻尖：「走！我們到系裡去辦點事，然後帶妳吃午飯。」

外文系辦公室糾聚起了一窩師生。

靳五領著張浵，站到櫃臺前。柯三鎮教授腋下挾住公事包懷裡捧著一疊全錄英文講義，趑趑趄趄滿頭大汗，把隻酒齇鼻聳入門口，睃了兩三眼，鑽進門，輕手輕腳往櫃臺上安頓妥了講義，朝助教李潔之招兩招手。笑盈盈，李潔之擱下手裡的活兒，一身黛綠毛衣冬黑棉褲迎著門口潑灑進的一瓢陽光，䠷亮亮走過來，問好。頷首，柯教授絞起眉心，撮起兩根煙黃指尖一頁頁翻動起講義，叨叨唸唸只管搖頭。李潔之堆出滿臉笑容把雙手兒交握腰身前，站在對面，咬住下唇，只管瞅乜著柯教授的手指尖。猛擡頭，柯教授瞠了瞠李潔之，嚥口水，又搖起頭來把食指尖戳進嘴洞往舌苔上沾兩沾，自顧自翻檢著講義。李潔之寒起眼瞳，挑起眉梢，明亮的笑臉子一點一點冷峻了下來：「柯老師！這是教務處印務組的事！我們管不著。」靳五瞅著她的眼瞳打個寒噤。一回身，陽光中李潔之早已甩燦起髮梢下耳垂上兩隻白金小環，蹬動起高跟鞋，婷婷走回辦公桌。柯老師把隻指頭含在嘴裡，愣在當場。滿屋子師生，舒轉過脖子來朝櫃臺睃了睃。助教柯玉鬫笑嘻嘻走上前，問聲好，接下李潔之，同柯三鎮教授研究起那疊講義。靳五拍拍張浵的肩膀：

「小浵，我們走吧。」

「不辦事嗎？」

「不了。」

走出文學院門廊，天風大起。

靳五挾起書本扣上領口徜徉在冬衣紛緋棕櫚大道上，點支菸仰起臉，眺著那一烱子迸濺中天的太陽，回眸看看張浵。冷白白，一張臉子睥揚著，耳脖上風濤濤，翻飛起濃亮烏黑好一篷短髮梢兒。靳五呆呆瞅著她。張浵挑起眉梢，乜了乜靳五，回過臉來掠了掠腮幫上繚亂的髮絲一把撥到耳朵後，用手抿住了，擡頭覷著天，兜盪起肩上掛著的皮包，娉婷著踝子下那雙娟小的黑高跟鞋靜靜跟住靳五。

飄亮，飄亮，兩腮銀絲鬃飄颺朔風中。樂神父挺著肚膛，紅光滿面，把身上單薄的一件法蘭絨青紅格子襯衫袖口捲到腋下，隆冬天，金烕烕裸出膀子敞開領口，昂揚女生群中，跨步走在棕櫚路上瀏覽著一幅幅舞出青春的海報。冬陽下一顆額頭油禿禿，凍得紅亮。

「嗨，靳。」

「神父，還在避秦？」

「年輕人不知道共產黨！」

神情一悲愴，樂神父齜齜兩排假牙揚揚手，回眸朝張浵擠個眼，燦綻出兩酒渦笑靨，邁起帆布鞋，摸著剃得光溜溜的下巴獨自個跨向滿園大起的天風，盱睨，顧盼。

張浵站在路心呆呆瞅望著欒神父的背影，絞起眉心。靳五拍拍她肩膀：

「吃飯吧。」

「他是神父啊？」

「給共產黨關了半輩子。」

「真衰。」

教員餐廳燈火通明滿堂嘬嚃。

硌磴，硌磴，張浵踩著高跟鞋甩著滿頭風亂的髮絲，撥兩撥抿一抿，冷冷睥睨起瞳子，綳著那身黑皮衣黑皮窄裙跟住靳五走進餐廳。滿堂停筯回眸。靳五哈哈腰。滿堂舉筯。靳五拿來兩隻白鋁餐盤領著張浵巡禮過一鋁槽一鋁槽菜肉，會了帳穿來梭去尋找座頭。硌磴，硌磴，張浵撅著臀子跟住靳五。落地玻璃長窗下坐著位教授，孤零零。靳五含笑點頭，潑個眼色示意張浵把伙食盤端到教授對面，自己在教授身旁落座。張浵寒起臉兒，不吭聲，把小黑皮包掛到椅背上，拂拂窄裙後襬，攏起膝頭端坐下來，拈起小調羹一匙一匙只管撥弄著鼻尖下那碗味噌湯，眉梢兒挑啊挑，冷冷瞟睃著對面的教授。靳五白白眼。張浵甩甩頭。教授從自個伙食盤裡擡起了下巴，聳起眼鏡，豎起食指，撩開腦門下兩箒子枯黑的髮毬笑了笑望望靳五。靳五擡擡臀子：「敝姓靳，文學院。」「小姓齊，電機。」教授擡擡臀子從褲袋裡抽出手帕抹抹手伸過桌面來，兩瞳鏡光，竄閃了閃，笑訕起挺年輕秀白的一張臉膛，朝張浵點點頭。張浵擡起臀子把雙手兒疊到膝頭上，笑吟吟哈個腰。頭一埋，齊教授瞅住伙食盤若有所思自顧自夾動起筷子。靳五看看張浵。張浵端起飯碗。

鄰桌，和樂融融，三十出頭的歷史系霍嬗教授帶著七八個學生圍爐。

「老師。」有個男生呷了兩小杯冰啤酒，怯生生，揝著熱毛巾，滿頸脖兩腮子掙得通紅只管睞映著兩隻血絲醉眼，掃掃同學：「我昨晚有讀通鑑周紀五赧王五十五年，發現我們祖宗做事，有夠大手筆。」

「心腸狠喲！」女生接口說。

「哦？」霍嬗教授端坐主位一邊照顧瓦斯爐一邊配置火鍋菜，回眸笑笑，瞅住身旁那位面紅耳赤的男同學：「怎麼個大手筆？怎麼個心腸狠？玉宏，陸明，你們給說說看。」

一座停筋以待。

「長平之役趙師大敗，卒四十萬人皆降，武安君挾詐，盡坑殺之！而司馬溫公對這樁慘劇竟不給他置一辭，並無評論。」玉宏顫巍巍擡起臀子把雙小手捧住酒杯朝老師敬了敬，呷兩口落座。一哂，老師擡擡臀子擎起小半杯冰啤酒，燈下照了照引吭而盡：「司馬溫公編史書的人，可是吃了生鐵硬了心腸了，不然，一部中國通史怎編得下去？武安君嘛也有他不得已之處！趙卒反覆，非盡殺之，恐為亂。」

「報告老師！白起也算有點惻隱之心了，並沒趕盡殺絕，遺其小者二百四十人，歸趙。」退伍軍人模樣的老男生捧著酒盅啜了口橘子汁。日光燈下，老師笑吟吟綻出兩渦子酒酡，噗哧：「白起他可沒安好心！強壯盡死，則小弱得歸者必言秦之兵威，所以破趙人之膽，乘勝取邯鄲耳。」

「老師。」

「請問趙國有幾個人?」

「總人口?史無明文,但通鑑說,趙壯者皆死長平,而燕王喜這個昏君還想趁火打劫,發兵二千乘討伐趙國——其孤未壯,可伐也!他的意思就是說趁著趙國的孤兒還沒長大,把趙國給滅了。美奈子,用你們日本話來講就是必殺。」滿頭大汗,霍嫙教授埋頭桌面下研究了半天把瓦斯爐火轉小了,鑽出脖子,往鍋裡撂下兩把粉絲攪了攪:「戰亂之世,一國孤寡喲!中國這個國家決不能亂!打開一部通鑑,每逢天下大亂哪回打仗不是動輒斬首二十四萬級、拔五城,斬首十三萬、虜三將、沉其卒二萬於河。咱們老祖宗做事有夠大手筆!」玉宏說。「依我看,這是世界史的奇觀。提供各位小小的統計數字:我曾把通鑑所載歷代戰役傷亡約略估算了一下,斬首總數,當不在千萬之下。」

盍座一驚。

七八雙筷子插在熱騰騰肉香四溢的湯鍋中,凝住了。「一千萬粒人頭!」猛哆嗦,面紅耳赤叫玉宏的男生夾住了顆皎白魚丸,半天抿著嘴唇。一座師生酒到半酣,圍簇著檯子只管默默守望著那一篷碧燐燐的瓦斯爐火。

雰雰霏霏。

落地長窗外飄起冬雨。

玉城美奈說:

「中國人喜歡殺頭。」

「秦法，斬一人首賜爵一級。」霍嬗教授瞅瞅玉城美奈，眼瞳子柔了柔：「重賞之下自然人頭滾滾的嘍！美奈子，彼秦者棄禮義而上首功之國也。」

「嗨！就是共產黨。」

老師那張文秀狹長白臉兒紅灩灩綻出了兩朵酒渦，蒸蒸騰騰一鍋水霧中，托起眼鏡，俯身，探手，摸索著關上桌面下的電鈕，招招手吩咐學生們把各自的湯碗集中到爐邊，親自操筷均分起粉絲。

眼一亮，玉城美奈擡擡臀子哈哈腰。

座中，有個癟嘴男生滿臉于思瑟縮著冬黑西裝半天不吭一聲，忽然吃吃兩笑，羞答答睎住美奈子端起酒盅，敬了敬：「老師，我在想這倒是拍電影的上選絕佳題材！月光下，古戰場上，放眼望過去，死寂一片就那麼個橫七豎八躺著十萬具無頭屍體，這時，出現一對白髮蒼蒼的老夫妻，挑著燈籠，揹著竹簍，帶領兩個小孫子悄沒聲兒徜徉屍體之間，拿根竹竿挑挑撿撿，尋找屍身上值錢的東西——」

面紅耳赤把雙筷子夾住魚丸的男生呆了呆，囫圇嚥下魚丸：「鏡頭一轉，就給他跳接到戰勝國主帥的大帳前面，月光照大旗，轅門下，十萬粒人頭堆成一座小山——嗯，老師，報功領賞之後，他們怎樣處理掉這些頭顱？」

「玉宏，不知道吔。」

「史無所載？」

退伍軍人樣兒的學生啜啜橘子汁：「這樁懸案，用點工夫查點資料倒是很好的研究題目，老師。」「趁熱，大家快吃吧。」柔聲一招呼，霍嬗教授拍拍美奈子手背，帶領著融融圍爐的七八個男女學生端起了碗子，靜靜吃起粉絲來。

張浵皺起眉頭。

靳五板起臉潑個眼色：

「快吃。」

「吃不下。」

「為甚麼？」

「噁心！」

滿堂用餐的教授，兜轉過脖子來。

叭的一聲張浵擱下筷子。

愣，齊教授如夢方醒，從伙食盤裡聳起眼鏡撩開腦門下兜兜搭搭兩串黑髮毬，瞄瞄張浵

望望靳五，一呆，日光燈下綻開刀削樣兩腮子笑渦：「靳兄，兩位慢吃！我那裡有實驗擱著。」

擡起臀子哈哈腰，抖開膝上堆著的美國紅藍滑雪大夾克往肩胛上一披掛，橐踺，拖起大皮鞋，

穿梭過滿堂停筯回眸的教授，匆匆走向餐廳門口。

靳五擡擡臀子。

張浵冷冷睥乜起眼瞳。

「真敗！」

「嗯？」

「倒人胃口。」

張浵掃了鄰桌那窩子圍爐吃粉絲的師生兩眼，待笑不笑瞅睨住靳五，半晌甩甩耳脖上那篷濃亮的髮梢，燦開一臉天真的笑靨來。「謝謝你請我吃飯。」眼一亮，靳五呆了呆，瞅望著她那一身繃裹住細腰肢的小黑皮衣黑皮窄裙。張浵笑了笑，兩腮渦兒綻漾出紅暈，不吭聲了，夾起筷子自管挑檢著盤中飯菜，把些肉絲毛菇甚麼的分到靳五盤裡。

「妳這個脾氣，妳媽一定吃不消。」

「她？沒有工夫。」

「她忙？」

瞳子一寒，張浵撇撇嘴唇乜住靳五半晌擱下筷子伸出手來，箕張到桌面上，嘩喇嘩喇，清脆俐落洗了兩把牌。伙食盤上，十指孅孅。靳五瞅著她腕子上紮著的白金小女錶。

「妳爸，他也很忙嗎？」

「研究易經。」

靳五一嗆怔了怔。

張浵格格兩笑，豎起食指尖探過桌面伸到靳五鼻頭下搖晃了晃：「老師，莫小看那本小書哦！用功夠精，推算得出市場景氣吔！」靳五撥開她指頭，呆呆望著她那張小市儈臉兒，心一寒。張浵端整起臉容：「我爸爸是普林斯頓企業管理碩士！老師，我告訴你。我媽有個牌友名叫蕭十六。十六叔叔來我們家打牌老挑坐我媽對面，說風水好嘛。有回我媽打出一張牌：碰！蕭十六坐在我媽對面就問啦：蓉姐，妳打甚麼啊？我媽說，一筒啊。十六叔叔鬼笑了笑撮起一張牌打通關亮給大家看：我這個雞，怎麼碰妳的一筒？我媽臉就颼的飛紅了，白白他：死蕭，你又不是沒碰過！我站在蕭十六背後聽了，心裡直噁。」

張浵捧住心口。

霍嫚教授回眸清清喉嚨。

一凜，舉座圍爐的學生擱下筷子豎起耳朵。

靳五笑笑，擡起臀子，朝霍教授哈哈腰，攫過椅背上掛著的小黑皮包不聲不響掛回張浵肩胛上，托起盤子押著張浵，硌磴，硌磴，穿梭過炁炁飯香烱烱眼神，走向海大教員餐廳門口。中午好一天斜飛的冬雨。靳五回過頭來，看看張浵。張浵蹭蹬著踝子下那雙尖峭的高跟鞋仰起臉絞起眉心，瞅望住靳五，臉一紅低低頭，探過手來悄悄扯了扯他衣袖：「對不起讓你沒面子！」「冷不冷？」靳五把手伸到她脖子下撮住她皮衣領口，翻起領子，攏了攏。張浵晃晃髮梢搖搖頭。一眨，靳五向張浵使個眼色，領著她，躲到餐廳外落地長窗下那排水泥窗檯上，挨靠著衣冠幢幢的玻璃，大小兩個肩併肩，蹲坐下來，半天，只管靜靜眺望著漫天空濛中那滿校園葱蘢的雨霧。

亭亭朵朵。

一蔭漂盪起傘花。

「喂。」張浵閤攏起膝頭緊繃住窄裙子回過臉來，揚起下巴凝瞅著靳五，一睜，豎起食指往靳五眼前晃了兩晃，滿瞳子狐疑：「喂！老師，你老半天愣愣呆呆的有心事嗎？」

「沒。」

「騙！」

「我在想啊——」靳五回頭瞧了瞧，看到張浵那雙姣白的膝蓋那身驪黑的裝束，腼腆起來，悄悄別開臉去，凝望著棕櫚大道上繽繽紛紛一片花傘匯流出的一條花溪，一簇一雙人影漂漾。「長平之役趙國四十萬壯丁不是給活埋嗎？趙國成了寡婦之國，小浵，歷史上滿門寡婦多的是，趙國啊可是舉國守寡！我在想——」

「四十萬手無寸鐵的女子如何報得這個血海深仇呢？對不對？」嗓子一瘂，張浵嘆息了聲，抱住膝頭側起腳上那雙小高跟鞋把隻臀子腆著，蹲坐在落地窗檻上，斜風細雨，只管凝著兩隻瞳子眺著天，忽然眼圈一紅：「可是，她們心中有個仇恨，殺夫殺子殺父之仇不共戴天拚著一身剮也要——」

「可是，白起統率虎狼之師拔城就屠——」

「行刺白起！」

「行嗎？」

「女人要殺一個男人——」聲一柔，張浵笑了笑把小黑皮包摟進心窩，掠掠腮幫上濕湫湫的髮絲，回眸瞅住靳五：「難嗎？」

「好張浵！」

靳五捏捏張浵的鼻尖。

水矇矇，日正當中。

鐺。滿園雰霏悠悠盪響起銅鐘。棕櫚路花溪洶湧起一波潮騷。蹦濺，蹦濺，有個人披著鵝黃塑膠雨衣拔開兩條長腿，結結棍棍鼓起胸脯，齜笑笑，闖開水綠茫茫一蔭雨氣，穿梭過滿路打著花傘追躡著鐘聲匆匆趕場的女學生，喀喇喀喇，踐起篷篷水星，朝教員餐廳直蹓了過來。「哈囉，那裡！」擡擡頭嘴一咧，縮起肩窩穿閃過簷下那片水簾邁步跨上門口石階，拋開頭罩，抹兩把臉，跺跺腳上那雙刺釘高筒馬靴，天光下眨兩眨，朝靳五斜嗞起兩瓣薄嘴皮一口細白牙：

「還有任何東西吃嗎？」

「自己看。」

「靳，今天心情還不壞吧？」

「直到你來。」

笑訕訕，傑夫諾曼把雨衣脫了，抖兩抖搭掛到肘彎上，勾起食指搔搔腋窩裡兩叢汗漬，眼瞳一柔亮瞇瞟住張浵，勾過兩眸子水藍眼波腼腆地梳攏起他那巔漂鬈的金髮，臟臟，又開牛仔褲胯子。

「哈囉！」

「哈囉個啥？」

張浵猛地閤攏起膝頭轉開身子去，眉梢一挑。

傑夫諾曼愣了愣：

「靳，這可愛的小婦人說甚麼？」

「向你問好。」

「娃娃，回頭見。」

「狗的拜。」

張浵擡擡臀子哈了個腰。

靳五哈哈大笑。

一笑，張浵寒起眼瞳，腆著臀子綳著黑皮小窄裙挺著腰肢坐在落地窗檻上，冷鶩鶩，揚起水白臉兒，半天瞅乜住傑夫諾曼那對藍眼珠，待笑不笑。悄沒聲，滿園煙雨飄灑到廊上。傑夫諾曼瞟瞟張浵，看看靳五，扒搔著他那顆油鬈金亮的水兵頭瞄了瞄落地玻璃窗：「日安！靳教授。」一揚手，跺跺馬靴抖抖墨綠汗衫領口，兩膊子肉筋，鼓了鼓，綳起胸膛搭起雨衣拔開腳步頭也不回跨進教員餐廳。

張浵還只管翻冷起瞳子。

「夠了！小浵。」

「狗的毛呢。」

「嗯？」

「早安啊。」

「妳在跟誰打招呼？」

「那位約翰。」

張浵豎起食指尖，噓噓靳五，指了指雨中挾著公事包摟住一疊講義彳亍踱來的教授，腮幫兒一綻，迎照著天光，燦亮開兩渦子狡黠的笑靨。靳五呆了呆別開臉去。張浵一怔：

「你幹嘛?」

「他是我大學老師!不好意思。」

「哈囉,靳教授問您好。」

張浵擡起臀子拂拂窄裙後襬鞠個躬清喨喨打聲招呼。心一寒,靳五抱住膝頭把臉埋藏進張浵肩窩,眼角裡,覷見柯三鎮教授一皮鞋一皮鞋油光水亮踩上了石階。「這位同學,好。」頷首答禮,柯三鎮教授慢條斯理收攏起雨傘,摔兩摔掛到肘彎上,往門檻磨磨鞋底,狐疑地,瞠了張浵兩三眼抹抹自己那隻酒齇鼻頭,邁動腳步踱進餐廳。

門裡飄出串串笑聲。那班子歷史系學生追隨著年輕的老師,和樂融融,腮腮酡紅,望著雨呆了呆蹭蹬出餐廳來。霍嬗教授磁叼著牙籤,一蹁躚,披上大衣踉蹌到水簷下晃了晃身子笑煦煦紮穩腳步,扶住眼鏡,回眸朝學生們揚手。紅衣一閃,玉城美奈硌磴硌磴踩著碎步鑽出人窩躥到老師肩胛下,雙手兒往膝上一疊,撐開小花傘,跂起高跟鞋把傘擎到老師頭頂。老師縮起肩窩。雰雰緋緋七八支男女洋傘簇擁起老師來,穿過水簾,晃著,盪著,談談笑笑一窩兒春暖漂漾進了棕櫚大道上那條花溪裡。

張浵乜望半天:

「腳仔仙!」

「嗯?」

「一隻小母雞帶八隻小雞。」

「妳剛說甚麼腳仔——」

「沒。」

張浵睨著靳五，一粲。

靳五怔了怔握過張浵的腕子看看錶，望望雨勢。後牆外，車潮中江津路底五彩斑斕㶶㶶亂葬崗上一穹荒蒼，驀地燦了燦，雨小了，山中人家葱葱蘢蘢縹緲起炊煙。「今天鬧夠了吧？走！下午有課。」靳五挾起書本撐起膝頭伸個懶腰。張浵把皮包掛上肩胛，站起身，呆了呆，扯扯窄裙後襬勒緊了腰上紮著的黑皮帶，挺了挺身子站到靳五跟前來，撥開腮上髮絲，仰起臉只管靜靜瞅望住靳五，半晌，瞳子一柔亮，絞起兩隻手兒交握在腰身前，朝靳五端端正正鞠個躬：

「謝謝靳老師。」

「怎麼啦？」

「你，今天都在逗我。」清靈靈張浵眼瞳裡迸亮出兩星光采：「要讓我開心啊。」

靳五呆了呆嘆口氣：

「張浵！」

「我要走啦。」

一泫，張浵甩起耳脖上濕湫湫一篷濃亮的短髮梢，掉頭，蹭蹬起高跟鞋，搖曳起細腰肢，把隻小黑皮包兜盪在肩後，走下了餐廳門口石階迎向滿園清澂，踩著雨花，跨過水窪，獨自個徜徉進棕櫚大道上那一溪繽紛漂逐的花傘。心一沉，靳五喚住她。天光下張浵回頭望住靳五，滿瞳子的話。靳五挾起書本，躥過水簷跑到她跟前把雙手交握到腰後，俯下身來，半天不吭聲，只管凝瞅著她那隻峭傲的小鼻梁上七八顆淡淡的雀斑。

「張浵，小舞喜歡上妳了。」

「你，怎知道？」

「他不忍送妳進狼口。」

「那個姚？」

「好好管住妳自己！小浵。」

靳五睜住眼睛，直瞅到張浵肩膀子一顫呆呆望住他使勁點了兩個頭，才舒開眉心，笑了，伸出食指尖挑抹掉她睫毛上兩顆雨珠兒，直起腰來眺眺那一城天寒煙：「走！跟我去研究室，乖乖坐著等到小舞來接妳，好不好？」「好啊。」張浵把皮包挾摟進胳臂彎兒裡，低下頭來，不吭聲了，望著鞋尖一小高跟鞋一小高跟鞋踩著滿路洴濺的水星，細雨中跟住靳五，穿梭過朵朵傘花走向文學院。

門廊裡浩浩瀚瀚傳出伊麗莎白時代英詩朗讀聲。靳五聽了聽，心一撼，煞住了腳步。樂神父又在第十六教室上莎劇課了。孤零零一條蒼涼老嗓子，大隆冬，傲岸地咆哮起李爾王三分其國後流落荒原的獨白，喑啞，深沉，瘋瘋癲癲迴盪在文學院長廊裡。張浵打個哆嗦。「小浵！這位樂自遠神父是愛爾蘭人，感情豐富。」靳五瞅瞅張浵那滿頭濕漉漉一臉水白白，笑了笑眨個眼，悄悄踱到第十六教室門口張了張。零零落落，六個學生。周碁把偌大的一本硬皮書攤在膝蓋上，絞起眉心，拿支紅筆畫著線，猛擡頭，望望門口一怔打了個照面朝靳五綻開兩渦子笑靨來。靳五豎起食指噓了噓。講壇上樂神父紅光滿顙只管昂揚著頭顱，兩鬢子銀蹤，風中，雪飄飄，朗誦到李爾王四顧茫然無語問蒼天處，一使性子，砰地，闔上書本，瞋睜起藍眼珠睥睨住堂上兩個男生四個女生。盍座皆驚。樂神父摸著剃得光溜溜的下巴，斜齜起兩排瓷白假牙：「先生們，女孩們，我是否對著牆壁誦讀莎士比亞而這位老紳士是英國國寶？我想我是這樣做的！」一座赧然，垂下頭來。周碧幽幽嘆口氣闔起書本抱起膀子覷望到窗外。橐。橐。橐。靳五回回頭。甫從愛丁堡遊學回來的廖森郎教授披著羊毛呢冬大衣，三十沒好幾的一個五短身軀，發起了福，翩翩叼根小菸斗，提著公事包蹬動黑皮鞋踱蹀了過來，看見靳五，鎮住鞋跟伸出手，握半握，噘起黑斑蒼蒼兩瓣嘴唇呶呶教室門裡：「這老神父又裝瘋賣傻了！」眼角一瞟，端整起臉容瞄瞄張浵，頷首，嗞咬起小菸斗邁動皮鞋自管漫步踱下文學院長廊。張浵沉下臉。靳五使個眼色，領著她走上二樓研究室。

門一推，滿屋天光。

天放晴了。

張浵機伶伶打個哆嗦臉一揚把手摀住耳脖上翻飛的髮梢，搖搖頭：「又不關窗門。」風潑潑，走到窗口把窗闔起了，回身望著那滿地零落的紙張卡片，呆了呆嘆口氣，把皮包擱上書桌，蹬動起高跟鞋弓下腰身滿屋子追逐著撿拾了起來。靳五爬上書桌，探到窗頂關起透氣口。張浵早已提攏著一窄裙襬卡片紙張慢慢走到書桌前，傴起腰肢，一疊一疊掏到桌面上，整理起來。

「謝謝，小浵。」

「唉，自管忙你自己的去。」張浵舒了舒腰身瞅瞅靳五拿起桌上的小黑皮包，一轉身走到窗口：「別理我！我知道你三點有課。」

靳五落了座，翻起書本。

張浵打開皮包掏出一把小紅梳，搬張椅子，悄悄坐到窗口，隔著滿窗水霧眺望窗外漫蔭雨珠下穿梭趕路的老師學生，從鬢邊卸下兩雙小髮夾，含進嘴，不吭聲，甩晃著耳脖上那篷濕湫湫烏黑的短髮絲，一梳子一梳子篦刷起來。天光漫漾進玻璃窗。那張側臉兒，桀驁地挺著隻雀斑小鼻子，驀地，變得孅柔起來。文學院後樓研究室四下裡悄沒聲息，跖，跖，有人踩著皮鞋踱過門口。窗外嗟的一聲，那簇海東老松掉落了顆松果來。靳五望著張浵的身影，看得癡了。那一身子裹著黑皮小衣黑皮窄裙，綳住臀兒攏住膝頭，側起腿，跂著踝子下那雙黑峭的小高跟鞋挺著腰肢端坐窗口，似笑，不笑，揚起臉望著窗外靜靜梳理著頭髮。淋了雨，渾身裝束黑䵬䵬，白姣姣昂聳出一株小脖子。靳五心頭一抖，嘆口氣。肩膀一顫，張浵攥住了篦刷著髮絲的小紅梳整個身子凝住了般，聽了聽，豎起耳朵，半晌把梳子擱到窗檯上，撮起兩隻潔白的手指拿下嘴唇含著的兩雙小髮夾，一根根，慢吞吞扣到鬢邊髮際，回頭朝靳五笑了笑。

好一臉清素。

靳五眼睛一亮悄悄透了口氣：

「唉。」

「你嘆氣？」

「妳又聽到了？」

「又聽到。」

「換了那身黑衣服可多好。」

「好。」

張浵點點頭不吭聲了一轉身抹開窗上水霧，噘起嘴唇，呵！哈口氣，從窄裙袋裡抽出手絹拭亮了玻璃，把隻手肘支到窗櫺上托起下巴仰起脖子，拂掠著眼角眉梢絲絲烏黑水亮的頭髮，眺望那漫天清暉，圍牆外，三楚路上，潮騷般嘩喇嘩喇一波流竄一波水光瀲灩的十線車陣。

靳五翻動書本。

叭。叭。叭。叭。叭叭——

窗外柏油小徑催魂般綻響起摩托車喇叭。隔壁，間間研究室步履雜遝，一陣騷動。張浵猛回頭，水清清一張素白臉子燦亮了亮豎起耳朵凝聽了聽，瞅住靳五：

「小舞！」

「他怎知道我研究室？」

「他，有辦法。」

張浵站起身攫過桌角掛著的小黑皮包兜上肩胛走到門口，一駐足，回身望望靳五，端起臉容絞起兩隻手兒交握到腰身前，落落大方鞠個躬。兩瞳子，笑盈盈。靳五怔了怔躥出座椅，三腳兩步追出門口。跫跫跫張浵蹭蹬著高跟鞋甩盪起皮包早已穿繞過迴廊，跑下樓梯去了。靳五呆了半晌，一轉身，看見周砉從長廊盡頭樂神父研究室走出來，闔上門，擡頭望見靳五，圓白臉兒綻出兩隻小梨渦，飛紅了紅，遙遙鞠個躬抱著滿懷英文書轉過迴廊去了。靳五躥回研究室，趴著窗檻探出脖子。東一嘩喇西一嘩喇，文學院後樓幾十間研究室紛紛推上了玻璃窗扉，昂伸出株株頸脖。靳五四下望了望。隔壁，何嘉魚教授苗條條聳出一身纖挺的咖啡格子呢港式冬西裝，搖頭嘆息，天光下那條修長的身軀，一本拉長了的英文書似的。窗下松蔭，兩腮蒼冷，小舞瑟縮著那身單薄的土黃卡其高中生制服，揝住車把子趴在山葉追風上，三短，兩長，只管揿著喇叭，呆呆撥弄著車頭燈下掛著的紅靈符。

黑影子猛一潑亮。張洴躥出文學院後門，蹺起峭尖尖一隻小高跟鞋踩上摩托車踏桿，拂拂窄裙後襬，單手一撐，縱上後座，側起身子仰起臉，太陽下冷凝住眼眸眺望著樓上的靳五，半晌，掉過了頭去，把隻手兒伸到脖子後揪起那叢子濕湫湫素黑的髮梢，絞兩絞，聚攏成一束，把腮幫埋進小舞肩窩裡，摟緊他腰桿。嗥，嗥，烏彪彪山葉追風馱著一雙耳鬢廝磨的少年兒女，遊竄過滿園大學生，冬光裡，燦潑燦，飆駛出海大側門，流失進了三楚路大馬路上兩排浩渺蕭瑟的車潮裡。

靳五鬆口氣坐回書桌旁望著窗下那張空空的椅子，呆了呆嗒然若失，眼一亮，走到窗口撿起窗檻上那把小紅梳，瞅瞅梳齒纏繞著的髮絲，笑了笑探出頭去，猛一哆嗦，望見校園側門馬路旁竄出了輛銀紅保時捷，悄悄，追躡進車潮中。

第八章 看那一天彩蝶翩翩

冬暖！

朱爸爸披著草綠舊軍大衣獨自個垂拱在鋪子門口曬太陽。靳五中午放了學，暖洋洋蕩回巷裡，望見老人家翹起二郎腿端坐藤椅中，挺起腰桿，茫茫然，瞇起眼睛舒轉著那顱疏疏落落的花斑，瀏覽巷中人家。炊煙漠漠。潑喇，潑喇，三五家閨閣滿巷刀鏟中飄出波波麻將聲。朱爸爸望見靳五踱過來，一睜眼擡擡腰身哈了哈：「靳老師放學了？吃過中飯了？」「吃過！您吃過？」靳五鞠個躬趦轉到朱家鋪子那一簷煖白的冬陽下來。老人家搖搖頭。店堂裡悄沒聲。後廳電視機上兩根小竹竿撐起兩扇玻璃窗，影影綽綽，流灑進一窔扶疏的天光。靳五望望壁鐘呆了呆。一搖兩盪，朱爸爸抖起二郎腿，翹起白棉布襪裡那顆卵子樣的大拇趾頭，眗瞇，眗瞇，沐浴在滿城麗日中，端詳著靳五，勾起小指尖，探到腦勺後搔起肉白白一顱粉紅頭皮上幾十莖花髮，刮刮刮，太陽下燦綻起上齶兩枚大齯牙：

「朱鴒她媽又出國去了。」

「大阪？」

「廣島。」

靳五怔了怔。

「大阪風聲緊嘛。」笑瞇瞇朱爸爸瞄瞄靳五，兩隻巴掌撐住藤椅扶手兜著脖子巷頭巷尾游望了望，搖搖頭跺跺腳：「一年三頭兩回，三五十個婦道人家結伴兒進出日本，拿人家國際機場當自己家門，不害臊哦，海東雜母！老師，甚麼樣的女人玩甚麼樣的鳥子嘛。」

靳五那張臉皮火辣辣一燥：

「朱爸爸，難得坐出門口來啊。」

「難得有日頭。」

「您坐，曬太陽吧。」

「街坊婦人一夥兒辦學生護照留學日本，嘖！不忙，老師也稍坐會兒嘛。」老人家擱下二郎腿，昂起兩顆趾頭夾起塑膠東洋拖鞋拍拍腰身撐起膝頭。簷下，挺魁偉的一顆頭顱。靳五呆了呆。朱爸爸迤邐起身上那襲霉過了半個冬天的草綠大衣，低了低頭穿過簷口：「老師，朱鴒同你兩個有緣！我裡頭去給搬個椅子出來您坐。」

「不敢當。」靳五望望麗日下那一顱衰颯的紅光，呆了呆攔到門口：「朱爸爸自管坐吧，我去搬。」

一屋子窗明几淨。

靳五放輕腳步走進悄沒人聲的小後廳正要搬張藤椅，心一動。洗洗切切，廚房裡有人忙著張羅飯菜。靳五悄悄走到門口張了張。細伶䠷䠷，朱鴒穿著白上衣小藍長褲校服跂著腳站在矮板凳上，兩根辮子，蓬蓬披散在腰肢，手裡操著菜刀，繃住腮幫出起了神，一鋼刀一鋼刀切割著砧板上那顆包心菜。好個小家庭主婦！靳五扶著門框，看癡了。噗吐噗吐，流理臺上那口電飯鍋騰冒出蘢蘢熱氣來，廚房小小，飄漫著白飯香。朱鴒肩膀子顫了顫忽然停住菜刀，揚臉，想起了甚麼，絞起眉心，凝瞅著窗外一院冬陽燦潑著的兩簇夾竹桃，擡起手背拭拭額頭，怔了怔，一回眸舒開眉心，汗湫湫睜起眼瞳朝靳五眨了眨齜嘻嘻綻出兩腮子笑渦來。

「我猜一定是你！」

「好丫頭。」

「爸？」

「坐在門口曬太陽呢。」

「告訴我爸，炒兩個菜就吃飯啦。」朱鴒跂起腳伸手試了試，一撮，揭開電鍋鍋蓋，探出頸脖瞧了兩瞧閤上飯鍋撥開滿臉子熱霧，覷覷小腕錶：「糟，快一點了！下午還要趕回學校上公民課體育課。」

「丫頭，妳不上上午班嗎？」

「改！現在上全天。」

「變來變去。」

「哪知。」

朱鴒睜住兩隻眼瞳歪過脖子瞅住靳五搖搖頭。大小兩個隔條門檻，眼瞪眼對望半晌。瞳子一柔亮，朱鴒掉過頭去撈起腰間繫著的大圍裙抹抹腮幫兒，反手，一揪，撩撩腰肢上兩蓬小黑鬘，端起臉容操起菜刀，在板凳上跂住了腳，低頭出起了神切起包心菜。

靳五搬張藤椅走出鋪門，簷下，朝著大日頭，挨在朱爸爸身邊放下椅子恭恭敬敬落座：「朱鴿說，又上全天班。」老人家欠欠身挪動椅腳禮讓了讓，自顧自昂聳著那顱雪花斑斑的滄桑：「唔！誰知教育局搞啥飛機？過兩天，局長他心血來潮又把小朋友統統叫回去讀半天班，這可說不準的嘞，老師。」靳五不吭聲了。一老一少兩個大男人坐在朱家鋪子簷下兩張老藤椅裡，翹起二郎腿，瞇覷，暖洋洋瀏覽巷中人家。日正當中。水藍天，一穹窿紅塵迸濺出鏃鏃亮麗的光芒。人來人往滿巷天光蕩漾。砉砉鏘鏘，炊煙中巷頭巷尾家家操起菜刀，剁起砧板。對門公寓四樓落地玻璃窗，密匝匝，拉閤起紅綢帘幔，一聲妖嬌一聲盪響出電唱機——酒中升起妳的蛇腰，妳是勾魂的女妖——看妳一眼就要死亡，死亡——莎樂美莎樂美！朱爸爸撐住膝頭豎起耳朵聽了聽皺起眉頭：「這位老廣叫甚麼來著？黃城！細眉細眼逢人就笑，白天老窩家裡放這張唱片，不像正經人。」「還拜佛。」「哦？」「屋裡供著十八手觀音菩薩。」朱爸爸打個乾嗝，勾起小指尖搔搔後腦勺子嘆口氣慢吞吞撐起膝頭來，舒伸腰背，跨出簷下，撳起兩脯子胸房脫下大衣抖兩抖，一摺，搭掛到椅背上，翹起趾頭夾起東洋拖鞋坦蕩蕩邁上巷心，來來回回踱起方步。豔陽天。朱爸爸眺眺日頭回眸睥睨靳五兩眼，簷下簷外又踱兩回，舒伸出胳臂只一捋就揎起了衛生衣兩筒袖子來，天光下，奸白奸白，豁亮出兩膀子脂肪。

靳五呆了呆。

那身白！不見天日。

「朱爸以前當過軍人？」

靳五別開臉去，望到藤椅背上搭掛著的一攤草綠軍大衣。

「當兵？」

「帶兵打仗啊。」

老人家覷住靳五怔了半晌搖搖頭：「打仗，倒是看過。」昂首朝天一嘆，踱上巷心頂著大日頭，站定了，收縮腰肚舒伸胳膊調理內息悠悠做了五六個吐納，擂擂大肚膛，趿起拖鞋踱回簷下，膩繃繃，裹著乳白的一身衛生衣褲端坐回藤椅裡。

老少兩個排排坐曬起太陽。

麗日下碧燐燐，家家客廳燦閃著電視。

波斯灣——盟國——蠶式飛彈——

荊門街口艾森豪路上車潮嘩喇驀地迸綻起震天價響的哀樂，吹吹打打，女歌手引吭高歌，孤女的願望，阿——母——聲聲淒厲響澈了一碧如洗日正當中的雲霄，孝男孝女嚎啕成一團。小鷹號巡弋荷莫茲海峽——殲七——什葉教徒湧上德黑蘭街頭——美國展示軍威矢言強力維持水道暢通——風雲日急——滿巷廳堂霆霓燁燁。「這些海東人！」朱爸爸揝住藤椅扶手聳起頭顱轉過頸脖，覷望著荊門街口：「人死了，買口四塊板的棺材雇兩個人挑到墳上，挖個兩尺深的坑兒，埋了也就完了！海東人嘛，暴發戶，送個死人也請來歌舞團的小姐打扮得妖妖嬌嬌，露出大半個屁股，抖著兩隻奶子坐花車滿街遊行唱歌。還有孝女團哦，花萬把兩萬塊錢雇三四十個初中女學生，哭墓喔，放擴音機滿街吵死人！媽——媽——阿母阿爸啊——

青天白日號得人心裡發毛。他們海東人可不是有句土話嗎？請人哭，無目屎。靳老師懂不懂海東話啊？聽懂？無目屎麼，就是我們說的乾號嘛。」靳五坐在鋪子簷下沐浴著隆冬的豔陽，渾身舒暖，豎起耳朵，瞇覷著諦聽街坊電視機傳出主播小姐一聲柔婉一聲的新聞，只管向朱爸爸陪起笑臉，唯唯諾諾。浩浩蕩蕩，一車隊弔客追隨著花車靈柩遊行過艾森豪路轉進三楚路，母啊，母啊，哭聲大起，電子琴悠悠揚揚一路伴和著孤女的願望，滿城炊煙中如怨如慕——無依偎，可憐的女兒，自細漢著來離開父母的身邊，無人替阮安排將來代誌，阮想要來去都市，做著女工度日子——阿母阿母，車潮洶湧，送葬隊伍吹吹打打穿過紀南街貞陽街繞過海大校園，朝江津路底，城外，鯤京南山頭，熱熱鬧鬧號咷過去了。日頭白花花。朱爸爸瞇起眼睛，指住山腰滿坑滿谷一蕾蕾綻亮在麗日下五彩斑斕的墳墓，回頭瞪起靳五：「老師，曉不曉得我們活在死人窩裡啊？」靳五曬著太陽，打起盹兒，恍恍惚惚聽到電視播報股市狂飆創下天量號子大開香檳，一凜，怔怔瞅住朱爸爸。老人家端起臉容，勾起小指，搔刮著那顱曬出了緋緋癍子的粉白髮皮，笑不笑的打量起靳五來：「靳老師平常讀不讀報啊？讀？前兩三天珠海時報有條大新聞，斗大標題，我挺記得，死人占地快過活人。怎講？老師您給估量估量看，本市現下人口二百餘萬，活口哦，全擠到二十里見方的小盆地裡，四面環山密不通風，住著本就十分悶氣。家裡死了人了，總要找地入土為安吧，可我們政府偏又拿不出一套私墓管理疏散辦法，乾脆撒手不管，於是乎，全市山坡地讓老百姓濫挖濫埋早就變成滿京城亂葬崗子啦。青天白日，一顆顆癩痢頭，滿山頭盡瞪著我們瞧。您看那邊山上一堆堆墳頭，像不像生瘡流膿長疔子的癩痢頭？像吧？挺刺眼吧？報上說，鯤京兩百萬活人已經被數目不詳的死人包圍，而這包圍圈越縮越小。老師，您在海東大學上課可想到多少死人在旁聽？呵呵，不是說笑兒。這會兒他們不在那邊山頭上瞪眼嗎？總有一天，等到你嘍！有一首崔萍唱的流行歌不是這樣唱嗎？早晚等著你嘍。」瞇嘻嘻一粲，朱爸爸轉過脖子睜睜瞅住靳五，繃住臉皮，半天，那顆魁偉的花斑頭顱天真地綻漾出卵子大兩渦笑靨，太陽下，齜起上齶兩枚大齙牙，笑呵呵拍了拍靳五的肩膊。心一寒，靳五打個哆嗦，陪起笑臉悄悄掉過了頭去，不吭聲，望著那漫巷燦白的天光裡刀砧霍霍飯香繚繚的人間煙火。冬暖！艾森豪路上一波泣浰一波，車潮囂。滿巷電視妖嬈起水蛇腰閃爍起熱鬧的歌舞。錚鏘錚鏘，朱鴒在炒菜。靳五回頭望望鋪子裡一窣陽光中蒸騰起的一鑊油煙，豎起耳朵聽了聽，心一暖。愣瞪瞪，朱爸爸捋起衛生衣袖子，捲到腋窩下，端坐藤椅中，昂聳著頸脖眺望城南山頭一轡轡眨亮在麗日下的墓碑，出起了神張起爪子，搔著刮著，在胳膀上爬出蚯蚯緋紅血痕。靳五呆了半晌掉頭望向巷口。烏騮騮一潑燦，小舞跨著山葉追風飆進巷子竄到郎公館兩扉朱紅門前，撥轉車頭，嗷，嗷，刮出兩圈，火星濺爆迤邐到公寓門口，摘下墨鏡搖搖他那顆桀驁的小平頭瞅望靳五兩眼，睥睨了睨，想說甚麼，嘴巴一咧卻又待笑不笑。張浵穿著白上衣藍裙子趴伏小舞肩膊上，一篷黑短髮，甩兩甩，揚起臉太陽下凝著瞳子靜靜望住靳五。靳五乜起眼睛。小兩口跨下了座墊。小舞兜起鑰匙，押著張浵廝廝抱抱跨進公寓門檻。猛一回頭，張浵笑，拿下肩胛上掛著的青布書包，拎到門外，朝靳五滴溜溜滴溜溜兜兩兜。靳五瞅著她點了點頭。滿巷子人影晃漾。靳五索性敞開領口捲起衣袖懶洋洋把腿舒伸出簷外，癱坐藤椅裡，仰起臉龐瞇闔起眼睛，讓一京冬陽煖白白潑灑到自己心窩口，耳邊聆聽著朱鴒的刀鏟聲，回眸覷了覷朱爸爸。麗日炊煙。老人家還只管愣聳著斗大的花白頭顱，兩爪子揝住扶手，一身傲岸，端坐老籐椅中，好半天眺望著城外山頭不知出起甚麼神兒，忽然，格格兩笑：「總有一天等到你嘍！」靳五打個哆嗦：「朱爸爸想甚麼啊？」老人家暖烘烘拗轉過頸脖來，瞅瞅靳五，瞇眴著打量兩眼，捲起舌尖舔舔上齶兩枚大齙牙綻漾起兩渦子童稚的笑靨：「哦——不曉得怎回事？想著想著，一忽就想到很小很小時候，四歲啊？爺爺過世了，內宅停著一口六塊板上等福州杉打造的高頭大壽材，年年上紅漆，到爺爺過身，少說也漆個三十重紅漆了，亮得扎眼！爺爺瘦伶伶一個小身子笑瞇瞇躺在好大窩兒綾羅綢緞裡，生前愛穿的衣服，全挑出來，一層層鋪進棺材。體弱多病活了八十七歲，那年頭不容易了。我才四歲，懂啥啊？小小一個人給連哄帶騙穿上毛邊兒麻布孝衣孝服，腰口給束根草繩，手裡拿根哭喪棒，爹哭，我哭，爹號，我也號上兩句。有幾個人穿著藍布長袍跑過來蓋上蓋天板，釘上命釘，紮上兩絡粗麻繩，一條兩丈長柏木穿心槓子穿過去，嘿喲，嘿喲，四十八個長工挑起棺材，一路不落地直穿過前後一共五進院落，才擡出大門口。我挺記得，我奶奶房裡冬天給爺爺他老人家摟著暖身子用的丫鬟兒，小秋姐姐，二八姑娘換上了身青布衫褲，梳根麻花粗油大辮子，紮著白頭繩，晃啊晃，青布鞋上也釘了塊小白布，一路揹我哄我。四歲嘍，就記得一路愣瞪瞪看棺材的大人從鎮口直排到鎮尾，小孩子都跑上街看險道神——靳老師沒看過險道神？南方通沒有？開路神君嘛。有一丈來高哦，比平常高個子比如靳老師你的個頭還要高出大截，藍面盤，血盆口，左手捧著官印，右手揝一支戟，這戟呢就是三國演義裡三英戰呂布呂布拿的那門兵器，人家出殯，他就走在棺材前面開路，一搖，兩擺！小孩子最愛看這個。那天裡裡外外鬧鬨鬨很多事兒都記不起來，挺記得小秋姐，險道神，還有那口四十八人擡的紅棺材，擡到山腳，山腳棗子園裡造起了一座大墳，這座大墳可有多大？——」

朱爸爸乜起眸子勾住靳五好半天只管呆呆思索著，麗日下一臉迷惑，瞅著，想著，絞起眉心張起手爪探進胳肢窩裡，剮剮剮搔了搔。汗珠晶瑩一叢子黑毛，花斑毿毿。靳五別開臉去悄悄打了個嗆，自顧自瀏覽巷中冬暖熱活的人家。

「吃飯！爸。」

朱鴒一溜風躥出門口來。

老人家愣了愣把隻大爪子掐住胳肢窩，瞠住靳五，半晌，覷起眼睛晃晃那顱花髮拗轉過頸脖朝朱鴒揮揮手：「去！我同靳老師聊聊天兒，現在不吃。」

「爸！你老跟人講你爺爺那口大棺材。」

朱鴒沉下了臉來。

老人家一怔：

「幾時又跟誰講過嗎？」

「昨天。」

「中午？」

「蔡馮曼珠。」

「街口美容院那位老闆娘嗎？」

「嗯。」

一簷豔陽。朱鴒拂著那身子白上衣小藍長褲蓬鬆鬆拖著兩根小辮，跂起腳上那雙白球鞋，站在門檻，好半天探索著，伸長脖子覷住日頭，只管靜靜瞅望門外藤椅裡排排坐曬太陽的那老少兩個。兩腮幫兒油煙，汗濟濟。

靳五笑嘻嘻站起身來。

「噢，不忙啊。」朱爸爸一把擄住了靳五的胳臂，回頭揮揮朱鴒：「去去！難得好天氣，坐在門口擺個龍門陣兒曬曬太陽講講話——靳老師下午還回去上課嗎？」

朱鴒覷瞅著靳五，怔怔，滿眼睛的話。「爸，我下午還要上學自己先去吃囉。」眼瞳子轉兩轉，揚起臉想了想，搖搖頭一回身蹦起球鞋鬼趕也似自顧自跑回鋪子裡去了。

「還早，陪您坐坐曬太陽。」靳五陪著笑臉落座：「朱爸爸今天不看中日少棒賽？」

「錄影帶看久了，斷嘍！今晚叫小鴒拿去電器行給接接看。」幽幽噓口氣，簷下一撐膝頭，朱爸爸渾身繃著衛生衣褲聳起他那墩子魁岸的軀幹，趿夾起拖鞋邁上巷心，抖擻，抖擻，活動起筋骨，來來回回踱起方步做起吐納，白花花滿巷泛漾的天光裡，兜轉著脖子瀏覽街坊，荊門街紀南街貞陽街江津路，一瞇，跂起腳，指住車潮浩渺的三吳路：「往下走是麗水街金華街青田街雲和街龍泉街永康街，全是浙江的縣——靳老師曉得金華？浙江出火腿的地方嘛。這一帶，日治時代叫做阿久比町男鹿町滿濃町日和佐町——曉得現在這些街路名，誰給取的？不知道？當初日本投降，國軍第七十軍過海接收，行政長官公署前進指揮所幾個小科員拿張中國大地圖，攤在日本人印的本市地圖旁邊，湊湊對對，大筆一揮，嚇！給全市每條街每條路都改了個中國名，回歸祖國，呵呵，阿久比町就變成荊門街啦。」

「亂點鴛鴦譜。」

「靳老師，比方得好！」

朱爸爸頂著一城豔陽扠起腰桿挺起肚膛聳立巷心上，瞇煦煦俯瞰靳五，一粲，腮幫上綻出兩渦笑靨來，趿踻起東洋拖鞋跨進門檻，半天，拿出兩張地圖，繃綳綳弓起那身乳黃衛生衣褲，人來人往，當街趴蹲在巷心，把簇新的本市市街圖鋪在老舊的中國大地圖上，覷起眼睛，豎起食指，覓覓尋尋找到了城南區荊門街，一戳：「靳老師，您瞧瞧下面那張中國地圖，我指頭兒指著哪裡？」

靳五揭起本市地圖一看，呆了呆：

「湖北省荊門縣。」

「再瞧！這回戳在青田街上。」

「浙江青田。」

「這回試試華陰路。」

「陝西華陰。」

「喏，這就是中國戲法嘍！靳老師。」朱爸爸呵呵大笑折疊起兩張地圖撐起膝頭站起身，垂拱回藤椅裡，拍拍胸膛，回眸笑吟吟眼上眼下端詳著靳五，瞳子一亮：「小鴿子說靳老師家在南洋，南洋哪？」

「婆羅洲。」

「家裡幾個人啊？」

「我媽，我。」

「哦，就娘兒兩個嗎？我家也一脈單傳。」老人家呆了呆昂起白頭撐住藤椅扶手往巷心探出腰身來，思念起甚麼，一臉孺慕，安詳，覷著眼遙遙迢迢眺望山上斑斕燦爛的墳頭，半天不吭聲。靳五坐在老藤椅裡，暖洋洋曬著冬陽，托起下巴歪起脖子，悄悄瞅著他那身衛生衣褲裹住一墩脂肪浸沐在中天日頭下，瞅著瞅著，瞇起眼睛打起盹來。炊煙麗日，巷頭漫到巷尾，幾十棟五層樓公寓扇扇朱紅大門東一砰碰西一咿呀，幻漾，幻漾，晃響著人影。老人家悠悠忽忽嘆息兩聲。靳五睜睜眼睛。剳剮剳剮，朱爸爸捲起衛生衣腰口腆起肚膛探進手爪，扒搔起心窩來，回眸覷住陽光呆呆瞅住靳五，忽然說：「小鴿子這歲數我在幹甚麼啊？民國二十二三年嘍！有一天大概是過節，地方上有頭臉的士紳連同我爹合資請來了個戲班子，在牛王廟前搭起戲臺，唱三天戲。大陸北方鄉下地方——我老家在蘇北叫邳縣的地方，邳縣，就靠近臺兒莊嘛，靳老師曉得臺兒莊吧？中日戰爭史上赫赫有名的大戰場哦——北方鄉下地方，三節一年，才有廟會，也才有戲好看。挺記得那天演蘇三起解——鄉下演戲挑來挑去全村婦人家就愛看這齣苦情戲，不曉得為甚麼？那天吃過中飯，小秋姐姐——就是在我奶奶房裡使喚，冬天給我爺爺睡覺時摟著暖身子的小丫鬟兒呀——揹著我去看戲，看了一晌午，小秋姐姐揹我揹得腰痠背疼，可我偏箍住小秋姐姐的脖子，不肯回家，小秋姐姐又氣，又笑，把我放在戲臺口邊兒，自己跑去找她親戚說話。一回頭就有兩個漢子挨過來，抱起我，摀住我腮幫，鑽出人堆坐上黃包車，招呼拉車的只管揀僻靜的小路拉出鎮去，越拉離鎮越遠，路上越荒涼，到了郊外，兩個漢子付了車資把黃包車辭回鎮裡。那大個的把我揹上膊頭，悶聲不響走了十多里路，來到一堆墳頭，就有個沒牙齒的小腳老婆婆兒巴巴跑出來接過我去，抱進屋裡，一把鎖，鎖進烏漆抹黑的柴房。我當真中了邪了！也不哭，也不怕，昏昏沉沉就蒙頭睡著了。半夜聽見有個小女孩兒淒淒涼涼在哭，我就醒了。抹抹眼睛，那不是？黑黑的牆角有個女孩兒一個人蹲在地上，看見我醒來，就不哭，走過來坐到炕上，伸出小指頭勾了勾我的小指頭，同我說話。我才知道小女孩兒是給拐來勒贖的，再不付出贖金，就撕了，可這女孩兒給關了四個多月了，家裡也沒人來贖。小女孩兒看見有人來給她作伴兒，就不怕，倒過來安慰我。小不點兒大的兩個孩子，手勾住手，蹲在坑上熬過一夜。我給土匪拐去足足關了三天，我爹交了錢，把我贖回家。好在那年頭盜亦有道，我也沒吃大苦頭。我這一生也算命大福大的了，苟存亂世，很多災厄總在懵懵懂懂不知不覺中就化解了過去，事後回想起來，才曉得害怕，可那回，我爹嚇出了痰火疾來了，動不動就要咳上半夜——我到底是朱家獨祧單傳的香火種啊。」

一簷麗日下，老人家聳起脖子，勾起小指甲齜著牙搔刮著後腦勺紅疹斑斑幾十莖華髮，茫茫然覷望著巷口，半天回轉過心神來，乜住靳五眼瞳一柔綻開兩腮子笑渦，腼腆嘻嘻搖了搖頭。兩枚大齙牙，齶上燦亮了亮。滿巷天光蕩漾人進人出。靳五煖烘烘窩蜷在老藤椅裡托住腮幫睨瞅著朱爸爸，癡癡迷迷，聽完這段陳年舊事，耳邊聽得朱鴒在屋子裡濺濺潑潑洗著甚麼，心一動，打個哆嗦霍地坐直身子：

「那女孩兒呢？」

「哪個？」

「等家人來贖的那個啊。」

「哦！」

「後來呢？」

朱爸爸叉開兩隻大巴掌往藤椅扶手一撐，昂起頭顱愣了半晌：「不曉得嘍！」回眸睜睜眼睛，陽光裡滿臉疑惑呆呆瞅住靳五。

靳五心窩颼地一寒：

「撕了？」

「嗯？」

「不給綁了四個月嗎？」

「嗯！」

「再不贖——」

「土匪就要撕票。」

「撕了？」

「不曉得哇！從沒打聽過哇！」

一搖頭朱爸爸瞇望了望天頂那篷太陽悠悠嘆口氣：「可憐哦，都五十多年前的事嘍。」

靳五打個哆嗦悄悄別過臉去。老少兩個並排坐在鋪門口，不聲不響瀏覽著巷中人家，曝曬著矮簷下那窩煦煖的好日頭。「爸，我上學去囉！飯菜擺在桌上。」朱鴒洗過了澡，兩根辮子打散了開來濕鬖鬖瀑瀉到小肩膀底下，揹著紅書囊，換了身白上衣黑布長褲，水白白一張臉子，揚著，滿眼瞳的話，瞅著靳五俏生生站到簷下來。靳五乜起眼。朱鴒一笑。朱爸爸揸過椅背上搭掛著的草綠呢大衣，沉下了臉，窸窣半天，掏摸出一封信函來，把紅框信封上筆走龍蛇十幾個毛筆字朝天光揮亮了亮，皺繃著衛生衣褲，撐起身遞到朱鴒小鼻尖上：「別丟囉！親手交到你們黃校長手裡。」「你又寫信罵校長了？爸。」臉一沉，朱鴒絞起眉心。朱爸爸扠起腰肚俯下肩膀覷嘻嘻瞅住朱鴒。朱鴒昂起小脖子，齜齜兩排小白牙。父女兩個對峙半晌。一嘆，朱鴒接過信函反手揭開背上的書囊撮出了本書來，把信夾進了，覷覷小腕錶，掉頭蹦起白帆布球鞋，漂甩著腰桿子上烏湫湫一把小黑鬘，獨自個，跑出巷口兜轉上紀南街，麗日下躥進三楚路金光燦爛的車潮中去了。老人家拎起軍大衣伸到簷外巷心，一使勁，抖兩抖，翻出裡子來內內外外撣拂了五六回，搭掛到椅背上。

「這年頭小女孩出門上學，叫人擔心哦，也不曉得晚上回不回得了家。」

「可不是——」

靳五挪出藤椅來，坐到簷外，翹起二郎腿把手交疊肚臍上沐浴著過了中天的太陽，瞇攏起眼皮，一沉，恍恍惚惚打起午盹兒。巷裡的人聲，條條街衢外艾森豪路三楚路江津路三吳路的車潮，幻漾幻漾飄飄忽忽，一剎那逼近一剎那遙迢，只管在靳五耳鼓中流響不停。「一幌可都四十年嘍！民國三十八年光棍一身逃命逃到這座鳥不拉屎的小島上——嗤！小鴒子說呢，蔣公帶我們渡過海峽，像摩西分開紅海——」絮絮縈縈朱爸爸搔著他那身衛生衣褲偈促在藤椅裡，只管喃喃自語，忽然拍了拍靳五的肩膊：「瞧，誰來了？十天半月來買一支刮鬍刀，刮不完的胳肢窩毛，老刮老長！」一睜眼，靳五看見郎紈綠衫子白羅裙揑著個小錢包，覷起眼睛，款動腰肢，白花花天光裡，抹著額頭汗珠，蹬著雙藏青高跟鞋穿閃著滿巷人影從巷頭走了過來。一身子水樣白。腰肢後那一把瀉肩的黑髮絲，背向太陽漂盪著。簷下，朱爸爸披上軍大衣揸起兩張地圖，牛高馬大站起了身。

郎紈站住了。

「朱老闆，買支舒適牌刮鬍刀。」

「有。」

靳五站起身來，簷下一照面。

太陽下郎紈揚揚臉。

一臉衰颯！

靳五呆了呆搬起藤椅挨過郎紈身邊走進店後小客廳，安置好了，望望飯桌上紗罩下那兩盤菜。「丫頭！」靳五嘆口氣，眼一亮，撿起茶几上兩根白頭繩拎到窗口天光裡瞧了瞧，笑了笑輕悄悄掛到中堂一塊扁額上，看看上面筆走龍蛇兩個毛筆大字：制怒。「靳老師，慢坐嘛。」朱爸爸把手探到貨架頂層慢吞吞尋摸著，回頭朝靳五哈哈腰。日陰裡，郎紈站在櫃臺邊，左手捏著錢包，擡起右膀子一手心一手心抿拂著鬢邊汗蓁蓁的髮絲，側起腮幫靜靜等著。袖口下一蕾子汗漬。靳五心神陡地搖晃，悄悄屏住呼吸，挨過她耳鬢髮際走出窄窄的店堂跨進漫巷燦白的陽光裡。

冬暖！

菜刀砉砉。

靳五站到公寓門口，傾聽著四樓陽臺落地紅綢窗帘後黃城房裡傳出的刀砧聲，呆了呆，點支菸深深吸兩口，望望巷頭巷尾午後的人家。炊煙寥落。貞陽街口，榕下，兩筒三色燈漩漩兜睞。曼珠美容院老闆娘蔡馮曼珠捏著小錢包，趿著便鞋出門。三十七八，挺姘白的一個美婦人，麗日下姍姺過來。靳五點點頭，覷起眼昂起脖子眺望頂頭那一碧如洗的蒼穹，深深吸了兩口氣，挾起書本，叼起香菸，跨步投向陽光渾白人車流漾的巷口，一回頭，望見朱爸爸披著草綠大衣獨自個垂拱回了店門口藤椅裡。

公館門口，郎瑛將軍飄逸著一襲水藍長袍，脖上綰著雪白圍巾，拄著手杖出門登車。挺頎長的身軀挺白皙的一張書生臉膛！靳五呆了呆，讓到路旁。郎瑛夫人回頭向朱紅大門角洞裡的老媽子交代兩聲，驚鴻一瞥，隱閃進了車後座。風過處，颼掠起孔雀藍仿綢旗袍衩襬子，白皎皎一雙娟秀的小腿。鐓，鐓，白頭司機揿起喇叭。靳五站到牆根下，望著那輛黑色官家大轎車沉甸甸悄沒聲息滑盪出巷口。

街坊水泥公園，一汀豔陽。

金光燦爛，艾森豪路泛湧著車潮。

靳五找了條水泥長凳，把書枕著後腦勺朝天躺了下來，闔起眼皮叼支菸，心情一縱，整個人縹縹緲緲飄泊進那一城浪白浪白浩瀚的太陽裡。嘩喇喇，嘩喇喇。天河彼岸響動著潮騷，一波潑亮一波。也不知過了多少時候只覺得城天萬籟俱寂，鏜鏜鏜，車潮中海大校園盪起了銅鐘。

一睜眼。

靳五怔了怔。

腳跟頭不知甚麼時候坐著個老人。冬暖天，老人家堆堆疊疊拱擁著一身襤褸，摟著個米酒瓶，縮起肩窩，把半隻乾癟臀子挨貼著長凳角邊只管瞅望著甚麼，不聲不響。太陽下兩窠子血絲洞瞵瞵，流竄著兩瞳冷火。靳五翻身坐起揉揉眼皮看看手裡半支菸，早就熄滅了，一呆，彈到水泥地上。老人家慢吞吞撐起膝頭，揝住酒瓶沒聲沒息，痀瘻到水泥地上弓起背脊撮起菸頭湊到眼窩下，瞧兩瞧，揣進心窩裡，挨蹭著又坐回長凳角邊。靳五掏出菸來，遞過一根，打上火湊前去。老人家吸了兩口昂起脖子朝日頭悠悠噴出一嬝清煙，回頭衝著靳五，紅涎涎燦開兩排牙齦：

「謝謝你啊，老鄉。」

靳五一怔：

「您——海西人？」

「嘿。」

「聽口音您好像是湖北——」

老人淒涼一笑。

「您跟部隊過來的？」

老人家別過臉去不吭聲了，慢吞吞吸著菸，扒搔起胳肢窩，閃竄起兩瞳子冷火自管瞅望荊門街口艾森豪路的車潮。靳五呆了呆。對面那條水泥凳上，一窩兒，廝抱著兩個少年男女。女孩兒兩肩長髮一張羅網也似覆罩住男孩那粒小平頭，小兩口鶼鶼鰈鰈，嘴啄嘴，只管吮著扯著玩弄一塊乳黃色香口膠。豔陽裡兩隻杏子眼，睞啊睞，時不時瞟出額頭下腮幫上那一簾烏亮的黑髮絲，冷冷瞋瞪著老人家。靳五哈哈大笑。老人家回過頭來，一愣。靳五眨個眼。女孩兒那張姣白小瓜子臉火辣辣臊紅上來，狠狠潑了靳五兩眼，把男孩那粒小平頭揪起來，摑了兩巴掌，綳起腮幫兒，慢吞吞站起身撩起髮梢撥掠到肩膀後，整整衫裙，呸！一蕾子乳黃膠啐到地上，太陽下黏黏涎涎。髮梢一甩，女孩兒自顧自走出公園閘口。男孩呆了好半晌，蹦起身來，愣頭愣腦摸著臉皮搔著褲襠拔開腳步追了出去，兩爪子攫住女孩的膀子，噘起嘴，啄到她耳垂上。一翻臉，女孩兒又開五根指尖往他腮嘴只一巴掌，摑了個滿天星。男孩蹬蹬退兩步。小兩口眼瞪眼，對峙紀南街上。女孩兒乜起白眼搖曳起腰肢自顧自穿閃過滿街人車，往襄陽街揚長而去。靳五看傻了。天光下身影一閃，老人家聳起身上那堆冬衣兔起鶻落早已躥到水泥地上，撿起香口膠嗅兩嗅，含進嘴洞，搔著胯子慢吞吞踱踮回來，猴兒似的拱起腰背縮起肩窩坐在長凳角邊，嘖嘖，啄啄，綻開光禿禿兩排紅牙齦，只管吮吸著那蕾子香口膠。

靳五嗯了嗯：

「您肚子餓了吧？老鄉。」

「沒餓。」

「那——」

「好吃。」

回眸，老人家熒熒瞅住靳五。

靳五悄悄打個寒噤。

「您住哪？」

「現在？荊門街。」

靳五呆了呆，掉過頭去。

朱鸝抱著書本一身黛綠毛線衣黑布裙翻出白衫領子，肩掛丹紅皮包，鯱亮亮，滿臉笑，站在荊門街紀南街口揮了揮手，向車潮中跨住摩托車的那個漂亮大學男生，叮嚀了聲：「開車小心！明見。」一回身飄甩起那頭齊耳的濃髮，趄轉進紀南街裡來。靳五挾起書本踱到公園閘口。兩下一照面。靳五猛地瞥見朱鸝鼻梁旁冒出兩顆青春痘，笑了笑點個頭。朱鸝臉飛紅，點點頭摟住書本自顧自往家裡走了。麗日下鬢邊綴著朵白絨花，惢樣嬌豔。

靳五徜徉出紀南街。

校園裡，漂盪起朵朵繽紛的春裙。

山頭墳塋如蕾。

兩腮滄桑，馬清六把他那身黑冬西裝外套脫了下來兜搭在肩膊，拎著公事包，佇立在對面海大側門口上汗濤濤瞑矇四顧，一睜，怔了怔隔著十線大馬路張開嘴巴招招手：「老師！兩點不是有課嗎——」靳五呆了呆揚揚手。紅燈下馬清六闖出校門口春衫招飈的女生族，躥上路邊，左右瞭望，挺拔起身上那墩泛黃白襯衫大筒黑西褲，閃躲著三楚路的車潮，穿穿梭梭，蹁躚蹦蹬，夾縫中招著手滿頭汗渡過大馬路來。

靳五掉頭往前走。

晌午，海大正門對面條條衖衖家家小吃店蒸騰起籠籠熱霧，汗水淋漓人頭晃動，下了課的男生女生，結伴兒，抱著書本兜著書包，流連在那一渦刀砧混響鍋鏟鏗鏘的陽光裡。靳五穿過艾森豪路車潮，渡到安蜀街口，點支菸歇歇腳，瀏覽那一城喧囂的冬暖，傾聽著校園敲起的銅鐘，蕩漾漾漾蕩漾漾。太陽下，有個健康端秀的女孩，黑黝黝穿著條寬大的牛仔褲套著件墨綠毛線衫，拎著大提琴，獨個兒匆匆趕路，走過街口人行道上擺著的現煎臘腸攤，一駐足，回頭伸出脖子，探進那篷香噴噴油煙中瞧上兩瞧，把手伸進褲袋掏著，遲疑半晌，瞟了瞟老闆娘，一搖頭，拎著那把沉甸甸上了皮套的大提琴埋頭往前趕路去了。

靳五衝著她的背影喚了聲：

「宮青！」

宮青一回頭。

「老師啊？」

「來，我請妳客。」

靳五點了香腸，笑嘻嘻打量宮青。

臉一紅，宮青揚起臉：「老師兩點到四點不是有課的嗎？」待笑不笑，彎下腰來把大提琴輕輕擱到路肩上，掠起眉眼上的髮梢。

靳五笑了笑：

「現在幾點了？」

「老師從來不帶手錶？」宮青擡起腕子，搖搖頭，捋起毛線衫袖口太陽下覷了覷，伸到靳五鼻頭下亮個兩亮：「算了，三點十分了！學生走光啦。」

靳五接過兩根香腸，遞了根給宮青：

「宮青，妳不也逃學？」

宮青怔了怔，眼瞳子狡點一亮：「老師，我先走啦。」蜻蜓點水鞠了個躬拎起地上的大提琴，一手捏住香腸，熱呼呼齜著齧著，晃漾起那身墨綠毛線衫泛白牛仔褲兒轉進艾森豪路去了。

鏜。鏜。

靳五聽了聽上課鐘聲：「算了！」兩三口吃掉香腸，掉頭挾著書本穿梭過學生遊蕩汽車流竄的安蜀街，轉過奉節路，豁然眼一燦，走進了三川路那條空蕩蕩的馬路中。心神一爽暢，靳五敞開衣襟把兩本書挑搭在肩上，濯洗著陽光，瞇起眼睛索性走上路心踩著那灘灘不住眨亮的柏油，悄沒人聲，橐橐，橐橐，獨自個朝西徜徉向三川路盡頭龍潭溪河堤。國防醫學院門口，鉥亮鉥亮，兩把刺刀閃爍在日頭下。兩個少年郎模樣的衛兵標挺著那身墨綠美式憲兵制服，面對面，眼瞪眼，中了蠱般綳住黑黧黧兩張刀削臉兒。門裡一片草坪，烏魆烏魆沒聲沒息轉出了兩輛官家大轎車來，三星將旗飀飀價響。銀盔一潑燦，跕躂，衛兵敬個禮。靳五躥閃到路旁，望著兩輛黑轎車首尾相啣慢吞吞沉甸甸駛出門口，拍拍心窩，回轉過心神來，噓口氣，寂悄悄挨著國防醫學院鐵蒺藜水泥牆根，瀏覽著牆上十六個紅漆大字，臥薪嘗膽毋忘在莒，民族救星兩城復國，呆了呆，往角門裡探了探頭望望一身戎裝策馬草坪上的蔣公銅像，蹬蹬登上河堤。漫天麗日，一穹白水也似，洞燦洞燦嘩喇喇照面濺潑過來！堤下黑水瀲灩。

車潮中靳五躥上塹江路水泥堤垛，眺望城天。

天地遼迢。

一回頭。

翏翏棕櫚叢中，紅樓掩映。海大校園後牆江津路筒筒三色燈兜爍中眉黛也似一巒青翠，山窩裡，火光毿毿，太陽下好幾簇墳頭人影跳竄燎燒起紙錢。悠悠揚揚電子琴伴和著孤女的願望，擴音器大放悲聲，一聲呼喚哀哀悽厲一聲，滿京洄漩。啊——母——猛哆嗦，靳五想起朱爸爸那身皦白，一條穿心槓，穿過四十八人挑的那口高頭紅漆大棺上綮著的兩絡麻繩，嘿喲嘿喲，棺不落地，直穿過五重院落挑出朱紅大門。險道神，藍面盤血盆口，嘻，青天白日下搖搖擺擺走在棺材前頭開路。靳五打個寒噤，心一柔，想起朱鴒，呆了呆嘆口氣，挨著堤垛滑躺了下來，把兩本書枕著後腦勺靠在那片傾斜的鵝卵石牆上，點支菸閤攏起眼皮。冬暖！滿溪水芒蕭索，潭上毒水一波燦爍一波陰魂般只管糾纏進靳五鼻頭來，對岸河堤車潮燐粼，崒崒煙囪震盪不停。陽光裡飄起一串串笑聲。水湄，兩窩子男女娃兒打赤腳濺濺潑潑蹦蹬著榕下兩條舢舨，水中，躥進躥出，喝醉了酒般癲癲狂狂嬉弄著那窟黑水，正在興頭上。堤下低門小戶人家，哐哢哐哢，滿街狗兒追躥交尾。朱鴒！靳五曬著太陽思念半晌，眼皮一沉，恍恍惚惚飄失進了陽光普照萬籟俱寂一片混沌的天地裡。

溪上吹起了落山風。

「哈——乞！」

噗哧一笑。

靳五只覺得鼻頭痲痲蚤癢，捧住肚皮呼天搶地，打出五六個噴嚔，一睜眼，看見個男娃兒打著赤膊綰著條紅花短褲頭腆起小肚腩，捏根芒草探出泥爪子，挑兩挑，一噗哧，鬼笑鬼笑，只管掃撥著他的臉皮撩搔著他的鼻頭。「哈乞，哈——乞！別吵我睡覺。」靳五翻身坐起揉揉眼窩，一眩。堤下黑水迸燦。風中天上白雲一絮絮飄渡過太陽。娃兒烏鰍鰍小身子背向陽光，繃起腮幫，抿住嘴，僵住兩渦子笑靨，不聲不響把雙烏亮的眼瞳乜瞪著靳五。兩下裡眼瞪眼。靳五嘆口氣捋下衣袖把臉皮抹乾了，擡起下巴，潑了個眼色，瞅著那海東小男孩噘起嘴呶向水芒叢中兩條破舢舨：

「你怎不跟他們玩去？」

「莫愛。」

「嗯？」

「不——要。」

「為甚麼？」

娃兒冷肅起兩隻黑瞳子，一黯，搖搖頭。

靳五心一軟：

「哦，你就來吵我睡覺囉？」

「我認識你的。」

「亂講。」

「不！你幾個月以前和一個女的——」娃兒抽了抽鼻涕，眼瞳子狡黠一亮，搔搔腿胯，撮起褲腰提攏到肚臍眼上睨著靳五拱拱臀子，賊嘻嘻擠兩個眼：「米國某。」

「瓊安！」靳五笑了笑。

「嗯？」

「她叫瓊安。」

靳五覷望到水湄上。

十來條小身子潑照著隆冬天的大太陽，烏鰍鰍油亮亮，兩窩活蹦亂跳的水精靈。撲通！船頭兩個男娃兒縱身一躥颼地穿入了水中，陽光瀲灩，龍潭溪上迸濺起兩篷子油燦烏黑的水花。靳五眼一花。撲通撲通！剎那，十五六個娃兒一簇飛魚也似彼落此起犇逐著躥進了水潭，漫天潑開惢惢水星。靳五看癡了。好半天，潭面上靜悄悄映照天光盪漾開澴澴閃爍的太陽，燦白花花一穹麗日下，眨亮，眨亮。驀地裡一顆小頭顱悄沒聲鑽出了水面來，瞇起眼，玼著牙，博浪鼓也似搖晃著只管甩開滿頭滿臉燦爛的水星。轉眼，顆顆頭顱探出水面，甩起水星，河上蕩起串串笑聲。帶頭的男孩揮揮手噘起嘴唇吹出好一聲清厲的唿哨，割破潭上青天，淜淜濺濺，十來個小水精一窩兒黑不溜鰍游回了水湄，兩排竄開跳上船頭，哼著嘿著跺著踹著，水芒叢中老榕下，蹦起腳只管搖撼起那兩艘破舢舨來。四個小小女孩兩對兒站在艙板上，白皎皎，打赤膊，手勾住手搖搖盪盪唱起了兒歌，蹎一蹎跳兩跳：

搖啊搖
六嬸婆仔鬥挽茄
茄籽也未烏
月娘生月箍
月箍走去匿

龜咬鱉
鱉無尾
老鼠仔偷紅龜粿
紅龜無包餡
枉仔某　叮噹嗟
搖啊搖——

麗日下燦爛起四張笑靨。

那男娃兒還只管腆起肚腩站在水泥堤腳，嘻鯢鯢，眼勾勾，不聲不響瞅住靳五，背向太陽提攏著他那條濕黏搭搭的紅花短褲頭。

心一毛，靳五翻個白眼：

「她們唱甚麼？」

「不——知。」

「真不知？」

「我是大陸人。」

「嗯？」

「我爸爸是陝西省人！」

娃兒揚起臉，眼瞳裡竄出冷光。

靳五怔了怔眼上眼下打量起那細伶伶臌著褲襠的小身子，把書枕到腦後，靠到堤牆上躺下來：「喂，我要睡覺囉。」點支菸闔起眼，睇眺著那穹落山風裡一蕤一蕤悠悠飛渡過太陽的雲朵。撲通，迸濺，黑水燐粼綻開篷篷水花兒。瓊安！哈乞。鼻頭一癢靳五目眩神馳中睜開眼睛，板起臉撥開娃兒手裡那根枯水芒，瞪了瞪：

「你又煩我睡覺了。」

「看！」

「看甚麼啊？」

「蜈蚣。」

靳五蹦地坐起身。

廣漢大橋上嘩喇嘩喇車潮潑閃。橋外，採沙場上，花蛇樣五彩斑斕節亮節亮竄出好長的一條大蜈蚣！迎向太陽，漫天漫溪塵土飛颺中，妖嬝嬝攀爬上天空。堤下一隻綠一隻藍又飛出了雙大蜻蜓，撲打起四對翅膀，廝磨，繾綣，滿天追逐翾翩個不停。

「誰放風箏？」

娃兒指指橋頭錦里國民小學：

「老師，帶學生。」

「上去看！」

靳五挾住書本抱起娃兒五六步躥上河堤。麗日下飛沙中，紛紛緋緋，一天彩蝶翩躚。靳五昂起脖子望呆了，心一動，放下娃兒，叫停了輛計程車追下埶江路打開車門一頭栽進後座：

「快！三吳路建業街口建業國小。」喘過兩口氣，回回頭，望見那陝西男娃子背向太陽提著紅短褲腰站在堤垛上，渾身烏湫湫，獨個，綳住腮幫兒冷冷凝住兩隻黑眸。溪上蕾蕾小頭顱出沒，笑聲洄盪，朝向太陽濺潑開一蕊一簇水花。靳五揚揚手。

冬暖！滿城汽車竄亮。

一京人頭燦爛。

靳五叫司機等著，躥下車，穿過白鉈鉈鐵蒺藜水泥圍牆，煞住腳步，端整臉容，朝坐鎮小學校門一臉沉穆凝視紅塵大街的國父銅像，鞠個躬，回身踱向門房。窗洞裡聳探出花白小顱：「你甚麼數？」冷如刀。靳五心一寒：「找個叫朱鴒的學生，二年信班朱鴒朱元璋的朱。」操場風飛沙，滿樓琅琅讀書聲。老門房翻滾起黃蒼蒼兩粒小白眼，睃上睃下打量靳五：「你，甚麼數？」靳五愣了愣摸摸自己那兩腮于思滿頭虬結的亂髮，朝門洞鞠個躬：「失禮！無有事。」轉身漫步出校門口一頭鑽進計程車。

「快快，到廣武街！」

司機挑起眼皮瞟瞟照後鏡：

「廣武街哪邊？」

「街口。」

「街口哪邊？」

「武濟路！」

司機發動引擎，一兜，刀刮鐵鍋也似在國民小學門口滴溜溜刷了個彎，飆進車潮中。

靳五把書本撂到了座墊上，癱坐角落裡。蛇形超車。日頭煖煖白。司機搖下車窗把顆油光水亮的西裝頭昂伸到大街心上，左右瞄兩瞄，呵——呸！血燦燦啐出了兩蕊子檳榔汁，縮回脖子瞟瞟照後鏡，鬼笑鬼笑。靳五瞅著鏡中兩粒賊嘻嘻的小眼珠，豎起拇指頭，伸到前座椅背上：「老兄的駕駛技術，一流！」

「免講啦。」

「嗯？」

「二流的早就死光翹翹！」司機格格笑：「先生，在夾縫裡求生存要有一流技術哦。」

靳五怔了怔，嘿嘿，陪司機笑兩聲點支菸搖下車窗。好一濤薰風送暖。隆冬，一穹湛藍下，車子竄出蘭陵路兜過東正門青陽門闖進總統府閱兵廣場。青天白日旆旗影影。滿場子天光幻泛，煙渦中，十六線車道大馬路上，蜉蝣也似營營嗡嗡流淌著兩排燦爛的車潮。靳五眼一花。豔陽裡，悄沒聲，簇簇銀光潑閃出紅磚人行道。一縱隊憲兵，裹著墨綠冬夾克跂著高筒黑皮靴，排排撅起臀子，蹲坐帆布包上，手裡揸著銀盾，昂揚起黑黧黧一張張稚嫩的臉孔只管愣睜著血絲眼瞳，不聲不響。腰際，根根銀棍燦爍。百來頂銀盔花蕾般綻亮在腳旁紅磚道上。靳五眨眨眼睛。閱兵廣場盡頭，孤伶伶，路心標立著個年少清俊的憲兵，寒起臉孔繃住下巴，豎起白手套裡兩隻食指導引著浩浩渺渺十六線車流，哨聲凌厲。朝歌路口，早已堆出了圈圈鐵絲蛇籠，架起三排拒馬，麗日下，閃爍著鉥鉥冷光。兩個滄桑滿面的老憲兵弓起背脊頂著銀盔揮舞著大鐵鎚，兩腮汗濟濟，銚，銚，把拇指粗的鋼釘一榔頭一榔頭敲進柏油路面。朝歌路上，人來人往，滿坑滿谷壓克力招牌五彩斑爛蕩漾陽光裡，三色燈四處兜漩。

哨聲下，滿路詛咒四起，計程車隨著車潮慢呑呑鬧鬨鬨回頭兜過中國大總統府，轉進小北門湯陰街。

新公園，儷影斐斐。

靳五望望照後鏡中那對小眼珠：

「好多兵哦！」

「嘻。」

「出了甚麼事？」

「先生你不看報紙？」司機回頭瞠了靳五兩眼，賊笑笑：「今天下午有精采節目。」

「甚麼？」

「官兵捉強盜嘍。」

「青天白日？」

「祖公！」

「嗯？」

「那個老傢伙還在那裡等車。」

颼，車子飆出安陽街，停到火車站前車潮氾濫的成周路紅燈下。滿城心人頭晃漾，一襲白長衫飄飀。竹篙樣兒，那個白頭翁獨自個鵠立珠海時報門口三一三路公車站牌下，覷住海東歲末的豔陽，一動不動，朝著北門外煙塵燎天的范陽路，眺長了脖子，時不時回眸，望望城東南銀盔燦爍銀盾鏗鏘的閱兵廣場。額頭上兩叢子雪花眉，麗日下毿亮毿亮。呸啵！車潮中司機打開車門探出頸脖，睥睨了睨，吐出兩蕾紅痰，回頭瞅瞅靳五綻開兩腮渦肥油油的笑靨，噘起嘴唇呶呶那獨個等車的老人：「伊娘祖公，猾！頭殼壞去！三一三路公共汽車早就停駛了，老芋仔從早到晚還站在那裡等車，要回姥姥家哦。」格格兩笑，摸摸下巴。綠燈亮，車子闖過成周路飆入武濟路戛然停到廣武街口人窩中。靳五蹦下車，挾起書本，挨擠著滿街滿街吞吐集散的少年學生，穿梭過騎樓下攤攤小吃，叼著菸，推開玻璃門，躥進集英升學補習班店門口。滿店日光燈白雪雪，長櫃後，聳起一蓬雞窩頭拉長起兩瓣尖削的腮紅，兩焖子鏡片，驚樣，瞵瞵亮了亮。靳五打個寒噤把手裡的香菸頭悄悄撂到櫃臺底下，踩熄了，扒扒滿頭亂髮。

「對不起！找個學生。」

「叫甚名字啊？」

「亞星。」

「姓甚啊？」

「嗯？」

「姓甚麼？」

「對不起不知道。」

「嗯？」

「沒問過她。」

「男的啊女的啊？」

小姐托起眼鏡睪睪瞅住靳五。

「女生。」

「對不起，您別誤會，我是亞星的鄰居，她家出了事，託我趕來通知亞星並且立即帶她回家去！小姐，敝姓靳，海東大學外文系副教授。」靳五嘆口氣，從後褲袋裡掏出皮夾撮出一枚海大教員證，恭恭敬敬雙手呈上櫃臺。小姐呆了呆，架回眼鏡抿抿嘴接過教員證湊到檯燈底下端詳半天，瞄瞄靳五，一笑回眸，朝訓導室勾了勾金光燦爛的小指：「蔡桑，你聽到沒？到樓上找個名叫亞星的女生——斤教授，您稍候。」

靳五鞠個躬退到店門口。

「斤教授！」

「是？」

「你是否華僑？」

「怎麼？」

「回國教書要常刮鬍子哦。」

靳五摸摸下巴。

玻璃門外，天光亮麗。

黑鴉鴉滿町泛漾著少年頭一兜一兜甩盪起書包。炊煙滄漭，騎樓下人窩裡，南北小吃攤迸爆起油花。陽武街原武街武陟街廣武街修武街。托福美加留考婚姻介紹。簽證。升學高中大專。三色燈簷下兜炫，條條弄堂犬牙交錯車潮中蕩漾著五光十色補習班招牌。

臉煞白，亞星一身白衣黑布學生長褲肩胛上掛著青布書包，跟著蔡桑跑下樓梯，看見靳五，呆了呆眼瞳一亮。滿店日光燈下，俏生生，細高躰兒一個身影在梯口站住了。靳五笑了笑走到梯口瞅住她瞳子，悄悄，擠個眼，回頭向櫃臺後那兩烱子閃潑不住的花框鏡片道了聲擾，攬起亞星的肩膀，拍兩拍，推開玻璃門，走進廣武街一街人頭漂竄的燰白裡。

亞星仰起臉望住靳五，滿瞳子的話。

「亞星！」靳五伸手撥掠了掠她耳脖上的短髮鬔子，眨個眼哈哈大笑：「妳家沒事！瞧，天氣這麼好啊，騙妳出來看樣東西。」

眼一柔，亞星拍拍心口：

「你也逃課？」

「唔！妳餓不餓？」

「還好。」

「咱們走。」

靳五牽起亞星的腕子走出街口，截輛計程車：

「廣漢橋！快。」

「你先生要怎樣走？」

「西門。」

司機嗤了嗤，瞅瞅靳五掏出手絹抹起圓憨憨架著眼鏡的大臉蛋，遲疑了半晌，一粲，掉轉車頭，滴溜溜竄出武濟路車潮，穿過筒筒三色燈滿街兜睞的太丘街譙城街武牢街，雍丘街口銀盔潑燦中，闖過紅燈，轉上老城中心通衢大道陳留路。麗日下裙衩飄香，姨太太少奶奶睡過午覺搽上兩腮臙脂遮著嘴打哈欠，金銀牙閃閃，一簇一雙，結伴兒進出綢布莊證券行婦科齒科診所。滿街轎車衣香鬢影。南門外，北上莒光號金黃列車拉起汽笛，一聲追逐一聲迴盪著那穹湛藍的城天，閃窿閃窿，飆進西門小紅町。漫天裡，驀地，刀剮鐵鍋也似悠悠長長悽厲起兩聲尖嗥，滿城震盪。司機呆了呆，嗞起兩排牙齦煞住車子。靳五一把摟護住亞星。滿路汽車顛竄。成皋路陳留路十字口騎樓下潑出鏃鏃銀光，鏗鏘，鏗鏘，鐵靴爆響，五六十個鎮暴憲兵戴上銀盔擎起銀盾衝進馬路心車窩中，不聲不響穿梭著，銀棍飛舞，一溜風奔躥向弘農路平交道。靳五呆了呆。司機兒過脖子瞠住靳五，憨笑憨笑兩腮煞青，半天，喘回兩口氣拍拍心口，摘下眼鏡掏出手絹拗轉著脖子抹起額頭上粒粒油汗珠：「該死！今天有看報紙，不該走這條路。」靳五拍拍他肩膀。照後鏡下姣姣小小懸掛著的一尊白瓷媽祖像，盪起了鞦韆，晃漾晃漾。靳五搖下車窗探出頭，一眩，看見城心條條街衖喇叭齊鳴堵滿了汽車，滿街裙衩飄飇，太太奶奶流竄。

豔陽天。

擴音器大放悲聲：

噢！媽媽

妳敢是真正無情

媽媽喲

給阮找無妳
噢！媽媽
到底為著甚代誌
放捨子兒——

一凜，靳五趴出車窗外，豎起耳朵，傾聽車潮中那萬眾悲唱邈古哀怨的海東尋母謠。陳留路底西門圓環上，黑鴉鴉，滿坑滿谷早已洶湧起一窩噭噭咷咷不住聳動的男女人頭，一片旗海，翠綠影影，麗日下燦爍著濤濤揮向青天的千百顆拳頭。

小紅町平交道，潑血般紅燈大亮。

靳五搖上車窗縮回頭。

「人好多！火車被堵住了。」

「有無撞死人？」

「看無。」

「唉！莒光號這下又要誤點了。」

嘴一咧司機嘆息了聲。

十字路心，車海中一個少年憲兵頂著銀盔繃住腰桿矗立指揮壇上，渾身潑浴著陽光，冷凝起兩隻黑瞳，蹕蹕蹕，右臂一伸指住弘農路的車潮，左手朝前招兩招。哨聲下，陳留路的車潮抽搐起一漩渦油煙，緩緩流淌向白花花洶湧澎湃的決口。咒聲四起，砰，磅，四下車門打開，啐出蕊蕊血花。靳五嘆口氣望進虞鄉街，眺眺弘農路浦坂路口國民代表大會門樓上的大鐘。四點零五分。鐓。鐓。城北火車站的大鐘蕩漾過城心車海傳到西門口來。靳五拿起亞星的腕子，看看錶：「四點！國民代表大會的鐘快五分鐘。」「他們那隻鐘永遠都停在四點五分，好多年嘍！先生。」回眸笑瞇瞇，司機撅起兩團油亮腮子，齜了齜牙齦搖搖頭。十字路心那條雲樣皎白裹著手套的細長胳臂，太陽下倏地竄出，嗶——一聲淒厲指住了陳留路。弘農路熛漩起一渦煙塵，嘩喇嘩喇流瀉過西門口。靳五亞星兩個，坐困城心車海。噢！媽媽，妳敢是真正無情放捨子兒——哈鼽，司機推開車門，呼天搶地打出兩個噴嚏，煙渦中托起眼鏡，眺望著平交道口圓環上那窩嗷嗷向天悲唱的男女老小：「好多人！黑麻麻壓扁人！海東人在找他們媽媽。」「老兄不是海東人嗎？」「福建人啦，不同款。」格格兩笑司機闔上車門掏出手絹捏住鼻頭擤出兩把黃洟，呆半天，搖搖頭扭開收音機。南屏晚鐘隨風飄送，它好像是敲呀敲在我心坎中——南屏晚鐘隨風飄送，它好像是催呀催醒我相思夢——想思有甚麼用——撥！司機勾起食指一挑，換了個電臺。天皇皇啊地皇皇，我家裡有個小女郎，自從她離開了親娘啊如今她流落在何方呀——流落在何方？天蒼蒼啊地蒼蒼，不知道女兒甚麼樣，今年她長到了幾尺長啊——「好多年前流行過的海西民謠，葛蘭唱的！吃支菸！」司機搖下前車窗從心窩裡摸出兩支香菸遞過一支來。靳五搖下後車窗，接過菸湊上嘴點了火。天荒荒啊地荒荒，日日又夜夜把她想，走遍了大街又走小巷啊——平交道口一片人頭漫天雲絮一圝麗日下驀地洶湧起波濤，看熱鬧的男女踉踉蹌蹌，扶老攜幼，拔開腳步流竄向西門圓環。靳五探出脖子，一眩。橐橐橐。圓環條條街口騎樓下，鐵靴雜遝，飛瀑也似白燦燦漫町濺潑出鏃鏃光芒，千百張銀盾，鏗鏘，鏗鏘，團閤成一弧銀牆堵住了群眾。朵朵銀盔倏亮倏亮。圓環中心頭顱堆裡搭起了鷹架，高挑起十對鐵鍋大的喇叭，鬨窿，鬨窿。一臉悲情，七八個盛裝男女披掛著紅絲肩帶，揸起拳頭奮起胳臂，兩腮子汗濟濟矗立五十鈴大卡車上，嚎一聲揮兩拳，咬牙切齒，簇擁住一位揝著麥克風引導群眾高呼口號的女士。一襲水綠衣裙，風潑潑。羞羞羞！老不死老不死咧不要臉不要臉哦！老表下臺老表下臺！殺殺殺——歡聲雷動，殺聲震天。浩浩瀚瀚狂風掃落葉也似滿坑滿谷老小頭顱翻滾，漫町十字青蕉旗，麗日下，彯亮彯亮燦爍個不停。魭嚏！司機擤了擤鼻涕，叼住香菸回眸勾住亞星憨憨笑兩笑，把收音機音量撥大了。天茫茫啊地茫茫——亞星只管瞅向窗外，摟住青布書包，揚起臉，眺望藍天裡一轡一轡眨亮眨亮悠悠飛渡過太陽的雲絮兒，神遊物外也似，半天，拂掠著耳朵後的短髮梢，沉靜靜不知想著甚麼心事。靳五呆了呆悄悄握住她的腕子。照後鏡中，司機笑嗨嗨。眼一亮，靳五望到旗海下人頭堆裡那輛五十鈴卡車上。安樂新兩腮酡紅，踐踏著滾滾頭顱攀上了卡車，站定了，把兩條枯小胳臂環抱到胸窩口抖擻起一筒黑喇叭褲管，蜂腰小臀，白襯衫綠領帶，只管昂揚著他那粒小平頭，睥睨滿場濤濤揮舞的大小拳頭。麗日下睒笑藹藹。靳五怔了怔揉揉眼皮定睛眺望了半天。噢！媽媽，天邊海角找無妳，媽媽喲，阮那無妳站身邊叫阮是要怎樣活落去——綠花短裙飄飀，卡車上蹦蹬蹦，一個少小女歌手從綠衫裙中年女士手裡接過麥克風，搖嬝起小蛇腰，滿臺褊褼歌舞起來。蹕！蹕蹕蹕！十字路心指揮壇上，少年憲兵黑黧黧兩腮汗珠齜起兩排小白牙吹起哨子，孤伶伶，矗立城心車海中，四顧茫然。弘農路蒲坂路口嵬嵬國民代表大會門樓上，藍天白日旗正飄飄。嘩喇，風起雲湧，平交道口看熱鬧的那窩男女人頭翻翻滾滾分開一條通路。四條海東矮壯漢，赤膊光腿，腦門上紮著白頭巾，張牙舞爪血紅潑潑寫著兩個中國字，必殺，嘿喲嘿喲，蹎著跳著搖著晃著，迎神樣，麗日下扛起一隻銀光燐粼的大輪椅，穿梭著渦渦煙塵排排車陣，遊行出蒲坂路，轉進弘農路，闖開群眾，躥過陳留路平交道一路踹蹬哼嘿擡到圓環中心指揮車下。有人放起爆竹。一穹窿湛藍下城心綻開蕊蕊血花，人頭晃盪。噯唷噯唷，四條矮壯漢弓起了背脊聳起肩膊高高拱起輪椅，一步一扭腰臀，汗淋漓，踩著木梯登上五十鈴大卡車。喜孜孜，瞇瞇笑，安樂新搔著胳肢窩探出爪子往花裙少女手裡攫過麥克風，趨前，哈腰，遞到綠衫女士手心上。女士捏起小粉拳，金光燦爛一揮揚：「鄉親們！歡迎老表登臺和人民見面。」「老表，好！」鬇鬇鬇鬇人民鬨然喝出了聲采。滿卡車綠旗飄。四條矮壯漢扠起腰桿腆起肚膛，打著赤膊，臌臌綳張著兩胸脯子刺青橫肉，動也不動扛著輪椅，四尊山神樣，嚼囁著檳榔。斬五揉揉眼皮定睛望去。輪椅裡，屍白白曝曬著太陽癱坐著個老人，冬暖天穿著寶藍團花棉袍罩著紅緞子馬褂，頭戴黑呢禮帽，腕口吊著點滴，氣咻咻翹起一撮花白山羊鬍子愣瞪著滿場嗷嗷揮拳的人民。馬褂上綴著兩枚勳章，閃爍著豔陽。綠衫女士摘下金絲邊眼鏡揉揉眼窩，架回鼻尖上，倏地，躥上兩步，跂起高跟鞋咬咬牙一指尖戳到了老人家眉眼心，咆哮著麥克風：「給你死！老表。」「好嘛妳給我死！」鷹架上十對大喇叭滿城心蒼蒼涼涼轟隆答應了聲。卡車下頭顱坑裡，登時掀起了陣波濤，萬條千條胳臂竄出，老老小小啀喍啀喍，指住四條矮壯漢肩膀上高踞輪椅茫然四顧的藍袍老人。一蕾蕾血花痰，一蠡蠡檳榔汁，燦綻在麗日下：幹死你母幹破你母幹爛你母駛你娘你是誰敢代表我們選舉總統——漫京山鳴谷應。隆冬的日頭，金溶溶早已西斜了，向晚的霞光潑照著小紅町叢叢招牌中一濃濃眨亮起的紅霓，流篩進城心來。圓環四周，刺刺鋩鋩，圈圈鐵絲蛇籠閃爍著騎樓外幾百張圍閤成銀牆的盾牌，銀盔下一張張臉孔汗濟濟，繃著，悄沒聲，暮靄滄茫人頭洶湧中只管凝瞪起眼眸。給你死給我死給伊死幹破伊娘祖媽咧——十字青蕉，旗正飄飄。喀喇，喀喇，喀喇，小紅町滿町理髮廳黑晶玻璃門喧囂聲中震盪不停。笑吟吟，安樂新飄嫋著脖子上紮著的翠綠領帶，高立卡車上，噘啄噘啄，嚼弄著嘴洞裡的檳榔，抱起兩條膀子抖起一條腿子瀏覽著指揮車下的群眾，半天揮了揮拳頭：「幹！」滿場子男女老小幹聲四起。靳五搖上車窗。茶葉卵茶葉卵，燒吔，兩粒十元。有個海東大娘汗淋淋挽著熱騰騰一口大鍋徜徉車海中，一路穿梭叫賣過來，弓弓腰探探頭，嘻開上齶兩顆金牙，勾起食指頭咯咯咯敲起車窗。靳五搖搖頭。司機招招手。歐巴桑高高拎起鐵鍋，失禮，失禮，一路嚷著繞過車頭挨擠到前窗口。司機掏腰包買了三枚茶葉蛋，笑瞇瞇遞兩枚給靳五。靳五趴著窗口，只管望著夕照下高坐示眾的藍棉袍紅馬褂白山羊鬍老人。呼天搶地，拳頭磈磈滿場子揮向國民代表大會。血蠡，血蠡，四條矮壯漢嚼著檳榔臟著胸脯扛著輪椅。綠衫女士跂起高跟鞋叉開五指蔻丹，倏地蹦起，一指尖又戟到老人家眉心。司機格格笑：「龜笑鱉沒尾！」「嗯？」「聽無？那個老傢伙是四十年前大陸選出的國民大會代表，那個女的，簡許玉桂，是今年本市選出的議員。」五十鈴卡車上簡許玉桂議員齜起牙，落日下金光燦爛，兩泡口水白花花啐到老表鐵青青的臉膛上。「老表！你代表哪裡的人民？」「中國黑龍江省。」「給你死！」「好嘛！」頭顱坑裡高架起的二十隻鐵鍋大的喇叭，閧窿閧窿盪響京心。靳五噍了兩口水從司機手裡接過兩枚香噴噴熱呼呼茶葉蛋，放一枚到亞星手心上。飢腸轆轆。亞星回過臉來瞅住靳五豎起耳朵聽了聽，瞧瞧他肚腩，眼一亮。司機一口吞住了茶葉蛋回眸瞅起腮幫笑嗨嗨。西門下，暮靄中，陳留路弘農路蒲坂路虞鄉街歷山街雷澤街陶城街，一片車海癱瘓，煙塵裊裊熛漩，鐓，鐓，喇叭綻響詛咒四起砰碰砰碰車門開闔啐出朵朵血花。藍天白日，國民代表大會風起旗飛，東一撮白鬚漂漾，西一顆白頭滉瀾。隆冬天向晚時分，漫京幻泛起霞光。啊——平交道口昂伸脖子齜起牙齦挨挨磨磨看熱鬧的男女，驀地，發出了聲喊。鐵路欄柵上纍纍騎著的群眾，扶老攜幼，一窩兒推倒羅漢也似塌垮到了鐵軌上。錚鏦錚鏦，硿硿硿，騎樓下一隊鎮暴憲兵燦潑著銀盾踢躂著鐵靴衝出防線，人頭堆裡銀棍翻飛。滿街呼兒罵女。十字路口亂成一團。疏導交通的少年憲兵細伶伶愣睜睜矗立指揮壇上，車海中，人潮裡，伸著兩條胳臂僵在西門一輪落日底下。炊煙漠漠。白衣黑裙，弘農路口泊著的岐陽女中校車上，一籠女生漂甩著脖子上篷篷齊耳的髮梢，探出臉孔來，聒聒聒眺望漫天晚霞。一嘆，司機掏出手絹拗轉著頸脖抹抹下巴，回頭瞅住靳五，憨憨笑了兩聲，攤開雙手搖搖頭索性關熄了悶轉半天的引擎，把收音機音量撥大了，摘下眼鏡，聽著曲兒，自顧自揉搓起兩窩子血絲烏黑的眼圈來。小白菜喲天地荒喲，兩三歲喲死了娘喲——亞星摟住青布書包掠著腮上髮絲靜靜眺出車窗外。城西一穹窿霞彩，海峽中，漂渡起毬毬彤雲。「先生快看！這次抓到了個女老表。」司機忽然回過頭來攫住靳五搭在前座椅背上的腕子，噘起嘴，朝頭顱海中努了呶。靳五把脖子伸向擋風玻璃。人頭滾滾。車海中，一位面目姣好的奶奶褊襬著身上那襲孔雀藍仿綢長旗袍，孅白孅白，蹭蹬著衩襬裡兩隻娟秀的小腿，昂首，碎步，給架出了虞鄉街。赤膊刺青的兩條矮壯漢，牢牢拶住奶奶兩筒膀子，罵一聲，啐兩口檳榔，穿過潮水般嘩喇嘩喇兩邊洶湧開的群眾，遊行過平交道，叱著喝著，揸起碗公大的拳頭擂打著奶奶的小臀子，踩上木梯，押上五十鈴指揮車。靳五揉揉眼皮定睛望去：「郎將軍夫人！看她年紀不過五十幾，也當得上國民大會代表嗎？」「當了四十年了！」亞星說。瞇蠢蠢，安樂新堆出滿臉笑容整整脖子下那根臘腸樣翠綠小領帶，哈著小蜂腰踱到臺口，迎上郎夫人，伸手一肅，引介給簡許玉桂議員。兩條矮壯漢臌起胸脯扠起腰桿，淵渟嶽峙，一站，左右挾持住郎夫人。安樂新笑嗨嗨，往黑喇叭西裝褲袋裡掏出白手絹，攀住矮壯漢的肩膊抹去他腮上汗珠，蹬蹬退出兩步，端詳兩眼，又挨上前整整他腦門上紮著的白頭巾，綁緊了。落日下，兩條矮壯漢額頭上，張牙舞爪燦燦著兩個血紅中國字：必殺。轟隆，十對大喇叭滿場子震盪著人頭柔柔婉婉尖叫了起來：「大家好，我名叫白景賢，是江蘇省鎮江縣選出的國民大會代表，為各位服務四十年了，今天是第一次跟各位見面！大家好嗎？我先生是剿匪名將，功在人民。我自己今年六十三歲了，下午安步當車走路出門去國民代表大會開會，沒想到在路上摔了一跤，但我還是走了過來，可見得我跟大家同樣的強壯，年輕。」「幹爛妳爽死妳給妳死！」「幹妳江蘇省！」「羞羞羞女老表快下臺！」郎夫人揚起紅姣姣兩腮臙脂，掠著鬢角子，沉下臉，半天睨瞅著頭顱坑裡噓聲四起根根刮向腮幫的指尖：「不要這樣子嘛！三十多年前蔣公帶我們渡過海峽，就像摩西分開紅海，如今，蔣公回到主耶和華身邊覆命去了，我們卻還在荒漠中輾轉飄泊，都快四十年了，如何對得起蔣公他老人家呢？大家都是同胞，都是炎黃子孫的中國人，別不承認嘛！大家有意見，有問題，要用和平的方式來表達，景賢虛長幾歲願意做一個橋樑。我有五個子女，一男四女都在國內。我剛從美國回來，我是去參加一個世界性的宗教會議，景賢不才，獲得最高榮譽的獎牌，教宗他老人家頒給的哦。」笑盈盈把手一摔，郎夫人掙脫了貼身兩條矮壯漢的胳膀，撈起胸口掛著的金牌，拎在手上，滿城霞光裡甏亮甏亮褊襬起孔雀藍長旗袍衩襬子，邁出兩隻皎白的小腿，臺前臺後走個兩遭。簡許玉桂議員跂起高跟鞋，啐了口，攫過郎夫人手裡的麥克風：「憲兵同志請注意！一位江蘇老表老太太自稱姓白名景賢走失待領，待領——待領——待領，憲兵同志注意，江蘇婦女白景賢走失待領——」郎夫人攫回麥克風：「妹子，不要這樣嘛！景賢希望大家要有自由平等博愛的精神，要用和平奮鬥的手段，甘地的絕食，如此，就是美國也是如此。妹子，大家都是同一個祖宗來的，景賢不怕死。吳大娘，您怎麼也給他們拐上來了？」夕照裡嫗煦煦，一位老太太堆滿笑容白髮皤皤兩腮滄桑搽脂抹粉，穿著寶藍團花棉襖黑棉褲，脖上綰條白圍巾，風潑潑，兩隻膀子給掖在兩條壯漢肘彎裡，蹦蹬蹦蹬，押上了指揮車。安樂新蝦起腰桿子踱到臺口鞠個躬。吳大娘不瞅不睬，怔怔瀏覽著群眾，一掙，摔開兩條壯漢，從皮包裡掏出小相機自顧自在五十鈴大卡車上走動，四下捕捉起鏡頭來，抖抖簌簌自言自語：「景賢，我今年八十八歲了！景賢，總理在世時我聽總理的，總裁在世時我聽總裁的，現在我聽現任主席的。景賢，打出金陵女大校門以後我自己沒謀過一次職，黨叫我到那裡，我嘛就到那裡。黨要我當山西省國民代表，我就當山西省國民代表。黨要我們當國民代表的大夥兒一條心，臥薪嘗膽忍辱負重，毋忘在莒，代表全中國老百姓，在復興基地建設三民主義模範省，維護國父他老人家辛辛苦苦手創的中華民國的法統，景賢，我也沒敢失過一天職！在國民代表大會一呆可四十年囉，景賢。」空窿空窿，二十隻大喇叭澎澎湃湃洄盪著老太太的唏嘘。安樂新揩著麥克風，齜著牙哈著腰亦步亦趨，跟著那獵取鏡頭的吳大娘滿臺遊走，只管把麥克風戳到老人家嘴巴上。一回眸，吳大娘愀然瞅住安樂新，眼上眼下端詳著，滿頭銀絲燦爛落日下綻開了兩腮渦子紅灩灩慈藹的笑靨。風燭殘年，滿口白牙！靳五呆了呆。弘農路口岐陽女中校車上的女生白衣黑裙趴著窗口，一排啁啁啾啾，甩著短髮梢又探出頭來。平交道上，群眾潰決出了個缺口，油煙渦中霞光潑潑，鏗鏘，橐躂，六個少年憲兵擎著銀盾踩著鐵靴簇擁住一位老先生，二前四後，凝起眸子綳起下巴，闖開那一濤濤翻飛奮起的拳頭。怪老子上西天！伊娘祖公！幹破老表你的老母！噢！媽媽，天邊海角找無妳——媽媽哟妳是在哪裡，阮那無妳站身邊，叫阮是要怎麼活落去——群眾大放悲聲，扶老攜幼引吭高歌。司機轉過脖子瞅著靳五磔磔兩笑：「媽媽咪呀，又有一個老代表迷路，被憲兵找到。」老先生穿著冬藍西裝，結著花紅領帶，禿亮禿亮一顆風霜頭顱歪戴著鴨舌帽，滿臉漲紅，蹣跚著小碎步，依偎在兩個憲兵懷裡，汗瞢瞢，張望著海潮般兩邊洶湧開嘩喇嘩喇讓出一條通路的群眾，穿梭過陳留路全線癱瘓的車陣，恍惚，哆嗦，轉進虞鄉街，朝國民代表大會蹭蹬過去。手裡一根烏藤手杖，顫巍巍指住城西海峽落日。靳五拍了拍司機的肩膀：「老兄，今天在幹甚麼？」「你是不看報紙的嗎？先生。」司機愣了愣托起眼鏡瞇覷住靳五眼上眼下端詳半天，咯咯笑了，搖搖頭架回眼鏡，瞇起兩糰油亮腮子綻開一雙小酒渦，指指右車窗：「這邊呢，在開選舉中國總統籌備會議。」又指指左車窗：「這邊呢，在開還我海東人尊嚴群眾大會。」靳五哦了兩聲，搖下車窗透氣。冬暖！向晚起了風，照後鏡下那尊白瓷媽祖像攀著紅絲線翩躚翩躚兜盪起來。五十鈴指揮車上，踮蹦蹎蹦，吳大娘邁著一雙小腳來來回回走動，舉著相機咔嚓咔嚓，瞄準滿坑滿谷嗷咷的人頭。

落日下晚風中，俏生生細高䠷兒，郎瑛將軍夫人挺直著身上那襲高領長襬孔雀藍仿綢旗袍，端立在兩條矮壯漢胳膀裡，笑，不笑，睨瞅著車下燊燊拳頭。安樂新抱起胳臂，慵睏睏咬住哈欠，抖著一筒黑喇叭褲管，嘻開兩齦子糯米樣小血牙狧著嘴洞裡那粒翠綠苞子，吐血般啐出兩口。血花蕊蕊，兩蓬檳榔汁綻落人頭坑中。四條壯漢爍爍著白頭巾上兩個紅字，必殺，矮墩墩巇起胳膀扛著輪椅老人。鷹架上十對大喇叭，轟隆隆驀地綻響。大放哀聲，八個盛裝男士女士肩披紅絲帶簇擁起簡許玉桂議員，引吭，奮拳，引領群眾高唱海東尋母謠。斬五探出車窗，覷起眼睛眺眺國民代表大會門樓上的大鐘。四點零五分。國會殿堂滿廳夕照，東漂邋起五綹白髯，西蕩漾著一窩白巔。銀盾錚錚。鐵靴橐橐。南城門朱明門內，城心，同軌路伊闕路朝歌路洛寧路四條通衢大道十字路心，紅磚巍巍玉燭闉闉，中國大總統府矗立滿京霞光裡。藍天白日，旗正飄飄。紅霓朵朵幻漾在西門小紅町漫町暮靄炊煙中。簷下騎樓裡，銀盔潑閃著廊柱上兜漩的三色燈，盔下一張張稚嫩的臉孔，凝眸，抿嘴，瞪住圓環中心那輛五十鈴大卡車。滿町理髮小姐，汗水淋漓端起飯碗，披灑著兩肩子黑鬘三三兩兩倚到黑晶玻璃門洞外，打哈欠，扒夾著飯菜，一筷筷，送進唇上那蕾蕾口紅齜咧開的罅縫中。羅裙飄颺晚風夕照裡。家家診所，皮花科泌尿科婦產科小兒科整型科，大夫們披著白袍掛著聽筒，把脖子探出門口來。樓上，日光燈雪亮，各家月子中心坐月子的大小媽媽披著晨褸趿著拖鞋，滿頭汗下樓看街景，絞起眉心，揝住奶瓶哄著懷裡的娃兒。風塵中一蕊子姹紅領巾飛颺。新世界戲院頂樓大看板上，昂藏七尺，睥睨落日，荒野大鏢客克林伊斯威特，斜咧起兩刀嘴皮一口白牙，巇巇叉開牛仔褲胯子，笑不笑，俯視滿城心嗷嗷揮向中國國民代表大會的千百隻拳頭，乜起水藍眼眸，一燦，飛颺著領巾準備拔槍。兩幅白幡風中招颻。悄沒聲，華陰路湯泉街口載著一團觀光客泊著兩輛雙層遊覽車，顱顱花白，目光炯炯，凝望同軌路口圓環的群眾。車身張掛著的白布條上，血紅淋漓，燐燦著七個大漢字：長崎正氣塾見學團。一環圖徽，猩紅底，印著一朵金黃菊花。司機嚼著檳榔逗著導遊小姐高踞車頭大撳喇叭。鐓鐓。媽媽喲，我在心肝裡叫妳，妳敢無聽見。為著可憐子兒請妳定要返來阮身邊，噢！媽——媽——一聲悽厲十對鐵鍋大的喇叭轟然綻響起邈古的呼喚。靳五機伶伶打個哆嗦，回頭瞅住亞星。不聲不響，亞星摟著青布書包，只管覷望圓環中心五十鈴指揮車。車上，安樂新笑瞇瞇掏出白手絹，哈著小蜂腰，雙手奉呈。簡許玉桂議員攫過手絹抹起一脖頭兩腮幫汗珠，氣咻咻哮喘半天，拂拂水綠衫裙，擎著麥克風環顧圓環四周城心條條街路，手一戟，咬咬牙，指住了閱兵廣場西側人頭滾滾的同軌路：「日本中國相殺，日本打輸中國打贏，中國人就跑來我們這裡劫——收！國共兩黨相殺，國黨打輸共黨打贏，國黨就跑來我們這裡成立中國大總統府！亂亂改我們馬路名，沒有道理，笑死人！華陰路哦漢陽路哦歷山街哦天水街哦南京路哦桂林路哦峨嵋街哦，笑死人！假裝我們這個小島代表全中國！假仙！假仙！」「要把中國血淋淋的歷史，幹，強加在阮海東人頭上。」一位壯年男士西裝革履，跂腳一攫，從簡許玉桂議員手裡抓過麥克風，補充道。靳五呆了呆想起了誰，揉揉眼皮定睛望望他肩上掛著的紅絲帶：王季平議員。假仙！假仙！滿坑頭顱飛竄出拳頭男女老小捧腹大笑。鐓。鐓。鐓。長崎正氣塾見學團兩輛遊覽車震天價響撳著喇叭。克林伊斯威特臌著牛仔褲襠，齜牙拔槍。醉醺醺，腮腮酡紅，青商會歲末大會餐結束了，陶城街一街腦滿腸肥，拎著公事包，兜著鑰匙串，叼住牙籤鑽進街邊橫七豎八泊著的各色進口轎車裡，株株脖子探出車窗，茫茫然，覷望著城心人潮車海，愣住了。西乃宮和式料理店簷口盞盞月白燈籠下，花花鳥鳥裹著小和服，蹭蹬蹭蹬，十來個少小姑娘踩著三寸鏤花木屐送出青商會會員來，站到人行道上，一排兒哈著腰。黃舌帽，朵朵漂。小紅町漫町炊煙紅霓中，蹦蹬蹦，一窩小學生男娃女娃揹著書囊蕩漾著落霞蠭湧出校門，回身，煞住腳步，朝門口的國父銅像一鞠躬，按住頭上的黃帽兒，躥渡過三輔路扶風路的車海。鐓。鐓。火車站的大鐘盪響過濤濤人頭傳到西門口。靳五拿起亞星的腕子看看錶，呆了呆，滿車流灑的夕照裡，瞅住她的眼瞳靦腆笑了起來：「五點了！對不起，亞星。」亞星笑了笑汗湫湫甩了甩耳脖上那篷子短髮梢。靳五手一緊，握了握她腕子，接過她懷裡的青布書包抽出書本翻起來：「七月就要考高中了？閒著沒事，我來考考妳的中國歷史，考重要年代。」「好啊。」「西元三六九年太和四年。」「桓溫出師北伐不利。」「西元三一三年建興元年。」「祖逖渡江擊楫中流。」「西元一二七六年大宋德祐二年大元至元十三年。」「恭帝出降南宋滅亡。」「西元前一一九年元狩四年。」「霍去病出塞二千里越大漠大破匈奴左賢王。」「斬首幾級？」「七萬級。」落日照盾盔。人頭坑中車海裡鏗鏘鏗鏘閃潑出漫天銀光。小白菜呀小白菜，為甚麼叫我小白菜——菜有根呀我沒有家，從小就流落在荒村，爹娘早死沒親人，媒婆帶來倉前鎮，童養媳婦進呀進了門，未解人事就已經定終身——小白菜呀小白菜，為甚麼叫我小白菜——司機拍著膝蓋搖頭晃腦咯咯自管聽著收音機傻笑不住。平交道口鐵柵欄上，蕾亮蕾亮紅燈閃爍。一町落日人頭，汗朦朦忽然燦爛起瞳瞳血絲洶湧起陣陣歡呼。怪老子上西天！幹！海東人出頭天！十位女士綠衫綠裙挽著花籃子娉婷著高跟鞋走出群眾來，穿梭進車陣裡，兩隊兒，笑盈盈氣昂昂，一路敲著車窗喊著口號分送菊花。司機把收音機音量撥小，搖下車窗，探出頸脖撮起眉眼上那兩箒子油光烏亮的髮鬈，掃撥到腦門頂，笑嘻嘻接過三朵嫩黃菊花。綠裙天使笑吟吟瞅乜住司機捏起拳頭兒，一揮：「怪老子上西天！」「海東人出頭天！」笑嗨嗨，司機伸手握住女士的手兒，揉搓了搓。女士臉飛紅，挽著花籃子款擺起水柳腰輕敲另一扇車窗去了。靳五接過兩朵菊花，謝了聲，放到亞星手心上。噼噼啪啪，同軌路車海中燦綻起爆竹。煙渦中躥出一雙五彩斑斕張牙舞爪的獅子，廝廝磨磨，齜著啄著，喝醉酒也似嬉耍起漫天飛迸的血點子一路蹦跳上平交道，鏘鼕鏘，鏘鼕鏘，舞向綠旗影影的指揮車。群眾簇擁住一個老兵，歡天喜地，呼兒喚女遊行在馬路心。炊煙滿城。鏘鼕鏘噼啪噼啪鏘鼕鏘。夕陽西下。孤伶伶，老兵披著灰布棉袍打著灰布綁腿踢蹋起兩隻破草鞋，肩上挑著一根扁擔，晃盪，晃盪，掛著兩隻草簍子一口鐵飯鍋。黑黧黧風霜臉膛叼支香菸，不聲不響，不瞅不睬，夕照裡皺亮起兩腮子一眉心晶瑩的汗珠。蹕蹕蹕。幹！哨聲咒聲大起。兩隊憲兵躥出陳留路騎樓，一霆子，猋向十字路口，銀棍翻飛，掃蕩開那群群穿梭車海叫賣壽司熱狗臭豆腐的男女小販，銀光潑潑，鏗鏘，豎起兩道盾牆打開一條通路。指揮壇上，汗水淋漓聳現出了那個疏導交通的少年憲兵，繃起下巴凝住眸子，招招手。嗶喇喇，弘農路上漩起渦渦油煙湧起兩排車潮，血花蕊蕊，晬出車窗，落日下花火龍也似咆哮過十字路口。岐陽女中校車上，一籠兒，五六十個女生甩著齊耳的短髮梢探出脖子指住群眾，吐吐舌頭，翻翻白眼，扮個鬼臉兒捏起拳頭揮了揮：「不要臉哦！數典忘祖。」車下，頭顱海中竄起一漩渦碗大的拳頭。一猋子人影，躥閃，嘎嘎咬著牙。群眾中蹦出了三四十條頭紮白巾膀刺花鳥的壯漢，砰砰砰擂打起校車門：「伊娘祖公，幹咧！小猜查某囡仔落車來！阮幹破妳幹爛妳，幹到妳又臭又癢又騷的小屄爽爽死。」亞星臉色勃然一變。靳五揝住她的手：「不會有事情！」蹕蹕。銀棍飛舞人頭翻滾，矮個子壯漢高個子憲兵車潮中一窩兒扭打。鏘鼕鏘噼啪噼啪鏘鼕鏘。血點子下，雙獅起舞，導引老兵穿過那嘩喇嘩喇海水般往兩邊洶湧開的群眾，遊行向圓環中心。簡許議員擎起麥克風。噢！媽媽。怪老子上西天！滿場子鬨窿鬨窿噱啕起十對大喇叭。司機搖下車窗撂出可樂罐子，掏出手絹抹抹肩窩，轉過頸脖乜住亞星憨憨兩笑：「有路可以走啦。」十字路心，憲兵招手。司機發動引擎追逐著陳留路的車潮穿過路口轉進弘農路。平交道上，曫曫紅燈眨著夕陽。笑蓋蓋，安樂新睥睨著他那粒小平頭，兜盪起脖下那根翠綠領帶，哈腰，開道。兩條矮壯漢腆起啤酒肚膛，橐蹋橐蹋，趿著東洋浪人鞋，挾持住細高䠷兒褊襬著孔雀藍長旗袍的郎瑛將軍夫人，一路押解出群眾來，時不時猛張開手爪爬爬她小臀子。一照面，靳五呆了呆。落日下那臉臙脂汗水濤濤，灰灰敗敗，剝露出一團皺皮兩瓣憔悴的尖腮子。人海中金光燦爛停泊著北上的莒光號列車，窗口，睡眼矇矓探出顆顆頭顱。三三兩兩，乘客們扶老攜幼拎著大包小包跨下車廂，蹎蹎跌跌，踩著鐵路上的鵝卵石，鑽擠出平交道。圓環中心，老兵佝起腰桿，挑著一根扁擔兜盪著兩隻草簍一口飯鍋，給群眾簇擁著登上了指揮車。瘦愣愣，孤伶伶。滿場子血雨如花，漫天啐出檳榔汁：呸！呸！送怪老子上西天！歡呼四起山鳴谷應。噢！媽媽。五十鈴大卡車上簡許議員率領那七八個盛裝女士男士，撒下張張冥紙，鑠亮鑠亮，霞光裡飄灑在城心鬇鬇鬡鬡那滿坑滿谷男女老小頭顱上。鏘鼕鏘噼啪噼啪鏘鼕鏘。鐓。鐓。一丸紅日下，華陰路口遊覽車司機揿起喇叭，載著長崎正氣塾那兩車頭髮花白目光睒睒的日本觀光客，暮靄蒼茫，白幡招飆，盪進了小紅町漫町燈火樓臺裡。克林伊斯威特，睥睨落日，齜齜準備拔槍。

司機幽幽長長噓了口氣：

「先生，去哪裡？」

「廣漢橋。」

「想怎樣走？」

「漢陰街漢中路葭萌街漢壽路晉壽路。」

車子飆出小南門。

日落海峽，一京炊煙。

靳五噓了兩口氣搖下車窗，一濤濤，河風潑進來，滿車廂追竄著翻飛起亞星耳脖上那蓬子短髮梢。翩躚，晃盪，照後鏡下懸吊著的那尊白瓷媽祖像，姣姣小小，風中燦笑個不停。

司機搖下前窗，嗨嗨笑：

「爽死！」

「舒服！」

「涼快！」

風爆爆亞星憑依著她那扇窗口，搗住眉心上的髮絲，瞇起眼，眺望鯤京西南水門外那片金溶溶若沉若浮的晚霞，一回眸，覷住靳五，眉宇間笑得好不燦爛。靳五撥了撥她腮上的髮梢。落霞粼粼！小龍江龍潭溪交會處，一片黑水漩澴，波光瀲灩，睞眨著漫天一絮絮飄渡過海峽的彤雲。堤下人家，炊煙寂寥。嘩喇嘩喇河堤上劍南路蜉蝣著五光十色的汽車。對岸滿山炮仗紅，簇簇朵朵冬暖天開得一片醉。河頭上那窩子黑工廠浮盪起一丸紅日叢叢煙囪，闃窿闃窿，哮喘出熅熅黑煙。男娃兒，女娃兒，兜甩著背上的書囊蕩漾著頭上的黃舌帽，蹦蹬蹦蹬，流竄在滿鎮夕照塵氳裡。

司機拱著兩墩肥膀子掌住方向盤，勾起食指頭，叭叭，叭叭，打著節拍敲著喇叭，瞇覷起眼鏡迎向落日自管搖頭晃腦哼著唱著——

小白菜呀小白菜
人人都叫我小白菜
菜葉黃呀
菜花兒白
青梅竹馬兩無猜
安分守己日子過
成家立業把店開
朝朝暮暮把那磨兒推
夫妻雙雙
做起了小買賣
小白菜呀小白菜

為甚麼叫我小白菜

司機自哼自唱晃兩晃腦袋敲一敲喇叭。

靳五哈哈大笑。

亞星噗哧。

車子兜轉上河堤路。

堤外，河風大起，採沙場上飆漩起黃沙繽繽紛紛飛竄出滿穹滿江風箏！落日下，好一天翾翽。

亞星呆了呆回頭瞅住了靳五，眼一亮。

靳五乜住她，笑了，慢吞吞點個頭。

司機拍拍喇叭：

「喂，啥所在落車呢？」

「橋頭。」

車子颼地停到廣漢橋頭錦里國民小學門口車潮中。靳五付過車資，一怔：「我的兩本書呢？」司機嚇了個呆。亞星笑嘻嘻拍了拍肩上掛著的青布書包。靳五打開車門，眼一燦，好一輪紅日照面濺潑進車廂裡，猛回頭。鏡光閃竄，司機聳著玳瑁框近視眼鏡，瞇眨起眼睛。兩腮幫小梨渦漾亮著落霞肥憨憨齜綻了開來，一臉蒼茫，刀割也似，額頭上血樣紅灩皺攏起五六條深溝，只顧眉開眼笑。「小白菜呀小白菜，為甚麼人人都叫我小白菜，菜有根呀我沒有家——」叭叭，叭，勾起食指頭哼哼唱唱只管敲著喇叭。

靳五看得傻了：

「你怎麼那麼樂天啊？老兄。」

「嘿嘿。」

「好樂！」

「了解了解。」

靳五笑嘻嘻牽起亞星腕子，揚揚手送走司機，回身，朝鐵蒺藜小學圍牆門口一臉蒼茫凝視江上紅太陽的國父，匆匆一鞠躬，迎著風穿梭過車潮，躥上廣漢大橋紅磚人行道。橋下颳起黃沙，一渦渦一蘢蘢，沙中，流竄著格格笑聲串串唿哨。成百雙細羚羚的腿子穿著小白球鞋，蹎著蹦著，雜雜遝遝奔突採沙場上。亞星望望靳五，臉燦紅，呆了呆把水藍夾克青布書包掛到水泥欄柱上，抱起胳臂憑起了欄干，短髮飄颺，讓河風潑著她那身黑長褲白上衣，跂起鞋，仰起臉，瞇眺起那一雙一對廝廝磨磨遨飛在漫天彤雲中的風箏。龍潭溪上黑水如蕊，漣漪中游嬉著千條萬條小小金蛇，落日滿潭。靳五指指城西天際。兩隻大蜻蜓一隻藍一隻綠，纖亮纖亮，依偎著追逐著，愈飛愈高越放越遠，轉眼小兩口子儷影成雙追纏向了山巔那丸紅日。亞星看癡了。飛沙中，傻憨憨，飛起了個肥胖大耳肚腩上畫著紅繡肚兜的吉祥娃子，牽根紅線，把一隻五彩斑爛大鯉魚，笑嘻嘻帶在身邊，哥倆好，愣頭愣腦扶搖直上彩雲天。橋下，一窩兒昂仰起成百張小臉子，男生女生黃沙腮腮，麂嘻麂嘻。

靳五指住天上孤伶伶浪蕩的一隻小風箏：

「妳瞧那是甚麼？」

「蝌蚪。」

「安樂新。」

亞星睜起眼睛，望著那隻鰓上點著兩粒黑眼珠抖盪著一屁股彩帶的風箏，滿臉說不出的古怪，半天，眼一柔哈哈笑起來。蹦蹬蹦，兩個小男生躥過採沙場，吆吆喝喝放起一對大花臉。紅臉關公，死皮活賴亦步亦趨，黑臉張飛，繃著面盤不瞅不睬，滿天裡，老哥倆一個追一個躲忸忸怩怩演起古城會。靳五笑呵呵。亞星瞇瞇笑。黑水紅日嘩喇嘩喇一陣燐燐過去，好大的落山風，漫天腥，掃過水湄叢芒撲上橋頭，飄盪起亞星那身白衣黑布長褲兩腮幫短髮梢，汗湫湫。

橋上汽車爍爍過風中渦渦黃沙。

「放過風箏沒？亞星。」

「很小時。」

「哪？」

「中部玉關老家。」

「跟小舞？」

「我爸！你呢？」

「小時候。」

「在婆羅洲大河邊？」

「跟我媽媽。」

亞星回過脖子揚起臉瞅望住靳五，半晌，眼圈一紅笑起來，悄悄伸過兩隻手把他的衣袖捲落到腕子上，扣住鈕釦。

落日揉紅了亞星的臉龐。

靳五心一動：

「念小學的時候，我看過一部電影。」

「叫甚麼？」

「風箏。」

「風——箏——？」

「電影名字就叫著風箏。」

「講甚麼？」

靳五把兩隻肘子撐到水泥橋欄上，托起下巴，半天，只管覷起眼睛，眺望著小龍江出海口落日下滿山開得一片醉的炮仗紅。「一輩子忘不了的電影！亞星。」靳五回過了頭來，瞅住亞星的眼瞳子：「電影裡說，巴黎有群小男孩有年初秋在公園裡玩耍，忽然，天上一隻風箏斷了線，掉到梧桐樹梢頭。這群男孩就疊羅漢爬上樹去，摘下風箏一看，可呆住了。好大風箏！個頭跟成年人同樣的高。那副嘴臉說他是隻猴子可又像個小老頭兒，烏溜溜，睜著兩粒大眼珠，也不知道是神秘的東方哪國的神道。法國男孩幾時見過咱們孫悟空！一哄四散啦。有個雀斑男孩，膽子壯，硬把孫悟空揹到背上帶回家去，瞞著爸媽，擱到自己房間牀尾。那天晚上睡到半夜，睜開眼睛，一瞧，老猴兒兩粒火眼金睛骨碌骨碌直打量他。男孩怔住了，唬得沒了主意了。老孫搔一搔耳朵摸兩摸腮子噘嘴弄舌的就開腔啦：莫怕莫怕，吾乃中國齊天大聖，有請閣下赴中國一遊。這法國小男孩膽子可壯，滿口子答應了。孫悟空翻個觔斗十萬八千里。男孩還沒來得及眨個眼，一落地，就到了北京城。老孫晃眼不見了。男孩又是害怕又是好奇，小小一個紅頭髮藍眼珠滿臉雀斑兒的外國孩子，晃晃，悠悠，逛起北京城來啦，天橋啊敞甸啊鐘鼓樓啊王府井大街啊，喇嘛廟香山碧雲寺，逛著逛著，獨自個逛到了萬壽山下頤和園昆明湖畔。九月天，秋高氣爽，滿山的楓樹轉紅了，藍天白雲太陽下成千上萬中國男孩穿著白上衣藍短褲，脖子上紮著紅領巾，在湖邊放風箏！整個北京城的天空，飛翔著各色各樣風箏。法國男孩孤伶伶，穿梭在一群群放風箏的中國男孩裡，找啊，找，最後讓他找著了放孫悟空風箏的那個中國男孩，叫宋——名字忘啦，就記得姓宋，反正哥兒倆結成了朋友。誰知，一眨眼不知怎的法國男孩就來到了紫禁城，靜悄悄，獨自個，站在太和殿前面那片石板院子裡。還沒弄清楚怎回事，只聽得，鈂鐺，殿門大開，闖出了兩隊金盔金甲的大武士，擎起銀戟，咄！暴喝一聲橫眉豎眼齊齊指住了他。男孩唬得蹦起了腳來，一睜眼，可不好好的躺在巴黎家中，自個臥房裡？牀尾，月光裡，老孫還只管睜著烏溜溜兩粒眼珠笑嘻嘻盡瞧著他呢。」

亞星聽得癡了。

落日風沙，潑照著她的臉龐。

半天，亞星眼一亮：

「後來？」

「後來啊——」靳五撮起她的白上衣領口子，攏了攏：「後來，法國男孩一覺睡醒，隔天早晨，就揹起孫悟空跑出門去找齊了他那些玩伴，告訴他們，他結交了個中國朋友。十幾個男孩就在公園裡放起風箏，直放到天邊，剪斷線，十幾雙眼睛，瞇著早晨的太陽，望著老孫飄飄盪盪一路飛回東方中國北京城去了啦。」

亞星呆呆瞅望住靳五，眼瞳子泫泫一亮。

「瞧！亞星。」

靳五指住龍潭溪上一隻風箏。

花蛇樣，那條四五十公尺長的大蜈蚣只管依偎著山巔那輪紅日，濺濺潑潑游竄在彤雲中，忽然斷了線，一頭栽倒下來，簌簌落落，張掛到廣漢橋頭錦里國小鐵蒺藜水泥圍牆上。採沙場熛漩起的黃沙中，成百顆小頭顱昂起脖子，看呆了，驀地發出了聲喊，一雙雙細伶腿子蹎蹦著白球鞋跑出了水湄，躥上了河堤。哼嗨哼嗨，十幾個小男生疊起羅漢，攀上牆頭一窩兒解救起大蜈蚣來。

靳五看呆了。

亞星忽然指著對岸滿山燎燒的炮仗紅：

「瞧！快過春節了。」

「春節？」

「炮仗紅開花，春節就到啦。」

「妳和小舞回家過年？」

「你呢？」

「我？」

靳五一回頭怔了怔，轉過身，把手插進褲袋，隔著廣漢橋上蒼茫的車潮，眺起城南龍潭溪上游風中蕭森枯白的冬芒，腥紅腥紅，一窩窩黑水潭。夕陽下，那窩子海東男女孩兒打著赤膊還只管搖盪著兩隻破舢舨，烏鰍烏鰍小水妖也似，潭中，躥入躥出，潑開漫天血水星兒。那陝西男娃子，肚臍眼下繫著條紅花短褲車潮中孤伶伶佇立堤垛上，仰望一天風箏。

堤下人家，炊煙颼颼。

「甚麼時候——」靳五回頭瞅瞅亞星耳脖上那蓬子飛颺的短髮梢，笑了笑，拂拂她鬢絲，覷起眼，指著上游彤雲濤濤那一眉眉縹緲的山巒：「甚麼時候，亞星，我帶妳沿著龍潭溪一路走上去，到山裡看白雲！」

亞星瞳子一柔亮：

「這就走？」

「春天！」

「好。」

靳五伸出小指勾勾亞星的小指。

「妳看，那兩隻風箏。」

「好一對兒！」

採沙場上，蟠蟠躚躚攀飛起了一隻五六十公尺長的龍頭風箏，斑斕，燦爛，張牙舞爪，睥睨著那一丸猩紅的大太陽，一回頭一回頭，龍鬚飄飄，只管拂引著身邊那隻小小的紫燕風箏，結伴兒迎向滿溪落山風。俏生生，輕盈盈，紫燕兒依傍著追隨著巨龍頭，雙雙遨遊在歲末黃昏漫城滄漭起的紅塵炊煙中。

亞星看癡了。

靳五揪揪她脖子上的髮梢：

「妳看！海峽上的太陽血丸子一樣又紅又圓，像甚麼？」

「日本國旗！」

西門外小龍江鐵橋上，空窿空窿，北上的莒光號金黃列車晃盪著蓬蓬人頭，閃爍著一窗一窗紅日，拉起汽笛，蹕蹕蹕，咆哮向銀盔燦爍喇叭綻響的城心閱兵廣場中國總統府。

落霞滿天，火樣的紅！

第九章 獨自箇

〈上〉 夷洲路

朱鴒在唱歌。

君為代呢
千代呢
八千代呢——

歲末冬寒，滿城飄零起爆竹聲。

靳五洗過澡換了套體面的西裝走出門來，看見朱家門口貼上新春聯，筆走龍蛇，紅灩灩兩行喜氣。簷下，鼾聲如雷停著輛乳白色計程車。司機敞開座旁窗口，啣支菸，窩蜷起紅夾克打起了盹。屋子裡有人鬥口。靳五呆了呆。呸！司機啐出菸蒂，揉揉眼皮齜著齜著半天打出了個連天響的大哈欠來，翻開血絲瞳子瞅瞅靳五，嘴一咧：「恭喜花財。」「恭喜。」靳五堆出笑容拱拱手。篷！巷心上飛綻出一雙迎春花。兩個街坊女娃子拈著香支，格格笑，蹲在自家公寓門口，勾住胳膀子昂起頸脖，眺望著那對沖天炮碧燐燐碧燐燐流失進蒼茫的城天。巷頭巷尾樓上樓下，香火繚繞，探出顆顆小頭顱。火花迸濺，滿巷歸客拎著行囊蹦起腳，閃躲著巷心篷篷炸開的電光炮。孩兒們拍起手。荊門街口一丸紅日，蕩漾在除夕黃昏滿城煙霞中，待沉，不沉。雜貨鋪裡，朱家女眷母女三個渾身穿扮起新紅妝，一排兒高眺眺，簇擁出一對短小的西裝客來。朱家二姐，朱鳶，甩著腰下那朵紅裙，板起臉伴著大姐朱鸝跟隨母親送出客人，看見靳五，冷起眼瞳，昂揚著耳脖上那窩髮鬈子，不聲不響朝巷口直闖出去了。簷口一蕾黃燈下，花井芳雄叼住牙籤哈腰答謝一路禮讓著退到了門檻外，回身托起玳瑁框眼鏡，醉瞢瞢，板起小腰桿，繃著藏青呢冬西裝邁出五步跨過巷道，伸出爪子來：「咦？金先生咿囁——」街燈下，兩瓣枯尖腮子燦綻開顆顆粒粒兩齦子八九枚金銀牙，手一緊，拍拍靳五手背，朝簷下那個痀瘻著羊毛西裝的夥伴，咕嚕了兩句。那日本老兒愣了愣，挺腰，邁步，蹬起高跟尖頭乳白皮鞋跨過巷道，掏奉出名片。日本國原爆被害者協會元副會長。廣島衛材商工組合理事長。株。木持秀雄。靳五接過名片，堆出笑容哈了哈腰：「花井芳雄桑木持秀雄桑，兩位恭喜發財，歡迎來自由中國過年。」雙雄回眸，睇睇朱鸝又望望朱媽媽。朱媽媽哈腰嘰咕翻譯。雙雄一聽大樂，花井桑木持桑鞠躬答禮，雙雙咧開嘴來，街燈下滿嘴酒氣燦爛著米粒樣菸屎小金牙。鏘。鏘。司機鑽出頭來撳撳喇叭，賊嘻嘻瞟了兩瞟。雙雙覷錶，花井桑木持桑一怔，整整西裝扶扶眼鏡轉身邁回鋪子門口朱家母女耳鬢下。歐蘇媽只莎媽跌西打囁！莎喲娜拉呢。鞠躬哈腰，主客三個行禮成一團。司機啐泡口水播播喇叭。眼圈一紅，朱鸝沉下了臉來，掠掠鬢上綴著的白絨花。日本雙雄挺起小腰桿子前後左右挾持起一身紅妝的朱鸝，鑽進後座，搖上車窗，皦，皦，滿巷爆竹綻放中呼嘯出巷口，盪開篷篷花雨竄出荊門街去了。

朱媽媽回身蹬著高跟鞋走進鋪子裡。

一呆，靳五看見朱鴒。

獨自個，丫頭兒坐在鋪子角落簷下一張小凳上，覷望著荊門街口那丸紅日，千代呢，八千代呢，只管幽幽唱著歌，把隻手兒捏弄著胸前那根小辮梢上紮著的白絲線。水銀街燈下，暮靄檀煙裡，一身小紅衫褲洋溢著喜氣，清冷冷。

靳五笑嘻嘻拱了個手：

「新年恭喜！」

「恭喜。」

「還綁白頭繩？」

「爸爸說再綁十七天就除孝了。」

嘻嘻兩笑，朱鴒仰起臉。

靳五怔了怔跨過巷道站到她跟前來，俯下腰身，把手撐在膝頭上。兩下裡眼瞪眼。靳五悄悄擡起她下巴，托向街燈，瞧了瞧那雙小嘴唇上㗭著的一蕾子丹硃。

「誰給妳搽的口紅？」

「媽媽。」

「今天怎麼啦？」

「沒有啊。」

「癡癡呆呆獨個兒躲在這裡！」

「沒啊。」

「怎沒見妳爸爸？」

「自己看完少棒錄影帶，一早睡覺。」

吃吃兩笑，朱鴒瞅望住靳五綻開小酒渦。

靳五彎腰握起她的腕子，揉了揉，輕輕撬開她拳頭兒。手心上，玲瓏小巧一隻黑漆圓盒子精工鏤著朵金黃菊花，古色古香。靳五打開盒蓋。血紅灩灩一團丹硃。盒底，兩行纖巧的小漢字，刻著安永丙申歲春三月京都小町紅。靳五拿到鼻端聞了聞，心一蕩。

「日本女人以前用的口紅！誰送妳的？」

「日本阿伯。」

「哪個？」

「木持。」

「送我可不可以？」

「好！他是一隻蜈蚣。」

「木持是蜈蚣？」

「毒。」

「怎麼毒？」

朱鴒仰起臉瞅望著靳五忽然打個哆嗦，癡癡一笑，不吭聲了，只管絞起眉心，揉搓著小紅衫裡那筒細嫩的膀子。靳五瞅瞅那盒小町紅，揣進懷裡，悄悄打個寒噤，拿起朱鴒的腕子瞧瞧她那隻金光燦爛的精工小女錶：「花井送的?丫頭!別癡癡呆呆一個人坐在門口唱歌，跟我到朋友家吃年夜飯好不好?」「不。」「為甚麼?」「爸爸跟媽媽說大年除夕闔家團聚。」眼瞳子一泫亮，朱鴒抽了抽鼻子，搖搖頭。靳五瞅瞅她臉兒上那兩朵紅暈，呆了呆，蹲到她跟前揸住她兩隻腮幫，捏開嘴唇，湊上自己的鼻尖嗅了嗅。「滿嘴酒氣!丫頭，妳那兩位日本老伯灌妳喝酒了?」朱鴒吃吃笑。心一寒，靳五張開胳臂攬住朱鴒肩膀子，緊緊摟了摟，搓搓她的耳脖，站起身來，蹦踩著滿巷飛綻的炮花閃躲著窩窩追竄的街坊孩兒，拔開大步朝巷口走出去，一回頭。水銀街燈底下，一身小小紅妝。獨自個，朱鴒捏著辮梢上的白頭繩坐在小凳上，一臉子白姣姣紅酡酡，綻開唇上那蕾血紅丹硃，癡笑，癡笑，覷住荊門街口那丸待沉不沉蕩漾在海東黃昏滿城落紅中的太陽，君為代呢，千代呢，八千代呢，幽幽怨怨又自管唱起了歌。

「幹兄，新寧恭喜發財呀。」

「城兄恭喜。」

「凜!」

「是好冷。」

老廣黃城瘦伶伶一條身子裹著寶藍團花棉襖黑棉褲，脖子上，繞著五六圈雪白圍巾，縮起肩窩，趑趄進巷口來，嗞開兩排象牙白的假牙哈虓哈虓噴濺出蓬蓬冷霧氣。

靳五笑嘻嘻拱個手：

「城兄，哪裡過年呀？」

「孤家寡鄰。」

「討個黃嫂子吧。」

「難哉。」

靳五哈哈大笑。黃城瞄了瞄靳五胺窩裡夾著的喜紅禮盒，嚥兩口水，骨碌，喉核子竄了竄：「甚麼息候我請幹博士飲兩杯人心酒。」顫巍巍，從心窩捧出那一玻璃甕舒伸四肢浸泡著特大號人參的高粱酒，街燈下，金瀅瀅晃兩晃。靳五勾起食指敲敲甕口，心中一動：「城兄愛聽老歌？」「愛聽蓓蕾的歌！蓓蕾係六〇年代香港的國語歌星。」黃城把甕子揣回懷裡，摟緊了，道聲拜，一躥一躥閃躲著爆竹，縮住脖子齜起白牙瀏覽棟棟公寓貼出的新春聯，翩躚起尖頭高跟小白皮鞋，飄搖進巷裡，猛回頭，瞇住落日，朝靳五招了招蒼冷的爪子：

「那首歌叫做——莎樂迷！」

「莎樂美？」

咯咯咯，黃城三聲笑。

靳五呆了呆走出紀南街叫了輛計程車。

「先生恭喜。」

「恭喜！到夷洲路。」

大街一片寥落。

清清冷冷滿京花蛇樣交竄起沖天炮，香火繚繞中，飄零著歸人。

朱鴒！靳五心中一片茫然，請司機停到城東夷洲路安平街口黃龍公寓大廈門前。電梯開處，倏地，新鞋新襪躥出兩個體面人家的小孩，看見靳五，嚇了個癡。姐弟倆一個推送一個慢吞吞挨蹭到大門口，回頭乜起眼賊嘻嘻瞅住他，只顧笑。靳五瞪了個鬼臉。小姐弟哇的兩聲叫，蹦起腳來拈著檀香鬼趕似的跑上大街放爆竹去了，格格笑不住。靳五挾著禮盒跨進電梯，按十九樓，一愣。從底樓到頂樓二十四樓電鈕全給兩個小淘氣按上了，兩排阿拉伯數字，亮晶晶。靳五嘆口氣，靠到牆上。電梯一路開開闔闔好半天接駁到十九樓。

「大嫂恭喜。」

「哦——」

容嫂子打開鐵門探出頭來，沉下臉，仰起小眼鏡，扶著門框皺著眉頭眼上眼下只管打量靳五，眉心一舒，笑開了：「出國六年，悄悄跑回來換了副嘴臉啦，兩腮鬍渣子像個小響馬！還好並沒讓美國鬼子給餓瘦。」似笑不笑，又端詳兩眼，回頭朝內屋裡召喚了兩聲推開鐵門扯住靳五的衣袖，一揪，牽進客廳裡來。

靳五換了雙軟便鞋。

心一暖。

「大哥恭喜。」

「五！終於聯繫上你了。」

靳五手心一熱。

容大哥穿了身套頭鐵灰毛衣黑西裝褲，一臉清爽，煥發著沐浴乳香，斯文文，引領靳五到起居室沙發上落座，回身走進廚房。臉繃繃不聲不響，容嫂子接過禮盒自管挨著對面雙人沙發坐下來，把禮盒擱上膝頭，揉搓著，瞪起小眼鏡瞅望靳五，半天搖頭。心一毛，靳五摸起下巴。容大哥沏出一大保溫杯熱茶來安放在靳五手心裡，笑了笑，叫他拿穩了，自己挨到妻子身旁落座。

靳五蹦起腳。

容家夫妻雙雙搶過來拍拍他肩膀。

「莫嚇著！樓上裝修房子。」

「大年除夕？」

⿰⿱丯石刂⿰⿱丯石刂！鎡鎡鎡鎡———

滿大廈震盪起電鑽聲。

容大哥容嫂子噓口氣雙雙回座：

——海東人風俗。

——清曆才會富。

——以前清曆是大掃除。

——現在流行換地板。

——這棟大樓住一百二十戶人家。

——有八十位太太玩股票。

——誰家賺了一票。

——誰家換地板。

——比闊。

——婦人家鬧。

——樓上那家柯太太。

——今年換過三次地板。

——唉！

——還是以前住在岐陽路好。

——破落是破落。

——耳根清淨。

靳五坐在對面單人沙發上瞅著容家夫妻一口一聲訴說著，笑嘻嘻端起保溫杯，吹開茶葉啜兩口，滿心熨貼，幽幽嘘了口氣瀏覽起容家小客廳來。十來坪起居間，鋪著尋常人家常見的拼花櫸木地板，擦擦洗洗，好不光潔。滿屋子書卷氣。容家哥嫂倆，肩挨著肩廝守在電視機前那張雙人沙發裡。容大哥還是那麼樣頎長斯文，白面皮，四十出頭的人了，而容嫂子，蒼冷的一張小臉聳仰著鼻尖上那副小眼鏡，燈下，竟出落得有點憔悴。窗外夷洲路上，嘩喇嘩喇麻將聲滿街飄起，朔風中夕陽西下，叢叢簇新高級羅馬瓷磚公寓大樓燈火輝煌，碧燐燐一霆子一霆子，妖嬈著水蛇腰，閃爍著五彩繽紛雷射光，男歌星輕歌曼舞歡迎新年。水晶窗裡，眼瞪瞪，顆顆小頭顱嘬嘬著糖果窩聚在家家客廳電視機前。颼，颼，花蛇交竄，一支支沖天炮飛射出滿街大廈窗口，綻落在空蕩蕩大街心。麻將聲，嘩喇喇，越飄越高愈響愈密。

容嫂子瞅瞅丈夫：

「喂，你看他是不是變了個人？」

「沒刮鬍子，還好嘛。」

「還好！」容嫂子瞪瞪靳五沉下了臉霍地站起身打開茶櫃，端出糖果盒子往他鼻頭下一送：「回國半年無聲無臭，好小兄弟！不上門，看望看望你老哥哥老大嫂啊？」

「我向大嫂發誓！」靳五擱下保溫杯指指天花板，一凜，齜起牙打個顫：「樓上又鑽地板了，這聲音你們怎受得了？習慣了？大年除夕好刺耳！我發誓我回國那晚下了飛機趕進城飯也沒吃，三更半夜下雨，一個人滿街亂找，第二天才知道那晚是中秋節，淒涼哦。」

——岐陽路那些老房子。

——年代久。

——陰氣重。

——半夜人頭在飄。

——成群女人哭。

——滿巷老房子後來都拆了。

——蓋了岐陽女中宿舍。

——你不知道？

靳五呆了半天搖搖頭。

「藉口！老五你最喜歡三更半夜滿街遊蕩，不愛住旅館。」容大哥握住容嫂子的腕子，輕輕一扯，拉到自己身旁坐下：「中秋節夜遊有甚麼奇遇啊？在咱們這座城，條條大路通豔窟，你這浪子，準是沒頭沒腦半推半就給招引進京觀里那條花街去了。」

「少年郎客，入來坐！」靳五哈哈笑。

容嫂子臉飛紅：「你入去啦？」

「沒！又冷又餓又想又怕，在盤絲洞外頭淋了滿身雨，不瞞大嫂，那時，孤伶伶，心裡直羨慕被老鴇當守護神供在神龕裡的豬八戒。」靳五望望天花板，咬咬牙，瞅著手握手端坐對面的容家兩口子，心頭一暖端起茶杯敬了敬：「大哥，嫂子，還在岐陽女中教書嗎？怎不見安宜安喜小姐弟倆呢？」

——受不了電鑽聲。

——跑下樓放爆竹。

「有回我在喜來登門口遇見容琳——」

靳五心一動：

「小妹啊？在飯店門口嗎？」

眼一柔容大哥笑了笑。

「是呀，陪個大腹便便的美國人出來。」靳五瞅瞅哥嫂倆，略一遲疑：「後來又見過幾次，有天晚上，在西門看見容琳跟三個本地女郎陪著兩個中年美國人，從日本料理店出來，男女六個，醉醺醺，開著輛綠豹積架走了。」

容大哥給靳五的茶杯添了熱水。

容嫂子遞過果盒。

——小妹啊，在外貿公司開發部當副理。

——公司叫臺芳。

——手下有一批女將。

——個個出身國立大學外文系。

——外語能力特強。

——爽朗大方。

——咱們以貿易立國嘛。

——這年頭，講的是女權。

——外貿公司開發部都是女的當副理。

——難為她們。

——給咱們開拓不少市場。

——替國家掙不少外匯。

呆呆，靳五捧著保溫杯瞅著容家哥嫂∙∙

「結婚了？」

容家嫂子點點頭。

容家大哥愣了愣。

——小妹啊？

——三年！

——孩子都有兩個了。

——先生？

——當電腦工程師。

心一酸，靳五瞅住保溫杯，半天擡起頭，望望併肩端坐沙發上悄悄握著手一口接一聲的哥嫂倆，笑了笑：「記得住岐陽路的時候，容琳十七歲，上岐陽女中，高材生，就記得她那時候迷上李賀，一卷昌谷集，成天不離手，上學放學那頭剪到耳根的頭髮甩進甩出，白衣黑裙，清麗得不得了！後來，容琳給岐陽女中保送上海大外文系——」

「追、趕、跑、跳、黏。」

「娘子軍進出國際飯店找買家。」

笑嘻嘻，門口探進兩顆小頭顱接腔道。

容嫂子回頭叱了聲：

「這兩個！電視看太多了。」

安喜安宜腮子凍紅滿頭大汗拈著香支閃進了屋裡，看見靳五，蹬蹬蹬煞住腳，張開嘴巴靦腆笑笑手牽手僵在玄關上。靳五乜起眼。容嫂子接過香支交給丈夫，把鐵門闔上，扣死了，左一個右一個揪起兩條小膀子帶到靳五跟前來：

「靳五叔叔你們忘記了？」

「叔叔，幸寧好。」

「共喜叔叔。」

「安宜安喜剛剛在樓下見過了！新年好。」靳五掏出紅包悄悄白個眼。安宜齜齜牙牽過安喜，雙雙陪起笑臉一鞠躬。靳五把紅包塞進小姐弟倆口袋裡，回頭看看容家爸媽：「大嫂！這兩個小孩哪學來滿口廣東官話？」

「唉，還不是電視。」容嫂子一把擄過小安宜的肩膀子揪住兩根小花辮，燈下照了照，坐到沙發上，把兩隻膝蓋夾住她腰身替她整理起頭面：「公家三個電視臺，省政府的，黨的，國防部的，當家的官兒們競爭激烈，為了提高收視率，國防部那臺甚光電視臺的官兒帶頭用重金——真的是重金哦！現金交易，少了兩個子兒，對方還不肯來的——禮聘香港自由影人大小男女明星回到自由祖國，扮演帝王將相才子美女，秦良玉梁紅玉，勾踐大復國，火牛陣，王昭君賽金花文成公主，一齣連一齣，看得咱們這條夷洲路全街男女老小觀眾凝凝迷迷。前陣子不演楊門忠烈？佘太君，滿口京片子，她老人家七個兒子一個女兒，四個兒子講廣東官話，兩個講海東國語，女兒可絕，滿口洋腔，楊六郎還操著口韓國華僑山東土話呢。我看楊家八個，六郎最像——楊老令公北方人啊。可戲裡楊令公自己那口廣東官話，還帶南洋馬來腔！一門忠烈，父母子女，各講各的方言南腔北調熱鬧極了，雞同鴨講，有聽沒有懂，全世界百來國只有咱們中國有這樣一家子！上回，演王昭君，那個女港星叫高露潔甚麼來著，每回向呼韓邪發嗲，四聲就咬不準了，顛三倒四肉麻死人，廣東腔外帶美國調，聽說——報上說，這女孩子前幾年下嫁到美國阿拉巴馬州——」

「時髦嘛！香港強勢文化。」

容大哥笑吟吟打個岔。

小安宜齜齜牙：

「昭君愛妃，妳好靚，我好鍾意妳。」

「丟！你老母嫁咗俾阿差。」

小安喜齜齜牙。

靳五怔了怔。

容嫂子打個哆嗦聳起鼻尖上的小眼鏡瞪瞪小安喜，咬咬牙，拿下嘴裡含著的紅頭繩，綰到小安宜花辮上，紮緊了，沉下臉瞅住靳五：「餓了？」撐起膝頭來自顧自走進廚房。容大哥笑盈盈跟在後頭。小姐弟倆一蹿，端端正正坐到對面雙人沙發上，仰起臉齜起牙，把兩根食指戳進耳洞，瞪住天花板。鎡鎡鎡鎡——閧窿，鏗鏘。滿大樓蕩漾漾迴響起電鑽聲。靳五瞇瞇笑摸起下巴。眼瞄眼牙齜牙，大小三個嚥著口水坐在客廳。安喜蹦起腳，打開電視機。安宜格格輕笑扭動起身子來。螢光幕上，蹦蹬，竄出了個金髮碧眼兩腮梨渦的美國小夥子，渾身精赤，胯間繃著條子彈內褲，臌臌對準鏡頭，抖擻起兩膀子肌肉虎虎生風表演起中國功夫。眼一亮，靳五呆了呆。傑夫諾曼打完了趟少林拳，硼起胸脯，鞠個躬，斜齜起兩瓣兒嘴皮滿口細白牙。螢光幕上打出商標。一頭小公鷄蹲在橢圓小圈圈裡，忽地，呱叫了聲，竄出雪白的脖子。鏡頭燦亮亮推進到傑夫諾曼胯間那條雪白三角褲。小安宜愣了愣，拍起手，吃吃笑得花枝亂顫起來。「雖是薄薄一片，貼上去就知道。」一個漂亮的阿姨穿著月白套裝娉婷出鏡頭前來，回眸，溫婉笑笑，朝安宜安喜姐弟倆瞟乜兩眼：「你幾乎不感覺它的存在。」臉飛紅，小安喜把雙手兒摀住臉皮。嘩喇嘩喇，青天白日，海東國際機場落起了傾盆大雨，一輛計程車濺潑起篷篷水花，駛到門口，車門開處，探出半身蘇格蘭呢秋西裝一頭巔金鬈髮，海藍藍，兩瞳子憂鬱，瞅望起簷下那片飛濺的水簾。雨中兩隻白高跟鞋蹬動，小小花傘下裰襬颼颼搖曳著一襲小腰身丹紅旗袍，駐足，踟躕，漫步到計程車門口。若即若離，傘下一雙儷影默默依偎進了機場大廈。機艙重逢四目交投，咧嘴一笑。有緣千里來相會中華航空以客為尊。小安喜竄起身趴到電視機前，三臺之間尋尋撥撥。「都是廣告！叔叔，對不起。」小安宜靦腆嘻嘻捧過糖果盒來送到靳五鼻頭下。

靳五眨個眼。

格格。

小丫頭喜歡齜牙笑。

「安宜，請靳五叔叔吃飯囉。」

「叔叔請吸飯。」

「大家吸。」

「靳五，你跟小孩學甚麼鬼話？」

「容琳不回家過年嗎？」

——跟先生孩子。

——回南部鄉下過年去了。

——婆家南部鄉下人。

——養魚。

——曬得黑黑。

——厚道老實。

——公公婆婆都不大講話。

——跟容琳語言不通。

——唉！容琳心好。

——拿錢幫助買了這間公寓。

小安宜甩起兩根花辮格格笑不住。

空蕩蕩，一慈慈，窗外大街上零落著爆竹迸濺起濤濤麻將聲。容大哥乾了三盅陳紹，腮渦上，綻漾出兩朵小酒酡，笑吟吟捧住酒瓶探著脖子覷空兒只管往靳五盅裡添酒，睞啊睞，窺伺容嫂子。笑不笑，容嫂子沉著她那張憔悴的小臉，瞅乜著老哥倆，鼻尖上兩隻小鏡片漾亮著酒意。安喜安宜樂不可支。一霆子，潑紅潑紅，閃爍著滿堂喜氣，螢光幕上敲鑼打鼓非男非女亦男亦女妖嬈起兩條水蛇腰。今月初一頭一天，家家戶戶過新寧，大街小巷懸燈綵炮竹響連天，奇個，隆冬鏘冬鏘！我要去拜寧——幾細地瞧，慢慢地看，有位小姊在面前，鼻子高來眼睛大，兩道眉毛向上挽！金雞心掛胸前，裡便裝著小照片，裡便的照片就係我嘢，我的照片在裡便！想想想，你別想，裡邊的照片不是你，別人的照片在裡邊！小姊小姊妳吹牛，我看小姊盡面善——我不認識你——噯呀，對了，我跟小姊係同學嘛，不但係同學而且還係同班呢！我的同學數不清，男朋友也有千千萬──靳五哈哈大笑。容大哥笑檻檻。辮兒亂甩小安宜齜著兩排小白牙花枝亂顫。容嫂子皺眉頭：難聽死！不男不女，國家將亡必有妖孽。安喜，去把電視關掉。媽，你老母嫁咗俾阿差我現在在吸飯嘛！來來來老五別老記掛容琳乾了這杯，吃菜。我乾，大哥大嫂隨意。窗外星天一卵子猩紅的太陽睥睨在片片殘霞中，驀地一聲霹靂。火潑潑，樓上那戶人家在陽臺口點起了一簇鞭炮。小安宜咬住筷子眼一爍：「爸，樓上換好地板囉。」「媽！樓上柯太太那家換了新地板放鞭炮吃年夜飯囉。」小安喜咬住筷子拍起手。大街上燒起一把火。艟艟艨艨，蓬萊海市，夷洲路一街公寓大樓燈火高燒人頭鑽動水晶宮也似，轉眼，幻盪硝煙中。家家陽臺飛綻出爆竹。安宜擱下筷子，不聲不響掙脫爸爸的膀子倏地躥出飯廳，格格笑，一溜風，拔下窗縫插著的兩支檀香跑上陽臺。安喜呆了呆，縮起脖子，閃躲過媽媽攫過來的手爪，追出陽臺去了。

容大哥嘆口氣問靳五討支菸，接上火，叼上嘴，覷覷容嫂子，燈下燦漾著兩渦子酒酡撮起兩根筷子笑吟吟敲起飯碗：

群山萬壑赴荊門
生長明妃尚有村
一去紫臺連朔漠
獨留青冢向黃昏──

「他一喝足了酒就哼老杜這首詩！」

容嫂子綳住腮幫，忍住笑。

「大哥大嫂，回來看到您兩位恩愛如初，真好！」靳五站起身鞠個躬擎起酒杯乾盡了，瞇笑嘻嘻瞅著容家兩口：「我該走啦——跟個鄰家小妹妹，叫朱鴒，約好回去放爆竹。」

容大哥猛睜了睜擱下筷子覷覷錶仰天打個酒呃，撐住桌面，瞇瞇晃晃，聳起身來挽住容嫂子的胳臂，攙靠著，一路送到電梯口。

「明天年初一記得來家吃飯。」

「定。」

「好好走。」

容嫂子扒著電梯門：

「靳五！可別又悶聲不響消失掉了。」

靳五飄搖上大年夜空蕩蕩一條十線大街，解開領帶，鬆鬆領口，蹁躚在滿街嘩喇起的麻將聲中，淋沐著漫天潑灑的花雨，獨自個，逡巡路心上，走過安平街承天街鯤身街三條街口才攔截了輛計程車。回頭一望。瓊樓玉宇。夷洲路兩旁崒崒簇新公寓大廈，水晶燈光一蕊蕊，蕩漾著個個紙紮樣的金銀人兒。家家孩子們趴上陽臺，蹦跳，喧噪，朝對街人家發射沖天炮，花蛇竄爍，香火繚繞，交織出漫天一街流星煙花。簷下筒筒三色燈寂滅，重門深鎖，滿京觀光理髮廳的大小姑娘回家過年去了。靳五搖下車窗迎著漫城朔風，點支菸。一抹殘紅，灑照著大街上零落的歸客。家家燈火高燒，關門閉戶過年。荊門街，風蕭蕭。巷裡孩兒們拈著香追躡在十來盞街燈淋漓下的水銀清光裡，砰，碰，飛炸開篷篷電光炮。朱鴒家樓下一團漆黑。靳五站到巷心，昂起脖子。閣樓上，悄沒聲漾亮著兩窗黃燈孤零零漂閃著兩蓬子辮梢。「朱鴒朱鴒！」咿呀，窗開了。朱鴒噘著唇上那蕾丹硃一身小紅衫褲兩腮水白探出頭來，呆了呆，眼瞳一亮，冷森森瞅住了他。靳五撈起街燈下那灘爆竹花，笑嘻嘻朝窗口潑灑過去。不聲不響，朱鴒只管扶住窗框，揑弄著胸前那綹子雪白頭繩慢吞吞搖了搖頭。靳五扠起腰瞅望她。窗裡窗外，對望半晌。淚盈盈朱鴒眨了眨眼睛掉頭閃進屋裡，把燈熄了，好半天，兩隻手兒伸了出來咿呀輕悄悄把閣樓玻璃窗闔上了。靳五站在巷心，望著鋪子簷下角落裡那張小紅凳，呆了呆心中一酸，肚中兩瓶陳紹翻翻騰騰直搗上喉頭，八分酒意全都湧上來。「大年夜，可別醉死了！」咬緊牙根，噙著噎著逼回了酒，躥進公寓門口跑上樓推開門一跤仰天躺倒被窩上。

滿京霆霓，簇簇春花。

門上剝啄兩聲。

「俞爸爸到處找你吃年飯！上哪去了？夷洲路朋友家？夷洲路？配合國策開發的三民主義模範新社區哦！你朋友很有錢嘛！搞貿易的？喝！教書的？」房東俞媽媽滿臉笑推開房門探進頭來追問了半天，嗅兩嗅撥開電燈，嘆口氣，絞起額上刀也似兩道秀長的眉峰：「嗳喲，喝酒了！」

「老朋友六年不見。」

「醉？」

「有點兒。」

「快來！到俞媽媽家喝杯熱茶。」

靳五撐落了牀，洗把臉，整整西裝讓俞媽媽帶著晃晃悠悠走上五樓。

「那廣東人拜十八手觀音，成天窩在屋裡放那首怪歌，聽得人心裡毛毛的。」一駐足，放低聲，俞媽媽指了指四樓那扇簇新的亮黑鐵門：「就在上午，他洗澡缸排水管不通了，叫人來疏通，咦，勾出五六團幾千根烏溜溜的長頭髮！」

靳五側耳聽了聽。

妖冶的公主莎樂美

蛇一般的公主莎樂美——

「那是香港以前流行的國語歌曲。」

「哦！現在流行到國內來了？」

俞媽媽打開鎖。

俞爸爸端坐客廳瞅著電視。靳五鞠躬。俞爸爸拱拱手。俞媽媽一轉眼從廚房裡捧出了杯香片熱騰騰兩條毛巾。靳五抹把臉，啜了半杯茶，酒意登時醒了好大半。滿屋子喜氣日光燈下清冷冷，嘌黃嘌黃，一牆黑白照片下，電視機上展亮著七八張白雪皚皚喜報佳音的賀年卡。

俞爸爸托起眼鏡瞇了瞇：

「兒女國外寄來。」

「是。」

「靳老師家——」

「只有母親在婆羅洲。」

「娘兒倆。」

俞媽媽撥小了電視機音量，拿過夾克，抖兩抖披到老伴肩上，挨著他坐下來，堆出兩渦慈藹笑容，瞅住靳五推推茶几上那盒美國什錦糖。靳五謝了聲，望望落地窗外的巷子。

「朱鴒家好奇怪！黑漆漆。」

俞媽媽睨了睨俞爸爸：

「又睡悶覺了。」

「誰？」

「朱老頭。」

「人家門裡頭的事管它！唉。」

靳五心一動：

「好像來了客人——」

「甚麼客人！」俞媽媽嗑著瓜子眼睛一翻白，噗哧冷笑出了聲來：「兩個小日本老兒，甚麼雄，大年除夕，把他們家大女兒朱鸝帶到南部高雄市解決去了。」

「解決？」

俞媽媽臉臊紅：

「靳老師讀書人不要問！」

靳五看看俞爸爸。俞爸爸拉長了臉膛朝俞媽媽潑個眼色，搖搖頭。心一抖，靳五背脊上竄出冷汗。俞媽媽待笑不笑，撐起膝頭搥搥腰眼，趑趄上前整了整電視機上陳列著的八張賀年卡，把電視音量撥大了。竹報平安，恭賀新歲。四個唇若塗硃男人女相的主持人穿著一式藍綢袍紅馬褂，脖子上攏著雪白圍巾，笑吟吟，把個黑不溜鰍剃光頭東張西望的小白癡，兩左兩右，挾持上了舞臺。

「兩百塊！」

「有！」

「向自由中國觀眾拜年。」

「公——公公。」

「公啥？」

「恭恭恭喜各位公公新年花財。」

滿堂噗哧，笑成一團。奏樂。二十來個小姑娘小兒郎抖盪著紅短裙搖熄著黑皮長褲，四下蹦躂上了舞臺，捉對兒，簇擁住那光頭小白癡兩百塊，扭腰擺臀，廝廝磨磨滿場子繾綣，跳起了黏巴達舞來。俞爸爸脫下老花眼鏡，哈口氣，撩起衣襟睜睜擦拭著。俞媽媽嗑瓜子，吃吃笑，瞅乜住螢光幕。靳五瀏覽電視機上一幅幅雪景，慢慢喝完一杯茶站起身鞠個躬。老兩口叮嚀著，直送到樓梯口。

黑影地裡幽幽飄漫起一熄子古龍香水。

獨自個，安樂新端坐牀沿。

「你怎麼進來的？」

「沒有鎖。」

「就闖進來了？」

「哥！新年莫生氣啦。」

靳五打開電燈。

安樂新渾身光鮮穿了套天藍西裝，臘腸樣，結根小紅領帶，把粒小平頭染上丹頂髮蠟，梳得淺貼，繃起小蜂腰，雙手安放膝蓋上大閨女也似撅起臀子挨貼著牀沿。靳五呆了呆，闔上門，站到牀頭扠起腰乜起惺忪醉眼，眼上眼下端詳他。燈下，安樂新那兩筒喇叭褲腳剝露出兩隻紅襪子，抖一抖，搖兩搖，蹺起一雙簇新尖頭高跟短筒小靴，烏亮烏亮。靳五嗆了兩口，一把揪起安樂新的膀子嗅了嗅：

「搽了古龍水了？」

「過年啦。」

臉一紅，安樂新搔了搔胳肢窩望著靳五綻開兩齦糯米樣小碎牙，忽然忸怩起來，緊繃繃弓下腰，剝掉了襪子上貼著的商標。靳五吃吃笑，坐到書桌旁，點支菸翹起二郎腿不聲不響瞅乜著他。滿天星斗，一聲霹靂。安樂新肩胛顫了顫，回頭望望落地窗外。巷口，荊門街上狂風驟雨也似噼噼啪啪燦響過一陣鞭炮，哄然，孩兒們流竄。靳五倒杯冷茶水扭開檯燈，自顧自喝著茶翻看起書本。

安樂新端坐牀沿幽幽嘆了口氣。

「安樂新。」

「哥。」

「你找我——」

「找哥一起過年。」

「哦？你怎不回家過年？」

「無家可歸。」

「亂講。」

「同是天涯淪落人！哥。」

安樂新搔搔胳肢窩又嘆息了聲。

靳五呆了呆：

「我們出去逛逛。」

「哥！你也無家可歸。」

眼窩裡血絲一燦亮，安樂新扶著膝蓋規規矩矩站起身扣上西裝，撣兩撣，挺起腰桿子，趿著高跟小黑靴追上靳五蹭蹬下樓梯。靳五回頭望望。朔風中，公寓四樓陽臺落地玻璃窗上密密匝匝，拉闔起紅綢帘幔，漾亮著一龕佛燈盪響著電唱機。安樂新豎起耳朵諦聽了聽：「咦！酒中升起妳的蛇腰，妳是勾魂的女妖，看妳一眼就要死亡，死亡——甚麼鬼歌？」街燈下，朱鴒家小閣樓孤燈如豆。朱媽媽披著鵝黃晨褸抱起兩筒膀子獨自個倚坐窗口，兩肩子蓬蓬鬆鬈，一指尖一指尖，只管撩撥著腮幫上風挑挑的髮絲，仰起臉，出起神，眺望漫天花蛇樣閃竄出的沖天炮。靳五低下了頭，走過朱家簷下。安樂新昂起脖子仰望閣樓上的女人，齰齰瞟送著眼波，招招手，拔腳追上靳五探出爪子攫住他衣袖。靳五摔開手。滿巷人家燈火通亮，大年夜笑迎進歸人。門口，刷血也似筆走龍蛇貼出幅幅新春聯。街坊孩兒流竄水銀街燈底下一窩追逐一窩，拈著香支點著爆竹，巷頭巷尾呼號在北風中。安樂新齜起牙根，哈颩哈颩，縮起肩窩抱起胳臂護住他那套小腰身天藍夏季西裝，飄起紅領帶，蹦起小靴跟，硝煙中扭腰擺臀一路打出噴嚏，噴濺著檳榔汁跳躲著爆竹花。靳五回頭打量他，哈哈笑。老榕蔭裡一聲咿呀，郎公館兩扇朱紅大門開出了小角門。郎綸牽住弟弟的腕子悄悄跨出門檻，看見靳五，靦腆出笑靨來鞠個躬：「老師新年好。」郎絧順著姐姐怯生生道了聲先生恭喜。十五歲男孩子，門燈下，那張臉冷月樣皎白。靳五皺皺眉頭回了聲少爺恭喜，笑著，朝郎綸揮揮手，揪扯住那賊眼溜溜只管睃向郎公館門洞裡的安樂新，猛一推，自顧自走出巷口。郎家姐弟手勾住手，躲讓著滿巷追奔逐北的孩兒們，悄沒聲，走上巷口小公園。

荊門街人影飄零。

「恭喜。」

「您恭喜啊。」

風中，家家店簷下飛颺起爆竹花，瑟縮著三兩個白頭軍裝老人。

安樂新追躥上來一爪撈住靳五西裝後襬，扯兩扯：「老師，你看那個阿凸仔！有夠囂張。」

靳五掰開他的爪子，順著他呶起的兩瘪子血嘴皮望過去。一雙儷影依依，廝摟在荊門街口艾森豪路大馬路心，隆冬天，汗潸潸。傑夫諾曼一身西裝叉開袴子昂揚起他那顆金黃水兵頭，睥睨著簷下老兵，鼓繃起胸脯，迎向滿京漩起的朔風，招呼計程車，巴掌上，揝著個喜紅禮盒，把條胳臂撈住依偎在他腋窩下那小娘兒的腰肢。涎瞪瞪，齤嘻嘻，安樂新擠弄著他那張蒼黃的倒三角小臉皮，向靳五眨個眼，啐出兩泡檳榔汁，一粲，踢躂起小馬靴翹起臀子拱兩拱搖三搖往路口蹭蹬了過去。靳五站到騎樓下，點支菸環抱起胳臂瞅望著。安樂新踱到那對異國鴛鴦跟前眼上眼下端詳個半天，燦開兩枚小黃齙牙，拂拂西裝擀擀領帶，必恭必敬，哈個腰，忽然板起臉孔昂起脖子指東劃西連珠炮也似罵起街來。傑夫諾曼弓下腰俯瞰安樂新，搖搖頭四顧茫然。氣咻咻，那小娘兒鑽出諾曼的腋窩，甩起滿頭新燙黑鬈子，抹抹耳脖上的汗珠拂拂腰口下的紅裙，路燈下一掉頭。靳五呆了呆，走出騎樓鞠個躬。一唿哨，傑夫諾曼截下計程車，挾起禮盒，攬住柯玉關的腰肢鑽進後座耳鬢廝磨呼嘯上艾森豪路去了。

安樂新搔著胳肢窩格格笑飄搖回來。

「你逗他們甚麼？」

「哥，莫問。」

靳五一怔。

安樂新舔舔嘴：

「哥認識那個女的？」

「助教，柯玉關。」

「衝啥？」

「帶男朋友回家向爸媽拜年吧。」

靳五叼住菸，踱上荊門街口站到紅綠燈下，扠起腰覷起眼，望著空蕩蕩十線大馬路。爆竹花風中繚繞起路燈，滿京紅霓寂滅。

「安樂新！」

「哥。」

「我們上哪兒去？」

安樂新怔了怔縮起肩窩，仰起臉，把隻蒼冷的小爪子搔進西裝襟口只管刨起胳肢窩，呆呆瞅望住靳五，半天搖著頭。靳五幽幽嘆口氣。眼一亮，安樂新抽出爪子伸到鼻頭下悄悄嗅了嗅，待笑不笑端詳靳五，唿哨，攔截住一輛淋漓著爆竹花竄出歸州街的計程車。

〈下〉　姬水街

司機蕭蔌著白頭。

「恭喜！您兩位去哪兒啊？」

「龍山寺夜市！恭喜。」

安樂新嗞嗞牙拍了拍靳五的膝蓋，從西裝口袋撮出檳榔包，挑揀出一顆，啄兩啄塞進嘴洞，挺起小腰桿子，抱住胳臂端端正正聳著他那粒油光水亮的小平頭，睞啊睞，自管眨起睫毛瞄瞟著照後鏡出起神來。兩腋子古龍香水，苾苾䔲䔲，薄荷似漫漾車廂。靳五捏住鼻頭悄悄嗆出兩口，打開車窗。一渦，一渦，歲末寒流挾著戶戶煙花燦綻著潑灑進了窗口。安樂新愣了愣打個哆嗦，哈鼽，咬牙切齒嗆出兩瘤嘴皮血泡來，嘆口氣，抹抹血，迎著滿城照面撲來的北風倚到車窗上瀏覽起街景，眼塘子淚光燐潾，路燈下一柔亮，瞅住街上踽踽的歸客，嚼啄著檳榔幽幽哼起了歌兒。

若想起故鄉
目屎就流落來
免掛意
請你放心
我的阿母
雖然是孤單一個
雖然是孤單一個

滿大街朔風煙花中靳五聽得癡了。

「安樂新。」

「哥。」

「你愛唱想念母親的歌。」

「沒有啦！隨便唱。」

一泫，安樂新望望靳五漲紅起臉皮。

靳五呆了呆：

「你到底有沒有母親？」

「不知道。」

「嗯？」

「很小就沒看見她。」

「知道她是誰？」

「不知。」

車子飆向城中閱兵廣場總統府闌珊的燈火，穿過盞盞水銀路燈。商邱路。夏邑路。周原路。司機拱擁著草綠泛白舊軍夾克，昂聳起一顱花斑，不聲不響把車子開到了龍山寺。安樂新打個躭嚏，抽抽鼻水，揉揉眼皮，撅起臀子從後褲袋裡抽出鱷魚皮夾撮出兩張紅鈔。

「免找！恭喜。」

一龕熒燊。

紅幽幽黑燻燻好座古廟。

滿簷琉璃光。安樂新挽起靳五的膀子穿過山門，蹬，蹬，躡起高跟小馬靴，踩過院子裡一灘翩躚一灘不住颳出香火塔的金紙灰，蹭蹬上大雄寶殿。日光燈下，三兩縷清煙繚繞，悄沒人聲。安樂新一轉身閃進了殿門旁香油房裡，窸窸窣窣摸索半天，捧出兩束長香來，問靳五借來打火機點上了火，凝起臉，拜三拜。滿龕佛燈一爐青冷，觀音菩薩笑吟吟低眉垂目漾亮著她那張滿月相。安樂新把一束香插上香爐，回眸齜齜小紅牙，招招手，領著靳五穿過廂廊走進後殿。鳳冠霞帔，一臉姣白，香火絪縕中媽祖天后娘娘端坐花燈塢裡。安樂新整整他那身藍西裝紅領帶，悄悄揉了揉眼皮，跪倒拜墊上，兩爪子撮起十來枝香高高舉到頂心，趴著地磕了三個響頭。黑影地裡，一髻斑白。有個老婆婆蜷縮著枯小身子蹲伏拜墊上，大年夜，獨自個，抖簌著嘴皮，仰望著殿角龕子裡尖喙青腮供著的不知甚麼神佛，一顆一顆，慌慌急急數著懷裡那串佛珠喃喃唸唸：「天雷報！天雷報！天打雷劈五雷轟！」靳五呆了呆悄悄踱上前去。廟後不知哪家門口石破天驚放起十來枚雹光炮。老婆婆猛回頭，瞽瞽打個哆嗦。安樂新躐上前揪住靳五的衣袖，潑個眼色，跂起鞋跟，牽扯著他穿過天井走出龍山寺。山門下朔風呼嘯，一頂黑色比丘帽飄搖著一襲灰袍趄進了個中年尼姑來。安樂新讓了讓，打一恭，把手舉到眉心，端整起臉容打個問訊。尼姑合十躬身而過。

靳五笑嘻嘻打量起安樂新。

「看不出哦。」

「做人要敬神明的。」

臉一紅，安樂新瞟住了靳五，廟口山門那盞日光燈下忽然綻開兩尖腮渦笑靨來，滿嘴洞檳榔渣，血花般燦亮。鬨窿鬨窿，北上列車飆響過空盪盪城心，平交道上，窗窗黃燈閃爍著窗窗老少歸客。靳五踱上大馬路心昂起脖子眺望城天，滿穹窿，星靨靨，佛燈浩渺四下游竄出花蛇炮，血雨下燈火高燒，一京水晶大廈幻蕩硝煙中，天臺上溟濛著盞盞紅警燈。安樂新蹭蹬過馬路，擠擠眼，縮起肩窩笑不笑，撮出兩根蒼冷的指甲尖悄悄扯了扯靳五的衣襟，指住自個肚臍眼。靳五弓下腰，側起耳朵貼到他肚皮上，聽了聽。咕嚕咕嚕，安樂新饑腸轆轆肚膛裡打起了小悶雷似的。靳五哈哈大笑。安樂新嚥口水。黯沉沉，龍山寺對面夜市百來攤南北小吃拉闔起鐵捲門，悄沒人聲。安樂新一齜牙咬住了個哆嗦，提起褲腰勒緊皮帶，呸！迎著朔風啐出了泡檳榔汁，抽出白手絹拭拭嘴皮。靳五嘆口氣，拍拍他肩胛：「可憐大年夜餓成這個樣子！走，找吃去，我請你喝兩杯年夜酒吧。」眼圈一紅，安樂新點點頭，蹭蹬著高跟小皮靴踢躂起紅磚人行道上灘灘爆竹花，挨著廟牆轉進小街。

街中，山東餃子館開著門。

安樂新整整西裝：

「有嗎？」

「不賣囉。」

有個小女孩笑嘻嘻答應了聲。

簷口街燈下，兩條長板凳上花棉襖花棉褲面對面坐著兩對姑娘兒，四雙腮子，凍紅噗噗，只管對拍著巴掌甩盪著頭髮，溜起一口京片子唱著歌兒。

打花巴掌的正月正
老太太愛逛蓮花兒燈
拍。拍拍
打花巴掌的二月二
老太太愛吃白糖棍兒

拍。拍拍

靳五聽得癡了。

安樂新趴著餃子館店門只管探著頭。

「妹妹，爸媽有在家嗎？」

「打牌呀。」

「廟裡有個婆婆——」

「我奶奶呀。」

「奶奶不回家過年？」

「語言不通，奶奶跟我媽媽嘔氣呀。」

格格，一串嬌笑。

安樂新呆了呆，悄悄嚥兩口水，瞅著板凳上對拍巴掌哼唱曲兒的四個小小姑娘，掏出個紅包，顫簌簌捉過那妹妹的手，塞進她掌心，拍兩拍道聲新年乖，扯起靳五的衣袖憋住肚皮朝衚口蹭蹬出去。

打花巴掌的六月六

老太太愛吃個白切肉

拍。拍拍

打花巴掌的七月七
老太太愛吃個白煮雞
拍。拍拍

「安樂新！餓壞了？」
「好，好好。」
「坐下來歇歇吧。」
「也好。」

膝頭一軟安樂新打個踉蹌，愣了愣，嘆口氣，攙住靳五的胳臂，摸索著公車站牌下那張水泥凳慢吞吞挨坐下來，窩蜷起身子，絞住兩隻手，回頭瞟望著櫥窗裡琳琅滿目笑靨朵朵的男女歌星照片，臉煞白，格格格只管打著牙戰：「哥，你也坐。」「又冷又餓可憐見兒！多久沒吃飯？」「從早到現在。」「嚇！我還道你交遊廣闊到處有吃有喝，誰家死了人了，誰家兒子滿月了，只要有紅白兩事的地方一定可以看到你安樂新，偏偏大年夜，沒地方吃飯！簡許玉桂議員娶兒媳婦，你不去了？上回滿濃賓館李董事長父親過世，請三百桌酒，吃火雞腰子炒麻油薑絲——」「哥！莫提，莫提。」安樂新嚥嚥口水打個哆嗦。靳五點支菸。一咬牙，安樂新昂起脖子翻起西裝領子把小紅領帶給勒緊了，摸出檳榔包，照著路燈挑了顆嚼啄進嘴洞裡。大年夜，肩併肩，哥倆瑟縮在滿街飀漩起的爆竹花中呆呆坐在唱片行簷口下，望著明星照片，嘩喇嘩喇，聽著滿京飄潑起的麻將聲。唱片行後廳日光燈通明，一家子，圍坐電視機前嗑著瓜子。朔風中安樂新肩膀猛一顫，指住櫥窗：

「哥，你看右邊梳學生頭那個小妹。」

「有氣質！」

「高中沒畢業呢——才十七歲，新鮮度一百，她每部電影我都有去看。」安樂新嚼著檳榔，呆了半天忽然撮起爪子往西裝上襟口袋抽出白手絹，啵地一啐，拭拭嘴角兩虹子血涎：「她叫齊姜，她公公做過大使，她主演三部電影我都有看兩次，有一部叫一個女大學生的日記，她演女主角，和七個男人發生關係，其中兩個是在校門口認識的阿凸仔。」

「色情片！」

「無露毛的哦。」

「嗯？」

「觀眾沒有看到不可以看到的地方。」

靳五怔了怔哈哈大笑。一乜，安樂新瞄瞄靳五自顧自弓下小腰桿子鬆開皮靴帶，蠕動了動拇趾頭，擡望眼，癡癡瞅住櫥窗裡的齊姜，把隻蒼冷的爪子探進西裝襟口，刎刎刎刎搔起了胳肢窩，半天抽出手來，撮到鼻頭下嗅兩嗅：「哥！最近齊小妹常常跑碼頭出國作秀，就是去表演啦。上個月，她有接受僑領的邀請，去趟印尼作秀，回國的時候小妹提著兩支水晶大吊燈在飛機場通關，剛巧有記者看到，咔嚓！拍照存證，第二天報紙都有登，講小妹才花兩千多萬在夷洲路買一棟高級公寓，開藍寶堅尼跑車，齊爸爸和齊媽媽，新戴上鑽石伯爵手錶，育樂報有連載齊姜小妹遊阜記，我都天天有看。有講，上個禮拜小妹去香港拍戲，住麗晶酒店，一天五千塊，所以我說甚麼人玩甚麼鳥！你莫誤會，哥！不是男人玩小妹，是小妹玩了香港那些專門玩自由中國女明星的有錢公子哦——」

靳五聽傻了，心中驀地一亮：

「你愛上齊小妹了？」

安樂新渾身抖了兩抖回頭瞟住靳五，目光睒睒，竄閃著兩瞳血絲冷火：「哥，莫亂講！」兩爪子攫住靳五的衣袖。

靳五掰開安樂新的冷爪子，躥起身，踱到櫥窗前，就著路燈，端詳起齊姜齊小妹那頭齊耳的短髮兩渦子清麗的笑靨，回頭，眼上眼下打量了安樂新五六眼：

「她的祖父當過大使？」

「駐比利時大使。」

「她十七歲？」

「嗨。」

「齊姜？山東姑娘？」

「她的家鄉是山東叫壽丘的地方。」

「你連她的家世都——」

「有查報紙。」

「她每部電影你都有看過？」

「嗨！有看兩次。」

「安樂新！你墜入了情網了啦。」

安樂新呆了呆，臉一變。哈哈兩笑，靳五拔起腳躥到了空蕩蕩旋舞著漫街爆竹花的馬路心，扠起腰，跂起腳，眼上眼下笑瞇瞇打量安樂新。水銀燈下一臉灰敗，安樂新獨自個拱坐唱片行簷口那張水泥凳上，縮住肩窩摟住胳臂，低眉，垂目，瞅住腳上烏尖烏尖兩隻高跟小馬靴，刳刋刳刋，扒搔起胳肢窩，半天慢吞吞抖簌簌把爪子抽出西裝襟口，擡起了頭覷住路燈猛一瞟，血絲燐粼兩瞳兇光勾住了靳五。兩蚍子血涎，流淌下嘴角。靳五心一寒。安樂新勾起小指尖刮了刮他那粒油亮的小平頭，啐出檳榔，撐起膝頭飄搖進騎樓裡，提起西裝褲腳擡起兩吋靴跟，一咬牙，不聲不響，十來腳砰砰砰往櫥窗玻璃跺砸了過去。齊姜姑娘，笑靨盈盈。唱片行後廳圍看電視笑嗑瓜子的那家人，啊，發聲喊，男女老小一窩蠭湧出店堂。樓上人家打開窗子，有人大喊捉賊。靳五掉頭躥進了對面那條衚衕。打花巴掌的九月九。拍。拍拍。餃子館簷下那四個小小姑娘對拍著手心坐在兩條長板凳上，腮子凍紅，吃吃笑，甩晃起髮梢兒，唱老太太愛吃個白蓮藕正唱到興頭上。「新年發財呀。」街燈下兩雙臉子一揚，衝著靳五綻開四朵笑靨。靳五笑笑，道聲恭喜，滿街電視盪響中穿過家家門縫裡嗑著瓜子探出的人頭，鬼趕似跑出了衖尾，眼一亮。軒轅廟口馬路上那片菜市場，大年夜冷清清颳起腥風。靳五煞住腳步，守候在弄堂口。朔風中安樂新那一身窄腰緊臀長喇叭的天藍小西裝，孤魂樣，飄搖著丹紅小領帶，閃漾過盞盞街燈踉蹌出衖衕來。兩腮尖子，冷汗濟濟。安樂新繃住下巴蹭蹬著高跟鞋踩著一地血腥尿溲，不瞅不睬，噤住口水憋住肚皮，摸黑，穿過家家豬肉攤自顧自走上大街。

靳五追了上去：

「安樂新，對不起啦。」

「呸！」

「安啦安啦。」

「給你死。」

「我也迷過明星啦。」

「去死。」

「騙你會死。」

「她叫甚麼名字？」

「樂蒂。」

「她幾歲？」

「她呀死了十多年啦！安樂新。」

猛跺腳，安樂新勾過兩眸子血絲打量起靳五，噗哧，噴濺出滿口檳榔汁，指住靳五吃吃吃笑出兩腮渦淚水來：「教授！教授！」膝頭一軟，安樂新捧住肚腩踉蹌在馬路心上，給灌了兩盅高粱似的苦苦嗆著，愣瞪靳五好半天說不出話來。燈下一臉灰枯。靳五慢吞吞走上前撈起他脖上那根簇新紅絲領帶，扯兩扯，拽起他的臉照著路燈瞧了瞧。冷汗淋漓。靳五呆了呆：「餓病了？」「嗨！」安樂新點點頭一蹁躚竄到路燈下扶住燈柱，翻起眼，白兩白，兩瓣蒼黃腮子沁出了五六顆豆大的汗珠：「兩天沒有吃飯。」「可憐，大年夜又想母親又找飯吃！又餓又冷又害相思病！」靳五嘆口氣。猛咬牙，安樂新發起了瘧疾也似哆嗦哆嗦渾身打出兩個冷顫，張起爪子，睜紅著眼睛撲向靳五。蹬蹬蹬，靳五退出十來步，伸出手擋住安樂新：

「開玩笑！走，我帶你找吃的去吧。」

「哥，莫開這玩笑！謝謝。」

眼圈一紅安樂新揉了揉眼皮。

靳五呆了呆，不吭聲了，捏住安樂新的領帶牽著他滿街町尋覓起來。

血樣紅，街上矗立一支水晶霓虹十字架。

有一地比白日更榮顯
用心目從遠遠可看到
有天父常等候在其間
將住處為子民預備好
不多時福日到
我等必要會在彼美岸

滿堂白頭似雪。

北風浩渺，燭影搖紅，閃漾著一瘦瘦草綠泛黃軍夾克軍大衣。

眼一亮安樂新嚥了兩口水，躥前兩步，拗起脖子，把領帶摔脫靳五的手蹎蹬上慈恩堂門口那片水泥臺階，趴住門，跂起腳，抖盪著兩筒喇叭褲管，朝十字架下那窟白頭張望了望。壇上昂揚著顆大頭顱，紅毛羢羢。千百條蒼涼嗓子大放悲聲引吭高歌，一濤，一哽咽，大年夜澎湃出教堂門口來。大街空蕩蕩。靳五躡起腳跟悄悄掩到安樂新身旁，揑揑他腰桿子。格格兩笑，安樂新蹦起高跟小皮靴，猛回眸，臉青青嗞起兩齣子小紅牙：「那個美國神父長得有夠像電影十誡裡的摩西！哥，有無聽說過，我們蔣公也是摩西投胎轉世的？嗤！一群老芋仔！過年不過年，二九暝年除夕在美國教堂鬼叫鬼唱。」「無家可歸！」靳五嘆口氣。呸！安樂新啐出檳榔泡，挺直起小蜂腰蹭到門洞中央，撣撣身上那套天藍夏秋西裝，嚥住口水端整起臉容，朝十字架上癱掛著的那條紅幽幽骨坳坳的細白身子，哈腰，打起手勢，指著自己的嘴洞。那美國神父只管睥睨著一街流竄的荒風，不瞅不睬，張開兩膀子，煦嫗著滿堂仰天悲號的老兵。感謝父捨愛子大恩賞，並每日賜與我福滿盈——不多時福日到，我等必要會在彼美岸——滿龕白蠟燭幻閃著七彩玻璃，血光瀲灩，宛如花塢。白芒芒一窟頭顱中，東蕭蔌著一髻斑白西漾亮著兩鬢紅絨花。孤伶伶，滿臉膛風霜，十來位海西大娘散坐會眾裡。安樂新站在門洞中齜牙咧嘴比手劃腳了半天，膝頭一軟，捧起肚腩蹲到門檻上。靳五嘆口氣，撈起那條小紅領帶把個安樂新踉踉蹌蹌牽下慈恩堂門階，一個前，一個後，頂著漫京漩起的寒流，走進大馬路心飄零滿地的爆竹花中。

路燈下，安樂新猛擡頭瞅住靳五。眼窠子兩瞳淚光。

靳五呆了呆：

「安樂新！振作。」

「嗨。」

小龍江堤下噼啪噼啪綻開簇簇春花。

「哥哥，我們走那邊去。」

「那是甚麼所在？」

「京觀里。」

「還好遠哩。」

「媽媽桑都在放鞭炮拜天蓬元帥，有酒有菜討來吃吃。」癡癡笑，安樂新嚥了五六口水，猛一哆嗦掏出手絹拭起那滿頭滿臉蒼冷的汗珠：「哥，你不知道？天蓬元帥就是西遊記裡那個豬八戒！京觀里查某間的媽媽桑和小姐，都祭拜豬八戒，哥，你知道為啥嗎？因為豬八戒好色，為了保祐生意興隆多多接客，媽媽桑都去佛像店訂做豬八戒的佛像，每天燒香，二九暝大拜拜，不敢對天蓬元帥失禮——二九暝就是年除夕。」

靳五撈住安樂新的領帶，往他額頭上抹了抹，牽著他，穿街過巷往京觀里尋覓過去。

「這條甚麼街？」猛一怔，安樂新汗艷艷昂起脖子路燈下望望路牌：「阪泉路。」

「阪泉路？」靳五呆了呆望望那一町荒漠漠流竄的朔風：「你沒來過嗎？」

「今晚走的路都好像沒走過。」安樂新站在馬路心，四下張望：「這一帶是破落的老市區，就是貧民窟啦，住在這裡的都是人渣——哥，人渣知否？就是我們這個三民主義自由中國不要的垃圾人類！有出息的人，像齊姜小妹，都搬到夷洲路新社區去住高級公寓。」

「難怪！」

「嗯？哥？」

「你找不到飯吃。」

「剛剛教堂那條甚麼路？」

「祁野路。」

「沒有聽過。」

冷汗濟濟安樂新一臉茫然。

一呆，靳五站住了，牽著安樂新的領帶趑趄在大馬路心四下瀏覽起街町來。朔風掃蕩下長街，一颭一渦，紅磚人行道上漩漫起爆竹花。簷口，環環紅霓寂滅。街上家家理髮廳鎖起了黑晶玻璃門洞，筒筒三色燈，動也不動只管睞眨街燈下。靳五嘆口氣：「馬姐都回家過年了！不然呢進去理髮廳叫兩個好馬姐馬兩節，問媽媽桑討點兒剩飯剩菜吃吃——咦？那邊有家戲院，唉，偏偏二九暝不演電影，不然，看場電影歇歇腳暖暖身體買點熱呼呼的小吃吃吃——」抖簌簌吃吃笑，安樂新仰起臉瞅住靳五扯了扯牽在他手裡的領帶，弓下腰把兩隻爪子撐到膝蓋上，豎起耳朵，咕嚕，咕嚕，咕嚕，傾聽著自己肚皮裡打起的小悶雷。靳五瞅著他咯咯笑。婦產科。泌尿科。小兒科。街頭街尾十來家診所霎亮亮點著日光燈，前門大開。樓上，月子中心黯沉沉。三兩家窗裡亮著一盞燈，風中，髮絲蓬飛，坐月子的小媽媽披著睡袍把娃兒密匝匝裹在小被褥裡，獨自個倚到窗口，眺望那一城飛綻開的花炮。靳五呆了呆：「咦？大年夜！有幾個坐月子的媽媽沒有回家，抱著孩子站在窗口，啃鹵雞腳鹵鴨脖頭——」

「哥，莫講莫講！走。」

安樂新仰起臉哀哀瞅住靳五嚥了兩口水。

靳五不吭聲了，路心上，街燈下，撈起安樂新的領帶抹了抹他嘴角流淌著的檳榔汁，牽起他來，蹭蹬蹭蹬穿過阪泉路大街，瑟縮進姬水街小衚衕裡。

一條後街深巷住著窮門小戶，百來家，矮簷下，除夕夜蒼冷著十來灘街燈，滿溝黑水盪漾著爆竹花。安樂新捏住鼻頭啐出兩泡黑血痰。家家門洞裡，電視機潑紅。男人們拱擁著草綠泛白軍夾克軍大衣白頭蕭森蹲在門口，愣瞪，啄口高粱，噴兩口煙。女人家一身簇新紅妝站上門檻，托住一掌瓜子，嗑著，金牙閃閃，咬牙切齒呼喚街頭街尾追奔逐北亂放爆竹的孩兒們。夫妻相罵——翹雜母！老雜碎！菜刀不磨成磁鐵老婆不打成妖孽！老芋仔你講啥？老娘聽無！我講妳們這起海東婆娘賤，欠漢子揍！打某大丈夫！兇來兮翹雜母！老雜碎你給我去死！唉，鐵打的漢子也能叫妳們海東女人給磨得化成一灘膿水，到如今受淒涼，異鄉飄蕩啊！嗤！老芋仔喝醉酒又唱國劇了——夫妻鬥眼。靳五笑嘻嘻揪住安樂新的領帶牽住他的脖子，閃躲著炮花，走過姬水街洞洞門扉雙雙乜瞪的眼眸，忽然，手一緊。蹬蹬，安樂新掙了掙脖子上的領帶硬生生煞住了鞋跟，見鬼似的，瞠起眼瞳，滿衚衕硝煙中燐燐閃爍著。街燈下靳五擡頭覷了覷。節。孝。大清旌表故儒士柯士謀妻陳氏坊。湛恩深雨露；清節厲冰霜。賜進士出身戶部主政掌教登瀛學海書院林金德拜。街心上，炮花中，風雨滄桑矗立著一座石雕牌坊。靳五回頭瞅瞅安樂新，一揪，扯兩扯，牽著他的領帶就要穿過貞節牌坊下。安樂新縮住脖子，嗞起牙，翹起小馬靴把鞋跟抵住柏油路面哀哀瞅望住靳五，半天只管搖頭：「哥！

從女人下面走過去，不吉利。」靳五猛怔了怔鬆開了手，哈哈大笑，讓安樂新繞過清朝節婦陳氏的石碑從人家屋簷下穿過去。一蹦，一瘸，安樂新抖簌著兩筒喇叭西裝褲腳，繞出街燈下來。靳五站在街心，扠著腰笑嘻嘻端詳他。安樂新幽幽嘆出了兩口氣，不瞅不睬，呸！啐出了泡血花，北風蕭瑟中飄飄起他那身天藍夏秋西裝丹紅小領帶，自顧自朝街尾彳亍過去，一蹶，翹起臀子，打了兩個踉蹌。靳五攫住他西裝後領子。安樂新扶住膝頭慢吞吞撐起腿子，拐到簷下，摸著街邊一家豬肉攤，吁喘，吁喘，半天爬坐到砧板上，噝噝口水咬住牙根，猛哆嗦硬剝下那雙簇新高跟短筒黑皮小馬靴來，脫下紅襪子，街燈下照了照。那十顆枯瘪的腳趾頭，早已磨出一朵朵紅灩灩的水泡。

「哥，莫見笑走不動了。」

「歇歇腳吧。」

靳五拍拍他肩胛。

眼圈一紅，安樂新仰起臉望望靳五抽抽鼻水，朔風中蜷縮起身子來，蹲坐在豬肉攤砧板上，齜著小血牙揉搓起腳丫子，半天脖子一昂覷眺住滿天寒星一城花雨，幽幽哼唱起歌兒。

月光暝
想要寫信來寄給妳
希望能平安過日
我的阿母

想彼時強強離開
想彼時強強離開
我也來到他鄉的這個省都
不過我是真勇健的
媽媽！
請妳也保重

心一酸，靳五在豬肉攤口屋簷下站住了。
「真的沒見過你媽？安樂新。」
「好像有，好像沒有。」
「嗯？怎麼說？」
「印象模糊。」
「爸爸呢？」
「當過日本兵，後來討海。」
「打魚？」
「嗯！打到六十五歲。」
安樂新揉著腳丫又悽聲唱起海東思母謠。
靳五踱到衚衕心，點支菸，眺望那一城天睞眨的星星羅傘樣兒簇簇綻開的煙花。滿京喜氣，冷冷清清。空窿，空窿，城心一月燈火黯淡，迎風奔騰過一列莒光號客車。姬水街口阪泉路，街燈灑下灘灘水銀清光，家家店鋪拉闔起鐵捲門，馬路口紅綠燈下，林婦產科小兒科診所門戶大開燈光雪亮，樓上月子中心黯沉沉，風中孤燈如豆，獨自個，坐月子的小媽媽披著兩肩髮蓬子抱著娃兒啃著鹵鴨脖頭，鵠立窗口，泫然張望著大街。靳五猛地回過頭來。豬肉攤口，新衣新鞋糾聚起了六七個男女孩兒，簌簌抽著兩蚍子黃鼻涕，笑不笑，只管愣瞪住孤伶伶癱坐砧板上的安樂新，個個手裡揝著葱油雞，油滴滴肥膵膵。睞啊，睞。十幾隻黑眸子瞟定安樂新。一嗞牙，瞇笑瞇笑，安樂新往西裝襟口裡摸掏出十來個紅包，招招手。孩兒們打量了量安樂新，哆嗦著蹬蹬蹬退出三步。靳五搖搖頭：「你餓相嚇人，安樂新！可憐啊，過年身上準備那麼多個紅包，可就偏偏派賞不出去。」「哥，莫再講風涼話！」臉一臊紅安樂新翻白起兩粒血絲眼珠冷森森瞅住靳五，咬緊牙根，嚥兩口水，把紅包藏回西裝內口袋，悄悄揉了揉眼皮，絞起眉心，伸根指尖沾沾口水自管垂頭搓捏起趾頭來。孩兒們發了聲喊，蹦！啃著雞肉躥開了。靳五點支菸，北風中托起安樂新咯咯打著牙戰的下巴，把菸塞進他嘴洞，自己跳上肉攤子，哥倆吸著菸，好半天靜靜挨坐著，瀏覽一盞一盞街燈下白髮紅顏雙雙聚在門口守歲的夫妻。

姬水街，肉香四溢香火飀颺。

滿衚衕孩兒放爆竹。

安樂新肚皮裡打著小悶雷，咕嚕咕嚕。

「哥！」

「安樂新？」

「好久沒見亞星妹子。」

「回家過年了。」

「哥，亞星妹子也是山東人？」

「你都打聽了？」

「嗯！她媽媽是哪裡人？」

「你們海東人啊！」靳五瞅瞅安樂新那兩瓣蒼冷的尖腮子：「怎麼？」

「哦！」安樂新嗒然若失。「齊小妹，她媽媽是江蘇省吳縣人。」

「齊小妹？哦，齊姜。」

「齊小妹是山東省壽丘地方人。」

「你說過。」

「我有看報紙講，齊姜——」安樂新弓著背脊一聳一聳揉搓著腳丫子，擡頭，眺望星空，幽幽吐出兩口煙，把隻枯黃爪子蠕進西裝襟口齜著齜著扒搔起胳肢窩，半天抽出手來，撮送到鼻頭下嗅了嗅。風中飄漾出兩腋窩古龍香水，謐謐腥腥。癡癡兩笑，安樂新仰望星星：「哥，我有看到報紙講齊小妹去年八月應聘去香港拍片，大熱天去出外景，她有個人專用活動冷氣，戲拍到那兒，那冷氣機就給她跟到那兒。有專人移送的喔！哥，知道嗎？那是邵家六老闆的恩寵。甚至英國有家大銀行去香港成立分行，小妹不但是，非僅是——報紙講——最年輕最美麗的特別來賓，而且，還是該分行第一個開戶的顧客，編號零零零零零壹號。那是小妹的光榮哦，抑且是香港同胞和自由祖國的驕傲。那夜小妹陪該銀行董事局主席勞頓勳爵談心到天亮，第二天，哥！乾坤倒轉，小妹的戶頭裡就有了壹零零零零零元港幣的進帳。齊媽媽講，唉喲記者亂寫的啦！小妹去香港拍片，齊媽媽每天二十四小時都有跟在小妹身邊——」

「安樂新，你天天看齊姜的新聞啊？」

安樂新呆了呆，靦腆腆笑了笑，眼一柔，朔風中街燈下蹲坐豬肉攤上仰望那漫穹眨眼的星星，半天猛打個冷顫，綻開兩渦蠟黃的笑靨：「我都有剪貼下來。昨天育樂報有登該報記者專訪小妹，小妹講，真的嘞，你不知道香港的老廣導演導戲好入戲哟，就好像他自己在演一樣。那場親熱戲，鏡頭前，有隔著一塊毛玻璃。導演實在有夠緊張，眼睛瞪得足大足大。各就各位，準備開拍。小妹在毛玻璃裡面聽到導演在毛玻璃外面大聲的叫，雞情，要雞情！每叫一次雞情，導演就捏住他自己的喉嚨，嗬嗬嗬嗬。小妹在毛玻璃後面聽到導演要她激情，要嗬嗬嗬，就給他演起來了。導演又叫，開麥拉！小妹就嗬嗬嗬嗬給他激情起來。然後導演再叫，卡！小妹從毛玻璃後面滿身流汗包著大毛巾走出來，人家有看到她的下巴鮮血糊糊，被兩支門牙啃出兩個洞，而和她演對手戲的那個矮她半個頭留一撮小鬍子的港仔，嘴唇上面也血肉模糊。老廣導演好滿意，不停的用自己的右手拍自己的左手心，好，好嘢！小妹收工回到麗晶酒店，齊媽媽她看見了就納悶的問：演甚麼樣的戲會演到滿身傷痕累累的呢？講好不拍毛片啊！這起香港人，唉喲不講信用。」

「這年頭，五花肉大賤賣！」

「哥！」嗓門一抖，安樂新從豬肉攤砧板上蹦起腳來攫住靳五的胳臂：「你講啥？」

「沒講甚麼！」靳五抽著菸笑了笑：「唉，這年頭哪個明星不賣點肉賺點港幣？」

「小妹還沒演有露毛的電影！」

「我說，齊姜有氣質。」

「小妹演親熱戲，有貼上一塊膠布。」

「哦？貼在哪兒啊？」

「貼在不可以給人碰到的地方。」

一怔，靳五咯咯笑起來。

「小妹有家教！」抖簌簌，安樂新喘回兩口氣來，鬆開箍住靳五胳臂的兩隻枯冷爪子蹲坐回砧板上，嗅嗅滿攤子豬血腥，憋住饑腸轆轆的肚皮，嚥兩口水，掏出檳榔包撮了顆塞進嘴洞，眼一柔，瞇眺起星星，淒淒涼涼笑了笑：「每次拍完戲剝掉膠布都好痛哦，可是，小妹！每次拍激情戲，她打死也要緊緊的貼上一塊撒隆巴斯膠布，唉，哥！你知道嗎？小妹媽媽家以前在江蘇吳縣是大戶人家，書香門第，對女孩子的管教有夠嚴，走路不可以搖動裙子，微笑不可以露出門牙的。」

「齊姜的祖父當過大使？」

「嗯！山東老世家。」

「你對這種家世的女孩特感興趣？」靳五回頭端詳著安樂新：「你們這種人的心理，真有趣！」

「小妹！唉。」安樂新幽幽嘆息了兩聲：「你猜小妹現在在幹甚麼？」

「年除夕？我怎麼知道。」

「陪父母守歲。」

「在哪？」

「夷洲路新買的公寓，嘻嘻。」

安樂新癡癡兩笑。

靳五背脊一麻：

「瞧你！餓得滿身發抖還害相思病。」

「哥，莫要講風涼話。」

「癡情種子！」

臉一紅，羞答答，安樂新把爪子搔進西裝襟口窸窸窣窣半天掏摸著甚麼，臉上，水樣蒼白，風中漾亮著兩腮渦古怪的笑靨。靳五呆了呆攫住他的腕子，掰開他的掌心一瞧。街燈下，皎白皎白五六顆藥丸子。靳五猛地哆嗦：

「安樂新！你想幹甚麼？」

「哥，放心，不會用在妹子身上。」

「你說哪個妹子？」

「亞星妹子。」

「你敢！」

「哥，也放心！」眼一柔安樂新腼腆笑笑：「我也不會把它用到齊姜齊小妹身上。」

「我看你是餓迷了心竅了！上路，找碗飯吃去吧。」心一毛，靳五揪起安樂新脖子上那根丹紅小領帶，狠狠扯兩扯，跳下豬肉攤。安樂新跌了個倒栽葱，一頭滾落豬肉攤哀哀嚎啕兩聲整個人當街趴做一團，半天，仰起臉，摸著額頭上老大的肉疔，笑蓋蓋，街燈下綻開了滿嘴洞米粒樣小血牙瞅住靳五，撿起藥丸子，一顆一顆吹掉灰塵，揣回西裝內襟口袋。靳五呆了呆弓下腰托起他的下巴瞅瞅他的眼睛。兩瞳子淚花，瞟閃著血絲兇光。靳五打個寒噤。不聲不響，安樂新爬上肉攤子抱下他那雙高跟小黑靴兩隻紅襪子，佝僂到臭水溝旁，慢吞吞穿上腳，撐起膝頭拂了拂那身簇新天藍夏秋西裝。心一軟，靳五嘆口氣走上前，撣撣他肩上沾滿的爆竹花。安樂新捽捽手，蹬蹬，躥開了六七步抖簌起青蛙樣兩條細小腿子戟指住靳五。眼瞪眼，哥倆站在衚衕心半天對峙著。騎樓下嗑瓜子啜高粱過新年的婦人男人，呆呆乜過眼眸來。孩兒們，男娃女娃一窩追逐一窩揝著雞腿拈著香支點著爆竹，怯生生圍攏了上來，舒長脖子，瞅住哥倆，只顧笑著啃起雞肉。安樂新齜翻起上唇血齙齙啐出檳榔渣，眼圈一紅，揉揉眼皮噓噓口水，蹭蹬起高跟小馬靴飄搖起兩筒喇叭西裝褲腳，扭起腰桿子，跳閃著炮花，朝姬水街衚衕口涿鹿路大街走出去。靳五追上前。肩併肩，哥倆不吭聲，穿過矮簷下家家堂屋燦響的電視，門洞口一雙一對白髮紅顏。

安樂新煞住腳步，臉泛青。

十字路口，火光毯毯。

蒼冷水銀路燈下一身光鮮冬黑西裝蹲著個瘦小男子，三十來歲生意人模樣，哆嗦哆嗦，摟住兩綑紙錢，一張張點著打火機當街燒化起來，猛回頭，打個寒噤，撂下紙錢躥出斑馬線，鑽進路旁等著的簇新乳白豐田來速轎車，男女兩個，一飆子，消失進城心空蕩蕩轟隆著北上列車的街町。安樂新蹓起腳繞過火堆，合十一躬，拜了兩拜。靳五擡頭看去。水泥電線桿上兩根鐵絲拴著一塊白漆鐵皮。血紅的告示，懸賞叁萬圓：

十二月二十四日聖誕夜九時一名白色豐田轎車駕駛人於此斑馬線上撞死一名佟姓八十歲老兵該駕駛人年齡約三十餘歲身材瘦小操海東口音發生事故後逃逸無蹤若有目擊者或社會善心人士發現車號或提供線索因而破案賞金叁萬元決不食言連絡電話三七×五九四九佟太太

靳五拍拍安樂新的背脊。

蹦地一跳，安樂新煞青了臉皮。

「哥？」

「看！」

「看甚麼？」

「巷口有個影子。」

「哥莫嚇人。」

街燈下，一髻黑鬖漾亮著一朵白絨花。

衚衕口大年夜一身黑素衫褲捧著碗白飯走出了個小婦人，看見那灘紙錢灰，呆了呆，咬咬牙兩三步跑上大馬路心，四下張望，半天回過頭來兩瞳子狐疑瞅住哥倆：「你們有看見他嗎？」「跑了！」靳五搖了搖頭。婦人揉揉眼皮蹲下身把兩根竹筷插進白飯，供到紅綠燈下，拜三拜，趴著瀝青路面磕個頭，拿下腋窩挾著的兩綑紙錢，背著朔風，劃根火柴，一疊一疊就在十字路口斑馬線上燒化起來。紅洶洶火舌，呢喃喃訴語。靳五站在告示牌下癡癡看了半晌，心酸酸，朝馬路心那堆火拜兩拜，揪牽起安樂新的領帶，躡起腳，滿城天追竄的花蛇炮中悄悄穿過涿鹿路走進對面巷裡。

手一緊。

靳五回過頭來。

安樂新那株小頸脖愣撐著，嗞起牙，縮起肚腩，掙扯著牽在靳五手裡的領帶，兩條腿子簌簌抖，把小靴跟抵住路面，不肯往巷裡走。

「安樂新，你是怎麼了？」

「有，有──」

屋簷下黑影地，一蓬白髮閃忽。靳五揉揉眼皮覷了覷猛咬起牙根：「有鬼！八十歲的老兵哩。」冷不防拽住了安樂新的領帶往他脖子上繞個兩圈，一勒，蹬蹬蹬揪過十來戶小門洞：「想你的齊姜妹子，唉，想迷了心竅！八十歲老兵的鬼魂晚晚守在十字路口等撞死他的人呢。安樂新，你知道嗎？這一帶都住著老兵，有家眷的沒家眷的，少說上萬。大年夜，有好多個老兵在馬路上飄來飄去遊蕩，找撞死他們的少年郎，要索命哦。我們一路走來，你有看到嗎？馬路上有多少堆剛燒過的紙錢？有多少碗插著雙筷子的白飯？嗯？安樂新？莫怕！你以前騎摩托車有無撞死過無家可歸的老兵啊？」兩腮尖子冷汗濟濟，安樂新縮昂起脖子弓起背脊，朔風中，回回眸，瞅住靳五咯咯咯只管傻笑個不住。靳五鬆了手，摔掉他的領帶：「狗屎！」屋簷下那老人瘦條條挺拔起一身燙貼的美式陸軍冬禮服，獨自個，背著手邁動大頭皮鞋，踱過來踱過去，鼻尖那副銀絲邊眼鏡只管睃向巷心，看見靳五，靦腆嘻嘻，綻開兩排象牙樣白的假牙：「新年發財呀！兩位。」蒼涼海西腔。靳五陪起笑臉瞅瞅老人肩上那三條帥亮的銅槓子，拱了拱手，回聲恭喜。長長一條衖子迷漫起腥紅夜霧。門洞口花燈影裡，鶼鶼鰈鰈成雙成對廝磨著繾綣著一肩黑髮一顱白髮。巷頭巷尾東張西望，涎瞪瞪，穿梭著個個老阿公。兩顆心突突跳，靳五牽起安樂新的領帶，踩著灘灘爆竹花，走過一窟一圞睞啊睞眨啊眨的青紅霓。家家戶戶黑閣樓下，兩扉子猩紅門，咿呀咿呀開闔不住。有家叫四季紅的茶室，晃盪，給撞開了彈簧小板門。一個四十好幾的海東豔婦穿著水紅洋裝，汗淋漓，搔著腿胯子，推送出一個白頭翁。兩個兒站到門下手勾手，摽纏起膀子，湊湊嘴皮咬咬耳朵講起了悄悄話。婦人只管噘住唇上那蕾丹硃，忽然睜起眸子，啐泡口水，又開五根指尖吃吃笑兩巴掌把客人摑了個滿天星，噼噼啪啪一頓嘴巴子，趕出矮簷外。白頭翁摸著臉皮愣了愣，笑眯眯，猱上身，攫住婦人的腰肢嘟起嘴又湊上去。老少兩個門口廝抱著又講了回悄悄話。「小雜母！再給我老人家嗅嗅嘛。」「人家看見不好意思！老芋仔纏死人。」婦人嘆息了聲，從腋窩裡抽出手絹一爪子揪過客人頭頂上那撮白髮，抹抹他的鼻頭，湊上自己的鼻尖嗅了嗅，蹙起眉心，沉下臉來跺跺三吋銀鞋跟，勾起小指尖往老人家腮幫狠狠刮上兩刮，羞了羞他：「剛才在裡面還嗅不夠！哎咿，鼻子都弄得好臭哦。」眼一柔，咬咬牙，又捏起手絹搓了搓老人家那隻紅湅湅酒齇鼻頭。白頭翁涎起笑臉來，呵呵，掏出個大紅包往門燈下亮了亮，探出爪子撩起婦人裙腳把紅包塞進婦人內褲裡，弓起腰背湊上鼻頭，一嘆，整整西裝醉瞢瞢端詳靳五兩眼，打個飽嗝，含糊招呼了聲恭喜，邁開皮鞋昂起白頭眺望那一城天寒星放悲聲哼起小調，送郎送到大門西，嗳，手拉手兒捨不得，嗳，不忍分離，嗳，左手與郎撐開傘，嗳，右手替郎掖衣——嗳——朔風中沐淋著滿巷飄繚起的爆竹花獨自個朝街尾踱出去。安樂新依偎著靳五，憋住肚皮站在巷心，一哆嗦，朝老人家的背影呸出兩口檳榔汁：「幹！老芋仔找女人，喜歡用鼻子搞。」瞄瞄倚在四季紅茶室門口那妦白婦人，冷風裡，顫了顫抽抽鼻涕，街燈下血絲烱烱流竄起兩瞳子冷火。靳五探出脖子望望門洞，嗆了嗆打個寒噤。洞裡，紅燈蕊蕾汗酸瀰漫哼哼唧唧抖簌著幾十顆白頭。酒香肉香，飄出門洞。婦人歪起高跟鞋把雙膀子撐住兩扉小紅門，一開一闔，搧著涼，眼波流漾朝哥倆瞟送個眼風，掩住嘴洞，金銀牙閃爍，打了個連天響的大哈欠，回身抖盪起兩墩白肉，反手撮起腰肢後那汗漬漬黏搭搭水紅裙子猛撩了撩，搔搔臀胯蹬進了門洞，砰，把彈簧門給摔上了。安樂新齜起牙。饑腸轆轆。隔壁，五月花茶室門口板凳上披頭散髮坐出了個豔妝婦人，朔風中淌著兩腋窩汗，翹起裸白腿子，把腰下那襲黑綢長裙襬子掖進腿胯裡，時不時，搔兩搔，五指尖紅撮住一根白煮雞脖頭，舔著吮著，齜開兩唇丹硃，啃齧起那連皮帶血的筋骨。安樂新嚥口水，縮起肚腩蹭到簷下，怯生生舒伸出脖子朝門縫裡覷望了望。婦人吐出骨渣，挑起陰藍眼皮。紅霓鬱鬱，洞口歪靠著個黑皮小夾克黑布喇叭褲的少年郎，翹起一隻高跟皮靴，蹬啊蹬，手心上托著爆竹，一枚枚往嘴角叼住的香菸點上火，撂出矮簷外。兩隻血絲烏黑眼瞳，賊乜乜睃著安樂新。街中，東一咿呀西一晃盪，兩扉子猩紅門開處，豔妝婦人揑著紅包搔著腿胯，送出一個個醉瞇瞇只管把手抹拭著鼻子的白頭客。窩窩酒肉香，蒸騰出門洞，瀰漫一街。安樂新悄悄嚥了五六口水。靳五揪起安樂新的領帶拖扯到簷下：

「進去叫頓酒菜吃！我請你客。」

「哥，這些是甚麼所在？」

「管它。」

「阿公店哦。」

「嗯？」

「阿公店就是老人茶室！」渾身一哆嗦，安樂新翹起小馬靴把靴跟抵住路面，臉皮煞青，見鬼似的，望著門洞裡燈紅酒綠中喘吁吁顫抖著的十來顱花白，只管搖頭不肯進門：「哥，那裡面的小姐都是老幹家，都是三四十歲，破病的哦。」

門口放爆竹的少年郎沉下了鐵青臉皮。

安樂新陪起笑臉，一躬，退出簷外，扯起靳五的衣袖悄悄使個眼色，牽著他，躡起小馬靴，夜霧淒迷中，走過滿弄堂一閭紅霓眨閃著一窟白頭青絲的老人茶室。招牌蕊蕊。日日春白牡丹雨夜花望春風相思海。巷口，漫街水銀清光，北風如刀。鑽出四季紅茶室的那個白頭翁抱住膝蓋躺在馬路心，翻白起血絲眼塘，抽抽搐搐，翹起兩隻油光烏亮的圓頭皮鞋，把整條身子窩蜷成一團。鏉鏉，鏉鏉，兩輛簇新本田雅哥鈴木吉星轎車撳著喇叭，載著六七對男女，醉醺醺呼嘯而過。

「差點撞死老人家！」

靳五咬咬牙，跑上大馬路心。

「哥！莫碰他。」安樂新兩爪子攫住靳五西裝後襬硬生生扯住了他：「無事！老芋仔逛阿公店，興奮過度，忍不住就發起羊癲瘋啦，一下就會過去。」

河上飆漩起寒流風。嘩喇喇，空蕩蕩，十線大街關門閉戶一路飄繚起爆竹花。十字路口斑馬線上，灘灘紙錢灰中供著七八碗白飯，紅晶燈，眨啊眨，閃爍著碗裡插著的雙雙黑漆竹筷。安樂新抽了抽鼻水，鼽嚏鼽嚏，寒冬臘月穿著單薄的仿綢月白襯衫天藍夏秋西裝，站在北風頭上，簌落落，滿身抖，肚腩裡咕嚕咕嚕又打起小悶雷。靳五瞅乜著他，忍不住格格笑。安樂新揉撫起肚皮，仰起臉哀哀望住靳五。闃窿闃窿北上列車晃爍著窗窗男女歸客飆駛過鐵橋。河風浩渺，掃蕩下城心條條街衖。靳五牽著安樂新脖子上那根丹紅小領帶站在十字路口，打起哆嗦，發起了愣，歲末寒流中茫茫環顧條條大街——岱宗路，空桐路，熊湘路，釜山路——大年夜哪兒找碗飯給安樂新吃？天風大起，滿京飛煙。靳五打個寒噤牽起安樂新鑽進騎樓下，挨著人家店門檻蹲坐下來，半天，哥倆依偎著摟住膝頭，咯咯咯打牙戰，眺望星空下花雨雰霏中滿城高樓天臺上一盞盞紅警燈。安樂新幽幽嘆出了口氣：

「又餓，又冷冷。」

「又害相思，又想媽媽。」

「你你你拜託不要開這種玩笑！哥。」

十字路心，老人家那條瘦伶伶的身子發起連環瘧子也似打起冷顫，朔風中紙錢灰裡，一波趕著一波，抽抽搐搐渾身只管痙攣個不停。

街口一盞水銀街燈，白髮颼颼，哈勳哈勳，老人們拱著冬衣背著雙手瞟啊瞟踱進踱出。

安樂新蜷縮起肚皮咯咯咯打牙戰瞪望著躺在路心的老人，忽然嗤的一聲，顫笑出來，冷得舌頭直打結：「以以以前我在管管管訓隊的時候，同房調調進一個小混混混，名字叫秋冬仔，一一搬進來，就團團團拱手講：我要報告各各各各位大哥，小弟有羊癲癇，請包涵！我安樣報告各各各位大哥哥哥，是希望發作時大家免免免驚慌，將我手腳腳按按住，一下子就過去啦啦，以前有人不知樣，鬧出許多笑笑話。我就問：甚麼笑話話講講講來聽聽聽。秋冬仔仔仔就講：我講講給各各各位大哥哥哥聽吧吧！我第一次出庭，站在法官面前，忽忽然，羊癲癇發作，身子一撲撲撲就抓住了女律律律律律師的大大腿腿，伊嚇嚇得尖尖叫起來。以後我出庭，法官就叫我離審判臺遠遠一點點。呵呵呵呵呵！管訓隊同房那個胖胖子，叫做歐羅肥，聽了就忍不住抱著肚子笑了了起來。秋冬冬仔又講：還有次，更好笑，有位警衛進來查房房，我剛好羊羊癇癲癇癲癲癇發作，抓住警衛的子子子孫袋，伊慘叫一聲，暈了了過去。我講：嘿嘿嘿嘿嘿！秋冬仔，你不是抓女女人大腿腿就是抓男男人子子孫袋袋，你是不是故意的的？秋冬仔講：森郎兄——我本名蔡蔡蔡蔡森郎啦，安樂新是朋友取的外號啦——森郎兄，我嘸嘸嘸是故意的啦啦，羊癲癇，它它發作起來，就會亂亂抓抓，那次我賭賭賭好抓到女律律律律師的大腿腿，嘸是故意啦。沒騙你們。喂喂，我再講一件哥卡卡卡卡卡趣味的事給各各各各位大哥聽。大條條仔問：啥咪，啥咪咪咪卡卡卡趣味的事？講來聽吧吧。秋冬仔講：我住龍潭，龍潭那些查某間的的查某看到我，大家穿穿穿褲褲逃走，哀爸爸爸叫母母！歐羅肥肥問：怎講？秋冬仔講：我一一一一興奮，就會發作，那些死死死查某看到我羊羊羊羊癲癲癇癇發作，就吱吱吱亂喊救命，整個查某間——查某間就是妓女戶啦——亂亂亂哄哄，生理根本就無法做。所以，一看到我來，嘿嘿嘿嘿嘿，老鴇鴇就拿紅包拜拜拜咯咯託我趕快離開開，莫要妨礙伊伊伊伊——伊做生理！」

「安樂新，饒了我！」靳五捧住肚皮望著寒星中那漫天綻起綻落的煙花，笑出兩把淚水，一咬牙，揪起安樂新那身天藍西裝襟口，狠狠抖兩抖：「看你冷成這個鬼樣子，舌頭都打結了，省省氣力別講下去吧。」

「管訓隊還有好多卡卡卡卡哈哈鼽！」迎面刮來一街風，悄沒聲，冷颼颼，安樂新打個哆嗦呆了呆抽抽鼻水呼天搶地打出噴嚏，滿嘴洞血花，迸濺出檳榔汁：「管管訓隊還有好多卡卡卡趣味的事情咯咯。」

靳五望向路心：

「瞧，那個老人爬起來了。」

「逛逛逛阿公店，興奮過度度度啦啦。」

哥倆瑟縮著西北風蹲坐在旗袍店門口望著大馬路。老人家撐起膝頭，茫茫然，四下覷了覷，撣撣西裝上的塵埃，邁起皮鞋橐橐橐踱過路心飄搖向燈火淒迷的橋山路。鏦，鏦鏦，兩輛遊覽巴士揿著喇叭載著滿車白頭日本觀光客，醉眼矇矓，闖過紅燈，飆捲起斑馬線上灘灘紙錢灰。

哥倆眺望著煙火風塵中那一京飛竄的花蛇。

靳五心中一動：

「安樂新！」

「哥哥。」

「你在管訓隊待過？」

「嗨。」

「犯甚麼法？」

「咯咯。」

「誘拐未成年少女對不對？」

安樂新猛回頭。路燈下，兩腮子尖白。大年除夕西伯利亞寒流一濤呼嘯一濤渡過海峽，登陸海東，洶湧進城裡，飈漩起十字路口碗碗白米飯，掃潑著爆竹花滿街流竄開來。蒙古冷氣團，源源南下。咯咯，安樂新摟住膝頭齜開血嘴皮子打起牙戰，愣睜著兩窠子血絲，望向路心，一爪爪刮搔著胳肢窩，半天，抖簌簌摸掏出了顆檳榔塞進嘴洞裡，咯咯咀嚼起來，忽然打個哆嗦。那條枯瘦的小身子風中一癲一癲發起了連環瘧疾，佝僂著，蹲坐在門檻，半天只管抽搐個不住。

「安樂新，你生病了？」

「有一點點咯咯。」

「是餓慌了！」靳五扯了扯他身上那套單薄的西裝：「隆冬天穿夏天裝，愛美喲！穿給你的齊姜小妹看？」

「嘻！咯咯咯嘻嘻。」

「還笑呢。」

靳五撮住安樂新那顆小平頭頂上一簇短毛，燈下，照了兩照。

滿臉灰敗。

安樂新望著十字路口碗碗白飯，嚥口水。

一嘆，靳五瞅瞅他：

「大年夜哪兒去找飯吃？」

「媽媽桑！放爆竹拜豬公有酒有菜。」

河堤下瓦房窩，綻開血樣春花。

眼一亮，安樂新扶住兩隻膝蓋顫巍巍撐起身子，猛個踉蹌，攫住靳五的胳臂，好半晌回轉過心神來，整整西裝跺跺腳上那雙簇新小馬靴幽幽嘆出了口氣：

「哥哥上路。」

「哪？」

「京觀里，找媽媽桑。」

「還要穿過好多條黑魆魆的小巷。」

「哥！走過橋山路，我就知道怎麼走了。」

安樂新邁起皮靴迎著滿城寒流，頭也不回，獨個，朝向河堤下那叢子飛綻的鞭炮，哆著喘著，蹭蹬過十二線橋山路，穿過路面上供著的碗碗白米飯。靳五站在簷下，望著他的背影。

腰桿子一扭，安樂新打個踉蹌當街蹲坐下來，路燈下冷汗濟濟，回眸靜靜瞅住靳五。靳五嘆口氣躡過十字路口。安樂新咬緊牙根硬生生剝脫了靴子，咻咻喘著，蹲在街心，揉捏著兩腳丫子水泡，眼圈一紅望住靳五狠狠抹去額頭上顆顆豆大的冷汗珠，撐住膝頭，渾身打著擺子站起身。靳五一把撈住他的領帶。安樂新穩住膝頭，噓口氣，打起赤腳來，把兩隻小馬靴拎在手裡讓靳五牽著脖子，穿街過街，一步挨蹭一步，朝京觀里滿窟迸濺的血點子尋覓過去。市警分局，燈火通明。簷下，值夜條子披著黑彪彪冬制服光裸著頭顱獨自個倚在門上，兩腮渦，花樣紅，嗞牙咧嘴剔著牙籤，看見哥倆走過來，勾了勾醉眼打個飽嗝。安樂新低低頭扯扯靳五衣袖。哥倆躡起腳，靜悄悄踩過分局門口那灘爆竹花，走過那一門洞雪白日光燈。一波寒流捲下河堤，安樂新猛打起哆嗦，哈——乞！哈——乞！咬牙切齒縮起肩窩噴濺出了滿頭臉兩腮子檳榔汁，擰出兩把鼻涕，咯哥咯哥又打起牙戰。嘩喇喇空洞洞，京觀里觀光夜市燈火淒迷一路颼響過朔風，街口大牌樓下，掃潑出滿街餐巾衛生紙。安樂新昂出脖子聳出鼻尖嗅了嗅，嚥下兩口水。靳五嗆了嗆。魷魚羹三杯土雞燒酒蝦豬血湯活鼈三吃各色炒菜生啤酒。大年夜，小吃街家家收了攤。五六家蛇店開著門，簷口日光燈下，一鐵絲籠一鐵絲籠繾綣著五彩斑斕的長蟲。街頭街尾，悄沒人聲，整條觀光夜市霧裡溶濛著盞盞水銀街燈，風中繚繞起爆竹花。靳五吸了口涼氣。安樂新嚥口水，打牙戰，牽著靳五的手巡禮過蛇店門口籠籠花蛇，指指點點，吃吃吃笑起來——大哥哥咯咯莫害怕怕咯，那不是蛇啦是小龍啦，小龍，哥，知不知?哥有看過人家殺殺殺殺蛇蛇有是沒有咯咯?看準了咯，哥，伸手入入入入籠子，一抓就是一一條，捏它的七寸，用鉗子拔掉他的的咯的咯兩粒大毒牙咯，吊吊，吊起來給他一刀子，剝下蛇皮，蛇的身子白白咯白得嚇死阿凸仔——阿凸仔就是美國人啦，哥，咯咯哥，知不知美國人來自由中國觀光最喜歡看殺蛇？老闆看到阿凸仔來看他殺蛇，樂得吱吱叫：喂喂，那位米國朋友！過來飲杯蛇血，再去京觀里玩玩小囡仔，保證清肝消毒褪褪褪——褪火氣咧！大哥哥咯咯咯哥你看那一條蛇，是叫青竹絲，他肚子有白眼，尾巴紅紅的。那條黑斑點點的咯三角咯頭的咯，鼻子上翹翹翹，是叫百步蛇，給他咬到一絲絲一定死死！哈哈哈哈——哈乞哈乞！乞乞！那條顏色有夠像那個烏烏烏龜龜咯那個烏龜的蛇，就叫做龜殼花啦啦啦，哥看，他頸扁扁，頭圓圓，有像飯鏟就是人家剷飯的飯鏟，所以有人叫他飯鏟頭啦。這種蛇最最兇的哦！哥你看他目珠，瞪得足大足大，就是想要咬男人那一支支支支呢！那一支，哥，知不知？就是每個男人都有的一支！哥小心保護你那一支，快快走過去，免被他咬到。哈乞！那條雨傘節一看就知道啦，半節青半節白，有夠像雨傘咯。過年後，我帶大哥咯咯哥哥來看殺蛇咯咯喝咯一杯蛇血吃兩碗蛇羹，包你清肝明目，褪褪褪火氣，哈哈哈哈——哈乞！乞乞！

「安樂新！」

「咯咯，大哥咯。」

「看你又打噴嚏又打牙戰，話說成這個樣子！來，我請你喝碗蛇肉羹，暖暖身子。」靳五揪起安樂新的領帶絞兩絞一把拖到蛇店門口：「這家還開著——老闆老闆！有人在嗎？」

「哥。」

「怎麼了？」

「咯咯不乞乞。」

「不吃?你不是餓慌了嗎?」靳五呆了呆絞住安樂新的領帶一使勁扯起他的下巴,燈下,瞧上兩瞧。蒼冷蠟黃,那張小三角臉只管打著牙戰,哀哀瞅望住靳五,眼塘裡洞熒熒閃爍著兩瞳兇光。心一寒,靳五牽起安樂新的領帶,硬生生揪到那滿鐵籠五六十條繾綣的花蛇前,咬咬牙,按下他的頭顱:「安樂新!你也怕蛇怕得要死,對不對?」

「咯咯對。」

「你自己就是一條蛇!」

「嗨。」

「你是小蛇。」

「我是小蛇。」

「你也是小老鼠。」

「我也是小老鼠。」

「老鼠!還敢不敢到處亂鑽啊?」

「不敢了,哥哥咯咯。」

靳五鬆開手。

店鋪後廳走出了個一身新妝三十零點的好看婦人,兩瓣丹硃,叼支牙籤,勾起小指挑著鬢髮,探探脖子望望哥倆。靳五搖搖頭。安樂新拎著他那雙小馬靴,打起赤腳一瘸一瘸,撅扭著兩隻歪小臀子,踩著小吃街簷下灘灘紙錢灰穿過兩排五彩斑斕的招牌,一身天藍西裝,風潑潑，寒流中頭也不回，獨自個走出了京觀里觀光夜市。

「這個地方我來過！」靳五趕上前，望望河堤下那窩低門小戶燈光幽紅的人家，眼一亮，吃吃笑：「回國那晚半夜下雨，我不想住旅館，一個人亂逛亂逛就逛到這兒來了，哇！家家門口站滿十二三歲的小囡仔！嘿嘿安樂新，我差點出不去！還好跟在六個日本嫖客屁股後面，才找到了出路——咦？靜悄悄的，大年夜小姐都放假回家了？安樂新？」

靳五邊說邊瞄安樂新。

安樂新只管繃住他那張鐵青臉皮，冷森森，不答腔，一轉身自顧自拐進了衖子裡。

悄沒人聲。

簷口，閣樓下，一鐵桶一鐵桶閃爍著剛燒過的金紙銀紙。滿衖衖香火繚繞。迎面窟窟腥風瀰漫著檀煙捲出了衖口，漩起爆竹花，雪片般飛颺開漫天衛生紙。靳五嗆了嗆，哆嗦著，翻起領口縮起脖子挨住安樂新走進那窩陳年尿溞裡。安樂新不瞅不睬，佝僂到一家簷下，勾起食指，篷篷篷敲起紅門板來。咿呀。老媽媽桑拈著一束香探出滿頭花斑風霜，綳著兩腮紫紅臙脂，門燈下覷了覷。眼圈一紅，安樂新揉揉眼皮依偎進了她懷裡。老少倆隔條門檻，咬耳朵講悄悄話。堂屋裡一星火光閃亮，老阿妐，滿頭白，裹著寶藍團花棉襖端坐藤椅裡，翻著報紙吸著菸。牆上，天蓬元帥袒著大肚腩鼓起粉紅灩灩兩瓣肥大的豬公腮子，披紅掛綵，嘟起嘴巴，瞇笑著拱坐在佛燈如蕊的神龕裡。滿屋檀煙繚繞。香案上，齊齊整整供著八樣年菜兩瓶白鶴清酒，好一堂喜氣。靳五嘖嘖口水。煦嫗嫗，媽媽桑摟住安樂新的肩膀子，傾聽完了他的哭訴，揉揉眼皮，覷起老眼，瞅瞅靳五冷笑兩聲，拈起香支蹬著東洋紅木屐站出矮簷下朝天拜了三拜，把香插進牆縫，瞪了靳五兩眼，呸！啐泡口水，牽起安樂新的腕子一扭腰走進門洞裡，捽起那兩扇紅門，砰地闔上了。

靳五呆了半天。

閣樓上，那扇小小的鐵條玻璃窗招出了皎白白一隻腕子，五指尖紅，挑著撩著，只管玩弄眉眼上兩毬燙鬈的小劉海。睞啊，睞。「郎客入來！」兩瓣嘴唇兒噘起一蕾丹硃。靳五悄悄閃到對面那家簷下，猛擡頭。只聽得噗哧一笑，那張小臙脂臉子那隻小白手驀地不見了。閣樓兩隻燈泡，紅幽幽漾亮著。

安樂新探出閣樓窗。

風中，傲然，昂聳著他那粒油光水亮根根短髮倒豎的小平頭。

呸！兩泡檳榔汁啐下了閣樓。

小窗颼地闔上了，格格格，三聲嬌笑迴盪在空蕩蕩衖衕心。

河堤上燈火寥落凄凄迷迷飄漫起寒流。靳五打起牙戰。衖子裡人頭飄，那窩窰子人家迷宮樣戶戶鎖起了兩扉子猩紅板門，一扇扇鐵條玻璃窗，簷下，幽漾著紅佛燈。衖心孤冷冷一盞水銀街燈。靳五叼支菸，咬住牙根，望望老媽媽桑閣樓窗口那一雙細條條纏綣的人影，呆了呆，渾身打起哆嗦，踩著滿衖漩渦起的爆竹花紙錢灰衛生紙，獨自個，迎著朔風踅轉進一條防火巷。

四合院裡，一灘清光。有個少婦趿著黑高跟鞋，獨自個蹲在臨春閣妓女戶門口燒金紙。黑爊爊鐵桶中，一篷火舌洶紅洶紅，吞吐著那張水樣素淨的杏子臉，閃照著鬢邊兩朵白絨花。

門裡，一龕紅蕊，嘴嘟嘟拱坐著豬公。靳五悄悄站到斜對門望仙閣簷外街燈下，瑟縮著冷風，吸著菸，望著火光中那襲黑布窄裙素白上衣。少婦只管低垂眼瞼，絞起眉心來一小疊一小疊把懷裡兩綑紙錢送進鐵桶，拿根鐵筷撥著，半天，嘆口氣揉揉眼皮撐起膝頭，反手扯了扯窄裙後襬，蹬起高跟鞋走進紅門洞裡，回頭看見靳五，呆了呆，滿眼睛的話。靳五跨過院子來。兩個人隔著矮簷打個照面。熊熊火舌閃漾著一雙白絨花：「入來坐，飲杯熱茶？」靳五只覺得自己一顆心突突亂跳，一咬牙搖搖頭。少婦挑起眉梢，抿抿嘴，甩起耳脖上風潑潑那篷子濃黑的短髮絲，低頭掩上兩扉紅門，輕輕闔起了。

靳五獨自個站在簷下望著鐵桶裡那堆火，風中，搖曳不停。紙錢窸窸窣窣燒盡了。靳五呆了半天，心中一片淒迷，望望臨春閣小樓那扇鐵條小窗孤伶伶亮起的紅燈泡，翻起領口，站了站，迎著濤濤登陸的寒流，把手插進褲袋徜徉出結綺閣妓女戶側門小衚衕，眼前一豁亮，清燈下漫步出了京觀里那窟子腥溲檀煙。

河堤上一星曆曆。

天風大起，黑水粼粼。悄沒聲小紅町鬧區一片燈火闌珊，城外，巒巒水霧縹緲，葱蘢中血點樣環城山頭幽亮著盞盞晶紅的警示燈。滿京人家，爆竹零落。

清冷冷的喜氣。

靳五索性敞開西裝襟口躥上堤垛，扠起腰，昂起脖子，漫穹蛇也似飛竄起的煙花中，眺望著中天那顆蹦蹦濺濺獨自個嬉耍著的星星，剎那間，只覺得海天寥廓，滿城風濤，一漩渦追逐一漩渦四下兜捲了開來。堤下那窟矮簷人家，小樓上，溟濛著花蕾樣的紅電燈。一嬝嬝，娼家紅門洞口繚繞起一束束香火。老媽媽桑那家，颼地打開了閣樓窗。安樂新打赤膊探出他那粒蓬鬆的小平頭，汗濟濟血齹齹，顧盼，睥睨，朝河堤上覷了覷啐出兩泡檳榔汁搭出十來張衛生紙，一掉頭，砰地闔上了閣樓窗。

靳五呆了呆。

君為代呢

千代呢

八千代呢——

兩輛金碧輝煌的遊覽車，悄沒聲，空蕩蕩，不知甚麼時候停泊在京觀里夜市牌樓下。風塵中白頭蕭森，兩隊日本觀光客西裝革履搖著胯子踉蹌出了五六家蛇店，連天價響，打著飽嗝，招搖著手裡一支支丸紅小旗，悽悽惻惻擠著老嗓門，浪唱起歌兒徜徉進衕衕，排排解開西裝褲襠，眼瞄眼，覷嘻嘻，掏出根根朘子對準家家小閣樓。兩位導遊小姐，似笑非笑，守望在牌樓下。靳五覷望了望小姐手裡舉著的旗幟。山口縣經濟連。福岡市養豚組合。好半天那兩團日本商人洩完洪，排排扣上褲襠，勾肩搭背瑟縮在滿窟飄漩起的紙錢灰衛生紙中，嗆著，唱著，四下逛起窰子來，一個個齜著金銀牙咬住牙籤趴到紅門洞口，涎瞪瞪，發起了愣，端詳神龕裡那披紅掛綵的豬公。五六個結成一夥，佝僂著，摸索著，穿過防火巷逛進四合院，昂起花白小頭顱望了望小樓窗裡幽亮著的那蕾子紅燈，趴上門洞，推推讓讓一窩兒行禮哈腰敲開門，鑽進了臨春閣。一簇春花，驀地綻開。黑天半夜家家矮簷下燦亮起一扉扉紫光燈，老鴇龜公鑽出門洞，噼噼啪啪放起鞭炮。靳五擡頭一望。漫天星星受了驚也似繽繽紛紛蹦濺了開來！靳五看呆了。刹那間，滿城此起彼落家家戶戶放起爆竹，一霆，迸亮一霆，狂風驟雨般，澎澎湃湃綻響在鯤京天頂上。

閧窿閧窿莒光號列車北上。

「亞星！」

靳五跳下堤垛，迎著那一天浩渺的大寒流踩著灘灘清冷的水銀路燈，獨自個，跑下河堤路。一輛計程車倏地停到身邊。司機探探頭：

「您坐車？」

「要！」

「正好十二點！」司機看看錶，搖下車窗伸出脖子覷了覷堤下燈火煙花一片燦爛的人家，回頭瞧瞧靳五，眼一亮，綻漾開腮幫上兩朵酒酡：「先生，新正恭喜啊。」

「恭喜。」

花雨雰霏，靳五回到了艾森豪路。

亞星！獨自個拎著小皮箱一身丹紅棉襖黑布裙，風中，揚起臉，翻飛起耳脖上那蓬子短髮梢，可不就等在荊門街巷口。

「我猜到！」

「你猜到甚麼？」

「亞星，妳今晚回來。」

第十章 春到人間

——歡迎光臨快活林觀光歌劇院！

舞臺霹靂一亮，花燈紛緋。

樂聲起。

歡迎大地回春
枝頭朵朵花如錦
原野層層草如茵
燕子歸來尋舊巢
雙雙呢喃訴衷情
桃李爭放
紅白相映
堤邊水濱吐芬清

大地回春
大地萬象新

——謝謝，謝謝，謝謝各位嘉賓鼓勵的掌聲！讓我們歡迎節目主持人林春水先生出場。

姣白白一筒膀子五指血紅尖尖伸向後臺。燈光大亮，擊鼓，雨打芭蕉。林春水笑憨憨一顆肉粽也似裹著蘇格蘭格子呢冬西裝，脖子上紮隻水紅蝴蝶，邁出尖頭高跟大黑皮鞋，踩著鼓點子，橐一橐，躂兩躂，蹦蹬進了聚光燈圈，跂起鞋跟往女歌星手裡攫過麥克風。九十度一躬。鼓聲停歇。柳腰一款擺，那襲宮紅緞子高開衩長旗袍掩映著兩條粉白腿子，細高䠷䠷，頭也不回，甩起脖子後那一把黑絲鬘，蹬起高跟鞋搖曳進了後臺。滿堂來賓翹首，愣瞪。嘖嘖，林春水嚥了兩口水，擎住麥克風綻開兩腮子肥笑渦，托起玳瑁框眼鏡，勾過眼眸追隨著一盞探照燈，眼上眼下只管窺向那雙撩啊撩開著閤著的旗袍衩襬子。

——我們這位董玉臺董大妹子年紀輕氣質好，身材有夠一流，嘖！零件成品都不壞。

驀然回首，林春水喝問來賓：

——斬否？

——斬！

滿堂鬨然喝了聲采。

林春水點點頭，臉容一端，整整領結撣撣西裝，聚光燈探照下，昂然邁出大皮鞋慢吞吞橐躂到舞臺口，掠掠眉眼上那毬油鬈劉海，擎起麥克風，嘴對嘴吹了吹，站住了，只管端詳起臺下目光睒睒若有所待的一堂男女老小。

腮渦一綻，拱個手：

——小弟林春水向各位鄉親父老兄弟姐妹，在此，拜個晚年！歡迎光臨快活林觀光歌劇院，今天下午小弟為您們服務。小弟姓雙木林名叫春水，小名春仔，人稱哈露，因為小名中的春字日本語讀音為哈露，因此又稱哈露春仔或春仔哈露，哈露春，春桑，春哈露，日本人尊稱我哈露桑，女歌星叫我春大哥，男歌星？呵呵！小弟自稱珍哈露，好來塢肉彈明星美國大哺乳動物珍哈露哦，小弟這一身肥肉呢——頂好叫歐羅肥！吁！珍哈露桑，足香豔男人名字！男歌星叫我豬哥啦。嗯嗯？那位坐第四排戴眼鏡穿藍西裝抱著小弟弟的大哥講啥？請講卡大聲點。嗨，嗨！各位來賓先生太太弟弟妹妹，他剛講，人家米國的那位珍哈露小姐死翹翹了都有二十年啦。今天大年初五，呵呵，我們不要講不吉利的話。本檔節目，小弟，林春水珍哈露桑，特別為各位來賓安排九十分鐘有夠養眼有夠賞心的節目，敬請您們闔家觀賞。我們快活林觀光歌劇院，檔檔節目，正派製作，擔保清純度百分之一百。在此順便向各位鄉親報告：近來本院口碑——嗯，口碑載道，以致婦女同胞觀眾也被本院吸收了，有帶小弟弟小妹妹們一家來觀賞節目。這位穿粉紅洋裝帶黑皮包嘴唇旁邊有一粒黑毛痣的太太，歡迎闔府光臨，小弟春水向您一鞠躬。小妹妹，新年乖！長得和媽媽同款漂亮，也有一粒黑毛痣，嘖嘖！唉，有報紙記者小姐寫我們快活林觀光歌劇院大搞色情，妨害風化，實在是——莫有道理。這個社會是很殘忍的哦，講真的，這年頭的社會，五花肉大賤賣，大家都是笑貧不笑脫的啦。各位鄉親來賓有聽說過牛肉秀沒有呢？有？沒有？一半一半。這位戴眼鏡的老伯沒有聽說過？好，春仔我就用兩分鐘，給阿伯講一講：牛肉秀就是歌廳業者的專門術語，小姐的身軀就叫做牛肉，脫光光的表演，就是上一盤炒牛肉，有穿三角褲透明衫的表演就是一碗牛肉湯。阿伯，你愛呷炒牛肉？還是愛飲牛肉湯？老人家怕上火，都不愛？這位穿新衣過新年目珠瞪得足大足大的小弟弟舉手發問：春桑，為甚麼叫牛肉秀？弟弟，春大哥我跟你講：牛肉，用我們海東話來講就是——有肉。有肉呢，就是有看見小姐的身軀。懂不懂？懂？請把手放下。小弟弟旁邊那位大哥有看過南部高雄市的牛肉秀？講卡大聲，讓來賓們聽聽。哦哦哦，他們南部的歌廳還有像趕牛一樣，一場炒四十多個小姐的大場面囁！還有？出租啥？哦，南部的歌廳還有出租小板凳的囁！二十元？租一隻板凳？有小板凳的來賓可以坐在舞臺的下面詳細觀賞？嘿嘿，要小心警察吔。去牛肉場看秀，運氣不好會收到一張違警裁決書：林春水，男，三十五歲，職業老師，購票觀賞脫衣舞色情表演，行跡不檢，罰鍰銀元貳佰伍拾圓，折合新東幣柒佰伍拾元整。呵呵！失禮！春仔哈露我向全國老師一鞠躬。這位大哥，我偷偷問你，你有收過違警裁決書沒有？不好意思講？你在哪邊發財？新竹科學園電子公司上班？嘖！講真的，我真搞不懂怎麼會有那麼多無聊的男人，參觀來參觀去，統統還不都是同款？啥看頭！還花二十元去租一張矮板凳，坐在舞臺下面擡起頭仔細參觀囁！唉，講真的，在我們快活林這裡看節目不怕警察抓。各位來賓，勞動一下貴脖子，轉向後面看一看，有那個舉起照相機坐在後排監視小姐表演的警察有沒有？沒有！呵呵，比起南部，尤其是高雄市頂頂有名的炒牛肉，大鍋炒咧，臺上臺下炒成一鍋咧，我們快活林歌劇院小姐的美姿表演只是——只是藝術而已。我們用藝術秀對抗他們的牛肉秀。他們處處皆透明；我們人人皆藝術。他們——

老花不宜盲人止步；我們——老幼咸宜闔府觀賞。坐在第五排右邊那位穿紅色棉襖頭髮白白的阿嬤，歡迎，闔家光臨！哈露春仔我向您一鞠躬。坐，請坐！老人家免禮。我們歌劇院為首都二百五十萬市民，提供有水準有精緻有信心的節目。記者小姐寫我們搞牛肉場，透明秀，影子秀，泡沫秀水晶秀養眼秀，還有阿公阿伯參觀小姐內褲秀，實在是莫莫莫——須有！莫須有。今天大年初五的下午小弟我看到這麼多來賓闔府光臨，嘖嘖，這上面看下去，黑麻麻壓扁人，老實講，小弟我林春水哈露桑感動得心裡都偷笑！喂喂喂，你，這位戴老花眼鏡臉瘦瘦彎腰駝背的阿伯！歐吉桑，就是你！你要去上便所放尿啊？卡緊回轉來哦，下面出場唱歌的小姐卡少年吔，身材夠斬，零件成品都不錯。老人家莫要錯過哦，去，去，卡緊放尿去！各位來賓鄉親父老兄弟姐妹們請您們高擡貴手，拍拍掌，歡迎青春玉女動感偶像王雨蓓王小妹子出場！

聚光燈倏然熄滅了，舞臺上，一霎子，兜閃出十來簇姹紫嫣紅雷射光。黑裡鼓樂飆響。王雨蓓穿著小白衣肩掛吊帶繫住紅花格子小短裙，躥上臺心，揸過麥克風，猛一聲嬌叱，甩起腦勺後兩束馬尾，蹦地，搖曳起腰肢抖盪起青蛙樣兩條細小腿子來。

我是一個城市少女
嘿嘿嘿！

滿座紅裝，一堂喜氣。

男女老小穿新衣過新年闔家上歌廳。

靳五傴促人窩中，透口氣，撮起朱鴒辮梢上兩綹子繫著的雪白絲線，悄悄扯了兩扯。朱鴒翹起臀子，坐在靳五膝上把兩隻手肘撐住前座椅背，托起下巴昂起脖子，呆呆正看得出神，一回頭。靳五撩了撩那兩束十來縷白頭繩，眨個眼。瞳子一亮，朱鴒嗞嗞小白牙，把兩根辮子一顆小腦袋搖晃得博浪鼓似的，掙脫靳五的手。靳五捏捏她耳垂：

「丫頭，心情好了？」

「還不好。」

「新年上歌廳，心情還不好？」

「大姐決定休學。」

「朱鸝？不念師大了？」

「爸爸氣得睡覺不理媽媽。」

「為甚麼？」

「除夕那晚上——」瞳子一轉，朱鴒望望滿堂觀眾把隻小膀子攬住靳五的脖子，捏著他的耳朵，湊上嘴：「除夕那晚，媽媽叫朱鸝帶那兩個日本伯伯去南部玩，初三才從高雄回來，就生病了，一直睡偷偷哭。」

靳五呆了呆。朱鴒悄悄揉了揉眼皮子，一泫，掉過頭去，甩起兩根小辮又把手肘撐回前座椅背上，支起下巴，半天出起神來，不吭氣，自管覷望著舞臺上扭一扭蹦兩蹦嬌叱連連的小妮子。靳五看看身畔的亞星。亞星笑笑。滿窟燈火溟濛電光竄閃，人頭堆中繚繞起嬝嬝香煙。亞星兩隻眼瞳，清澄，迢遙，宛若浩浩宇宙中一雙眨亮的幽星。靳五笑了笑，悄悄伸過手去握住她的腕子，緊了緊。

一曲終了。

林春水揸著麥克風趿躂起大皮鞋三腳兩步蹦蹬上臺心，喘噓噓，站定了，撣撣脖上那隻水紅蝴蝶，托起玳瑁眼鏡，顫了顫兩腮肥笑渦，眼上眼下打量王雨蓓。一簇聚光燈，白燦燦追隨著節目主持人的目光，從腳到頭從頭到腳，把個小妮子渾身上下探索了兩回。滿場子人頭眼烱烱，昂望向舞臺。王雨蓓閤起膝頭側過身子蹬蹬退出兩步，笑憨憨躲開了聚光圈，汗淋漓，抹抹眉眼上那篷劉海，扯扯吊帶，拂平了小紅短裙，仰起臉，睃望著林春水把雙手兒往膝蓋上一疊必恭必敬哈個腰：

——看板娃！珍哈露桑。

——妳叫我甚麼？

——嘻嘻，春大哥。

——年紀小小，不壞，不壞，身上的零件成品都還真不壞。

——謝謝春大哥的讚許。

——最近，妳有進出日本？

——報告春哥：小妹剛從日本演唱回來。

——進出日本幾次？

——六次了。

林春水猛一怔，給扠住喉嚨灌了杯高粱似的當場嗆在那裡，好半天說不出話來。笑嘻嘻，王雨蓓昂起小臉抹著額上的汗珠只管瞅望著他。林春水晃晃兩腮油鬈子，吸口氣，回轉過心神來，托起眼鏡愣睜著眼珠端詳小妮子，一回頭，瞪住臺下的來賓。

——各位鄉親父老兄弟！難怪囁，昨天我有在街上遇見王小妹子開一輛紅色瑪莎拉蒂跑車，滿大街找家具，問她作啥，她講要搬新家。呵呵呵後生可畏，小房子變做大房子。以前大日本帝國皇軍有進出我們中國一次，現在我們王小妹子，嘖！小小年紀，有進出過日本六次，六報還一報。各位來賓敬請高擡貴手，拍拍掌，給王小妹子嘉勉嘉勉鼓勵鼓勵！

滿堂采。奏樂。

林春水板起臉孔睨乜住王雨蓓。

——最近，女歌星流行進出日本？

——我也進出東南亞！印尼香港菲律賓。

——攏總幾次？

——十二次。

——小小年紀進進出出不害怕？

——我媽陪著我啊。

——每次都有？

——是！春大哥，我媽媽今天來了吔！還有我爸爸和我奶奶和我兩個弟弟。

小臉一燦亮，王雨蓓兩瓣姹紫嫣紅的腮幫兒綻開了兩朵小梨渦來，指指樓上雅座，招招手。滿窟人頭，紛紛兜轉。探照燈掃瞄過樓下一排排寶相莊嚴的男女來賓，白燦燦追索了過去，光圈裡，一對斯文體面的夫婦攙起白髮皤皤老太太，老小五口，一家子靦腆笑笑，站起身來。林春水覷望了半天，架回眼鏡擎起麥克風邁出大皮鞋慢吞吞躉躂到舞臺口，立正，挺胸，整肅起儀容，朝樓上那家子來賓鞠了個九十度大躬。

——王奶奶，王爸爸，王媽媽，以及兩位王小弟弟，大年初五歡迎闔宅光臨快活林觀光歌劇院！春哥仔兄珍哈露桑林春水我，這厢一鞠躬。王爸爸哪邊發財？在經濟部外貿局上班？官拜科長？哦？嘖嘖嘖，我們小雨蓓小小年紀就進出日本六次東南亞十二次，從事國民外交，撫慰海外僑領呵呵呵，賺取外匯。各位來賓請勞動貴手，鼓鼓掌，向我們王爸爸王媽媽答謝答謝慰勞慰勞！王奶奶您請坐，免禮。

鼓號齊鳴。

滿堂飆起掌聲。

——唉！小雨蓓兒，妳下面帶來甚麼歌曲？

——謝謝春大哥，謝謝來賓掌聲鼓勵！下面，我王雨蓓為各位來賓帶來一首我奶奶愛聽的老歌，四十年前，風行上海的抒情歌曲，名字叫柳浪聞鶯。

臉容一端肅，小妮子朝樓上奶奶鞠個躬。燈朦朧。

柳浪處處

處處聞鶯

我問鶯兒
何事輕唱

滿堂衣冠有人打出了個連天響的哈欠。

眼沉沉，靳五打起盹來，恍恍惚惚只聽得小妮子那一聲瘖瘂一聲的泣訴，彷彿思婦離人，所思不見悵望天涯——我問鶯兒，何事低吟——她說，她說，君不見烽煙瀰漫兒女盡遠征，她說，她說，君不見白骨遍野慈母淚滿襟，今朝哇今朝哇——哈乞！靳五鼻頭一癢睜開眼睛。朱鴒勾起小指尖只管挑撥他的鼻孔，噗哧，把手一指，淚光中燦笑如花甩起了那兩根白頭繩來。「丫頭，還想妳大姐朱鸝？病病就會好的！」靳五悄悄嘆了口氣伸出食指輕輕搓了搓朱鴒兩隻眼皮，抹去她腮上淚痕，回頭望去。燈影搖紅，哈欠此起彼落，黑鴉鴉滿堂男女老小頭顱裡昂聳出斗大一顆金黃頭顱，獨自個鬚鬍虯虯，圓睜起兩瞳海藍珠子，靜靜望著臺上。朱鴒瞅住他，格格笑。外國人呆了呆縮起頸脖瞧瞧左鄰右舍那兩家老小，四下望望，兩瞳子狐疑，瞅住了朱鴒笑嘻嘻眨個眼睛。朱鴒怔了怔，沉下臉，翻乜起白眼珠吐出舌頭扮了個中國女吊死鬼臉兒。外國人怔了怔，看傻了。亞星怔了怔，瞇起眼睛笑。靳五哈哈大笑揪起朱鴒兩根小辮狠狠扯了個兩扯。

汗湫湫，一鞠躬，王雨稖撩甩起腦勺後兩束小馬尾抖盪起吊帶小紅裙，拖著麥克風，一溜煙，蹦蹬回後臺去了。樓上雅座那家老小驀地綻響起掌聲。樓下三兩聲哈欠。日光燈大開，舞臺洞亮亮。快活林大樂隊那五個花衫少年郎懶慵慵擱下了傢伙，掏出檳榔，嚼啄，揉起兩瞳血絲，高踞樂壇上啐著血泡有一句沒一句兜搭起閒話。滿場子悄沒聲，幾百雙眼瞳守望住臺心。朱鴒趴到前座椅背上，托起下巴。樂聲起，錄音機勾魂攝魄嗚嗚咽咽放出一支慢三步布魯斯舞曲。滿堂老小打個哆嗦。舞孃攏起水紅披風，步出後臺，燈下，蕩漾起那一胴體白雪雪的肉堆子，不瞅不睬，夢遊樣，蹬著高跟鞋踩著節拍滿臺游走了開來，盪兩盪臀子，扭一扭腰肢。亞星靜靜望著臺心。燈影裡，滿窟頭顱老老小小，悚聳著。前排幾十棵脖子時不時扭轉過來，洞熒熒一瞳瞳，鬼火兒也似只管瞟望向後排座位。靳五回頭望去。後座，十來排椅子空蕩蕩，日光燈下冷飲攤的歐巴桑歪起她那頭花白，箕踞在矮板凳上，呼嚕呼嚕打起了盹。人窩裡金毛㺜㺜挺拔出那顆斗大頭顱。樂臺上，咂巴咂巴，五個少年郎只管豚弄著嘴洞裡的檳榔，呆呆出起了神。一曲終了。舞孃煞住步子，挑起陰藍小眼皮睜開一對鳳眼冷白白滿場子瞟送了個眼波，笑，不笑，燈下猛地掀開披風，亮了亮，抖抖腰下兩墩子白肉，蹬蹬蹬頭也不回，蹭蹬起三寸跟金縷鞋嬝娜入後臺去了。

清冷冷，三兩下掌聲。

林春水鑽出後臺，一躬，掃視全場，搖搖頭往蘇格蘭呢冬西裝上襟口袋抽出紅絲帕，摘下眼鏡拭了拭，順手抹起腮上兩渦油亮汗珠，臉一板，蹙起眉心，架回玳瑁眼鏡，烱烱射出兩道精光朝滿堂人頭睃巡兩回，擎起麥克風伸出舌尖咂咂咂，㖞了㖞嘴皮：

——小弟有向各位鄉親父老兄弟姐妹黑白講有沒有？有是沒有？聽沒到，講卡大聲一點。莫有黑白講！我們快活林觀光歌劇院，標榜正派經營為首都父老提供正當休閒養眼的節目，比起南部，唉，牛肉大鍋炒，本院安排的美姿舞蹈只是藝術而已。呵呵。嘖，大家不要灰心。

那位坐第二排穿黑西裝結紅領帶抱著小妹妹的先生，拜託，不要向後面去看！我先前有講過，在我們這裡，不會有警察拿著照相機坐在後面的啦。歐吉桑！請坐好，免看旁邊，旁邊也莫有小姐躲在布幕裡面給來賓作特別表演。不相信？春仔撩開舞臺兩邊的布幕，給你老人家看！不必？好。請坐，老人家免臉紅。大家看一看這位大鬍子藍目珠外國來賓，瞇瞇笑，在點頭咧！他統有聽懂我講的話。密斯特羅伯特，您好嗎？歡迎光臨中華民國，過中國新年！林春水珍哈露小弟我謹代表敝國首都父老向您一鞠躬，致意，致意。各位來賓，阿凸仔美國朋友看我國的美姿舞蹈，看得足歡喜，心裡偷笑，聽我春仔講中國話，有聽好像也有懂，嘖！不簡單。請大家勞動貴手拍拍掌給外賓鼓勵鼓勵！請坐，羅伯特先生，外國人免禮。下面，本院為酬謝首都市民愛顧特別情商——歐吉桑，坐下，拜託坐下！包遠翠小姐現在還沒有輪到伊出場啦，老人家莫要興奮過度！忍不住？又要去上便所？卡緊回轉來哦，莫錯過本院特別情商中國河南省嵩山少林寺俗家傳人，于占海師父，不辭勞苦遠渡重洋，為首都父老兄弟姐妹表演一段中國功夫。密斯特羅伯特，哈囉，柴尼西功夫！歡迎中國武術大師于占海于老師父出場！

快活林大樂隊，逢！敲打出一聲采。

朱鴒鼓掌。

一個小老頭兒穿著白竹布短打邁著黑布鞋走進聚光圈，眨巴起眼睛，怯生生，四下覷望了望，耗子般抱起拳頭朝滿堂賓客拱個手。羅伯特鼓鼓掌。臺下棵棵大小脖子昂聳著，愣瞪瞪不聲不響。亞星鼓鼓掌。林春水眉頭一皺坍塌下了兩腮子肥笑渦，托起眼鏡，兩瞳子鄙夷，掃了掃滿堂父老兄弟姐妹，搖搖頭，擎著麥克風跨出大皮鞋跕蹥跕蹥步到小老頭兒跟前，恭恭敬敬鞠個躬：

——老人家，您今年高壽啦？

——八十七了。

——喲？看不出來吔！中國人的年齡可不太容易說得準，看您手腳還滿靈活，精神還滿抖擻的嘛！敢問于老師父，您有沒有甚麼養生之道供在座的海東父老參考參考？

——養生之道這談不上啦，不過，我有六十多年沒躺下睡覺了，每天打坐四小時，每天也只吃一頓午飯。

——嘖嘖嘖，中國功夫不簡單！難怪年年饑荒中國人硬是死不光！您這套功夫，說真的，在我們寶島這兒就全用不上了，我們這兒的糧食多得賣不出去，大家一天吃四頓，外帶消夜。不信？您看臺下，每位來賓不論男女老幼個個吃得滿面紅光腦滿腸肥，營養十足！中國功夫不簡單，嘖！一天吃一頓。

——也沒甚麼啦，這在我們練少林氣功的有個名堂叫禪定，也就是說長時間打坐，不動，不吃，不喝，最久可以維持二十天。

——熬得過饑荒？呵呵！您還練過？

——一指禪。

——那是你們甚麼中國功夫？

——用一根食指支撐全身，金雞倒立，最久可以維持五分鐘，實用時以指代劍點人死穴，

林先生　留神哪！這一點立可致人於死。

——驚死人，驚死人！各位鄉親父老兄弟姐妹，這就係全世界足有名的柴尼西功夫！于老師父，您瞧，我這身肥肉呵呵是練不來一指禪了，在座來賓，不分男女老幼，也練不來了！您們在中國還有練過甚麼少林功夫？

——童子功。

——怎麼個練法？

——這兒有婦女在座，不方便講。

——好好！您老人家今天下午要為我們來賓表演甚麼中國功夫？

——這就玩一手金鐘罩吧。

——啥個玩法？

——林先生，這個簡單，您就伸出拳頭用力在我胸口擂上一拳，打我肚腹也可以。

——您今年八十七歲了，這是不可以的。

——林先生沒關係，儘管試試。

臺下觀眾，家家老小鬨然暴喝出一聲：

「上啊！春仔。」

「免客氣啦，老芋仔自找。」

樂手們啐出惢惢血花。

林春水腼腆嘻嘻擎著麥克風蹬蹬退出兩步，綻漾開油腮渦，眼上眼下，打量起聚光圈裡那條孤伶伶枯癟癟白短衫黑布鞋的小身子，忽然，板起臉孔：「幹！」一指尖蜻蜓點水戳到老兒胸口。樂臺上，長髮披肩，打鼓郎搖頭晃腦嚼啄檳榔擂打起鼓槌子。一通鼓。滿堂男女吃吃笑成一窩。朱鴒格格笑。林春水搖搖頭，燈光下托起眼鏡把兩粒眼珠湊到食指上左左右右瞇覷半天，甩兩甩手，捋起蘇格蘭呢冬西裝袖口，躍上兩步，揸起飯碗大的拳頭，搖搖頭，叉開五根手指猛一巴掌拍到小老兒心窩上：「幹你娘！」鼓手擂起二通鼓。滿堂采。聚光圈中老人家眨巴著眼睛瞅望著林春水，愣睜睜。呸，啵！林春水兩泡口水直啐到掌心上，往褲腳抹了抹，邁到臺口，不瞅不睬，自管抽出紅絲帕拭起那滿脖子兩腮蠶豆大的油汗珠來，半天，跨出大皮鞋，橐橐踱回小老頭跟前，嘴巴一咧，綻開兩渦笑靨，搖頭晃腦捏弄了弄脖上那隻紅蝴蝶，不聲不響鞠個躬，砰！一拳擂到老人家肚臍眼上：「幹破你老母！」三通鼓。小老兒眨眨眼睛。滿堂來賓男女老小呆了呆鬨然吆喝起來。一臉茫然，羅伯特先生叉開蒲扇大兩隻巴掌，叭，叭，獨自個拍起手。

三通鼓罷。

小老頭一鞠躬。

林春水甩了甩手：

——于老師父請留步！唉，說真的，您老人家露這一手金鐘罩，小姪春仔我是打心坎兒裡驚嘆，佩服的。不過，在座的海東父老兄弟呵呵有那個手癢的，沒機會上臺來，在您老身上試兩拳，考驗考驗中國功夫，回家，嘖！會忍不住拿老婆孩子練一練。

——好啊，今天新正初五嘛，難得一家大小過年出門上歌廳看表演，分隔那麼多年，第一次見面，慚愧，沒甚麼送給大家，就拿我這老朽的身體給海東同胞練兩手，消遣消遣吧。

——各位來賓！阿伯阿叔大哥小弟，有手癢癢想在于老師父身上殺癢的有莫有？

林春水笑吟吟踱到舞臺口。

滿窩脖子濤濤兒轉，雙雙眼珠，男女老小，瞟望向人窩中那顆亮聳聳兩腮虬鬍的金黃大頭顱。兩筒探照燈，一燦，搜索了過去。光簇中羅伯特呆了呆張起毛狨狨兩隻大掌子，睋著，睜著，只管搖起手來。林春水哈個腰伸手一肅。滿堂采。憨笑笑，羅伯特搔搔腮幫四下望望撐起了身軀，家家老幼驚嘆聲中，挨擠著跨出座位，挺著大肚膛蹬蹬登上舞臺。快活林歌廳，飆響起掌聲。朱鴒把雙手兒攫住前座椅背伸長了脖子。聚光圈裡白燦燦，一個中國小老頭兒一個美國彪形大漢，眼眨眼，對峙舞臺上。羅伯特扣上西裝襟口，弓下腰桿佝起肩膊俯瞰了瞰老人家那條枯瘦的小身子，搖搖頭蹙起眉心，回頭望了望林春水。「上啊，阿凸仔！」滿堂來賓咬牙切齒吆喝了聲。林春水嘆口氣橐橐蹦上兩步，擠眉弄眼，瞅住羅伯特比劃兩手，猛一轉身揸起拳頭，響梆梆，擂在老人家心窩上。一凜，羅伯特點點頭，揸起碗公大的拳頭舉到老人家眉眼上左左右右晃了晃，睜圓瞳子。小老兒點個頭。砰！羅伯特出了手。樂臺上五個少年郎甩頭晃髮懶洋洋敲打出一聲采，呸潑！啐出檳榔渣。滿場子男女噗哧噗哧笑。林春水長長嘆了兩口氣，搖搖頭，躥回聚光圈裡，踮起高跟皮鞋翹起腰下兩墩肉臀，昂起脖子瞪住羅伯特，豎起食指往他鼻頭晃兩晃，一蹲，颼地出拳，砰砰，兩拳擂中了老人家肚臍眼兒。眼瞳一亮，羅伯特點點頭，脫下西裝外套笑嘻嘻遞掛到林春水伸出的胳臂上，捋起襯衫袖口，腆起肚膛，回眸，瞅瞅觀眾眨個眼，兩腿一叉蹲個馬步砰砰兩拳頭直搗向老人家肚腩。

小老兒眨眨眼。大夥兒吃吃笑。蹬蹬蹬，羅伯特撐起膝頭直退出三步，呆了呆，晃晃滿顱金鬈子，舉起拳頭照著燈光左看看右看看，兩瞳狐疑，一臉迷惑，撞見了鬼魅般，只管愣睜睜打量著光圈裡老人家那身白布短打黑布鞋，半天，冒出兩腮汗珠來。呵呵呵，闔座男女老小捧腹大笑。林春水步到臺口，嘆口氣搖搖頭，牽著麥克風跖跖躂跖跖躂自顧自來回踱了兩趟方步，摘下眼鏡，抽出紅絲帕拭了拭，一鞠躬擎起麥克風：

——各位鄉親！請勞動一下貴手，拍拍掌，給我們勇敢的美國朋友密斯特羅伯特打氣打氣加油加油！請卡大聲點，謝謝。

滿堂采。

樂隊吹奏起星條旗歌。

看啊君不見
映著黎明曙光
我們昨日在夕陽裡扯起的星旗
條紋寬
星徽亮
徹夜矗立飄揚
衛護我們堡壘
姿態雄偉而勇壯

每當砲彈爆炸
四出閃放光芒
但見它在深夜矯健招展無恙
看啊
那面星徽燦爛閃爍的旗幟
願它永遠飄揚在
勇士家自由邦！

臺下五六家子琅琅唱起了星條旗歌。

滿堂老小，擊節吟哦。

羅伯特站在臺心，怔怔，瞇覷著那簇聚光燈，鬢眉毵毵一張臉膛冒著汗珠慢慢漲紅上來，一睜眼，海樣冰藍，竄閃出兩瞳兕光，咬起牙根揸起兩隻拳頭，不聲不響蹦上三步，雨打芭蕉也似一拳一拳沒頭沒腦直搗落在老人家身子上。星條旗歌，戛然而止。來賓們看得癡了，好半天鬨然吆喝出一濤濤采聲：「讚！阿凸仔有夠大力！」老人家那條枯小身子燭火也似搖晃起來。臉一白，林春水躥上前，攔腰抱住羅伯特。樂臺上五個花衫少年蹦地跳起了身。滿堂鼓譟。羅伯特呆了呆收回拳頭，半天，回轉過心神來，晃晃滿頭蓬亂的鬈金髮映映眼睛茫茫然望了望林春水，又瞄瞄小老頭，忽然，渾身一顫機伶伶打個哆嗦。林春水鬆開羅伯特的腰桿，噓口氣，咯咯兩笑，搖搖頭摸掏出紅絲帕抹了抹腮渦上油亮的汗珠，吐吐舌尖猛猛嘴唇，擎起麥克風自管踱到舞臺口，拍著心窩，回身，瞟乜了乜孤伶伶站在聚光圈裡的老人家，一鞠躬。

——謝謝少林俗家傳人于占海于師父今天下午的神奇表演，使阮海東同胞大開眼界，對中國傳統文明更有信心，吁！更加感到敬畏，呵呵。喂，歐吉桑，你老人家提著褲頭又要去上便所放尿？驚死你？嚇得憋不住？卡緊回轉來哦，下面就要輪到長腿姐姐包遠翠小姐出場唱歌跳舞！密斯特羅伯特，驚魂甫定！謝謝，謝謝我們忠實的美國朋友自告奮勇上臺，替我們考較柴尼西功夫。珍哈露桑，我，春仔，在此代表二千萬海東父老兄弟姐妹向羅伯特一鞠躬。樂隊！請奏星條旗歌。呵呵，看啊君不見，映著黎明曙光，我們昨日在夕陽裡扯起的星旗，條紋寬星徽亮，徹夜矗立飄揚——美國國歌我們許多小朋友都琅琅上口！羅伯特先生，聽得瞇瞇笑。嘖！坐第五排那位頭上綁紅絲帶抱著玩具大熊貓的小妹妹，笑起來臉上有兩粒酒渦，甜甜的！喂，就是妳，坐下。妳今年讀幾年級？中山國民小學二年級？妳怎會唱美國國歌？講卡大聲！嗯？參加兒童美語會話班美國老師教的？旁邊那位滿面紅光頭髮白白的阿公，是妳的祖父？他也會哼美國國歌？呵呵，我剛才有聽見，莫不好意思！他老人家也有參加阿公阿婆美語會話班？因為甚麼？唉，小妮子格格笑，講卡大聲給來賓聽嘛！因為他老人家過了年要去美國看妳的哥哥和姐姐，順便去加拿大，看看外孫女莎莉？好，好。各位來賓，讓我們一起熱烈鼓掌，歡送中國武術宗師于占海師父和我們美國朋友羅伯特退場！

掌聲雷動。

打鼓郎擂起三通鼓。

臺心，小老頭兒挺著那身白竹布短打瞪住探照燈只管眨著眼睛，抱起拳頭，滿場子團團拱個手，一顫，臉煞白，身子搖晃了晃，好半晌站穩腳跟深深吸兩口氣邁出黑布鞋，悄沒聲，退回了後臺。羅伯特從林春水手裡接過西裝外套，半天搖著頭穿上了，瞄瞄老人家的背影，機伶伶打了兩個寒噤，一步踩動一步，聚光圈裡瞪住木梯抖簌起兩條長腿子蹬蹬蹬走下舞臺來。

滿堂眸子凝住他。

「不要臉！」朱鴒叱喝了聲。

羅伯特顫了顫停下腳步，呆呆瞅望朱鴒。

「你！」臉一板，朱鴒躥起身站到靳五膝頭上人窩中摟住他的脖子，滿堂紅豔豔一片喜氣中，甩起辮梢上兩根雪白頭繩，睜圓瞳子，指住羅伯特：「你！不要臉，老羞成怒，下毒手毆打八十七歲的老人。」

滿堂脖子男女老幼紛紛扭轉過來。

「咪？咪？」羅伯特探出金黃大頭顱瞅著朱鴒指著自己的鼻尖，滿瞳子疑惑，一哆嗦，望望觀眾，回頭覷了覷矮胖墩墩矗立舞臺上的林春水。

林春水呵呵兩笑，牽著麥克風踱到臺口。

——這位小妹妹有夠正義！嘖！小小年紀打抱不平，難得，難得吔，林春水在此向妳一鞠躬。各位鄉親父老兄弟姐妹請鼓掌給這個小囡仔鼓勵鼓勵。夠了，多謝。密斯特羅伯特請回座，莫理睬小人家。我們美國朋友都有聽懂我講的中國話！啥？妳講啥？有聽沒有懂？那位頭上綁紅絲帶抱著玩具大熊貓的妹妹，妳講，羅伯特聽我講中國話就像鴨子聽雷，有聽沒有懂？雞同鴨講？小孩子沒有禮貌亂亂比喻！靳博士，呵呵，今天有夠給小弟賞臉，闔府光臨我們快活林觀光歌劇院看清心養眼的節目，小弟春水，三生有幸。咦？這位有正義感的小妹妹是您的千金？不是？哦？旁邊那位大妹妹是您令妹妹？不是？鄰家妹妹名字叫做亞星？星小姐，呵呵，春哥仔兄向妳一鞠躬。教授有夠豔福！這個社會最殘忍的地方，唉，講真的，就是不讓小女孩好好成長。靳教授，上次在玉女池門口不期而遇，有記得小弟向您提起，珠海時報發行人兼全國女籃總會理事長兼祥興盃主辦人，陳宜中，陳老，邀請小弟擔任領隊兼司儀，率領女球員和影歌星，赴美加宣慰僑胞。有記得？有記得！嘖，博士有好記性。小弟昨晚剛回國，一下機就全員集合趕赴陳老在陽明山占城街的小公館，接受慰勉，補吃年糕。呵呵呵各位來賓，讓我介紹一下我的朋友，國立海東大學文學院外國語文學系副教授靳五靳博士！靳教授，老師，能否請您勞動一下貴腿，站起來和我們鄉親見見面？

探照燈白燦燦潑尋過來。

眼一花，靳五抱著朱鴒牽起亞星。

來賓鼓掌。

——謝謝靳博士謝謝大妹妹謝謝小妹妹！春仔足有面子咄！三位貴客請坐下。唉，歐吉桑，你去上便所放尿這個時候才回轉來啊？老人家營養太好，有腎虧？愛放尿？要多吃火雞腰子炒麻油薑絲，可以補腎。坐好哦，不要這樣子走來走去妨礙來賓的視線。老人家不聽話！唉。各位鄉親父老，阿公阿伯，讓我們歡迎影視雙棲美豔紅星長腿姐姐包遠翠包小姐出場！

——謝謝來賓，謝謝春大哥！

林春水退隱幕後。

燈黑了，一霆子電光潑灑出滿窟花雨。

妖嬈人影兒，竄閃。

四個打赤膊打赤腳的精瘦少年腰下裹著條黑皮短褲，蹦上臺心，簇擁住女歌手，捉對兒，烏鰍鰍水蛇般扭起腰肢蕩漾起臀子，滿場子繾綣纏綿起來。

一襲銀紅緞子長旗袍，飄颺起一肩黑瀑髮鬟。

我要嘻嘻哈哈談笑
我要瘋瘋癲癲舞蹈
你再不要正正經經
你再不要苦苦惱惱

一曲終了。

兩對舞郎躥回後臺。

包遠翠佇立臺心，獨個兒，高䠷䠷，一手擎著麥克風一手撩搧著肩胛上毯毯烏亮的髮鬃，笑吟吟瞅住臺下，喘起氣來。日光燈大亮。林春水牽著麥克風慢吞吞踱出後臺，一駐足，托住玳瑁框眼鏡，探出頸脖，兩烱子精光眼上眼下只管呆呆瀏覽著花信年華的大姑娘。來賓昂聳起脖子，吃吃笑。腰肢一款擺，包遠翠荷樣亭亭鞠個躬。林春水不吭聲，半天打量著她。

打鼓郎搖甩起滿肩亂髮敲出鼓點子。「春大哥，豬哥仔兄，你這樣看人幹甚麼嘛！」包遠翠翹起三寸銀鞋狠狠一跺鞋跟，閃開五六步，繃起腮幫兒摔開了臉去。撓，撓，㚇躂㚇躂，林春水邁出尖頭高跟大黑皮鞋不聲不響跟上五六步。日光燈下賊瞪瞪，兩隻眼眸只管追躡著她。亦步，亦趨。闔座大小來賓，噗哧噗哧忍笑。包遠翠格格兩笑蹬起高跟鞋邁開白姣姣兩條修長腿子，探照燈追索下，一闔，一開，搖曳著那襲銀紅高開衩長旗袍襬子，臺前臺後滿場遊走，逃躲起林春水那對小眼珠來。

男女老幼嘻笑成一團。

包遠翠站住了，拍著心口喘著氣。

哂，哂，林春水伸出舌尖舐舐上下唇。

——包小姐！

——噯。

——您府上是？

——察哈爾省多倫縣。

——難怪，個子長得足高！有幾公分？

——不算高，不穿鞋才一七三吔。

——還不算高！包小姐，妳不要這樣講，我全身上下連鞋子帶頭髮外加我那一支，攏總加起來才一六五公分！人比人，真會氣死人的，怪來怪去怪我的爸爸和他的爸爸，唉。

——嘻，我想是遺傳，我媽一七五。

——有影？

——有影的哦！我奶奶才高，一七八。

——妳的奶奶一七八公分？小孩子亂講！

——春大哥，我不騙你。

——驚死人的尺寸！妳的奶奶今天下午有陪妳來演唱有沒有？包小姐？

——我奶奶歲數高了，留在南部。

——哪有這種事！妳人在這裡唱歌跳舞，妳的奶奶留在家裡。

——是呀，我奶奶好乖吔。

——不要太有信心哦！妳看我，包小姐，不管去哪裡，就是現在在這裡主持節目，我那弟弟我都一定不忘記把他帶在身上，嘖！就是害怕，弟弟呆在家裡會不乖。

——春大哥，你有弟弟啊？

——男子漢都有。

——春哥，你壞死！我說的是祖母那個奶奶啦，嘻嘻，春大哥想到哪兒去了？

——對不起，我想到妳身上的兩粒咂咂兒。

——我的兩粒咂咂兒？

——還有想到我的這一支。

——哪一支嘛？

——唉，男子漢都有的那一支嘛！呵呵呵小妮子不懂就不要問。好了好了，越講下去，坐第二排穿粉紅洋裝嘴唇旁邊有一粒黑毛痣的太太，就要笑死掉了。包小姐，妳看這位太太，打開皮包在找衛生紙要擦眼睛呢！今天下午笑死伊了。對不起，太太，小弟哈露春仔向您一鞠躬。太太您府上是？哦，阮海東人！屏東縣里港鄉三田村？鄰居，鄰居，小弟就住在您後壁的高樹鄉大埔村。貴姓？溫？您尪的姓？他今天下午有一起來聽歌？坐在您旁邊瘦瘦戴眼鏡穿羊毛呢西裝抱小妹妹的那位，就是您的尪——對不起，就是您的先生？沒搞錯？失禮失禮！溫先生哪邊發財？自己開貿易公司進口美國小夜衣？美國小夜衣合不合阮海東父老兄弟的尺寸？勉強湊合？呵呵！奉太太之命，我平常都是穿國產小夜衣。溫兄，小弟豬哥仔春，向您致最敬禮。唱歌唱歌！那位歐吉桑老人家又憋不住，東張西望，想站又坐下，又要跑去便所放一放尿了。包大妞，妳的下面，要給我們鄉親帶來一首甚麼好聽的歌曲？

——謝謝春大哥！我下面，唱一首應景的歌兒向諸位來賓拜個晚年，恭喜發財。

日光燈倏然熄滅。

蕊紅蕊紅，臺口綻放十來盞花燈。

蹦！四個少年舞郎渾身精赤，胯上繫著鮮紅丁字帶竄出後臺，嬝嬝扭起水蛇腰，拱擁住包遠翠，叉開腿子蹲起馬步，繃著兩膀子筋骨一擂一擂只管往空敲打。冬隆冬搶，冬隆冬搶。前排顆顆老小頭顱，睜圓瞳子瞪住臺口昂了起來。笑盈盈高䠷䠷，包遠翠搖曳起那身銀紅緞子高開衩長旗袍漫步踱到臺口，擎起麥克風，撩撩兩肩黑鬘，逗弄著臺下雙雙眼眸，來來回回走動著，一開一闔只管褊褼起腰下那兩片旗袍襬子來。滿堂悄沒聲息，咻，咻，歐吉桑喘著氣。朱鴒呆了呆趴到前座椅背，昂出脖子，覰了覰花燈中那一雙閃漾的姣白長腿子，猛回頭瞪住靳五，滿眼瞳詫異。靳五定睛望望臺上載歌載舞的包遠翠，心神一蕩，臉皮漲紅，悄悄噓口氣，揪起朱鴒兩根辮子把她那張小臉兒搗進自己心窩裡：「聽歌！」

冬隆冬搶
冬隆冬搶
冬隆冬搶冬冬隆冬搶
一陣陣的春風送花香
一杯杯的美酒味芬芳
歡歡喜喜大家醉一場
春風滿面樂洋洋
冬隆冬搶
冬隆冬搶
冬隆冬搶冬冬隆冬搶
恭喜呀恭喜
發呀發大財
恭喜呀
大家黃金裝滿袋
發了財呀

大家忙又忙
買了汽車又造洋房
家家都有風光
冬隆冬搶
冬隆冬搶
冬隆冬搶冬冬隆冬搶

一聲聲溫婉的叮嚀，一句句虔誠的祝福。

包遠翠鞠個躬，掉頭，回身，鬧攏起了旗袍襬子，蹭蹬著三寸銀鞋高䠷䠷率領四個瘦小舞郎鑽進後臺。舞臺大放光明，洞亮亮雪塢般。林春水拖著麥克風踢躂上臺心，滿場子掃兩眼，皺起眉頭，伸手遮住嘴洞呵呵呵好半晌打出了個驚天動地的哈欠，腮一綻，燈下漾起兩渦笑，瞇齜瞇齜瞅乜住觀眾。

——小弟有向各位鄉親報告過，本院的節目觀眾一向有信心，保證清心養眼，請大家不要灰心，看節目要有耐心！我有這樣說過有莫有？講實在的，我們包大妞包小姐不是隨便就露兩下。今天過年，初五嘛，一家大小穿新衣，歡歡喜喜出門看表演嘛，包小姐才看在春大哥面上破例穿上這款高開衩旗袍，露那個一露，讓鄉親父老阿公阿伯，參觀參觀。不過，包小姐也不會白露的，本院董事長，陳柯素珠陳夫人親自奉送給她一個足大足大的紅包，呵呵。歐吉桑，免回頭去看，後面不會有警察坐在那裡，你老人家可以去上便所了。哈哈哈——哈欠！失禮失禮，小弟昨晚從美加回國，一下機就趕到陳理事長在占城街的別墅，領紅包，吃年糕，又給他請吃火雞腰子炒麻油薑絲，嘖！美國進口的腰子！冷凍太久不新鮮，吃了肚子夭壽痛，一個晚上睏不落眠，今天精神不大好，請多多給小弟包涵。失禮失禮。各位在座的來賓有心臟病的有莫有？莫有？真的都莫有心臟病？有腎臟病？呵呵。下面本院特別情商，江湖異人官長喜官先生率領令公子官來壽官小弟弟登臺，為海東鄉親表演一套，吁！有心臟病的人不可以看的中國大戲法！叫甚麼來著？官先生？

——大卸八塊！

嘎嘎啞啞，有人應了聲。

竹篙般一個高瘦白臉中年漢子穿著白仿綢長衫蹬著黑皮鞋，牽著個小男孩，八九歲，掀開帷幔走上臺心來。父子倆對望了望。幽幽一嘆，中年漢子摸了摸小男孩的頭：「孩子，誰叫你命苦，今天爸爸可又要折騰你一番，但望在場的海東同胞仁人君子，賞口飯吃！有道是，會看的看門道不會看的看血流，諸位，不到不得已，在下不會叫孩子受苦。忍一忍啊，來壽。」

小男孩仰起臉兒瞅住爸爸使勁點了個頭，抿起嘴不吭聲，往地上一坐，白雪雪日光燈下就在臺心睜著眼伸開兩隻胳臂兩條腿子，朝天躺了下來。舞臺上早已擡出一口紅木箱子。林春水踱到臺口，掏出紅絲帕揉起眼皮，咬住哈欠。樂壇上，五個少年郎睞睞著血絲睡眼呆呆嚼啄檳榔。朱鴒躥出靳五懷抱，翹起臀子，蹲坐在靳五膝頭上，趴到前座，反手撈起瓣梢上紮著的兩根白頭繩，咬在嘴裡怔怔望住臺心，猛地打個寒噤。哈，哈，哈——滿堂士女珠光寶氣金銀牙閃燦，把手遮住嘴洞此起彼落打出哈欠。官長喜先生望望來賓，嘆口氣，瞅瞅躺在地板上的來壽，撩起長衫下襬，掖到腰口，打開紅木箱子拿出了隻空米袋抖兩抖鋪蓋到孩子身上，露出一對眼睛，一雙腕子和兩隻腳踝。 譖啊譖，來壽只管眨著眼睛。中年漢子嘆息了聲抽出一把菜刀，燈下爍亮爍亮，往來壽腰身旁一蹲幽幽嘆口氣把刀探進了米袋裡。匄匑匄匑。刀聲響處，米袋上滲漫出蕊蕊鮮血。來壽絞起眉心。滿場子悄沒聲。官長喜先生撈起長衫下襬抖簌簌拭了拭額頭上的汗珠，把手搗住心窩，咳兩咳，吐口痰，佝蹲起腰身趑趄到來壽腳跟下，伸出脖子覷望了望孩子的小臉兒，往米袋下伸進菜刀。匄匑匄匑。兩篷血冒出來。中年漢子躥到了孩子胳臂旁。匄匑匄匑。那隻米袋紅灩灩早已綻漾開了四朵飯碗大的血花。來壽鎖緊眉頭，一眨不眨，翻白起兩隻烏亮眼瞳，瞪住頂頭那簇日光燈。中年漢子渾身打個哆嗦，從米袋下拔出了菜刀，血淋漓，舉到鼻頭嗅了嗅，又往鞋尖上磨兩磨，撈起長衫下襬擦擦臉皮踉踉蹌蹌躥到孩子那顆小腦袋前，一蹲，幽幽嘆出了兩口氣。匄匑匄匑。眉心一舒，來壽那小小的身子痙攣了攣，瞑起眼睛，身上鋪蓋著的米袋給篷篷鮮血浸染成了一張猩紅被單。汗濟濟，簌簌抖，官長喜先生探出兩根指尖撥開孩子眼皮，吹口氣覷瞅了瞅，把血刀咬在嘴裡，伸出兩隻手捏住來壽兩隻耳朵，往外一拽。「啊——」滿堂士女發聲喊，只見來壽那顆小腦袋給拖出了米袋口，血潺潺露出頸脖。漢子嘆口氣，揉揉眼皮，汗矇矇眨巴著眼睛齜咬著血刀蹦躂到來壽腰身旁，攫住他的腕子，扯出米袋。「幹——」臺下家家老小詛咒了聲，中了蠱般，愣瞪起眼珠昂聳出頸脖朝舞臺上張望。燦白燦白一簇日光燈下，臺心，血肉模糊，兩條胳臂兩條腿子一顆小頭顱，給拖拽出了米袋外。鐺鋃，漢子拿下嘴裡的血刀，撂到地上，喘口氣，直條條高瘦瘦竹竿樣撐起膝頭來抖了抖白仿綢長衫，汗流浹背，猛個踉蹌，蹭蹬到紅木箱旁，抱出一牀紅綢鴛鴦大被，一罩，蓋到孩子身上，格格格打著牙戰只管柔聲召喚起來。好半天，紅綢大被底下，來壽那筒軀幹蠕動了動。膝頭一軟，官長喜揉揉眼皮，趴跪到了兒子頭顱旁，翻白起眼睛望著臺下黑鴉鴉的人頭，驀地一聲悽厲——孩兒，回來喲——兩爪子攫住紅綢被頭，狂風掃落葉也似，一掀。蹦！官來壽跳起了身來，笑吟吟拎著那隻滴瀝滴瀝沾滿鮮血的空米袋，朝觀眾招了招：

——大卸八塊！謝謝海東同胞，謝謝諸位爺爺奶奶叔叔阿姨大哥大姐小弟小妹，恭喜新年見紅大喜！

來賓們看癡了，半天，鬨然爆出濤濤掌聲。樂壇上，五個少年郎大夢初醒搖頭晃腦吹奏起春光曲來。官來壽牽起爸爸的手，一鞠躬。父子倆依偎著，滿堂采聲中退回了後臺。

林春水伸出舌尖狧狧嘴皮，掏出紅絲帕抹抹腮上的油汗珠，一顫，抖抖渾身脂肪。

——中國的戲法！大卸八塊。各位在座的女士看完回到家去，今天半夜，拜託，不要忍不住去拿菜刀在牀上就給他刉剞刉剞表演起來哦。小弟一想起來，吁！就心寒寒。講實在的，這年頭的社會很殘忍，各位鄉親看看報紙就知道。咦？哈囉？密斯特羅伯特先生兩粒目珠瞪得足大足大，兩條腿在發抖呢！你有看也有懂？好好，請坐下，不要站起來激動。珍哈露春桑向您一鞠躬。大年初五我們不要講不吉利的話，呵呵，還是看養眼的節目。下面，為了調劑父老兄弟剛才有受到中國戲法震驚的身心，本歌劇院重金禮聘，美國拉蘇維加蘇舞后威廉絲，表演熱情雙人舞。讓我們歡迎，美國金絲貓威廉絲小姐和威廉蘇先生，兄妹出場！

朱鴒猛一回頭。

「傻丫頭！臉都嚇青了。」靳五呆了呆，揑住朱鴒的腮幫燈下瞅了瞅她兩隻瞳子：「這是變戲法！大年初五演這樣的節目！算了算了，我們都不看了，回家去好不好？」

「不好。」

「妳還想看？」

「想！」臉一揚，朱鴒甩起辮梢上紮著的兩綹子白絲線望望滿堂男女老幼，嘻嘻兩笑，瞅乜住靳五：「大家都喜歡看大卸八塊，你也是的。」

靳五怔了怔看看亞星。

兩瞳子幽亮，人窩裡亞星只管聳著脖子上那篷短髮，望住臺心那一灘血。

燈一紅。

臺上勾魂攝魄悄沒聲追逐出一雙黃髮綠瞳的男女，赤條條，胯凹子貼著塊小布襠，兩條白蛇也似，血光裡蕩漾著那一洞燈影搖紅，扭盪起兩對臀子，臺前臺後，滿場子廝廝磨磨，只管游走挑逗逃竄掙扎繾綣了起來。臺下顆顆人心，砰砰跳。燈大亮。威廉斯兄妹渾身大汗笑嘻嘻喘回了氣，手牽手一鞠躬，回身追逐進了後臺。滿堂老小幽幽噓口氣。林春水拍了拍心窩，橐躂橐躂踱回後臺。錄音機放出一支布魯斯慢三步舞曲，兩個海東舞孃，肉顫顫，攏住鵝黃晨褸，綳著臙紅臉孔乜著陰藍眼皮瞟著冷白眼瞳漫步出場，分頭繞起臺子，撩啊撩，抖動起襟口兩毬子白肉峰，踩著舞步，晃個五六圈，一溜風蹭蹬著三寸金鞋鑽回了後臺，讓出了又一對小肥舞孃來。

臺下棵棵脖子扭轉，望向後座哈欠四起。

鬱鬱蒸蒸，好一窩汗酸。

朱鴒喊起熱來，呵呵透著氣，搖晃起兩根白頭繩，剝開小紅棉襖襟口捋起袖子，眉心一蹙揉揉膀子：「癢！」靳五呆了呆握起她的腕子，燈下，瞧了瞧她那白皎皎小胳臂上紫灩灩瘀起的一蕾血，心中一酸，輕輕揉搓了起來。

「瘀血怎麼還沒消掉？丫頭。」

「又擰！」

「甚麼時候？」

「年初三。」朱鴒甩甩白頭繩，眨了眨兩瞳淚光，燈下綻開滿臉子紅暈兩渦兒笑靨，望望靳五，絞起眉心，瞅著他一指頭一指頭揉搓著她膀子上的瘀血：「就是前天！爸爸睡他的悶覺，媽媽出門去拜年，兩個日本伯伯送我大姐朱鸝從南部回來，看見沒人，偷偷擰的。」

靳五咬咬牙：

「花井芳雄擰的？」

「不！這次是木持伯伯擰的。」

「他欺侮妳？」

「不是！擰我膀子是表示心裡疼我。」

「疼得說不出？」

「嗯。」

「就動手？」

「嗯！還叫我不要喊痛。」

朱鴒癡癡一笑。

機伶伶靳五渾身打出了兩個冷哆嗦，摟起朱鴒，攬進心窩，半天，悄悄扯了扯她腰肢後兩蓬子辮梢：「還綁白頭繩？丫頭。」

「爸爸說，再綁十二天就點火把它燒掉，就除孝了！」淚光中朱鴒回眸往肩膀子後面那雙小辮瞅了兩眼，仰起臉，哀哀望住靳五：「我奶奶在大陸過世了，活了九十六歲。」

「妳告訴過我，丫頭。」靳五搓搓她腮幫。

臺上，對對海東舞孃金銀牙閃爍慵睏睏咬忍著哈欠輪番上陣，乜起眼眸，不瞅不睬，只管蕩漾起腰下一墩子一墩子臀浪，撩搧著晨褸襟口，兩上，兩下，晃完了三支布魯斯舞曲。臺下士女哈欠連連。蠢瞇笑，林春水撩開後臺帷幔探出滿頭油黑髮鬈，昂起鼻梁上一副玳瑁眼鏡，擎著麥克風，拍拍手。

——歡迎玉女紅星齊姜小姐出場獻唱！

簫聲吟。

一時貪著阿君仔美
癡情目珠格斐斐
為君仔假情來吃虧
害阮目屎四㴙睡

二更過了月斜西
想阮那會命即呆
花開專望阿君仔採
無疑俺雄不應該

三聲無奈哭悲哀
月娘敢知阮心內
失戀傷心流目屎
好花變成相思栽

林春水換了套黑絲絨晚禮服香風馥馥躥出後臺來，腆起肚腩，翹起臀子，跂起腳下那雙兩吋跟黑皮鞋，手一戳，咬咬牙，顫抖著渾身脂肪氣急敗壞指住了齊姜小姐的下巴。

——妳，妳，妳唱的是甚麼歌？

——海東民謠，三聲無奈。

——哪一國的話？我都有聽沒有懂。

——海東話。

——妳，妳懂海東話？

——慚愧，在這兒出生長大，海東話只懂得一點點。

——妳蹧蹋我們海東話，該打！

叭！肥厚厚一巴掌子結結實實拍打到齊姜肩膀兒上。齊姜搖晃了晃。臺下滿堂人頭，噗哧噗哧。林春水只管鼓著臉上那兩糰油亮的腮渦，氣咻咻，瞪住齊姜。小妮子站穩了腳跟眨了眨眼睛，淚盈盈一鞠躬，退後兩步，把雙手兒握住麥克風，燈下齜開滿口好白牙綻出兩朵小酒渦只管瞅望住林春水。

——下次出手，請春大哥記住我是女生。

——失禮！一時衝動。

——沒關係。

——唉，齊小姐，妳不會唱海東歌，下次就不要亂唱亂唱氣死我們鄉親，知不知道？

——知道了！我只是想取悅來賓。

眼瞳一柔，林春水捽捽手托起玳瑁眼鏡，笑吟吟，昂聳出脖子端詳起小妮子來。

——齊小姐，妳府上是？

——山東壽丘。

——那是甚麼所在？沒聽過！

——孔子家鄉曲阜附近泰山南邊一個小地方，名不見經傳，不怪春大哥沒聽說過。

林春水點了點頭，覷準齊姜，趫，趫，邁出尖頭高跟大黑皮鞋追躡著白燦燦一路探索的聚光燈，蹶脹起褲胯子，亦步亦趨，拖著麥克風，橐躂橐躂進逼到滿臺逃躲的小妮子身上。

——妳莫害怕，小妹，豬哥仔兄我春哈露桑擔保不會再出手打妳！人格擔保。唔，山東壽丘？難怪長得有夠高大。報紙講妳的祖父做過中國駐比利時大使？妳的父親做過海東大學工學院教授？妳的曾祖父做過滿清的巡撫？巡撫，那是中國甚麼官？就是省長？喃喃，我們這裡沒有這種官！

林春水倏然煞住腳步，涎瞪瞪，瞟乜起齊姜來，搔了搔褲胯子握住麥克風捧起肚膛喃喃兩笑，撅起臀子一鞠躬又舔舔嘴皮，咂咂，頭上腳下又自管渾身打量起小妮子。

——唔唔，出身好，家世清白氣質高貴，身高也有一百七十幾，講實在的，我們齊大妞腰是腰腿是腿嘖嘖零件成品都不錯！小妹，春哥拜託妳，到前面走兩步給我們海東父老兄弟參觀參觀，好不好？嗯？

齊姜靦腆笑笑邁到了舞臺口。

猛一旋身，林春水睜住滿堂來賓，喝問：

——大妞的身材，讚否？

——有夠讚！

——斬！

臺下男士眼波流轉，齜齜牙鬨然應了聲。

林春水點點頭，嘖嘖，嚥兩口水，托起玳瑁眼鏡勾過一對血絲小眼珠來，笑不笑，眼上眼下，只管瀏覽著小妮子身上那襲高開衩長襬子黑色蕾絲旗袍。聚光圈裡，獨自個，齊姜把雙手兒握住麥克風，蹬住三寸跟金縷鞋，高䠷，挺秀，細腰肢圓臀子，燈下漾亮著一頭濃黑的短髮兩朵姣白的小酒渦，俏生生站在臺口，一顫一顫，瞄望著前排目光炯炯的老小觀眾，守護著腰下兩片衩襬子。篷！鼓郎擂打出一聲采來。樂壇上，五個花衫少年郎搖甩起滿肩油鬈的亂髮，嚼啐起檳榔，高奏起迎春曲。幽幽兩聲長嘆，林春水架回玳瑁眼鏡，翻白起眼珠昂聳出脖子扯兩扯鬆開了咽喉上那隻紅絲蝶，噓了口氣，跖蹥跖蹥，牽著麥克風踱到舞臺口。

——齊小姐，您歡喜穿這種黑色的旗袍？您可以不可以，嗯？給我們來賓講講？穿這種漆黑的衣服有甚麼特別的魅力有沒有？嗯？

——是，春大哥！黑色代表的是神秘，黑色也能表現莊重、大方以及成熟，再加上蕾絲獨有的透明而若隱若現的紗，又平添了些許嫵媚，更多了一重朦朧的美，男人啊想接近她，卻又有一種猜不透的疑，攀不上的怕，但是，又抑止不住那股激情和莫名的衝動。諸位來賓，阿公阿嬤，大哥大嫂小弟小妹，這就是黑色蕾絲特有的魅力！春大哥，依我猜，春大嫂必定也很想擁有這份又冷酷又熱情的神秘美吧。春大哥回家去，告訴春大嫂，趕快找塊黑色蕾絲，動手把自己裝扮起來。春大哥，留神！你周圍男人的眼睛全都正瞪著你家那位春大嫂瞧，虎視眈眈呢。

——小妮子這張櫻桃小嘴真會講。

——你覺得呢，春哥？

——小姜，妳是要春哥講真的？講假的？嗯？給妳偷偷的實實在在的講好不好？吁！內人穿您身上這條黑色蕾絲旗袍，足像吸血鬼一樣，我想甩都甩她不掉！半夜想到，就心茫茫。

——春哥！

靳五哈哈大笑。亞星支起下巴人頭堆裡眨也不眨望著臺上那環聚光燈，一回頭，笑得好不燦爛。朱鴒轉過脖子看看靳五又看看亞星，呆了呆，腮渦兒一綻，甩起兩根白頭繩齜著牙把顆小腦袋搖晃得博浪鼓般，吃吃吃笑起來，忽然圓睜起瞳子。靳五順著她伸出的食指尖，望過排排大小頭顱。黑影地，獨自個，安樂新一身天藍西裝臘腸樣紮根小紅領帶，油光水亮根根短髮倒豎，聳著他那粒小平頭，挺起腰桿端坐家家老小中，凝住兩眸血絲，洞亮，洞亮，瞪望著臺上矮墩墩高䠷䠷兩個手握麥克風眼瞄眼的男女，時不時嗞口水，把爪子搔進西裝襟口，一齜一齜刨起胳肢窩來。朱鴒笑嘻嘻，朝他招招手。

光環中林春水乜著眼珠瞄了半天，端起臉容，一躬，伸出爪子撮住齊姜的腕子揉搓了搓，拎到鼻頭那副玳瑁眼鏡下，捏一捏嗅兩嗅，湊著燈光烱烱端詳起她的手來。

——皮膚有點黑，哪裡去曬的？

——新加坡。

——好好的白皮膚為甚麼要給他曬黑？

——春哥，春天到了啦，對不起，我們北方女孩天生皮膚白，曬得黑黑的，穿上三點泳衣比較不會給男士想入非非的錯覺。

——甚麼錯覺？齊小姐。

——沒有啦。

——吁！妳最近又有進出東南亞國家？

——應僑領之邀去趟印尼。

——報紙講，印尼僑領在齊姜小妹妳下榻的飯店房間門口排隊，等候召見談心，有？還是沒有？您載譽歸國下飛機，有給記者發現手上提一支足大足大的水晶吊燈過關，有？還是沒有？

——有啊，我搬家嘛，客廳需要一支大吊燈。

——妳有買一棟新房子孝敬父母？

——父親節的禮物。

——有夠孝順，嘖嘖嘖！齊小姐您高壽？

——十七。

——未成年少女進出印尼？

——春大哥，放心！我媽陪著。

——我能不能叫您小妹？嗯？齊姜？

——東南亞僑胞和記者都管我叫小妹吔。

——嗯？小妹？

——春仔兄。

——妳叫我甚麼？

——嘻嘻，哈露春豬哥桑。

——沒大沒小，討打！

——春哥別再打我！

林春水把腰桿一挺扭了兩扭拱起腰下兩墩脂肪來，趬，趬，又擻脹起西裝褲胯子，邁前兩步，睜圓眼珠嘟起嘴擡起手瞪住齊姜，叉開五根肥短指頭。一哆嗦，齊姜攥住麥克風，搖甩起腰下兩片高衩蕾絲旗袍襬子蹬蹬退後兩步，回身縮起肩膀，閉起眼睛，晃晃那頭俏黑的短髮，齜開兩排小白牙，光環中一臉子皎白的笑靨，煞青了。林春水怔了怔縮縮手，呆了半晌，跂起高跟皮鞋一巴掌攀到小妮子肩膀上，蜻蜓點水也似拍了拍，柔柔，搓了兩搓。

——痛不痛？失禮！我又忘記妳是女生。

——下次請春大哥記住。

滿堂來賓老小男女噗哧噗哧個個笑成了掩口葫蘆。安樂新猛地打個哆嗦，一咬牙，呸了呸，齜起滿嘴洞檳榔血泡。朱鴒呆了呆格格笑。眼上眼下，林春水撅著屪子跂著皮鞋攀著麥克風只管瀏覽著齊姜，打量了半天，咂咂，伸出嘴洞裡紅涎涎一根舌芯子，舔舔嘴皮。

——小妹。

——嗯。

——小妹妳最近有演出甚麼電影有沒有？

——一個女大學生的日記。

——甚麼電影？嗯？給來賓講講。

——這是一部內心戲，我飾演一個和七位男人有關係的浪漫女子角色，為求逼真、寫實，我在導演安排下去港大旁聽，英文系哦！以襯顯劇中人徘徊於七位情人之間的奧妙心理矛盾。

——嘖嘖，內心戲！有夠矛盾！

——春大哥看過試片嗎？

——我有看到小妹妳啞啞兒的鏡頭。

——你黑白講，春哥！我從事演藝事業有一定的限度，觀眾不可以看到男生不該看的地方。

——這樣講，妳的新鮮度還是一百囉？

——也差不多啦。

林春水愣了愣蹬蹬退後兩步，跂起皮鞋，托起玳瑁眼鏡，臉一沉，坍塌下了腮上那兩臀子油亮的肥笑渦來瞟乜住齊姜，半天，顫巍巍翹起屁股，把隻酒糟鼻昂聳到小妮子腋窩下，勾起小指挑開旗袍袖口，湊上鼻尖嗅了嗅，嚥下兩口水，架回眼鏡轉過脖子板起臉孔掃視滿堂大小鄉親，喝問了聲：

——新鮮否？

——新鮮！

——讚！

林春水綻開笑渦來，點點頭，櫜躂，邁到齊姜肩膀下撮住她那襲黑色蕾絲長旗袍短袖口，往她腋窩裡，掏一掏搔兩搔，把手指伸到鼻頭上嗅嗅，拍拍她那筒裸白的膀子。

——還沒有發生狐臭，還有夠清純，吁！小妹，為了答謝來賓對妳的信心，妳這小妮子，就給來賓講講，妳演電影一個女大學生的日記最有趣味刺激的事情。

——春哥要聽哪一場戲啊？

——唉，就講妳跟美國老阿凸仔演那場啞啞戲。

——沒甚麼啦！

——沒關係，就給來賓講一點。

——那個約翰尼爾森啊，演戲會咬人。

——尼遜怎樣咬？

——他呀，年紀也一大把了，唉，有個不好的習慣，喜歡用門牙去磨跟他演對手戲的女明星！戲裡頭啊我倆有場擁吻的戲，我嘛知道他有這個惡習，心裡怕怕，老惦記著要維持自己寶島清純玉女的形象，又得時時防著，約翰尼爾森咬人，這場吻戲演下來啊，我老是睜大著眼睛，緊張的注意他的落點，春哥，不瞞你說，就生怕跟他唇對唇四片緊緊密合在一起呢。

——再給我們來賓講多一點。

——沒有了嘛。

——嗯？好不好？再講多一點點，小妹？

——春大哥！

——妳看坐在第三排打紅領帶穿蘇格蘭羊毛夾克的年輕先生，瞇瞇笑，只見金牙不見目珠，呵呵，聽妳講尼遜咬人聽得足有趣味！這位大哥您貴姓？蔡？蔡桑在哪一行發財？開私人診所？小兒科？蔡大夫，小弟哈露春水臺上向您一鞠躬。旁邊那位，肚子隆隆穿粉紅孕婦裝的年輕美麗太太，是蔡大夫的夫人？是？吁！先生娘，小弟春仔向您二鞠躬，感激您大年初五帶肚子裡的貝貝光臨本院觀賞養眼的節目！幾個月了？足有八個月了？貝貝，叔叔在此提早兩個月向您三鞠躬。齊小妹，妳就再講多一點點，給先生娘肚子裡的貝貝聽聽，好不好？嗯？

——唉，好吧。春大哥你不知道我們導演指導拍戲好入戲，就像他自個在演吔。我跟蕭邦，香港男明星蕭邦，不是音樂家蕭邦哦！我跟那個香港蕭邦有場親熱戲，鏡頭前面隔著毛玻璃，導演他好緊張，只聽他掐著自己的喉嚨一而再再而三大叫激情，要激情，啲啲，要啲啲。我跟蕭邦兩個在毛玻璃後面牀上聽見導演要激情，要啲啲，就演起來了。導演又叫，開麥拉！我倆糊里糊塗就啲啲給他打拚起來，情話都免了，因為蕭邦不會說國語，我聽不懂廣東話嘛。也不曉得過了多久，導演叫，卡！等了兩分鐘，不見我們出來，導演他自己就跑進毛玻璃後面把蕭邦硬生生給拖下牀，替我倆解了圍。我如夢初醒，臊死了吔！看見導演他呀可正樂呢，一個勁兒的用右手拍打自己左手心，嘴裡唸唸有詞，好，好嘢。

——蕭邦這款弄，夭壽！

——春大哥，那晚拍完戲回酒店，我媽還納悶的問呢，演戲怎麼會演得滿身青腫？

——夭壽夭壽，真有夠夭壽哦。

林春水只管搖著頭。

臺下，安樂新眼窠子裡竄閃出兩瞳冷火。

眼一柔林春水瞅住齊姜，滿臉疼惜，翹起臀子跂住鞋尖，渾身肉顫顫把五根肥短手爪攀到小妮子肩上，揉搓了搓，幽幽嘆息了聲。

——唉，演過這部電影妳有心得莫有？

——一部戲裡每個人都在演戲，不論角色輕重，都要演出生命力。

——未來，妳有莫有計畫？

——報告春大哥，齊姜，我，準備利用十年的時間來接受演藝事業的熏陶和考驗。

——大心肝！

——春哥，你說啥啊？

——講妳人小志大。

——謝謝你啦。

——唉，妳這小妮子今年幾歲？

——十七。

——妳府上是山東壽丘？

——小地方，讓海東鄉親們見笑了。

——妳的曾祖父有做過巡撫？呵呵呵，出身好，氣質還真不錯身材也有夠高，唉！小妹，妳到前面走兩步給我們父老兄弟參觀參觀。

——是！春大哥。

——走大步一點可不可以？嗯？再走大步一點點，讓後排的父老兄弟也有機會參觀。

齊姜邁出步子，蹬起三寸金縷鞋，燈中笑漾著兩朵小酒渦，甩甩脖上那篷子黑短髮，褊襬起腰下兩片高衩長旗袍襬子，纖秀，高挑，探照燈追踪下，牽著麥克風在舞臺口來回走動起來。滿堂肅靜。排排老小男士俯下腰身，歪昂起脖子，眼珠流轉，追索著聚光圈中齊姜腰衩口忽隱忽現兩條姣白的長腿子。「走大步一點點好不好？嗯？小妹，再走大步一點。」林春水顫抖著他那身黑絲絨西裝晚禮服，撇撇叉開胯子，站在臺心，把雙肥短爪子握住麥克風，拱著手只管央求。回眸一笑，齊姜邁開大步，飄颸起踝子上那兩片長襬子來。臺下，瞳瞳眼眸血絲熒熒。朱鴒把隻小臀子支坐在靳五膝頭上，趴到前座椅背，怔怔望了半晌，機伶伶一哆嗦，躥下靳五懷抱三腳兩步穿過家家老小滿堂喜紅春裝，甩著辮梢兩根白頭繩，跑到舞臺下，昂起脖子，往齊姜那一開一闔的衩襬裡覷了覷，猛一怔滿臉子詫異，笑不笑，憋住嘴躡手躡腳鑽回靳五膝頭上把隻手兒攬住他脖子，撥開他的耳鬢，湊上自己的嘴巴：「沒穿內褲！可是，可是——她裡面貼著一塊撒隆巴斯膠布。」「膠布？貼在哪裡？」「貼在男生不可以看到的地方啊。」靳五呆了呆摀住朱鴒的嘴巴，回頭望望安樂新。抖簌簌齜著牙，安樂新聳著他那粒梳理得油光烏亮的小平頭端坐人堆中，搔著胳肢窩，時不時抽出手，伸到鼻頭上悄悄嗅了嗅。兩瞳子閃爍，鬼火樣，追躡著探照燈中那襲旗袍。臺下株株大小頸脖昂伸出了座位。橐躂，橐躂，林春水邁出皮鞋顫抖著渾身脂肪踱到舞臺口，一哆嗦，躥進聚光圈，攫住齊姜的手腕兒。

——夠了夠了，小妹！再這樣走下去，我們在座鄉親父老兄弟的目珠一粒一粒都會凸出來，掉落在地上！喂喂，歐吉桑，唉，你又站起來妨礙觀眾的視線。你老人家抓住褲頭，是不是憋不住又要跑去上便所了？密斯特羅伯特先生，嘴巴張得足大！免回頭看，後面沒有警察坐在那裡，呵呵。小妹，妳要唱歌？妳下面嘖嘖要為我們來賓帶來一條甚麼好聽的歌曲？

——煩惱在腳下！

林春水鬆開了齊姜的腕子，點點頭，嘆息了聲，托起眼鏡睨了小妮子兩眼牽起麥克風邁出尖頭鞋，一步沉重一步，只管搖頭嘆氣踱進後臺。滿座衣冠，喃喃，打起哈欠。齊姜攏了攏衩襬子退回臺心上，光環裡，俏生生，揚起臉來掠了掠耳脖上那頭濃亮的短髮梢，回頭朝樂壇伸出胳臂，擎起麥克風。血蠡嘻嘻，快活林歌劇院大樂隊五個少年郎呆了呆啐出檳榔汁，搖甩起滿肩油鬈子，奏起了樂。燈一黯。齊姜朝來賓鞠個躬，扭起腰肢，跺起鞋跟，蕩漾著頂頭那簇紛紛緋緋漩潑起的雷射光，搖曳起兩襬兒黑色蕾絲，笑吟吟。

恰恰恰恰，恰恰恰恰
噯喲如果你心裡不佳
恰恰恰恰，恰恰恰恰
我們一起來跳個恰恰

朱鴒格格笑，猛回頭，睜起眼睛指住了安樂新。靳五捏住她肥膞，擰了擰。人頭窩裡，安樂新只管聳出他那粒小平頭顫抖著摟住兩條胳臂，挺直腰桿，勾乜起一對小眼珠凝望臺上，滿臉柔情。靳五呆了呆猛地打個哆嗦。兩下裡隔著五六排觀眾，打個照面。靳五笑了笑點點頭。肩窩一縮，安樂新沉下他那張蒼涼的小三角臉冷冷瞟了靳五兩眼，扭轉起脖子，鬆鬆紅領帶，兩眸子血絲閃爍出兇光來。靳五打個寒噤，眨個眼，指指臺上那一襲長䠷䠷電光中閃忽漂盪的黑色蕾絲旗袍。安樂新臉一變，咬咬牙掉開頭。格格格，朱鴒把根小指尖指住安樂新只顧笑著。

「他愛上齊姜！」

「丫頭，妳怎麼也知道？」

「咦？誰看不出來？」

朱鴒睜了睜。

齊姜一鞠躬喘回兩口氣掉頭拖著麥克風竄回後臺。日光燈大亮，臺上雪洞洞。金牙燦爛，四對海東舞孃齜咬住哈欠，魚貫出場來，乜起白眼珠，蹭蹬著高跟鞋踢躂著八雙春筍樣蒼白的羅圈腿子，臉一沉，敞開披風襟口，繞著臺子穿梭著踱起方步，朝滿堂士女撩搧起披風。白肉峰峰抖盪。臺下哈欠四起紛紛起身如廁。兩支舞曲終了。一聲聒噪，八隻花母雞一窩子鬧攏起披風，坍塌下了撅翹著的屁股，鬼趕樣，蹦蹬回後臺。林春水撥開帷幔瞪了娘們兩眼笑嗨嗨牽出麥克風來。

——歡迎牛肉場皇后蔣亦男蔣小姐！

靳五眼一亮。

富富泰泰，好一身白嫩！蔣亦男穿著連裙米色套裝戴著花邊近視眼鏡，笑盈盈溫婉婉，綻亮著兩隻小梨渦，追隨著聚光燈步到臺心上來，雙手握住麥克風，哈個腰。

——春桑，您剛介紹我是？

——您千萬不要介意哦，蔣大姐，我們來賓都有聽過您這個響噹噹的頭銜吔！今天大年初五，冬隆冬搶，冬隆冬搶冬搶，一陣陣的春風送花香一杯杯的美酒味芬芳，歡歡喜喜，可以不可以，嗯？情商蔣大姐您給我們鄉親講講您當年封后的經過，嗯？

——唉，不好聽哪！是這樣子。好像是民國六十四年四月，我在高雄熱海歌劇院接下一檔秀，就同我未婚夫小柯，兩個兒合計合計，結果小柯研究出一齣帶有劇情的新式歌舞表演，一男一女，在花前月下對唱情歌，唱著唱著來了個壞人，那個女主角就是我嘛，為了救未婚夫不惜犧牲自己。不要講了啦！唉，陳年舊事來賓都聽不煩？好嘛，我上空嘛，下身，唉唉穿了條肉色三角褲，那時還不時興貼一塊撒隆巴斯膠布嘛！外面還罩件薄薄的白襯衫，是啊，唉唉沒有穿乳罩。按照小柯設計的劇情那會兒下起雨來了，我身子給淋濕了，所以唉不好聽哪！所以我身上一些重點就若隱若現，就這樣子被那個本地流氓欺侮起來。春桑，本地觀眾就愛看這個。我未婚夫？戲裡的？他啊拔腳就溜，跑去叫警察。現在說起來也沒甚麼，可那時候好哄動的哦，因為從沒有女明星在舞臺上一邊淋雨一邊被壞人欺侮啊。

——嘖，原來蔣大姐您是為了您未婚夫小柯才走犧牲路線的！這樣講，咱們海東父老，吁！得給您蓋一座貞節牌坊呢。開玩笑，呵呵。所以，這檔秀大賣特賣，您就在您未婚夫小柯督導下努力在這方面給他鑽研，精益求精？

——那些個陳年舊事，唉，不好聽哪。

——嗯？蔣大姐？

——春大哥？

——再給我們來賓講多一點點，嗯？

——唉，為了推陳出新，我那口子小柯設計一檔美人出浴秀。溫柔的音樂，唉，響起，我穿著肉色三點式內衣褲出場，在朦朧的燈光裡，洗泡沫澡。也沒甚麼，男士就愛看女人光著身子自個摸摸洗洗的。我又生得一身白皮白肉，江蘇人嘛！很對這兒皮膚黑黑男士的胃口。就這樣子每天洗六場，跨出浴缸，滿身肥皂泡沫，回到後臺又得脫掉內衣褲，澆澆水，沖洗沖洗，到了晚上最後一場洗完回到家還得讓小柯好好清洗一次。不好聽哪！唉。這檔秀我做了兩個月，再不做。

——這為甚麼呢？嗯？蔣大姐？

——一天洗十三次澡洗得心裡發毛啦。

——哦，咂咂！蔣大姐您給我們父老講講，這個，在幾百粒瞪得足像湯圓的男人目珠面前脫衣服洗澡，您心裡面，這個，怎講？您心裡面有那個甚麼淫蕩的感覺，有莫有？

——春桑，你言重了！剛開始看到觀眾那雙雙可怕的眼睛，難免熬過一段恐怖時期，可小柯說啊，幸好我近視四百多度，硬著頭皮往澡缸裡一蹲，只見臺下黑壓壓的人頭，就當他們太監，不管他三七二十一抓過肥皂就自管自洗起澡來，東摸摸，西弄弄，不過十來分鐘就結束。後來也麻木了啦不當他們太監啦，當他們是一棵棵蘿蔔，植物人嘛！邊洗，邊想自個的心事，時間好打發。

——唉，當我們父老兄弟植物人！您很殘忍哦。

——我看也差不多啦。

——唉唉！大姐賺夠了，現在已經退休了？

——半退休。錢呢，早沒了。

——大姐未來有甚麼計畫莫有？

——不好聽哪，春桑！大姐年紀不小了，四十出頭的女人走到我這個地步真難做人。

——嗯？蔣大姐？嗯嗯？

——我終究要挑個好男人，嫁啊。

——嗯嗯。難得大年初五蔣大姐瞧在咱們陳柯董事長大紅包的份上，登臺同鄉親見面，可以不可以情商您，嘿嘿嘿就這麼，嘿，呵呵，就這麼來一下子，讓父老兄弟過年吃個湯圓眼兒，我給您配上一段快板音樂，一晃，就過去了嘛，嗯，蔣大姐？來賓看到滿意的鏡頭，回到家去，才不會在太太身上，去給她練兩手于占海老師父那個金鐘罩消氣消氣，嗯？不好看哪？大姐客氣！我就跟蔣大姐您偷偷講：我有準備一盒日本原裝進口的撒隆巴斯膏藥布，隨時提供女歌星使用，貼一片上去，擔保不會漏底，呵呵，不會有春光外洩！大姐您可以放心露那麼兩下！貼一片，好不好？您有看到坐第四排黑瘦黑瘦個子細細穿西裝的歐吉桑？兩粒目珠，骨碌骨碌，瞪得足有大姐您胸前那兩粒咂咂兒那樣大呢。喂喂，喂，歐吉桑，你老人家又跑去上便所放完尿回轉來了？正好沒有錯過，蔣亦男蔣小姐下面的特別表演。好好坐下！老人家有腎虧不要亂站亂走，影響其他來賓。坐好了？歐吉桑？莫給江蘇蔣大姐見笑阮海東父老兄弟，暴發戶沒文化沒教養不知禮貌！大姐？嗯？不好看哪？您看那位辮子上有綁兩條白線的小妹妹，偷偷跑到舞臺下面，在偷看呢。

——春桑，您看大姐裙子裡面還有看頭嗎！跟您說件事。這一陣，不流行社會寫實片？好些位投資電影公司的土財主慕我這身白皮白肉之名，親身找上門，請江蘇阿媽出山，不惜斥資，拍幾部驚世駭俗之作。唉，江蘇阿媽，就是電影界那些後輩對我的尊稱啊。可沒想到，談過的片商個個石沉大海，我照著名片，打電話去問，不在。電影圈的後臺老闆真的都那麼忙？後來好心人告訴我，這些老闆慕名而來，敗興而歸。春桑，不好看哪！江蘇阿媽這一身五花肉，倒盡那幫海東土財主小老兒們的胃口。小柯走後，唉，我日日夜夜泡在麻將桌，輸贏不提，倒摸來了一身贅肉，可我又不禁口，甚麼都吃，春桑，四十出頭的女人禁得起這麼樣汹遺自個的身材嗎？不是不給看，是真不好看哪！

——好吧，只怪我們鄉親父老兄弟沒福吃湯圓眼兒。

——我獻醜兩首抒情老歌，好不好？

——好，好，隨便。

林春水抖了抖腮上兩毬油脂肪，拉下了臉，冷笑兩聲，牽起麥克風邁出尖頭鞋撢撢脖子上那隻紅絲蝶，昂然踢躂回後臺，忽然，笑不笑，回過了頭來托起玳瑁眼鏡。

——蔣小姐，您那位未婚夫呢？

——小柯？不好聽哪！他父母親給作主，同他雲林鄉親姓邱的小姐結了婚生了兩個男孩啦，一家子，老小三代六口兒，早幾年移民到紐西蘭開間房地產公司。怎麼啦？春大哥。

——沒甚麼，這個社會很殘忍的。

林春水格格兩笑，掉頭掀開了後臺帷幔。

蔣亦男呆了呆抿起嘴唇，獨自個，站在臺心，低下頭來瞧了瞧自己身上那件素淨的米色連裙套裝，扶扶花邊眼鏡，半晌，揚起臉，綻開腮上兩隻腴白酒渦，笑盈盈滿場子瀏覽了兩眼。懶洋洋，樂聲起。鞋跟一蹬跺，蔣亦男昂起脖子絞起眉心迎向那盞雪樣白的聚光燈，擎起麥克風，款擺起腰臀：

陣陣的春風

吹開了斷腸紅——

愣睜睜，朱鴒獨個兒趴在舞臺口跂著腳昂起脖子窺望了半天，一咬牙猛打個大哈欠，躥回觀眾席，爬上靳五膝頭把臉兒歪靠到他心窩裡，揉揉眼睛，睏起覺來，才闔上眼皮齁齁齁就打起了鼾。靳五瞅乜著那一翕一張的小鼻尖，呆了呆，回頭看看亞星，擠擠眼忍住笑，勾起小指逗著逗著挑了挑朱鴒的鼻孔。哈——乞！夢中一笑，朱鴒打出了個連天響的噴嚏。靳五噓了聲，望望滿堂紛紛回頭的男女老小，撮起兩隻手指揑住她鼻尖：「丫頭，回家吃年糕？」朱鴒狠狠甩了甩辮梢，撥開靳五的爪子，皺起鼻孔擦兩擦把頭鑽進靳五腋窩裡，齁齁呼嚕呼嚕，又打起小悶雷，鼻翼上亮晶晶沁出了五六顆汗珠兒。亞星把手托住下巴側過臉瞅著，眼一亮，哈哈哈笑起來望了望靳五，悄悄撈起那兩蓬子散落在朱鴒腰肢上的皎白絲線，牽過她兩根小辮，解開頭繩，撥散了辮子，挽起那把烏黑的髮絲繞到自己腕子上，往裙袋掏出小紅梳，眼一柔，笑嘻嘻只管篦刷了起來。齁，齁齁，朱鴒夢中嗞嗞牙似笑非笑。靳五低頭瞅著這姐兒兩個，心一動，回眸望去。燈影溟濛，頭顱窟裡閃爍著兩瞳血絲。安樂新獨自個端坐家家老小中綳住兩瓣刀削樣的猴腮子，冷森森瞟了靳五兩眼，佝僂起腰桿，犽，犽，往自己腳跟前嘔出兩口胃酸，眱住靳五，妎妎兩笑，咬起兩排小血牙朝過道上啐出滿口檳榔汁。一哆嗦，靳五掉開頭。燈影裡亞星覷住眼睛，篦著攏著，在朱鴒耳朵旁梳捲出了兩隻小髮環，拿下含在嘴裡的白絲線，繫上去，捺緊了，左左右右端詳半天。靳五哈哈笑，胳肢猛一癢。

睡夢中朱鴒又開五根爪子齜嘻嘻只管扒搔起靳五的肋窩，忽然睜開眼睛，坐直了，拂拂身上那件小紅棉襖，指住亞星的鼻尖，咯咯咯，樂不可支，甩晃起兩隻小耳鬟一雙白頭繩笑得花枝亂顫起來。

羅伯特，眨眨眼。

瞳子一亮朱鴒板起臉孔，冷冷，乜起白眼，瞅住衣香鬢影中鬍虬虬毛狨狨昂然聳出的那顆金黃大頭顱。睞啊睞，兩隻眼瞳海樣藍。羅伯特只管眨著眼睛，綻開兩枚大白牙，溫柔笑笑，探出五根金毛爪子隔著排排人頭朝朱鴒抓了抓，招兩招手。朱鴒呆了呆，昂揚出脖子齜開滿口小白牙，倏地吐出舌芯子，綳了個鬼臉，把兩根白頭繩撥到耳脖後掉頭摔開臉去。靳五呵呵笑。亞星笑瞇瞇。燈大亮。一個長髮小舞孃，娃娃臉，招颻著紅緞子披風蹭蹬出兩條筍白腿子來，臉一沉，掀開襟口，瞪瞪滿堂老小，抖盪起兩瓣兒滾圓臀子，噘住一蕾紅唇，頭也不擡，望著高跟鞋尖踩著布魯斯舞曲滿臺子游走了十來圈。

幕落。林春水牽著麥克風掀開帷幔跨到臺前，瞟住臺下，涎涎一笑，掏出手絹掩住嘴洞，仰天打了兩個哈欠，好半天，撅著腰後兩墩脂肪只顧抹著一頭臉滿頸脖油汗，吁吁喘。

——失禮！對不起。春天來臨花月良宵晚上小弟睏不落眠，今天精神不大爽。唉，看大家都懶洋洋，過年無精打彩，小弟請大家闔府觀賞一支保證有看頭的魔術吧。叫啥？叫大劈棺。就是用砍柴的斧頭給他用力砍，砍，砍，給你死給你死給你死爛翹翹呵呵。砍啥麼？砍棺材啦，棺材裡有睏著一個人。歐吉桑，坐好！老人家有腎虧會漏尿？莫要緊啦，給伊嚇不出尿來的。各位鄉親有聽過莊子試妻的古事有否？卡大聲回答，免不好意思。在座的大人都莫有聽過？咂，咂！在座的小朋友都有聽過？實在不應該。一二三——十五十六十七——攏總四十多個小朋友小弟弟小妹妹舉手。誰給你們講？老師給你們講？夭壽。小弟現在就給在座的大人講講。莊子就是我們中國古早古早以前的大文豪，有寫過一冊書，全世界都知道。書名叫啥？就是叫做莊子啦，大棵呆！這個你都要問我啊？密斯特羅伯特先生瞇瞇笑，他一定有看過這冊書。靳教授，您有否看過這冊書？否？呵呵呵我就知道您是在講笑。您有聽懂我們海東話？有懂一點？其實我講一半國語一半本地話，相雜來講，比較親切也比較有幽默。改天小弟去海東大學拜望您，請益，請益。莊子先生有一天他吃飽飯沒有事做就一個人坐在厝間，做迷夢，黑白亂想，想來想去就想到有一天他太太會變心掉，在外面偷偷養客兄。客兄是啥郎？唉，男朋友啦，用他們海西話講就是姘頭。莊子先生想來想去，越想，心裡越不爽，就想出方法要給伊試一試。試啥麼？試莊太太會不會變掉伊心。莊子先生吃飽飯，就去裝死，嘖，莊太太真的給他騙過去，以為伊尪真的死翹翹了，哭得足傷心咧！哭哭啼啼跑去棺材店給伊死去的先生買一隻棺材回來，停在厝間，要停七七四十九工，才去埋掉，唉，莊子先生有一個朋友就跑來追求莊太太了。啥？都先講好的，要試莊太太的心嘛。歐吉桑，你老人家有夠笨哦，這款事用頭皮想一想就知道莊子先生搞鬼——伊睡在棺材裡，吱吱吱偷笑呢！嗯？你老人家無有頭皮？有無膝蓋？用膝蓋去想也一樣。莊太太看見那個少年公子白白瘦瘦長得有夠風流，又有學問，會做詩歌，伊心裡就卡歡喜啦。少年公子有一款奇怪的病，發作起來就要倒在地上，滾來滾去流口水，要吃人的腦髓才會好。腦髓是啥麼？吁！用阮海東話來講就是你老人家頭殼裡的汁。女人家，心肝狠哦！莊太太為了救伊的客兄，扛起砍柴的斧頭囁——就跑進靈堂對著莊子先生的棺材大力給他砍，砍，砍，要吃你的腦髓，要吃你的腦髓！唉唉對不起，大年初五小弟不應該對各位鄉親講這些不吉祥的話。歐吉桑臉青青，憋不住要去上便所了？卡緊轉來。閒話還是少講。各位鄉親，享譽日本的阮海東魔術大師高王宏先生出場！

奏樂。

——大劈棺！

幕啟。

朱鴒睜了睜眼睛趴到前座椅背上。

舞臺上燈光熄滅，悄沒聲，白幡招飄早已布置出一間靈堂，供桌上一碗白飯斜插著兩根黑竹筷，兩支白燭，一雙油燈芯，冷風中搖曳起滿堂月影。堂中兩條長板凳上停著一口紅漆棺材。咿呀，角門開了。小婦人渾身黑素，鬢邊別著朵白絨線花，掌著油燈，提著砍柴板斧，躑躅著腳上那雙青布孝鞋沒聲沒息趄轉進了靈堂來，俏生生，臉水白。冷風一吹，兩肩子驀地打個哆嗦。燭光下小婦人翻白起眼眸，四下望望把油燈擱到棺尾，一咬牙，捋起黑衫袖，剝露出兩隻皎白腕兒，掄起板斧覷準棺頭不聲不響劈過去。刉剮！白霍霍，斧刃陷進了棺上那塊蓋天板。燭火閃悚。小婦人抖簌簌趴到棺材上，咬著牙，雙手攥住斧柄子搖撼了好半晌蹌踉蹌踉往後蹎跌出五六步，拔出了斧頭，穩住腳跟，把手捫住心窩喘回兩口氣來，躥上前，十來斧騞騞騞沒頭沒腦劈到棺頭上。滿堂子白幡燭影，花雨樣，迸濺起一斧一斧木屑。小婦人退後兩步提著斧頭癡癡瞅望著那口紅漆棺材，喘著氣，撮起衫袖抹抹額頭。一身黑素，鬢上白絨花顫漾燭光中。半天只聽得棺中傳出幽幽兩聲嘆息，咿呀，棺蓋推起，男人挺身坐了起來。小婦人膝頭一軟把手掐住心口，嗬嗬呻吟出兩聲跪倒棺頭下。鐺鋃，斧頭掉落地上。白幔飄颺燭火搖曳，棺裡棺外，夫妻倆怔怔對望了半晌。男人忽然眨個眼，齜牙一笑，鑽回棺材裡砰地闔上蓋天板。愣睜睜，小婦人癱蜷在地上只管望著長板凳上停著的棺材，猛哆嗦，渾身打出兩個冷顫，攫過板斧撐起膝頭，一蹦，躥起身，撲到棺材上，掄起斧頭吁吁喘著大氣二三十斧刉剮刉剮劈了起來。滿堂子血花紛飛。一陣冷風吹過。靈牌前兩蕾白燭光忽然竄起尺來高，忽明，忽滅，幔裡幔外搖閃出沒聲沒息的月影子。供桌上一碗白飯，斜斜插雙竹筷。風聲如笑。小婦人滿頭大汗提著板斧獨自個站在堂心望著燭火，一回頭，哎喲，哆嗦出了聲來，油燈下那張瓜子臉煞白了。黑影地裡一襲壽衣，男人可不就站在那滿堂翻翻颺颺的白幃中，笑嘻嘻，朝她招著手。小婦人拖曳著黑布裙襬蹭蹬著青布孝鞋，趑趄兩步，擎起斧頭蹦躥上前。男人一晃，不見了。猛回頭小婦人看見他端坐棺中。咿呀，蓋天板輕悄悄闔上了。燭影搖白。小婦人提著斧頭癡呆了半天忽然反手拔下脖子後那支玉簪，咬在嘴裡，一甩，披散了頭髮，掄起斧頭齜起牙根閉上眼睛，一斧一呻吟，劈砍起棺材。猛回眸。男人直挺挺佇立在她肩膀後，涎起慘白笑臉，呃啊呃，衝著她臉兒吐兩吐舌尖舔舔嘴唇。女人高高擎起斧頭，跂起青鞋劈了過去。一晃又不見。男人瞇笑瞇笑端坐棺中。砰！棺蓋闔上。小婦人發起呆來，汗濟濟愣睜睜只管瞅望著棺口那塊坑坑洞洞的蓋天板，手一鬆，鐺鋃，掉落了板斧，一跤坐倒在那口六塊板紅漆高頭大棺下，望住靈牌放聲大哭。男人幽幽嘆息兩聲，推起棺蓋爬出棺材，牽住他那口子的手朝門外指了指。女人擦擦眼睛，淚光中望了望。門口，紫衫白巾繡帶朱履手搖一柄紈扇踱進了個少年公子來。女人怔了怔，回頭不見她男人，只聽得噗哧噗哧兩聲笑，那少年公子也不見了。哈哈哈哈，滿堂鬨笑。小婦人盤起了腳來披頭散髮獨個兒坐在一屋白幡裡，出了半天神，咬著玉簪，汗淋漓，匍匐到舞臺口覷望著闔座士女，沉沉嘆了口氣，撐起身子，爬上板凳解下腰間裙帶往自己脖子繞兩繞，吊到了樑頭上。兩肩黑髮鬖，一蕊白絨花。男人嘆息了聲爬出棺材，解脫了兜盪在樑下的女人，探探她鼻息，搖搖頭抱進那口破棺裡，闔起棺蓋，自己往棺材一靠，拿過一隻瓦盆覆蓋到兩隻膝頭上，席地而坐鼓著瓦盆，曼聲唱起了歌：

大塊無心兮
生阮與伊
阮非伊枉兮
伊非阮某
偶然邂逅兮
一室同居
大限既終兮
有合有離
人之無良兮
生死情移

真情既見兮
不死何為
噫嘻！
敲碎瓦盆不再鼓
伊是啥人阮是誰

幕急落。

掌聲濤濤。

林春水牽著麥克風踱到臺口，嘆口氣。

——女人家，唉，走到這個地步，真是難做人！坐第六排穿粉紅洋裝臉瘦瘦戴眼鏡抱著小囡仔的太太，您講甚麼？卡大聲，嗯？妳講做男人不要像莊子先生那樣子，吃飽飯無事幹，黑白亂想，把自己的太太活生生的整死掉？呵呵，太太，中國的社會是有夠殘忍的。今天年初五，大吉利是，我們不要再講死啊死。謝謝本院重金禮聘歸國的阮海東旅日魔術大師高王宏先生，以及他的日本助手，美麗的山嶋八千代小姐！順便報告鄉親：這支中國傳統的魔術大劈棺，經過高先生研究改進，去年十二月十三日有受邀請，在昭和天皇御陛下和良子皇后御前獻演過，這是鄉親們全體的榮幸。謝謝高王宏高大師！謝謝雅瑪西瑪桑！唉，莊子試妻，怕怕。為了撫慰各位有受震撼的身心，小弟特別設計金陵女中二年級女生幸嫚真小姐客串登臺，獻唱一曲。

幕啟。探照燈白霍霍鎖定目標。

五個少年高踞樂壇。

光環裡，怯生生裹著白上衣土黃卡其窄裙，站出了個手握麥克風的女學生，低垂眼瞼，不聲不響，只管望著腳上那雙白襪黑鞋。滿堂老小眼睛一亮。林春水橐躂橐躂踱上前，抖抖腮上兩臀子油脂肪，眼角眉梢，掃了掃臺下，托起玳瑁眼鏡跂起高跟皮鞋把顆大耳肥頭昂聳到女生胸口，瞧瞧白衣上繡著的學號姓名。

——辛嫒真，妳還有在學校念書？

——是的，金陵女中。

——卡大聲點。

——我還在念高中，林大哥。

——唔！頭一次登臺？

——是的，利用閒暇時間在不影響課業的大前提下，賺取平日零用錢。

——以前妳也有打過工？

——披薩店。

——給來賓講講妳打工有甚麼心得？

——是，林大哥。我覺得，打工的年輕人比較有上進心，不會遊蕩生事，尤其周末無處可去時打工正是最佳去處。我覺得，林大哥，年輕人利用學校功課不重的時間打工，一方面賺取勞力代價，另方面可獲取經驗。

——呵呵呵！妳有經驗？

——嗯？

亭嫒真愣了愣，一嗆，猛擡頭，瞅著林春水那兩瓣黑蒼蒼油亮亮銜著她燦綻開的嘴唇，悄悄挪開半步，縮住鼻子，低頭又望到自己鞋尖。臉一變，林春水退後半步，別開臉去把手摀住嘴洞，乜起眼鏡，打量起聚光圈裡那身漿洗得筆挺的白上衣卡其窄裙校服，半天，清清喉嚨呵呵兩笑，紅涎涎，竄出嘴洞中那根舌芯子，咂咂舔兩舔嘴皮。亭嫒真漲紅了臉，雙手揝住麥克風，覷著探照燈眨著眼睛怔怔望著林春水，忽然咧開嘴，靦腆笑了笑。臉一柔，林春水綻亮起酒渦撣撣身上那套簇新黑絲絨西裝禮服，撅翹起臀子，繃脹起褲胯，把手搭到亭嫒真肩胛上，笑吟吟只管摸搓起來。亭嫒真縮縮鼻尖。林春水摀住嘴洞。

——失禮，失禮！昨晚有給陳宜中陳老請吃一盤火雞腰子炒麻油薑絲，消化不良，今天嘴氣特別重，實在對不起！下午已經刷過四次牙，還有漱過三次李斯德靈藥水，唉，嫒真，妳有沒有介意？

——我不介意，林大哥。

——妳頭一次登臺害怕不害怕，嗯？

——嗯，有點害怕。

——莫怕，有妳春叔叔在。

——謝謝林大哥照顧。

——叫我甚麼？

——春叔叔。

——嗳！妳今天要唱甚麼歌？嫒真。

——今天辜嫒真為來賓帶來一首我們海東抒情歌曲，雨中散步，請叔叔伯伯阿姨指教。

——嫒真，怕不怕冷，嗯？

——嗯？還好啊。

——不怕冷？妳真的沒有騙我？小孩子要講誠實的話哦！不怕冷？好好。各位在座的來賓都有聽到我有問過她怕不怕冷，她講，還好啊。都有聽到？鄉親父老兄弟姐妹們！請大力鼓掌給我們鄉親阿妹鼓勵鼓勵。呵呵呵。小孩子喜歡淋雨，不怕冷。

林春水牽起麥克風邁出皮鞋踱向後臺，一回頭。

——嫒真，妳今年幾歲？

——十六歲半。

——唔，家住在哪裡？

——宜蘭縣南澳鄉。

——我問妳現在。

——是，住在夷洲路堂伯家。

——這年頭夷洲路乾爸爸滿街走，小心！

——春叔叔，嗯？

——唉唉，沒有甚麼！各位在座鄉親，我們宜蘭小阿妹辜嫒真小小年紀還在念高中二年級，今天利用新春假期，客串登臺，打工賺零用錢，大家要愛惜愛惜給她掌聲鼓勵鼓勵。

林春水一轉身隱退到了後臺。

怯生生，辛嫚真併攏起兩隻膝頭把雙手兒牢牢擎住麥克風，獨自個站在臺心，耳脖上頂著一篷子短髮，燈裡血滴也似，唇上顫抖著一蕾口紅。

一陣陣春風吹來
小雨落綿綿

朱鴒忽然躥下嶄五的膝頭鑽出人窩趴上了舞臺口，歪探出脖子昂起臉，眼勾勾眺望了望，伸手一指。臺下滿堂大小頭顱聳動。悄沒聲，舞臺頂端雰雰霏霏飄灑下了一片雨絲來，聚光圈裡，濛亮濛亮。辛嫚真打個哆嗦擡頭一望，呆了呆，瑟縮起肩窩，捧住麥克風站在臺心淋著雨打個噴嚏自管唱了下去。

不管伊這陣小雨
一直落袂離
你我不甘來分離
已經要到黃昏時
霓虹燈閃閃熾熾

難分難離

朱鴒趴住舞臺口，甩著耳鬢上繫著的兩根白頭繩，覷起眼，看呆了。雨滴瀝滴瀝愈落愈密。亞星打個寒噤，挨靠過來，靜靜望著臺上孤伶伶顫抖在冷雨中的一身白衣黃裙女生制服，猛哆嗦，咬起下唇。靳五握住她的腕子，眼一花。探照燈掃過臺下黑聳聳一排排昂伸出冬裝的男女人頭，烱白烱白，潑照住臺心那條清秀的身影。一曲終了。雨停了。闃然，家家老小驚嘆起來。辛嬡真低頭看看自己上身那件濕漉漉緊貼著肌膚的白衣，兩肩子顫了顫，臉煞白了，噙著眼淚，抹抹唇上血水淋漓的口紅，把雙手兒握住麥克風，遮住胸口一鞠躬，躡起白襪黑鞋，跨過臺心那一灘瀲灩的水光，走出聚光圈，哈齁哈齁，打著噴嚏甩著那頭濕湫湫齊耳的短髮，三步併作兩步跑進後臺。

滿堂吱喳，交頭接耳。

林春水探出鼻頭上那副玳瑁眼鏡。

——我有問她怕不怕冷。今天正月初五，天氣還冷颼颼。唉，真難做人！本院為了要給各位鄉親父老兄弟看到滿意的鏡頭，不惜斥資，額外增添新的設備，人工造雨。唱抒情歌要有講究氣氛，呵呵。歐吉桑，你問啥？那個唱歌的阿真？伊今嘛還在金陵女子中學讀二年級囉，十六歲半的宜蘭囡仔，客串登臺，打工賺零用錢。我不是都有給來賓介紹過？沒聽到？上便所放屎去了？咄！老人家給我坐好，莫要坐下又站起，妨礙來賓的視線！咦咦？這位頭髮上綁有兩條白線的小妹妹目珠瞪瞪指著我，好兇哦！幹甚麼？唉，大家都有聽到我有問過那個辜嫚真，怕不怕冷啊？怕冷？好，沒關係，我們就不給她下雨嘛。拜託！請靳教授把您這位鄰居小妹妹叫回座位去，不要站在前面，影響其他來賓。呵呵小妹妹不聽話哦，還站在那裡瞪她的兩粒目珠哦。嘖，嘖。閒話還是少講。各位鄉親，讓我們拍掌歡迎本檔節目特別來賓，老牌抒情歌后，二十年前紅極一時，今嘛處於半退休狀態的于韓小姐出場！

——謝謝您，哈露桑。

帷幔中柔柔婉婉傳出了一聲笑。

洞灩灩血塢般，舞臺上眨亮起十來支紅晶燈。于韓脖子後挽個髻兒，高眺，姘白，一把腰肢款擺著身上那襲孔雀藍鑲金片緞子長旗袍，掀開帷幔，牽出麥克風來，繞過臺心那灘水光趄轉到臺前。一鞠躬。樂聲起，滿場子蒼蒼涼涼瘖瘂起一聲聲溫婉的叮嚀：

好花不常開
好景不常在
愁堆解笑眉
淚灑相思帶
今宵離別後
何日君再來

朱鴒獨個兒趴在舞臺口，把雙手兒支住下巴，兜盪著腳，怔怔窺望著臺上那一灘水光中兩隻褊褼開闔的衩襬子，聽得入神了，忽然躥下舞臺，跑回座位勾住靳五的脖子把嘴湊上他耳朵：「告訴你！這個于韓，我爸以前最喜歡，一個人關在房間聽她的唱片。」靳五怔了怔揉揉眼皮。光環裡，旗袍袖口裸亮出兩筒腴白的膀子，腮上，圓潤潤綻漾著兩渦笑靨。好清柔的一雙瞳子！靳五心一暖。朱鴒早已趴到前座椅背眼睜睜望著于韓。

臺上，于韓款動腰臀深深一鞠躬，望著滿堂來賓，嘆口氣，伸手攏了攏脖子後那顆黑絲般烏亮的圓髻兒，挑起眉梢，冷冷乜了乜林春水，把麥克風交到他手裡：「麻煩您給拿著，哈露桑。」一轉身邁出高跟鞋走向樂臺。五個少年吹鼓手翻起血絲白眼，嘟住嘴忍住笑，只管嘬啄檳榔。燈大亮。雪洞洞白光下，舞臺上樂壇旁早已張掛起了一面薄如蟬翼的白紗帳。臺下家家老小，脖子愣伸。于韓揚起臉跨進白紗帳後。人頭滿窟鑽動。于韓呆了半晌垂下了頭來，燈光裡抖抖簌簌，一顆顆解開襟衽上的鈕釦，擡起右膀子，把左手探進腋窩，颼地扯下身側的拉鍊，一掀，解脫了身上那襲孔雀藍鑲亮片高衩緞子長旗袍。綷縩，綷縩。好半天一環聚光燈白燦燦鎖定紗幕上一胴身影，乳波臀浪。諂笑諂笑，林春水侍立在帳外把兩隻麥克風揝在手裡，瞰著褲襠舐著唇皮，撅翹起腰下兩墩肉。五個少年樂手乜起眸子咧開血嘴。滿窟人心，突突亂跳。那歐吉桑霍然起立，金牙閃爍，渾身顫抖整整西裝挺起胸膛。臺上，于韓低著頭側著身換上了一襲黑色蕾絲晚禮服，攏了攏髮髻，瞅了瞅腰身，一揚臉，娉婷著高跟鞋邁出白紗帳，不瞅不睬，冷哂了兩聲往林春水手裡攫過麥克風來：「謝謝您，哈露桑。」掉頭，提起裙腳牽起麥克風，款擺起腰臀，步到舞臺口朝滿堂來賓闔家大小溫溫婉婉鞠個躬。挺圓潤的一張臉龐，燈下乳樣白，只管綻漾著兩顆小梨渦，笑盈盈。

——今天元月初五日，大地回春，特別為您獻唱一首家鄉吉祥應景的老歌，鍾山春。樂壇上，五個少年郎如夢初醒，啐出檳榔汁搖頭晃髮奏起樂來。

巍巍的鍾山

龍蟠虎踞石頭城——

「我要回家去告訴我爸爸！我爸爸最喜歡的女歌星，于韓，在舞臺上換衣服。」朱鴒回過臉來，狠狠搖著頭把耳朵上亞星給新編的兩隻小髮鬢摔鬆了，淚光中，冷森森瞪住靳五。靳五呆了呆，攬過她的肩膀整整她身上那件小紅棉襖，托起她下巴，抹掉了淚珠，心一酸把她耳鬢上紮著的兩綹子白絲線綁緊了，嘆口氣：「丫頭！妳爸爸要是知道于韓活到這歲數，在舞臺上換衣服，會傷心死。」

莫向那秦淮煙柳

不管那六朝金粉

一片煙漫

無邊風景

裝點出江南新春

裝點出江南新春

臺上，于韓深深一鞠躬。

——多謝了，萍水相逢的人們。

好蒼冷的聲口！靳五一呆。于韓早已回過身牽起麥克風提起踝子上那一裙襬黑蕾絲，穿過臺心，涉過血紅瀲灩一灘水光，揚起臉不瞅不睬，掀開帷幔邁進後臺。林春水待笑不笑只管扒搔著滿頭鬇鬡的油黑鬈子，渾身脂肪，顫啊，顫，好半天蕩漾著臺上滿洞紅霓，格格兩笑邁出皮鞋，朝後臺一鞠躬，指揮兩個少年郎把白紗帳收拾起了，慢吞吞踱到舞臺口，擎起麥克風。

——女歌星活到四十八歲的年紀，真難做事！各位先生女士和小弟弟小妹妹，請高擡貴手用力拍拍給她掌聲鼓勵鼓勵。多謝！唉，這年頭五花肉大賤賣，三斤一百元。下面本院為各位鄉親鄭重推出今天下午的壓檔節目，講實在的，實實在在的，小弟春仔哈露保證這支節目老少咸宜，闔府同樂。魔術師吳寶猜吳老先生，請！

老魔術師穿著泛白黑色燕尾服，顱子上頂著高頭大禮帽，溫恭恭笑煦煦，拈根小棒兒，迎著掌聲只管緩步踱出了後臺來。

——今兒個，新正初五，看到在場好多位小朋友跟爸爸媽媽爺爺奶奶來看表演，心裡很高興，咱就變個小戲法兒，叫啥？叫著仙人摘豆，逗小朋友們新年一樂！好不好？有哪些位小朋友不拘男娃女娃願意上場來玩玩兒，大年裡頭討個吉祥如意？

好一口江浙腔京片子。

瞇瞇，吳寶猜老先生堆出滿臉笑容，恭候舞臺口。

滿堂悄沒聲。

朱鴒回頭看看靳五擦擦眼淚，牙一齜。靳五慢吞吞點個頭。亞星笑嘻嘻。只一躥，朱鴒早已掙脫了靳五兩條胳臂蹦地跳下他的膝頭，「對不起，借過，對不起」，鑽出人窩披著兩鬢子散髮蹬蹬蹬跑上舞臺。滿堂采。吳老先生拈起小棒兒，哈個腰。朱鴒整整小紅棉襖端起臉容，鞠個躬。一老一小，聚光圈中眼覷眼嘻瞇嘻好半晌對望著站在舞臺上。朱鴒扠起腰。吳老先生弓下腰，瞅住朱鴒，眼瞳一柔，伸出蒲扇大的巴掌摸摸她的頭，撮住她肩膀上零落的兩根白頭繩，揪兩揪，挺起腰，回眸笑瞇瞇瀏覽起臺下家家老小，恭候。剎那，蹦蹬四起，滿場子春衣繽紛躥出了二十來個小孩兒，呱噪著，一窩兒小花雞也似飛撲到臺上。舞臺中央那攤人造雨晶粼粼淋漓滿地，兩個少年郎擡出了張桌子，鋪上藍布，擺上拳頭大三隻茶盅，倒扣著。奏樂。燈光通明。吳老先生挺起腰桿撣撣身上那套燕尾服端整起高頭大帽，居中一坐，拈起小木杖兒，左右指揮，吩咐男娃女娃們站到桌子兩邊，眨眨眼，一掏，不知打哪摸出五顆白丸子來，攤在手心上，燈下亮了亮，揭開一隻茶盅板起臉孔瞅著孩兒們一顆顆蓋到盅口下。兩排兒愣愣睜睜，孩兒們舒伸出脖子。老先生叱喝了聲揭開茶盅。啊！孩兒們發了聲喊張開嘴巴。五顆丸子可全不見了。老先生呵呵據桌大笑左睨睨右睞睞只管溜轉著眼珠，端詳孩兒們的臉，噗哧一笑，端整起臉容，又把那隻茶盅倒扣回桌面上。男娃女娃兩排兒齊齊翹起臀子，背起手踮起腳，俯首桌心上瞪住茶盅。老先生猛一拍桌沿，揭！啊——那五顆豌豆大的丸子好端端可不就在那隻茶盅下，燈裡姣白姣白。老先生笑吟吟。迸濺迸濺一窩娃兒踩著雨水蹦著新襪新鞋，格格格笑不住。臺下，家家爸媽鼓掌。魔術師吳寶猜老先生起立揭帽一鞠躬，歸座，聚攏孩子們，擱下小杖兒，把五顆丸子蓋在一隻茶盅下，箕張起兩隻大手撥了撥，電光石火般轉眼把桌上三隻茶盅前後左右挪移了十來遍，呵呵兩笑，恭請孩子們給猜猜看，丸兒丸兒躲在哪隻茶盅裡。這隻茶盅裡哪！這位小弟弟說。喏，莫有。是躲在這隻缺個角兒的茶盅裡頭嗎？這位繫白頭繩帶孝的小妹妹眼兒尖！揭！呵呵呵莫有。必定是這隻了？您說？聚光圈裡老魔術師只管睞閃著眼睛，左眨右眨，撮起兩隻粗大的指頭，逗弄著二十來張蘋果樣紅瀅瀅齜嘻嘻愣瞪在燈下的小臉，一頭問，一頭揭。這隻茶盅裡頭有莫有啊？莫有啊？瞧，五顆白丸兒一顆不缺那可不都是麼！呵呵。這隻有莫有啊莫有啊？有！這隻有莫有啊有啊？莫有！這隻有啊莫有這隻莫有啊有呵呵有啊莫有莫有啊有莫有啊有，呵呵呵——老先生越揭越快。鷂起，鷂落，兩隻指頭不停的啄向桌上三隻茶盅。孩兒們昂著脖子跂著腳，眼花撩亂可看得癡呆了，燈下一窩兒繽繽紛紛，穿著喜紅春裝簇擁住黑衣黑帽的魔術師。水光蕩漾中，甩啊甩，漂盪起兩鬢子雪白絲線。朱鴒格格笑。滿堂采。吳寶猜老先生起立脫帽一鞠躬，彎下腰打量著孩兒們，忽然攫出手爪，把桌面上五顆白丸子全撈在掌心，握起拳頭伸到孩兒們眼前，燈下一張。啊——全不見了。老魔術師呵呵大笑聳起斗大的頭顱上那頂高頭黑禮帽，潑踐潑踐，邁著大皮鞋涉著臺心那灘水，背起手來，自管踱起方步，乜起眼，往那一張張羞答答東躲西藏的臉兒端詳過去。孩兒們齜牙咧嘴，噗哧噗哧。霍地，老先生在一個小小男生跟前站住了，牽起他的腕子高高舉到燈下，湊上眼睛，瞇覷半天，皺起眉頭只管摺起他的小紅夾克袖口來，只一擠，迸！袖口裡擠出了顆白丸子，滴溜溜滾落地上。男孩呆了呆，張開嘴巴。老先生瞪了瞪背起手慢吞吞在女娃兒窩裡踱起方步。十來雙烏溜瞳子，閃啊躲。咭咭聒聒。老先生撮起兩隻煙黃指頭捏住一隻耳朵。小女生齜齜牙，縮起肩膀。啊——耳洞裡給挖掏出了顆白丸子。老先生板著臉孔，不瞅不睬，自顧自涉水踱到舞臺口昂起脖子覷住頂頭那簇水晶燈，半天，哈——鼽！打鼻孔裡噴嚏出了顆白丸子，一搖頭，嘴洞裡又吐出了一顆。孩兒們看呆了。眼勾勾，吳老先生揹著手又踱回來，瞅瞅男娃這張雀斑臉，回眸，待笑不笑，瞪住女娃那雙烏溜眼瞳，左左右右把孩子們打量兩遍，不聲不響，冷不防攫出爪子揪起了朱鴒肩上零落的白頭繩，燈下撥撥她耳鬢，找出第五顆白丸子。

朱鴒甩起兩肩子散亂的髮絲，吃吃笑。

滿堂采。樂聲起。

老先生脫帽，一鞠躬，把五顆丸子往桌面上滴溜溜一灑呵呵大笑。

——謝謝諸位小朋友陪老人家玩兒，謝謝諸位家長賞臉。

哇！孩兒們如夢初醒一鬨四散。

魔術師吳寶猜先生一身泛白黑色燕尾服頂著黑禮帽，站在舞臺口，笑瞇瞇，望著孩兒們，一窩小花雞也似聒噪著飛撲下了舞臺，縋綣回各自爸媽懷抱裡。

——呵呵呵！方才那一手叫仙人摘豆的把戲，新春正月，逗逗小朋友們開心，叫諸位大人見笑了。今天新正初五，小老兒就獻醜耍個咱們中國傳統應景兒討吉祥的小戲法吧，有個名堂，叫春到人間，博在座諸位大人一笑，兼祝自由中國國運昌隆。

燈黯了。聚光燈潑照處，一環白，舞臺中央那張鋪著藍布的桌子早已擺出一隻白磁水盆。老先生踱到桌子後頭，哈哈腰，往燕尾服上襟口袋抽出白手絹，一抖，盆中綻出了朵牡丹。

滿堂采。老先生堆出滿臉笑容來，脫帽，鞠躬，抖著白絹子，毬毬牡丹姹紫姣白一蓄追逐一蓄只管綻放出白磁盆。亞星看得癡了。朱鴒呆了呆，打個寒噤。老先生脫下黑禮帽搔搔斗大的光頭，端詳著桌上那盆牡丹，忽然撂掉手絹，涉著水蹬蹬蹬退後三步，覷準了桌面，手一翻，從腋窩胯下腰眼肚臍身上各處掏摸出了紅牡丹來，電光石火，一朵朵，飛也似的扔插到水盆中。轉眼間，白磁盆裡怒放出了七八十朵飯碗大的春花，燈下開得一片醉，滿臺紅，只管靜靜映漾著舞臺中央玻璃地板上那一灘瀲灩的水光。

掌聲飆起。

林春水蹦蹬出後臺來。

——春到人間！謝謝魔術師吳寶猜吳老先生帶來春天。謝謝來賓，大年初五闔府光臨。呵呵，本歌劇院今天下午精心安排的新春節目，到此全部結束。恭喜鄉親萬事如意，新年發財。

第三部 春，海峽日落

第十一章 一爐春火

〈上〉 望春風

　　腴白腴白，丁旭輪教授捲起襯衫袖子，剝露出兩條半年不見天日的膀子來，拈著小陶壺兒，獨自個，倚在文學院走廊窗口瀏覽滿園乍起的花事。長廊上足音寂寂，春光裡，英詩課師生琅琅讀書。靳五挾著書本躡著鞋尖走過間間春裙滿座的教室，叼支菸踱向系辦公室，渾身煦煖，沐浴在午後一長窗一長窗木葉扶疏的太陽中。丁教授回乜過眸子來，折折腰，頷了頷首，圓白臉膛滿月樣燦爍著眼鏡綻出兩糰子笑渦一嘴洞小米牙，溫恭恭，擎起小茶壺指指窗外。靳五呆了呆。一條簇新鱷魚皮帶紮在丁教授肚膛上，收勒住灰呢西裝褲腰口纍纍脂肪。靳五停下腳步哈個腰，走向窗口。三月天，滿園杜鵑一夕洶湧出了一片浩瀚的花海。麗日下蓬蓬髮絲飛颺，薰風中飄盪出笑語聲。樂自遠神父敞綳著他那身夏威夷小花衫漂白牛仔褲，大敞領口，滿面紅光，招飆起兩鬢子銀絲騌，獨自個跨步彳亍棕櫚大道上，一路只管端詳樹下紛紅駭綠張掛著的海報。靳五覷望半天，思念起了朱鴒。一輛烏晶朋馳大轎車滑盪進文學院門廊，門開處，傑夫諾曼綳著紅汗衫，把袖口捲到肩膊上，腋下汗珠submitted兢兢挾著初級英語會話課本鑽出了前座。車窗中，珠光寶氣探出了兩瓣腮紅，一臉憔悴招了招手。兩顆火油鑽，燦爛太陽下。傑夫諾曼張開手爪梳攏了攏他那粒金亮油鬈的水兵頭，斜齜起兩排細白牙，瞅瞅車裡那徐娘半老的黃種女人，瞳子一柔，叉開胯子，臟了臟草綠卡其長褲襠子上繡著的一隻粉紅小蝴蝶，回身邁出兩條長腿，挺拔起胸膛，花叢間，穿梭過群群女生，自顧自跨進文學院大門。富家太太望著他的背影，搔搔腋窩，把墨鏡架回鼻頭上打個哈欠開著朋馳走了。

「駔子！把你給騙了。」丁教授睨乜了傑夫諾曼兩眼，絞起眉心輕悄悄把小陶壺擱上窗臺，覷準了，叭！一巴掌拍到自己手臂，打死一隻血臟臟的白線斑蚊，搔兩搔，滿窗豔陽裡，那筒腴白膀子上蚯蚓樣抓出了五條粉紅的血痕：「花虻，花虻！瞧你還到處亂鑽亂吸，煞人看花的雅興不？」靳五掉頭正待轉身離去，眼一亮，看見李潔之高挑兒一身水綠衣裙抱著兩綑全錄英文講義，走過棕櫚大道來，隔著窗子，瞅住他只顧眉開眼笑。髮梢下耳垂上那兩隻白金小環，漾亮著。靳五笑了笑點個頭。

老校工爬上鐘臺，攀住麻繩盪響起銅鐘。

鐓。鐓。

丁旭輪教授諦聽著鐘聲眺望著窗外麗日下濤濤綻放的杜鵑，呆了呆，幽幽嘆息了聲，捏起胳膀上的死蚊子，揉兩揉，往白粉牆上拭去指尖的血腥，捲下白襯衫袖子扣上腕口，側起腰桿，蜻蜓點水一哈腰，拈起小茶壺的耳朵褊褪起灰呢西裝褲兩筒褲管，忽然，停下腳步略一尋思，回眸扶了扶眼鏡端詳起靳五。

「五兄知曉今天是甚麼日子？」

「不知曉啊。」

「花朝，陰曆二月十二日，百花生辰。」

「哦，花朝月夕！難怪丁老師——」

「見笑了！小弟出面邀集了院裡幾位年輕的同仁，今晚喝兩盅。」丁教授擎起小茶壺湊著壺嘴啜兩口，滿面春風，糰糰綻開兩朵酒渦：「都是咱們海大前後屆同學，五兄——」

「喝春酒嗎？有興趣！」

「校門口對面歸州街蓬壺海鮮店。」

「準到。」

一折腰丁教授撇了撇鱷魚皮帶勒住的兩圈脂肪，拍兩拍，翩然回到樓上研究室。

傍晚乍暖忽寒，靳五冒著車潮中飄灑起的一場春雨趕到蓬壺海鮮店時，圓桌上早就燒出了一口火鍋。十位教授正襟高坐十張白鐵皮圓凳上，春寒料峭，紛紛捲起長袖襯衫袖子來，肩併肩，春筍也似，剝露出一雙雙半年不見天光的手臂。靳五團團哈個腰：「對不住！臨時帶了這位鄰家小妹來。」一片聲客套，十雙臀子撇繃起西裝褲袴擡了起來，繞著圓桌團團一陣挪動，騰出了個空位。靳五從鄰桌搬過了張鐵凳，填上缺口，叫張溯落了座。闔座教授煞住話頭，默然，守望著桌心鍋下一蓬瓦斯爐火。丁旭輪教授捧著個小酒罈挺拔起腰桿笑吟吟端坐主位上，瞅瞅張溯，眼瞳一柔，撮過小酒盅斟了半盅遞給靳五，回頭聳昂出脖子，吆喝兩聲，招呼老闆娘給送來兩把熱毛巾一瓶黑松汽水。靳五舉起酒盅團團一敬，乾了。滿桌子，十株春筍捏住盅兒紛紛撥開鍋上那篷蒸騰的湯霧，送到唇上，啄啜一口。丁教授摟住酒罈，朝靳五豎起拇指。張浟皺皺眉頭卸下肩上掛著的小黑皮包，擱到膝蓋上，拂拂她那身黑皮夾克黑皮窄裙，燈下，揚起水白臉兒，冷起瞳子逡巡了滿桌教授兩眼，接過毛巾，甩著齊耳的髮梢，不瞅不睬端坐圓凳上自管抹拭起了滿脖子兩腮幫雨珠來。

靳五匆匆抹把臉。

「各位，剛在談甚麼？」

外文系何嘉魚教授眼神黯了黯：「靳兄，你也嗅嗅看。」眉心一蹙捏著酒盅指了指店門外。靳五嗅兩嗅。紅霓淋漓，西伯利亞寒流挾來一股西北風，雨中，呼嘯過歸州街上雙雙廝磨花傘下的儷影，水簷口，迸濺迸濺，掃蕩起蓬壺海鮮火鍋店門前那一攤鋪滿碎冰的各色魚蝦，蕭蕭瑟瑟捲進店堂裡來。靳五聳出鼻尖，迎著風又嗅嗅：「海鮮啊。」

「是血腥氣哪！靳兄鼻子有問題。」十株春筍尖尖，一窩子指住靳五的鼻頭。

丁教授幽幽一嘆：

「對岸想來又開殺戒了。」

「人怒——」

「天怨。」

「失道妄行逆天暴物——」

「災異數至妖孽並見。」

「此，天地之所以先戒者也，靳兄。」

「共黨終不改寤——」

「則上天不復譴告，更命有德。」

「改朝換代，咱們就都可以回對岸老家去囉！」丁教授拍拍懷裡的酒罎，嗅嗅店門口颳進的腥風，滿座巡視兩眼，舉起酒盅。歷史系謝香鏡教授清清喉嚨撮起毛巾摘下眼鏡揉搓起眼窩：「唐朝文宗皇帝太和九年，甘露之變，事後算帳，朝廷一口氣在長安城中獨柳之下殺了男女老小幾千人，那年冬天特別寒冷，於是，宰相李石向皇帝報告說——」

「比日寒冽特甚，蓋刑殺太過所致。」

喟然，陳步樂教授接口。

霍嬗教授嘆道：

「不嗜殺人，然後能一天下——」

「孟子之言豈欺我哉！」

滿子亭教授搖頭。

十位教授守望著滿堂朔風一口火鍋，不吭聲了，若有所思，自管摩挲著那裸白白支撐在桌沿上的手肘。一笑，丁教授揭開鍋蓋，摟住酒罎，聳起腮渦上的眼鏡往鍋中那一篷喧騷而起的湯霧中覷探了過去，瞧兩瞧，弓下腰，瞅了瞅西裝褲口綳著的脂肪，伸隻腕子往桌底下摸索半天，把火頭給轉小了，笑煦煦宣布開動。舉盅。酒過三巡。圍爐。丁教授捧起酒罎掂了掂日光燈下端詳半天，把罎子穩穩安頓到膝頭上，垂拱主位，綻開兩渦笑靨瀏覽闔座同仁，眼瞳一柔亮，瞅了瞅張浵，操起筷子往火鍋裡撥撿出三片羊肉，夾送到張浵碗裡。

張浵端坐凳上挺挺腰肢把雙手兒往膝蓋一疊，哈個腰：「篤阿里加篤！」

「嗯？浵小姐？」

「謝謝老師請喝春酒呀。」

「呵呵！」丁教授長笑兩聲，一扭頭瞅住鄰座歷史系霍嫿教授：「這位淜小姐，說起來，約莫三四個月之前同我在文學院有緣一會，可兒，可兒——」

一桌停筯，側耳以待。

丁旭輪教授撮起筷子敲著酒罎口自管擊節沉吟了起來，赧然久之，一笑，擱掉筷子，撐起腰身捧起酒罎一盅盅繞著圓桌斟個三分滿：「品品，品品。」十雙皎白指尖拈起盅兒送到唇上，嘬嘬。日光燈下瓦斯火中，一腮腮，走馬燈樣綻開了十朵小酒酡。靳五從丁教授懷裡討過酒罎，捧到燈下端詳起來。丁教授咯咯兩笑：「五兄，莫看這罎子土裡怪氣的，這罎窖藏四十年的極品紹興元紅，元——紅——哪！四十年哪！五兄，小弟可是費盡了唇舌才託得人從對岸矇混進來的呢，五兄可要省著點兒喝。」

「嘖！」靳五高高擎起酒罎滿桌子打通關亮了亮，捧送回丁教授心窩裡。

舉座拭目：

「旭公神通不小。」

「我們託福，得品品元紅。」

「眾位，春為花博士酒是色媒人哪！」中文系王無故教授搖頭一哂：「這罎元紅喝了——」

「無公專愛講葷話。」

「罰酒罰酒。」

圖管系張君房教授綳住兩瓣鐵青的腮幫自管呷著元紅，不瞅，不睬，忽然昂起脖子一眼瞋住張浵：「小妮子，無稽之言勿聽！」

「書云。」中文系滿子亭教授笑笑接腔。

張浵挑起眉梢啜了兩口汽水：

「竹本口木子！」

「小姑娘嘀咕甚麼？」

闔座一愣。

丁教授摟住酒罎嗤嗤兩笑。

一桌紛紛舉筯。

半晌，外文系何嘉魚教授眼神沉黯下來：「靳兄，有沒有聽說傑淮劉過世了？」

「是嗎？哦？」

「香鏡兄傍晚接到越洋電話。」

「英年早逝，美國漢學界又折損了一員大將！」謝香鏡教授拈著湯匙往火鍋裡打撈半天舀出了顆新竹貢丸，燈下端詳兩眼，瞅瞅靳五：「六點接到惡耗，六點半給珠海時報陳宜中陳老掛了通電話，託他發條訃聞。傑淮劉名滿天下，國內的中文讀者知道其人的似乎沒好幾吧，寂，寂。在英美學界此人可是譯作等身的詹姆士·傑·淮·劉，筆鋒凌厲，得理不饒，圈內洋人都奔相走告劉是個招惹不得的角色。成名作《中國詩學》面世二十年，到今仍無可取代。傑淮避秦泰西，一介英國文學碩士，從夏威夷、匹茲堡、芝加哥一路教書教到史丹福大學，憑的就是自己七本英文書。可惜，可悲，身後沒能留下一部中文著作，讓國人一窺他的治學業績。傑淮自己，倒有解釋：我根本沒有時間用中文把在英文裡說過的話再說一遍。」

「劉的七本書——」哲學系陳步樂教授清清喉嚨，笑了笑，頓住了，直瞅到謝教授端詳著湯匙上那顆貢丸慢吞吞送進了嘴裡，這才開腔：「劉的七本書，既然為二毛子而寫，今後也只有在英美大學寫中國文學論文的研究生，到圖書館影印一兩段。能看開點，傑・淮・劉教授就不須去做西方人價值系統的——的家奴！對嗎？」目光睒睒陳教授逡巡了滿桌同仁兩眼，一眼瞟住張浵。

張浵挑起眉峰，睜白起瞳子回瞪。

「對極！」靳五趕忙接過話頭悄悄瞪了張浵兩眼：「傑淮避秦三十年嗎？悲哀啊。」考古系宋充宗教授待笑不笑開了腔：「這位劉先生做了美國的過河卒子，悲哀，不悲哀，要活也只有不斷寫些個英文書，哄哄老少二毛子。」

「極是極是。」

「做了羅馬人呢，就得謹守羅馬風俗！」王無故教授愀愀然一齜牙。

「咱們不還都是避秦鯤島。」

「不謝！」丁旭輪教授端坐主位擡擡臀子給張浵碗裡夾進了顆肉丸，瞅瞅她眼神，一凜，扭過頭去，把筷尖直指向歷史系謝香鏡教授：「談起劉教授，我卻想起年前美匪建交，他隨美國學術訪問團回到闊別三十年的河北老家省親，返美後，傑・淮・劉寫了幾首歸國即事詩，圈內流傳甚廣，其中四句兒我還有印象。」

十位教授一時停筯。

半天，丁教授只管拈住筷子，念念有辭，略一頷首敲著懷裡的酒罎吟哦了起來：

海角難來千里客
劫餘幸有二毛人
卅年世事如春夢
攜手猶疑未必真

一座嘿然。

謝香鏡教授板起臉端起酒盅啄了兩口元紅。

丁教授滿桌勸起酒來：

「來！品品元紅。」

「喝喝春酒。」

十位教授一輪兒敬起主人。

兩盅元紅落肚，心中一蕩靳五問張浵借來手絹抹了抹腮上蒸起的汗珠，望望店門外，朔風淒迷，海東三月春雨只管滴瀝不停。水紅霓，一轡睞眨一轡。歸州街人行道上花傘底下男女大學生摟住書本瑟縮起春衫，穿梭，狩望。西裝革履一個老頭子陪伴著個搽脂抹粉長裙搖曳的少小舞女，廝打著，呵哄著，鶼鶼鰈鰈依偎在小紅傘下，穿過簷口那片滴水簾鑽進蓬壺海鮮火鍋店，找了副鴛鴦座，雙雙翻起白眼。不瞅不睬，小舞姐紮著根麻花辮一逕綳住腮幫把雙腕子交疊膝蓋上，揚起臉，望向頂頭那盞日光燈，冷冷勾乜著兩隻吊梢鳳眼兒。一蕾子小嘴唇血紅辣辣，抿得死緊。老頭子呆了半天，嘆口氣，昂聳起他那顆花斑大顱四下望了望，擡起大臀挪動鐵凳，悄悄挨靠過去，怯生生，攬住了那捻子水蛇樣的細腰兒。小舞姐只是不吭氣，一動不動，半天，禁不住老郎客把嘴噘湊到她耳朵上低聲下氣使盡水磨功夫，噗哧，扭扭腰肢咧嘴一笑。挺陰沉沙啞的嗓子！血漬漬，唇上的口紅把兩顆雪白門牙給玷汙了。靳五怔了怔。渾身一顫，老頭子沉沉嘘口氣挪開鐵凳，脫下身上那件靛青雙排釦法式西裝外套，鋪到膝上，燈下鬆開領帶，剝露出醭白醭白老樹根樣一株長年不見天日的粗大頸脖，探出五根煙黃爪尖，招來跑堂小妹，要了一口麻辣火鍋，覰覰腕上那葢子星光燦爛的勞力士鑲碎鑽金錶，回頭摟住小舞姐的腰肢，捏兩捏，搔搔她胳肢毛，又把嘴巴噘送到她耳垂綴著的白金墜子上，咬起耳朵講起悄悄話兒。小舞姐縮住鼻尖扭開頭去，吃吃笑，諦聽半天，只管勾乜著她那兩隻陰藍陰藍精心描畫的小鳳眼。

靳五看呆了。

陳步樂教授拍拍他肩膀：

「五兄，你瞧，這陣子鳳眼又流行了。」

「經濟起飛——」

「民族自尊跟著恢復。」

謝香鏡教授宋充宗教授一口一聲接腔。

王無故教授嘆息：「國家將亡——」

「言重！」靳五連連搖頭。

似笑非笑張浵眱眱靳五，不吭聲，自管打開膝蓋上擱著的小黑皮包撿出兩張化妝紙，敷敷臉頰，又掏出小紅梳，歪著頭挺直腰肢冷冷翻白起眼瞳來，滿桌子，睥睨兩眼，捋起黑皮小夾克袖口剝露出兩隻皎白的腕子，一梳，一梳，瞅著教授們梳起了耳脖上黑湫湫一篷髮絲。日光燈下，臉子水白，鼻梁上狡點地漾亮著七八顆小小雀斑兒。

爐火焦焦。

十位教授腮幫上綻漾開朵朵紅酡。

王教授笑瞇瞇，拈起酒盅睨瞟了張浵兩眼朝靳五敬了敬。靳五舉盅回敬，啄口酒。闔座打起酒嗝，十對眼眸子酒意迷濛，只管睃瞄著張浵耳垂上眨亮眨亮綴著的兩隻白金小環，半天無語。呵呵兩笑，丁教授摟住酒罈俯下腰身探索到圓桌底下，把瓦斯爐火轉小，滿桌勸起菜來，眼一柔，擡起臀子操起筷子覷個空兒伸進火鍋中撈夾出三片豬肉，送到張浵碗裡，又端坐回主位。鄰桌，雙人座上老頭子覷覷腕上那隻滿天星鑲碎鑽金錶，一胳臂攬過小舞姐的肩膀，夾進自己腋窩，揉著，逗著，勸酒佈菜，紅顏白髮兩個兒嘴啣嘴早已耳鬢廝磨成一團兒。簷外，春雨瀟瀟。一個小婦人撐著黑洋傘，把條小被褥裹住娃兒抱在懷裡，獨自個，站在對街彌馨月子中心門口公車站牌下，時不時瞄向騎樓裡擱著的行囊，像在等車，卻又不像等車，半天只管靜靜望著歸州街口車潮中那叢夜雨紅霓，一臉子的安素。樓上窗口一龕佛燈幽紅，排排站，倚著窗子站出十來個坐月子的大小媽媽，披起兩肩髮蓬，摟住娃娃自管啃著鹵雞翅膀鹵鴨脖頭，木然瀏覽街景。傘花霧霏，滿街大學生捉對兒晃蕩。靳五點支菸。歷史系霍嬗教授絞起眉心，擡擡臀子，挪挪凳腳，別開了臉去掏出白手絹悄悄捏住鼻尖。靳五笑了笑。圖管系張君房教授猛擡頭擱下酒盅汗矇矇覷了覷靳五，一巴掌撐住桌面，咕嚕咕嚕，清掉喉嚨裡那團菸痰，滿桌睥睨，從襯衫口袋裡掏出半包登喜路抖兩抖嘴一啣接住了一支菸，綳起長臉兒，望向天花板，打上火自顧自噴起煙來。莞爾，丁教授捧起懷裡的罈子，滿桌添酒。

十株春筍拈起酒盅。

一輪互敬。

張浵揚著臉，不瞅，不睬，自管摩挲著她那雙皎白的腕子梳理著她那頭齊耳的髮絲，望住頂頭那盞日光燈，出了神，想著甚麼心事。耳垂上，兩個新穿的耳洞綴著一雙白金小環，燈下，血樣瀲灩，映閃著滿桌子蕩漾起的十盅元紅。酒過三巡，教授們操起筷子。張浵篦完了頭髮，甩兩甩回眸瞅瞅靳五皺起眉頭，躥下鐵凳，咬住小紅梳，拂拂身上那件小腰肢黑皮夾克把黑皮窄裙襬子扯到膝蓋下，站到他身後，跂起高跟鞋，一把揪住他頭頂上那叢濕漉漉的亂髮，不聲不響，一梳一梳狠狠刮了起來。丁教授摟住元紅酒罈，笑呵呵。瞇瞇眼，闔座教授腮幫上綻開春花樣兩蕊子酒酡。張浵給靳五梳好了頭髮，坐回凳上，瞅瞅小紅梳湊上鼻尖嗅了嗅，攢起眉心：「臭哦。」

「對不住！兩個禮拜沒洗頭了。」靳五嘻嘻一笑冷不防揪住了張浵耳脖後那束髮梢，絞兩絞，滴瀝滴瀝擰出雨水來。

張浵縮起肩窩，玭開了滿口好牙兒。

舉桌莞爾。

丁教授吩吩笑：

「多吃菜多吃菜。」

王無故教授歪著頭望住張浵忽然嘆口氣：「妖嬈，一團兒衕是嬌！偶有感觸想起了西廂記裡這句詞兒，見笑見笑，罰小弟一豚。」擡起臀子朝張浵哈個腰拈起酒盅豚口元紅。

「高一仁班蘇婉玲，她在嗎？」老闆娘抹著滿頭大汗又趴到櫃臺上擎起電話筒。靳五心中一動，凝聽著。顫巍巍，丁旭輪教授捧起懷裡的酒罈擱到桌面，撐起膝頭，幽幽噓出兩口氣，把腰上勒住兩圈脂肪的鱷魚皮帶狠狠扯了扯鬆開了兩格，回頭招出手爪：「老闆娘，吁！麻煩妳給再添三盤豬肉一盤羊肉兩盤牛肉，白菜豆腐蛋餃貢丸各三份。」

老闆娘擱下電話筒趕過來哈個腰：「嗨！」

「老闆娘，又打電話到學校去找妳的女兒啊？」靳五笑了笑。

「唉，我這個女孩子！她今年才讀岐陽女中一年級啦，本來是讀信班，老師看見她程度比較好就叫她讀仁班——忠孝仁愛，信義和平，她們學校每個年級都是按照學生的程度分八班——仁班競爭要比信班激烈，要參加補習，蘇婉玲她今天第一次去。」老闆娘掠著眉眼上那蓬汗濕的劉海，滿臉堆笑，朝滿桌十位教授一輪兒哈腰致歉，撈起腰上繫著的圍裙抹了抹手，眼圈一紅望住了靳五：「六點，她去學校補習，到現在九點多了人都還沒有到學校，我打過四次電話，老師講，蘇婉玲她前面兩堂補習都沒有去上哦。」

十位教授拈著盅兒品著元紅，瞅住老闆娘。

「不會有事！」靳五望著老闆娘笑了笑使勁點個頭。「路上遇到朋友，耽擱了。」

「唉，我這個女孩子不交朋友！老師要的肉和菜我馬上去給老師送過來，對不起哦，老師。」老闆娘陪起笑臉，朝向那摟住罎子垂拱主位綻漾著腮渦上兩糰紅酡的丁教授，往膝蓋上疊起手，哈個腰，望望櫃臺上的電話，趑趄了趄，蹙起眉心撈起圍裙絞著手忙忙走進廚房，張羅牛羊豬肉去了。一座愀然。考古系宋充宗教授端起酒盅，滿桌團團一敬，燈下，嘬嘬那盅血樣醇紅的元紅，瞄了瞄張浵耳洞中血亮血亮燦爍著的兩蕊子白金小環：「這年頭的社會，亂酷一把的。」

「嗯嗯？充宗公似有感觸？」

「一吐何如？」

宋教授一笑擎起盅兒，燈下照了照，覷起眼，湊上鼻尖嗅兩嗅，自管搖晃起那盅埋藏四十年終於得見天日的紹興極品元紅，沉吟半晌，慢條斯理說出一件事情來：「怪怪！內人本省人，她有一家表親是中部霧峰鄉地方人，有個小女兒，今年十四了，跟靳五兄帶來的這位小姑娘差不多個年紀，文文靜靜，去年暑假從霧峰國中畢業，考上省立高中。七月中旬有一天這個女孩子跟她阿母說，她們國中同班女同學一共十三人，要開惜別會，約定在霧峰街上兒童交通公園會合。她阿母給了兩百塊錢，叫她早去早回。這一去就沒回來。家裡去報案，十三家的人分頭出動全省找了兩個月，十三個女兒全沒找著，怪怪。九月十七號那天，我內人表親家這個女兒忽然提著一隻小皮箱獨個兒回家，過中秋節。問她上了哪兒，她阿婆要活活打死她都不肯說，只是笑。以前挺文靜挺靦腆的女孩子，變了啦，變得愛笑，怪怪，沒緣沒故衝著人瞇嘻嘻的笑。做母親的觀察了三天感覺到小女兒好像甚麼地方變了樣，說不上，好像一轉眼長大了，胳肢窩裡的毛兒也都長密了，抽長了，又好像人也變老氣了，就裡裡外外檢查她的身體，看見女兒的臀部坑坑洞洞有好多針孔，嚇著了，帶她上醫院看婦產科，這一看，檢查出了滿身惡疾！好好的一個十四歲半的女孩子，這兩個月，哪裡弄來這一身殘破？醫生說，這女孩子接連被注射一種叫雌甚麼的女性荷爾蒙針劑，作用好像是在促進發育——」

「催熟。」

滿子亭教授補充道。

王無故教授猛一哆嗦：

「少女含苞，藥劑催花。」

「是，是催熟。」宋充宗教授只管把玩著手裡那盅元紅，慢吞吞搖起頭來：「怪怪，這個乖巧的女孩子還被打過一種叫狄波的針劑呢，月信半年不來，身子上，還有稀奇古怪的針孔，醫生也說不出個名堂。國中才畢業，剛考上高中，在霧峰鄉下那種小鎮甸青天白日出門去兒童交通公園，參加同學會，好好的，帶一屁股針孔回來！我自己也有兩個小女孩兒，在座同仁家中有小女兒的——唉，我們這個三民主義模範省，怪怪，亂酷一把的。」

「充宗公！」丁教授捧起罎子往他酒盅裡斟滿了：「這種事兒堯舜時代早已有之，人嘛。」

「是真禍避不了——」王教授往丁教授手裡承滿了元紅：「避得了不是真禍。」

「喂！」張淜眉頭一皺瞅住王無故教授：「你這位老師一定吃了燈草灰。」

「嗯呃？」

「放輕巧屁！」

「也就是盡說風涼話的意思。」

滿子亭教授補充說。

「呵，物傷其類！五兄捎來的這位小淠小姐勃勃然動起了肝火嘍。」丁教授摟住酒罎拊掌大笑：「無故公，這嘴皮上的鬬巧，你可是難得栽個老大的筋斗的哦，呵呵，自請再罰一豖。」

王教授撅撅臀子撐起膝頭朝張淠哈個腰：「豖，豖！」一昂首嘬啜了兩口酒。

「充宗，充——」外文系何嘉魚教授頓了頓瞄著宋充宗教授清了清喉嚨，半晌，開言道：「宋老師方才提到的女性荷爾蒙針劑，有個學名，叫奇樹桐，英文原文是艾斯特朗。」

「嗯？」

「嘉魚兄，甚麼桐樹？」

「嘉魚公港人也！請寫下供充宗公一覵。」

丁教授笑道。

嘴一抿，何教授沉下了他那張容長白皮臉兒扶扶銀絲邊眼鏡，往襯衫口袋掏出本子，拔出鋼筆，略不思索，端端正正寫出三個國字一行英文字母，撕下來投遞到宋教授手裡，不吭聲。闔座教授抿住嘴，待笑不笑，拈著盅兒品著元紅繞著桌心一爐火湊上鼻頭傳閱一輪。

「哦哦，雌素酮！」

「伊斯特隆！」

「增進女性性慾的荷爾蒙嘛。」

「唉，讓老師等太久！」滿臉堆笑，老闆娘領著個跑堂小妹送來三盤豬肉一盤羊肉兩盤牛肉，白菜豆腐蛋餃貢丸各三份，鋪滿一桌，嘆口氣，往膝蓋上疊了疊雙手，團團哈個腰，回身撈起圍裙擦擦眼睛。靳五望著她那汗流浹背踩著碎步穿梭過滿堂吃客的背影，心中一動，看看宋充宗教授：「宋老師，那個女孩子現在怎麼了？」

「你說哪個？」宋教授拈根牙籤側過臉遮住嘴齜著齜著剔起門牙縫，一怔：「哦，內人表親家那挺乖巧文靜的小女兒！現在？在讀高中嘛，一年級——去年暑假失踪了兩個月後不是回家過中秋節嗎？調養過身子，正趕上開學，讓她阿母護送到學校去註冊了嘛。」

「她那十二個女同學呢？」

「這可不知道哇。」

靳五呆了呆。

咳咳，何嘉魚教授又清了清喉嚨。

舉座注目。

「沒有！失禮對不起。」何教授望望同仁靦腆一笑，抿起嘴，撿起毛巾摀住嘴背過臉，半天咳出滿脖子兩腮幫水紅癬子：「對不起，春雨綿綿城裡空氣汙濁，喉嚨不舒服。」

「鯤島無雪春瘴生。」

王教授吟哦道。

一哂，滿子亭教授點點頭：

「蘇軾詩，套得好。」

圖管系張君房教授把手裡的菸蒂嘬兩嘬彈到地上，跨出大皮鞋，踩熄了：「嘉魚兄臉上生的是春癬，又名桃花癬，紅樓夢裡說，兩腮作癢恐又犯了桃花癬呢，得用薔薇硝來擦。」說著，張教授托起眼鏡把隻蒲扇大的巴掌撐到了桌面上，龐嘻嘻，滿堂日光燈下，勾過一眼來，只管端詳起何教授醭紅醭紅一張桃花臉兒。

不瞅不睬張浵挺起腰肢，揚起水白臉兒，端坐凳上，烏湫湫一篷子劉海下，兩隻黑眼瞳冷冷睥睨著滿堂十來桌圍爐夜談的海大男女師生，只管探望店門口，忽然沉沉嘆息了聲，擡起胳臂捋起袖口，看看腕子上戴著的那隻白金小女錶。蓬壺海鮮火鍋店大門水簷外，對街那雙小母子打著黑洋傘，佇候雨中，對看著相笑著靜靜廝守在公車站牌下。朔風蕭蕭，紅霓濤濤。滿街傘花漂竄在車潮中。一輛公共汽車淋漓著車身髹著的一弧彩虹飄駛過歸州街，濺起鏃鏃水星，油光燦爛。樓上，彌馨月子中心一排披著睡袍哺著娃娃倚窗看街的大小媽媽，蹦蹬，退後兩步，颼，閤上了那七八扇毛玻璃窗，詛咒著。鄰桌鴛鴦座裡，小舞姐紅暈滿面，翹著臀子高坐圓凳上，兩膀兒摟住老頭子那顆花斑大顱，啣住唇上一蕾丹硃，哄著啄著，睞啊睞，流目送盼只管朝教授這一桌挑抖著兩蓬子孔雀藍假睫毛。謝香鏡教授端起酒盅，嘆口氣敬了敬張浵。闔座教授紛紛舉盅朝張浵嘬了嘬元紅，燈下，腮幫上，一朵朵春花般燦綻開十雙小酒酡。張浵端肅起臉容，團團哈個腰答謝。呵呵，丁旭輪教授垂拱主位瀏覽一桌十位同仁，捧罈大笑，勸起菜來。老頭子猛一痙攣掙脫了小舞姐兩條水蛇樣的細嫩胳臂，從她胸懷裡鑽出了頭，血絲燐粼，瞪了瞪丁教授，瞇起醉眼覷覷腕上那隻滿天星金錶。老闆娘撈起圍裙絞著手，滿頭汗，跺跺腳，又趴到櫃臺上打起電話。

哲學系田終術教授老半天沒吭聲只管瞅著老闆娘的身影，驀地，打個酒嗝，咬了咬牙昂起脖子，嘶嚕嚕一聲往喉嚨裡吸吞下兩口唾沫：「雌素酮，又名卵巢濾胞激素，嘶——」

「哦！有助於促進女性生殖器官發育。」闔座教授一笑：「終術公又鬧牙疼了？」

「唔唔。」田教授咬緊牙關噘住嘴狠狠點了兩個頭，嘶嚕嘶嚕，吸起牙洞，兩瞳子精光烱烱，只管盤桓在張浵那身緊繃繃小腰肢黑皮夾克黑皮窄裙上：「開春以來，吁！連著給請吃三個晚上的麻辣火鍋，嘴巴有點兒上火。」

「先生咿！」張浵柔聲一喚，捋起袖口伸出姣白姣白兩隻腕子掠掠鬢上的短髮梢，甩甩耳垂子綴著的白金小環，端坐凳上，睜圓瞳子，一張張瀏覽起滿桌教授十張春花樣的醉靨，忽然，眼神沉黯下來，把雙手兒交疊到膝蓋上擡了擡臀子，朝田教授深深哈個腰，嘆息道：「唉噫，老師喝春酒多多保重跌死囁！」

猛一怔，田教授摀住左腮幫支吾兩聲，抄起筷子擡起臀子涮了兩片羊肉夾進張浵碗裡，回眸冷冷睨乜住靳五：「五兄，哪兒弄來這位滿嘴日本怪腔調的小妹子？」

「她叫張浵，三點水彤雲滿天的浵！終術公，多開導她。」靳五拈起酒盅擡起臀子笑嘻嘻朝田教授敬了敬。

「原來是浵小姐！芳齡？」

田教授拍了拍右腮幫。

張浵哈哈腰：

「十四歲半伊媽死。」

「還上學？」

「嗨！逸仙國民中學初三跌死。」

「怎這身裝扮？」

「逃學囁——」

「嘶——淘氣淘氣。」

田終術教授叉開五根手爪揑住兩隻腮幫，齜齜牙，嘶吸了兩口唾沫。

「浵小姐，一個女孩家在外遊蕩——」王無故教授端起臉容，眼上眼下探索起那濕湫湫頂著一蓬子短髮，細腰小肢，裹著黑皮夾克黑皮窄裙揚起皎白臉兒端坐對面的張浵，半天，推推眼鏡，似笑非笑朝霍嬗教授拈起酒盅啄啜兩口：「乾爸爸滿街走啊，這年頭。」

霍嬗教授讓丁旭輪教授給半逗半哄早已嘬下兩盅元紅，水樣白淨一張臉皮，燈下泛出兩朵桃花，冷不防，吃王教授兩瞳子精光一睨，登時滿面漲紅了起來：「沒甚麼啦！說來好玩很偶然的結識了個剛上國中的小女生，帶她去小紅町看電影，上美國走走——吃麥當勞漢堡嘛——一大一小玩得還滿投契。女孩兒叫路明。小路明，天真爛漫的她一時興起，纏著我口口聲聲要認我做義父。好玩，我便答應啦，胡亂讓她在人背後喊聲乾爹，私底下無傷大雅。無故兒怎也曉得？怪啦。小路明她說她在中山路六條通一家叫第七天國的西餐廳打工，當服務生，寒假父母出國觀光，她跟兩個姐姐看家，無聊！同學介紹，趁便打工賺些零用錢買自個喜歡的衣裳。小女孩有志氣，懂得自食其力。怪啦，路明一定要請乾爹去看望看望她。我想，反正寒假閒得悶，好玩，就找到那家叫第七天國的西餐廳探望乾女兒去啦，一進門，嚇不死我！氣氛好曖昧哦，門裡頭窗明几淨滿氣派的，兩排椅子，端端正正不聲不響坐著三四十個未開發的小國家——」

「小女生。」

滿子亭教授望望滿桌愕瞪的同仁，解釋道。

「是啊，小小女生啊。」闔座教授注目之下霍嬗教授那張白淨臉皮漲紅到了耳根，好半晌抖簌簌捏住酒盅，咬起小指尖來，瞟瞄著大夥只管癡癡笑道：「我問路明，妳們這家第七天國西餐廳三四十個工讀生，到底工讀甚麼？她說呢，服務內容是在餐廳內陪客人聊天。負責人對她們管教嚴厲，喏，工讀生不許化妝，穿著要簡樸，最好是學校制服白上衣小藍裙兒配雙白襪白帆布鞋，喏，上班不許遲到，坐在餐廳等客人不許喧譁不許抽菸，打哈欠，記得要用手遮住嘴巴，坐姿呢，按照店規必須兩腿兒密密闔攏，像個好人家的女兒，學生樣，客人才看得上哦，最要緊絕對不許沾染上老幹家的習氣——」

「老幹家？」何嘉魚教授一臉迷惑。

滿子亭教授解釋：「風塵中打滾了多年的女子——」

「本地話叫她們做粗肉！」陳步樂教授插個嘴。

謝香鏡教授拈支牙籤剔著門牙縫，補充道：「粗肉，有別於行家口中所謂的幼齒。」

「也就是港人所說的撈女嘛！」田終術教授嘶嚕嚕吸起牙洞。

一笑，丁旭輪教授拍拍懷裡的酒罈：「條女是也。」

「條女有別的意思！」何嘉魚教授掃視了闔座同仁兩眼，掉頭，瞅住霍嬗教授清清喉嚨：

「對不起，這些工讀生僅僅是在餐廳內陪客人聊天，而負責人，據霍老師所說，管教頗嚴，不准旗下的女學生沾染不良的習氣——」

「嘉魚公，香港讀書人，上那第七天國餐廳為的是找少不更事的小女生聊天兒！」宋教授同丁教授目光一觸，兩下裡互相遞個眼色，隔著一爐悶燒的瓦斯火相對一笑：「唉，嘉魚公啊，在咱們這座寶島，有幾個閒錢的老小土財主們西裝革履上第七天國西餐廳——」

「認個乾女兒！」

「交歡小女生！」

「開發小國家！」

「亂酷一把的！」

宋丁兩位教授瞅乜住霍嬗教授，一口一聲拊掌笑道。

王無故教授舉盅嘆息：

「唉，嫩蕊商量細細開。」

「杜甫詩。」

滿子亭教授笑笑。

「霍兄，類似第七天國這樣的西餐廳——」何嘉魚教授清清喉嚨：「全省有幾家？」

「不知道吔！」面紅耳赤霍嬗教授只管睞著張淜：「就知道第七天國在本市就有六家分店，喏，建業國小對面，新亭派出所隔壁就有一家，聽說他們董事長許有土，許老兒，準備把業務擴展到海峽對岸，路明她說，配合一窩蜂到對岸投資設廠的商人做生理的需要——」

丁旭輪教授一笑摟住酒罈滿面春風撐起了腰身來，操起筷子，涮了兩片羊肉，蘸蘸蒜泥夾送進張浵碗裡：「我看，就饒了我們小霍不談第七天國了吧，瞧，他那張臉皮白嫩得賽過冰糖豆腐花兒！諸位多吃菜。」

一座應聲舉筯。

「嬗公！」悶聲不響張君房教授猛擡頭，一眼乜住了霍教授：「結了婚莫有？」

「還沒呢。」

「旭輪兄結婚了吧？」

「呵呵，抱個枕頭權充媳婦兒。」

「你！終術公。」

「唔唔，我？同旭公——」田教授嘬嘟住嘴猛搖頭舀起一瓢熱湯嗽了嗽口腔：「同旭公一樣摟個枕頭！莫見笑，這牙疼㗭——㗭——」

格格兩笑張浵甩起耳脖上那篷子短髮。

張君房教授怔了怔，日光燈下紅酡酡綻開兩渦笑靨，睜圓瞳子，打量了量張浵，緊綳起他那張鐵青馬臉皮垂下了頭不瞅不睬又拈起盅兒，端詳著，品啜起元紅酒來。

「這年頭啊——」春雨濤濤，王無故教授端起酒盅幽幽嘆出了口氣，眺望火鍋店門外，對街，月子中心樓上那十來個又打開窗扉哺著娃娃一排站到窗口看街的大小媽媽：「唉，生為上柱國死作閻羅王，斯亦足矣。」

「隋書所載伐陳名將韓擒虎之言。」滿子亭教授解釋。

一座停箸。

「嗯？」王教授愕了愕：「喝酒喝酒。」

張教授猛擡頭：

「怪怪。」

「怪甚麼怪，房公？」

「這酒喝了兩盅叫人心中一蕩！」

「房公，房公，你可是酒不迷人人自迷了！」丁教授捧起懷裡的酒罈，格格笑，撐起膝頭穩住腳跟顫巍巍滿桌子斟過了一巡酒，摟著酒罈，垂拱回主位：「今兒個陰曆二月十二日百花誕辰，花朝月夕，請諸位——」

「喝喝春酒！」

「品品紹興極品元紅。」

「女兒紅。」

「噯！咱們敬——」

「百花。」

「還有這位澌小姐。」

十位教授鬨然拈起了酒盅。

日光燈下，腮上，繞著圓桌團團綻漾開二十朵春花。

桌子中央那口火鍋早已燒得滾燙了，一漩渦一漩渦，嚣嚣騷騷蒸騰起牛豬羊肉香，滿桌熱霧，迷漫著十張圓凳上汗津津剝露出的二十株筍白手臂。丁旭輪教授顧盼主位，摟住酒罈，把白襯衫袖子捲到腋窩下，刮，刮，搔著胳膀上豌豆大一顆肉疔，眼一亮，擡擡臀子探出脖子，托起眼鏡往鍋中覷了覷，騰出手來摸索到桌面下把瓦斯爐開關給轉小，好半天卻不見動靜。冷白白，張浵乜起眼睛。丁教授呆了呆把隻膀子攬住酒罈，趴伏到桌沿上只管調弄著桌面下的開關，一張圓白臉膛綻漾著兩渦笑靨，慢慢掙紅上來。滿桌教授擱下筷子。謝香鏡教授身長六呎有餘，睥睨，伸手一探，摸到了桌底下笑吟吟撥弄起開關，兩道劍眉一蹙一蹙，半天絞起了眉心。宋充宗教授搖起頭來推推眼鏡插進了手。三位教授，窸窣摸索。桌上那鍋肉湯噗凸噗凸蒸騰得越發噪鬧。滿堂客人回過眸子。格格笑，丁教授撐起腰背眄了張浵兩眼，索性把懷裡的酒罈擱上桌面，抹掉滿額頭兩腮幫汗珠，往地上一蹲，托起眼鏡。轉眼，四位教授聚首桌下斷斷研究起瓦斯爐開關。張浵歪著頭，瞅乜了半天，甩甩耳垂上兩隻白金小環打開膝蓋上擱著的小黑皮包，掏出小紅梳，挺直起腰肢，笑，不笑，反手撈起耳脖後那束濕湫湫的髮梢，自管梳理了起來，眼角眉梢，冷冷睨望著桌下癱起的四個背脊，日光燈下兩隻烏黑瞳子燦眨著，宛如一雙戲水的小頑童。滿堂春暖，爐火飈燎。店門口颳進的朔風中，滿頭汗，老闆娘哈著腰，兩手搓絞著圍裙穿梭在十來桌火鍋和櫃臺一隻電話之間，團團轉。霍嬗教授昂起脖子，東張西望，眼一睜逮到了個空兒招招手：

「老闆娘啊，我們的開關壞了吔。」

老闆娘剛拿起電話，怔了怔，趑趄半晌擱下話筒撈起圍裙悄悄拭了拭眼角走出櫃臺，三腳兩步趕過來，伸手一撥，那叢熊熊燎燒起的瓦斯火，縮小了。汗濟濟靡嘻嘻，四位教授拍著腰背托著眼鏡鑽出桌子底下。

「咦?」

「怪怪。」

「呵呵呵。」

「時衰鬼弄人!唉。」

王無故教授端坐凳上文風不動，幽幽嘆口氣。

一座噗哧。

丁教授睇睇張洌，摟住酒罈坐回主位:

「嘿!老闆娘麻煩給添湯。」

「馬上來哦。」

靳五心一動喚住老闆娘:

「女兒找到了沒?」

「還沒。」

靳五撮起張洌的腕子看看錶。

滿桌教授搭訕:

「老闆娘生意好好哦。」

「一個晚上，賺他個兩三萬塊哦。」

「唉，馬馬虎虎，多謝教授老師們捧場!」臉一黯老闆娘撈起圍裙絞絞手匆匆朝丁教授哈個腰，回身走進廚房。十位教授望著她的背影：「還馬虎呢，花園別墅都買了兩棟。」

靳五舉起酒盅同本系何嘉魚教授對啜了一口元紅，望向水簷外，春雨中，那雙小母子不知甚麼時候上車了。站牌下紅霓蕩漾，兩淋漓一灘柏油。張浵只管呆呆掠著髮梢，端坐凳上，望著對街樓上一龕佛燈中十來個逗著娃娃倚窗看街的媽媽，忽然，攫住靳五的腕子，挺起腰肢，挨過身來把嘴湊到他耳朵上：「你知道月子中心供甚麼佛？不知？送子觀音娘娘！」「妳怎知道？」張浵甩甩短髮篷子，鬆開了靳五的手仰起臉瞅望住他，眼瞳狡黠一亮，笑而不答，日光燈下那張臉兒雪樣皎白，頑童也似燦亮起鼻梁上長著的七八顆小雀斑。妗妗一笑，丁教授清了清喉嚨，勾起食指敲敲酒罈。闔座停筯。丁教授擺擺手抄起筷子滿桌勸起菜來。靳五呆了呆，回回頭，看見馬清六侷促在角落裡撐起胳膊肘子據住一張小檯面，獨自個，坐在滿堂海大師生中，面對一口麻辣火鍋，不瞅不望，自斟自飲，那張風霜國字臉膛蒼紅蒼紅冒出了粒粒汗珠。兩下裡打了個照面。靳五舉起酒盅。馬清六擱下筷子擡擡臀子聳起他那身厚實的冬黑西裝，鞠個躬，手裡半盅高粱引吭而盡。靳五笑嘻嘻乾了杯。一桌教授悄悄咬著耳朵傳過主位上丁旭輪教授的話來：「莫談國事。」會心一笑，闔座敬了敬捧罈顧盼的主人。噗哧，張浵咬住下唇瞅瞅丁教授，回眸乜了乜獨自小酌的馬清六，眼一亮。十位教授順著她的眼光望過去。馬清六身後那一桌，兩個小男女眼瞪眼，隔著一口和式海鮮小火鍋聒噪著日本話展開了談判。女的霍地站起身，渾身顫抖不停，揉揉眼皮攫起桌角搭掛著的青布書包，兜掛到肩胛上，摔開臉兒，頭也不回搖曳起那身白上衣黑布學生裙，拂掠著一頭齊耳的短髮，細高𨈚揚長而去。男的矮墩墩站起身，撣撣身上那套天青雙排釦法式西裝，弓下腰拎起凳腳擱著的公事包，板起腰桿，挺拔起五短身子來，趬，趬，邁出尖頭高跟小黑皮鞋輸你媽些輸你媽些一路哈腰致歉，穿梭過十來桌火鍋，追到門口，朝櫃臺撂下兩張鈔票，跂起鞋跟，攫出爪子拶住女的肩胛，扳過她的身子不聲不響往她臉上左右開弓，叭，叭，打了兩個嘴巴。跑堂的小妹撿起鈔票趕到門口，哈腰，送客。男的鬆開爪子一轉身堆出了笑容，鞠躬，答禮，扶扶眼鏡街頭街尾覷望了望，把公事包頂在頭上冒著滿街春雨嘶喊著追趕那女生去了。砰地，張君房教授擱下筷子：「賤！」「死哥依囁馬鹿小郎兄！」張淜挺起腰肢睜圓瞳子深深吸了兩口氣，拍拍心窩。張教授瞅瞅她，呆了呆莞爾笑了。一座笑起來。田終術教授舀了瓢肉湯承到碗裡送到嘴上，嗽嗽口腔嘶嚕嘶嚕吸起牙洞：「橫行霸道！日本商社的小職員。」「日本人翻臉同翻書一樣！」丁教授睄睄張淜，溫婉一笑，往她碗裡夾進兩片豬肉回頭招喚老闆娘送來兩罐可樂。老闆娘趴到櫃臺上，又撥起電話。鄰桌，鴛鴦座裡那對老小男女祖孫樣擁著一爐火，手勾手，鶼鶼鰈鰈咬著耳朵吃吃笑。

「淫啼浪笑哪！」

王無故教授回眸猛一哆嗦。

「故公，老舞客帶小舞女出場賣相！」陳步樂教授背過身子獨自個悄悄吸菸，回頭伸出脖子打量起霍嬗教授：「嬗公，是不是啊？」

霍教授臉皮一臊紅，撥開陳教授嘴洞中繚嬝而出的香煙：「咦？我怎知道？」

「陳老師，您怎麼又知道這女的是小舞女？焉知不是人家魚太太？」何教授清清喉嚨。

「嘉魚兄港人！魚姨不分。」謝香鏡教授一聳六呎之軀拍手笑喚道：「老闆娘，來！麻煩送壺熱茶給何博士清清嗓子解解酒。」

「老師，我就來哦。」

老闆娘擱下電話筒淒然答應。

何教授赧然：

「姨太太姨太太！」

「是！老爺子可要安歇了？」

王無故教授流目送盼羞答答斂衽一拜。

一座粲然。

「我說，諸位。」

張浵如見鬼魅機伶伶打個寒噤。

「咦？伯鳳兄請說！」丁教授待笑不笑。

「我說呢，方才何嘉魚何兄管姨太太叫魚太太，未必是口誤，這裡頭有個根據的！」藝研所宗伯鳳教授夾坐於謝香鏡宋充宗兩教授之間，三十出頭，小不點兒，無聲無息喝了這半天酒，忽然開了腔。「我在香港中大教過書，知道他們港人喜以魚比喻姨太太——」

「宗老師，是嗎？」

「嘉魚公讀書人不食人間煙火！」丁教授擺擺手敲敲懷中的酒罎：「鳳兄，自管說。」

「好的！」猛一掙扎，宗伯鳳教授從謝宋兩位胳膊下鑽出頭來望望張浵：「他們廣東有一種魚，叫鰻魚，這個字魚字旁加個旁邊兒的邊，是一般字書不收的，姑且跟他們港人叫邊魚。這邊魚有個別魚所無的特色，是體薄，身扁，可吃起來肉色甘滑鮮甜很有一種異味之美。諸位都沒嘗過？見過？這魚體形獨具一格，躺下來比別魚都闊大，起身之時，又比別魚都薄小，這一大一小之間廣東人就想出以鯿魚比姨太太的妙喻！諸位想想，妾侍身分在家庭無甚地位，但於床笫之間則愛寵有加，喻之為鯿魚，諸位想想可不是妙喻天成呢？」

「睡時大！」謝教授拈根牙籤齜著剔起了門牙縫：「起身則小。」

王教授幽幽一嘆：

「鳳公！床笫之言不踰閾啊。」

「左傳之言。」

笑不笑滿教授補充道。

宗伯鳳教授呆了呆，連連點頭悄沒聲退隱回了謝宋兩位膀子下。張浵隔著桌心一蓬爐火，格格笑，瞅乜住宗教授：「這位老師剛才好像在課堂講書！」十位教授霍地擱下筷子，怔了怔，瞅瞅宗教授噗哧噗哧紛紛掩口。丁教授垂拱主位，兩糰子紅靨靨，綻開酒渦瀏覽一座同仁早已笑得咧開上齶兩枚小齙牙，巍巍撐起腰身，不動聲色，涮了片豬肉夾送到張浵碗裡。

何教授一清嗓子：「宗老師方才介紹的所謂鯿魚我倒也知道，在香港，一般主婦叫它扁魚，扁鵲的扁，也有老饕叫它皇帝魚的。」

「嘉魚公品過扁魚囉？丁某人，算是虛度卅六了！」丁旭輪教授喟然舀了瓢滾燙的火鍋湯承到張浵碗裡，眼一柔：「慢慢兒吹著喝。」

「旭輪挑嘴！」宋教授敲敲桌沿，端起碗子也往丁教授手裡承了瓢肉湯，慢吞吞吸啜兩口，望著滿桌文學院同仁笑道：「我同他是總髮之交，瞧著他，打高中入學便尋尋覓覓眾裡尋他的芸娘，怪怪，至今猶保童子之身，上了沈三白的當啦！如今落得摟個酒罈子——」丁教授低頭瞅瞅懷中的酒罈，一怔，咯咯笑起來：「這罈兒摟在懷裡還比細姨暖和！」

闔座轟然舉盅：

「敬主人旭輪公。」

「祝福他：驀然回首——」

「細人卻在燈火闌珊處！乾，乾。」

汗津津，滿桌子雨後春筍般圍著一爐瓦斯火竄伸出十條裸白胳臂。

燈下，元紅酒血樣瀲灩。

何嘉魚教授瞄瞄王無故教授：「細人？」

「有部小說書，叫清平山堂話本，上面說，討箇細人要生得好的。」滿子亭教授瞄瞄他中文研究所同班同學王無故教授，一哂，端起酒盅敬了敬：「這細人就是——」

「妾。」

歷史系謝香鏡教授剔剔門牙。

四下望望，哲學系陳步樂教授悄悄掏菸：

「本省人稱細姨。」

一嘆，張淼擡起腕子看看錶，皺起眉頭望出店門。春雨中，蓬壺海鮮火鍋店水簷外歸州街公車站牌淋漓紅霓下，空蕩蕩。滿街大學生漂逐，朵朵傘花盪漾著車潮。一座無言，紛紛操動起筷子。歷史系霍嬗教授拈著盅兒端坐圓鐵凳上自管發起呆來，勾起小指尖，搔著腮幫上桃花樣兩隻小酒渦，眼一亮，隔著爐火，端詳起外文系何嘉魚教授臉上蕊蕊綻開的春癬，噗哧，掉頭望向店門，忽然絞起眉心聳出鼻尖嗅了嗅，猛哆嗦，打出了個鼽嚏：「怎地風兒愈吹愈腥越來越嗆？喲，哪像坐月子！打開窗子看街呢。」「現在的產婦怪怪都不怕吹風。」考古系宋充宗教授撈起兩瓢粉絲，回眸瞪了瞪門外。朔風中，對街彌馨月子中心樓上，一龕佛燈裡，成排大小媽媽抱著娃娃啃著鹵雞翅膀鹵鴨脖頭呆呆倚窗看街。滿店堂十爐火，毯毯蒸漫起一漩渦一漩渦肉香，海大師生圍爐清談。鴛鴦座裡，那個花巔老舞客早已脫下歐式雙排釦西裝捲起襯衫袖子，兩條胳膊，樹根樣粗，把辮子小舞女挾持到腋窩下，吆吆喝喝行酒猜拳，正在熱頭上。馬清六不瞅不睬，獨個面對角落一口四川麻辣鍋，黑蒼蒼滿臉膛風霜自斟自飲。「熱！」張浵那張臉子紅暈暈蒸出了晶瑩的汗珠，噘起小嘴唇長長噓出兩口氣來，眉梢一挑，望望滿桌教授索性脫下黑皮小夾克搭到自己膝蓋上，捋起白衫袖子，燈下，剝露出兩筒皎白膀子，甩甩耳上一篷短髮梢兩隻白金小耳環。一座無言。顫巍巍丁旭輪教授撐起膝頭，往張浵碗裡舀了瓢豆腐粉絲。靳五點支菸。猛擡頭，圖管系張君房教授擱下了酒盅，繃長臉皮，滿桌一睥睨，把隻肘子撐到桌面上掏出他那包登喜路，望住頂頭日光燈，不吭聲吞吐起來。霍嬗教授撥開撲面而來的香煙，瞋住張教授哀哀呻吟出兩聲。何嘉魚教授端坐凳上接過老闆娘送來的熱茶，啜了兩口，半天唅在嘴裡清了清喉嚨：「方才，宗伯鳳老師提到我們廣東人以扁魚喻姨太太的事，我不知道，不過，說起姨太太我倒是想起一件事。小時候住在旺角，有個叔公，七十多歲的老人家一生做糧油買賣沒甚麼癖嗜，就是這一樁：娶如夫人。我記得他屋裡有九房姨太太，最小的九房進門才十三歲。我這位叔公，仙遊多年了。方才經宗老師一提，現在仔細回想起來我倒感到奇怪：老叔公當時顯然已經無能為力了，偏偏要娶這麼些位少妾，一把年紀，還要繼續出醜，讓家裡那些個老媽子三更半夜偷窺取笑。事實上，嚴格說，叔公他那幾位年輕的姨太也稱不得美人，這有個緣故：老叔公選妾首要條件是——骨盤要闊大——對！滿子亭老師說得對，宜男之相。媒婆們安排的宜男之相往往同絕色佳人大相逕庭，所以，這就難怪了，被老叔公摸骨盤選中的姨太，看來看去，只能說是平平整整沒有麻子的那一流了。當然，年輕無醜樣，能平整，經過適當的妝扮，那位十三四歲的九姨太乍看之下也還有引人入勝之處，怪不得老叔公——」

「拚著出醜也要落力推車。」

宋充宗教授接口說。

何教授呆了呆：

「嗯？是，是的。」

「嗚呼，鐵打的男人也能叫女人磨得化成一灘膿血！」王無故教授仰天太息：「嘉魚公，令叔公仙遊之時享壽幾多？」

「嗯？好像是八十有九哦。」

「人痾，人痾。」

王教授愣了愣舔舔嘴皮咨嗟良久。

「我說呢，伯公——」霍嬗教授漲紅起他那張杏長白皮臉兒，絞絞眉心，往鼻尖上拂兩拂，撥開香煙推推銀絲眼鏡，瞳子一柔轉，睨住了細伶伶給挾持在謝宋兩位教授胳膀之間的宗伯鳳教授：「伯公，廣東人拿鰻魚比姨太太，妙則妙，可我們在這座狗不拉屎的鯤島呆了三十年，從沒見過鰻魚，莫說吃過鰻魚，伯公啊，你形容得再精細我們也只能腦子裡琢磨，想著，流口水罷咧！還不如我們上海人比喻姨太太來得親切，生活化——」笑吟吟，霍嬗教授齜嘻起糯米樣兩排小白牙，滿桌子流盼了兩回：「包管這種魚大家平日都見過，吃過。」

「伊拉娘格小娘魚！」張淜玭玭牙。

不瞅不睬，燈下，碧燐燐瓦斯爐火中霍嬗教授燦綻開了腮上兩朵桃花：「鯧魚。」

「妙喻妙喻。」

「滑嫩甘甜白鮮，且具異味之美。」

「蒸煎兩宜。」

「可弄翻了比誰都大！」宗伯鳳教授從謝宋兩位肩膊下探出頭來。

笑瞇瞇，王無故教授打量著座中同仁愴然一笑：「其自亡奈何，魚爛而亡也。」

一座側目。

滿子亭教授補充：

「公羊傳僖十九年有之。」

「毒！無故公罵人不帶髒字。」

謝香鏡教授撂掉牙籤哈哈大笑一拍膝頭。

汗淋漓，宋充宗教授摘下眼鏡來，叼在嘴角，撿起毛巾抖兩抖眄了王教授兩眼，微笑著劉覽滿桌同仁自管抹拭起了臉皮：「以魚喻女人，最妥貼的依我看莫過於鹹魚比太太，家常便飯獨占一味，雖無異味之美，總解決得了那日常之需。妻子嘛，窮困時的伴侶，沒錢買佳餚便只有以鹹魚佐膳了，等於糟糠之意。從前的人設席請客講究八小八大，八小，四冷葷四熱葷，八大，八道大菜山珍海味紛陳，最後上到四飯菜，總少不了鹹魚一味。所以在大陸家鄉，母親教女兒，婆婆教媳婦，說來說去總不離鹹魚青菜飯長久這句話，即是淡泊日子夫妻可以長久相處的意思——是不是啊？」臉一沉，宋教授煞住慢條斯理一番話，瞅住了張浵，把抹著臉皮的毛巾抖兩抖折疊成豆腐乾大小擱到桌沿上，拿下嘴角叼著的眼鏡，戴上了。

「我媽忙打牌，沒工夫教我吔！」張浵笑道。

「不忙！」春風滿面，丁旭輪教授一膀子夾住酒罈，起身夾了顆卵子大的豬肉丸送進張浵碗裡，勸她趁熱吃了，回眸掃掃宋教授：「充宗公，人家浵小姐還小嘔。」

「張小姐芳齡啊？」

「十四歲半，不向老師們報告過了嗎？」

「於戲！細姨好比白鯧魚，糟糠恰似黃鹹魚。」王無故教授拈著酒盅自管仰望著頂頭那盞日光燈，淒然嘆息了聲，口占一聯。闔座怔了怔，紛紛擱下筷子掉頭掩嘴，咬忍住笑。霍嬗教授抿住嘴，瞅瞅王教授望望同仁們，猛一扭頭，那瓢剛入口的粉絲在他嘴中臌了臌，啵的一聲早已噴濺得滿地都是：「無故公哟，老愛放炮！」

「煙花女子，諸位可有一比？」田終術教授捏住腮幫嘶嚕嘶嚕吸著牙洞，嘆口氣忽然開腔。闔座嘿然。張君房教授蹙起眉心拉長鐵青臉皮老半天低頭喝著悶酒，霍地，擱下盅兒，睜圓瞳子目光睒睒板起臉孔來，瞪住田教授：「終術兄可吃過河豚？」

「又鮮美又有劇毒。」

「照啊。」

一座會心頷首。

滿子亭教授嘫嘫口水打個哆嗦：

「河豚肉會吃的頗鮮，不會吃的中毒。」

「各位給猜猜，給猜猜！」瞳子一轉霍嬗教授把隻手兒支住下巴，瞟瞟張淞乜乜靳五，半天忍住笑，拈起酒盅啄了兩口元紅：「金魚可比哪種女人？」

「朋友之妻？」

「自家兒媳？」

「對！都對了呢。」眼一亮霍教授腮渦上紅豔豔泛漾起兩朵小酒酡：「只可遠觀——」

「吃不得！」滿子亭教授笑道。

「我說，同自家媳婦兒有異曲同工之妙的是家裡使喚的下女。」宗伯鳳教授撐起腰身，細伶伶猛一掙扎，從謝宋兩位胳膊間舒伸出頸脖來，望了望何嘉魚教授：「他們港人家裡有俏女傭的，呼之為土鯪魚，味美而價廉，大陸妹嘛！不過此魚多刺，得提防給鯁著了喉嚨麻煩可就多多。」

「大陸妹是便宜，不過——」

何嘉魚教授端起臉容推推眼鏡清清喉嚨。

「喂，伯鳳公老師！」張浵早已翻起了臉，一指頭隔著爐火直直指住了宗伯鳳教授：「大陸妹是你叫的嗎？告訴你，我爸安徽人我媽遼寧人，我也是大陸妹！味美而價廉不過此魚多刺？憑你？配！這位伯鳳公老師瞧您長相也不像港人，幹麼跟他們香港人亂叫大陸妹？您府上是？縮回脖子就是不講？旭輪公老師您府上？山西省文水縣！香鏡公老師？淝水之戰那個謝安的家鄉河南省太康縣嗎？喲，看不出來。充宗公老師府上？湖南桃源！終術公老師山東臨淄！哈哈，這位無故公老師眼望天花板搖腿喝酒好像沒事人兒一樣！你。」

「我嗎？湖北秭歸。」

「這位伯鳳公老師還是不肯講！縮脖子？」

一座齶然，紛紛打起圓場：

「伯鳳嚇呆了！」

「張小姐！」

「浵小妹！」

「莫動氣莫動氣。」

「坐下，莫指指點點的。」

「唉，咱們窩在小島上吃了兩年好飯——」

「有點兒呵呵忘掉自個是誰了。」

「莫跟伯鳳計較哦？」

汗湫湫，噗哧，張浵憋住嘴忍住笑望望一座教授，喘著氣，森冷起瞳子，睨了睨夾坐在謝宋兩位肩膊底下瞪著酒盅的宗伯鳳教授，冷笑兩聲坐回凳上，掠掠鬢髮絲撮起白衫子領口，抖著，回頭揚起臉瞅住靳五，眼瞳狡黠一亮：「你要罵我？」「好張浵！」靳五笑了笑把菸蒂彈到地上，踩熄了，燈下端詳起張浵鼻梁上那七八顆漾亮著笑意的小小雀斑，捏住她耳脖上那束濕髮梢，揪兩揪，攬起她肩膀子，摟住她，望著滿桌同仁舉起酒盅團團敬了敬。

「大陸妹呢！嘿嘿。」一聲冷哂，張君房教授板著他那張鐵青臉皮猛擡頭瞄了瞄張浵，粲然綻開兩渦笑靨，舉起酒盅擡起臀子回敬靳五，瞅瞅何教授：「大陸妹呢！那是他們香港人股慄在英女王裙襬下自認是高等華人，瞧不上大陸鄉親土包子，又窮，又爛，又破——這又窮又爛又破，諸位，可是南部國立中山大學某腦滿腸肥禿頭大陸問題專家的口頭禪，電視座談會上張牙舞爪的——又窮又爛又破的土包子，港人是瞧不上的，所以嗎，對沒見過世面的大陸婦女同胞才有這等輕蔑的稱呼！小妹子，曉不曉得啊？吃了兩年好飯便忘掉自己是誰嘍。」

何嘉魚教授清了清喉嚨。

「不知不罪！」呵呵兩笑，丁旭輪教授撐起膝頭探過手爪拍了拍何教授的肩膀，使了個眼色，摸雙筷子夾起兩片肉，送給張浵，回頭笑吟吟瞅住王教授：「哦？無故兄是秭歸人！屈原同鄉嘛。」

「王昭君的家也在秭歸。」

紅酡酡，霍嬗教授腮上赧然綻開桃花。

王教授拈根筷子，敲起桌沿：

群山萬壑赴荊門
生長明妃尚有村——

一座蕭索，剔起牙縫，靜靜覷望著蓬壺海鮮火鍋店簷外歸州街上車潮春雨。

丁旭輪教授摟著酒罈覷笑覷笑只管瀏覽著座上同仁，猛昂首，仰天打了個酒嗝：「呵呵，今晚這席春酒可謂論魚之會了！」捧起酒罈笑勸著，拉扯半天，一盅盅滿桌斟滿元紅酒。

謝香鏡教授撿了根筷子往鍋口一敲。

一拍掌，滿子亭教授應和。

——交際花舞小姐是鰻魚！

——溜溜的她。

——明星歌星是墨魚！

——一碰一身黑。

——大陸妹是土鯪魚！

——暫且按下不表。

——嫂夫人是金魚！

——不可戲。

——老處女是八爪魚！

——死纏活賴。

——窰姐兒是河豚魚！

——會吃頗鮮，不會吃中毒。

——細姨是鯧魚！

——在那燈火闌珊處。

——拙荊是鹹魚！

——噫嘻！放在家裡不會生蛆，偶爾吃吃還蠻有味。

爐火熊熊中，兩位教授呵呵一笑相對舉盅。

「子亭公，請。」

「請，香鏡公。」

謝香鏡教授啄了口元紅抿抿嘴又朝丁教授一舉盅：「今宵承旭公破鈔請吃春酒，無以為謝，魚箋請詩賦，即席同子亭兄作了這首八魚歌報答主人，兼博淞小姐一粲！小妹子，妳開心了吧？」笑酡酡勾過一眼來乜住了張淞，端詳起她那張汗瀅瀅姣白臉子。

「張小姐！」何嘉魚教授默不作聲眼角眉梢睨瞟了張淞半天，覷個空兒，悄聲一喚，指指對面那瘦子細小身影，啜口肉湯清清喉嚨：「張小姐，宗伯鳳老師是浙江省義烏縣人。」

「抗金名將宗澤的後人！」謝教授拈根牙籤刮著門牙。

「管他！」張淞沉下了臉來：「德性。」

闔座一粲操起筷子。

肉香瀰漫。

橐，橐，馬清六拎著脹巖巖一隻咖啡色老公事包踩著圓頭軍皮鞋，兩腮滄桑，紫亮堂堂，穿梭過滿店春衫十來桌火鍋，燈下，打量張澥兩三眼，朝教授們點個頭向靳五一鞠躬：「老師，我先走一步。」靳五站起身來伸手握了握。馬清六穿上他那身冬黑西裝望望天色，跨出店門，邁進一城朔風漩起的春雨中。十位教授目送半天。「五兄！」丁旭輪教授拱起腰身探過手來拍拍張澥的腕子，一笑，抓住了靳五的肩膀，搖兩搖：「姓馬的到處聽課，五兄平常上課講書可得檢點些兒哪。」靳五呆了呆。水簷外滿街燈影霪紅，一條人影彳亍過來，只見他咬根小菸斗打著黑洋傘蹦蹬跳過門口那窪油水花，進得店門，把傘收了，勾起食指撣撣肩上的雨珠。一座莞爾。廖森郎教授那胴發福的五短身軀披著蘇格蘭呢春大衣，罩著紅呢鴨舌帽，站在門下，游目四顧，微微一笑啥起菸斗，把雨傘掛上肘彎，蹬動起皮鞋一步穩紮一步頷首答禮穿梭過店堂來。丁教授擦擦眼，仰天打個呵呵，探過手爪撮起張澥的腕子看看錶，端起酒盅摟起酒罈撐起膝頭：

「咦？森郎公森郎公！先罰你一啄。」

「出了點事兒。」

滿面春風，廖教授摘下菸斗苦笑了聲接過酒盅啄了口。

十位教授擡起臀胯一陣挪移，騰出了個空位。橐躂橐，廖教授踱到牆邊，拿下肘彎的雨傘抖兩抖擱到牆根上，踱回來，拂了拂大衣撩起襬子，問鄰桌那群男女大學生借了一張圓鐵凳，挨著本系何嘉魚教授落了座，啥起小菸斗，揭下紅舌帽：「抱歉！今天下午兩點應邀在南部高雄市基督教女青年會寫作班，作了場英語講演，七點飛回來，赴旭公春酒之約，過十字路口同一輛摩托車發生擦撞，掛了點彩，到醫院塗了藥水。」一哆嗦，廖教授解開領口歪昂起脖子，睐了睐張浵，日光燈下展示出耳脖間那紅瑩瑩兩條蚯蚓樣的血痕。

舉座咄喈。

「嘖嘖！禍福無門。」

「品品元紅。」

「來，大夥兒給森郎公壓驚！」

繞圓桌十條春筍胳臂鬨然擎起了酒盅。

「老闆娘，妳在哪兒？」丁旭輪教授摟住酒罎人窩裡聳起腰身四下狩望，眼一亮，打了個酒嗝，朝櫃臺揚揚手縱聲召喚：「麻煩，給再添豬肉羊肉各三盤牛肉兩盤白菜豆腐粉絲魚丸——各先來雙份！拜託，老闆娘盡快給送來。」

「就來！」滿頭大汗老闆娘佝僂在小櫃臺裡摀住耳朵聽著電話，渾身一顫，兩眼茫然，回頭望望丁教授匆匆哈個腰：「老師，很對不起哦，請再等半分鐘好不好？」

廖森郎教授噓口氣拈起酒盅朝靳五敬了敬，咧咧嘴，笑兩笑，勾過眸子瞟瞟張浵，瀏覽著滿桌同仁摘下菸斗，豖豖元紅，舔了舔黑癍蒼蒼兩瓣厚嘴唇回頭望著丁教授笑道：「旭公，只來一盤羊肉吧，小弟海東鄉下人受不了羊騷氣！各位對不住，來盤墨魚丸如何？」

丁教授一怔：

「成！老闆娘啊——」

「就來。」

「麻煩給改改。」

「好。」老闆娘嘆口氣擱下了電話筒。

「老闆娘，生意好好哦！」瞇笑笑丁教授打個飽嗝拍拍懷中的酒罎：「瞧妳團團轉，都忙不過呢！羊肉一盤豬肉牛肉各三盤豆腐白菜粉絲墨魚丸——老闆娘，不是肉丸是魚丸哦——各先來雙份！廖森郎老師本省人就愛吃魚！另外給湃小姐這兒再添瓶汽水。」

「老師稍等。」

老闆娘哈哈腰回身撈起圍裙拭拭眼角。

廖教授搧搧大衣襟領：

「熱！」

猛一擡頭，張君房教授擱下酒盅睜開眼睛，血絲醺醺乜了乜身畔挨著的廖教授：「廖博士，您請寬衣吧。」廖教授愣了愣連聲稱是，一笑，齜住菸斗，挨擠著何嘉魚教授抖擻起膀子把蘇格蘭呢春大衣給卸了，裡外拂兩回，安頓在自己膝頭上。張教授只管鎖住眉頭，眼上眼下，端詳著廖教授耳脖間那兩條鮮紅蚯蚓：「高雄好不好玩兒啊，森郎兄？」

廖教授摘下菸斗微微一笑若有所思往桌沿上磕磕菸渣：「高雄嗎？交通挺亂！我下午應邀去基督教女青年會講演，下了飛機叫部計程車。這名司機，頂怪，一路開車進城蠻開心的叭叭叭猛按喇叭，我問他幹嘛，他說今天心情特別爽。我問他心情不爽按不按喇叭，他說，也有按啦，習慣了無法度。更怪的是一路遭遇幾次紅燈他都給它猛按喇叭直衝過去！忽然間他停下來了。我問他怎麼了？他說綠燈。我問他綠燈怎麼反而停車了呢？他說，教授老師，你沒有看見人家那邊的車子猛按喇叭準備闖紅燈呀？」流目一盼，廖教授啥上菸斗。

「人不人車不車的世界！」紅暈滿面霍嬗教授遮住嘴吃吃笑：「他們高雄，亂妙的！我不是應聘在那邊國立師範大學兼門課嗎？每個月南下一趟，校方安排我住附近飯店，怪呢，每次中午回飯店，內將總叫我等一會兒再進房間——嘉魚兄香港人不知道內將？內將是日本話，旅館女服務生呀——每回我總得等上二十分鐘，內將才到樓下大廳叫我回房間。起初我還道房間在收拾，也沒起疑。後來有位也在高雄師大兼課的老先生悄悄告訴我，我才恍然大悟。原來呀，中午時間上飯店去求客的上班族特別多——嘉魚兄真不食人間煙火！求客也是日本話，就是休息嘛那個那個，唉——中午求客的人太多，內將把我的房間讓給那些公司職員和老闆求客去了。住到這種飯店，真背！我又不求客。可是人家告訴我高雄的飯店十家有九家做中午求客生意，工商都會，上班的男女多啊。」噗哧，霍嬗教授抿住了嘴，兩瞳秋波剪子樣穿透過桌心那一漩渦蒸騰的肉湯霧，勾住何教授：「我可不想生芒果！嘉魚兄。」

「芒果？」何教授望望滿教授。

滿子亭教授笑道：

「魚口之症，香港的華人也會生的。」

「臊根腫大嘛。」

謝香鏡教授剔剔門牙縫。

一座忍俊。

「哦，這麼說我懂！」何嘉魚教授沉下臉來瀏覽滿桌同仁，推推銀絲眼鏡清了清喉嚨：

「高雄多娼，性病流行，我們這個自由中國首善之區又如何呢？我今天在報上讀到中華民國婦女救援基金會的報告，根據統計，本市私娼有十萬名。適娼年齡通常是十二歲到四十五歲——香港？應該也不例外——按照本市二百五十萬人口來計算，請問，這個年齡層的婦女十個有幾個從娼？這還只算全職的從娼婦女，兼職的未計。此外，婦女救援基金會的報告也提到，隨著所得提高，男人口味轉變，本市從娼婦女的年齡有急速下降的趨勢，現今，最吃香的，莫過於初中一二年級乃至小學五六年級的女生——」

「貴寶地香港呢？」

猛一喝，張君房教授瞪住何嘉魚教授。

何教授呆了呆。

噗哧，霍嫿教授摀住嘴：

「頭上生瘡的譏笑腳底流膿的！」

「肉來了，老師。」

老闆娘領著跑堂的小妹端來血水淋漓七盤切片豬牛羊肉，外加各色火鍋菜。笑吟吟，丁教授摟住罎子端坐主位，瞅著老闆娘一盤盤擺滿一桌，道聲謝，拍拍手，撿起筷子往鍋裡打撈半天夾住了顆卵子大的新竹貢丸，送到廖教授鼻頭下：「嚐嚐春味！森郎公。」

「博士廖！喝口春湯。」王無故教授笑嘻嘻往他碗裡熱騰騰舀了兩瓢湯，回回頭，瞄向鄰桌鴛鴦座，摸摸鼻子朝謝香鏡教授扮個鬼臉兒：「咱們的小細姨，香公，不知生受了甚麼委屈這會子又瞪起她那老頭兒來啦，瞧！那對眼睛水汪汪，可不像一把剪子？」

謝教授撂掉牙籤，聳起六英尺之軀，人窩中，回眸探望那端坐凳上眼瞪眼生悶氣一老一小兩個男女：「小小年紀眼睛生得白多黑少，是性淫之相。」

小舞姐冷冷勾過一眼來掃了掃滿桌教授。

「婦人水性！眼中水太多照相法上講是頂厲害的三白眼，男的心術不正，女的人盡可夫。」宋充宗教授拈根牙籤，燈下，遮住嘴，一小籤一小籤慢條斯理打量著張浵剔起牙：「春氣發而百草生！陰曆二月十二花朝月夕，我們這起教書匠酒後談論人家暴發戶土老頭兒的小女伴，張小姐聽在耳中，咯咯咯笑在心裡。」

「我嗎？」張浵溫婉一笑：「我不會笑話老師們啦，可我們上初中三國文課陳清順老師有教過，孔子說，詩經三百篇攏總一句話：不要想歪了！充宗公老師您說是不是？」

「嗯？」

「思無邪嘛。」

滿子亭教授莞爾解釋。

一拍酒罎，丁旭輪教授呵呵大笑：「浵小姐可兒可兒！」眼一柔，丁教授瞅住張浵，俯下腰身探到桌面下摸索半天把瓦斯爐火給轉小了。

靳五一把抓起張浵的腕子。

丁教授勃然變色：

「五兄幹啥？」

「看錶！」

靳五齜齜牙。

廖森郎教授獨自個操著筷子，托著碗，流盼一桌同仁，只管細呑慢嚼吃了十來片涮豬肉，拈起小調羹，嘬了半碗湯，掏出手絹敷敷嘴唇撿起菸斗往桌角磕兩磕添上菸絲，叼上嘴，笑不笑，摸摸耳脖上那兩條鮮紅的蚯蚓：「旭公，在座諸公如此之亢奮，方才想是聊得有味，小弟錯過了。」「品酒說魚！香鏡子亭作了首八魚之頌博張小姐一粲。」霍嫿教授遮掩住嘴，日光燈下那張狹長白臉兒爍爍著銀絲眼鏡火辣辣臊紅上來，眼瞳子轉兩轉，招招手，叫森郎探過頭來，隔著夾坐中間的何嘉魚教授，忍住笑附耳說了番話。

「怪道！才喝了半罎酒——」廖森郎教授一拍膝頭哈哈大笑：「原來殺了八條魚。」

「愛之則殺之。」王無故教授擎起酒盅團團一敬：「諸公，這個殺字絕無刀光血影，保證百分之百的體貼和十足的溫柔，如同邇來女歌星們最愛唱的歌詞，用您的溫柔殺我。」

「心乎愛矣。」

滿子亭教授微微一笑。

「各位，論到這個殺字我倒想起——」脖子一昂，宗伯鳳教授睇睇張淜，奮然從謝宋兩位同仁胳膀之間掙出頭來露了露臉：「報上看到的一則故事！有夫婦某，結縭十年仍恩愛得直似蜜裡調上油，可前不久妻子生了場大病，醫生再三叮嚀，務需靜養半年，嚴禁行房。妻子於是搬到閣樓，做丈夫的獨個睡在二樓臥房。好不容易挨過三個月完全禁慾的生活，這晚，丈夫忍無可忍，嘆口氣，正待躡著腳摸上閣樓去，萬料不到妻子已經躡著腳摸下閣樓來敲臥室的門，一見丈夫，淚流滿面：我不管我不管我還是下來死掉算了！丈夫就安慰她說：莫哭莫哭，我正要上樓殺妳呢。」脖子一縮，宗伯鳳教授面紅耳赤退隱回謝宋兩位肩膀下，悄悄翻起眼皮瞋瞋張浵，拈起酒盅啄了三口元紅。

「叫那殺胚出來！」

王教授喝道。

一座股慄。

「殺胚，求求你行行好——」王教授瞅乜住霍嬗教授磔磔一咬牙：「殺了老娘吧。」

「美國人的俚語把花花公子叫殺手。」何教授端起湯碗啜了兩口，清清喉嚨，咬著英國腔吐出了個英文單字。笑不笑，宋教授遮掩住嘴，還只管睐著張浵日光燈下一籤一籤挑剔著滿嘴洞金銀牙：「我們這兒流行叫殺漢，意思同樣！同仁閒聊兒，常聽說，某某殺漢級的財主最近又殺了幾個小妞，昨天晚上在喜來登飯店殺通宵，把某某名媛殺得死去活來。」

「對不起！嗜殺成性的日本人更進一步了。」陳教授拍拍身畔霍教授的肩膀，擡起臀子，挪動凳腳，退後半步點了支菸：「日本尋芳客組團專程來我們這座寶島買春，沿著中山高速公路從北殺到南，三百八十公里，桃園中壢新竹苗栗豐原臺中彰化斗六嘉義新營臺南高雄，殺得性起，還搞個千人斬俱樂部，此生誓殺一千個中國女人才封刀！有篇小說就講這個。」

廖教授啣住小菸斗若有所思：

「刀下芳魂，知多少。」

「好個刀下芳魂，既悽絕也美極。」謝教授挺拔起六呎之軀滿桌睥睨打了個連天響的酒嗝，手一撥，拂開陳教授嘴中繚嬝出的煙圈：「可找遍了各種字書，殺字都不作此解的。殺字的本義，據說文，是戮也，使人或生物失去生命的意思。」

「這跟周禮的解釋差不多。」滿子亭教授微微一笑：「殺是刑的一種，致罪者於死地。」

「殺人不過頭點地。」

王教授嘆息道。

噗哧，霍嬗教授遮嘴打個寒噤：

「芳魂一縷！」

「南京大屠殺幾月幾號？」

猛擡頭，張君房教授砰地擱下酒盅，喝問同仁們。

何教授清清喉嚨。

「小妹子！」謝教授朝何教授擺擺手回頭眼一柔瞅住了張浵：「妳念逸仙國中三年級？初中三？今年七月就要考高中囉！我們幾位大學老師考考妳中國現代史上幾個頂頂重要的日子，好不好啊？今天幾月幾號？」

「三月十八號啊！」張浵睜圓瞳子。

「唔。」謝香鏡教授點點頭，朝靳五笑了笑把蒲扇大的一隻手爪探過桌心那逢湯火，撮過張浵的手兒，捋起她袖口，湊上眼睛，覷了覷她腕子上戴著的白金小女錶：「三月十八號！小妹子，那天在咱們中國現代史上發生甚麼大事啊？老師有沒有講過？」

「南京大屠殺。」

「胡猜！」謝教授擰擰張浵的小指尖，瞪了她兩眼：「三一八慘案！五月三號呢？」

「嘻！南京大屠殺。」

「小妹子愛瞎掰！五三濟南慘案。」

「對不起。」

「唔，十二月十三號？」

「南京大屠殺。」

「這回，小妹子猜著了。」

「民國二十六年十二月十三號？」

「對！隆冬天，日軍第六師團進城展開六個星期的屠殺。」

猛一哆嗦，張浵聳出鼻尖嗅了嗅火鍋店門口颼漩進的一城腥風，縮起了肩膀子。

〈下〉 君為代

「哈哈哈我聽到這邊桌上殺聲震天，心裡很是奇怪，原來，一群年輕的土耳其人在喝春酒，殺做了一處哈哈！」外文系柯三鎮教授兩根蒼黃指頭抖簌簌夾著香菸，喝得兩腮漲紅，領著白髮皤皤的柯師母搖晃過來，仰天大笑向同仁們打個招呼。滿桌起立，抿住嘴。柯老師端起臉容鞠個躬，回頭噴口煙瞄瞄柯師母：「喂，過來見見！文學院少壯派菁英結夥喝春酒，後生可畏哈哈哈殺氣騰騰，素珠啊，妳知否？國立海東大學文學院再過兩年就是這群殺手的天下囉。」仰天格格兩笑，叭，叭，叭，五根爪子叉開來往丁旭輪教授腰背上撻了兩巴掌：「你不簡單，老弟，你很不簡單，國立海東大學訓導處生活輔導組主任？任命下周發表？嗯？請問老弟您今年貴庚嗯？你不簡單——」

「慚愧慚愧！學生虛度卅六了呢，老師。」丁教授摟住酒罈肅立主位一鞠躬招手截住跑堂的小妹，討來酒盅，斟滿了，笑煦煦端向柯教授：「老師品品紹興極品元紅。」

「女兒紅嘛！」柯教授聳出鼻尖湊到盅口上嗅兩嗅，兩瞳子狐疑，望望滿桌起立含笑舉盅的學生輩：「這個酒，唉，是他們大陸浙江人嫁女兒給小夫妻兩個合巹喝的啦，我是海東鄉下老漢，沒福氣不敢喝，喝了會血壓升高心跳加速哈哈女兒紅嘛！素珠，過來見見。」一臉蒼涼，柯師母閃出柯老師身後把雙手兒疊上膝頭，溫婉哈個腰。

霍嬗教授抿住嘴噗哧掉開頭去。

「不簡單不簡單，呃！」猛一怔，柯教授揉揉心口，兩巴掌叭叭又拍到丁教授脊梁上，沉下臉瞅住張浵：「妳給我講，他們少壯派菁英今兒個齊集在此是否密商院務大計？」

「報告老師！老師們在這兒討論殺魚。」

「呃？小囡仔。」

「殺魚。」

張浵笑吟吟一鞠躬。

「難怪殺聲震天！喊殺聲我和師母坐在後面那邊吃魚頭火鍋都有聽到，唉，殺人不見血。」燈下柯三鎮教授鎖起眉頭打量張浵，摸摸她那頭齊耳的短髮，嘆口氣，冷笑兩聲朝同仁們團團哈個腰，扭頭邁出皮鞋，穿梭過滿堂春客，跨向店門口，回過脖子瞄了瞄摟住皮包踩著碎步怯生生追隨的柯師母：「素珠，緊走！」

「老師慢走。」

「師母慢走哦。」

舉座目送，歸席圍爐。

丁教授摟著酒罈一路頷首答禮送到簷下。

「柯老師又喝醉了。」何嘉魚教授端起湯碗漱了漱口，清清喉嚨嘆息了聲：「這位老先生，算來也有六十四歲了，我剛進海大還是他教的英文呢，柯老師那口日本腔英文也算文學院一絕，聽說在東京帝大英語系學的。」

「教了四十年文學院大一英文！」廖森郎教授磕磕菸斗：「桃李滿美加。」

丁教授抱住罈子，滿面春風，伸手肅客，陪著傑夫諾曼穿梭過叢叢爐火十來桌酒酣耳熱的海大師生，回到主位上來：「諸公，見過這位美國朋友？說來也是院裡的同仁，上下課之間打過幾次照面，無緣攀識。今兒可巧！送柯老師柯師母出門，看見這位傑夫諾曼兄攜女來吃火鍋，特為各位同仁引見引見。呵呵外文系，華洋雜處各色人等各路人馬薈萃，蔚為本院奇觀。諸公快來見識這位傑夫諾曼教授！浵小姐，妳莫憋嘴偷笑。」闔座教授呆了呆紛紛舉起酒盅堆出笑容。日光燈下，傑夫諾曼濕淋淋挺拔著那身墨綠汗衫草綠卡其長褲，叉開兩條長腿子，俯瞰十位教授，腼腆嘻嘻，一爪一爪扒搔著脖上那粒金亮油鬈的水兵頭。一座停筯以待。丁教授抱著酒罈逐個引介過了同仁，回身，昂起頭跂起皮鞋，腆著肚腩騰出一隻手往傑夫諾曼肩膊上拍兩拍，連珠炮也似吐出五六句英文。傑夫諾曼連連點頭，斜咧起兩瓣細嘴皮滿口小白牙，燈下，齜亮了亮，滿桌流盼兩眼招呼了聲，嗨，兩瞳子水藍藍瞅住張浵，柔柔眨個眼兒，瞰起褲胯子叉開雙腿伸出手爪只管梳攏他那顱淋了雨的金髮。一座嗨嗨，揚手招呼。霍嬗教授眼角眉梢瞅著傑夫，猛哆嗦。格格兩笑，張洌甩起耳脖上那蓬子短髮望望教授們，挺起腰肢，緊繃著那身小白衫黑皮窄裙端坐圓鐵凳上，噘住嘴，歪起脖子冷起眼瞳，不聲不響打量起傑夫，燈下，耳洞中穿綴著的兩隻白金小環映漾著滿桌十盅元紅，血花樣燦爛。傑夫諾曼呆了呆，悄悄搔了搔褲襠。丁教授拍拍酒罈仰天打個呵呵。傑夫噓口氣回轉過心神來，探過手爪隔著桌心那一鍋蒸騰的湯霧跟靳五握了握：「嗨，靳，今晚心情還好嗎？」「傑夫，你一個人來吃火鍋？」傑夫嗞嗞小白牙，勾起食指彈掉金毛狨狨滿脖子雨珠，眼一柔，指指店門口。柯玉關一身白衣黑絲絨長褲緊繃繃裹著猩紅毛線衫，抱住兩本洋裝書，獨自個佇立在門旁，滿臉悲憫，瞅著櫃臺裡抹著淚打電話的老闆娘。微微一笑，廖森郎教授仰首看燈叭叭抽了五六口菸，拔下菸斗，往桌沿磕兩磕，睨住傑夫冷笑了聲，勾起小指甲搔搔耳脖上那兩條紅蚯蚓：「傑夫，最近又找到你的新獵物？」「要不要分你一口？百分之百純潔的中國娃娃！」傑夫勃然叉開褲胯子，搔搔褲襠睥睨了睨。廖森郎教授昂然噴口煙。下巴一翹，傑夫伸手同丁旭輪教授緊緊握了握，望望十位教授，瞅住張洌柔聲道聲晚安。猛一哆嗦，張洌閤起兩隻膝頭攏起窄裙襬子，摔開臉兒去。傑夫呆了呆，掉頭瞰起兩膀子肉筋，繃著那身汗衫卡其褲自管穿梭到櫃臺，捏住柯玉關的脖子，揉著，把她整個人挾持到肩膊下，跨步邁進店堂問跑堂小妹要了張雙人座。丁教授噓口氣，端坐回主位上，摟住酒罈弓下腰身探到桌面下蹙眉摸索半天，找著了瓦斯開關，把爐火轉小了。一座禮讓，操起筷子。張洌沉下臉皺起眉頭看看錶。王無故教授回頭望望柯玉關，嘖嘖讚出了兩聲：

「好正的馬子！」

「甚麼馬子，王老師？」靳五板起臉：「這個女孩子是我們系上的助教！無公。」

「五哥，不知不罪不知不罪！罰小弟三啄。」臉一煞白，王教授慌慌舉起酒盅，拱拱手朝靳五敬了敬啄啄啄昂起脖子連啜三口，摘下眼鏡來，撿起毛巾抹起一額頭兩腮幫汗珠，嘆口氣，掛回眼鏡，回頭愣瞪住何嘉魚教授憨憨綻出了兩糰子笑渦：「嘻！陰人不祥。」

「怪怪，我不懂。」一臉茫然，宋充宗教授啣住牙籤回眸望望鴛鴦座裡那雙旁若無人的中美情侶，舉盅敬敬靳五，齜起上齶六顆金銀牙，拈起牙籤剔剔挑挑起來：「對不住，五兄，你莫怪我言重，這年頭的高等學府就有那等自甘犯賤的女子。」

「那個傑夫諾曼美國浪人嘛！亂搞。」笑呵呵，丁旭輪教授撫著懷裡的罈子呷著元紅只管瀏覽在座同仁，眼一亮，瞅住張淜腼腆笑笑，撐起臀子涮了兩片羊肉送到她碗裡：「五兄記得？下午我同你站在文學院窗口看杜鵑花，看著看著，看見一個官太太，還是哪個土財主老兒的小星，徐娘半老，才剛起牀的樣，開著輛五六零賓士還是朋馳，親自送這個美國後生來上課，太過招搖了。」

「美國白皮豬哥，占了便宜還賣乖。」

廖森郎教授嘴裡吞吐著煙。

紅暈滿面，霍嬗教授沉下臉來，瞪瞪廖教授那兩隻蒼黃指頭捏住的小菸斗，一嗆，拂了兩拂，縮起鼻尖絞起眉心：「這個美國後生老穿草綠卡其褲，褲襠上，還繡著一隻粉紅色的小蝴蝶！常看見他在校園走路，闖過群群女生，那條軀幹，每一根筋每一條肌肉緊繃繃直要破襠而出似的——他叫甚麼來著？傑夫諾曼！」吃吃吃，霍嬗教授摀住嘴笑了起來。

「嬗公，怎的盡往那話兒瞧？」

謝香鏡教授笑了笑，聳起六英尺之軀。

「這牙疼！折磨死人。」田終術教授央求丁教授給承來一碗肉湯，嘬了五六口，熱呼呼漱漱嘴，嘶嚕嘶嚕半天吸起牙洞：「閒來沒課，下午在家，我打開電視看看家庭烹飪節目，看見這傑夫演廣告片，推銷男用子彈褲，精赤條條，繃著一身筋，只穿條卵子大的小三角褲虎虎生風煞有介事打了趟少林拳。」

丁教授浩然一嘆：

「這美國駔子到處作怪！我們把他給騸了。」

「鐓了！」

「轍了！」

「犗了！」

闔座附和撫掌大笑。

爐火琰琰，繞著圓桌燦起十朵笑靨。

「來，品品元紅。」

「喝喝春酒。」

「洣小姐再喝點兒汽水，嗯？」

眼一柔，丁教授瞅了瞅張洣笑了笑，拈起盅兒抄起筷子滿桌勸起酒菜來。

十位教授汗津津捋起胳膀，春筍樣白，捉對兒互敬。

悶聲不響，張君房教授半天自敬自飲一睜眼拉長鐵青臉皮，燈下，血絲熒熒瞪住何嘉魚教授，連天價響打起酒嗝：「嘔！你們外文系，這個這個女生比男生多得多？嘔嘔。」

「九十巴仙！」何教授使勁點個頭。

「女生占百分之九十？」

「不錯。」

「嘿！嘔。」張教授回眸打量起鴛鴦座裡的傑夫，冷笑了聲，咬住酒嗝，頭一垂又自管喝起悶酒。何教授呆呆瞅著王教授，半天，抿住嘴清清喉嚨端起碗子吹開油脂喝了兩口肉湯：「方才王老師說陰人不祥，對不起，我一直在想，王老師這句話指的到底甚麼意思。」

「嗯？陰人不祥？」王無故教授愣了愣。

滿子亭教授端坐凳上微笑道：「俗謂女人為陰人，嘉魚兄。」

「哦哦。」

「女兵為陰兵！魚公港人，讀過咱們水滸傳？後陣又是一隊陰兵，簇擁著馬上三箇女頭領——」笑吟吟霍嬗教授端詳著何嘉魚教授臉龐泛起的紅潮，燈下顫抖起睫毛，噗哧，掩口一笑，搔搔自個腮上燦開的兩朵桃花，端起酒盅敬了敬，猛哆嗦，縮住肩窩回頭覷了覷店門口，聳出鼻尖嗅兩嗅：「陰風陣陣！怎的春宵的風兒越吹越冷愈颳愈急呢？咦？好腥喲。」

歸州街上紅霓蕩漾著春雨，驀地漩起一濤荒冷的朔風，滴瀝滴瀝，迸濺起簷下那片水花，捲入店門，掃過門口擺著的一攤菜蔬魚蝦，直撲進蓬壺海鮮火鍋店。

闔座一嗆，機伶伶打個寒噤。

鐓。鐓。鐓。

金碧輝煌一輛巴士綻響著喇叭招飄著車身張掛的一幅白幡，車潮中，潑濺起蕊蕊水星，闖盪開雙雙叼著牙籤依偎花傘下的滿街大學生，駛到店簷口，門開處，哆嗦著蹦出一位導遊小姐，十七八歲，紮著根麻花粗油大辮子，侍立車門下，把雙手兒交握丹紅羅裙前，瞇笑笑哈著腰，雨中，迎迓出了四五十個兩腮蒼黃西裝革履蝦腰而出的老人來。對街樓上，佛燈幽紅。彌馨月子中心臨街窗口，一排兒，站出二十來個披著髮梢攏著睡袍哺著娃娃的大小媽媽，沐浴在漫城紅霓中，悄沒聲俯瞰著大街。「嗨！伊拉夏伊媽謝——」火鍋店廚房竄出了老闆來，繫起圍裙，整肅起儀容，率領老闆娘和四個跑堂小妹三步併兩步搶到遊覽車門口，搓著手一聲一哈腰。腥風血雨，四五十條小腰桿子痀瘻著鞠躬答禮魚貫進了店門：「看板娃！看板娃！」啁啁啾啾一群白頭翁，抖著身上的雨珠邁出尖頭高跟各色皮鞋，繃住臉，挺起西裝板起背脊，禮讓著挨擠進店堂來。一堂吃客停下筷子。「米鴉摩多桑薩薩基桑媽子西打桑多喲達桑——」門口，紅霓淋漓燈影搖紅下，導遊姑娘噘住嘴兒捧著花名冊朗聲唸起姓氏，一顱一顱清點過了人頭，噓口氣，拍拍心窩綻開笑靨來，哈著水柳腰肢，柔聲催促著逗哄著呵護著，導引那團日本老觀光客按花名冊入了座。席開三桌，一窩兒正襟危坐。老闆哈著腰陪著笑團團轉敬菸送火噓寒問暖，半天招呼停當，板起臉，入據櫃臺，指揮老闆娘跑堂的小妹廚下歐巴桑，裡裡外外張羅了起來。

哂然一笑，滿堂海大師生操起筷子。

「八個野婁跌死囁——」

張浵嘆息了聲，瞳子一冷掃了掃日本人，自管打開膝頭上擱著的小黑皮包，掏出小紅梳，歪起臉兒來，爐火中，睨瞅著座中十位教授腮上汗溱溱燦綻開的二十朵紅酡，似笑不笑，陷入了沉思也似，篦起她那頭早已風乾的髮絲，一梳一梳，甚麼時候就在耳脖上梳理出了一篷子黑緞樣晶瑩的頭髮。日光燈下，那張臉兒水樣姣白，漾亮著兩渦笑靨一鼻梁七八顆小小雀斑，眼瞳子森冷冷。舉座擱下筷子瞅著張浵。丁旭輪教授滿面漲紅摟住酒罈垂拱主位，絞著雙手，咬住牙根，發起連環瘧子似的渾身打起擺子。「旭公想是不勝酒力了！」謝香鏡教授冷笑兩聲，瞪瞪張浵，拈起牙籤睥睨著滿桌同仁剔起門牙縫：「醉態可掬！小妹子莫笑他。」丁教授格格笑。靳五呆了呆悄悄打個寒噤回頭看看張浵。闔座拈起酒盅，靜靜品啄著元紅。張浵不瞅不睬，揚起臉來打量起店堂中央那窩子三桌東洋觀光客，自管篦梳著頭髮，一甩，掠掠髮梢，吹吹小紅梳上纏繞著的五六根烏黑髮絲，把梳子收回皮包裡，捲起白衫袖口，剝露出兩筒子皎白小臂，撿起毛巾抹拭著臂上的汗珠，忽然蹙起眉心看看腕子上那隻白金小女錶，沉下了臉來，挺起腰肢，撥開靳五鬢上的亂髮把嘴湊上他耳朵：

「我要走啦。」

「坐好。」

「我坐不住了啦。」

「等小舞來。」

「行！」張浵囁住嘴唇往靳五耳洞裡噓呵了兩口氣。猛哆嗦，丁教授拱起腰身，攬住酒罏，酒紅癡癡把脖子舒伸到桌心那一鍋熄熄蒸騰的湯火上，豎起耳朵，打個哈哈，堆出滿臉笑容睨睇住張浵，涮了片豬肉夾到她碗裡：「大庭廣眾，唉喲，浵小姐又跟靳哥哥咬耳朵講甚麼悄悄話兒來著？嗯？浵小姐？靳五哥哥是教授，我們也是教授，甚麼悄悄話兒靳五教授可以聽，我們幾位教授卻不可以聽？嗯？呵呵，再講悄悄話我們可都要撚酸啦，浵小姐！」

張浵眼一睜。

滿子亭教授微笑道：

「小妹子，撚酸就是吃醋。」

「梭——跌死嘎囁——」

張浵打個哆嗦。

宗伯鳳教授抖顫顫叼住牙籤擎起酒盅：

「喝酒喝酒，諸公。」

「伯公，你請。」

闔座拈著牙籤只管剔牙。

「嘉魚公，惟虺惟蛇女子之祥！」王無故教授撂掉牙籤仰天太息。

何嘉魚教授睒了睒王無故教授端起酒盅敬了敬滿子亭教授，清清喉嚨：「滿老師，王老師引的髣髴是詩經，對不起第二個字我沒聽清楚，請問是——」

「詩小雅無羊之辭！虺，普通字書都解作毒蛇。」微微一哂，滿教授睄了王教授兩眼，回眸笑了笑拈起酒盅回敬何教授：「鄭玄註云，虺，蛇穴處，陰之祥也——這個字一般古書上挺常見的，如虺蜮，毒蟲，喻肆毒之小人。」

何教授抿抿嘴。

舉座龗然。

「惟虺惟蛇，女子之祥！」王教授嘆息了聲撮起酒盅敬敬廖教授：「魚公港人也，有聽沒有懂。」

丁教授格格兩聲清笑四下顧盼擡起臀子，滿桌添了元紅，把酒罎攬到心窩，騰出手來摸到桌心下窸窸窣窣半天把瓦斯爐火給調小了，搥搥腰桿，抹掉眉眼上的汗珠，笑呵呵，回頭往那三桌日本老人窩裡搜尋著，招呼老闆娘給再添清湯：

「快哦！快燒乾了囉。」

「高一仁班蘇婉玲，在嗎？」

滿頭大汗，老闆娘抓著電話筒佝僂起背梁躲在櫃臺裡，捏住圍裙襬子拭著眼角。心一寒，靳五擺了擺手朝丁教授使個眼色，探手把爐火關了。謝香鏡教授望望大夥，撐起胳膀，往兩旁一張，聳出六英尺之軀，把小不點兒宗伯鳳教授擠撞到白胖胖宋充宗教授腋窩下，拈起調羹，舀起鍋底殘湯，流目四盼，一口一口呵吹著油膘送進嘴裡。霍嬗教授搔著腮幫吃吃抿笑：「精華精華！不喝可惜得緊，海峽對岸的同胞想這鍋底想都想死了呢。」「男人女相，醉態可人！」王無故教授瞅瞅霍嬗教授，擲筯嘆息。張君房教授掏出登喜路點了一支叼上嘴，昂首看燈。耳鬢廝磨，外文系何嘉魚廖森郎兩位同仁眼瞪眼鬬起酒來。張淜冷冷乜起瞳子，燈下，挺著小腰肢端坐圓凳上，揝著毛巾慢吞吞抹拭頸脖，似笑不笑，瞅著。兩位教授又是爭又是讓一來一往只顧比較盅裡的酒，面紅耳赤鬮了半天，半盅酒只啄了半口。主位上，丁旭輪教授摟住酒罎聳出眼鏡，垂拱著瀏覽滿桌同仁，朝張浵瞅一眼笑兩笑。朔風中三桌日本西裝客板起小腰桿子繃住蒼冷腮幫，悄沒聲團團恭坐圓鐵凳上，酒過三巡驀地起鬨，一嚷，三三兩兩蹿下地來，孩兒樣爭著吵著婑住那面泛桃花的導遊小姐，哄一哄求兩求，使盡水磨功夫，車輪戰，不由分說把一盅盅冰啤酒灌下她喉嚨。老闆娘堆著笑送來了湯，加進鍋裡，隨手打開瓦斯爐開關。一嘆，何嘉魚教授清清喉嚨望住老闆娘：

「妳女兒蘇婉玲還沒到學校嗎？」

「還沒呢，老師。」

眼圈一紅老闆娘哈個腰。

碧燐燐火光中，十位教授默然操起筷子。

獨自個，張浵怔怔望著簷外雨中那輛遊覽車身上張掛的白幡，一字一字，讀出上面九個斗大的紅漆漢字：「三八式步兵銃同好會。」

「哦？浵小姐到底小孩子，眼兒尖！」丁教授扶住眼鏡覷覷簷外一笑拍拍懷中的罎子。

「三八式步兵銃嗎？」廖森郎教授磕磕菸斗，望了望堂中那團日本觀光客：「這玩藝兒又借屍還魂來了！直到二次世界大戰結束三八式步槍是日本陸軍主要武器，明治三十八年出廠，故叫三八式，聽家父說，它的象徵意義相當於武士刀之於傳統武士——這個三八式步兵銃同好會，顧名思義，應是專門收集三八式步槍的日本人組織的同樂會，或者聯誼會。」

舉座回眸。

靳五拿起張浵的腕子看看錶。

「差五分十點啦！」張浵溫婉一笑，忽然，側起耳朵聽了聽，捽脫靳五的手，撈起膝蓋上擱著的黑皮夾克，把小黑皮包兒掛上肩胛，躥下鐵凳來，臉容一端，朝滿桌教授團團鞠個躬，蹬起高跟鞋，一溜風，頭也不回穿梭過堂中三桌日本白頭翁，往店門口飆闖出去了。

水簷下可不站著小舞！

靳五踱到門口：

「準時！」

「謝謝你照顧小浵，老師。」

小舞愣聳著他那粒小平頭濕漉漉把兩隻手插進夾克口袋，回頭乜了乜眼睛。對街，彌馨月子中心樓下，紅霓淋漓春雨中泊著輛銀紅保時捷，水光瀲灩。駕駛座裡，姚素秋裹著黑皮夾克燦閃著鼻尖上那副金絲框眼鏡，探了探頭，斯斯文文綻開兩排刮洗得發光的菸垢牙，伸出手爪，隔著大街朝靳五抓了抓。刀削般一雙小酒渦，笑吟吟漾亮在滿街水霓虹中。靳五怔了怔，心一抖，當胸揪住小舞那件藍布學生夾克襟口，狠狠推兩把：「你那輛山葉追風呢？」

「當了！」小舞站在簷下那簾水花中板起臉抿住嘴冷冷望著靳五，一咬牙，回頭朝對街招招手。迸地，後車門彈開了，亞星一身白衣黑布裙肩上掛著青布書包鑽出後座來，冒雨穿梭過街心。小舞攫住張浵的腕子，拔起腳闖開雙雙依偎傘下的大學生，躥過街去。靳五隔著大街呼喚了聲：「素秋兄！令尊令堂兩老帶著嫂夫人和兩位令嬡移民美國去了，素秋兄還獨個兒留守在祖國，玩弄小女孩嗎？」「再留守一陣子搞點股票看看！教授。」紅霓下一齜，姚素秋亮了亮上齶兩枚鑲銀大齯牙，探出他那張狹白臉龐，朝靳五揚揚手，旋上車窗載著小舞張浰小兩口子闖開白茫茫漫城雨氣，飆出歸州街口，兜進艾森豪路紅燈雰霏的車潮中去了。

靳五看看亞星。

「亞星！妳怎麼來了？」

「我也奇怪！」亞星仰起臉望著靳五掠掠耳脖後的濕髮梢：「那姚素秋逼著小舞追問張浰的下落，押著小舞到補習班接我——」

「拿妳交換張浰！」

「是啊。」

靳五心一抖。歸州街上滿騎樓小吃攤炊煙潑潑燈火搖曳，朔風裡，人頭鑽動春衫繽紛，哆嗦著一窩窩蹲坐矮板凳上消夜的男女大學生。街口，隔著十線艾森豪路，煙雨淒迷，草木葱蘢海東大學校園溟濛起盞盞水銀燈，三兩窗人影。靳五眺望半天，瞅瞅亞星，心田一暖伸出食指尖撥了撥她額頭上兩珠晶瑩的髮絲，嘆口氣，拿下她肩胛上沉甸甸掛著的書包。火鍋店裡邁出八個日本觀光客，魚貫，蝦腰，翹起尖頭高跟各色皮鞋跨過門檻，四下望望，朝靳五哈個腰，門燈下一閃，抖簌著八顱子花髮鑽進了店旁那條尿溼撲鼻的防火巷，背對滿街男女吃客，痀瘻到牆根底下，一排兒，八癟子，咭咭聒聒談笑風生解開西裝褲襠。燈影中腮腮醭紅，蒼冷冷綻漾著酒酡。靳五看傻了。亞星掉開了頭去。噓噓噓，八個白頭老翁揑住朘子半天撒完了尿，抖兩抖，一回頭齜了齜牙齊齊扣上褲襠整整西裝，八桿腰子，朝對街樓上憑窗看街的坐月子媽媽們，一鞠躬，腥風中鑽出防火巷，駐足火鍋店門口觀覽起海東夜雨來。

靳五啐了泡口水，牽起亞星的腕子正待走進店門，眼一亮，踮起腳眺望過艾森豪路。歸州街對面，荊門街巷中，朱鴒家水簷外打著雨傘探頭探腦圍聚起一群街坊男女，閣樓燈火高燒，雨中，一輛計程車燦起車頭燈，停在鋪子門口灑出的那灘燈光裡。靳五呆了呆：

「朱鴒家來了客人？」

「日本人。」

「花井？」

「這個叫做木持秀雄。」

「妳怎知道？」

「他一個人偷偷來過朱家兩次！」臉一紅，亞星扯扯靳五的衣袖，指了指火鍋店簷下停著的遊覽車：「這個日本老頭，鬼鬼祟祟！那姓姚的載我哥跟我來找你和張浵的時候，在路上我看見木持秀雄，一個人，在荊門街口從這輛遊覽車下來，叫部計程車去朱鴒家。」

「朱鴒！」靳五心中一片冰涼。

那八個東洋客聚首店簷下指指點點眺賞了半天街景，冷風一吹，打個哆嗦，搔搔西裝褲胯，瘃瘧起手足背脊來一隊兒魚貫跨進店門。靳五躥到簷下，嘔出兩口酒，擡頭望見對街樓上哺著娃娃的母親們，呆了呆，握住亞星的腕子，牽著，穿過爐火燐粼熱霧瀰漫滿堂海大師生三桌日本觀光客，回到座上來。

酡笑酡笑一座目光睒睒。

宋充宗教授啣著牙籤齜了齜滿口銀牙：

「交換人質，五兄？」

「嗯？」

靳五看看亞星。

「五兄致力於開拓未開發小國家，呵呵呵，阿尼基有夠高桿！」丁旭輪教授撫罎三笑，腮綻春花，渾身打起擺子，拱起腰臀揮著手東張西望招呼老闆娘快快換過副碗筷來，回眸堆出笑容瞅住靳五，托起玳瑁眼鏡：「嗯？五兄？這位新來的妹妹可是湉小姐的小姊姊？」

「沒不對，丁老師！」靳五笑嘻嘻牽著亞星叫她坐到張湉位子上，朝丁教授鞠個躬：「伊的芳名是叫做星小姐！亞星，快來見過丁老師。」

「好。」細高䠷兒亞星站到桌旁，望望十位教授，笑了笑，把書包掛上肩膀，端整起她那身白上衣黑布學生裙，頂著一頭齊耳的髮絲，睜亮瞳子，朝主位上鞠個躬：「老師。」

「呵呵呵星小姐星小姐老朽不敢當哪！」一樂，丁教授拍拍懷中酒罎，顧盼四座，攫過老闆娘送來的碗筷，撮起瓢子熱騰騰往鍋裡打撈半天挑揀出了一碗菜肉來，端送到亞星手裡：「呵呵，兩箇肉圓子夾著一條花筋滾子肉，西門家這道名菜，小妹子妳趁熱嘗嘗看！諸公，瞧，星小姐同湉小姐這對小姊妹粉捏人兒樣，可不似西王母座前那雙玉女？可兒可兒，星小姐芳齡？嗯嗯？」眼角睨乜住亞星，笑吟吟丁教授抄起筷子又往鍋裡夾了顆卵子大的豬肉丸，送到亞星鼻尖下，拈起酒盅，哈哈腰朝靳五敬了敬。

靳五一拍桌沿：

「星小姐十五歲了呢！丁老師。」

手一抖，丁教授瞠瞠亞星，半盅元紅酒血光瀲灩燈下晃了晃濺潑到謝教授頭臉上。「喲，旭公不勝酒力啦！」霍嬗教授縮起肩窩抱住膀子格格笑：「醉態畢露。」磔磔一咬牙，謝香鏡教授瞇起醉眼覷了覷繾綣在他腋窩下的宗伯鳳教授，冷笑兩聲，挺拔起六英尺之軀甩了甩滿頭的酒，撮起毛巾抖兩抖，不聲不響，臉紅脖子粗瞪著丁教授抹起頭面來。丁教授咬住下唇憋著笑，獨自個摟住酒罈捏住酒盅佇立滿店堂日光燈下，半天，瞅著凳上同仁，吃吃笑了起來，顫抖起腰口鱷魚皮帶勒住的兩圈脂肪，翩然歸座。

「醉態紛陳！」猛一昂首，張君房教授霍地擱下酒盅血絲烱烱睜開睡眼，滿桌睥睨過去，怔了怔，揉揉眼皮端詳起亞星：「嘿嘿，十條壯漢吃一罈老酒，每人分個三五盅兒就把持不定了？怪怪！這元紅酒喝下兩盅直叫人心頭一蕩，小妹子莫偷笑哦。」

「唉，酒戶年年減——」廖森郎教授咬著菸斗擡頭看燈，煙嬝嬝，一笑，摘下菸斗回眸乜了乜身畔的何嘉魚教授，挺起肚膛拍兩拍：「這個戶字，嘉魚兄，是酒量的意思。」

「魚公，貴系廖博士唸了句元稹詩呢。」

滿子亭教授微笑道。

何教授笑不笑：

「哦？我瞧。」

「老靳這一向進出第七天國，可還快活嗎？」冷笑笑，廖教授睇了滿教授兩眼把菸斗咬回嘴裡睨睨何教授，舉起酒盅朝靳五敬了敬，歪起脖子打量亞星，燈下，只管搔著耳脖上那兩條鮮紅蚯蚓。霍嬗教授摀住嘴，噗哧。眉心一蹙，何嘉魚教授舀了碗熱湯啜兩口清清喉嚨端起臉容，開言道：「可蘭經記載，天父阿賴嘉許那有善行、勤勉、節慾的人，死後可以進入第七天國享受無上極樂。」

霍嬗教授瞟瞟亞星猛一哆嗦。

舉座側目。

「第七天國中——」何教授頓了頓慢吞吞喝口湯：「有數以萬計、不知淫穢為何物的清純少女，個個擁有如同藏在貝殼中的珍珠似的黑眼睛，她們的職司，是服侍生前有善行、勤勉、節慾的男人，只要躺在黃金寢臺上，少女們自會替他們斟酒。可蘭經記載，這種美酒喝得再多也不會頭痛，醉了也不會迷亂心性。在第七天國，可以隨意淋浴，盡情享用豐盛的水果，而且，興之所至無論晝夜都可以和天上任何一位少女隨意——嘸，嘸。」嘴一抿，何嘉魚教授端起湯碗吹開油膘啜了起來，不吭聲了。

「談心？」霍嬗教授抿嘴吃吃兩笑。

張君房教授猛擡頭一聲暴喝：「交歡！」

「死了算了。」

王無故教授幽幽嘆口氣。

腮顫顫，丁旭輪教授捧罎垂拱主位上憋住一嘴笑，噗哧，托起玳瑁眼鏡，淚眼婆娑覷覷亞星，抱起酒罎蹁躚打了個踉蹌穩住膝頭滿桌添起元紅來，一怔，擎起酒罎晃兩晃，瞇起一隻瞳子把眼鏡湊到罎口，抹抹眼皮燈下窺了窺：「噫，樽中酒已空！老闆娘啊——」

「我是高一仁班蘇婉玲的媽媽！」老闆娘又趴到櫃臺上打電話，人聲鼎沸中撈起圍裙搗住一隻耳朵，挑高嗓門：「蘇——婉——玲，貴校高一仁班的學生，今晚老師叫她去學校參加補習，她現在有在嗎？她是我的女孩子，對不起對不起麻煩您再去她班上看看，拜託。」

廢然一嘆，丁教授摟住酒罈端坐回主位。

闔座拈起牙籤翹首看雨，悵望久之。

精瘦，精瘦，老廣黃城披披掛掛一身冬裝外面裹著條米黃長襬子風衣，把個甚麼窩藏在懷裡，雨中走了過來，探頭探腦肩胛一聳嗞嗞牙縮起頸脖，蹦蹬蹦，穿過簷下那片燦潑著霓虹嘩喇嘩喇的水星，躥上門檻：「好凜！」進得店門，亮晶晶淋漓著兩腮幫冷雨珠，瑟縮起風衣眨巴著眼睛四下望了望，滿堂日光燈下綻開滿口象牙白假牙，趑趄半晌，蹬起尖頭高跟乳黃皮鞋，蹁跹了過來，游走過叢叢燎燒二十桌瓦斯爐火，把隻手爪抽出胳肢窩，招兩招：

「幹兄，心會心會。」

「黃城兄！」靳五站起身來。

老廣黃城摟住懷裡的東西穿梭過堂心三桌日本觀光客，咯咯打著牙戰，縮起肩窩，踅到教授們這一桌來，朝靳五伸出蒼冷的爪子握了握，往鍋裡探了探頭，瞟瞟丁教授懷中的酒罈。

「幹兄，你們在吸火鍋？」

「教授吃迎春酒。」

「嘢？教授？你們都係大學教授？」

「海大文學院老師！」靳五繞著圓桌指點著逐位介紹：「主人，歷史系丁旭輪教授，圖書管理學系張君房教授，哲學系田終術教授，外文系廖森郎博士何嘉魚博士，歷史系霍嬗教授，哲學系陳步樂教授，亞星，接下來擠在一起的三位是，歷史系謝香鏡教授藝術史研究所宗伯鳳博士考古系宋充宗教授，咦？王公滿公上哪去啦？黃城兄，中文系王無故教授滿子亭教授兩位，雙雙消失，想是洗手去了，待會兒再給你引見。」

「這位小迷迷她係——」

「她不是教授，她是我鄰居小妹亞星。」

黃城瞋了瞋亞星整整風衣朝座上十位教授鞠個躬：「老西們，你們好。」

靳五指指何嘉魚教授：「黃城兄，這位是你的鄉親！外文系何老師也是從香港回祖國的。」

「何老西心會！」

「幸會。」

何教授啜兩口火鍋湯清清喉嚨抿起了嘴。

「這位黃兄身體不適？」宋充宗教授咧起嘴一籤籤剔著銀牙縫：「怎麼老打哆嗦？」

「嘢？哦哦，我好怕凜的。」

「黃城兄怕甚麼？」

「怕冷！」何教授沉下臉蹙起眉心。

黃城拍拍心窩：「祖國春天好凜，我好怕！」喉核子骨碌骨碌一竄動，嚥了兩泡口水。

「黃城兄莫怕！」丁教授拍拍自個懷中的酒罎：「你懷裡脹臌臌的，藏得甚麼物事？」

「老西，一甕人心酒。」黃城咧開兩排假牙勾了亞星兩眼，燈下睥睨滿桌教授，剝開風衣襟口，往心窩裡掏捧出那甕泡著人參的高粱酒：「老西，你們瞧甕裡呢條人心。」

舉座粲然。

「及時酒及時酒！」丁教授摟住酒罎笑呵呵撐起膝頭。黃城捧住甕子，蹬起他那雙尖頭高跟皮鞋退出兩小步，乜斜起眼睛。眼瞄眼，兩個兒隔著桌心那爐熊熊蒸騰的湯火，打量著對方懷裡的物事，半天，婉然相視一笑。霍教授拍手嚷道：「上帝的安排自有美意！城兄啊，你這甕人參酒可走不了啦。」

骨碌碌，黃城臌了臌脖上那顆喉結，嘓嘓口水睨睇住丁教授，捋起風衣袖口，把斗大的玻璃甕高高擎到頂頭那盞日光燈下。舉座翹望。瓊漿玉液一甕高粱老酒中，精赤條條，舒手伸腳，鬚眉畢現浸泡著一支兒臂粗的老參。「嘩！老西們幾細瞧瞧，做呢甕人心酒共喜用了二嘻二種中藥材，各有各的効用嘅！」黃城捧著玻璃甕顫巍巍送到火鍋上，往教授們眼前晃兩晃，單掌托住甕底，豎起食指尖往甕中指點了起來：「瞧，鹿茸大蛤蚧菟絲子淫羊藿補骨脂巴戟天何首烏，壯陽用嘅！人心當歸地黃牛膝杜仲肉桂，老西們補血補氣用嘅！沈香遠志，老西們心經衰弱失眠，用嘅！梅鹿鞭海狗鞭狗鞭桑螵蛸，性虧遺精小便頻數用嘅！黃芪山藥茯苓，虛汗自汗面色蒼白，未老先衰用嘅！瞧，呢甕人心酒一共喜用二嘻二種中藥材，西全大補酒，千年老心呢，冬天喝小半盅賽過吸他一鑊黑皮香肉。」瞇笑笑兩腮蒼冷，黃城瑟縮著身上層層疊疊的冬裝鞠個躬，拱起腰背，猴兒樣兩爪子箍住玻璃甕，擎到日光燈下，一晃，扒開風衣襟口把那甕十全人參大補酒窩藏回了懷抱裡。

「皇帝酒嘛！」謝香鏡教授剔剔門牙。

「我說，黃城老哥，能不能呵呵同你打個商量——」丁旭輪教授眼瞳一轉舔起嘴皮，笑呴呴拍著懷中的酒罈，欺上兩步挨到黃城身畔，勾起食指彈彈他心窩：「不瞞你說，我們這罈陳年元紅偏巧喝光，酒興未盡，心裡難過得緊，黃城老哥！你這甕子寶貝能不能呵呵讓些兒借我們喝半盅，嗯嗯？城兄？」

黃城呆了半晌：「老西們想吸我的人心酒？」

「哥！」丁教授幽幽一喚。

舉座喁喁昂起脖子。

黃城望望靳五嘆口氣：「好，和老西們交個朋友！」喉核子骨碌一竄，黃城嚥下兩泡口水，從胸窩裡捧出甕子。

滿桌子春筍般十條胳臂紛紛擎起空酒盅。

丁教授噓口氣，翩躚回主位上，扭轉腰身堆出笑容問鄰桌那群小平頭工學院大一男生，借張鐵凳，搬到身畔，一拍，拈起瓢子熱油油舀了碗牛羊豬肉火鍋湯：「城兄小坐，喝下這碗熱湯暖暖身子吧。」

「我不飲，裡邊都是老西們的口水！盡對不起，我不能陪老西們坐，和一個朋友約好在賊裡飲人心酒乞火鍋。」黃城捧住甕子竄出脖子，往桌心那鍋肉湯中覷了覷，猛哆嗦搖搖頭，回頭一呶嘴，指指櫃臺前怯生生捏住小錢包獨自佇立的女孩兒，燈下咧開滿口乳白假牙：「老西們瞧，呢個就係我的朋友！貴校老西餐廳的小迷，老西見過？」兩瓣尖冷腮子一綻，驀地飛紅上來。闔座教授擡起臀子拈起酒盅敬了敬，送客。一鞠躬，黃城把玻璃甕塞回了胳肢窩裡，整整風衣扣上襟口勒起腰帶，勾過一眼來朝靳五嗞嗞牙：「好凜！幹兄心體筋好，不怕凜。」回身蹭蹬起兩吋跟尖頭皮鞋，徜徉，遛達，穿梭過堂中那窩子鬭酒起鬨正在熱頭上的東洋白頭阿公，向櫃臺漫步過去，一爪子攫起女孩兒的小腕子，牽進店堂，回眸朝十位教授招招手：「人心酒好厲害嘅！老西們一定要慢慢地飲慢慢地飲，對心體才好。」

「是的是的我是她的媽媽！喂？喂？蘇婉玲今晚有去上學嗎？」膝頭一軟，老闆娘趴伏到櫃臺裡，捏住圍裙愣愣望著天花板半晌打出了個哆嗦，擱下電話筒，汗涔涔臉煞白。

「溺得膫兒疼！嗳。」王無故教授扣著西裝褲襠掀開門帘趄轉出了廁所來，回頭望望身後跟著的滿子亭教授，一嘆，搔搔脖子，端坐回圓鐵凳上，撿起毛巾抹了半天手，端詳起滿桌同仁手裡拈著的一盅人參酒：「怎麼？一些兒沒在跟前，你們就弄下碴兒來了。」

何嘉魚教授清清喉嚨：

「滿老師，對不起甚麼是膫兒？」

「俗謂男陰為膫兒或膫子，元曲有之。」

噗哧，滿子亭教授忍俊不禁。

謝香鏡教授一乜：

「臊根嘛！何老師。」

「臊根？哦？」

「魚公港人讀過西遊記？」霍嬗教授臉燦春花：「將手去掐他的臊根！」

「唉，說穿了，就是咱們男子漢都有的命根兼煩惱根嘛，港人不是也有嗎？瞧，我們嘉魚公臉紅的！」丁旭輪教授呵呵兩笑敲了敲懷中酒罈端起酒盅：「飲皇帝酒，諸公。」

闔座回眸舉盅遙敬黃城。

「媽媽咪呀，喲！」霍嬗教授兩口酒下肚，怔了怔眼一閉迸出淚水。王無故教授呆了呆，繞過居中而坐的滿子亭教授，右手握住霍教授的腕子，拍兩拍，接過酒盅擱到了桌上，一聲太息，左手輕輕揉搓起霍教授的背梁來：「酒是穿腸藥，嬗公不急不急慢慢喝。」

何嘉魚教授嗆著呷了口湯，抿住嘴：「嘸，嘸。」脖子上那顆小蘋果鼠兒般不住蠕竄著。

「浵！」丁教授摟住酒罈端坐主位瀏覽滿桌嗞牙咧嘴的同仁，半天搖著頭，柔聲一喚，支撐起膝頭顫抖起肚腩，舀了兩瓢粉絲肉圓送到亞星碗裡：「莫睬他們，趁熱吃了嗯？」

「謝謝老師。」

「噯噯，浵小姐。」

「黃某這那門子皇帝藥人參酒嘛！作怪。」吃吃笑，霍教授搔了搔腮上綻漾起的兩蕊春癬，謝過了王教授，嚷著熱，抖著衣領子拍起心口來：「才嘬了兩小口兒呢，乖乖，就燥得滿身又是火燒又是火燎。」

一座嫣然。

謝香鏡教授挺拔起六英尺之軀虎視眈眈滿桌盱睨兩回，仰天縱聲一笑，拈起筷子敲起桌心那口火鍋，捏尖嗓子哼哼唧唧，愴然望著簷外那漫城春雨紅霓，唱起了黃梅戲：

扮皇帝

我在行！

我扮皇帝比人強
做皇帝
你在行？
這話說得太荒唐

霍嬗教授縮起肩窩：

「香公啊。」

「呃？」

「我不敢講喲。」

「說！」

「您這條嗓子扮不成皇帝的。」

「扮甚麼成？嬗公？」

「公公。」

霍教授掩口一笑。

「是以有識掩口——」王無故教授太息：「天下嗟嘆！語出後漢書，嘉魚兄。」

「無公，毒！」謝香鏡教授咬咬牙一筷子指住王教授的紅鼻尖：「罵人不帶髒字哦。」

鄰桌鴛鴦座裡白髮紅顏的那一對男女，咬脖子正咬入忘我之境，老頭兒猛昂首，挺挺腰，一臉茫然，渾身顫出了兩波痙攣，望著教授們，虛脫了也似癱坐回凳上，叉開手爪，扒扒頂門幾十莖花髮，擡起胳膀覷覷腕上那隻卵子大的滿天星鑲碎鑽金錶，拎起堆疊在大腿上的西裝外套抖了兩抖，穿上了，正襟危坐。「你泥中有我——」王無故教授拈著酒盅呆了半晌喟然回眸：「唉，我泥中有你。」小舞姐沉下臉瞪瞪王教授，把手兒從老頭子褲胯間抽出來，霍地，挪動鐵凳坐開了，併攏起膝蓋，望著頂頭日光燈自管揉搓起咽喉上那兩窟窿子血紅牙齒痕，半天，臉飛紅，嗤！笑出了聲來勾過兩隻小鳳眼，似瞅非瞅，瞟乜住教授們，挺了挺腰肢拈起胸口那綹子麻花辮梢，撥到肩膀後，揚起臉，撫弄著喉脖子狡黠一笑，兩瓣小嘴唇紅辣辣一咧，燈下，俏尖俏尖綻亮出了上齶那兩枚米樣皎白的小虎牙來。

謝香鏡教授啄了兩口人參酒：

「要命！櫻桃小嘴偏生出兩隻小老虎牙。」

王教授嘆道：

「咏嘆之淫液之，香公。」

「禮記。」

滿教授微笑道。

「嘶嚕嚕嘶嚕嚕對不住得上一號！」田終術教授捧住腮幫，咬牙切齒吸了半天牙洞，舀一瓢熱湯慌慌嗽了兩口拍拍廖教授的肩膀擠出座位。舉座目送。霍嬗教授如坐針氈，扭腰擺臀，把條毛巾捏在手裡只管絞著，纏著，爐火中兩腮漾紅，探出脖子朝廁所門帘中匆匆一閃的田教授背影，呼喚了聲，回頭托起銀絲眼鏡，瞟向亞星瞅一眼笑兩笑：「田老師鬧牙疼，可是牙醫並不在那一號裡開業呀，終術公呀快去快回，罔淫於樂！張浵小妹子可莫見笑哦，這十全人參大補酒，港人玩藝還挺邪門的。」

靳五猛一拍桌子：

「霍老師，你眼睛喝花了是嗎？張浵妹子早已經走了啦。」

「是嗎？噫。」

「浵小姐浵小姐莫睬他！」一哆嗦，丁教授抱起酒罈涮了兩片羊肉蘸上蒜泥夾到亞星碗裡。亞星道聲謝謝，挨到靳五身旁。何教授望望亞星呆了呆啜口湯清清喉嚨：「對不起，我在想，也不曉得是否由於數千年的民族遺傳，世人公認，而我也覺得，小虎牙是日本婦女獨具一格之美，當然，在座這位亞星小妹，牙齒長得很整齊也很潔白，不過——」

舉座改容，側目。

「嘉魚兄莫非又有獨見之明嘍？」似笑不笑，廖森郎教授吃了兩片涮豬肉，擱下筷子，睄睄身畔何教授，歪起頸脖揉揉捏捏只管撫弄著耳脖間那兩蚯子花血痕，齧咬住小菸斗，微微一哂，望著頂頭燈噓呵出了嫋嫋清煙來：「請申論之！」

何教授沉下臉抿住嘴不吭聲了。

嗒然，一座舉箸。

亞星扯扯靳五的衣袖。

靳五擡擡頭。後堂帘下，鴛鴦座裡，老廣黃城拱坐圓鐵凳上，摟住海大教員餐廳那位跑堂小妹，對著一口火鍋，呵著哆著，只管揉搓她那雙蒼冷的小手，把一盅人參酒端到她唇上，兩隻青光眼，燈下，搜山狗般，掃瞄過堂心三桌日本老頭時不時瞟望向教授們這桌來，一照面，燦綻開滿口乳白假牙，擎起酒盅。靳五舉盅回敬了敬。

「魚公方才所言也沒不對！」一彈，陳步樂教授把菸蒂撂到鄰桌白髮紅顏那雙男女腳下，擡起臀子，挪回鐵凳，擠坐回霍嫚亞星之間開言道：「小虎牙，的確是日本女性形體舉世獨具的特色。日本男人，諸公想必聽說，有戀童之癖。日本合法的成人電影，有百分之九十以看似未成年的女孩為女主角。我擔保，諸公家裡都看過日本錄影帶，嗯？笑話，滿街都有租售何必不好意思，看過就看過！真沒看過？那總該讀過日本文學作品。森郎兄搖頭？謂予不信？吃過飯我陪你到書店走走隨便找本漢譯日本小說翻翻，準可以看到，典型的描寫：一個老公公用手指去挖一個小姑娘的秘處——嘉魚兄？嗯？秘處是甚麼？日本話——反正糟老頭兒和少小處女媾合是日本文學與電影的普遍描寫，班門弄斧，用個文學批評術語，即是一再出現的母題，而據我觀察，日本男人崇拜小女生的虎牙，已到了如醉如癡的地步——」

「步樂兄，慢著！」柔聲一喚，霍嫚教授拈起毛巾往陳教授眼前抖兩抖，笑盈盈：「你哪兒人呀？」

「潮州人嘛。」

「難怪一席話說得詰屈聱牙，令人毛骨悚然。」

笑呵呵，丁教授抄起筷子勸起菜來。

舉座囁嚜。

王教授太息：「孟子有言——」

「噫，蠅蚋姑嘬之！」滿教授微笑接口。

哥兒倆相視一笑。

「你們哥倆又指桑罵槐！」

謝教授瞪個眼，一筷子指住王滿兩位。

心一動，靳五回頭看看亞星：

「朱鴒呢？好幾天沒見到她。」

「那兩個日本老伯——」

「帶她出去玩？」

「輪流帶出去玩！還教她唱軍歌。」

「日本軍歌？」

「嗯，他們老哥倆都在中國打過仗。」

「我知道！花井是磯谷師團。」

「也就是第十師團，木持是第六師團。」

「妳怎麼都知道？」

「朱媽媽到處在講啊。」

「朱鴒！」

靳五心頭一疼。

丁旭輪教授拱起臀子捧起酒罈乜斜著玳瑁眼鏡睨住靳五，傾聽了半天，淒涼一笑，燈下，汗濟濟抹了抹腮糰上兩渦子紅酒酡，醉眼矇矓臉綻春花瞅望住亞星：「噯——浵小姐！妳又跟靳哥哥大庭廣眾之間咬耳朵講甚麼悄悄話兒來著？嗯？浵小姐？我們可要撚酸囉，甚麼悄話兒我們十位教授不能聽？嗯嗯？奸！不動聲色，五兄這一頓春酒吃下來盡在冷眼旁觀，不吭氣，笑瞇瞇看笑話——」

「得罪得罪，旭公，罰小弟三豚！」靳五怔了怔站起身擎起酒盅滿桌團團一敬，啜了三口皇帝酒。

眼一柔，丁教授往亞星杯裡添了汽水，摟住酒罈垂拱回主位。

「喲，田哥仔兒面青青！」廖森郎教授齔住小菸斗歪坐著，挨靠到本系何嘉魚教授膀子上，滿臉漲紅，齜起牙根，一爪爪扒搔著耳脖那雙紅蚯蚓，眼瞳子勾乜乜燦了燦，噴口煙，覷住那穿梭過堂中三桌日本白頭翁漫步而回的田教授：「終術公上便所放尿足久啊，唔，有十五分鐘囁——爽是不爽啊？」

「爽個屁！」田終術教授板起臉啣住嘴汗涔涔鐵青著腮幫歸了座：「牙齒夭壽疼！」

亞星肩膀子一顫悄悄打個寒噤。

猛一掙，悄沒聲，宗伯鳳教授把顆小頭顱鑽出了謝宋兩位教授胳膊之間：「怪道，我看日本電影，女明星美則美矣可滿嘴白牙兒生得橫七豎八，可惜了，原來，據嘉魚兄言是民族遺傳，這就難怪了。」

「日本女人獨得之秘！諸公，當年大戰結束，若不是日本小女人兩隻虎牙咬住美國大兵的臊根，麥克阿瑟，嘿，會輕易饒過日本男人哇？」謝香鏡教授挺拔起六呎之軀睥睨堂中。

「事實上只要一個女人勤於刷牙，早晚保持潔白芬芳——」何嘉魚教授清清喉嚨端起碗子呷口熱湯，望望座上同仁：「天生不整齊的牙齒，嘸，倒也另有引人入勝之處。」

「譬如日本女星。」

「畸形美。」

「異味。」

「他日我如此，必嘗異味。」

王無故教授浩然一嘆。

滿子亭教授笑笑：

「左氏傳。」

宗伯鳳教授眼瞳子轉兩轉又探了探頭，望望亞星，一縮，兩腮飄紅又退隱回謝教授肩膀底下。

「嚇！勾魂攝魄，日本女星回眸一笑！」宋充宗教授撂下筷子舒伸猿臂一把攬過宗伯鳳教授的肩膀，咬咬牙摟上兩摟，瞅乜住亞星哈哈大笑，低頭瞅瞅依偎懷裡的宗教授：「怪道，鳳公小不點兒，夜夜跑去錄影帶店，租看日本怪談電影兒，看得兩眼發直氣虛食減形容枯槁！」

王教授把一盅人參酒端送到宗教授鼻尖下：

「肝腸莽元哪！伯鳳兄。」

「滿老師，肝腸莽元似乎是一種病吧？」

「不可說不可說的，嘉魚兄。」

滿教授只管搖手。

「魚公！兩枚小虎牙生在清秀少女或清純少婦口裡，若洗刷乾淨保持清香，的確也能引人入勝，牡丹綠葉——」廖森郎教授啣住小菸斗望著堂中花髮蕭蕭一窩東洋觀光客，若有所思，沉吟半晌，回眸拍拍何嘉魚教授的肩膀：「牡丹綠葉，唔，兩枚又尖又白的小虎牙兒還須配上一襲典雅的和服，庶幾可謂——日本之美。」

「滿有見地！森郎兄特別提及和服。」陳步樂教授翻起眼眸冷白白朝霍嬗教授潑乜了兩眼，挪出鐵凳，坐到亞星身後，掏出樂富門點了一支叼到嘴上，抱起膝頭搖起腿：「每個國家都有國服，對不對？沒不對？它不僅顯現民族性，也表達了這個國家國民體型的優點和特色。以旗袍為例。中國婦女的細腰西方婦女無法比擬，這種合乎平胸、細腰、小臀身材的設計著實表現了中國婦女特有的秀麗、溫婉、纖細之美，換做豪乳巨臀的美國婦女來穿旗袍，我陳步樂願用人頭擔保，那乳波臀浪的勁兒，任誰看了也會倒胃。同理，和服最性感的設計在於大帶包臀，上寬下窄，上則裸露出後頸和背脊，下則用小碎步走路，上下之間，十足流露了溫柔玲瓏的東瀛女子特有的淫蕩味道。」

霍嬗教授絞著眉心，抿住嘴，勾起小指尖挑起一指甲蒜泥送到舌尖上舔了兩舔，嘖嘖，諦聽完一席話，回頭指住謝香鏡教授格格笑個不住：「你聽你聽，旭公，潮州人陳步樂教授這段論旗袍與和服設計上之性感！真逗。」

「你指著我想幹甚麼？」謝教授板起臉孔。

「指錯了人，喲。」霍教授怔了怔吐吐舌頭舉手敬個軍禮：「對不起頑皮一下嘛。」

「嬗公，我在這我在這兒哪！」丁旭輪教授捧鑷打個呵呵。闔座嘔噱。宗伯鳳教授掙扎了半天鑽出了宋充宗教授懷抱，探探頭：「步樂兄，確實！和服之美端在背部的設計，裸露出兩片香肩一株脖子，這一留白，頗令人神馳。」

「不過背部是全身油脂分泌最旺盛的部位，尤其女人，平常不注意衛生會叢生皰子，甚且粉刺——」何嘉魚教授頓了頓清清喉嚨。一座停筋，側目以待。嘿嘿，陳步樂教授冷哂兩聲彈掉半截香菸拍拍亞星的肩膀，挪回鐵凳，砰地，坐回霍嬗教授身畔來，勾過眸子潑了他兩眼：「的確，穿和服需有一個瘦不露骨兼且平滑光潔的背部，譬如——對不住嬗公借你為例——上海相公霍嬗霍七爺，才不蹧蹋和服之美。」

王教授嘆道：

「也是一天到晚長在相公堂子裡的！」

「語出官場現形記。」

滿教授遮口笑。

粲然，闔座擱下筷子拈起牙籤：

「是極。」

「兩枚小虎牙兒——」

「一襲和服。」

「怪道麥克阿瑟麾下那幫如狼似虎的美國大兵——」

「喲！一軍袒裎。」

「向東瀛小女子輸誠。」

「枉我們打了八年抗戰了。」

春火飈飈，闔座遮住嘴洞剔起牙來。

覷笑覷笑丁旭輪教授涮了兩片羊肉夾給亞星：

「趁熱，吃嗯？浵小姐。」

「汗邪了你？旭公！浵小姐跟個小癟三早溜了啦。」

張君房教授猛昂首喝住丁教授。

紅霓濤濤，漫城腥風挾著血雨撲進店門。

簷外，遊覽車招飆起白幡。

三八式步兵銃同好會。

大學生滿街漂盪，雙雙廝磨花傘下。

對街樓上月子中心，排排站，悄沒聲，佛燈幽紅二十來個大小媽媽抱著娃兒憑窗俯瞰。

店堂中，三桌日本白頭觀光客西裝革履團團蝦腰恭坐圓鐵凳上，五六打啤酒落了肚，臉青脖子紅，緊綳住腮幫嘬噝唼喋正在興頭上，忽然，擱下筷子沒了聲息，一個個挺直起了腰桿子來。堂心日光燈下，碧燐燐三爐瓦斯火蒸騰著三口魚蝦火鍋，風中，蕭蔌起四五十顱花髮。老闆哈著腰，吆喝老闆娘，雙手搓絞著腰上繫著的圍裙，鑽進鑽出指揮四個跑堂小妹，斟酒敬菸。笑盈盈，導遊小姐娉婷著高跟鞋踱到堂心，往那白頭窩中一站，俏生生，撈起胸口垂著的那綹子麻花辮梢繞兩繞盤到頸脖上，把雙手兒交疊到了膝頭，朝三桌小老頭兒團團鞠躬，拍拍手。湯霧迷漫中，滿堂心登時竄伸出了條條胳臂，捋起西裝袖口，捏起枯黃拳頭，一板一眼揮舞著播向心口，泣聲起，四五十條蒼冷嗓子哽咽著嘎啞著引吭高歌起皇軍戰歌來——君為代呢，千代呢，八千代呢——蕭蕭白頭昂揚爐火朔風中。老闆佝僂起了腰桿，垂著手，牽住老闆娘的腕子佇立堂心，眼瞳子泫泫一亮悄悄扯了扯圍裙下襬。四個跑堂小妹愛笑不笑站在店門檻上，揮著手，趕開雙雙齜咬著牙籤依偎傘下看熱鬧的滿街大學生。歌聲中，淚眼婆娑，三個日本老人打開旅行袋捧出一卷泛黃的白絹布，攤開了，滿堂心團團招兩招，魚貫，蝦腰，邁出皮鞋輪呢媽先輪呢媽先一路鞠躬致歉，穿梭過十來桌圍爐夜談的海大師生，來到後牆下，噙住淚水，擦了擦眼皮，問一桌工學院男生借張鐵凳，顫巍巍攀爬到凳上，把白絹布掛到牆頭，整整身上那套藏青法式雙排釦春西裝，三個兒排排立正，敬禮，張起爪子拍兩拍合十頂禮哈腰，朝白絹布淚盈盈拜了三拜。

日光燈下，血跡斑斕。

祈　支那派遣軍第六師團

武運久長

「豕！」王無故教授啐道：「人立而啼。」

「左傳有之。」滿子亭教授冷冷一哂。

謝香鏡教授啣住牙籤，抱起胳臂，擴張起胸膛把宗伯鳳教授往宋充宗教授胳肢窩裡一擠，仰天伸個懶腰，冷哼兩聲，汗津津解開白襯衫襟口，燈下剝露出毵黑毵黑兩小叢胸毛來，撮起領子，搧著心窩，半天瞅乜住後牆下啜泣瞻仰白絹布的三個日本老人：「這十四個字寫得張牙舞爪，充滿戾氣！」

「刀下芳魂知多少哦！」霍嬗教授把手摀住嘴吃吃忍住笑，打哆嗦，眼瞳子轉兩轉，瞟瞟亞星，撮起自己的酒盅把大半盅皇帝酒悄悄倒進謝教授盅裡。一座掩口葫蘆。王教授猛回頭板起臉孔瞪住了霍教授，往他眉心狠狠戳上兩指頭：「小奸小壞。」

「讀書人！」滿教授微微一笑。

「關於東瀛和服——」何嘉魚教授沉下了臉滿堂鄙睖兩眼，端起碗子呷口熱湯潤潤喉嚨：「我想略略作補充。今天日本女人穿的和服是經過改良的，頗失去了傳統和服的一些特色和部分風情。例如背上綁著的枕頭，現今已演化成絕對的裝飾品，並沒有實際的用途。」

「魚公觀察，嘶，入微，但演化的結果好的東西終究給保留下來。」田終術教授拍拍腮幫哀吟兩聲，嘶嚕嘶嚕吸兩泡口水：「比方，腰間兒紮著的那片十來尺長、繡得花花鳥鳥包住臀子的布帶，看日本電影兒，常常看到，男人用手抓住腰帶的頭，一扯！女人整個身子就如陀螺似的一圈一圈滴溜溜滴溜溜兒轉了開來，嘶，嘶，亮出那臀那臀——要命，牙疼又犯得兇了，得趕趟廁所。」

「終術公，可莫溺疼了腰兒！日本女人之媚端在那條尺把寬的腰帶——」宗教授探頭。陳教授頷首：「確實！可也莫忘了上齶生就的兩枚洗刷得潔白清香的小虎牙。」

「吁！玲瓏小臀。」謝教授撇起胸腔，一肘子把宗教授撞回宋教授胳肢窩裡，擡望眼，出起神自管覷眺著簷外風瀟瀟漫京紅霓春雨，半天噓出了口氣，肩膀一鬆，坍塌下了胸膛來，搔搔心窩汗珠黲毿兩小叢胸毛：「有回陪女兒逛小紅町，華燈初上，在鬧街看見一隊子八個日本小婦人，花花鳥鳥，穿著和服，緊繃繃裹著一雙雙文旦樣的玲瓏小臀，踩著花木屐，硌磴硌磴，一頭走路一頭哈腰道歉，遠遠跟住前面八個西裝革履昂首闊步的矮個子日本男人。那股淫味兒！怪道日本電影老喜歡脫小婦人的和服，原來有這條腰帶可以讓男人抓著，如此這般，一扯，榻榻米兒上，滴溜溜滴溜溜獻身於觀眾之眼前，淒絕！燭影搖紅，花蕾兒樣櫻桃小嘴張開來，星眸半睜嬌喘顫顫齜開兩枚小小虎牙湊到男人鼻頭上，一小口一小口呵起氣來——呵，呵，呵——」日光燈下謝香鏡教授巍巍聳起了他那六英尺之軀，張開嘴巴，呵著呵著，把顆斗大的顱子探過桌心那爐湯火，滿頭大汗，眼鏡睊睊，睨瞅住了亞星眨一眨笑兩笑，猛一拍桌子端坐回圓鐵凳上。

「眼睛瞎了？」靳五一拍桌子：「你。」

「顫聲嬌，鏡公借酒賣俏！」丁教授垂拱主位瞅瞅亞星捧罎笑笑：「溡小姐莫睬他。」

霍教授怔怔瞟乜著謝教授猛地縮起肩窩打個哆嗦：「鏡公，對不起，日本女人會不會有口臭？那嘴歪七橫八的牙齒湊到人家鼻頭上喘氣，呵——呵——呵——鏡公！」

「汗邪！我怎知曉日本女人有無有口臭？」謝教授白了個眼，拈支牙籤燈下遮住嘴洞剔起門牙來。

霍教授皺縮起鼻尖，別開臉去。

闔座停筯，紛紛拈起牙籤。

「霍老師怎麼那麼在乎一個女人有沒有口臭？我提過，只要勤於刷牙，早晚保持清潔，牙齒生得再不整齊也另有引人入勝之處——嗯？王老師？異味？對不起我沒聞過日本女人的嘴，我不知道！」臉一沉，何嘉魚教授背過身子遮住腮幫剔完了牙，回眸睇睇亞星悄悄把牙籤撂到地上，伸出鞋跟，蹂兩蹂，端起碗子啜口湯不動聲色漱了漱口腔：「至於——日本導演愛脫女星的和服，事實上，和腰帶並沒有必然關係，反而是日本藝能傳統的一環。例如，映畫理論家羽生雞二寫過一本書，映畫與情慾，對女演員為藝術獻身有過這樣的讚美：在銀幕上，女星是維納斯的再生，亦是愛與美的女神，她們用豐美潔白的肉體來演奏生命，創造情慾。這番話，顯然，關鍵端在演奏生命四字，各位不妨咀嚼咀嚼！另兩位藝能評論家豬侯哲也和龜長有義觀點大同小異：女星的工作，是以自己的血肉之軀來表現作品，而這血肉之軀不應僅包括臉部，也應包括胸部、臀部，乃至於——嗯？霍老師？當然當然自然也包括兩枚小虎牙，自明之理何必說——可見得對女星在銀幕上獻出身體甚至初夜權，日本男人普遍抱持客觀而肯定的看法，至於口臭，對不起，霍老師很在意女人有無口臭！至於口臭，即便有些日本女星有口臭，只要不是惡臭，我想，在講求敬業的日本藝能傳統之下和她們演對手戲的男演員也，嘸，也只好屏氣凝神，而不好太過介意。」

闔座啣住牙籤呆了半晌。

「魚公！」霍嫿教授噗哧笑：「你真逗。」

廖森郎教授啐掉牙籤，哈上菸斗嘬了兩口徐徐噓呵出青煙：「日本女星，管妳清純與否，有無口臭，必都得經過脫字這一關的洗禮的嘍？是這樣子的嗎？嘉魚兄？」

「不錯，廖老師！至於女星的口臭——」

「入門儀式?」

「廖老師，我不太懂你的用詞。」

「呃!我的意思是說——」臉一沉廖教授齕住了小菸斗，昂首觀燈，好半天，微微一笑回眸乜乜身畔的何教授，搔搔耳脖上的兩條鮮紅蚯蚓，湊上嘴，迸出七八串英文字。冷眼旁觀，闔齜起牙籤打起酒嗝。霍嬗教授嗞著糯米樣兩排小白牙齧住小指甲尖，吃吃笑，瞅著外文系何廖兩位同仁。何教授咬緊牙根，別開臉去，伸出手來掃撥著廖教授嘴洞裡飄嬝出的蓬蓬酒氣煙霧，側耳傾聽他那口連珠炮英文:「嘸，嘸，也可以這麼說!我大致懂得你的意思，廖兄。」

「經魚公方才如此一解釋，我就釋然了!」冷不防，猛一掙，宗伯鳳教授張起兩隻肘子掰開了謝宋兩位教授的胳膀，面紅耳赤，汗涊涊探出頭來望望大夥，掐指一算:「近來日本影壇的清純處子，小室亞季子新妻津子日下部禧代子，石川真理繪，竹下馨，寺村千草，早坂明記鈴木久江中西水子早川美穗宮內初子井上由香利——哦!十二位日本影壇眾所矚目的處子，近來紛紛寬衣解帶，獻出初夜，灑下初紅，在七十厘米特藝七彩大銀幕之上勇敢地拋開衣物的牽絆——」

「以血肉之軀向演技挑戰!」陳步樂教授頷首。

滿子亭教授微笑:「口臭小事。」

「唔!目前碩果僅存的當紅的約莫十三四位銀幕處子們——」脖子倏地一縮，掙了掙，宗伯鳳教授又給身畔謝宋兩位同仁挾持回膀子底下，呆了半晌，瞟瞟亞星，猛一肘子撞到謝香鏡教授肋窩上，推推眼鏡又鑽出了小頭顱:「脫與不脫，獻身不獻，目前的銀幕處子們就成為全日本男人最感興趣的話題了。」

「嬗公！唉，我在喚你啊，小嬗！諸公，你們看小嬗，還盡瞧著那三桌日本老嫖客！有啥好看？四五十個二次世界大戰老兵結夥組團來咱們寶島買春，從北殺到南，又一路從南殺到北，嫖得臉青青，死人樣，還目中無人唱歌鬧酒一把鼻涕一把眼淚，丟盡大和民族的臉！喂喂小嬗。」丁旭輪教授垂拱主位勾起食指敲著懷中酒罈呼喚半天，瞅瞅亞星，幽幽嘆出了口氣，撐起膝頭，把隻手爪探過桌心那爐燎燒的春火，揪住霍嬗教授的耳垂，捏兩捏：「我在喚著你呀，小嬗！你想脫哪位日本影壇處子明星？莫害臊，說著玩的，在座諸公都喝了三盅元紅外加半盅皇帝酒，心裡螞癢螞癢，怎會笑話你呢？嗯嗯？浵小姐只管悶頭吃她的火鍋喝她的汽水，怎有工夫笑話你！小嬗，沒關係說說看，心裡終究想脫哪一位？池永明美小岸衣子山內香津代小野千卷速水明子奥村八千代？井上綠？麻生凓？宮條優子小塚一枝雨宮津子五月夏江？青木麻衣子？嗯？淒風苦雨喝春酒，說說看就當個談助嘛！」

霍嬗教授垂下了頭腼腆一笑：

「宮條優子。」

「哦？想脫宮條優子？諸公呢？」

「宮條。」

「宮條！」

「英雄所見略同呵呵呵噁！」丁教授猛打個酒嗝，擰兩擰，鬆開霍教授的耳朵，抄起筷子涮了三片羊肉蘸上蒜泥，眼一柔，夾到亞星碗裡，抱起酒罈呆了呆茫然四顧：「香公呢？」

「香鏡他呀？鬼趕的樣兒忙忙跑上一號去報到了啦。」臉飛紅，霍教授摀住嘴噗哧笑，縮起肩窩嗞起牙，泫泫然揉搓著那隻給丁教授捏得燙紅的耳根子，半天，眨漾著日光燈，銀邊鏡片後一對大眼瞳水波流轉：「痛哦，旭公下手好重！香公他呀口口聲聲說要命要命，我得趕趟一號，誰知他到底猴急些甚麼呢？那個老廣黃某，沒安好心，跟老西們交個朋友哦每位老西請喝半盅西全人心大補酒哦，甚麼鬼酒！你們看看他嘛，這會兒，握著我們教員餐廳那個工讀小女生的手兒，坐在那邊吃火鍋，談心喲！一對青光眼賊忒忒勾啊勾鬼笑鬼笑盡朝咱們這兒瞧，要看大學教授出洋相呢。」

「嗯？浵小姐？」丁教授跂起鞋跟，人窩中狩望半天回頭瞅住亞星：「妳喜歡哪位日本女星？老師們呵呵都喜歡宮條優子！妳嗯？浵小姐不喜歡女星？喜歡日本男明星尾形十郎嵯野三根夫或是小針一男？」

「丁老師！」靳五啐了口：「星小姐不看日本電影，要脫日本明星您自個脫去吧。」

丁教授愕了愕：「星？星小姐？對不起，醉眼昏花呵呵荳蔻梢頭二月初！」

「丁老師方才所引的是杜牧的詩，上句是，娉娉嫋嫋十三餘，這首詩裡邊的荳蔻是用來比喻處女，我不知道我這樣解釋妥貼嗎？」臉容一端，何嘉魚教授眱了身畔嬝嬝噴煙昂首觀燈的廖森郎教授兩眼，望望對面凳上，肩併肩，排排坐，一逕微笑頷首的王無故教授與滿子亭教授，半天，冷哂了聲，瀏覽起滿桌嘿然陪笑的文學院同仁，拈起酒盅啜兩口潤潤喉嚨：「嘸，對不起，在中文系王老師滿老師兩位面前一時失態班門弄斧了！不過，回到剛才的話題，宮條優子確是當今清純派女星的佼佼者，全日本男人最期待脫的，便是這位小女生。而事實上，優子所主演的恩愛契開公營電視網晨間連續劇，令孃物語，接連九個月收視率高居日本首席。嗯？宮條在戲裡演啥角色？她演一個高校女生，日本高校相當於我們國內的高中。宮條優子年齡不過十六、七，長得嬌小玲瓏——小不點？田老師，優子的個頭兒雖小卻比在座的宗伯鳳教授還稍微高大些——皮膚嫩白卻滿有肉，藝能評論家馬飼良男對優子的體態下過這樣的評語：冰清玉潔，骨肉勻亭——凹凸有致？嘸嘸這我不知道。反正優子的體型雖然屬於比較容易激起男性色慾感的那型，但是，內在的清純、稚氣，卻又散發出獨具的吸引力，令人毫無來由地產生一股憐愛感。陳老師，你說甚麼？日本老男子有戀女童之癖？嘸，一般髣髴是有。我在美國念書的時候，看過美國傳教士馬約翰當年親手拍攝的南京大屠殺紀錄片，裡面就有一群日本兵，姦淫七歲的中國女孩，我想這就是日本男人戀童之癖最具體、最露骨、最血腥的表現吧！回到剛才的話題——宮條優子雖然有十六、七歲，看起來大約只有十二、三的樣子，可是她又具有男性永遠在追求著的母性愛，有位日本導演叫甚麼？宗老師？對！叫小龜英明，他說宮條優子外表看似纖柔，實則堅強，大難臨頭時，敢為愛情挺身承擔人間一切苦痛，捍衛她的男人，至死無悔。這種母性型的少女明星向來是日本男性觀眾的最愛——王老師說甚麼？對不起那三桌日本觀光客很吵，聽不清楚！你說，日本挨了兩顆原子彈之後，一國的男人氣概給摧毀殆盡，留下爛攤子，由女人出面收拾？嘸，王老師這麼說也未嘗沒有道理，嗯嗯？對不起，你說全日本女人不分老小都出來安撫麥克阿瑟的占領軍，忍辱負重，用她們兩隻小虎牙，嗯？對不起那些日本人喝酒唱歌，太吵！王老師你說，用她們兩隻小虎牙咬住美國大兵的腰子？臏子？臊根？消弭美軍的報復慾望，重建日本國族的生機？也許——

反正，回到方才的話題，宮條優子這種外表纖弱、內裡堅強的母性型少女明星，向來廣受觀眾喜愛，因此，如今全日本的男人都在猜測，這位當今碩果僅存的八九位銀幕處子中的佼佼者，何時才會在觀眾眼前輕解羅帶，獻出初夜——宮條優子生不生小虎牙？田老師？好像不太顯著。」

「嘻！優子她會不會有口臭呢？」

霍嫚教授打個哆嗦。

猛一掙，宗伯鳳教授鑽出頭：

「你才有口臭！小霍。」

闔座掩口。

「天下嗟嘆！」王無故教授太息。

滿子亭教授微笑：「是以，有識掩口。」

丁旭輪教授縱聲呵呵兩聲長笑一筷子戳住霍教授眉心：「小嫚，惹人嫌了！諸公聽聽，這起日本老嫖客灌了兩瓶啤酒，淫啼浪哭，大庭廣眾吵得人心裡發毛！」眉頭一皺，丁教授敲敲懷中酒罎，指住了堂心白頭蕭森西裝革履捶胸奮臂高唱軍歌的三桌觀光客。

「目無餘子，日本老兵！」田終術教授捧住腮幫啜口熱湯嘶嚕嘶嚕吸起牙洞，一啐，把牙籤吐到堂心，嘆口氣，攫起酒盅啜了兩口人參酒，回頭不聲不響打量起何教授：「我還道嘉魚兄不食人間煙火！原來，對日本影壇一眾處子明星鑽研如此之——嘶嘶，入微，平日深藏不露嗯？自個兒閉門放錄影帶鑽研嗯？」

「三寫徧鑽研，佩服！」王教授慨然嘆道。

滿教授擎起酒盅敬敬何教授：「莫怪，嘉魚兄，無故引的是南朝第一狎客江總的詩。」

「仰之彌高，噗哧！鑽之彌堅喲。」霍教授掩口葫蘆吃吃笑瞅乜住何教授。

「吃，浵小姐妳趁熱吃嗯，莫理睬老師他們借酒裝瘋！」腮綻桃花丁教授笑盈盈摟起酒罏撐起腰臀撮起瓢子，探首爐火湯霧中，打撈半天，舀起四顆卵大的豬肉丸，抖簌簌承進亞星碗裡，悄悄眨個眼兒，端坐回主位上朝何嘉魚教授呶了呶嘴：「浵，妳瞧瞧外文系這位愛德華．何老師，瘦長瘦長斯文斯文香港聖公會牧師樣一身高等華人味兒，戴副銀絲邊眼鏡，滿臉正經，挺矜持的，模樣兒可像一本拉長的英文書？嗯？浵？」

「不知道。」

「嗯？浵小姐？」

「老師，你認錯人了！張浵是我哥的女朋友，早走了。」

「我若是導演——」廖森郎教授托住菸斗呆呆端詳著身畔的何教授，忽然，拔下菸斗，瞟了瞟亞星往火鍋上篤的一敲：「倒有個好主意！喏，我要宮條優子演個物質生活雖然匱乏，氣質卻滿高尚的蓬門碧玉，背景嘛，幕府時代的江戶，天保四年歲春三月，唔，我決不准她串演衣衫被撕爛飲泣於老男人腿胯之下的角色，那會褻瀆她，玷辱她——不不！」啣上菸斗沉吟半响滿桌顧盼兩回：「不，我看，就這麼安排，叫她串演對愛情執著而傷害到自個的小閨女，為忘年之愛獻身，坦蕩蕩展露胴體。」

宋教授剔剔牙：

「呸！誰來串演她的姘頭啊？」

「君房公。」

花枝亂顫霍嬗教授一筷子指住張教授。

「她她她，她是誰啊？」張君房教授喝了這半天悶酒慘然擱下酒盅擡起頭來，拉長鐵青馬臉皮，四顧倉皇，眼神一黯瞅住了亞星，滿瞳子痛惜：「大夥兒都喝醉了酒是吧？小妹子，妳怎會在這兒？咱們的社會最不人道的地方就是不許小女孩兒好好長大，妳知不知道？」

「這年頭的社會，亂酷一把的！」

笑吟吟，宋充宗教授啐出嘴洞裡的牙籤。

靳五掉頭望望簷外漫城淒迷的春雨，鼻頭一酸，嗆了嗆。白幡招飄，街上捲起濤濤陰冷的腥風，一渦一渦兒漩過簷口泊著的遊覽車，滴瀝滴瀝，紅霓淋漓，直颳進蓬壺海鮮火鍋店門裡來，抖蕩起堂心那四五十顱子花髮。對街，月子中心樓上，二三十個大小媽媽披著秀髮穿著睡袍，把娃娃裹在小被褥抱在懷裡，還在憑窗看街。靳五拿起亞星的腕子看看錶，呆了呆，瞅瞅她那身白衣黑布學生裙耳脖上濕湫湫一篷短髮，心一疼，握住她的手，暖暖搓了搓，沉甸甸抱過她膝蓋上擱著的青布書包，安頓到自己膝頭上：

「雨停了我們就回去，亞星。」

「好。」

「避秦鯤島！唉。」

幽幽一嘆，張君房教授仰天打個酒嗝抓起酒盅又垂下了頭，自個喝起悶酒，不瞅不睬。

何嘉魚教授望著鼻尖下那碗熱油油的牛豬羊肉火鍋湯，一哂，扶扶眼鏡：「事實上，宮條優子個子嬌小卻豐腴適度，雖然——借用導演三丸尻進的話——令人禁不住油然而生把臉埋藏在她懷裡的慾望，但是半點兒也不下流，而是一種非常健康正派的女性吸引力。健康正派，不下流，各位老師！」猛擡頭何教授冷冷掃視了座上同仁兩眼，端起湯碗吹開油膘，啜了五六口，扭頭眺望起簷外漫京風雨中那一樓坐月子的母親，不吭聲了。

「童稚與嬌柔，冶蕩與羞怯——」廖森郎教授嘬著小菸斗揉著耳脖上那兩蚯子鮮血痕，瞅住頂頭日光燈，一蕊一蕊吐弄出煙圈來：「溶於一身！令人不禁要將小娃娃的搖籃和成熟婦人的席夢思牀聯想在一塊兒。」

「這可是產經新聞藝能評論家望月貓八喧騰一時的名言，半字不差！對不起，森郎公。」陳步樂教授歉然笑笑，縮起肩窩背對滿桌同仁架起二郎腿抽了十來口菸，悄悄彈掉菸蒂，擡起臀子，挪回鐵凳挨坐回霍教授身畔：「森郎兄，生氣了？看來，在全日本男人矚目之下宮條優子要如何滿足觀眾的期待，既輕解了羅帶，獻出初夜，又保持住清純形象，應是她今後遭逢的最大課題了。」

「香公，您老可回來了！還好嗎？」眼一亮霍嬗教授臉燦春花發出了歡呼。舉座停箸，一怔。謝香鏡教授只管陰森著臉，步履沉沉，穿過堂心四五十瘻子團團恭坐凳上舉盅圍攻導遊小姐的日本老頭，悶聲不響歸了位。闔座嗟嘆。霍嬗教授呆了呆瞟瞟亞星，眉梢猛一挑睜圓起鏡片後那對水漾漾的黑眼瞳，滿堂日光燈裡，張著嘴，眼上眼下端詳起謝教授：「噫！怎的香公上了趟一號，人哪，就走了個樣？恍恍惚惚眼神閃爍不定，臉色青得像死人，喲喲，我家那個昂藏六英尺的河南大漢變成了病號啦，香鏡香鏡，莫不是你適才在一號面壁——」

「咈哉，小嬗不準胡說！」謝教授瞪了瞪霍教授，指住鴛鴦座裡握著小妞的手兒只管哄她喝酒的老廣黃城，磔磔一咬牙：「黃某心眼兒壞！他這皇帝酒存心要人出醜露乖。」

「淘淥壞了？香鏡！」張君房教授霍地擱下酒盅揉了揉血絲醉眼打量起謝教授，吃吃吃笑三笑。舉座失色。滿頭大汗，老闆娘擱下電話筒鑽出櫃臺，端來了一盤鹵蹄膀：「這是我自己做給老公和女兒吃的，給老師們下酒。」

靳五拿起亞星的腕子看看錶：

「女兒找到了？」

「還沒。」

老闆娘嘆口氣笑了笑，眼一柔，撈起圍裙搓搓手，撮起亞星脖子後那束濕髮梢揪了揪絞下兩三把雨水來，拍拍她肩胛，又嘆了口氣，回頭答應起老闆的吆喝，朝滿桌教授哈個腰，揉著眼睛慌慌趕回堂心去，追隨著她家男人鞠躬陪笑安撫起三桌撒嬌起鬨的東洋客。

丁旭輪教授摟住酒罈垂拱主位瞅瞅亞星，眼一柔，朝堂心呶呶嘴：「浵，妳瞧老闆脅肩諂笑的醜樣！咱們兄弟之邦的韓國人管日治時代叫倭政時期——倭，中國史書上的倭人、倭奴、倭寇嘛——同樣讓日本人統治了幾十年，韓國人比起這幫海東人要有志氣多了，浵，妳再瞧瞧老闆娘嫁犬隨犬的可憐樣。」

「伊娘！」砰地，廖森郎教授磕磕菸斗。

「猛犬狺狺而迎吠兮！」王無故教授望望堂心回眸笑兩笑：「語出楚辭，嘉魚兄。」

「謝謝指教！」何教授繃起臉。

堂心，那窩子日本老翁灌了幾十瓶啤酒，一聲呼嘯七八個躥下鐵凳來，結夥組成一隊兒，排排站穩了，整肅起儀容拂拂身上雙排釦法式春西裝，合起掌子，叭叭，拍兩拍，朝後牆上血跡斑斕風中招招颺颺張掛著的那幅泛黃白絹布，頂禮一拜，翹起尖頭高跟各色皮鞋，頷首致意，穿梭過十來桌圍爐夜談的海大師生，禮讓過如廁歸來的宗伯鳳教授，邁到門口，陰雨腥風中，縮起肩窩打起哆嗦魚貫鑽進了店旁那條防火巷。

老闆搶到門下，一鞠躬。

滿堂目送。

「日本人有禮無體！」謝教授搖頭：「喜歡在大街上小便。」

「這些日本老先生身子虛！」霍教授噗哧：「組團買春，沿著咱們寶島的大動脈中山高速公路，從北殺到南，桃園中壢新竹豐原臺中彰化斗六嘉義臺南高雄屏東鵝鑾鼻，歇口氣，又一路從南殺回北，一個個殺得臉青青，死人樣。」

「在外沒脊骨鑽狗洞，淘淥壞了身子！」王教授嘆息。何教授拈起酒盅啜口人參酒清清喉嚨。滿教授微笑：「嘉魚兄，中原俚語有謂女陰為狗洞的，這個譬喻儒林外史常用。」

「哦！是嗎？日本男人心裡有病，搞甚麼千人斬，向天皇發誓此生要殺足一千個中國婦女才肯瞑目，含笑九泉。」何教授回眸，乜了乜堂心三桌眼鏡睘睘白髮蕭蕭痀瘦凳上鬭酒唱歌的老翁，絞起眉心來，扶扶銀絲邊眼鏡，擎起酒盅敬敬滿教授：「其實，嘸，普天下女人，管她中國女人東洋女人西洋女人，骨盤構造還不都同樣，關上燈——」

王教授抄起筷子夾了片豬肉往火鍋中涮了涮，送進嘴裡，嘖嘖：

「嘗肉一臠──」

「知一鑊之味！語出淮南子。」

滿教授睨了睨王教授，相對拊掌一笑。

不聲不響，廖森郎教授鐵青著臉咬著嘴唇昂首看燈，半天，只顧撫弄脖上的紅蚯蚓，若有所思，一頷首，擡起腰身抱起膝頭上疊放著的蘇格蘭呢大衣和紅呢鴨舌帽，安頓到凳上，哈起小菸斗流目一望，邁出皮鞋，穿過三桌淚眼婆娑高唱軍歌的日本老兵，不瞅不睬，朝老廣黃城點點頭，揚手招呼傑夫諾曼，迎向那一隊七八個撒完了尿扣著西裝褲襠跨進店門哈腰回座的老翁，擦身而過，橐躂橐躂，慢吞吞往店後踱蹀了過去。

霍教授瞅乜著廖教授的背影，睫睫亞星：

「嗤！大學教授喝了人參皇帝酒，輪番上一號呢。」

「小嬗，你們剛談啥？」

「脫，香鏡兄。」

「脫個啥？」

「我們脫啊脫日本女明星，嗤！」瞳子一轉，霍嬗教授瞟瞟亞星抿住了嘴扶著陳步樂教授的肩膊，撐起膝頭，顫啊顫隔著那口熱烘烘的火鍋，探出手爪，攫住謝香鏡教授的襯衫領子，一把揪扯過來，湊上嘴，附耳說了番話。待笑不笑闔座擱下筷子。謝教授皺起眉頭，噈住口水，一挺六呎之軀輕輕推開霍教授，勾起小指尖搔搔耳洞：「你的口水啊，小嬗！日本電影我看得不多，不過有個丫頭兒叫野野垣武子還是叫小林香？叫奥村八千代！小不點玲瓏剔透可憐見兒，她的錄影帶我倒看過六捲，挺記得有部片子叫美亂狂人形。」

「奥村這小妮子！」

囅然，滿教授拈起酒盅敬敬謝教授。

「子亭兒，請！諸公，奥村八千代活脫脫就像顆還沒成熟的日本小水蜜桃，骨盤構造還未成型，假以時日——可她有股天生的高貴氣息，凜凜然，叫男人們不敢意淫她！」謝香鏡教授張起兩隻手往桌沿一攫，臌脹起黑毛狨狨的胸脯，滿桌子睥睨了兩匝，板起臉回回眸，兩瞳子鄙夷，瞪住堂心那三桌孩兒樣糾纏著老闆娘交臂喝雙杯的日本老翁，敞開襟口，撮起領子搧著滿胸豆大的汗珠。熊熊瓦斯爐火中，一泫，宗伯鳳教授擦擦眼皮，鑽出頭來。不聲不響，謝教授勾起肘子把宗教授給攮回了宋允宗教授胳膀下，冷哼了聲，回頭瞅住亞星慈藹藹笑兩笑：「熱啊？擦擦汗。我要幹導演的話，諸公，就拿綺麗的平安皇朝作背景拍部片子，出身高貴的她，入宮承恩，最好穿一身色彩絢爛氣度高華的十二單——亞星妹子，知不知曉？這十二單是日本皇族大婚時王妃穿的正式禮服，新娘子，裡裡外外整個身子總共包裹上十二件各色衣服，一件一件得花個把鐘頭來穿，一套禮服重達二十公斤哦，挺沉重的掛上新娘的肩頭，象徵著王妃在日本皇室地位的聖潔尊貴——呃，頭上梳著大垂髮，就是那種圓環樣的日本宮廷女子髮型嘛，燭火搖紅，荳蔻年華的新婚王妃穿著瑰麗絢爛的十二單，玲瓏，嬌弱，匍匐在皇居吳竹寮洞房那六蓆榻榻米之上，抖簌簌，等著讓身上那十二件衣服，一件件給剝掉！諸公，我要幹導演，這場寬衣解帶的戲得慢慢兒的來，花個二十分鐘，不可猴急，這才叫性感而不失高貴。」

「謝老師方才構思的十二單場景——」何嘉魚教授端起酒盅，一笑，擱下酒盅，抿住嘴不吭聲，直等到謝香鏡教授滿頭大汗涮了兩片羊肉蘸上蒜泥夾進嘴裡，才清清喉嚨舉盅朝他敬了兩敬：「是很古典、浪漫，而十二單這種層層疊疊密不通風重達二十公斤的宮廷禮服，穿在嬌小稚氣、容貌清豔的奧村八千代身上，髣髴頗能具現平安皇朝的綺麗氣氛，確實，日活監督龜山功、東映首席攝影師鷹司貴美男、東京放送藝能評論家九條雞太，這三位日本影壇重鎮，前些時不約而同指出：奧村八千代現今年紀還小，骨盤構造尚未定型，但是，若要談目前碩果僅存的幾位銀幕處子將如何度過，嘸，借用森郎兄特異的用詞，入門儀式——嗯？如何度過脫關？反正將如何度過日本演藝界必經的儀式，運用成熟的女體來演奏生命和表現作品，從而蟬蛻為真正的女演員，那麼，無疑的，氣質高貴的奧村八千代是這幾位銀幕處子中最具話題的一位了。」

「好辛苦！」謝香鏡教授勾起小指尖搔搔耳洞。

滿子亭教授微笑道：「奧村這小妮子即便要脫也會脫得高貴，凜然，不可意淫。」

「盎盎春溪——」王無故教授喟然一嘆：「帶雨渾！」

橐。橐。橐。

「博士廖！您可終於回來啦，爽否？」霍嬗教授悶了半天一聲歡呼揚起手來，燈下托起銀絲眼鏡，愛笑不笑，端詳著那面若金紙咬住菸斗慢吞吞踱蹀過東洋老人窩的廖森郎教授，一扭頭，眼睜睜瞅住亞星：「噫？聽郎公走起路來步履挺沉重的，再瞧郎公的臉色，喲——」

「瞧森郎兄臉色好像解得不甚爽！這回，該輪我解解兒去了。」宋充宗教授咬住牙籤，齜笑笑，伸手往繾綣在他腋窩下的宗伯鳳教授肩膀上，猛一拍，把他推開了，撐起膝頭，迎著又一隊魚貫跨進店門扣上褲襠鞠躬回座的日本老翁，擦身而過，頭也不回掀開後堂門帘一頭鑽進廁所。滿臉漲紅，宗伯鳳教授望望同仁們探出脖子：「麻生濤，諸公？」

「啥？伯鳳公。」

「日本歌謠界新偶像麻生濤，如何？」

田終術教授嘶嚕嘶嚕一吸牙洞：

「小豐滿！」

「大水庫！」

陳步樂教授拊掌大笑。

「子之丰兮——」王無故教授吟哦著回眸睨睨何教授：「詩云，嘉魚兄。」

「鄭風！嘉魚公莫聽淫色害德之音！」滿子亭教授把手探過爐火拍了拍何教授的肩膀。

「小豐滿？不小不小喔！」一掙，宗伯鳳教授昂出脖子把顆斗大的腦勺搖得博浪鼓也似：

「五英尺六英寸的個頭，挺耖的，比旭公高出半個頭！麻生濤雖然還在發育，目前觀之，骨盤規模已經足以匹敵成熟的歐美婦人，諸公，在東瀛女子中，麻生濤可算稀有動物了。」

闔座掩口。

聲聲嗟嘆：

——娃娃臉婦人身子。

——身材火爆。

——正點。

——一級棒。

——看一眼就能叫人痲痺。

——性感度第一。

——新鮮度一百。

「嗯嗯？妳快趁熱吃嗯，浵小姐？」丁旭輪教授攬住酒罈起身舀了瓢粉絲送到亞星碗裡，兩瞳子玳瑁眼鏡光，燈下森冷烱烱，潑了宗伯鳳教授兩眼，端坐回主位那張圓鐵凳上呵呵長笑兩聲，摘下眼鏡，鏦鏦，往空酒罈口敲兩敲，粲然瞅住亞星淒涼一笑：「浵，知道嗎？我們這夥海大文學院老同學當年同住第七宿舍，輪流穿套西裝，到女生宿舍門口站崗，唉，少日春風滿眼，而今秋葉辭柯！今天陰曆二月十二日相傳為百花誕辰，稱為花朝，我忽然想起舊唐書說，有個大官羅威每逢花朝月夕同賓佐賦詠，甚有情致，於是，千方百計，弄了這罈窖藏四十年的紹興極品元紅，把這幾個老同學糾集了來，喝三盅春酒，向百花祝賀！浵小姐莫在心裡頭納悶哦，嗯？呃！像藝術史研究所的這位宗伯鳳老師，美國普林斯頓大學的博士博，浵，莫瞧他個頭小，當年在海大女生宿舍門口小不點穿著大兩號的西裝，探頭探腦站崗，可是他站得最勤哦！浵小姐，妳莫老瞪著宗伯鳳老師瞧，吃，趁熱吃，嗯浵？」

何嘉魚教授扶扶眼鏡，眱了眱丁旭輪教授悄悄搖了搖頭別開臉去，端起湯碗，熱呼呼啄啜兩口，望著堂心一窩兒糾纏住導遊小姐爭著交臂喝雙杯的日本花甲老翁，蹙起眉心來：「痲生澪，嘸，平常演唱身上總是罩著寬大的衣袍，半點看不出身段，但是，松竹攝影師下條進一郎和相模女子大學歌謠史學者大和田獏，兩位都認為，澪雖然還只有十六歲，骨盤，呃！對不起體態卻是異於尋常日本女人的豐盈，質感好，凹凸有致，角度夠，在鏡頭之下可以構成非常繁複非常幽深的畫面，性感卻又不失純潔，因為澪——嗯？霍老師問骨盤的構造會不會影響到口腔的氣味？唉，霍老師，怎麼那麼在意女星的口臭！每個人或多或少都會有口臭！一個女人，再長得怎麼漂亮，牙齒再生得怎麼整齊潔白，事實是，根據醫學報告，只要吃東西，舌頭上總會留存一層硫化物，這是身為人無可奈何的事，美女也不例外，無關乎骨盤大小——硫化物是甚麼味道？嗯，和雞蛋腐敗後的味道差不多——瑪莉蓮夢露費雯麗珍哈露乃至於漂亮寶貝布魯克雪德絲，都是如此，而我猜，對不起，國內女星鍾楚紅林青霞張曼玉陳德容等等，也自不必說，或多或少，舌頭上都會積存一層除之不去的硫化物，霍老師！你不要哀叫！只要勤於洗刷舌頭，減少硫化物陳年累月的累積，嘸，不致過於刺鼻，我想，兩情相悅嘸嘸接吻甚至是法國式接吻也就髣髴可以接受——不要難過，霍老師，在座各位同仁也不必失望，這是醫學事實，無可忌諱——反正，麻生澪異於尋常的骨盤規模是否會影響她口腔裡的氣味，不在話下，且不管它，而我要說的是，麻生澪性感而不失純潔，因為澪天生便具備詩般的少女情懷，而這份情懷任何腳色都無從掩蓋，正如日本歌謠史專家大和田獏所說，麻生澪，米歐阿索，是日本少數真正有能力在歌壇上表現情慾的少女歌星之一。對不起！森郎兄，我只顧自己說話，沒有注意到你髣髴也有話要說，請！」嘴一抿，何嘉魚教授沉下臉，扭頭望向堂心鬧鬨鬨鬭酒調笑的三桌白頭翁，撮起領口搧著汗，不吭聲了。

「我幹導演——」廖森郎教授摘下嘴角啣著的小菸斗往桌沿磕了老半天，插上了嘴：「我幹導演的話，唔，就籌畫一齣歌舞劇讓麻生濤——對不起嘉魚兄你剛說她的名字日文讀音是？米歐·阿索？謝謝！我就讓阿索桑串演一名慘遭流氓結夥輪番蹂躪，而後流落牛肉場的日本高校一年級女生！絕對寫實，這種事打開報紙無日無之。嘉魚兄不識牛肉場？嘉魚兄不食人間煙火！趕明兒我同靳五兄帶你去小紅町快活林觀光歌劇院見識，見識。說著玩的，亞星小妹莫介意。諸公不妨設想這樣的場景：黑鴉鴉人頭鑽動扶老攜幼男男女女乾瞪著舞臺，節目主持人喝問觀眾一聲：靳否？靳！臺下鬨然答應。這時，聚光燈照處舞臺上步出了一位十五六歲的小舞孃，娃娃臉，披著紅披風，舞著舞著忽地掀開披風，瞧，諸公，聚光圈裡當場就展露出了一隻成熟的、滾圓的、臉盆般大的、直要人命的骨盤來！各位鄉親父老，舞國玉女紅星日本高校女生米歐阿索麻生濤小姐，隆重登臺。」

「胯下——」霍嬗教授睨睨亞星機伶伶打個哆嗦：「黑毿毿一菹熱帶叢林。」

王無故教授嘆口氣：

「衒女不貞！」

「越絕書之辭。」

莞爾一笑，滿子亭教授望望何嘉魚教授，解釋道：

「衒女謂自炫其美的女子，何兄，清平山堂話本說的門首拋聲衒俏，這衒俏，就是賣俏。」

「衒士，則謂自矜博學之士，典出越絕書。」

丁旭輪教授敲敲酒罎呵呵冷笑兩聲。

「鳳公方才說——」嘶嚕嘶嚕田終術教授吸著牙洞：「這麻生澪身高好幾？」

「澪？五英尺六英寸！」陳步樂教授撇下二郎腿，彈掉菸蒂，挪回鐵凳坐回亞星身畔：「角川製作所剛推出一部豬俁公男執導飯尾精掌鏡的新片，叫乳輪火山，有一幕，澪渾身只穿條紗質白襯裙，背向鏡頭，側著臉，若隱若現的站在晨暉普照的一排落地玻璃窗之前。」

「步樂公！」宋充宗教授吮吮牙籤：「到底是甚麼若隱若現啊？」

「骨盤！咦咦？充宗公你老甚麼時候從一號回來的？」霍教授端詳起宋教授：「還好？」

「又何必脫澪呢？」猛一掙，宗伯鳳教授鑽出了頭來面紅耳赤仰望著滿桌同仁，哀哀嘆出兩聲來：「諸公，咱們就利用攝影角度和燈光，如雲托月烘般的襯出澪的性感就得啦，何必非脫她的襯裙不可。」

宋教授回眸乜乜股戰於他肩膀下的宗教授：

「澪？脫襯裙？誰？」

「麻生澪。」

「米歐．阿索！十六歲的日本歌壇新偶像。」

「伯鳳老弟傾心於阿索小姐囉，喲！」筷頭一戳，丁教授指住宗教授咯咯笑得兩膀子筍白脂肪亂顫，鏡片後，兩瞳淚花迸濺：「浵！浵！妳瞧妳瞧宗老師在害單相思吔！妾思常懸懸吔！」笑了半天，丁教授摘下眼鏡擦擦眼睛抱住酒罏撐起膝頭來，人窩裡，四下張望，眼一睜招招手，截住了那滿頭大汗穿梭在店堂中央巡撫三桌日本阿翁的老闆娘：「借張白紙！另外，麻煩再給添點湯。」老闆娘嘆口氣嗨的答應了聲，從導遊小姐手裡接過酒盅闔上眼睛十來口乾了整盅啤酒，擎起酒盅，燈下，朝三桌老客人亮了亮盅底，撈起圍裙絞絞手，哈著腰，擺脫了四個西裝革履捧著酒盅猱身而上的花髮小老頭兒，躥進櫃臺，揉揉眼皮，望望櫃臺上那隻電話踟躕了半晌，咬住下唇摔開了頭，滿臉堆笑，給丁教授送來兩張十行紙。「謝謝老闆娘，麻煩給再添點兒湯，另外豬牛羊肉各再來兩盤，妳女兒婉玲到學校了沒？沒？哦——」丁教授覷覷錶接過十行紙抖兩抖沉吟半晌鋪到酒罎身上，抹平了，往襯衫口袋拔出鋼筆，臉容一端顧盼滿桌同仁：「逐一報來，諸公，打心眼兒裡欣賞哪個日本明星，有虛偽不實或隱匿不報者，罰皇帝酒三豚，放逐到一號自裁。」

舉座踧踖。

霍嬗教授噗哧一哆嗦。

丁旭輪教授拈起鋼筆朗聲唱起了姓名來：

宗伯鳳　麻生澪

陳步樂　速水明子

謝香鏡　奧村八千代

田終術　崛妙子　井上綠

宋充宗　赤木千鳥　野野垣武子

滿子亭　根本千枝古

王無故　小塚一枝

何嘉魚　白木麻彌
廖森郎　小林香　寺村千草　野間彩
霍　嬗　山內香津代
張君房　清少納言
靳　五　淜

「奸！五兄和君房公兩個都奸！」丁旭輪教授冷笑了聲，插回鋼筆，幽幽一嘆，雙手拈起兩張十行紙日光燈下滿桌子團團招展了起來：「呵呵呵，諸公，趕明兒謄寫一張紅榜貼在文學院布告欄上，周咨全院師生，揀個吉日送做堆！淜，淜，妳也來瞧瞧這份鴛鴦譜兒。」

亞星端坐凳上，一臉清柔，只管呆呆瞅望著那泫然欲淚趴在櫃臺上打電話的老闆娘。堂心那三桌日本老客人又鼓譟了起來。

舉座引領。

看榜。

「旭輪旭輪，你賴皮！」霍嬗教授抓耳搔腮齜咬著牙籤早已笑出了兩瞳子淚花，一啐，吐出牙籤，咬了咬牙，筍白尖尖兩根指頭隔著爐火戳向丁教授：「你，你，你！旭輪你自個到底看中哪個日本女明星，你招呀你，老滑頭老鯽鰍滑不溜手想溜出老娘手掌心不成！」

丁教授瞟了亞星兩眼淒然一笑：

「我招我招！小嬗。」

「誰？」

「青木由香嘛。」

「喲喲，那個小男生呀？」

何嘉魚教授端起酒盅啄了兩口人參酒，清清喉嚨，擡起臀子敬敬丁教授：「丁老師眼光獨具！嘸，日本人公認，青木由香的魅力在於有如小男孩一般的健康美，所以，她的歌迷和影迷以中學生居多，由香自己髣髴也有這層感覺，也便經常大方地表現她健康性感的特質，比如，穿著緊身韻律服，打著赤腳在演唱會上又跳又唱。由香個子不高，髣髴五呎兩吋，但是，手腳修長矯健有力卻異於尋常日本女孩的——圓冬冬？田老師？你可以這麼說——同尋常日本女孩的圓冬冬的模樣兒，譬如謝老師喜愛的奧村八千代，就頗不像。嗯？充宗公？由香這小妮子生不生小虎牙？髣髴生三顆，不大顯著。由香的骨盤？年紀還小現今還不太看得出構造和規模——對不起，那群日本觀光客太吵，聽不清楚。霍老師問由香有無口臭？對不起我沒聞過！讀賣新聞漫畫家筒井廣大對青木由香和池永明美這一型，特別感興趣。記得他說過，青木由香個性活潑明朗，在銀幕上輕解羅帶的鏡頭，必定很俏皮、有趣，但是倘若角度選擇得當，還是滿引人入勝而不致引人綺思——唉，吵死人，這些日本老先生鬧酒鬧得太過分，不成體統了！」何教授不吭聲了，舀了碗熱湯，蹙起眉心，睨睨堂心一窩子包圍住四個跑堂小妹交臂喝雙杯的日本老兵，搖搖頭，自管望向簷外春雨，小口小口啜起湯來。

「咦？」霍教授瞳子轉兩轉訝然四顧：「一轉眼旭輪上哪兒去了呢？主位空空。」

「旭公抱著酒罈——」一眨，謝教授齜咬住牙籤朝霍教授潑了個眼色：「面壁自反去了。」

「反求諸己？」霍教授格格笑：「死鬼黃某這十全人參大補酒，忒是作怪。」

「作怪！」張君房教授喝著悶酒猛昂首瞋住霍教授，拉長臉皮，抄起筷子，自顧自夾起了老闆娘送來給老師們下酒的鹵蹄膀，一古腦兒塞進嘴裡：「脫！甚麼人玩甚麼鳥子。」

王教授勸道：

「毋嘬炙，君房公。」

「唔。」

「嘬炙甚麼意思？滿老師。」

「一舉盡臠，嘉魚兄，禮記之辭。」

「就是一口吃下整塊肉，古人說那是貪食，食相不雅！」王無故教授冷哂了兩聲，掉頭望望堂心白髮蕭颯熱淚盈眶三桌振臂宣誓的日本老兵：「淫啼浪哭！瞧，這窩在熱鐵皮上跳躥的老豬公，支那之夜，悼念刀下芳魂哪！」眼乍亮，王教授高高擎起酒盅，隔著滿店堂爐火琰琰一鍋鍋湯霧中聳動的男女人頭，擡起臀子，折了折腰，朝繾綣鴛鴦座裡握住小女生手兒的黃城，一敬，回頭望望座上同仁：「嗤，這個老港仔愛看日本錄影帶！昨天撞見他在校門口那家租售店，找一捲新出的日本電影，叫千人針，講中日戰爭期間一個軍人出征前和他新婚妻子如膠似漆繾綣三夜的故事。」

「五月夏江演的！」宗伯鳳教授汗矇矇鑽出脖子猛搖頭：「沒啥看頭，沒啥看頭。」

「怎麼？」謝香鏡教授板起臉：「黃某親口告訴我，千人針這捲片子保證有嘢睇有看頭！」

闔座呆了呆紛紛停下筷子擱下酒盅：

——第三點？

——全給遮住了?

——積木那樣的方格子遮住的?

——死日本人!遮遮掩掩。

——唉,日本政府厲行第三點不露的政策。

——每每看到緊要關頭,啐!

——吊胃口。

——螢幕上出現一堆要命的積木。

——噗哧!大殺風景。

——霧裡看花。

——看得難過死。

——各位,安啦安啦。

——步樂公?你又有破解之道?

——本地錄影帶業者業已研究推出一種解碼片,破解日片遮掩女星秘處的方格。

——哦?這可是天大的喜訊。

——能見度幾何?

——白天百分之百。

——毫髮畢現?

——唔唔,毫髮畢現否則退款。

——夜間呢？步樂兄。

——能見度則在百分之八十到八十五。

——嘸，也還可以接受。

——樂公，這要多少錢啊？

——解碼片一組三千八百元。

——還算公道。

——不得了，我國業者。

——研發出解碼片。

——突破日本人的第三點。

——國人得以大吃日本女人的冰淇淋。

——可笑！

——日本男人反倒無福消受。

——香鏡公。

——嗯？小嬗。

——黃某推薦的那部片子叫啥來著？

——千人針，五月夏江主演的。

——這下攏有看頭了！

闔座莞爾，齊齊回過頭去，瞄瞄堂心三桌恭坐凳上鬬酒唱歌的白髮老翁，搖頭一哂，紛紛拈起酒盅撮起筷子涮著豬羊牛肉片，吃起火鍋來。

「怪！怎麼榜子上沒有五月夏江？遺其玄珠了！」幽幽一嘆，宗伯鳳教授鑽出了頭望望同仁又自管研究起那兩張十行紙。爐火熊熊，滿桌停下筷子，汗水矇矓面面相覷。燈下廖森郎教授昂起頸脖呆呆揉撫著耳窩下的兩條紅蚯蚓，悠悠吐出兩嬝子煙圈來，半晌一頷首，摘下小菸斗，沉吟著，掏出白手絹抹起眉宇間豆大的汗珠：「安詳內斂、雅潔成熟、風信年華，唔，正是五月夏江留給我的深刻印象。夏江穿著和服為日本清酒澤之鶴做的廣告，極美且極雅，妾人竊自悲，日本古典風月盡在其中了，很讓全日本男人津津樂道。見笑，嘉魚兄，我要班門弄斧了——自詡識女甚深的日本全國經濟人連合會會長團團長下部進，在牀笫之上賞鑑過夏江，說她的感性優於一般女星。大家也許記得，下部進這位老先生對時下當紅的日本女星作過一番公開的品評：小塚一枝或根本千枝古，唔——這兩位，恰恰是中文系兩位同仁無故兄和子亭兄圈中的對象——打個比方，就如高嶺之花，可望而不可即，相形之下五月夏江就親和多了，唉，人同此心，讓人油然而生是我的女人的感覺。」

田終術教授吸著牙洞點了點頭：「的確，那種在酒席上風姿娟然隨你吃豆腐的女人。」

「這種女人，怎脫？」霍嬗教授遮住嘴洞嫣然睨了睨亞星。

「容易！」笑笑，宋充宗教授從門牙縫裡拔出牙籤舔了舔咧到嘴角上：「諸公聽著，我幹導演就讓她——夏江？五月夏江？就讓夏江她光溜著身子披一襲血樣鮮紅的和服，頭上，黑絲樣，梳著個東洋女人的大圓髻，露出整截脖子，羊脂樣的白膩！隆冬天，夏江遭她男人遺棄，獨自個匍匐在闃無人跡的深山中那皚皚的雪地之上，腰帶子，這麼個一扯，瞧，和服挺自然的從香肩滑落下來了不是？想著就夠人怦然心動的。」

「雖然──對不起廖兄！我想補充兩句。」何嘉魚教授挑起肩梢乜了乜身畔的廖森郎教授兩眼，舉起酒盅，略敬了敬：「雖然，如廖兄方才提到的，下部進固然對夏江賞鑑有加，稱讚夏江具備了男性心中夢寐以求的一切女性原點──原點，用中文來說就是特質──但是，同樣以識女多矣自豪的財團法人日本自動車工業會會長，兵頭勝代，他則認為，五月夏江親和則親和，卻髣髴欠缺了那麼點兒個性，不如早川美穗──」

「唔，唔。」廖森郎教授不住頷首，望著燈，沉吟著，忽然拔下菸斗往火鍋上鐓鐓鐓敲三敲指住了宋充宗教授：「或許，夏江經過充宗公的導演筒一番洗禮，會有所蟬蛻。」

宋教授咬住牙籤，腼腆一笑朝廖教授擎起酒盅。

靳五舉盅敬了敬張君房教授：

「君房兄！」

「脫？」

醉夢中張教授猛擡頭蒼涼四顧。

王教授愀然：

「樽酒聞呼首一昂。」

「東坡詩。」

滿教授笑了笑。

人聲鼎沸中張君房教授撥開眉心上兩箒子亂髮，揉開睡眼，打量起併肩而坐的王滿兩位教授，撮起酒盅回敬靳五，冷笑兩聲往他手裡捉過了一根菸，湊上嘴，接上火，把隻肘子撐到桌面上自管吞吐了起來：「靳五兄，這位妹妹——」日光燈下兩瞳血絲熒熒，滿臉迷惑，張教授綻開兩枚大魔牙笑吟吟端詳起亞星：「好文靜好文靜！嘿，春宵何事惱芳叢，嘉魚兄，這句是宋朝曾公亮曾兩府的詩哦！咱們做大學老師的酒足飯飽叫了一晚上的這個這個——春，妹妹她就坐在那裡，眼亮亮，只當咱們不存在，無動於衷！」張教授睜起眼睛掃瞄了座上同仁兩匝，擎起酒盅敬敬何教授：「嘉魚兄，瞧，這個妹妹自成一個天地，不忮不求，海天寥廓，外界的吵吵鬧鬧在她心裡頭好像就激不起一絲兒漣漪。」

「髣髴與世無尤。」

藹然一笑，何教授瞅瞅亞星端起酒盅回敬張教授。

闔座停筯拈起牙籤剔起牙縫：

「魚公，羽西無憂是哪位日本女星啊？」

「哦？羽西無憂？」

「新竄起的？」

「嘉魚兄發現的？」

「這無憂演過啥好片子？」

「嗤！無憂她長不長小虎牙兒？」

「我是說，唉。」何嘉魚教授環顧座上同仁嘆口氣望了望滿子亭教授，半天發起愣來，扶住銀絲框眼鏡瞟了瞟亞星，顫抖著揝起湯碗呷口熱湯清清喉嚨：「我是說，唉，這位亞星小妹坐在那裡，對大家的吵鬧都不理睬，安安靜靜，好像是——與世無尤。」

「好像是誰？」

「呃！嘉魚兄港人——」

「莫怪！說中國話髣髴五音不全。」

「列子有言——」

「譾陋！魚公話說得太急了。」

「無故兄子亭兄，你們哥倆莫再唱雙簧消遣何老師了罷！日本人喝酒實在吵，那四個字咱們沒聽清楚，對不起，就麻煩嘉魚兄寫下一觀如何？」齜笑笑，謝香鏡教授咬住牙籤往宗伯鳳教授手裡攫過那兩張十行紙，拔出鋼筆，擡起臀子，隔著桌心熄熄爐火雙手捧送了過去：「請！讓不諳港話的國人，也知曉港人的意思。」

臉煞白，何嘉魚教授呆了半天，燈下兩腮汗濟濟一點一點火辣辣臊紅上來，霍地，抖簌簌站起身，抵住嘴唇噓著口水繞著圓桌，瀏覽起火光湯霧中那十張燦漾著桃花齜咬著牙籤的臉孔，兩瞳子鄙夷：「港人！國人！港人又怎麼樣？張君房老師說港人股——股——股慄在英女王裙襬子裡頭，是又怎麼樣？港人也愛國，港人比你們這些國人更愛國更有民族氣節，有骨頭，有膽！年年十二月十三號，南京大屠殺紀念日，香港同胞都舉行哀悼遊行，跑到日本領事館門口抗議！國人？你們國人呢？你們在這個三民主義的模範省、中華文化的復興基地，四十年來，每年十二月十三日，請問，你們這些國人酒足飯飽大脫日本女星衣服之餘，紀念過南京大屠殺三十萬死難同胞嗎？以德報怨？丟！哈哈哈哈哈哈哈哈——」

堂心三桌老翁齊齊回過頭來，滿瞳子狐疑。

闔座呆了呆，吐掉牙籤紛紛向何嘉魚教授勸起酒。

——來來來喝春酒。

——罰我等三豖。

——嘉魚公息怒！

——唉，咱們窩在這小島上。

——對不起，吃了兩年好飯。

——噗哧！忘掉自己是誰了。

——今天花朝，老同學聚聚只合談風月。

——嘉魚公，請歸座，請歸座了罷。

——莫仰天狂笑。

——來！嘉魚公坐下來喝口酒。

——敬百花。

——呵呵，邯鄲驪步！

——瞧誰回來了呢？

莞爾，闔座教授睜起眼睛望向堂心一片聲招喚起來。

丁旭輪教授褊禩著喇叭褲腳，蹭蹬著高跟皮鞋，摟住酒罈鑽出後堂，迎著又一隊痀瘻著西裝魚貫跨出店門鑽進防火巷撒尿的東洋客，擦身而過，徜徉逡巡，一路打著招呼穿梭過桌桌圍爐的海大師生，蜻蜓點水，似有若無折著腰，只管和三桌日本老人對哈著，互瞄著，好半天笑酡酡覷嘻嘻躑躅了回來：「喝！一些兒沒在跟前，你們又弄下硶兒來了？」

「嘉魚兒，北方土話有謂穢褻之事為硶兒的，金瓶梅裡常見。」滿子亭教授藹然解釋。

霍嬗教授仰起臉只管呆呆端詳丁教授：

「旭輪，你覺著還好嗎？」

「好，好，小嬗。」

格格兩笑丁教授瞋了瞋亞星，摟著酒罈垂拱回主位。

「她已經三十九歲啦，步樂兒啊！」宗伯鳳教授纏綣在謝宋兩位胳膀之間，低著頭，一雙一雙，核對著十行紙上那份鴛鴦譜兒，忽然敲了敲額頭，絞起眉心掙扎出了肩膀鑽出頭來訝然望望陳步樂教授。闔座啣住牙籤，愣了愣。蒼涼一笑，陳教授搬下二郎腿撐起膝頭，往後堂拔腳就走：「諸公，輪到我面壁去！」

謝教授乜乜眼角：「誰？誰三十九歲了？」

「速水明子，步樂公不假思索就點中的日本女明星，咦？步樂公轉眼溜掉了？」宗教授四下覷望著，把手裡兩張十行紙遞送到謝教授鼻頭下抖兩抖亮了亮，瞄瞄亞星，縮回脖子。

「唔，唔，速水明子！」眼一柔廖教授嘴洞裡縹緲著兩縷青煙笑吟吟吮著小菸斗：「雖然今年三十有九了，但由於形象清芬，感覺上，還滿像個天真未鑿的黃花女兒似的。前陣子，日本有家攝影周刊——日文名稱叫死哥依——獨家登載了明子四年前遭前夫田尻龍太偷拍的七張裸照，看得出她表情錯愕，不過，寶袜楚宮腰的纖瘦身材，仍然流露出一股青澀的性感，許多人看了只覺得明子滿惹人疼憐的，令人為之情往。」

「可是，森郎兄，速水也有她另一面，恰似她在人妻日記和妖寫姦這兩部片子裡迥然不同的表現，啄，啄！」宗教授滿頭大汗瑟縮在謝教授腋窩之下，只管噘弄著嘴裡的牙籤：「各位想必知道，推理小說名家花柳系之很欣賞速水，認為——我引述花柳系之的話——速水明子乃是兼具聰明伶俐與楚楚可憐這兩項女性原點的少有女人，因此，適合演賢妻良母，譬如在人妻日記這部三年前之作，但是，她也演活了妖寫姦裡那個蛇蠍美人，夫有尤物，足以移人，嘉魚兄！此外速水明子最近在從影二十周年紀念作，地獄七丁目——」

「伯鳳公，謝謝提醒！至於如何脫明子——」眼角眉梢一瞟，廖教授摘下菸斗撮起酒盅敬敬何教授，拈根牙籤剔起門牙，含著笑，支頤望燈沉吟半晌：「我幹導演！請明子飾演東京都高級住宅區世田谷區一位家庭主婦，有天早晨九點，丈夫上班兒女上學去了，明子獨自帶著剛滿月的么兒在家，突然，遭受六個破門而入、獐頭鼠目剃著平頭滿身刺青的日本流氓挾持，於是，順理成章，在小娃娃注目之下，明子被剝掉了一身素雅的家常和服，按倒榻榻米之上，水到渠成，如此這般，當更能引起全日本男性觀眾的憐愛、感傷。」

猛哆嗦，闔座紛紛啐出嘴裡的牙籤：

「這過分了！」

「速水明子這場戲，可萬萬不能用短鏡頭表現。」

「否則，國人花個三千八百元——」

「買一組解碼片——」

「破解日本人的第三點禁忌——」

「於戲！」王無故教授仰天浩然長嘆：「窺覬其出入之勢。」

「嗯，滿老師！」何嘉魚教授滿臉迷惑清清喉嚨：「王老師引的這句話是甚麼意思？」

滿子亭教授含笑搖頭：

「嘉魚兄，佛云不可說不可說。」

「子曰如其仁如其仁。」

丁旭輪教授幽幽嘆口氣摟住酒罈擎起酒盅，朝滿教授一敬。

相對莞爾一笑。

「無故兄你你你——壞透！」腮綻桃花，霍嬗教授一頭臉滿脖子汗水淋漓，腮幫上早已蒸出了蕊蕊春癬來，把條毛巾捏在手裡，絞著纏著，吃吃笑了半天，一根指頭筍白尖尖隔著爐火戳到王教授眉心上，噁了噁，搗住心窩，俯下腰身啐出兩口酒，探索到桌面下把瓦斯爐開關轉小了，一怔，燦起兩渦笑靨，望著滿店堂十來桌圍爐夜談的師生腳下零落一地的牙籤：

「喲！這麼多的牙籤，掃出來可有兩籮。」

丁旭輪教授呵呵兩笑抖擻起精神滿桌勸起酒來：

「來來，喝春酒。」

「敬百花！」

鬨然，繞著圓桌竄出十株春筍般的裸白胳臂，高高擎起酒盅。

老闆娘滿頭大汗把雙手兒交疊到膝蓋上，哈著腰，陪著笑，擺脫那三桌白髮蒼蒼孩子樣央求交劈喝雙杯的日本老兵，躥到門口，扶著門框，腥風陰雨中朝街頭街尾眺了眺，望著對街樓上二三十個哺著娃娃靜靜倚窗看街的大小媽媽，只管出起神來，猛回身，走進店堂，鑽進櫃臺抓起電話撥了兩個數字，遲疑半晌，嘆口氣擱下了，一泫，撈起圍裙襬子拭拭眼角，端出兩盤橘子堆出滿臉笑容送了過來，關上瓦斯爐火……

「老師們吃飽啦？請用水果。」

滿校園盪響起銅鐘。

靳五跨出教室，點支菸，挾起兩本書，暖洋洋踩著長窗下那一廊雨露晶瀅葉影離離的晨暉，朝系辦公室徜徉過去，眼一亮。獨自個，丁旭輪教授渾身清爽穿起了短袖白港衫，把兩筒膀子環抱胸前，捏著小陶壺，覷起眼睛倚在窗口，左手五根指尖有一搔沒一搔只管揉撫著右肩下的胳肢窩，時不時側過身來，折折腰，藹然堆出笑容，朝廊上匆匆過往的男女學生，頷首寒暄。肚臍上一條鱷魚皮帶緊繃繃，勒起鐵灰西裝褲腰口兩圈脂肪。長窗外，好個三月天！靳五踱到窗下笑嘻嘻哈個腰。丁教授扶扶眼鏡，呆了呆，笑兩笑朝靳五撂過了兩眼來，麗日下兩瞳子玳瑁眼鏡光，燦漾著。薰風中那滿月樣一張筍白臉膛迎著太陽，綻出兩糰子酒渦一嘴小米牙，噓呵出隔夜的酒氣，噘起嘴唇呶呶窗外。漫園晨曦，篷篷花傘搖曳起朵朵春裙，漂盪在棕櫚樹下柏油路上。昂然，四下裡睥睨，傑夫諾曼挺拔著他那顆金亮的水兵頭，似笑非笑，斜齜起兩排細白牙，鼻上架著墨鏡腋下夾著課本臂彎裡攬著助教柯玉關的腰肢，綳起豬肝紅小汗衫，大步邁過棕櫚大道，海藍瞳子一柔，伸出手爪梳攏起滿顱金鬈子，臟了臟牛仔褲胯，闖開門口那窩女生，跨進文學院。幽幽一嘆，丁旭輪教授掉開了頭，朝傑夫諾曼的背影冷笑兩聲，擎起小茶壺朝靳五敬了敬。校園中央銅鐘臺上，汗水淋漓，老校工只管痀瘻著他那條枯小身子攀住麻繩，蹬一蹬，敲兩敲。鬧市車潮中滿園鐘聲粼粼。靳五昂出脖子眺了眺雨過天青那一穹窿水樣剔透的城天，哈哈腰告別了丁教授，挾起書本，心中思念著朱鴒跨步邁向文學院門口。丁旭輪教授一扭腰，倚回窗口，殘華滿地人間，獨自個望著麗日下雨露中滿園零落一地的杜鵑花，曼聲吟哦出了首詩：

春日春風有時好
春日春風有時惡
不得春風花不開
花開又被風吹落

「王荊公的詩？旭輪兄。」

靳五煞住腳步回頭齜起牙來朝丁教授揚揚手，迎向一京豔陽，跨出了文學院。

第十二章　縞素

支那之夜　支那之夜呢
那港灣的燈光　紫色的夜晚
那夢中的船兒　搖呢搖盪
啊！忘不了那胡琴的絃音
支那之夜　支那之夜

支那之夜　支那之夜呢
那窗前的柳兒　搖呢搖曳
那紅色的燈籠　支那的姑娘
啊！忘不了那可愛的容顏
支那之夜　支那之夜

朱鴒在唱歌。

靳五聽了聽閣起書本披上襯衫走下樓來，悄悄推開公寓角門。滿巷清光！一張臉子，水樣白。水銀街燈下朱鴒小小一個人穿著白衣小藍裙坐在門檻上，摟住膝頭，昂起脖子，對著海天寥廓那一京紅塵燈火唱歌。簷下，泊著輛計程車，熄了車燈等著。朱家小閣樓一顱人影兩窗暈黃，亮著燈。春暖天，朱爸爸披著他那襲草綠呢軍大衣拱起腰背腆起肚膛，蒲扇大的巴掌上托隻小酒盅，啜著，咳著，頭角崢嶸，來來回回獨自個在窗口走動，時不時齜起上齶兩枚大齙牙，勾起小指尖探到後腦勺，搔搔那肉禿禿粉紅頭皮上附著的幾十莖華髮。幽幽怨怨一嗓嬌柔，閣樓盪響著電唱機。樓下後廳人影幢幢日光燈雪樣大放光明，兩顱花斑，一肩黑鬢。朱鴒回頭望望後廳那三個談笑風生的男女，沉下了臉抿起了嘴。靳五清清喉嚨背著手跨踱出公寓角門來，站到巷心，笑嘻嘻打量起朱鴒。朱鴒抱住兩隻膝頭，蹲坐門檻上，街燈下，睜住瞳子歪起臉兒冷生生一眨不眨只管仰望著靳五。

「妳把辮子剪掉了？丫頭。」

「嗯。」

「誰給剪的？」

「我媽。」

「好好的兩根辮子剪掉幹甚麼？」

「因為，我不是小孩了。」

「妳媽說的？」

「不！花井說的，那個日本國遊戲銃協同組合副理事長，你見過的呀！」癡癡一笑，朱鴒齜起牙揉揉膀子甩甩頸脖上那一蓬齊耳的短髮梢，眺望起巷口紅霓，曼聲又唱起了歌：

支那之夜　支那之夜呢
那等待郎的夜晚　那欄干外的細雨
花凋了呢蕊枯了呢
啊！永別了　那忘不了的
支那之夜　支那之夜

「這是甚麼鬼歌！丫頭，妳怎會唱？」靳五諦聽著朱鴒那一聲啼囀一聲如怨如慕的歌兒，心中一蕩，猛地打出了個哆嗦。朱鴒怔了怔，攏起裙襬子摟住兩隻膝頭，街燈下，仰起水白臉兒，覷起眼睛瞅望住靳五撥了撥眉眼上那蓬刀切樣齊整的劉海，忽然，綻開眉心齜齜兩笑：「木持秀雄，我媽第六次留學日本，替她作保的那個日本國原爆被害者協會元副會長，他教我唱的呀，他怎會唱？木持伯伯年輕時候在中國打過仗還受過重傷差點死了呀，第六師團，師團長是谷壽夫呀，這首歌支那之夜，木持伯伯和花井伯伯在中國每次出征都唱的呀，花井芳雄是磯谷師團，也就是第十師團呀，我怎知道？嘻嘻，花井芳雄說給我爸聽，我媽翻譯呀，木持秀雄第一次來我們家喝茶聊天還特地寫在紙上，鞠躬，雙手拿給我爸看呀。」

靳五聽得呆了，背著手站在巷心，一哆嗦，望望朱家後廳日光燈下兩個西裝革履恭坐品茗的東洋老翁，擡頭眺眺閣樓那巔人影，怔了怔，堆出笑容來，端詳起簷下門口朱鴒那一頭短髮絲，瞅瞅她那身白衣小藍裙，心一酸，弓下身，摟了摟她肩膀，撿起她身旁那個端坐門檻上滿月臉小血唇穿著和服的木偶，把玩了起來。

「雛人形，花井送我的！」吃吃一笑朱鴒回頭噘住嘴呶呶後廳：「就是那個駝背的！雛人形就是日本的小人偶呀，每年三月三日是日本的雛祭呀，雛祭就是女童節呀，每逢今天，日本爸爸都要買一個雛人形替家中的女兒祈福呀，祈甚麼福？驅邪除穢呀，這四個字花井伯伯寫在紙上給我爸看呀，花井送我的這尊雛人形，穿著十二單衣，是公主呀。」

「丫頭！妳怎麼了？剪了頭髮就變得癡癡呆呆的！」靳五托起她下巴瞅瞅她眼瞳：「走。」

「散步去？我告訴我爸一聲。」

「妳爸不就在閣樓上？」

「嗯，踱步，喝虎骨酒生悶氣想心事。」

「放唱片聽周璇的歌，花花姑娘。」

「我奶奶生前最愛聽的。」

眼圈一紅，朱鴒蹲坐門檻上抱住膝頭淚光中望著靳五，半天，揉揉眼皮，把雙手兒撐到地上蹦起了身來，從靳五手裡接過東洋娃娃，摟進心窩，光著腳踝子趿起紅拖鞋，甩起那株皎白小頸脖上一叢子烏黑的短髮，一溜風跑進屋裡，猛地煞住了腳步，趑趑趄趄，闔起膝蓋攏起小藍裙襬子縮住肩膀打個哆嗦，朝後廳中兩個恭坐品茗的白頭西裝客，哈個腰，一躥，日光燈下消失進了樓梯間。蹬，蹬，蹬，閣樓綻響起步履聲。靳五仰起臉望著簷口兩扇小窗。一盞燈泡下，花髮蒼莽，朱爸爸披著草綠大衣弓下腰背從窗口探出斗大的粉紅頭顱，勾起小指搔搔後腦勺，血絲矇矓，巷頭巷尾覷望半天，眼一亮，擎起手裡的酒盅俯首朝靳五敬了兩敬。靳五站到巷心上，鞠個躬。踢躂踢，朱鴒趿著那雙塑膠紅拖鞋褊褼起小藍裙早已跑出了屋子，簷下，煞住腳步，繞過門口等著的計程車，挨過來，把兩枚溫熱的紅蛋悄悄塞進靳五手心裡。靳五道聲謝。街燈下朱鴒仰起臉子溫婉一笑，猛回眸望到了巷尾：「模範——」「夫妻！街坊婦女會選出的模範夫妻，曼珠美容院老闆娘蔡馮曼珠和她的先生，妳告訴過我的。」靳五揪揪朱鴒耳脖上的髮梢。朱鴒呆了呆，好半晌笑不笑打量著靳五，甩甩短髮絲回頭自管瞅望住巷尾。貞陽街口，榕下，兩筒三色燈漩漩兜轉。三十七八歲挺姅白的一個美婦人，街燈下，紅塵裡，搖曳起那襲宮錦紅長羅裙趿著拖鞋遛達過一灘灘水銀清光，媥姺向朱家鋪子來。夫妻倆肩挨著肩。朱鴒看得癡了。靳五悄悄捏住她的白上衣後領子，扯兩扯，牽著她繞過簷下的計程車，踩著那盪響出朱家閣樓滿巷流囀的歌聲，走出巷子——荷花葉兒圓，茭姑葉兒長，石榴花的姐姐妳走進了蘭房！芙蓉花的帳子繡花的牀，蘭芝花的枕頭芍藥花的被，繡球花的褥子小丁香！靈芝花兒抱，牡丹梔子花開，姐望郎！荷花葉兒圓茭姑葉兒長，花花姑娘意蜜情長——大小兩個傾聽著周璇的歌唱，背起手來，瀏覽著根根水泥電線桿上張貼著的各色招紙琳琅廣告，街燈下靜靜朝巷口踱去。

滿巷小學生流竄。

棟棟公寓，佛燈幽紅，廳中日光燈燦爛嘩喇嘩喇此起彼落飄灑出波波麻將聲。

朱門下，郎公館鐵蒺藜圍牆外飆起一漩渦油煙。小舞咬著牙，兩腮汗濟濟，睥睨起他那顆小平頭，兩腿子跨住他那輛山葉追風一三五摩托車，揝住油門，嗷，嗷，嗥著躥著，繞著巷心一圈縮小一圈只管兜轉。火星迸爆，車頭燈潑照處，白衣黑裙一張臉子雪樣煞白。郎紈肩胛上掛著青布書包只管絞著裙前握住的一雙手，呆呆站在那渦煙塵中。靳五牽起朱鴒三腳兩步躥了上前。蹦地，小舞煞住摩托車，沉下了臉嘿嘿冷笑著翻白起瞳子眼上眼下打量靳五，摸摸下巴，勾過一隻眼睛瞅瞅郎紈，反手往後座拍兩拍。郎紈點點頭，不吭聲，撈起書包摟到心口拂了拂裙襬，一蹬，側著身子坐上後座，把手搭住小舞肩膀。小舞踩動引擎，回過頭來揮揮他那身土黃卡其高中校服：「靳老師，安啦！我邀請青梅竹馬老相好郎四小姐到河東路飆兩圈摩托車，再陪姚大舍兜風去。」「又是姚素秋！你的摩托車不是當了嗎？」「贖回啦。」「你哪來錢？」眼瞳子狡黠一乜，小舞望了望荊門街口只管笑而不答。靳五呆了呆。艾森豪路上車潮煙渦中，荊門街口幽靈般泊著輛銀紅保時捷，目光睒睒，姚素秋探出前座窗口扶住金絲眼鏡，刀削樣，尖腮子，紅灩灩霓虹叢裡只管綻漾著兩蕊子笑靨。靳五心一寒。朱鴒仰起臉，悄悄扯了扯靳五的衣袖。郎公館三樓陽臺落地玻璃窗，悄沒聲，打開了，郎家大小姐郎紈絞著腰上濕湫湫一把髮絲探出脖子來。小舞擡頭望望，啐出了兩泡口水，撥轉車頭大開油門縱車飆出荊門街。風潑潑郎紈攬起小舞的腰桿，那頭短髮絲，那身白衣黑裙，飄失在萬家燈火裡。郎家么弟郎綱滿面蒼白望望靳五。男人女相，十四五歲的男孩穿著紅花格子吊帶短褲，白襪白鞋，漾亮著兩朵酒渦，瑟縮在水銀門燈裡閃爍起烏溜溜兩粒眼珠。靳五皺起眉頭瞅住了他。頭一垂，郎綱背過身子把郎將軍公館那扇朱紅角門悄悄闔上了，望住腳尖，拔起白帆布鞋，咻吁咻吁，喘著大氣往巷口荊門街直追出去。樓上，郎紈絞乾了頭髮，黑瀑樣披到肩下，拈著刮鬍刀倚到陽臺窗口眺望起那一城蠉蠉兜竄的霓虹，擡起膀子剃起腋窩來。

朱鴒捏捏靳五手心，呶了呶嘴：

「郎家大小姐！十天半月來買一支舒適牌刮鬍刀，刮不完的——」

「胳肢窩毛，老刮老長。」

「你又怎麼知道？」

「有回我陪妳爸坐在門口曬太陽——」

「他說的！走，到公園坐坐。」

「等亞星姐放學回家。」

大小兩個說著話朝巷口街坊公園踱過去。朱鴒在電線桿下站住了，跂起拖鞋，仰起臉子，望望桿上五六圈鐵絲紮住的一塊漆著七個黑字的白鐵皮，回頭睜了睜兩隻眼瞳：

「知道這條巷子有幾支——」

「電線桿？沒算過。」

「九支！每支上面有塊白鐵皮寫著——」

「南無觀世音菩薩！」

「善心人貼的，滿城都是。」

靳五握著朱鴒給他的兩枚紅蛋，牽住她，穿梭過滿街張望的大小學生鑽進公園閘口。水泥地上，一灘清光。荊門街口十線艾森豪路滿路車潮，嗶喇喇，宛如兩條迎面咆哮的花火龍。

漫天星饜饜。白衣小藍裙，細伶伶朱鴒搖甩著耳際那篷子短髮梢，踢躂著塑膠紅拖鞋，牽住靳五的腕子繞兩圈，盞盞水銀燈下找到了條水泥凳，領著靳五，併肩落座。郎絅獨自個守在荊門街口，昂伸出脖子，跂起腳，往那滿城浩浩渺渺蕩漾在煙塵車潮中轡轡兜睞的霓虹，探望了半天。鏉。鏉。五輛遊覽車金碧輝煌首尾相啣擻著喇叭追逐過街口，車身上白幡招飆。朱鴒睜起瞳子，指著幅幅白布條上一個個斗大的血紅漢字：「島根縣經濟連、熊本市商工會議所、京都四條繁榮會、鳥取縣產業開發公社、愛媛縣柳谷村養豚組合，哇！」「丫頭，少見多怪！五團日本商人來華考察業務。」靳五笑嘻嘻揪起朱鴒耳脖後的髮梢輕輕扯了兩扯。朱鴒縮起肩窩，待笑不笑抿嗍住嘴，兩瞳子狡亮亮只管瞅乜住靳五。靳五哈哈大笑，一指頭戳到朱鴒眉心上：「小人精！妳今年才讀小學幾年級？知道得太多了。」「有誰不知道他們來考察甚麼？」朱鴒睜大眼睛。靳五嘆口氣擰擰她腮幫，一咬牙把她兩隻小肩膀摟到懷中。大小兩個望著街口，排排坐，依偎在水泥長凳上。趑趑趄趄，郎絅眺望了半天大街，跺跺腳，拔起白帆布鞋喘著大氣跑回紀南街巷子來，煞住腳步，脖子一垂，望著鞋尖街燈下只管來來回回逡巡。朱鴒望望郎絅，皺起眉頭，抱起懷裡的東洋娃娃端詳半天擰擰她那張滿月樣的白粉臉，抿住嘴忍住笑，把她擱到凳上，接過靳五手裡的兩枚紅蛋，剝開了殼，吹口氣，捉過靳五的腕子把雞蛋遞到他手心上：「邱陳月鸞又生了。」

「邱陳——」

「月鸞！我媽的姐妹淘，去年底從美國觀光回來現在又生了個男娃娃，請街坊吃紅蛋。」眼珠一轉，朱鴒四下望望，腆起臀子挺起腰肢張開了兩條胳臂攀住靳五的頸脖，撥開他鬢上亂髮，把嘴湊到他耳朵上：「邱陳月鸞就住在你隔壁公寓！去年二十位街坊太太組團去美國觀光，結果狼狽坐飛機回來，報紙上都有登。」

「狼狽？」

「嗯！她們的先生都——」

「都怎麼啦？」

朱鴒咬緊牙根搖搖頭抿住嘴不吭聲了。

大小兩個挨坐在凳上，吃著邱陳月鸞的紅蛋。

「朱鴒，妳大姐朱鸝她——」

「病好了沒？沒。」

「除夕她陪妳媽那兩個朋友去南部——」

「初三回來一直流血，瘦了。」

靳五只覺得胃中一陣翻攪，悄悄往手心上吐出嘴裡的雞蛋，回頭瞅住朱鴒，呆了呆心頭猛地打個哆嗦。燈下朱鴒那張俏亮的小臉子白裡透青，水銀般凝重。靳五心一酸：「丫頭！妳不要那樣快就長大好不好？妳答應我！」眼圈一紅朱鴒點個頭。靳五伸出小指勾勾朱鴒的小指，打個金印，托起她的下巴來，燈下照照，拭去她眼眶下兩滴淚珠，揉揉她那頭刀切樣齊耳的短髮，瞅住她瞳子悄悄眨個眼。臉飛紅，朱鴒低下頭來闔起兩隻膝蓋拂拂藍裙襬子。

水泥地上泛漾著盞盞水銀公園燈。

一灘縞素。

靳五悄悄喚了聲：

「朱鴒！妳最近好不好？」

「老做惡夢，不好。」

「晚晚做惡夢？」

「嗯！大年初五上歌廳回來，老夢見自己趴在舞臺下伸著頭——」

「看女歌星臺上演唱？」

「一個個旗袍衩子裡面都沒穿內褲。」

「丫頭！妳連這個都注意到了？」

「唔，可是，嘻嘻。」

「怎麼啦？鬼笑鬼笑的。」

「裡面都貼著一塊撒隆巴斯膠布！」

靳五怔了怔哈哈大笑。

噗哧，朱鴒狠狠齜咬住下唇。

膀子挨著膀子，依偎著，大小兩個坐在街坊公園一條水泥凳上，燈下，影成雙，沐浴在那灘水銀清光裡，想起各自的心事，望著春暖天島上蒸漫起的一穹窿紅塵中慈慈眨漾的寒星，嘩喇喇嘩喇喇，諦聽著紀南街丹陽街荊門街公寓人家窗口飄出的麻將聲，半天，只管靜靜坐著，等亞星放學回家。人影游晃。潮騷般，一波波車聲迸綻著喇叭洶湧進條條街口來。荊門街口對面，隔著艾森豪路，燈火高燒，歸州街滿街小吃店油煙潑燦吆喝四起，簷口，紅燈籠下，漂逐過一雙一簇齜咬著牙籤摟抱著書本的男女大學生。爐火熊熊，滿堂雪亮，蓬壺海鮮火鍋店三開間店面那排落地玻璃大窗外，老闆繫著圍裙，垂著手，率領老闆娘和四個跑堂小妹一字兒站到人行道上，鞠躬，噓寒問暖，把百來個西裝革履水銀燈下兩腮醭紅魚貫蝦腰的白頭客，送上門口泊著的兩輛遊覽車。防火巷裡，一隊兒蹦躂出七八個老翁，痀瘻起腰桿子扣著西裝褲襠踉踉蹌蹌禮讓著搶上了車，鐓，鐓，喇叭綻響，車門闔上了。深深一鞠躬，老闆揚手送別。火鍋店正對面彌馨月子中心，樓上一龕幽紅，悄沒聲窗口影幢幢，站著大大小小二三十個披著髮梢哺著娃兒的坐月子媽媽，攏起睡袍，目光烱烱望著大街。歸州街口十線艾森豪路上煙渦中幻盪起春花樣朵朵霓虹，車潮澎湃，喇叭喧囂，一輛輛遊覽車飄颺著白幡，蕩閃過荊門街口。驚紅駭綠各色計程車，一輛追逐一輛，猋向城心那叢叢蝌蚪樣孑孓兒爍的燈火，儷影成雙。海天寥廓。艟艟艨艨滿城水晶樓臺。朱鴒挨靠著靳五把雙手兒攏住裙襬子坐在凳上，盪啊盪，搖晃著腳上那雙小紅拖鞋，仰起脖子，頂著一篷短髮，覷望住天際毬毬彤雲只管幽幽哼著歌兒：「搖呢搖曳，那紅色的燈籠支那的姑娘，啊！忘不了那可愛的容顏，支那之夜，支那之夜呢——」碮，碮，國立海東大學葱葱蘢蘢綻響起銅鐘，蕩漾過三楚路車潮傳進紀南街口，餘音嬝嬝，流竄向街坊公園來。靳五捉起朱鴒的腕子看了看她那隻白金小女錶。八點正。不知甚麼時候，悄沒聲，挨住朱鴒身旁那個圓臉小嘴花花鳥鳥穿著和服的木偶坐上了一個老人，摟隻酒瓶，佝僂起一身草綠的襤褸軍裝，春暖天，縮起肩窩，彷彿寒冬臘月打著赤膊站在北風頭上，渾身簌落落打起擺子，不聲不響，只管狩望著甚麼。兩瞳血絲，閃爍在一盞水銀燈下漫町霓虹光影中，兩撮鬼火也似。靳五呆了呆，悄悄摟過朱鴒的肩膀子。

猛哆嗦，老人家睜了睜眼，搜山狗般嗅兩嗅，衣衫臃腫的一個身子早已躥下了水泥凳，抹抹嘴角兩條口水，趴到水泥地上，綷綷綷綷摸索著，伸出手爪探到鞦韆板下揭出一團香口膠，水紅涎涎，拿到酒齇鼻頭上嗅個半天，嘶嘶口水把香口膠塞進嘴洞，撐起膝頭慢吞吞踅轉回朱鴒身畔，挨貼著凳角拱坐了下來，猴兒樣噘嘬著癟嘴皮子吮著，咂著，出起了神。朱鴒鑽進靳五懷裡縮起了兩隻小肩膀，一顫，機伶伶打個寒噤。靳五把隻手掌摀住朱鴒的腮幫，摟緊了她。燈下一對少小情侶吃吃笑，勾肩搭腰，摽纏住兩雙裸白小胳臂，咬著耳朵喘著氣，踩過滿圃落英，鑽出了鞦韆架旁花壇上那叢凋零的杜鵑花，嘴裡啵啄啵啄，嚼著香口膠。老人家挑起眼皮，洞熒熒兩瞳子冷火閃爍。少男摟起少女的腰肢兩個兒廝磨著徜徉出公園閘口，一回眸，女孩乜乜老人，噘起小嘴，血紅黏涎只管嘬弄著嘴裡的香口膠，眼一柔，笑兩笑，猛一咬牙齜住了香口膠往水銀燈下啐了出去。老人家打個哆嗦，嘶下兩泡口水，聳起那身草綠軍裝盯住了地上那團香口膠，作勢欲撲，回頭瞄瞄朱鴒又拱坐回凳角，自管吮吸起嘴裡的香口膠。女孩格格笑，攬起男孩的腰桿，搔著逗著朝向老人家抖盪起俏圓的兩瓣小臀，揚長而去。「來來來，來上學——」鬧市車潮中艾森豪路三楚路兩條通衢大道，漂盪起簇簇小藍裙小藍褲，鶯聲嚦嚦，綻響起琅琅讀書聲。一街坊小學生補習完功課放了學，喘著跑著，沉甸甸揹著各色書囊，戴著黃舌帽兒，兩腮蒼白蹦蹬過灘灘水銀街燈，滿巷滿街飄灑起的麻將聲中，一片聲朗誦課文，流瀉進紀南街丹陽街荊門街萬家燈火條條街口：「去去去，去遊戲！」炊煙嬝嬝，公寓人家刀聲四起剁賸剁賸剁起骨肉煮起消夜。哼嘿，哼嘿，郎絅垂著頭抹著淚徘徊了半天又拔起白帆布鞋，喘著大氣跑上艾森豪路。車水馬龍。白幡招颺。朱鴒挨在靳五懷裡歪起脖子睜圓瞳子烏溜溜探索著，不聲不響，半天，瞅望住凳角拱坐著的老人家，往小藍裙口袋裡掏出一盒香口膠，抽出兩片遞到他手裡。老人家搖搖頭，目光烱烱，只管盯住水泥地上那女孩吐出的一蕾子水紅涎涎的香口膠。朱鴒呆了呆，打個寒噤把香口膠塞回裙袋，摸出一枚紅蛋來，捧到老人家鼻頭下。渾身一顫，老人家把手裡那瓶紅標米酒擱到凳腳，吐出嘴裡那團香口膠，揣進懷裡，脫下草綠軍帽，哈個腰，抖簌簌兩爪子接過紅蛋來，燈下一張鬍渣子風霜臉膛燦綻開了兩排猩紅牙齦：「謝謝您啊，小姑娘。」

「您——打過共匪？」朱鴒瞅瞅他軍帽上那顆青天白日徽，悄悄捉過東洋娃娃，摟進懷裡。

老人家把紅蛋握在掌心裡，搓著揉著：

「小姑娘，我殺過豬拔過毛。」

「打過日本鬼子？」

「嘿，十五歲，我就在臺兒莊肏日本兵他媽的屄。」

「您參加過臺兒莊會戰！死了好多人呢？」

「鬼子？磯谷師團兩萬人全報銷啦。」

「聽您口音，湖北？」

「嘿，鄂西叫長坂的小地方。」

「現在住哪裡？」

「荊門街街子裡落腳。」

「避秦！」

「嗯？小姑娘。」

「躲避大陸共匪新秦始皇的暴政。」

「嘿嘿。」

「你家人呢？老伯。」

「都沒啦，沒啦，小姑娘！」老人家攫起帽沿佝僂下腰身來把軍帽往水泥地上拍兩拍，啐了口，戴回頭上，翻白起兩眸子血絲，眺望著艾森豪路的車潮自管剝起紅蛋：「共匪搞三反五反他媽的不知幾反，殺光光啦，跑光光啦，一個姐姐兩個妹妹兩個哥哥早給日本人活生生弄死了啦，小姑娘！誰請吃紅蛋啊？」

「邱陳月鸞。」

「哦？市場賣蚵仔煎蛋三十零點文文靜靜挺清秀那位太太嗎？上回，去年年中，跟街坊姐妹結伴去美國觀光，年底不是讓美國警察押上飛機給趕回來，還上過報嗎？邱陳月鸞，又生了嗎？孩子滿月請街坊鄰里吃紅蛋，可見得是她丈夫邱先生的種囉！」磔磔兩笑，老人家回眸乜住朱鴒懷裡的東洋娃娃，眼上眼下端詳著，一燦，綻開紅牙齦把雞蛋塞進嘴洞：「甚麼樣的女人玩甚麼樣的卵！賤！這幫海東雜母，放著好好的太太不做跑去美國出卵相。」

朱鴒縮起肩膀子，機伶伶打個哆嗦。

心一寒，靳五悄悄把朱鴒攬到懷裡掏出香菸遞了根給老人家，打上火，自己點了根。老少三個坐在街坊公園一條水泥凳上，慭慭水銀燈光下，半天，想起各自的心事，聽著滿巷滿街盪響成一窩的麻將聲刀鏟聲吃吃尖笑聲。艾森豪路上嘩喇喇兩條火龍流竄。靳五守望著街口，抽完兩根菸，拿起朱鴒的腕子看看錶，心一動，燈下端詳起那隻鑲碎鑽伯爵白金小女錶來：「值多少錢？花井芳雄送的吧？」「木持秀雄！除夕那晚日本雙雄——嘻嘻，這兩位日本伯伯一個叫芳雄一個叫秀雄——來我們家過中國新年，帶朱鸝去南部，這是木持老伯送給我的見面禮！」朱鴒瞅瞅腕子上星光燦爛紮著的一蕾子小小女錶，悄聲說。靳五心口一疼，不吭聲了，瞄瞄那滿身草綠襤褸垂拱凳角烱烱盯住水泥地的老人家，掉轉頭去，望向人頭晃漾的荊門街口，等亞星放學。艾森豪路紅綠燈下郎絅探頭探腦，一回身，蹦起細羚羚白腿子，咻咻喘著，又跑回巷裡跺跺腳倚靠到公園閘口旋轉門上，半天喘回了氣，沉下臉，鑽進公園趑趑趄趄挨著鞦韆板坐了下來，叉開兩隻爪子，扒扒亂髮，揝住他那條紅花格子短褲的吊帶，垂下了頭。

朱鴒摟住東洋娃娃呆呆打量郎絅：

「你知道為甚麼？」

「嗯？丫頭？」

「小舞為甚麼把郎家四小姐送進姚素秋虎口。」

「郎絅嗎？不知道。」

「報復。」

一睜，朱鴒端肅起臉容瞅乜住靳五。

靳五呆了呆揪揪她鬢上髮梢：

「妳甚麼都知道？」

「誰不知道？小舞的爸爸跟過郎將軍——」

「當副官。」

「你怎麼知道？」

「去年秋天有個晚上，半夜我跟小舞去龍城路——」

「飆車！那時他跟你講的？你都知道了！」朱鴒歪過脖子，滿瞳子詫異，眼上眼下端詳起靳五，半天烏溜溜一眨眼：「你知道小舞為甚麼替姚素秋工作？完全不知道？去年暑假小舞帶他妹妹亞星從中部來北部上補習班，準備考學校，有回，小舞腳癢，看見穀城街派出所門口停著輛嶄新的進口轎車——火紅寶馬七三〇，姚那時還開這款車——忍不住踢它兩腳，巧不巧，姚帶著兩個小馬子從隔壁滿濃賓館出來，一撞見，動了肝火，跑進派出所叫出兩個便衣巡佐——姚爸爸做過大警察，大哦，三線二星——把小舞扭進派出所拳腳交加狠揍一頓，這一揍，小舞服了，補習班也不上了，天天騎著姚給他買的山葉追風一三五替姚做事，工作是勾引清秀純真的小馬子——就是少女——供姚開苞，對不起，你聽傻了！對不起還要不要聽下去？要？嗯！替姚工作的還不止小舞，姚養一批少年周小樓胡小棣徐小北小裘——嘻嘻，全是小字輩——專為他勾引小馬子。我告訴你，姚素秋是全市天字第一號色魔，只要一個女孩子熬過十五歲，姚對她就沒有胃口了！嗯？郎紵？十五歲剛上高一，跟亞星同年。姚爸爸早兩年從警界退休了，老兩口享清福，帶著國立師範大學英語系出身的媳婦和兩個孫女兒，一個十四，一個十二，先移民美國去了，留下姚素秋留守在國內。」

靳五聽得呆了，水銀燈下，愣愣瞅住朱鴒那張玉樣姣白的小臉子耳脖上的一篷短髮，半天打出了個寒噤，別開臉去，瀏覽著滿街坊公寓天臺上繚繞起的炊煙，背脊上冒出冷汗：「丫頭！小小女孩兒，妳知道的事情未免太多了！小舞也太糊塗了！」

「你——挨過便衣警察揍嗎？」朱鴿仰起臉兒睜起瞳子一眨不眨盯住靳五。

靳五怔了怔，不吭聲了。

大小兩個坐在凳上，膀子挨膀子，靜靜望著鞦韆板上盪著的郎絅。

靳五臉一煞白：

「張浵！」

「嗯！我早就知道你喜歡張浵。」

朱鴿笑嘻嘻打量起靳五。

「她十四歲！丫頭。」

「浵姐很兇悍，姚素秋下不了毒手的！安啦。」

老人家聳著草綠軍帽咂巴咂巴半天嚼下了嘴裡那粒雞蛋，一咳，吐出兩團青痰，舔舔嘴皮，把紅蛋殼攥在手裡揉搓成糜粉，潑灑到水銀燈下，抖簌簌拿下耳朵上夾著的半支菸。靳五打上火，遞過去。火光裡，老人家綻開光禿禿兩排血紅牙齦點上了火，拱在凳角哈哈腰。幅幅白幡招颺過荊門街口，鐓，鐓，鐓。不聲不響，朱鴿端坐凳沿把雙手兒交疊膝上，昂起脖子蹙起眉心，眺望那一穹窿浩浩渺渺蕩漾在紅塵中的星星，忽然咬了咬牙。

靳五拍拍她肩膀子：

「丫頭！」

「癢！」

「哪裡癢啊？」

「腿。」

朱鴒悄悄撮起了平鋪在膝頭的裙襬，腿上，紫紅灩灩，瘀起梅花大的一蕾子鮮血。靳五呆了呆，攏起朱鴒的小藍裙襬子輕輕揉搓起她的大腿來：

「痛不痛？木持秀雄擰的？」

「不！這次又換花井芳雄擰的。」

「他又忍不住了？」

「表示他心裡很疼我。」

「疼得說不出？」

「是的，他自己這樣說的。」

「就動手？」

「嗯！叫我不要講。」

朱鴒癡癡一笑。

靳五咬了咬牙機伶伶打出兩個寒噤，不吭聲了，一拇指一拇指，只管輕輕揉搓著朱鴒大腿上的瘀血，半天，把裙襬罩回她膝蓋上，心中一酸，托起她下巴來燈下左左右右端詳著，抹抹她眼皮，嘆口氣。朱鴒仰起臉瞅住靳五，滿瞳子的話，一眨，順著臉頰悄沒聲淌下了兩行清淚。靳五看得呆了：「丫頭，有沒有手帕讓我來幫妳擦眼淚？」「袋子裡。」朱鴒還只管仰著臉兒。靳五把手探進朱鴒小藍裙口袋裡，手心一瘙癢，掏摸出了紅瘤瘤千針萬線繡著的一團兒不知甚麼東西來。

「這是甚麼玩藝兒？丫頭。」

「千人針。」

「嗯？花井芳雄送的？」

「不是！這個是木持伯伯送的。」

「千人針是甚麼？」

「千人針是日本的吉祥物呀，嘻嘻！」齜齜兩笑，朱鴒抱起身畔的東洋娃娃，噘起嘴，湊到她那粉白白米糰樣滾圓的腮幫上，親兩親，回頭瞅瞅靳五手上那團東西：「千人針！木持告訴我爸，一千位日本媽媽和奶奶在一塊布上各用紅線縫上一針，縫成小布球，送給每個出征的子弟，貼身帶著上戰場，保佑皇軍戰士打勝仗平安歸來呀——」

「鬼子的護身符！」凳角，老人家磔磔一笑：「我在臺兒莊鬼子屍身上撿過兩籮筐。」

靳五呆了呆把那卵子大的猩紅小繡球伸到水銀燈下端詳半天，心一動，拿到鼻端嗅兩嗅，血腥腥，猛哆嗦嗆出兩把鼻水來，瞧瞧朱鴒，把千人針塞進自己褲袋裡。

巷口街燈下，身影一亮，郎家大小姐郎紈白衣白裙趿著紅繡拖鞋穿過公園閘口，踏上那灘灘水銀清光，站住了，反手撩掠起腰肢後濕湫湫一把黑髮絲，四下望了望，悄沒聲走到郎絅身畔，拂拂臀間的裙子坐了下來。水銀燈中，一身縞素。姐弟倆肩挨住肩手勾住手滿臉水白靜靜坐在鞦韆板上，蹬著，盪著，回眸覷望向艾森豪路。

白幡招颺，荊門街口又閃漾過七八輛燈光通明白頭蒼莽的遊覽車，滾滾煙塵，霓虹叢中，颼颼起了滿街男女老小晃蕩的人頭。鐓。鐓鐓。喇叭震天價響。朱鴒撂下東洋娃娃豎起兩根食指塞住耳洞，昂出脖子，覷起眼睛，眺望著車身白布條上斗大的血紅漢字：「長崎海交會，廣島南星會——哇！你知不知道為甚麼這幾天的日本觀光團特別多？」

「我怎麼知道！」靳五揪揪朱鴒髮根子。

「四月，日本人放春假。」

「所以呢？」

「組團出國尋春呀。」

「唉，妳今年七歲怎懂那麼多！丫頭。」

猛一愣，朱鴒乜過眸子瞍住靳五忽然縮起肩窩吐了吐舌尖子，靦腆笑笑，甩起脖上那篷子短髮，摟過東洋娃娃望著街口大馬路上猋竄而過的遊覽車，出起了神，幽幽唱起歌來：

那夢中的船兒　搖呢搖盪

啊！忘不了那胡琴的絃音

靳五聽得癡了。歌聲中，笑聲起，十來個男女學生摟著書本，簇擁住衣履光潔面白身長睥睨著銀絲邊眼鏡的霍嬗教授，一個推讓一個，挨挨擠擠兒轉進公園閘口來。靳五笑嘻嘻牽起朱鴒，哈腰打個招呼。霍嬗教授駐足鞦韆下，滿臉堆笑，瀏覽起水泥地上五六條大小人影一灘灘水銀清光：「今晚月色可好！帶同學們出來踏月，春暖花開，正好上課——」

「老師，對不起，今天農曆二月二十九日沒有月亮！」朱鴒抱著東洋娃娃整了整白上衣小藍裙，抿住嘴忍住笑，縮起肩膀子，端肅起臉容朝海東大學歷史系霍嫚教授鞠了個躬。

「哦？是嗎？」一愣，霍嫚教授推推眼鏡擡頭望望天上，赧然搖了搖頭，抿抿嘴，嘆口氣，環顧起公園四周荊門街丹陽街紀南街滿街坊燈火公寓，聽了聽四下迸濺起的麻將聲，回頭瞄瞄朱鴒看看靳五：「避秦鯤島，今夕何夕！目極千里兮傷春心，五兄，我原想踏著月色，邊賞杜鵑花邊跟同學們講講歷史上幾場重大的戰役。」

「中國歷代諸著名戰役，霍兄的招牌課！」一哈腰，靳五看看那群憋著嘴忍著笑的學生，悄悄揪了揪朱鴒耳脖上的髮根子，把她攬到身邊來：「這，我就趁機旁聽嘍！霍兄請。」

「五兄見笑！歡迎。」

笑吟吟，霍嫚教授腼腆搖了搖腮渦上綻漾開的兩朵桃花瓣，朝靳五頷首，朝朱鴒齜齜小白牙，招集起學生，踏著灘灘水銀清光賞玩著滿圃凋零的杜鵑花，登上鞦韆架旁的花壇，燈下，一窩子盤起腿來團團坐定在那一地殘華裡，打開書本攤開筆記拔出原子筆。「夏，五月，洛陽饑困，人相食。漢主劉聰使前軍大將軍呼延晏將兵二萬七千寇洛陽，比及河南，晉兵前後十二敗，死者三萬餘人。始安王劉曜、王彌、石勒皆引兵會之，未至，晏留輜重於洛陽西七里張方故壘。」嘩喇嘩喇滿城盪起的車潮聲麻將聲中，霍嫚教授琅琅開講。靳五攬住朱鴒，坐回水泥凳上拿起她的腕子看看她那隻白金鑲鑽小女錶，望向街口等亞星放學。水銀燈下一星火光閃爍著。老人家吮吸著菸蒂，瑟縮在那身堆堆疊疊披掛在肩胛上的草綠破衣裡，垂拱凳角，不瞅不睬，嘬住瓶嘴喝著米酒，紙樣白的風霜臉膛泛起了青來，水汪汪，兩窠子血絲眼眸勾乜著，時不時瞟向郎將軍家姐弟倆，只管盯住水泥地上那一蕾子水紅香口膠。郎紈歪過脖子，低低頭反手一撩，把腰肢後那蓬濕髮梢撥了兩撥流瀉到郎絅肩膀上，擡頭望望朱鴒笑了笑。滿圃落花中飄漫起一縷洗髮精香。姐弟倆靜靜挨靠著，蹬盪起鞦韆守望住荊門街口。花壇上霍嬗教授雙手捧起書本驀地拔高嗓門：「五月癸未，呼延晏先至洛陽，甲申，攻平昌門，丙戌，克之，遂焚東陽門及諸府寺。六月丁亥朔，晏以外繼不至俘掠而去。帝具舟於洛水，將東走，晏盡焚之。庚寅，司空荀藩及弟光祿大夫組奔轘轅。辛卯，王彌至宣陽門；壬辰，始安王劉曜至西明門；丁酉，王彌、呼延晏克宣陽門入南宮升太極前殿，縱兵大掠，悉收宮人珍寶。帝出華林園門欲奔長安，漢兵追執之，幽於端門。曜自西明門入屯武庫。戊戌，曜殺太子詮吳孝王晏竟陵王楙右僕射曹馥尚書閭丘沖河南尹劉默等，士民死者三萬餘人。遂發掘諸陵，焚宮廟官府皆盡——」朱鴒腆起臀子挺起腰肢，端坐凳沿，仰望著花壇上蕤蕤水銀燈下一圈兒盤膝而坐的海東大學師生，豎起耳朵聽得呆了，眼一亮，回頭覷住公園閘口悄悄扯了扯靳五的衣袖。步履匆匆，外文系助教李潔之抱著公文袋走進紀南街盞盞街燈下來，耳垂上兩枚白金小環，眨亮眨亮，驀地身影一轉，在公園對面那棟公寓朱紅門前停下高跟鞋，細高䠷兒，掠掠齊耳的髮梢拂了拂水綠長裙子，揿起門鈴。四樓陽臺，傑夫諾曼金毛狨狨打著赤膊綳著條漿白的草綠卡其長褲，燈中，攀住欄干探探頭，海藍瞳子一柔亮，瞅瞅李潔之臌了臌褲襠上繡著的粉紅蝴蝶，斜齜起兩排細白牙，張起手爪，梳攏起那顱子蓬亮的水兵頭，回身踊躚進客廳。角門迸地一響，開了，李潔之攏攏裙襬子抱著公文袋跨進了公寓，闔上門。

窗口，傑夫諾曼又探探頭，俯瞰滿街行人，脖子上打個蝴蝶結纏繞起了一蕊子桃紅絲巾，四下睥睨兩眼，颼地拉闔起落地紅綢帘幔，打開陽臺燈。花壇上霍嬗教授昂起脖子眺望了望對面公寓淒涼一嘆，廢然掩卷：「曜納惠帝羊皇后，遷帝及六璽於平陽！丁未，漢主劉聰大赦天下改元嘉平，以懷帝為特進左光祿大夫，封平阿公——」滿壇男女學生擱下書本抱住膝頭仰起臉靜靜望著老師，燈下滿瞳子狐疑。霍嬗教授只管瞅著對面公寓。朱鴒吃吃笑，歪起脖子探索著甚麼似的只管瞅望住水泥涼亭下那塊黑影地，眼睜睜。靳五揪揪她髮根子：

「愣愣瞪瞪的瞧甚麼？鴒小姐。」

「陰。」

「甚麼啊？」

「魂。」

朱鴒伸手悄悄一指。

涼亭下，笑巍巍蜂腰小臀孤蹲著一條人影。

噢！媽媽

妳敢是真正無情

放捨子兒——

安樂新痀瘻著一身光鮮的冬黑西裝臘腸樣紮根水藍小領帶，抱住膝頭，挨靠在亭腳上，悽悽惻惻，只管哼著那首邈古哀怨的海東尋母謠。兩瞳子血絲燦漾著，洞亮洞亮，不住瞟向靳五這邊來。靳五打個寒噤擡起臀子笑嘻嘻哈個腰：「你還想念母親？」「沒有啦，隨便唱唱！」安樂新呆了呆，昂起他那張酒紅醭醭的猴腮子臉，搔搔他那粒檳榔樣蒼黃小平頭，靦腆笑笑，揉揉眼塘子摔開了臉去，嘔一口，啐兩啐，水銀燈影裡血泡泡流淌下口水來，撮起五根枯尖的手爪，拈掉肩膀上沾著的金紙灰。

「哥！」

「安樂新，你怎麼了？」

「我剛送過死人，吃過酒。」

「哦？又送死人了？交遊廣闊啊，有紅白兩事的地方就有你安樂新！」靳五捉過朱鴒，捏住她髮根子，瞇笑笑，隔著那一灘清光望著孤蹲燈影裡嚼啄檳榔的安樂新，瞅瞅鞦韆板上郎家姐弟：「上回，簡許玉桂議員娶媳婦，沒多久，滿濃賓館李董事長父親過世，你都去吃酒，這回是誰請喝紹興酒吃火雞腰子炒麻油薑絲啊？看你那張臉，喝得又紅又青。」

「林春水，也就是哈露桑，他媽媽過世！記得嗎？哥帶著這位小妹妹和亞星妹子過年去快活林大歌廳，看過他主持的節目。」安樂新嚥嚥口水，把爪子插進西裝襟口，望著對面公寓四樓陽臺那一帘紅幔，扒搔起胳肢窩，猛一哆嗦，眼窠子裡竄閃出兩撮冷火，抽出手爪伸到鼻頭上嗅了嗅：「今天出殯，春水哥有燒一棟花三十萬元做的靈厝，給伊老母陰間住。席開三百桌！大請演藝界同仁，叫得出名字的女歌星女明星，都去向哈露桑的媽媽行禮告別！哈露桑向大家宣布，出馬競選監察委員——哥坐在這裡等亞星妹子放學回家？」

安樂新身上汗腥腥飄𡡉出兩腋子古龍香水。

朱鴒皺起鼻尖，嗅兩嗅。

大小兩個隔著清光粼粼一塊水泥地，眼瞄眼。朱鴒瞳子轉兩轉掙脫了靳五的胳臂躥下水泥長凳，背起手，歪起臉，趿趿起塑膠小紅拖鞋踱到涼亭腳，頂著那篷子短髮，悄悄蹲下，瞅住安樂新不聲不響端詳起來，臀子一拱，踮起了腳尖，噘起嘴湊上前，悄悄吹掉安樂新那粒小平頭上熠亮熠亮沾著的金箔紙灰。安樂新勾過眼來冷冷打量朱鴒，啵，啐出滿口血泡，眼一燦，綻開兩齦子糯米樣小紅牙舔了舔嘴洞裡那粒翠綠檳榔，慵睏睏打起大哈欠搔搔胳肢窩。朱鴒湊上鼻尖。安樂新伸出爪子朝朱鴒招了招。朱鴒縮起鼻尖嗅兩嗅猛哆嗦格格笑：「又是香水又是狐臭好難聞。」「亂講！」「你想你媽媽？」「嗳。」「你到底有沒有媽媽？」「小時候住在南部鄉下就沒有看見過她，不知道。」一泫，朱鴒揉揉眼皮往裙袋裡掏出一枚紅蛋悄悄塞進安樂新手裡。大小兩個，泫泫相望，抱住膝頭蹲在涼亭下水泥地上。郎絅跳下鞦韆板，拔起腳，咻咻喘著大氣跑上艾森豪路紅綠燈下，車潮中張望起來。白幡飀飀，福岡市花卉農協日本國園藝振興同盟德島市名東町洋蘭會，白頭西裝，蕩漾過荊門街口。鐓。鐓鐓。郎紈坐在鞦韆板上，覷望著那七八輛燈火高燒載著團團日本觀光客絕塵而過的雙層遊覽車，忽然嘆口氣。靳五心頭一顫。郎紈垂下了頭來，反手撩起肩胛上那一瀑黑髮絲，拂掠了掠，攏到腰後，往腋窩裡抽出手絹，揚起臉揉搓起脖子肩窩，跂住腳尖有一盪沒一盪只管蹬起白皎皎踝子下那雙紅繡鞋。靳五看得癡了。公園裡盞盞水銀燈，滿街町煙塵中破繭而出，一瓢白水也似濺潑下來，遍地流泛。郎紈眺著天出起了神，眉梢眼角皺起滿額頭冷冷的清光。

三十才出頭的女人，燈下一臉滄桑。花壇上十來個男女大學生攤開筆記團團盤起腿兒，坐而論道，七嘴八舌，討論起方才老師朗誦的永嘉之亂洛陽淪陷記。老人家拱坐凳角，摟住酒瓶打著酒嗝，縮起肩窩裹起了那身草綠軍裝，挪挪頭上的草綠軍帽，肚皮一縮，翹起臀子，齜牙咧嘴咬住下唇忍了半晌，砰然，放出了個響屁。花壇上一夥師生回回眸。郎紈攀住鞦韆索呆了呆。靳五哈哈大笑。旋轉門一兜，閘口走進了兩個男女。男的額下兜晃著兩串枯黑髮毬，微微佝僂起背脊，白淨精瘦，捲起衫袖，肩胛上兩根黑吊帶鬆鬆掛住一條長可及膝的米黃斜紋休閒褲，蹓著白球鞋，迎著水銀清光踱上公園。靳五笑嘻嘻站起身：「齊兄？」

「嗳？哦，是文學院靳兄？」齊兄一怔勾起食指撩開了眉眼上的髮毬，兩烱子玳瑁眼鏡，對準靳五潑閃了閃：「上回好像去年底，有天下雨在教員餐廳用午餐，靳兄帶個女孩——」

「張浵。」

「哦！小弟電機齊。」

「小弟外文靳。」

兩隻手伸過水銀燈牢牢一握。

「對不起，張浵是我的小妹妹！」紫衣紅裳，電機齊身後五六步跟著的女子高䠷䠷揚著臉轉出水銀燈下來，一頭髮窩蓬蓬鬆鬆：「靳老師等亞星放學回家？」

滿場子，一根飛颺跋扈的粗油麻花辮！

眼一亮靳五笑起來：

「辮子查某張鴻——有夠悍！」

「給伊死！」

張鴻掠掠耳脖上的燙鬈髮笑了笑接口說。

電機齊呆了呆推推眼鏡，兩瞳子狐疑：

「鴻，你們的話我聽不懂。」

「齊大哥，靳老師看過我打籃球。」

「妳留過辮子？」

「留過，讓球迷拔掉大半啦。」

「齊兄實驗進行如何？上回餐廳吃飯——」

「哦，靳兄，我得趕在七月放暑假前把實驗弄出個段落，回普林斯頓銷假去！」電機齊撩撩腦門下那帘頭髮，笑訕起挺秀白的瘦臉來，燈下回眸睨睨張鴻：「事實上，這趟回國客座兩個學期雖說也有回饋國家之意，大半也是奉家母之命——」

「相親？」靳五嘻嘻一笑。

臉飛紅電機齊伸出蒼冷的小手同靳五緊緊握兩握：「羈居美國年過三十，大家如此！只是不好意思，奉家母之命去年八月回國，卻提不起興致一直拖到昨天才——幸會，靳兄！」手一鬆，舒了舒肩胛上兩根吊帶抖了抖肚臍下那條米黃休閒短褲，邁出愛迪達球鞋，垂著頭若有所思。張鴻低下頭來隔著五六步光景跟住他，一前一後，雙雙徜徉進花壇下黑影地。

朱鴒格格笑。

安樂新笑嘎嘎。

亭下，大小兩個背貼背手勾手不知甚麼時候攀上交情，玩起轉大磨的遊戲。背脊一弓，安樂新翹起兩瓣歪小臀子揹起朱鴒，呸啵，呸啵，啐出兩口血花痰，蹎蹬起三寸跟尖頭小黑馬靴，徧襬起冬黑西裝大喇叭褲筒，水藍領帶，飄飄嬝嬝，繞著涼亭滴溜溜滴溜溜蹦著跳著一圈又一圈只管兜轉了開來。兜一兜，啐兩啐：

噢！媽媽
我的心肝在叫妳
媽媽喲
妳敢無聽見
噢！媽媽
為著可憐子兒
請妳著要返來阮身邊——

格格笑，盞盞水銀燈下一頭齊耳的髮絲一身白衣小藍裙，晃漾，飄忽。

靳五背起手來，踱到亭下聽著安樂新的歌聲望著地上大小兩條旋飛的人影，哈哈大笑。郎納呆了呆，歪起脖子把腮幫挨貼在鞦韆索上，瞅著，舒開了眉心。老人家聳起軍帽摟住米酒瓶目光睒睒。花壇上，盤膝而坐，霍媗教授瞅望住對面公寓四樓陽臺那一帘燈影迷離的紅綢帳幔，幽幽嘆出兩口氣，結束了永嘉之亂的討論，捧起書本琅琅開講起另一場重大的戰役：「秋，八月，魏王拓跋珪治兵河南，九月進軍臨河。燕魏相持積旬，冬，十月辛未，燕太子慕容寶燒船夜遁。時河冰未結，寶以魏兵必不能渡不設斥候。十一月己卯，暴風，冰合，魏王珪引兵濟河留輜重選精銳二萬餘騎急追之。燕軍至參合陂，有大風，黑氣如堤，自軍後來臨覆軍上。沙門支曇猛言於太子寶曰：風氣暴迅，魏兵將至之候，宜遣兵禦之。寶以去魏軍已遠笑而不應。魏軍晨夜兼行，乙酉，暮，至參合陂西。燕軍在陂東營於蟠羊山南水之上。魏王珪夜部分諸將，掩覆燕軍，士卒銜枚束馬口潛進。丙戌，日出，魏軍登山下臨燕營。燕軍將東引，顧見之，士卒大驚擾亂。魏王珪縱兵擊之，燕兵走赴水，人馬相騰躡，壓溺死者以萬數。魏略陽公拓跋遵以兵邀其前，燕兵四五萬人一時放仗斂手就禽，太子寶單騎僅免。魏王珪擇燕臣之有才用者太史郎晁崇等留之，其餘欲悉給衣糧遣還，以招懷中州之人。中部大人王建曰：燕眾強盛，今傾國而來，我幸而大捷，不如悉殺之則其國空虛取之為易，且獲寇而縱之，無乃不可乎！乃盡阬之。十二月魏王珪還雲中之盛樂——」炊煙漫漫麻將聲嘩喇四起。街坊小公園鐵籬外荊門街紀南街丹陽街滿街夜歸的行人，男女老小，愣愣瞪瞪，望著公園中央花壇上團團圍坐的師生，豎起耳朵聽了聽，滿瞳子疑惑。亭下，朱鴒仰天躺在安樂新背脊上讓他揹著兜蹓了二三十圈，格格笑，掙脫他兩條胳臂，蹦下地來，撿回小紅拖鞋趿上了，瞇眼齜牙只管拍著心口甩著滿腦勺短髮絲。汗湫湫，燈下一臉子紅暈，兩渦兒笑靨。安樂新弓著腰拍著背好半天撐起膝頭來，跺跺馬靴跟，幽幽噓口氣，呸！啐出滿口血水，咧開兩齦小紅牙舒伸了個腰勾過眼睨住靳五，噢媽媽，噢媽媽，只管喘著大氣哼著他那首歌兒。朱鴒扠起腰仰起臉，瞇嘻嘻瞅望住靳五。

「丫頭啊。」

「嗯？」

「玩得開心了？」

「還好。」猛哆嗦，朱鴒闔起兩隻膝頭弓下腰把雙手兒攏住小藍裙襬子，臉一白，望向公園鐵欄柵圍籬外：「他們不是人！他們是兩個鬼！」

巷口，掀著喇叭闖開滿街老小歸人，駛出了輛計程車。花井芳雄木持秀雄西裝筆挺一左一右挾住兩腮蒼白的朱鸝，昂起花髮小頭顱，繃住臉，恭恭敬敬端坐在後座。街燈下兩雙玳瑁眼鏡閃爍，潑燗潑燗。前座裡，朱媽媽穿著宮錦紅高領子仿綢旗袍，轉著脖子撩掠著滿肩飄鬈的髮絲，端起臉容和司機搭著腔。靳五握住朱鴒的小腕子。眼瞳一亮，滿嘴米粒樣菸屎金牙燦了燦，木持秀雄綻開上齶兩枚乳白大齙牙，哈哈腰，張起枯黃爪子，伸出車窗朝朱鴒招了招。巷口人窩中，一嗥，車子竄出荊門街穿過艾森豪路飆進歸州街，車潮中，轉眼間，消失進艟艟艨艨滿城盪漾在紅塵裡的水晶燈火瓊樓玉宇。

「噢！媽媽，天邊海角找無妳，媽媽喲妳敢無聽見——」安樂新抱起兩條胳臂挨靠到涼亭腳上搖抖著一筒喇叭褲管，眼勾勾瞟乜住朱鴒，嚼啄著檳榔還只管哼唱他那首歌兒。郎紈回回眸，撩甩起髮梢。凳角，老人家揭下軍帽往地上叭叭拍兩拍，回頭覷住荊門街口，嘸嘸口水，呸地，吐出了光禿禿嘴洞裡那團吮吸得只剩小小一蕾的水紅香口膠：「甚麼樣的女人，玩甚麼樣的卵！」

靳五捏捏朱鴒手心：

「丫頭，媽媽帶姐姐去哪裡？」

「上東京，藝能學校。」

「不念師大了?」

「花井伯伯認朱鴒做義女，保送她——」

「哦?過完年朱鴒不是病了嗎?」

靳五呆了呆攬過朱鴒的腦瓜子搓搓她那頭清爽的短髮，牽起她來，坐回凳上。凳角，老人家挪挪身子自管搧起軍帽來。朱鴒抱起東洋娃娃，挨住靳五，把隻手兒探進裙襬裡悄悄搔了搔大腿上那蕾子瘀血，一哆嗦，縮起肩窩絞起眉心，眼圈一紅呆呆覷望著花壇，一邊一邊兜起腳上那雙紅拖鞋。靳五把雙胳臂暖暖環抱住她肩膀子。「春，正月，燕高陽王慕容隆引龍城之甲入中山，軍容精整，燕人之氣稍振。三月庚子，燕主慕容垂留范陽王慕容德守中山，引兵密發，踰青嶺，經天門，鑿山開道出魏人不意直指雲中。是時，燕兵新敗皆畏魏，惟龍城兵勇銳爭先。魏王拓跋珪震怖欲走。燕主垂過參合陂，見積骸如山，為之設祭，軍士皆慟哭，聲震山谷——」砰然霍嬗教授擱下書本望著同學們半晌仰天長嘆一聲：「不嗜殺人，然後能一天下！孟子之言豈欺我哉。」滿壇學生沉默半晌，攤開筆記操起原子筆熱烈討論起燕魏參合陂之戰來。壇下，老人家拱坐凳角，縮起肚皮翹起臀子齜了齜牙齦，砰！又放了個響屁，戴上軍帽，回頭狡黠一笑朝靳五眨個眼。靳五哈了哈腰掏出香菸遞上一根，打上火。

滿地縞素。

泫然，朱鴒把雙手兒撫住膝蓋，端坐盞盞水銀清光中。

安樂新撣掉身上沾著的金箔，整整領帶，痀瘻起小黑西裝蹲回涼亭下。

涼亭上，不知甚麼時候，糾聚起了六個衣履光潔黑黧黧滿臉風霜的街坊老阿公，拈著茶盅團團蹲在水泥凳，啜著釅茶，吸著洋菸，指指點點議論時事正在興頭上。燈影裡口沫橫飛，星星火光顆顆金牙閃爍著。

朱鴒抹了抹眼睛，淚光中，側起臉子豎起耳朵凝聽。

——聽電視講，豬哥春林春水哈露桑有意思出馬競選監察委員。

——監察委員做啥貨？你們講卡呷趣味。

——監察委員的權力有夠大哦！專門管政府官員，政府做錯事亂花錢，可以削掉。

——按捺講，監察委員足像我們中國古早時代的按君大人囉。

——噯，就係巡按，也就係朝廷的監察御史！

——所以，監察委員一定愛清白，莫愛錢，才可以替國家百姓看管政府官員。

——按捺得選學問深品行好道德高的人去擔當才對！是按怎，競選監察委員得花錢買票？想想看，豬哥春林春水也不是憨人，拿錢買奴才做，哪算會混？

——買一票要幾塊？

——聽講，一票兩百萬塊。

——幾票會當選？

——十五六票。

——一票兩百萬，十票兩千萬，十六票三千兩百萬，咱一世人也賺無！嘸是大頭家，嘸是豬哥春林春水有大頭家珠海時報發行人陳宜中做後臺，幹！哪有法度競選監察委員？

——這也不可怪監察委員哦！省市議員選舉時花錢買票，有機會就要賺一割回來。

——按捺講，監察委員是省市議員選舉的？

——對，憲法有規定。

——照你按捺講，怪省市議員也無道理！省市議員也嘸是莫愛清白，講公道的，每一次選舉省市議員，老百姓去投票也要伸手向候選人要走路錢車馬費，要怪就怪咱做老百姓的水準無夠！看人家日本，米國，攏無啥麼監察委員！夭壽，有夠夭壽哦，豬哥春林春水哈露桑是啥麼貨色，也要做監察委員！看人家日本——

——監察委員係中國傳統。

——對！就係！咱中華民國實行三民主義五權憲法。

——國父，孫中山先生，制定。

——咱這個社會甚麼貨攏是愛錢啦。

——錢，還怕多？

——豬哥春也不是憨人！

——伊宣布出馬競選監察委員，嘸知，有影麼？

——亂亂吹。

六張癟嘴皮子金銀牙閃閃，一閤，打住了話頭，燈影裡啄著小陶盅啜起釅茶來。

淚瀅瀅，朱鴒摟住東洋娃娃，歪起脖子豎起耳朵，覷望著涼亭上白髮滄桑六個品茗吸菸議論時政的街坊阿公，怔怔諦聽得出起神來。涼亭腳水泥地，一條人影，燦爍著兩瞳子血絲孤蹲著。安樂新抱住膝頭齜著紅牙，待笑不笑，瞅乜住花壇上那夥盤膝端坐滿圃落紅之中討論戰爭的師生，噓呵出蓬蓬酒氣，一爪一爪，只管拈著西裝上的金箔紙灰，吹到夜空中。凳角，湖北老兵垂拱著那身草綠襤褸，不聲不響，好半天眼燗燗盯住水銀燈下水泥地上那一蕾子水紅黏涎的香口膠，忽然，骨碌骨碌嚥起口水，一撲，鶻起鵠落，趴到了地上撿起香口膠塞進嘴洞裡，吮著，啄著，慢吞吞走回來，整整軍帽拱坐回凳角。花壇上霍嬗教授背隻手燈下踱起方步驀地拔尖嗓子：「帝好玄談。秋，九月辛卯於龍光殿開講老子。乙巳，魏遣柱國常山公于謹中山公宇文護大將軍楊忠將兵五萬入寇，冬，十月壬戌，發長安。癸亥，武寧太守宗均告魏兵且至。丁卯，帝停講老子，內外戒嚴。庚午，復講老子，百官戎服以聽。甲戌，帝夜登鳳皇閣仰觀天象徙倚歎息曰：客星入翼軫，今必敗矣！嬪御皆泣。十一月帝大閱兵卒於江陵外城南門津陽門外，遇北風暴雨，輕輦還宮。癸未，魏軍濟漢水，于謹令宇文護楊忠帥精騎先據江津，斷東路。甲申，帝乘馬出江陵城巡行柵守。丙戌，命太子巡行城樓，令居人助運木石。夜，魏軍至黃華，去江陵四十里。丁酉，柵內火，焚數千家及城樓二十五，帝登臨所焚樓望魏軍濟江，四顧歎息，是夜遂止宮外，宿民家，己亥移居祇洹寺。庚子夜帝巡城，猶口占為詩，群臣亦有和者。壬寅還宮；癸卯出居長沙寺；己酉移居天居寺；癸丑移居長沙寺。時徵兵四方皆未至。甲寅，魏軍百道攻城，江陵城中負戸蒙楯，領軍將軍胡僧祐親當矢石晝夜督戰獎勵將士明行賞罰，眾咸致死所向摧殄，魏兵不得前。俄而胡僧祐中流矢死，內外大駭。魏悉眾攻柵，江陵城中反者開西門納魏師。時城南雖破而城北諸將猶苦戰，日暝，聞城陷，乃散——」霍嬗教授頓了頓仰天長嘆兩聲闔起書本，盤足端坐回花圃中央。嘩喇嘩喇滿街坊燈火公寓此起彼落瓢灑出的麻將聲中，一穹紅塵，滿天星靨靨，盞盞水銀燈下白衫白裙黑髮飄漫，郎紈只管望住荊門街口坐在鞦韆板上，一盪一盪，蹬著踝子下那雙紅繡拖鞋。靳五撮起朱鴒腕子上那隻白金小女錶，看了看，嘆口氣，攬過朱鴒揉揉她的耳脖，一呆，把手攤在燈下照了照，細細碎碎都是髮絲：「丫頭，甚麼時候剪的頭髮？下午？花井和木持兩個來了以後？難怪中午看妳出門上學還梳著兩根辮子！花井要妳媽剪的？」

「嗯！木持伯伯也贊成。」

「是啊，下回他來再帶我去燙頭髮。」

「說妳不是小孩了？」

「幹老木持！」

靳五往地上啐出了泡口水，捉過朱鴒的肩膀翻起她白衣領子，探進她肩窩裡摸了摸，掏出一把髮屑來，燈下瞅住她耳脖上那篷子刀切樣齊耳的短髮，心中一酸。笑嘻嘻，朱鴒昂起脖子甩起髮梢，摟住東洋娃娃，瀏覽著公園周遭條條街街中男女老小行色匆匆的夜歸人，忽然睜起瞳子，回眸瞅住靳五，指住了公園閘口的街名牌：「考你！中國歷史地理常識。」

「好啊。」

「荊門是哪裡？」

「湖北省荊門縣不是？長江北岸。」

「嗯！荊門街對面歸州街？」

「歸州，靠近三峽，大詩人屈原的家鄉呀。」

「你不知道，王昭君也是歸州人嗎？」
「妳又怎麼知道？」
「嘻，我爸爸跟我講呀！丹陽？」
「周王封楚子於丹陽，就在歸州東邊。」
「丹陽街過來，紀南街呢？」
「紀南，楚國故都。」
「在哪裡？」
「這個我不知道，丫頭。」
「紀南街我問爸爸他也不知道。」
「小姑娘，紀南在今天江陵城北邊嘛。」
「老伯，你怎知道？」
「我老家長坂就在江陵北邊荊門南邊啊。」
「哦！古城江陵，關羽鎮守那裡。」
朱鴒端起臉容，肅然起敬乜過眼睛悄悄打量起拱坐凳角的老人家。
「幹！日本中國相殺！」亭下黑影地裡安樂新磔磔一笑，抱住兩隻膝頭，血絲睒睒，瞟了瞟凳角那瑟縮在滿身破爛軍服裡吮吸著香口膠的老兵，嘓了嘓嘴，呸潑，往水銀燈下啐出兩泡檳榔汁：「日本中國相殺八年，日本打輸，中國打贏，夭壽！這些大陸老芋仔就跑來這裡亂亂改我們的路名，伊娘祖媽，笑死人，好好的阿久比町男鹿町滿濃町，嗤！大筆一改，荊門街歸州街丹陽街紀南街江津路三楚路艾森豪路，改得亂無道理，京觀里旁邊還有一條壽丘路囁！壽丘啥所在？影視雙棲玉女歌星齊姜在大陸山東省的老家！齊姜小妹，伊現在住在夷洲路新買的豪華公寓，夷洲啥所在？實在有夠好笑！假仙！」

十來幅白幡飄颻過荊門街口。

鐓。鐓。鐓。

「哇！浩浩蕩蕩買春！」眼一亮朱鴒摟住東洋娃娃躥到凳上昂起脖子睜起眼瞳：「哇！鬪魂！忍耐！好大的四個字！日本武道振興同盟友好親善交歡團！國際武道交流協會見學團！日本語教育振興協會奉仕團！松山縣老人教育委員會修學旅行團！大阪視聽覺教材商工組合！福岡市十日惠比須神社大福帳！廣島上下太田子供會友好交流團！福井二十一世紀研究會見學團！愛媛縣黑毛和種受精卵移植同好會——你知道，黑毛和種是甚麼東西？不知？黑毛和種就是日本特產的肉牛呀，嘻嘻。哇！日本人四月放春假，全國的人結夥組團出國觀光！」

「冬，十一月甲寅，帝入東閣竹殿，命舍人高善寶焚古今圖書十四萬卷，將自赴火，宮人左右共止之，帝又以寶劍斫柱令折，歎曰：文武之道今夜盡矣——」花壇上霍嫚教授托起書本背隻手又踱起方步來，橐躂橐躂，邁起尖頭皮鞋，踩著滿圃凋殘的杜鵑花，繞著盤膝圍坐的男女學生，猛昂首，望望公園對面傑夫諾曼公寓陽臺落地窗紅灩灩一帘燈影，搔了搔腮渦子幽幽嘆口氣：「中書郎殷不害先於別所督戰，江陵城陷，失去母，時冰雪交積，凍死者填滿溝塹，不害行哭於道求其母尸，無所不至，見溝中死人輒投下捧視，舉體凍濕，水漿不入口號哭不輟聲如是七日乃得母尸！冬，十二月辛未，帝為魏人所殺。帝性好書，常令左右讀書晝夜不絕，雖熟睡卷猶不釋，作文章援筆立就。或問何意焚書？帝曰：讀書萬卷猶有今日，故焚之！」霍嬗教授頓了頓背起雙手瞅瞅一壇喁喁仰首凝望的學生，喟然一哂：「帝之亡國固不由讀書也！魏立梁王蕭詧為梁主，資以荊州之地。詧居江陵東城，魏置防主將兵居西城，以儀同三司王悅留鎮江陵。魏柱國常山公于謹，收江陵府庫珍寶及宋渾天儀、梁銅晷表、大玉徑四尺及諸法物，盡俘王公以下及選百姓男女五十萬口為奴婢分賞三軍，冬，十二月，驅歸長安，小弱者皆殺之，得免者三百餘家，而人馬所踐及凍死者什二三——」

朱鴒機伶伶一哆嗦。

巷口，天藍港衫鐵灰西褲斯斯文文蹬著黑尖皮鞋，躥出了個男子，滿臉酒氣揮起雪亮的棒球棒，罵著，追殺一個三十零點白淨淨挺秀氣的小婦人。兩個兒隔著人來人往的紀南街，眼，瞪住眼，咬起牙根對峙上了。女的捧住心口，咳了好半晌一扭頭飄搖起鵝黃睡袍襬子，踢躂著塑膠拖鞋慢吞吞走到公園閘口，挨靠到門上，喘著，垂下了頭，反手絞下耳脖後兩綹髮絲纏到小指上，撈起胸窩掛著的綠玉墜子，只管把玩起來。男的擎著棒球棒，前弓後箭蹲起馬步守在巷口街燈下，半天鐵青起那張酒紅臉皮，沒了主意，眼勾勾發起呆來，忽然長嘆兩聲撂下了棒子，回身張開白瘦瘦兩條胳臂摟住水泥電線桿，咬著牙，砰砰砰，自管撞起了頭。滿街坊補習完功課放學後在外徘徊遊蕩的男女小學生，駐足，愣瞪，齜笑嘻嘻揹著書囊。東一咿呀西一砰碰，紀南街上家家公寓窗扉打了開來，嘩喇嘩喇瓢水也似潑出麻將聲，血絲瞳瞳，探出了顆顆頭顱肩肩髮蓬，手裡揝著筷子端著熱騰騰的消夜。一街注目。那女的挑起眼皮四下望望，猛跺腳，穿梭過街心跑回巷口街燈下擡起右腳上那隻小紅拖鞋，往那男的腿肚上悄悄踢了五六腳，眼圈一紅，扯了扯他的西裝褲腰。不瞅不睬，男的只管摟抱住電線桿，齜牙咧嘴砰砰撞著頭。女的呆了呆，嘆口氣，撿起棒球棒踱上巷心，垂下頭拂拂睡袍，反手撈捉起肩上那一叢蓬亮的髮絲怔怔撩攏起來，望望滿街糾聚的小學生，一回身，躥回街燈下叉開五根指尖，不聲不響往男的腮幫上只兩掌，叭叭摑了個滿天星，接著，噼噼啪啪一頓嘴巴子，把他打得抱住了頭蹦蹬起皮鞋來逃跑回巷子裡。

朱鴒昂起脖子似笑非笑望得呆了。

「丫頭，他們是誰？」

「光化市場擺攤子賣蚵仔煎蛋的邱先生。」

「女的是他太太？」

「嗯！邱陳月鸞。」

「她先生為甚麼要打她？」

「你不知？上次邱太太跟二十個街坊姐妹結伴去美國觀光——」

「哦，請吃紅蛋的那位太太！」

「被抓去打掃，嘻嘻，紐約市的大街。」

「二十位太太全部被抓？被誰抓？」

「美國警察。」

「抓去掃街？」

「判罰勞役三十個小時。」

「這些太太犯了美國甚麼法？」

「嗤！」笑嘻嘻朱鴒乜過眼睛睄了靳五好半晌，忽然，臉容一端，腆起臀子挺起腰肢攀住靳五的頸脖把嘴湊上他耳朵：「越州賣淫。」

「小丫頭！」靳五呆了呆臉皮一燥：「小小年紀怎麼知道那麼多？」

「我怎麼知道？」一愣，朱鴒睜起眼睛瞅住靳五：「街坊鄰里誰不知道？」

老人家摟住米酒瓶望著巷口一哄而散的小男生小女生，嘿嘿，嗤了泡口水冷笑出兩聲：「甚麼女人玩甚麼卵！海東雜母浪。」回頭瞅瞅靳五，綻了綻光禿禿兩排紅牙齦舔了舔嘴洞裡那蕾子香口膠。靳五打個寒噤遞過一支菸，送到他嘴上。涼亭下黑影地，安樂新摟住膝頭孤蹲著，把隻手爪探進西裝襟口只管搔著胳肢窩，時不時抽出爪子嗅兩嗅，磔磔一笑，乜過兩眸子血絲，涎起三角小臉皮瞪了瞪鞦韆板上的郎紈，啄啄嘴裡的檳榔啐出兩朵血花：「龜笑鱉沒尾！米國黑人卵泡大，爽死伊！」燈下郎紈揝住鞦韆索只管蹬著腳上那雙紅繡拖鞋，盪過來盪過去，一呆，臉煞白，回頭望了望安樂新，打個哆嗦站起身來走到水泥地上，出著神，抱起兩筒膀子，甩晃著滿肩洗髮精香，眺望住荊門街口艾森豪路上濤濤燦爛的車潮。滿地水銀清光裡，衣裙漂漂，一身皮膚月芽兒般的皎潔。靳五拿起朱鴒的腕子看看錶。紀南街口三楚路上，棕櫚翏翏，國立海東大學滿園葱蘢中盪響起一波波銅鐘，鏜，鏜，星空下餘音蕩漾過鬧市大街。紅晶燈大亮，笑聲起，街口春衫招展聒噪著躥過了一窩窩抱住書本的女生，兩排車陣，咆哮，對峙在斑馬線上潑血般燦起蕊蕊紅燈，漩起漫天煙渦。人頭洶湧。笑盈盈，周砦把花布書包拎在手裡搖啊晃陪伴著樂自遠神父，渡過三楚路走進紀南街。樂神父紅光滿額，挺起肚膛把手摸著剃得光溜溜的下巴，昂揚起一顆油禿的大頭顱，街燈下，顧盼睥睨。周碧仰起臉望住他，亦步亦趨說著話兒。綠燈亮。兩排車陣噑起喇叭黑壓壓湧起一漩渦波濤，金光潑燦，一瀉，淹沒過了一群闖紅燈的大學生。燈火高燒，華髮蒼蒼，五六輛雙層遊覽車鐓鐓撳著喇叭魚貫飆竄過海大校門。日本國際協力事業團。正氣塾。平和憲法推進研修會見學團。日本暴力追放運動同盟親善交流團。白幡招颺。嘩喇嘩喇滿街坊炊煙四起一波波飄出的麻將聲中，花壇上，琅琅讀書，霍嬗教授盤膝端坐一圃殘紅裡：「冬，十一月，相國右司馬朱齡石至長安。都督雍梁秦三州諸軍事、安西將軍、領雍東秦二州刺史劉義真，時年十二，將士貪縱，大掠而東，多載寶貨子女方軌徐行。俄而夏兵大至，建威將軍傅弘之與輔國將軍蒯恩斷後力戰連日，至青泥，晉兵大敗。夏王赫連勃勃欲降傅弘之，弘之不屈，時天寒，勃勃裸之，弘之叫罵而死。勃勃積人頭為京觀，號曰髑髏臺——」朱鴒掙脫靳五的胳臂蹦下水泥凳來趿起拖鞋跑出五六步，站住了，燈下一甩髮篷子，回頭眼睜睜只管望住靳五。巷口躥出了一條俏小人影。朱鳶肩胛上紮著洋紅帆布登山袋，脖子後兜著一根馬尾，蹬著白球鞋頭也不回直穿過荊門街滿街歸人，轉上艾森豪路。紅霓下，臉寒如水。靳五望著朱鳶的背影漂失在車潮煙渦中：

「妳二姐生氣了？」

「不知！」

「十點鐘了。」

「往外跑！家裡只剩下爸爸——」

朱鴒眼瞳子泫泫一亮。

靳五拍拍她肩膀：

「朱鴒。」

「嗯。」

「不要等亞星姐放學了，我們回家好不好？」

猛一愣，朱鴒睜起眼睛望望靳五，沉下了臉，把雙手兒反絞到腰後，瞅住腳只管跂起鞋子踩磨著水泥地，半天慢吞吞搖起頭來。靳五嘆口氣輕輕托起她的下巴，瞧了瞧，抹去她腮上兩行淚水，把她那頭給切掉大半的髮絲攬到自己心窩裡，揉兩揉，牽起她的腕子坐回凳上。朱鴒撮起衣袖子，拭拭眼角，眺著天，摟住東洋娃娃揉搓著大腿呆呆兒晃起腳上那雙小紅拖鞋，不聲不響。靳五掏出兩根菸，打上火，遞過一根給佝僂凳角烱烱盯住水泥地的老人家。惢惢銀燈，灘灘縞素。壇上，霍嬗教授托起書本望望傑夫諾曼公寓那帘紅幔，嘆口氣，環著盤足圍坐的學生，橐躂橐躂踱起方步，朗聲吟哦出一段文字來：「秋，七月，車騎大將軍開府儀同三司南兗州刺史沈慶之帥眾攻城，身先士卒親犯矢石，乙巳，克其外城，乘勝而進又克小城。帝聞廣陵城平，出宣陽門，敕左右皆呼萬歲。詔：廣陵城中士民無大小悉殺之。沈慶之請自五尺以下全之，其餘男子皆死，女子以為軍賞，猶殺三千餘口。長水校尉宗越臨決，皆先刳腸抉眼或笞面鞭腹，苦酒灌創，然後斬之，宗越對之欣欣若有所得。帝聚其首於石頭城南岸為京觀——」鐵欄柵圍牆外，滿街補完功課徘徊流竄的小學生揹著書囊紛紛昂起脖子，抿嘴，掩口，忍住笑眺望公園中央的花壇，滿瞳子狐疑。渾身雪白，郎紈獨自佇立在公園閘口水泥地上那灘清光裡，幽幽嘆口氣，反手攏起肩上晾乾了的髮絲，望著艾森豪路，撩兩撩，絞成一束，從腕子上捋下兩個橡皮圈綰住髮梢，披到腰後，踱回來，拂了拂臀胯間的裙子攏起裙襬側著膝頭坐回鞦韆板上，沉沉又嘆息了聲。靳五望著她悄悄端詳著，心神一晃。血涎濟濟，安樂新蹲在涼亭下黑影地吃吃笑抹了抹嘴角，啐出兩泡檳榔渣，睨過兩瞳血絲朝朱鴒眨兩眨，吐吐舌尖。朱鴒怔了怔淚光中瞪起眼睛，格格笑了。目光睒睒，凳角老兵摟住酒瓶叼住香菸，一躥，趴蹲到地上撥開鞦韆架腳那撮野草，撿起兩團香口膠哈進嘴裡，撐起膝頭，望望郎紈脫下軍帽哈個腰。郎紈呆呆瞅望著朱鴒，盪啊盪，蹬著腳上紅繡鞋。朱鴒一眨。兩下裡眼瞅眼好半晌相對一笑。猛哆嗦，朱鴒扯扯靳五衣袖勾過他脖子把嘴湊上他耳朵：「這位郎大小姐生過一個小黑人！」「甚麼時候？」「十多年前她在美軍顧問團做事時。」靳五呆了呆望望郎紈，背脊上竄出一片涼汗來。涼亭上六個街坊阿公，衣履光鮮蹲在凳上啜著茶唉聲嘆氣議論時政，正在熱頭上，忽然，吐口痰停歇了下來，昂起脖子聳出白頭眺望起滿天星，愣愣睜睜，不吭聲，摟住膝頭吸著菸想起各自的心事。嬝嬝青煙中，嘴洞裡顆顆金銀牙閃爍。嘩喇嘩喇滿街坊一閭閭綻響出麻將聲。一個阿公西裝革履滿面滄桑，齜著菸，咳著痰，攀住欄干探出頸脖瞇起眼睛朝花壇上打量半天，呸地吐出了口痰，回頭望望同夥：

——伊講啥麼？

——攏聽無！

——大學歷史教授呢。

——嗤！教的是哪一國的歷史？

安樂新孤蹲亭下噗哧一笑拗轉過脖子望望亭上阿公：「伊——腳仔仙啦。」

「就是！」六個阿公齊齊點頭。

水綠衫裙搖曳，外文系助教李潔之抱著公文袋，揚起臉兒跨出公園對面公寓角門，清清爽爽，一篷齊耳的短髮，兩隻白金小耳環，漂漾過盞盞水銀街燈消失在燈火街頭。陽臺上，落地紅綢帘幔颼地拉開了，傑夫諾曼穿上墨綠小背心，汗津津，梳攏起水兵頭，把隻巴掌撐到欄干上，瞅著草綠卡其褲襠子俯瞰腳下那座小小的街坊水泥公園，齜笑，齜笑。

「秋，八月，周信州蠻冉令賢、向五子王等據巴峽反，攻陷白帝，黨與連結二千餘里——」花壇上霍嫗教授背隻手踱著方步擡頭眺了眺對面公寓，猛哆嗦，停下腳步驀地拔高嗓門：「九月，詔開府儀同三司陸騰督開府儀同三司王亮、司馬裔討之。水邏城之旁有石勝城，冉令賢使其兄子龍真據之。陸騰密誘龍真，龍真遂以城降。水邏眾潰。官軍擊之，斬首萬餘級，捕虜萬餘口。陸騰積骸骨於水邏城側為京觀。是後群蠻望之，輒大哭，不敢復叛。」

朱鴒甩著短髮篷子格格笑。

海藍瞳子一燦，傑夫諾曼挺拔起胸口兩脯子肌肉筋，大步跨回了屋裡。

亭上，街坊阿公啜著茶，抨擊起時下的金權政治。

凳角老兵目光烱烱只管吮著香口膠。

白幡幅幅飄颺過街口。

安樂新往亭腳一靠，打起了盹。

眼睜睜，朱鴒端坐凳沿，兜晃著腳上那雙紅拖鞋只管乜望住安樂新，半天瞳子轉兩轉，躥下地來，躡手躡腳穿過一灘水銀清光，掩到他跟前，彎下腰桿翹起臀子把雙手兒撐住膝頭，咬起下唇湊上眼睛，左左右右端詳起那張蒼冷的倒三角小臉皮。安樂新綻了綻滿口紅牙，睡夢中，咒了聲，張起爪子搔搔他那粒檳榔樣的小平頭，把隻尖頭高跟小馬靴蹺到膝上，嘴一歪，流淌出一涎子檳榔汁來，臌著鼻孔呼嚕呼嚕自管打起小悶雷。朱鴒把眼睛湊到他鼻頭上，看呆了，捏住自己的鼻尖，搧兩搧打個寒噤，趿起拖鞋悄悄跑到鞦韆架下往郎紈腳踝子旁拔了根小草，躡起腳來，走回亭下黑影地，抿住了嘴把草兒捅進安樂新鼻孔裡。哈勳哈——勳！安樂新呼天搶地血花迸濺打出兩個噴嚏，蹦蹬，跳起身呸了口血痰，手一勾撈住了朱鴒的膀子。細伶伶，朱鴒縮起肩窩瞇起眼睛戰慄在安樂新爪子下掙扎了半天，索性扠起腰，昂起臉，瞅住安樂新咭咭笑起來。大小兩個胳臂勾住了胳臂，一兜，背對背手挽手踩著滿地水銀灘灘縞素，又玩起轉大磨的遊戲來。轉著轉著，燈下人影雜遝中，朱鴒仰望那海天寥廓曫曫蕩漾在一嶼紅塵燈火裡的星星，短髮蓬飛，唱起歌兒：

那港灣的燈光　紫色的夜晚
那夢中的船兒　搖呢搖盪
啊！忘不了那胡琴的絃音
支那之夜　支那之夜
支那之夜　支那之夜呢

那窗前的柳兒　搖呢搖曳
那紅色的燈籠　支那的姑娘
啊！忘不了那可愛的容顏——

郎紈聽得出了神了，側過身子，揚起臉龐，雪樣皎白把隻腮幫貼住鞦韆索，盪著盪著，燈下，那雙黑眸子柔亮亮，追隨著水泥地上大小兩個手勾手兜旋不住的人影，一擡頭，呆了呆站起身來，朝艾森豪路眺望兩眼，趿起紅繡拖鞋三腳兩步走出公園閘口，車潮煙塵中一身白素，裙裾漂漂，站到了十字巷口上。烏騮騮一潑閃，小舞跨著山葉追風，蜿蜒穿梭過窩窩老少歸人滿街大小汽車，駛進了荊門街，兩腮蒼冷，咬住牙根，挺著他那身土黃卡其衣褲高中制服，跟定前頭那輛銀紅保時捷，悄悄停到公園鐵籬外。靳五打個寒噤躥出閘口。街心上，郎絅拔起腳上那雙白襪白鞋流竄在人車中追躡了上來，咻咻咻，喘著大氣。保時捷盪開成群遊蕩的小學生，銀燈燦爛泊到巷口，晃盪一聲，後座車門彈開了，郎紈蓬鬆著一頭齊耳的髮絲，抖簌著那身白上衣黑布學生裙，跨出車子。燈下一照面。汗湫湫滿臉子衰颯！靳五怔了怔背脊上竄出了涼汗。滿頭大汗，朱鴒笑得花枝亂顫掙脫了安樂新的爪子一溜風跑出閘口，喘著氣，挨靠到靳五腰下，望望郎紈，臉一白呆呆打量起姚素秋，猛哆嗦，悄悄弓下腰身來，閤起兩隻膝蓋攏住小藍裙襬子。啄囁，啄囁，老兵吮著香口膠摟住米酒瓶迤邐出了公園，醉矇矇，望著巷口一夥大小，綻開禿紅兩排牙齦。郎紈猛擡頭，冷冷潑了靳五兩眼，把青布書包掛上肩胛掠掠腮上短髮絲，蹭蹬蹭，半晌穩住了腳跟，頭也不回，走進巷中炊煙嬝嬝嗶喇嗶喇一家家麻將聲裡。保時捷前座，姚素秋掌著駕駛盤，睨了睨郎紈，瞅乜住朱鴒眼一柔綻開兩枚刮得清亮的大魔牙，旋下車窗，溫文儒雅，朝靳五伸出青葱樣五根爪子。滿車廂紫金流漾，絲絨窩中，幽幽瀰漫著沐浴乳香。姚素秋穿著月白仿綢港衫，透亮亮繃住兩排肋骨。靳五嗆了嗆。姚素秋怔了怔收回爪子旋上車窗回眸乜乜後座，一笑，嘆息了聲，趴過身子，拈掉座墊上烏溜溜兩綹細嫩的短髮絲，坐正了，扶扶金絲眼鏡，發動引擎，那張清癯的水白狹長臉膛迎著漫京紅霓，綻開兩蕊小酒渦，笑盈盈揚揚手。驃紅驃紅，車子飆回艾森豪路車潮中。一渦煙塵。髮颸颸，郎紈呆了呆往腋窩裡抽出手絹，摀住鼻尖。郎絅挨到姐姐身畔，拍著心口喘吁吁打起哆嗦只管瞟住小舞，眼瞳裡兩撮冷火竄閃，望望靳五，掉頭拔起白球鞋跑回巷中。小舞趴到摩托車油箱上，愣愣昂著他那顆小平頭，回眸冷冷瞅住郎紈，一哆嗦，咬咬牙，抹去眉宇間的汗珠，只管撥弄起車頭燈下香火燻燻懸掛著的一隻紅靈符。

靳五嘿嘿冷笑出了兩聲：

「天上聖母！妳媽燒香拜神，廟裡求來的嗯？」

「嗯！」

「亞星也有一隻平安符？」

「小妹也有一隻。」

「十一點，亞星放學還沒有回來，我跟朱鴒等了她一晚。」

臉煞白，小舞看看錶望望靳五呆了半晌，撥轉車頭，踩動引擎，兩腿子夾住他那輛山葉追風直闖出荊門街，燈火零落歸人匆匆，飛馳上艾森豪路去了。靳五看看郎紈。燈下，郎紈一回頭，滿眼睛的話。那湖北老兵趑趄了半天脫下草綠軍帽朝郎紈哈個腰。郎紈把手絹掖回腋窩，撈起腰後那束黑鬘，撩了撩，抱起膀子，趿起紅繡拖鞋悄沒聲踩著滿巷水銀清光穿過盞盞街燈，白衫白裙，獨自個走回巷裡。靳五望著她的背影，一擡頭，眺望見城外山頭亂葬崗上蕾蕾燐光閃爍向漫穹寒星，山巔上紅幽幽，眨亮起朵朵警示燈。蓬萊海市，群山環抱之中滿京瓊樓玉宇水晶燈宮，夜未央，鬧烘烘，幻漾在嘩喇嘩喇潮汐般此落彼起的麻將聲裡。一凜，靳五捉過朱鴒的膀子，捏了捏。朱鴒蹦地跳起腳縮起肩窩：「幹甚麼？」「沒有！只想摸摸妳。」臉飛紅，朱鴒乜起瞳子睖住靳五，似笑非笑滿臉子的古怪。靳五怔了怔，哈哈大笑撮起她脖上的髮根揪兩揪，揉揉她那顆短髮蓬蓬的小頭顱，攬到自己腰口。硌磴硌磴，老廣黃城蹁躚著尖頭高跟乳白皮鞋，白港衫，黃短褲，摟住那一玻璃甕人參酒，拖著個細眉細眼小臉子的女孩，踅進巷口，眼珠一亮，煞住腳步低頭覷覷錶，喉核子骨碌骨碌竄兩竄嘻開滿口細瓷牙，向靳五道聲晚安，一乜身畔女孩：「她叫做林千雞——對不起才從香港回國我國語還不標準——千枝，她叫做林千枝，幹兄見過，上個月在蓬壺海鮮火鍋店遇見幹兄同十位老西飲春酒！嘻嘻！千雞今年十五歲在貴校老西餐廳做小妹，看起來十二歲，鄉下長大，發育不足，所以我要她多多飲西全人心大補酒。」「越補越大洞！」磔磔一笑，安樂新啐出兩團血花痰，揮揮小藍領帶上沾著的金箔，抱起膀子倚回公園閘口旋轉門上，噢！媽媽，妳敢是真正無情，放捨子兒——醉眼覷覷仰望著星空，噓呵出嘴洞裡蓬蓬酒餿氣有一句沒一句自管哼起歌兒。黃城愣了愣，勾過眼珠打量安樂新半晌，張起爪子，朝公園中央花壇上琅琅讀書的霍嬗教授招兩招，托起人參酒，撈起林千枝的腰肢，遛達回巷裡。霍嬗教授踩著一圃凋殘的杜鵑花，背隻手踱著方步，驀地拔尖嗓子，搖了搖腮渦上紅灩灩綻漾開的兩朵春癬：「貞觀五年春二月甲辰，詔：諸州有京觀處，無問新舊宜悉剗削，加土為墳掩蔽枯骨，勿令暴露。」浩然一嘆，霍嬗教授停下腳步望望傑夫諾曼的公寓砰地闔起書本。滿壇男女學生盤膝而坐，沉默半晌，紛紛收拾筆記，揉揉眼皮伸了個懶腰。那老兵抖簌在一身草綠襤褸中，縮起肚皮翹起屁子對準花壇，咬牙切齒忍著，半天轟然放出了個響屁。鏦。鏦鏦。幅幅白幡招飆過荊門街口，飄盪起滿街夜歸男女大小人頭。住吉聯合。日本青年社。獻行動隊。三輛遊覽車撳著喇叭猋竄而過。嘩喇嘩喇滿城瓢灑出的麻將聲中，佛燈幽紅，巷裡十來棟公寓，底樓人家朱紅門口燒出了一鐵桶金銀紙錢，街燈下火光惔惔人影閃忽。靳五心中一動：

「朱鴒！」

「嗳！」

「明天是甚麼日子？」

「四月五號，蔣公崩逝紀念日。」

「清明節，對嗎？」

「嗯，中華民族掃墓日。」

「妳們家上不上墳？」

「無墓可掃！」

朱鴒摟住東洋娃娃格格笑，甩起髮蓬子。

愣睜睜，老兵瞅望著荊門街口：

「臺兒莊會戰。」

「老伯？」

「四月三日會戰開始，六日國軍大捷。」

「哦，您怎知道？老伯。」

「我在鬼子身上撿過兩籮筐千人針！小姑娘。」

第十三章　山中一夕雨

水光如蕊。

河上太陽白花花。

靳五一回頭。亞星把鞋子拎在手裡提起裙腳低著頭涉過那一片沙洲水瀨，潑喇潑喇，踐起朵朵油燦的水星。麗日下一身月白小綠花裙子，細高䠷兒，漂漾在漫江水芒中。嚀嚀叮叮亂石黑水。五六條細小人影烏鰍鰍光著腳打著赤膊，潑開片片水花，頂著日頭追逐，跳躍。亞星站在水中央，揚起臉呆呆眺望頂頭那一穹飛絮繚繞的碧雲天，回頭看看靳五，眼一亮，掠掠脖子上那逢齊耳的短髮梢，眉開眼笑。潭上的水澴子晛乜著太陽，一圈眨開一圈。靳五招招手。亞星提攏起裙襬來。水裡五六個孩兒蹦濺起水星，水泥堤下打起水戰。靳五站在沙洲上，笑嘻嘻瞅著亞星拎著鞋子穿渡出那一江飛颺的紙錢灰，伸出手，握住她的腕子，牽著她跋涉上洲中一蘢芒草地。

滿岸火舌搖曳。

靳五指了指上游那一巒縹緲的白雲：

「山！我答應過帶妳去的。」

「記得！」

「一路走上去好不好？」

「好，我跟著你。」

眼瞳子一柔亮。

靳五瞅了瞅她臉龐，往她眉宇間端詳了好半晌，心一暖，伸出食指尖，抹去她鼻翼上兩顆汗珠，拈掉她肩膀沾著的金箔紙灰，牽起她的腕子。大小兩個拎著鞋，跋涉進龍潭溪河牀那片白石黑芒叢中一眨一眨閃爍開的漣漪裡。

四月流水，潺潺不停。

嚀叮叮。

叮叮嚀。

河上人影晃漾。

河堤外紅燈潑濺，艾森豪路嘩喇喇湧起波波車潮。臨河公寓人家，陽臺上燒起金紙，紅洶洶的火舌一鐵桶一鐵桶吞吐著天頂那輪烱白的大日頭，香火繚繞，滿街炊煙中綻響起刀鏟聲。

靳五聽了聽自己肚皮裡打起的悶雷，嚥嚥口水拿起亞星的腕子看看錶，回頭瞅住亞星。臉一燦紅，亞星笑嘻嘻點個頭：

「餓！」

「我也餓死了。」

白花花望眼一片石頭水光。靳五覷了覷。溪畔芒草地有人生起炭火。靳五牽起亞星的腕子，潑喇喇涉過一灘瀲灩一灘的太陽，撥開水芒渡到洲子上來。崖下一潭黑水。濃蔭裡，桃紅港衫黑西裝褲蹲著個三十來歲的細瘦男子，悄沒聲，聳出眼鏡望住潭面，端著飯盒細嚼慢呑的，把飯菜夾送進嘴洞。黑水渟渟。五六顆水澴子映著天光，酒渦兒般，一顆綻漾開一顆。潭邊石磯上一堆炭火烤著兩尾魚，噗哧，噗哧，肚腩的油脂只管滴濺火頭上。靳五瞅了瞅亞星，嚥下兩口水。亞星瞇瞇一笑弓下腰來撈起濕漉漉的裙襬，絞兩絞，抖開了，眼瞳一亮望著靳五，指住那瘦子身旁的竹簍子。靳五探過頭去。天光裡銀鱗蹦蹦亮。瘦釣客捧著飯盒滿臉孤寂回過了頭來。

靳五笑了笑指指竹簍：

「庵仔魚？」

瘦釣客指指自己的耳朵搖了搖手。靳五一呆。潑溂，潑溂，黑水潭上洞亮洞亮眨了兩眨倏地竄冒出一簇水泡，油白花花。亞星攏起裙腳蹲到水湄上。瘦釣客點點頭擱下飯盒拔起釣竿，水花中，癲癲蹦蹦挑出一窩子七八尾魚。亞星趴到水湄上，看呆了。瘦釣客憨笑笑拎起那串魚兒往靳五眼前晃兩晃，一尾尾解脫鈎子，擩進竹簍。線頭上一叢子白森森，繫著十枚釣鈎。靳五打個寒噤，把手探進簍子撮出一尾庵仔魚放在掌心掂了掂，斤把重，巴掌大小，尖鰓子，臌著個桃花樣緋紅的圓肚腩。亞星望著竹簍抿抿嘴。靳五使個眼色。亞星涉出水湄悄悄挨靠了過來，眼瞳子狡黠一亮。不瞅不睬，瘦釣客從航空旅行袋裡摸出了顆飯糰子，呆呆搓著，捏著，把竿上那簇釣鈎揉進了飯糰，跂起皮鞋拱起臀子，往石崖下老樹根窟那潭黑水中撂過去，端起飯盒吃起來，眼珠一轉，瞥見靳五從簍子裡摸出兩尾魚，一齜，綻開兩枚白板牙，伸手指指炭火上油滋滋烤著的兩尾魚，指指亞星又指指自己的嘴巴。靳五拱個手，向他道謝。臉飛紅，亞星往裙襬中活蹦亂跳掏出了兩尾魚，送回竹簍裡。

好一泓太陽。

靳五亞星兩個蹲到水湄，啃著烤魚。

崖上，人來人往晃漾街頭。蓬蓬火舌朝天吞吐。鏦，鏦，遊覽車揿著喇叭首尾相啣飛馳過艾森豪路尾日南路，白幡招颺。

「亞星，妳家清明節上不上墳？」

「沒墳可上啊。」

亞星一笑，洗洗手撥開滿潭漂蕩的金箔紙灰，舀起一掬水來把嘴嗽乾淨了，往腋下袖口拽出手絹，拭拭嘴唇看看靳五，笑了笑把手絹遞到他手裡。靳五接過手絹抹著嘴，水蔭中，只管呆呆瞅望著亞星。日影葱蘢，一身裙子水綠斑斕。亞星打起赤腳蹲到了石磯上把裙襬聚攏到膝頭，掬著水，一瓢瓢澆搓起腿肚子，擡頭看見了靳五，臉一紅，勾起小指一綹綹把腮上零落的短髮絲挑掠到耳朵後。

「你家呢？」

「我家？」

「清明節上不上墳？」

「我家在南洋，沒墳可上！」靳五把手絹遞還亞星，笑了起來：「我昨天晚上問朱鴒，妳們家上不上墳，小丫頭格格笑：無墓可掃！」

「清明節朱爸爸一個人在屋裡生悶氣喝虎骨酒，看少棒冠軍賽錄影帶——」一臊，亞星漲紅了臉皮：「朱媽媽帶朱鴒大姐朱鸝到日本留學去了。」

「朱鴒！可憐的小丫頭。」

「守在爸爸身邊。」

靳五呆呆眺望起麗日下河口那一片浩渺的煙波：

「渡過海峽，如今都四十年了！」

「清明節還沒墓可掃。」

亞星把手絹掖回腋下袖口，擡頭覷望崖上漫街炊煙香火，好半天，想著自己的心事，忽然，肚子裡咕嚕咕嚕打了兩聲小悶雷。靳五聽了聽一怔哈哈大笑。亞星嘸嘸口水。瘦釣客綻開兩枚大魘牙，擱下飯盒，往竹簍裡撈出兩尾庵仔魚晃了晃擢到靳五腳跟前，指指炭火，自顧自又夾起飯菜來。亞星望著靳五，滿臉笑，撿起魚兒比個手勢問瘦釣客借過小刀，蹲到水湄上一刀剖開魚肚，勾起食指嵌進刀口摳兩摳掏出了黃晶晶好一毬卵子來，擢進潭窩裡。靳五蹲在石磯上呆呆看著。亞星回過頭來，笑了笑，拎著兩尾魚提起裙腳涉回石磯上，找來報紙把炭火搧得紅滋滋，穿上鐵籤烤上魚兒。崖頂市街，日正當中，一口口鐵桶吞吐著一蓬蓬火舌，金箔飛颺人來人往。潑喇喇，瘦釣客拔起釣竿，蹦濺蹦濺又挑出一窩子魚兒來。水蔭外，芒草洲上日頭白花花，不知甚麼時候站住了個打赤膊穿條花短褲頭的女娃兒，小小身子，烏鰍鰍，只管睜著兩隻黑眸靜靜瞅著靳五亞星。靳五招招手。女娃兒沉下臉，撇撇嘴翻白起眼睛。亞星招招手。女娃兒眼瞳子轉兩轉乜了乜想了想抓起褲腰往上一提，光著腳趑趄過來，冷冷瞄起靳五，挨到亞星身邊蹲下來，抱住膝頭。靳五乜起眼睛打量著她。一掉頭，女娃兒望到火頭上。噗哧噗哧炭火中迸濺起星星油花。女娃兒把手肘撐到膝蓋上托住下巴，縮住腮幫。靳五哈哈笑。亞星回頭瞅乜住女娃兒，眼瞳一柔亮，笑起來，拿起炭火上一根鐵籤吹了五六口香噴噴遞到她手裡，看看靳五，嚥嚥口水，瞇笑瞇笑拿起另一尾烤魚遞給了他：

「給你吃。」

「一人一半分著吃。」

「好！」

大小三個蹲在石崖下一灣葱蘢裡，靜靜啃完兩尾烤魚。亞星涉到水湄，掬起水。一蹦，女娃兒提起褲腰躥起身瞟了瞟靳五一溜煙跑下石磯，挨蹲到了亞星身畔，噘起油嘴兒，眼睜睜不聲不響，只管歪起脖子瞅望她。滿天紙灰飄舞中靳五看了看天色：「該上路了，亞星。」亞星答應了聲，捉住女娃兒兩隻泥巴爪子揉著搓著給洗乾淨了，擦擦她的嘴，把她牽上石磯來，撈起自己的裙襬絞兩絞，拎起鞋子跟著靳五走出崖下那窟水潭，跋涉進龍潭溪一江豔陽火光裡。靳五回回頭。黑水燐粼，瘦釣客獨自個蹲在石磯上端著飯盒回過頭來綻開兩枚白板牙，腼腆嘻嘻，推了推鼻頭上那副銀絲眼鏡。靳五揚揚手。

麗日中天。

一片石！炊煙繚繞流水。

靳五牽起亞星打赤腳跋涉過灘灘沙洲磷磷石頭朝河上游，城外，走了上去。火燒火燎，山上墳頭五彩斑斕太陽下洶湧起火舌，滿山掃墓人家，影幢幢扶老攜幼呼兒喚女。漫天翩躚起金紙。河畔，水芒叢子一潑亮，忽獵獵飛竄起一窩鷺鷥。亞星覷起眼睛，眺望著那雙雙皎白的翅膀水光中飛旋上了堤外鬧市街頭：「總共二十五隻！」

「好多年前啊——」靳五牽住亞星的腕子跳蹚過河牀上一窪窪衛生紙保險套，走上洲中芒草蘢子，回回頭，看見那女娃兒沉著臉，把兩隻小手爪子揝住花短褲腰，目光熠熠獨自個跋涉著亂石流水，打著赤膊不聲不響只管遠遠跟在後頭。「以前啊，這裡人煙稀少，古書上說，東海中有夷洲，土地無霜雪草木不死，四面是山谿，土地饒沃既生五穀又多魚肉，河上一飛就是成百上千白鷺鷥，數也數不清，像極了滿天下起紛紛揚揚的大雪！後來，一朝代一朝代避秦的人，渡過海峽來了，鷺鷥再也找不到魚吃，餓死的餓死搬家的搬家——」

太陽下，女娃兒頂著一篷子雞窩似的焦黃髮絲佇立一灘淺水瀨中，腆起小肚腩，提起短褲腰，動也不動，凝冷著兩隻黑眸望住靳五亞星。膝頭上的流水嚀叮叮，叮叮嚀，不住打著水漩子。火舌吞吐檀煙繚繞中，堤上街市，簷口筒筒三色燈閃爍著豔陽兒睞個不停。鐓鐓，鐓，兩輛遊覽車闖盪開漫街飛颺的金箔紙灰，揿著喇叭停泊到理髮廳門口。白幡招颺，滿車白頭翁西裝革履魚貫蝦腰滿臉酒氣鑽出了車門，手裡搖著小旗，一丸丸紅日，蕩漾在烈日下火光裡。五六個小男生齜著牙籤打著飽嗝，一聲呼嘯蹚下河堤，濺濺潑潑蹦跳過那一窪窪衛生紙衛生棉保險套，把衣褲剝光了，滿河灘追逐著洗起澡來。亞星掠著耳脖後那叢短髮絲，水光瀲灩，覷起眼睛，只管眺望著那窩子二十來隻翾翩堤上鬧市的白鷺鷥，一回頭看見了女娃兒，呆了呆。女娃兒抿住嘴只管靜靜瞅望她。亞星看看靳五，眼一瞇，迎著那一江麗日綻開了笑靨來招招手。女娃兒沉下臉，揝起肚臍下那條花短褲，跋涉過一汪垃圾，渡到沙洲上來，瞄瞄靳五挨到了亞星身畔，揪住她裙子，不吭聲。亞星笑起來，望望靳五一彎腰把雙手撐住膝頭，絞起眉心，眼上眼下端詳著女娃兒那張黑黝黝汗湫湫的小臉龐。大小兩個眼瞅眼，日頭下相覷半晌。一粲，女娃兒眨起兩隻森冷的黑眼瞳，齜開兩排小白牙笑了。亞星哈哈大笑捏捏她腮幫，從腋下袖口拽出手絹，擰住她鼻頭揪了揪擤出兩條鼻涕來，抹乾她臉兒，牽起她的腕子，跟著靳五徜徉在滿江飄灑的金箔中，朝河上游涉渡了過去。

亞星一路涉水，一路回頭望著車潮中水湄上衛生紙堆裡翩躚逡巡的鷺鷥，忽然睜起眼睛：

「啄到了！」

「甚麼？」

「鷺鷥啄到好肥大的一隻蛆。」

「可憐餓得慌了。」靳五望著堤上兩車東洋客花虻樣一顫一顫鑽進家家理髮廳，笑了笑：「十多年前，這條河上魚還不少！我念大學的時候，有天晚上，叫廖森郎的同班同學帶我來看他們漁郎捕庵仔魚。大夥抱著兩綑稻草，打著手電筒摸上沙洲，邊喝米酒邊等，等著等著，把頭往稻草上一枕就在芒草叢裡睡著了。到了半夜，忽然，嘮啵嘮啵。有人喊來嘍來嘍。大夥迷迷糊糊抱著稻草跳起來跑到水潭邊一看，呆住了。月光下，成千上萬庵仔魚衝上淺水灘，都發了狂了，不停的跳著竄著，深不見底的整個水潭就像燒起了一大鍋沸水。漁兒郎六七個一齊動手，沒頭沒腦，撒下十坪大的一張魚網。六七個人喊的喊扯的扯，魚在網裡又顛又撞，抖得漁兒郎個個手都發麻了，拖它不動，乾脆收起網腳一古腦兒的把魚網翻轉過來，就像扯一牀棉被，嘮嘮啵啵拖上岸來啦。這一網，用農家挑穀的米籮來裝，足夠裝兩大籮筐滿滿的。」

亞星聽得癡了：

「這些魚都發狂了？」

「交配啊。」靳五笑了笑回頭看看亞星，抱起女娃兒，跨過急流中愆紅愆紅燦爛著麗日漂流而下的一堆衛生棉：「平日裡，庵仔魚躲在深水潭老樹根窟窿，怎騙都騙不出來，只這一晚交配，命都不要一窩子衝上淺水灘。」

「給等著的人一網打盡了。」

臉一飛紅，亞星四下望望打個寒噤。大小三個靜靜涉了一程水。水光琤琮。靳五覷起眼，眺望堤上滿京炊煙浩渺中潑亮潑亮浮蕩起的車潮。家家陽臺竄閃出火舌，裙衩飄颸人影晃漾。

「每年，捕庵仔魚的人就只等這一晚！春夏之交，島上西北雨季來臨了——」

「四月。」亞星接口說。

「哦！這個月——」

「就是四月。」

環山亂葬崗上如火如荼一墳頭一墳頭金紙早已燎燒開來。掃墓人家，闔家老小春衣繽紛頂著大日頭，張羅酒菜。滿山孩兒們跳躍。女娃兒把隻爪子攀住靳五的褲腰，跂起腳，指了指。河堤外山腳下，喇叭齊鳴咒聲四起，上山的羊腸小徑擠滿了各色名牌轎車。「哇！賓士五六〇！富豪七四〇！寶馬七三〇！」靳五抱起女娃兒，指點著一輛輛堵在山路上打開車門啐出檳榔汁的豪華大轎車。大小三個偎在河中央，豔陽裡，覷起眼睛昂起脖子，眺望著漫山飛閃起的火光。一城暴發戶叭叭叭揿著喇叭開車上簡陋的祖墳。

靳五心一動瞅瞅女娃兒：

「清明節，妳怎麼沒上墳去？」

女娃兒搖搖頭。

「哦？今天不跟爸媽上山掃墓去嗎？」

女娃兒沉下臉抿起嘴。

亞星嘆口氣：

「小妹。」

「嗯？」

「妳家住在哪裡？」

眼瞳一黯，女娃兒躥下靳五的懷抱，挨上前，伸出小指悄悄勾了勾亞星的小指，仰起臉瞇著太陽瞅望住她，不聲不響。河風潑潑，亞星把腮上短髮絲挑到耳朵後，昂起脖子眺望來時路，呆了呆，彎下腰身，雙手扶住膝頭瞅著女娃兒那張蘋果樣曬焦的黧黑小臉，端詳了半天，眼一柔皺起眉頭，撮起她肚臍下鬆鬆繫著的短褲腰，掖緊了，勾起食指往她眉心上敲兩記，擰掉她鼻水：「媽媽等妳回家吃中飯哦。」

呸！女娃兒啐泡口水。

亞星怔了怔，看看靳五。

「小妹！」靳五堆出了滿臉笑容：「上墳的人，一家家掃完墓都回家吃大餐囉。」

女娃兒肚皮裡咕嚕咕嚕打了兩聲小悶雷，一咬牙嚥住口水，掉頭，揝起花短褲腰，睜住兩隻森冷的黑眸子不吭聲，仰起臉只管瞅著亞星。「好吧！我們帶妳玩去。」亞星笑瞇瞇牽起女娃兒的腕子。女娃兒摔脫了手搖搖頭。太陽下眼瞪眼。亞星站在水中央，撈起濕漉漉的裙襬搓著絞著，瞅住她好半天沒了主意，嘆了聲，望望靳五使個眼色，拎起鞋子自顧自往河上游涉過去。靳五笑嘻嘻朝女娃兒招招手，跟上亞星。

兩個肩併肩涉了一程水。

亞星回頭，滿臉笑靨招起手來。

女娃兒眼睜睜，文風不動，頂著滿頭雞窩黃髮，打赤膊黑不溜鰍佇立在一江灰飛中，勾起小指尖，只管掏著肚臍眼兒搖著頭。

姐兒倆隔著灘灘亂石水光對望半天。

亞星呆了呆，眼一黯。

「亞星！我們趁早趕路上山吧。」

靳五牽起亞星，掉頭往上游山中涉了上去。

大日頭下，赤條條，十來個小男生涉著水拖著兩張大魚網挑著一簍魚，甩起滿頭水珠，鯇笑嘻嘻，跳躥過片片隨波逐流的衛生棉，渡上河心芒草洲來。

「四月的庵仔魚最肥美了！」靳五探頭望望那簍子水星迸濺的銀鱗，嚥下兩泡口水：「亞星，妳瞧魚肚上那片粉紅，本地人給它取個好名兒叫婚姻色，最最誘人口水。」

「我們剛烤來吃的——」

「就是庵仔魚。」

「哦。」

亞星嚥嚥口水回回頭。

水中央，女娃兒提著短褲腰只管睜亮瞳子。那群小漁郎瞇住日頭勾過眼，吃吃笑，打量著亞星，把那簍子庵仔魚扛上兩人的肩膊往堤岸蹦濺了過去。靳五齜起牙，瞪個眼。小漁郎嘻笑成一窩子連攀帶爬登上石堤，扛著一簍魚招搖進炊煙飛漫的象林街。亞星打赤腳，踩上洲中芒草龜子，把雙手扠上腰吹著河風，一身月白裙子，細長飄飄，半天只管覷起眼睛掠著耳脖上那篷短髮，眺望堤上鬧市人家想著心事。

一街火光。

「亞星，我肚子又餓了。」

「上街找吃的去吧。」

亞星提起裙襬。

靳五把褲腳捲到膝蓋上伸出手，讓亞星握住了，一咬牙，涉過水湄那一汪垃圾，跨過日下血花蕾蕾從堤上理髮廳後院沖刷下的衛生棉，登上河堤。渾白渾白，滿街天光人來人往。靳五拎著鞋子，牽起亞星走過家家店門口紅潑潑一桶桶燒起的紙錢，找到了家麵攤。火舌吞吐中，一街絪縕起檀香。靳五領著亞星坐在騎樓下一副板凳座頭上，吃著麵吹著河風，靜靜眺望對岸堤上城南八線通衢大道日南路中午時分的車潮。白幡飄飄，金碧輝煌，輛輛雙層遊覽車燦爛著顫顫花髮，鏦鏦，鏦鏦，朝北猋竄向京心煙火深處。紅塵漫天，一城灰飛。龍潭溪上水光磷粼。樂融融，上墳夫妻提著酒菜扶老攜幼回家來了。街上喇叭齊鳴詛咒四起，人影漂逐，堵滿各色簇新進口大轎車。裙衩飄飋，八輛摩托車後座各馱載著個少小姑娘，娃子臉，婦人臀，蛇行穿梭過車陣，迎風奔馳向河濱一家豪華賓館。滿街理髮廳小姐成群掃了墓回來，酒足飯飽齜著牙籤，金銀牙閃爍，倚到門洞口，一開一闔搧著兩扇門扉子，打著哈欠納著涼。中天大日頭下，腮上臙脂酒酡相映紅。對街那家山東餃子館收起了攤子，六個開店的老兵擡出一張香案來，供上鮮花素果，淚眼婆娑，覷皺起滿額風霜望向河口，隔著海峽中那一片蒼茫的煙波，拈香頂禮，遙祭黃陵。簷下，有個中年男子一身短衣短袴腰間掛住兩串燒餅兩隻豬蹄，汗濤濤風吹日曬，揹著一把黑洋傘，拈三支香，睜起眼睛不瞅不睬踢躂著破草鞋走過煙火街頭。一家店裡走出了個女孩兒，吃吃笑，往他腰上摘個餅。滿街行人合十。亞星望著那漢子消失在街尾車潮中，呆了半天回頭看看靳五，臉飛紅，打個寒噤弓下腰身往桌下撈起裙襬，濕漉漉絞出了兩把水來。

「這人是大色魔！」

「妳怎知道？」

「報上說，他懺悔罪惡，發大願心環島朝山，祈求各方神佛保佑家家的小姑娘。」

亞星臉一揚瞅了瞅靳五把裙襬絞乾了，抖兩抖，攤平在膝蓋下。街上，白花花流灑起一江瀲灩的陽光。有家婦人端出臉盆，潑出了水。靳五接過亞星遞來的大半碗牛肉麵湯，五六口喝乾了，要過手絹拭拭嘴，點支菸把板凳挪到簷口，翹起腳吹著風，望著一街蹲在黑鐵桶旁把一疊疊紙錢送到火頭上的婦人。掃墓人家荷鋤攜酒，鑽出轎車笑進家門。靳五叼住菸半天覷望滿街天光人影，一闔眼打起了盹。紅洶洶火舌燎天。猛一回頭，靳五看見亞星坐到了簷下迎向河風拂著耳脖後那叢短髮梢，呆呆地，瞇起眼睛望著對街簷口。

日頭下，一蓬子焦黃的髮絲。

亞星招招手。

女娃兒抓住花短褲腰，打赤膊沉著臉獨自個站在火光裡，睜住眼瞳，半天不聲不響，一步踽躅一步穿過街心來站到亞星身畔，翻翻白眼，伸出泥黑爪子揪住亞星的裙腰。

亞星指指對街：

「那是妳家，小妹？」

搖頭。

「住哪？」

搖頭。

亞星嘆了口氣：

「妳餓啦？」

搖頭。

亞星回頭看了看靳五。

靳五只管笑嘻嘻。

「小妹，妳是跟定我的囉？」亞星扳起女娃兒的下巴撮住她鼻尖狠狠擰出兩條鼻涕，眼瞪眼，一齜牙捏捏她腮幫，提起她褲腰攏到了肚臍眼上打個摺，掖好了，站起身望望靳五，眼瞳子眨兩眨狡黠一亮：「我走啦。」

女娃兒呆了呆眼神一黯。

不瞅不睬，亞星拎著鞋子背起手踩著路上火燙的瀝青，大日頭下晃晃悠悠，獨自個打著赤腳穿梭著車陣，逛進河濱南中街那一街人來人往火燒火燎的檀煙裡。鏘，鏘，丸紅旗子影影，兩輛遊覽車招飄著車身張掛的白幡上紅惢惢五個斗大漢字，長崎南星會，廣島海交會，載著兩團白頭西裝客，穿過滿街洶湧的火舌，盪開家家店門口供桌上繚繞起的香火，鏘，鏘，揿著喇叭奔馳向河邊賓館。女娃兒揝起短褲腰，閤攏起胯子，回頭望了望靳五機伶伶打個哆嗦。靳五笑嘻嘻。臉一沉，女娃兒掉開頭去，簷下探聳出了滿頭雞窩黃髮，覷了覷亞星的背影蹦起光腳板子追上亞星，挨跟住她。靳五坐在簷口，望著姐兒倆一襲月白裙子一條花短褲頭依偎著晃漾太陽下，慢吞吞站起身來，會了帳，拎起鞋子跟進漫街煙火中。正午，滿校園悄沒人聲，翔龍國民小學放清明假。亞星牽起女娃兒的腕子，一駐足，回身朝向獨自坐鎮小學校門凝視白雲流水的國父孫中山先生銅像，雙雙一鞠躬。靳五叼支菸背起手，徜徉紅磚道上，瀏覽著國民小學鐵蒺藜水泥圍牆上漆著的朱紅標語，培育民族幼苗，建設復興基地，火光中，遙遙跟住姐兒倆逛進了翔龍街。蹕，蹕，街口飆漩起一渦煙塵，麗日下竄出了三四十輛摩托車，後座搽脂抹粉馱載著三四十個少小姑娘，裙衩飛颺，浩浩蕩蕩，闖開滿街詛咒紛紛走避的燒香婦人，蹕，蹕，揿著喇叭奔馳向河邊賓館。

簷下一蓬蓬一桶桶吞吐著火舌，焚燒著紙錢。

煙氣上騰，燒窰一般。

門口有人潑水。

上墳夫妻呼兒罵女，提著酒菜鑽進轎車。

榕下，洞房也似紅灩灩一家香鋪，看店的白頭阿公打赤膊架著眼鏡端坐帳房籐椅中，手上拈根紅豆冰棒，舔著吮著。檀香溟漫。靳五吸口氣站到門洞中，燈裡，望著那滿坑滿谷金紙金箔一束束包紮在紅紙袋裡的香支，半天看呆了。阿公擡起臀子哈哈腰。靳五點點頭答個禮。不聲不響，女娃兒站到了他身後伸手扯住他的褲腰帶，冷冷齜開兩排小白牙：

「姐姐她叫你。」

「小妹！」

「嗯。」

「我還以為妳是啞巴！妳會講話？」

「誰說不會？我會講國語。」

眼一瞪女娃兒不吭聲了。

靳五鬆了口氣。

香鋪裡，白頭阿公踱出帳房望起街景來，看見女娃兒，眼瞳一柔亮，啄啄手裡那根冰棒招兩招手。太陽下臉子一煞白，蹬蹬，女娃兒退後兩步，掉開頭去弓下腰身緊緊閤攏起兩隻膝蓋，渾身哆嗦，把雙手兒摀住褲襠。靳五呆了呆望望阿公。一凜，阿公猛搖頭，撂掉冰棒匆匆哈個腰回身鑽進了店鋪裡。

靳五蹲下來攬住女娃兒的肩膀：

「小妹，妳被他欺侮過？」

女娃兒搖搖頭。

「被別的老頭欺侮過？」

女娃兒點點頭。

「欺侮妳的老頭子，是誰？」

搖頭。

「以後妳看見老頭子就害怕？」

點頭。

「就變成啞巴囉？」

眼圈一紅，女娃兒點點頭。

「別怕，我不是老頭！」

靳五打個寒噤，把女娃兒兩隻搗住胯子的手掰開了，牽起她站起身。

亞星拎著鞋子一身月白裙飄飄佇立火燄中，隔著一街豔陽，只顧瞇笑，迎向河風拂掠著耳脖後的髮梢，等著。靳五瞅瞅女娃兒。淚光中眼瞳一亮，女娃兒揉揉眼皮抽了抽鼻涕，搭起褲腰，不聲不響把隻手爪攫住靳五的腕子，牽扯著他，穿渡過街心一波波車陣來。大小三個打赤腳踩著熱熔熔的柏油走過一黑桶一黑桶火舌，沿著河堤徜徉上鐵吊橋。滿城天光白花花照面潑來！中天好一罎麗日。潭上，艘艘畫舫盪漾開澴澴水光，遊春男女儷影成雙。亞星迎著風牽著女娃兒憑到了橋欄上，短髮蓬飛白裙潑潑，覷起眼，眺望龍潭溪下游。黑水蒼茫，霙霙霏霏一江淋漓起金箔，花雨般。水湄山頭掃墓人家滿坑滿谷燒起金紙。一慈一蕾燦爍著太陽，片片衛生棉漂逐下河心，血光瀲灩。三色燈滿街簷下筒筒兜炫，堤上，有個理髮廳小姐抱出一垃圾桶的衛生棉衛生紙，倒下河灘，喘著氣搥搥腰背，反手撩起小腰肢後那一蓬黑鬘，搧著涼，瞇起烏青眼圈，眺望城南通衢大道上白幡飛飈奔馳而過的輛輛遊覽車。河口一衣帶水，海峽中煙波浩渺。

靳五倚到另一邊橋欄上，半天，抱起膀子望著憑欄遠眺的姐兒倆。

「亞星！」

「嗯？」

「對不起沒甚麼！只想叫叫妳的名字。」

亞星呆了呆回回頭，臉飛紅，伸手從腋下袖口抽出手絹來打上兩個結，颼地，隔著橋面朝靳五撂過去：「你滿臉的汗！」手一抄，靳五接過手絹，瞅著女娃兒翻翻白眼吐吐舌尖扮了個鬼臉，把臉抹乾淨了，靦腆嘻嘻朝亞星笑兩笑。

一粲，蓬頭垢面女娃兒綻開了笑靨。

亞星憑回了橋欄。

大小三個，靜靜望著橋下碧水漣漪中穿梭不停的遊船。滿潭天光春衣繽紛。河上吹起一股落山風，紅潑潑，黑焦焦，一陣掃蕩過滿山墳頭，捲起街上家家門口黑鐵桶中燎燒的紙錢，直撲上橋面。太陽白晃晃。亞星弓下腰攏住裙襬回轉過身來。一襲月白小綠花裙子，飄飄漫漫，翻飛起耳脖上那篷短髮絲。女娃兒抓起褲腰，一爪子攫住了亞星的裙身，睜起眼瞳，瞅著靳五動也不動。長長一條鐵索橋喀喇喀喇好半天只管搖盪不停起來。

風過了。

滿潭金紙飄舞。

「得趕早上山了，亞星。」

「好。」

「我答應過，帶妳到山中去看白雲。」

靳五回頭望望碧潭外，溪上游，麗日下眉黛也似一巒巒青山。亞星倚到橋欄上，揚起臉瞇起眼睛，迎著太陽把兩腮幫風亂的髮絲扒到耳朵後，眺望著，一回頭弓下腰來，拂拂裙襬把雙手撐住膝蓋瞅住女娃兒的臉：「小妹，我們趕路囉。」眼一柔，亞星沉沉嘆口氣，伸手撣了撣娃兒耳脖上那窩子曬焦的黃髮絲，拈掉兩片金箔紙灰。

瞳子一凝冷，娃兒抿住嘴。

亞星眨了眨眼睛：

「住哪？」

娃兒沉下了臉。

亞星指指堤上人家：

「那邊？」

娃兒不吭聲。

一呆，亞星攏起裙襬蹲到了橋中央，提起娃兒的褲腰摺兩摺掖到肚臍眼上，站起身，一步一回頭跟住靳五走下吊橋，金箔雰霏中，繞過碧水潭踩著亂石坡，朝山溯溪而上。

「她不肯回家！」

亞星哽了哽，回頭望去。

女娃兒黑湫湫打赤膊一個小身子佇立橋中央，兩爪子，緊緊攫住肚臍下的短褲腰，夾起褲襠，目光烱烱只管森冷起瞳子。

堤上人家滿街燒火。

「走！亞星。」

眼一黯，亞星掉頭提起裙腳，涉進那一溪葱蘢的鵝卵石頭中，水芒蕭森，崖下，自管朝山中顛顛蹬蹬走上去。靳五不吭聲，跟在後頭。玉樣璁瓏一條溪水眨閃著天光一路蜿蜒流下山來，燦了燦，刷個彎飛濺起篷篷水星，山影中嚀叮叮嚀叮叮流進了城。谷裡，兩排子蹲著七八十個男女大學生，面對面，工學院文學院烤肉聯誼，眽眽無語，捉對兒搧著沙灘上堆堆炭火，聆聽著錄音機播放出的華爾滋舞曲。水湄芒叢，野狗出沒，啣出片片衛生棉衛生紙，啁啾著滿灘追躧起來，一聲悽厲一聲。靳五回頭望望。青山白水一虹橋影，城中人家火舌飄忽。靳五向橋上女娃兒遙遙揚了揚手，拔起腳朝溪水源頭涉上去。亞星拎著鞋子站在山腰一泓水光中，把裙襬揉成了一團握在腿胯下，弓著腰，洗著腳，太陽下甩甩脖上髮梢，回過頭來滿臉笑朝靳五招手。靳五笑了笑，把褲管捲上膝頭，跨過情人谷烤肉灘上零落的衛生棉，穿梭著一路上成堆的垃圾，攀溪而上，趕上了亞星。

「亞星。」

「看！」

亞星攏起裙腳蹲到石墩上，瞅著一窟水。

晶瑩剔透，一窩小小魚兒燦亮著身上的骨椎，只管繞著石窟窿兒過來游過去，囁嚅囁嚅，潭面上米粒樣滴溜溜冒起水泡。水中，亞星那張臉子盪漾起笑靨，日頭水白花花。

靳五挨到她身畔蹲下。

亞星看癡了。

眼一柔，亞星回頭朝靳五潑了個眼色慢吞吞撐起膝頭來，悄悄涉到水湄，兩手抓起裙沿，覷準了往水窟窿裡撈捕了過去，迸迸蹦蹦，網起一裙兜小小魚兒。靳五睜睜眼。亞星提著裙兜，弓著腰一步步踩上石墩，笑嘻嘻端送到靳五眼前。兩個人湊起頭來站在石墩上，天光裡，只管靜靜端詳著那窩子亮晶晶骨椎斑斕的魚兒。一山麗日火光閃爍。亞星擡頭望望靳五，提起裙兜，涉回水湄蹲下身來輕悄悄把魚兒送回了水窟窿裡。

靳五伸出手來，讓亞星搭著躐上石墩。

「看妳，裙都濕透了。」

亞星撈起裙襬絞兩絞擰下了水來，濕搭搭，攤平在膝蓋下，坐回石墩上，把手遮上眉心仰起臉呆呆眺起了山。白雲蒼狗，一簇一毬悠悠漂渡過西斜的大日頭，翠藍天，漫天雲朵雪絮也似。靳五望望天色，拿起亞星的腕子看了看錶。亞星指住了對岸山坳裡的古剎，眼一睜：

「我們去燒支香？」

「好。」

靳五呆了呆。

亞星拎起鞋子揝住靳五的褲腰，挨著他，涉過一溪琤琮的鵝卵石，踩著青冷的石階，攀上石崖。木葉森森。麗日下好一穸清涼！靳五牽住亞星穿過一座箭竹林兩棚苦瓜圃走進山門來，悄沒聲滿院青苔。青煙三縷。正殿當中金漆彫花供著個木龕，黑燻燻長年香火，龕門上掛起紅綢帳幔。一殿喜氣清清冷冷。亞星跨進門檻放下鞋子，青燈中，端整起臉容把兩腮幫短髮絲挑掠到耳脖後，濕湫湫，拂了拂身上那條月白裙子，合起掌心垂下頭來，拜了三拜，望著龕門上那一帘紅綢出起了神，半天，回頭看看靳五，滿眼睛的話。靳五點點頭悄悄使個眼色。亞星躡起腳來繞過香案走到神龕下跐起兩隻光腳丫子，一挑，揭開紅綢繡花帳幔，猛嗆了嗆。龕子裡囍紅灩灩懸吊著一牀鴛鴦大被。靳五打個寒噤，跨進殿門兩三步躥到亞星身旁把紅綢帘幔放落了，牽起亞星，猛一嗆，穿過正殿走出側門踱到西偏殿，滿廊天光。簷下孤零零燒起一蓬火。有個老婆婆戴著破爛的黑色比丘帽，滿頭花斑，袒開身上衣服，獨個蹲守著一口黑鐵桶，嘴裡絮絮叨叨，日頭下只管揉搓著胸房，撿起腳跟前那疊紙錢一張張唸送到火舌中，猛擡頭，臉飛紅，攏起衣襟扣上鈕釦。靳五哈哈腰。老婆婆拍拍心口撐起膝頭拂拂衣裳，把手舉到眉心上打個問訊。亞星堆出笑容，鞠個躬，指指廊頭鐵架上擱著的一口白鐵皮大茶桶。老婆婆瞇笑瞇笑蹲回了簷下，自顧自燒起金紙揉起眼皮。滿額頭溝紋，兩腮子皺皮，火燒火燎。亞星呆了呆朝靳五使個眼色，悄悄趦到廊頭撿起茶盤上兩隻杯子，往腋下抽出手絹，抹淨了，倒滿了茶，領著靳五坐到廟口一閕荒涼的山門下來，望著山腳啜起冷茶。

豔陽天，層層公寓萬家燒紙。

一城灰飛。

山巔白雲燦爍著麗日，紛紛颺颺，彷彿滿天裡搖撒開一樹柳絮。亞星把雙手擱在膝蓋上，握住茶杯，仰起臉回頭靜靜覷眺。靳五伸出手來悄悄拈掉她鬢上兩蕊金箔。藍天白水，嚀叮叮流響不停。眼瞳子一柔亮，亞星指住山巔。小不點兒兩朵雲絮，若即若離雙雙翩躚過那溪蔥蘢的水光，轉眼間，消散在漫穹澔藍裡。亞星覷望得出了神。

「雲兒不見了，亞星。」

「哦。」亞星回過頭來迎著太陽瞇綻開了一臉子皎潔的笑靨，忽然，眼神沉黯下來：「晴天的雲壽命總是很短！凝結了又蒸發，蒸發了又凝結，一朵白雲的生命就只有十五分鐘。」

「亞星，妳怎知道？」

「課本有啊。」亞星呆呆眺著山：「一朵朵分開的雲不會下雨，除非聚到一塊了。」

「那今天晚上不會下雨啦。」

「晚上可不定。」

「妳知道，雲的故鄉在哪裡嗎？」

「山之巔水之涯！」

「亞星，我帶妳看雲去！」

「往山中走？」

「好不好？」

「好！」

「下雨了我可不管。」

亞星躥起身，拎起兩隻茶杯打赤腳踢躂著膝頭下濕搭搭的裙襬，一篷子短髮，飛颺進了破廟。靳五撿起兩雙鞋子等在山門下，一擡頭。法藏寺。山光水色三個金漆大字青苔斑斕。亞星跑了回來，笑嘻嘻捧著六顆小黃柑，送到靳五眼前，回頭望望西偏殿簷下那頭花髮一蓬火燄，悄聲說：「阿嬤給我的！她丈夫婚後三天被日本人徵去南洋當兵，五十年沒音信，神龕掛著的那條紅綢被——」「小夫妻新婚洞房蓋的！」靳五呆了呆悄悄打個哆嗦接口說。亞星臉漲紅。風蕭森，靳五牽起亞星的腕子穿過簇簇箭竹走出那一林清幽，水蔭中，攀下青石崖，涉進那一溪燦爛的鵝卵石裡。

山巔水湄多白雲。

夕陽西下。

亞星把裙襬揉成一團握在膝蓋上自管涉溯著流水，走在前頭追起了雲來。空山，水籟。靳五心中一動駐足溪中，豎起耳朵，捉摸著春夏之交木葉間綻起的蟬囂。山腰竹林蒼苔小廟，飄起一縷炊煙。滿城歸人一車洶湧一車，海潮般盪響上了山中來。靳五凝聽半天。亞星早已涉上山坳一谷葱蘢中，弓著腰，絞著裙襬的水，落日下，瞅望住靳五只顧眉開眼笑，回頭指了指山頭層巒疊嶂毬毬滾滾聚起的彤雲：

「會下雨嘍。」

「亞星！我聽到蟬叫。」

亞星凝神聽了聽眼一亮把裙襬搓乾淨了，涉到溪中洗洗腳，等靳五趕了上來，往裙袋掏出兩顆小黃柑遞一顆到他手裡。肩併肩，兩個人靜靜坐在崖頭一塊青石上，望著腳下人家。艟艟艨艨，滿坑滿谷水泥公寓夕照中火舌飄忽，嘩喇嘩喇一波綻響一波飄灑起麻將聲。堤上，滿路車潮兩條花火龍也似，迎面咆嗥著潑開漫天花鐵光。白幡招飆，輛輛遊覽車飛馳過八線大馬路，流竄在一京紅塵中。黃舌帽兒朵朵漂，清明假日，返校補習功課的小學生，男娃女娃，痀瘻著細小身子揹起書囊蹦蹬出河畔翔龍國民小學，回身朝向坐鎮校門的國父，匆匆一鞠躬，蜉蝣樣，游竄在漫街煙火燎燒的暮靄中，漂逐向各自的家門。亞星剝著小黃柑，半天靜靜俯瞰著海天寥廓群山環抱中一座瓊樓玉宇的京城，忽然手一指。向晚天，河畔窩窩黑工廠浮盪起一丸紅日，瘀血般，燦爛著滿城落霞，閧窿閧窿叢叢黑煙囪哮喘出嬝嬝黑油煙。

「你看，那顆太陽像甚麼？」

「日本國旗！」

靳五心中一亮脫口而出。

亞星回頭瞅住靳五，呆了呆眼一燦，眺望著城中那一輪猩紅，手裡只管搓著捏著，甚麼時候就把黃柑皮給摺成了小船兒，蹲到溪邊，輕輕一送，望著小船逐流而下。山腳人家炊煙四起。亞星瞅著船兒漂漂盪盪兜個彎消失了，回頭望望靳五，笑了笑，把腮上短髮絲撥掠到耳朵後，聚攏起裙腳，弓下腰，兩手舀著溪水一掬掬澆潑到眉眼上洗起頭臉來。袖口腋下汗毬毬，兩叢子黑嫩。心一蕩，靳五悄悄別開臉去。落日蕩漾著水中那張皎潔的臉子。滿溪紅。亞星把臉洗淨了，垂下頭來反手絞了絞脖子上的髮根，睜開眼睛，溪水瀠洄中，瞅著自己那張水珠晶瑩的臉龐兩腮幫濕湫湫的髮梢，呆了呆，半晌甩甩頭髮勾起小指，把鬢絲一縷縷挑到耳朵後。靳五看得癡了。一蕾血花，悠悠飄盪出山中來。兩隻白蝴蝶掠著流水，只管追逐著溪中那片隨波逐流的衛生棉。野狗出沒，水湄芒叢滿山裡咻咻搜索。臉漲紅，亞星回頭望望靳五，滿瞳子疑惑，落日潑血般灑照在她那張清水臉子上。靳五呆了呆搖搖頭。落紅滿天，山巔一片火燒火燎洶湧起滾滾彤雲。山裡起了風。亞星望著那雙小白蝶追逐著一蕾血花漂失在漫山雲霞中，一哆嗦，站起了身來，拎起裙腳涉出水湄，攀上崖頭那塊青石吹著風，眺望空山夕照，掏出梳子自管梳起頭髮。

山巔響起了悶雷。

「會下雨嘍，亞星。」

「會。」

「回去吧？」

「趕不及了啦。」

烏湫水亮，亞星把一束短髮梢梳貼到耳脖後，捽了捽梳子揣回裙袋裡，回過臉來，一笑搖搖頭。靳五昂起脖子滿山眺了眺天色。

谷中雲氣濤濤大起。

天際落日一丸，載浮載沉蕩漾在滿京風塵一嶼蒼茫的暮靄中。

亞星蹲回青石上，笑嘻嘻，抱住膝頭揉搓著兩隻光腳丫子只管瞅望住靳五，眼瞳子狡亮狡亮。靳五呆了呆打量著她那身濕漉漉的月白裙子，走上前去，扶住膝頭弓下腰桿，湊到她眉眼上看了看她眼瞳裡那兩星狡黠的光采，搖搖頭坐到她身畔。滿山落紅中，一臉子清素，亞星揚起她那頭短髮絲，望著木葉間滄漭縹緲起的水霧，不吭聲。風萋萋，水湄翩翻起一溪蕭萩的水芒。兩個人靜靜挨坐青石上，聽著水吟，眺望山下萬家門口火舌搖曳流竄中，那一城天飛爍的閃電。漫京血潑潑。

彤雲壓城。

城欲摧。

「這場雨可要下得大嘍，亞星。」

「沒有關係。」

「好！」

落照一山肅殺，挾著風雷，潑灑在亞星昂仰起的臉龐上。漫山漫谷水氣滃滃渤渤瀰漫了開來。水朦朧，山巔一鈎月隱沒入了雲濤。亞星端坐青石上凝住眸子側起耳朵，不聲不響，傾聽著山巔飆滾的悶雷。一股落山風嘩喇嘩喇迸濺起那一溪嚀叮的流水，掃起木葉直捲下山腳，火光中，飀漩起滿坑金紙一城煙灰。短髮颼颼，亞星扶住膝頭頂著大風，肩胛一顫悄悄打個哆嗦。天際閃爍出兩刀電光，滿城潑亮，蛇也似交纏著追竄著直爬上天頂，剮開漫穹落霞。河口海峽，風起雲湧，城上，野大的朔風一霆子一霆子襲擊著血紅的太陽。木葉紛飛啁啾啾空山中驚起一片鳥聲。

亞星霍地站起了身，攫住靳五的手：

「走！」

「上哪？」

「你跟著我。」

靳五怔了怔拎起兩雙鞋子。豆大的雨點滿山蒼蒼莽莽潑灑到頭臉上來。亞星揝起裙腳，牽住靳五，拔開兩隻光腳丫子一溜風追著閃電光，朝山腰那一坳雨霧葱蘢的荒草坡，蹎蹎跌跌直蹿了進去。荒草坡上，小小一間荒廢的工寮。進得門，天上兩道電光痙攣著剜開漫山雨氣，白燦燦閃掠了過去，屋裡一豁亮。泥巴地板上鋪著兩張黃草席。亞星呆了呆。簷口迸濺起簇簇水星嘩喇嘩喇潑下了一片水簾來，大雨早已傾盆而下。

滿城人家，灰飛煙滅。

靳五牽起亞星，摸黑站到門檻上。

「妳怎麼知道有這間工寮？」

「上山就看到啦。」黑裡亞星眼瞳狡黠一亮，笑兩笑，甩掉短髮梢頭顆顆雨珠，往腋下袖口拽出手絹來，望望靳五，遞到他手心上：「你的頭髮都淋濕了啦。」

山中電光追掠上天，闃窿，滿城大燦，綻亮了亞星那張濕透了的皎潔臉子。靳五接過手絹，照著滿簷水星，托起亞星的下巴把她一頭一臉的雨珠拭乾淨了，自己抹過兩把臉，跨出門檻，併起兩隻掌心伸到屋簷下，承滿一掬雨水捧給亞星：「喝水，亞星。」亞星勾起小指挑起眉眼旁兩蓬髮絲往耳脖後一撥，反手絞絞脖上髮梢，望望靳五，把嘴湊到他掌心裡喝了四五口雨水。靳五蹲到簷下來，濺濺潑潑喝了十來掬水。空山春雷追躡著閃電一串一串綻響城上，黑天夜，雨下得燦爛了。

亞星坐到門檻上揚起臉梳著髮絲。

眼瞳子，清亮亮。

「肚子餓不餓?亞星。」

「還好。」

「我可餓扁了啦。」

「怎麼辦?」

「來!到工寮裡找吃的去。」

亞星綻開了一臉笑，絞起髮梢一叢子束到耳脖後，兩手兒滴瀝滴瀝拎起濕透的裙襬笑嘻嘻站起身來。靳五瞅著她，端詳了兩眼，牽起她的腕子摸黑走進那一屋影影幢幢的陳年尿騷味裡，掏出打火機打上了火。泥地上一灘香灰中，散落著七八捲點剩的蚊香。汗漬漬粘糊糊兩張草蓆上擺著一對花布枕頭，枕畔，堆著半包雪白衛生紙。靳五呆了呆四下望望，拈起枕頭上幾十根油光水亮的烏黑鬈髮絲，湊到火光裡照了照，一回頭，看見亞星早已跨出工寮門檻靜悄悄站到水簷下。靳五心一亮打個寒噤，熄了打火機三腳兩步走出門來。

「亞星!」

亞星回過了頭。

水花中，滿臉子清冷。

「想到妳媽媽了?亞星。」

「是。」

「亞星亞星。」靳五瞧了瞧亞星的眼瞳，渾身一哆嗦，把兩隻手攫住亞星的肩胛:「我知道的！記不記得？我跟小舞去龍城路看飆車那晚，小舞在我們住的那棟公寓天臺上講給我聽妳媽媽的事？所以我知道！亞星，不要——不要這樣冷著眼睛。」

「她每次晚上出門也帶一捲蚊香。」

眼瞳一黯，亞星望了望門洞裡草蓆旁那灘蚊香灰，柔聲說。

靳五背脊涼了涼，瞅住亞星，托起她的下巴伸出食指輕悄悄揉搓了搓她的眼皮，攬住她肩膀，蹲到門檻上。大小兩個手握住手，風雷下，靜靜望著腳底下花蛇也似大雨中那一城交纏追竄的霆霓，黑天夜，聽著空山中一溪滂沛的水聲。

漫山腰滄漭起水煙嵐。

亞星說：

「你餓不餓？」

「餓，不過也還好。」

「對不起。」

靳五把搓著亞星掌心的手緊了緊。

雨中，山裡人家燈火淒迷。煙雨葱蘢螢火樣忽兒明忽兒滅四下搖曳起火舌。有戶人家婦女蹲在門口燒金紙。風萋萋。亞星悄悄掙脫靳五的手站起身來，攏起裙子蹲到簷下，掬著雨水洗了把臉，喝兩口，又承了滿滿一掬躡起光腳丫子小心翼翼端送到靳五眼前。靳五謝了聲，托住她腕子，湊過嘴去就在她掌心裡把水喝了，肚中咕嚕咕嚕打起悶雷。亞星聽了聽，眼瞳一沉黯，嘆口氣往腋下抽出手絹來，挨上前，輕輕按住靳五的脖子翻起他領口擦乾了他背脊上的水漬，蹙起眉心覷準了，叭！一巴掌拍到靳五額頭上，打死血臟臟一隻肥大的黑斑蚊，回身走到簷下洗淨了手，嘩喇嘩喇，隔著一簾水花，自管絞起脖上那束濕髮梢，靜靜望著滿山草木魍魎中黑滔滔一條亂石流水，山坳裡，三兩朵飄搖的火舌。靳五坐在門檻上趕著蚊子，靜靜瞅著水簷下亞星的身影。亞星回回頭。靳五笑了笑指指雨中。倏地，一隻雜毛土狗闖開漫山雨氣潑溘潑溘拔開腿子濺起水花，躥上荒草坡來，一愣，煞住了腳望望靳五亞星，翻起白眼咻咻嗅兩嗅，一步挨著一步鑽進工寮門口，幽幽嗥出兩聲。亞星呆了呆望望靳五，趴到門上，探出脖子往屋裡張了張。黑裡，狗兒兩隻眼眸凝瞅住亞星，血絲炯炯。山巔兩道電光挾著春雷春雨，閃掠過城上黑天。狗兒蹲坐草蓆上，嚶嚶嗡嗡滿屋蚊子喧囂中，只管齜牙咧嘴抖著甩著那渾身的雨珠。

靳五扯扯亞星的裙襬：

「別撩他！亞星，妳坐下來。」

亞星答應了聲挨在靳五身邊坐到門檻上。

呦，呦，狗兒又嗥出兩聲。

一串雷滾動過山巔，空窿空窿漫天迸綻開來。山下萬家燈火，滿城煙雨朦朧，一京紅霓浩渺。濤濤落山風掃過木葉，滿山起了潮水般。雨潑進了簷口，亞星打個冷顫。靳五攬住她肩膀握住她那筒子清冷的胳臂，摟了過來，把她臉龐搗到自己肩窩裡。大雨中走來兩個人。一刀電光掠過。閃電下，耳鬢廝磨兩個男女腋下挾著蚊香盒，手勾住手依偎一支小紅傘下，跋涉過溪畔芒叢蹭蹬上荒草坡，愣了愣站住了，舉起手電筒朝工寮門口照了照，趑趄著，半天一轉身縮起脖子鬆開了手，若即若離往來時路跋涉回去。女的回回頭。呦呦呦，屋子裡狗兒張起爪子刨著草蓆只管哀嗥起來。靳五回過身去，擰住狗兒的耳朵。狗兒齜驀起白牙紅涎涎吞吐起舌頭。靳五把狗兒揪到身邊，搓起他那身黃雜毛：「這隻狗通人性！嘻嘻，每天晚上守在這兒等看好戲。」

「臭烘烘！」亞星縮住鼻尖挨站到門角。

靳五笑嘻嘻勾起食指對準狗兒眉心響梆梆鑿了個爆栗：「去！賊頭賊腦。」狗兒仰天呼號兩聲，翻起白眼齜咬著牙撅起臀子，一蹦，踹了靳五兩腿子，夾起尾巴躥到水簷下篩糠也似抖起渾身濕臭的黃雜毛，啁啁啾啾扒個土坑躺下來，窩蜷成了一團，目光睒睒，守望著水簾外荒草坡下溪畔那條小徑，時不時瞟向亞星。

溪上，大水瀧瀧。

一山䩄艷。

亞星只管呆呆瞅著那狗兒：

「眼睛好邪門！」

「誰？」

「那隻狗。」

靳五望望那條大公狗肚腹下紅涎涎一伸一縮的臊根子，怔了怔，伸手攫住亞星的裙襬扯兩扯：「別看他！坐過來，我跟妳說個狗的故事。」亞星挨過來。靳五拍拍身畔的門檻叫亞星坐定了，托起她下巴，撥開她眉眼上縷縷濕髮絲，從她腋下抽出手絹，把她滿頭滿臉雨珠拭乾，掖回手絹，握住她的手，半天眺望著山下公寓人家一窗窗瞑朦雨中的幽紅佛燈，水蛇樣，漫街蜿蜒游竄的青紅霓，河口，煙波浩渺：「小時候媽媽帶我去投靠大舅。舅舅住在山裡頭——婆羅洲北部大山，周圍幾百里就住著幾十戶逃荒的中國人——開荒種胡椒。舅舅媽帶著七個小孩開荒，窮得很，有幾年胡椒行情不好，我們孩子年頭年尾只吃過兩次肉。窮，可山裡人家得養隻狗，看門，防土人摸黑獵人頭，守護小娃娃。大舅家養的這隻叫小烏，從小就跟我們八個孩子要好，一家樣的親，一年到頭餓著肚子扒泥土找蚯蚓吃，也不投奔有得吃的人家。後來小烏漸漸老了，病了，生得一身疥瘡，肚腩上爛出兩個大窟窿，根根腸子都流出外面來。我們很難過，天天從早到晚輪流守在小烏身邊，把自己的飯菜餵他吃，替他趕蒼蠅。那年時來運轉大舅誤打誤撞發了筆小財，把胡椒園賣了，一家人搬進城去開店。搬家那天早晨，大舅雇了輛貨車把屋裡還看得上眼的東西都裝了，連我媽和我，十幾口浩浩蕩蕩上路啦。我們想到要上城裡的學校，又樂又怕，喜孜孜換上最好的衣裳，穿上鞋子，唱歌排隊上了貨車，看見路邊竹林裡一窩蒼蠅，小烏孤伶伶躺在太陽下，守著他肚腩上那兩大窟窿腸子，動也不動喘著氣，靜靜望著我們一家人。不知怎麼，大表哥就嫌惡起小烏來，帶頭跳下車撿起一塊石頭，咒了聲，朝小烏身上扔了過去。我們全家孩子大大小小男的女的一窩蜂跟著起鬨，跳下車，咬牙切齒，嘴裡詛咒著，撿起石頭一塊一塊沒頭沒腦扔到小烏身上。那時候，小烏的眼睛就那麼的邪門，眨也不眨，靜靜的望著我們這群孩子。」

亞星側過臉來，黑天夜雨滿簷飛濺的水花中只管靜靜瞅望著靳五，半天，悄聲問道：

「你也扔了石頭？」

「是，亞星。」

手一顫，亞星不吭聲了。

靳五鬆開握住亞星腕子的手，站起身走到簷下，呆呆望著天上滾滾飛雲漫山水嵐中三兩盞閃爍的紅晶燈，半天一回頭：「我也很殘忍，亞星。」亞星站起身風潑潑攏住裙子走了過來，悄悄握住靳五的手，仰起臉笑了笑瞅望住他，眼瞳子，靜澄澄，一簷水花裡滿頭滿臉蹦濺著雨珠。靳五心中一酸，掙脫亞星的手，暖暖握住她那兩筒子沁冷的胳臂，瞅著她眼眸搓了搓她膀子：「看妳！身上冷成這個樣子。」眼一柔亞星搖搖頭。靳五嘆口氣往她腋下抽出手絹，抹抹她臉龐脖子，把自己的襯衫脫了，剝下汗衫不聲不響套到她身上，掖住袖口攏起襬子牢牢打了個結，裹緊她身子，自己穿回襯衫。亞星仰著臉只管靜靜瞅望靳五。兩條電光閃爍交纏著，白蛇般追竄上了長天，雷霆挾著雨水空窿空窿迸亮迸亮漫山漫城綻潑下來，山風大起，天門彷彿開了個缺口，大片大片的冷雨直灌到工寮屋頂，嘩喇嘩喇瀉下屋簷。靳五打個哆嗦，牽起亞星坐回門檻上。

亞星身上裹著靳五的汗衫，抱住膝頭不吭聲，春雨茫茫，望著腳下那一城天蜿蜒繾綣的閃電。窸窣窸窣，那條雜毛大黃狗鑽回工寮裡，渾身打起擺子。山風湧進門洞，滿屋捲起漩渦，掃出了五六疊粘糊糊揉成一團的衛生紙，大雨中飄颻下荒草坡去了。亞星身子一顫，悄悄打個寒噤。門裡，黑影地幽幽兩聲嚶嚀。靳五呆了呆豎起耳朵諦聽。一聲呻吟一聲，夢魘也似，那狗兒忽然淒涼地哀號起來，只管扒著爪子抽搐鼻尖，蹦跳在草蓆上兜過來兜過去，咻咻嗅嗅尋覓著甚麼。電光掠過，門洞裡兩隻狗眸子血絲熒熒，黑天風雨中一雙鬼火樣。

亞星回頭望望，一把攫住靳五的手。

閃電下，狗兒抖擻起尾巴啣出了一隻保險套來，粘粘涎涎往亞星眼前招搖了搖，一蹲，坐到簷口，兩隻眸子水汪汪瞟望住靳五，忽然拗轉起頸脖，朝亞星哀哀嗥出兩聲。亞星臉煞白。靳五一咬牙伸出腳跟往狗兒肚腩上踹了過去，摟住亞星。狗兒竄到屋角，扒撥出了個土坑蹲坐下來，翻起嘴皮涎瞪瞪只管瞅住門檻上兩個人，一齜一齜，甩晃著嘴裡那東西，呻吟不停，忽然拱起臀子又鑽進工寮，窸窣半天，呦呦啾啾哀鳴著，啣出了兩片血腥撲鼻血漬如花的衛生棉。

亞星臉皮一臊，漲紅了：

「哪來這些東西！」

「到處都是！我們今天上山一路不都看到這些東西嗎？」

靳五悄悄別開了臉去，望著腳下那一京水晶樓臺淒迷燈火，打個寒噤。

山風掃撥出工寮裡灘灘蚊香灰。

「看！」亞星指住了山巔。眨啊眨紅晶燈盞盞閃爍漫山縹緲的水煙嵐中，芽兒也似，山頭湧出一鉤新月。靳五看看亞星。濕湫湫月下好一臉皎潔的笑靨：「雨就要停啦。」

滿天清澂，雨果然小了。

城上毬毬黑雲飛渡過萬家樓臺燈火，驀地裡中天迸出十來顆星星，一窩小水妖似的蹦濺著。亞星昂起脖子仰起臉，看癡了。一溪流水嘩亮嘩亮，山中濤濤飄漫起水霧青煙，轉眼間山巔月芽兒披上了一綃青紗。亞星攏住裙襬抱住膝頭，眼澄澄，支起下巴坐在門檻上俯瞰著山腳一谷溶濛的水霓虹，蓬萊海市，滿城泫泫兜轉的三色燈。

靳五悄悄拿起亞星的腕子照著水光看看錶：

「闔闔眼吧，打個盹。」

「不睏。」

「咱們就這樣坐著等天亮？」

「你說好不好呢？」

「好！亞星。」

屋裡狗兒咻咻嗅著又哀號出了兩聲。

雨後深山，宛如一幅淡墨山水。

第十四章 中山道

「你娘——不要緊吧？」

「我不知道。」

靳五拎著行囊走出海大校門，站住了。

太陽下，小舞兩腿子跨著他那輛山葉追風，把手肘撐在車頭燈上，睥睨著墨鏡。

「甚麼時候回來？」

「不知道，看看我媽情況再說。」

靳五看看張淵。

「小淵！妳怎又逃學了？」

張淵一身白衣藍裙摟住書包側著身子靜靜坐在後座，揚起臉，腮幫挨貼著小舞背梁，凝冷起眼瞳只管瞅望住靳五。兩聲吆喝，小舞伸手截了輛計程車：「靳老師保重！我不送你了，小妹今天請了假送你去機場。」小舞招招手。亞星一身白衣黑布學生裙走出了樹陰來。小舞摘掉墨鏡，眼一柔，打量了量他妹子亞星，伸手挪了挪她肩胛上掛著的青布書包把重心調整了，踩動引擎，架回墨鏡，叫張沵摟緊了他的腰桿，縱車飆上車潮澎湃傘花漂盪的艾森豪路。

靳五拎起行囊領著亞星坐進計程車。

砰。砰。砰。

「媽個巴子小流氓！」

司機齜起牙根，踩住了煞車。

鑫鑫，安樂新綻開兩排小紅牙麗日下滿頭大汗追了上來，敲開車門鑽進前座，回回頭，一臉灰敗瞟了瞟亞星瞅住靳五：「對不起，哥！聽講你阿母在婆羅洲生病了，你要回家看看她，特地趕來送送哥，真心真意，哥莫又怪我陰魂不散老跟著哥！」靳五呆了呆點點頭。安樂新瞅瞅亞星，眼一柔笑兩笑，拍著心窩犽犽犽喘回了十來口大氣，抱起膀子，翹起膝頭，整個人蜷縮進了座位裡，嘬啄著檳榔，涎起一嘴血泡只管打量身畔司機那顆斗大的花斑頭顱。

靳五搖下了車窗，自管吹起風來。

琅琅讀書聲。車子駛過艾森豪路光化國民小學。靳五探探頭。刁斗森嚴，國父孫中山先生滿面風霜坐鎮鐵蒺藜水泥圍牆門洞口，凝視紅塵大街，橐橐，老校警脖下掛著哨子白髮蒼蒼逡巡門前人行道上，時不時嘬起哨子睜起眼睛，滿瞳子狐疑，打量那些探頭探腦獐頭鼠目的過路男人。操場空蕩蕩。鬧市車潮滿校園讀書聲中，驀地，天使般莊嚴肅穆，陽光普照下有一間教室綻響起了五六十條小小嗓子，引吭高歌：

青海的草原一眼看不完

喜瑪拉雅山峰峰相連到天邊
古聖和先賢在這裡建家園
風吹雨打中聳立五千年
中華民國
中華民國
經得起考驗
只要黃河長江的水不斷

靳五聽了聽心中一動：

「亞星，今天是甚麼日子？」

「四月二十七日，黃花崗之役。」

「不是三月二十九嗎？」

「那是陰曆。」

「哥！亞星妹子年紀小小有學問哦。」

前座安樂新磔磔笑，回過眸子睨瞅了瞅亞星。

風潑潑，車子追逐著滿京氾濫金光燦爛的車潮駛出了城，踩足油門，轉上中山高速公路。

靳五把脖子探出窗外。安樂新打個寒噤搖上前窗，蜷起身子，車廂一漩渦氤日薰風中，只管猲猲猲打起牙戰揉著血絲睡眼，轡啊轡，悄悄端詳司機那張紫黑國字臉膛。

「司機先生，對不起，您府上是——」

「山東，嶧縣。」

「蔣公他老人家帶你過來的？」

「唔。」

「過來有四十年了？」

「沒去數。」

「您有做過兵？」

「當過兵。」

「有打過仗？」

「打過。」

「有殺人？」

「有。」

「殺死過幾個？」

「沒工夫數。」

「哦！您有殺過共產黨？」

「殺鬼子！殺漢奸！媽的毬子。」

安樂新愣了愣，悄悄一哆嗦，打開車門鑽聳出他那粒小平頭，迎著高速公路滿路風濤，

啄啄，啐出兩口血痰，闔上車門抹抹嘴角，抱起膀子搔起胳肢窩呆呆出起了神，若有所思，

好半天抽出手爪送到鼻端上嗅兩嗅，幽幽嘆息了起來：「殺鬼子殺漢奸！嚇不死咱海東兩千萬小老百姓囁——哥，來一粒。」回眸一笑遞過了顆檳榔。靳五謝了聲搖搖頭。安樂新瞄瞄司機哈了個腰雙手奉上檳榔，一凜，打個寒噤縮回脖子，把檳榔哈進嘴洞，望著車前三條亮麗的車龍，嘆口氣，扯扯黑喇叭西裝褲腳，翹起兩吋跟烏亮小馬靴，搖一搖抖兩抖靜靜想起自己的心事來。海峽蒼茫，日正當中。靳五探頭窗外望了望天色：「司機，麻煩打開收音機聽聽氣象。」司機扭開收音機，轉了五六臺爆米花也似迸響起一條甘甜的女嗓子——各位朋友，昨天下午鋒面系統仍滯留在長江流域，同時呢，太平洋高氣壓的勢力範圍正向西延伸，昨晚抵達華南沿海，阻止長江鋒面南進，不過，位於華北地區黃河流域的大陸高氣壓，正迅速發展中，這兩天即將大舉南下，向本島進襲。鋒面系統由於受到大陸高氣壓推逼，今天中午可望渡過海峽登陸本島。本島處於大陸、太平洋兩大高氣壓夾擊下，氣層相當的不穩定，午後將出現雷陣雨。雷雨區內並有八到九級的陣風，請海釣的朋友特別注意——「哥，西北雨要落囉！」安樂新格格笑回頭瞟了瞟亞星，脖子一昂抱起胳臂蹬起小馬靴跟，血蓊蓊引吭高歌。

日頭過半埔
天氣炎熱宛然像火爐
噯呀！出門約會
遇著西北雨

司機扭轉過他那顆花斑大顱瞪瞪安樂新。一齜，安樂新縮回脖子閉上嘴巴。

「下午會有雷雨！」靳五握住亞星的手悄悄搓了搓她手心：「待會自己回家，要小心。」

「我會小心！」亞星手心一緊。

安樂新妎妎笑。

「肏他媽的狗漢奸！」司機打開車門啐出兩泡口水：「帶鬼子去嫖自己的女同胞！」

白幡招飄，麗日下金碧輝煌一輛高頭大馬雙層遊覽車撳著喇叭，鐓鐓，鐓鐓，飛馳下城北溫泉山莊，轉上中山高速公路，正午時分趕向中正國際機場去了。「三八式步兵銃同好會呢——哥知否，三八式步兵銃是啥？不知？」安樂新一字一字讀出遊覽車身張掛的白布條上九個紅字，嘆息了聲，回頭詢問靳五，又探首窗外，端詳起遊覽車窗口一顱一顱花髮西裝客，嗟嘆了半天，回眸瞅乜住亞星腼腆嘻嘻綻開兩腮子尖削的笑靨：「快槍手呢！洗完溫泉殺過馬子又鬼趕回東京去呢！哥，你看這些日本老阿公，打完炮臉青青就像死人樣。」靳五瞅著豔陽裡安樂新那滿嘴血花兩瞳血絲，悄悄打個寒噤，握住亞星的手。一聲怒喝，司機踩足油門追上遊覽車，搖下車窗鑽出斗大的風霜頭顱，仰起臉，瞪住遊覽車駕駛座，詛咒著鬼子漢奸啐出十來泡口水：「賤！替日本人拉皮條。」颼地，遊覽車前窗打開了，駕駛座橫眉瞪眼探出一粒小平頭，俯瞰著，似笑非笑，一咬牙朝窗下計程車嘔吐出滿口檳榔汁。眼瞄眼牙齜牙，兩位司機隔著公路上一條分界線飛馳著，怒目相向，對峙起來。安樂新蜷縮在座位裡咯咯咯撫掌大笑。遊覽車上悄沒聲息，荳蔻年華導遊小姐梳攏著肩下那把黑髮絲，探出頭來，烏溜溜兩瞳子狐疑。滿車上下兩層七八十個白頭西裝客痀瘻著腰子打著盹，豔陽裡，紛紛睜開眼睛，金銀牙閃爍打起哈欠揉起眼皮，倉皇四顧。鏦，鏦，遊覽車迸響起喇叭揚長而去了。計程車司機詛咒起十八代漢奸，踔，踔，撳著喇叭踩起油門。並駕齊驅，一輛遊覽車一輛計程車對罵著，糾纏在六線高速公路濤濤車流中，追逐向國際機場。

安樂新大樂，噗哧笑不住。

「肏！」

司機猛踩住煞車。

滿田春秧，翠綠汪汪。四野農家炊煙飄嬝，高速公路南下車道上金光燦爛密密麻麻困住了三條車龍，顆顆人頭伸出車窗，張望著，四下悽厲起喇叭聲。司機探出頭去，愣瞪住那片文風不動的車海。靳五嘆口氣拿起亞星的腕子看看錶。安樂新抱起膀子搔起胳肢窩，嗅嗅手爪，吃吃笑著回眸乜住靳五瞟了瞟亞星，眼瞳一柔，朝亞星腼腆笑兩笑，攀出車窗昂起他那粒小平頭把手遮到眉眼上覷望起來：「黑頭仔車死火！哥，知否黑頭仔車？就是專門給大官坐的黑色大轎車啦，哇！十多輛停在馬路中心，大塞車！哥要改搭下班飛機回婆羅洲去看阿母囉。」靳五呆住了。亞星伸過手來握住靳五的手，搓了搓，搖下車窗望望窗外。對面，北上車道各式車輛紛紛踩住煞車，男女老小探出窗口朝南下車道張望。一照面，亞星呆了呆。靳五探過頭去。隔著路心安全島，迎面一輛計程車緩緩駛過，窗口，髮絲繚亂，慵睏睏倚著一張臉龐。朱鸝一身雪白蕾絲衣裙裸著皎白雙肩坐在計程車後座，眼瞳睜了睜看見了靳五，低低頭，把肩膀下兩條蕾絲肩帶拽回肩胛上，攏起滿肩髮絲，白花花天光裡挑起兩隻陰藍眼皮，朝亞星笑了笑。骨碌碌，安樂新轉動著眼珠只管端詳著朱鸝身旁擱著的那隻紙箱：「水晶吊燈呢，從日本帶回來裝飾新房子呢——」幽幽一嘆安樂新回頭瞅住靳五：「哥，你知否？朱鸝小姐被兩位日本阿公保送去東京藝能學校深造，今天回國省親。」靳五望望對面計程車中的朱鸝。一臉落寞兩瞳睏倦，朱鸝緩緩消失在北上進城的浩瀚車流中。南下通往國際機場的三條車道一片塞車，詛咒四起。喜孜孜，安樂新拱起臀子昂起脖子探首窗外，覷眺了眺前方：「黑頭仔車還未修好呢！哥，莫心焦，改搭下班飛機回家看阿母。」噗哧忍笑，安樂新伸個懶腰蜷縮回了座位裡，半天，嚼啄著檳榔，望著中山高速公路兩旁麗日中天炊煙嬝嬝的農家，想起自己的心事——噢！媽媽，妳敢是真正無情放捨子兒，媽媽喲天邊海角找無妳——唱著喚著一回眸，安樂新瞅了瞅亞星，靦腆笑笑淚光中揉揉眼皮，百無聊賴，搔起腋窩嗅起爪子，打量著身畔那老司機淵渟嶽峙也似一動不動的高大身軀，悄悄探過手去，颼地，扭開收音機一臺臺尋撥起來——各位農友，經過兩年臨牀試驗，對久不發情的女豬和經產母豬施以針灸，效果良好，配種成功率平均超過百分之六十。女豬是指處女豬，母豬則是——阮吔阿君中狀元，嫌阮啊草地姑娘，想起當時寒雪天，薄情郎嘔負情恩——蘇三離了洪洞縣將身來在大街前，未曾開言，我心好慘，過往君子聽我言——高氣壓迴流，午後雷陣雨——小琦服飾店神女大本營——本人不是搞政治的，但身為中國國民黨的資深黨員，就當仁不讓以國父孫中山先生代表的中國國民黨理念，作為本人的施政理念，對外而言，本人是愛國主義者，一生從軍就為了打日本，復興中華民國，解救大陸同胞，建立富而好禮的社會，如禮運大同篇一樣，讓百姓安居樂業——莽莽神州湮沒在煙霧中，漠漠原野沒有人影蹤，啊，悽慘人間——

中華民國婦女救援基金會指出：尤其泯滅良心的是，風化場所的業者為了使尚未發育完全的少女早日成熟，俾符合經濟效益，以注射雌素酮女性荷爾蒙的手段，強制催熟，使許多少女終身留下——各位同胞，出國旅遊務請顧及國家顏面，隨時注意自己的舉止，表現富而好禮泱泱大國國民風範，莫讓外國人笑話——現在報告兩條社會新聞：市政府查核違規經濟活動聯合查緝小組，今天中午出動，又在市警局夷洲路派出所管區內，查出群宜高級休閒中心有五名少女裸體陪客人洗澡。這家以學生、主婦兼差為號召的休閒中心，設在高級公寓大樓「黃龍大廈」八樓，擁有十餘間套房，裝潢富麗。聯合小組人員到各房間臨檢，在一個房間查獲一男二女在洗泰國浴，並在另一房間查獲三名少女裸體陪三名中年男子遊戲，其中一名男子是美籍人士，他遇見臨檢，驚嚇得渾身發抖。聯合查緝小組決依違反商業登記及違反建築使用等規定，嚴予懲處。另外，發生於四月五日的日本籍老年觀光客松岡滿壽男、筒井大助在新東帝大飯店被殺及搶劫案，今天宣告偵破，市刑警大隊逮捕某校在學女生柯素霞、謝安安，經查二女係於飲料中羼入過量迷藥，導致松岡滿壽男死亡，筒井大助被劫三十五萬圓日幣。柯女、謝女供稱，四月五日中午在新東帝飯店電梯口搭訕松岡、筒井二人，聲稱可替他們按摩，被引到六二四室，柯女、謝女分別替松岡、筒井按摩，隨即各拿出一粒白色藥丸「安樂新」咬碎後羼入可口可樂中，交由二人飲下，發生性關係後松岡、筒井即告昏睡，松岡由柯女服務，筒井則被謝女劫財——安樂新蜷縮在座位裡搔著胳肢窩張開嘴巴翹起舌尖，嘖嘖嘖舔弄著嘴洞裡那顆檳榔，豎起耳朵瞅乜住收音機，聽得出神了。靳五心一動：「哦，原來安樂新是一種迷藥！」「安樂新是朋友們給我取的外號啦，哥，你莫見笑！小弟本名蔡森郎。」

安樂新回身瞄了瞄亞星哈哈腰臉一紅，腼腆笑笑，關掉了收音機，抱起膀子望著窗外發起愣來。太陽西斜，中山高速公路南下車道一潭死水，金光燦爛困住三條車龍。詛咒聲此起彼落，砰碰砰碰，四下裡車門開闔。白花花天光裡滿路繚繞起青煙閃爍起火星，男人們倚到車門上吸著菸，裙衩漂盪，女人們追奔逐北呼兒喚女。安樂新吃吃笑。靳五望望前座椅背上安樂新那顆蛇頭樣不住竄動的小顱子，心一寒，捏住亞星的手心揉了揉悄聲說：「待會送了我，自己回家要小心！」「這幫暴發戶沒教養沒文化！」猛一叱，司機聳起斗大的花斑頭顱指住了窗外。亞星臉飛紅。安樂新樂不可支。簇新的中山高速公路長長一條路肩上，春光明媚繁花似錦，麗日下，望不斷，不知甚麼時候三五成群站住了一排西裝革履的老少男士，遮遮掩掩，解開褲襠，對著水田中炊煙嬝嬝的人家，迸濺出簇簇燦爛的水星。「一字排開路邊放尿！樣子有夠像新兵訓練中心的靶場，實施立姿連放射擊！」噗哧噗哧，安樂新把手遮住嘴洞忍住笑不斷回眸瞟望著亞星。司機打開車門，啐了口，回頭瞅住靳五咧開光禿禿嘴洞中兩枚大黃齙牙，似笑非笑：「先生，您瞧這個場面可有多壯觀！世界奇景嘛！咱們這座寶島從北到南不過四百公里，島民心態嘛，一上高速公路就是出遠門囉，上車前大吃大喝，遇到塞車憋不住，連婦女也只好不顧體面就地解決囉，您瞧！」路肩下斜坡上灌木叢中，結伴兒，衣香鬢影三三兩兩拎著皮包腼腆嘻嘻，一眾婦女絡繹不絕，蹲進，鑽出。豔陽天呦呦啾啾野狗出沒，花間草叢啣出團團衛生紙片片衛生棉。安樂新格格笑，抖簌簌搔起胳肢窩。猛一嗆司機打開車門啐出五六泡口水，呆了呆，睜起眼睛詛咒了聲。白幡飄飀，一片癱瘓的車海中高頭大馬金碧輝煌寄泊著那輛雙層遊覽車，七八十個白頭西裝客，目光睒睒，木然板起臉孔，挺直起腰桿子，朝向窗外舉起株株短小頸脖下掛著的照相機，卡嚓卡嚓，獵取鏡頭。導遊小姐撈起肩下那把黑鬘，梳攏著，花裙漂漂倚在車門口。砰地，司機閤上車門，詛咒著男鬼子女漢奸發動引擎。砰碰砰碰四下車門開閤，路肩上花叢中，呼兒喚女，眾家父母扣上褲襠拎起皮包紛紛竄回車中。車陣啟動了，緩緩流淌在三線車道上。旗正飄飄，中山高速公路中央車道上悄沒聲停泊著一列黑色大轎車隊，十來個官家保鑣，汗流浹背，躥動在路心上吆吆喝喝疏導南下的車輛。計程車抽搐著，駛過那一口口黑晶玻璃窗。涎瞪瞪，安樂新趴著窗口探出脖子猴望著黑窗裡雙雙閃爍的眼眸，齜開兩排小血牙，招著手爪。一口黑窗颼地拉上紗帘。安樂新怔了怔啐出兩泡檳榔汁，縮回脖子搖上車窗。司機噓了口氣，跟隨著浩浩蕩蕩的車陣駛進了敞亮的車道，一啐，踩足油門，又詛咒起麗日下白幡招飆那一遊覽車日本老嫖客，破口大罵男女漢奸，穿梭著車潮，追逐向中正國際機場。

亞星看看腕錶，鬆口氣。

水田中，一殿璀璨。

安樂新喝了聲采打開車門躥出前座，扭扭腰桿，跺跺兩吋跟小馬靴，昂起脖子，瞻仰著簇新機場大廈門口旗杆上招展著的偌大青天旗，犽犽犽，打起哈欠伸個大懶腰，眼一燦又喝聲采，回頭趴住車門把腮幫貼到窗上，搔著褲胯子綻開兩支血紅門牙：「我幹破你娘祖媽！老芋仔，你有殺過鬼子？你有殺過漢奸？有種你回你大陸老家去殺共產黨給我看！莎喲娜啦。」

「媽個毴子，我肏你海東漢奸的日本乾爸，有種你等我肏你看！」司機咬咬牙，聳起腰身把風雨滄桑一顆花斑大顱直播到車窗上，扒扒褲襠，睜圓眼瞳狠狠瞪住安樂新，漲紅了黑臉膛。機場大門口，老少兩個對峙著，車裡車外隔著一窗豔陽，牙齜牙。靳五拎起亞星的書包掛上她肩膀，提起行囊下了車，頭也不回，牽著亞星走進出境大廳辦好了登機手續。

好一堂水晶燈。

衣香鬢影，金銀牙燦爍。

「還有一點時間！」靳五拿起亞星的腕子看看錶，牽著她走到落地玻璃大窗前望望天色。天風大起，青天白日旗太陽下飄飄價響，島上滾動起悶雷。心一酸靳五瞧瞧亞星的臉龐：「雷雨就要來了，亞星，待會送了我就得自己回去囉。」亞星仰起臉望著靳五點點頭。靳五笑了笑，瞅著她好半晌伸出食指，輕悄悄撣掉了她頭臉上沾著的塵埃，撮起她腮上繚亂的短髮絲撥到她耳朵後：「等我看了我媽回來，找一天，我再帶妳沿著龍潭溪走進山裡看夏天的雲，好不好？」

「好！」

「妳可要保重。」

瞳子一泫亮，亞星揚著臉點點頭。

靳五呆了呆打個寒噤：

「瞧！陰魂不散的又來了。」

喜孜孜，安樂新蹭蹬著高跟小馬靴褊褼著黑布喇叭西裝褲腳，推開旋轉門鑽了進來，挨在門口，趑趄著，抱起胳臂縮起肩窩聳出他那粒小平頭，摸耳搔腮，四下裡狻望起來，眼塘子血絲一燦，邁開大步穿梭過那一廳各色人種紅男綠女：

「哥哥！」

「你還沒回去？」

「要送哥哥上飛機，送亞星妹子回家。」

「不必了。」

「哥，做人要講情講義呢。」

噗哧笑，安樂新睇了亞星兩眼搔搔褲胯子，仰起臉猱過了身來，挨到靳五身邊，窸窣窸窣摸索著把顆藥丸甚麼的塞進靳五褲袋：「送哥一件禮物，哥！上了飛機偷偷給空中小姐吃。」靳五往褲袋裡掏了掏，一顫，咬咬牙，悄悄擡起鞋跟踩住安樂新的鞋尖，狠狠磨兩磨：「去你的！誰要你的迷藥！」安樂新閉起眼睛齜著牙猲猲猲打起牙戰直喊著痛，嘴角流淌下血涎來，膝頭一軟，雙手捧住肚腩蹲到地上，嘔出五六口檳榔汁，不吭聲，冷冷瞅住靳五，一爪一爪扒搔著胳肢窩瞟望著亞星，眼窠子只管竄閃著兇光。

「幹！伊娘祖媽咧，老芋仔要回老家。」

「安樂新，你又講甚麼鬼話？」

「哥，你看那邊。」

有個瘦小的老兵挑根扁擔肩前肩後沉甸甸掛著兩米袋行李，春暖天，渾身裹著冬黑西裝，逡巡滿廳士女之間張望著，一臉蒼茫，半天掏出手帕抹抹汗往華航櫃臺躑躅過去，手裡捏住機票護照，哈腰呈上。櫃臺小姐挑起兩柳畫眉，朝老兵手中瞄兩眼一指尖戳向左邊：「那邊去！」「小姐啊。」「嗯？」「就是那邊那位先生叫我過來找您的哇。」「哪邊哪位？」「那邊那位戴金絲邊眼鏡的先生不是嗎？」「國泰的？」「不識字不曉得哇。」「那邊去吧。」一指尖紅蔻丹亮晶晶戳向了北邊。老兵愣了愣哈個腰，捏起護照，抹著汗四面八方瞇覷半天，把兩隻米袋挑到了日亞航櫃臺，鞠躬致歉，鑽擠過那一堆七八十個西裝革履滿臉鐵青的日本老阿公，苦哈哈陪起笑臉來，敲敲櫃臺呈上護照。西裝後生接過護照翻翻機票，絞起眉心撮起原子筆朝南一指：「那邊！」「那邊是哪邊哇？」「那邊。」汗水矇矓老兵敬個禮捏住護照擦擦眼睛，挑起行李，邁動圓頭大皮鞋，穿梭過一群珠光寶氣大腹便便組團赴美國待產的大小媽媽，獨自個，佝僂著身子，朝菲航窗口的小姐趑趄過去，奉上護照。

亞星別開了臉去，扯扯靳五的衣袖：

「記不記得，你在山上跟我講一隻狗的故事？」

「我們家那隻老狗小烏，就像這個老兵！」

漫廳水晶燈下，靳五望了望那滿面風惶惶如喪家之犬的瘦小老兵。

眼一亮，安樂新扭了扭小蜂腰鞠個躬：

「嗨！伊拉夏伊媽謝——」

玻璃門燦潑著陽光一扇旋轉開一扇，虎地，闖進了白西裝紅領帶日本男籃隊，十來個，同款小平頭黃草帽，昂聳起小頸脖竹竿樣跨入機場大廈。有個球迷，十二三歲小姑娘，白衣藍裙揹著書囊，仰起秀白臉子亦步亦趨只管揪扯住一個球員的袖口，瞅望住他，眼眶裡噙著兩團淚水，嘴裡悄聲喚著他的名字：「祖蘇基桑祖蘇基桑！」鈴木一邊邁步走一邊摔著手，嘆口氣，站住了，呆呆挺立半晌，眼一柔俯下身來撥開她眉眼上那蓬劉海，板著臉孔湊上嘴巴，啄兩啄。小女生渾身哆嗦，鬆開了攫住鈴木衣袖的手，睜開眼睛，揉著眼皮，淚盈盈佇立在出境大廳中，癡癡地，望著日本男籃隊在那銀髮小老教頭一聲叱喝下整起隊形，浩浩蕩蕩往日亞航櫃臺開拔過去了。

猛一顫，安樂新回眸瞟住亞星搔搔胯子：

「幹！阿本仔奇摩雞囁——」

「該上飛機了。」

亞星皺起眉頭扯了扯靳五的衣袖。

安樂新豎起耳朵聽聽廣播，一拍手，喜孜孜拎起靳五的行囊，連聲催促，領頭往樓上登機閘口跑去，蹬蹬，退兩步煞住了腳，閃過一位挺著十月身孕蹭著三吋高跟鞋倉皇四顧的小媽媽，撞上了那肩挑米袋的老兵。老人家捏住機票護照，汗瞢瞢一臉蒼茫，望著散落滿地的海東特產，大溪豆乾臺中太陽餅千輝美女打火機，愣住了。亞星攏住裙襬，蹲到地上，撿起一包包禮品不聲不響裝回米袋裡。靳五心一酸，哈腰道歉著。羞嘻嘻，安樂新挺起小蜂腰矗立在電動樓梯頂端，招著爪子。老兵掏出手帕抹抹汗，撿起扁擔挑起兩隻米袋，謝過亞星，出境大廳滿堂水晶燈光下，邁起大皮鞋，穿梭過雙雙士女家家老小滿坑滿谷行李又自管張望著，一櫃臺一櫃臺，趑趄佝僂詢問過去了。

「那邊！」

「剛去過了哇。」

「那邊啊。」

「哪邊？」

靳五呆了半天牽起亞星。安樂新趴到樓梯口咬著牙跺著腳：「哥，飛機要開了囁！你要不要今天回家去看你老母？」亞星扯起靳五的衣袖，跑上樓。風起。落地長窗外青天白日旗風飄飄，中山高速公路盡頭，黑雲壓城，兩條電光驀地迸出城心白蛇樣交纏著直追竄上天頂，滿京綻起雷聲。驃白驃白一架噴射客機燦爛著尾翼上鮮紅的太陽旗，奔馳在跑道上，一嗥，昂首昇天。安樂新趴到窗上昂起小頭顱眺望著，格格兩笑，揚起手朝天空招起爪子來。海天寥廓，飛機翱翔進那一穹窿風雲裡，紅瑩瑩一滴血。「莎喲娜啦，再來爽！」安樂新哈了個腰挺起胸膛端起臉容，目送飛機消失在天北，回頭朝靳五齜齜牙，把手提袋交回他手裡。登機閘門開了，黑鴉鴉閘口那排長龍洶湧起人頭。心一沉，靳五拎著行囊，瞅住亞星那一身白衣黑布學生裙，挪挪她肩胛上掛著的青布書包：「雷雨就要來囉，亞星，要好好回去。」

「好。」

「安啦安啦，哥！」安樂新挨了過來踮起鞋尖笑瞇瞇攀住靳五的胳膊，伸出一隻爪子，捉住他的手，搖晃半天緊緊握了兩握：「放心！我負責把亞星妹子平平安安送回家，嗯？」

靳五一把摔脫安樂新的爪子，攫住他肩胛掐了掐瞅住他眼睛：「你發誓。」

「一家死光光！」渾身一哆嗦安樂新咬住牙根瞪住靳五，眼窩子竄出兩瞳冷火。

靳五呆了呆鬆開了手，跟上長龍中的旅客，叮叮嚀嚀滿堂祝福聲中擠到閘口，大步走進登機室，一回頭。漫廳燈光下，安樂新瘦佝佝裹著小紅港衫黑喇叭西裝褲，昂揚著他那粒小平頭，蹭蹬著兩吋跟小馬靴，一爪一爪搔著褲襠，陪伴著亞星，肩併肩走出了鯤京中正國際機場出境大廳。

第十五章　素蘭小姐要出嫁

〈上〉　紅眠牀

朱鴒要搬家了。

一個小工打赤膊抱出兩塊匾子，笑嘻嘻睥睨著，擱到早已裝滿家當的五十鈴貨車上。制怒，洗心，筆走龍蛇四個潑墨大字，怒猊渴驥也似奔騰在一巷天光下。朱爸爸穿上白港衫，捲起袖子扠起腰肚，矗立簷下，盯住那五個滿頭亂髮趿著塑膠拖鞋鑽進鑽出的搬運工人，時不時歪過頭，端詳起兩塊匾上的墨迹，沉吟著。靳五拎著行囊挨著巷道上兩輛貨車擠到公寓門口，睡眼惺忪，望進對門朱家鋪子裡。後廳電視機開著，鼕鏘鼕鏘一霆子鑼鼓喧天。記者白書樂拔尖嗓門縱聲長笑。哈哈！十個大妞廝拚成一團，亂軍中，七號唐玲搶下籃板球長驅直入對方籃下快跑呀快跑呀，快嘛，好唐玲俏唐玲，閃過四號室生亞季子九號山下麻衣前後包夾，單手挑籃，乖乖儂的冬，得分！哈哈哈對方老教頭惠比壽太一郎緊急叫停啦。鏘鼕鏘，鏘鼕鏘。快樂快樂真快樂，哈皮哈皮真哈皮！本屆名古屋亞洲盃女子籃球賽中日之戰實況，應觀眾要求三度重播，由快樂香皂獨家為您提供。一閃一閃亮晶晶滿缸都是——啪！電視機給關上了。朱爸爸沉下臉回頭瞪了瞪門裡：「翹雞母，兇來兮！我看我的籃球賽關妳毛必事啊？」

靳五揉揉睡眼。朱家後廳一窩塵飛，羅裙漂漾，朱媽媽指揮工人把家具擡出太陽下。朱爸爸站在簷口呆了半天，笑嘻嘻，打量起那嗞牙咧嘴馱負出一口烏纍纍描金衣箱的小工，眼上眼下，盯著，直瞧他把箱子卸落到了車上，才點點頭，嘆息了聲，勾起小指尖探到後腦勺上，搔著，邁出皮鞋跨到巷心，天光下一身浮白，魁梧地舒伸起兩隻膀子來來回回踱起方步，抖擻起渾身筋骨，炊煙中瀏覽滿巷公寓人家。朱家閣樓大白天亮著電燈，窗口，朱鸝裸著雙肩，撈起髮梢一梳梳只管篦著滿肩蓬鬖子，腋下裹著蕾絲小白衣，胸口扣起一排紅鈕釦。朱爸爸睜睜眼睛，舉頭望望小樓，臉一燦，昂起他那顆花斑大顱挨擠過巷道上兩輛五十鈴貨車，滿臉太陽，瞇嘻嘻綻出上齶兩枚大齙牙：「靳老師下學啦？」「回婆羅洲去看我娘的病，待了半個月剛回來──朱爸爸那四個大字寫得真好！」靳五放下行囊鞠個躬，睜開睡眼，指了指貨車上成堆家具中高供著的兩塊匾子。呵呵兩笑，朱爸爸扒搔起肉紅頭皮上那幾十莖華髮。老少倆站在公寓門口，靜靜望著兩車家私。汗水蓬蓬，朱媽媽披著兩肩髮毬，指揮四個工人咬牙切齒搬出一張紫檀雕花古色古香大眠牀，眼角眉梢，睖了朱爸爸兩白眼，看見靳五，臉飛紅屈了屈膝頭，撣掉翠藍羅裙襬子上沾著的塵灰。朱爸爸腆起肚膛，拍兩拍，揩住鐵灰西裝褲腰，天光下只管端詳起貨車上那朱漆斑斕一牀精雕戲水鴛鴦，眼一柔，回頭覷住靳五：

「小鸝就是在這張牀上出生的。」

「老骨董了。」

「扔了，還挺可惜。」

「這鋪子？」

「在找人頂嘛，有空兒朱媽媽會回來看看。」朱爸爸齜翻起上唇伸出舌尖舔著兩顆大齙牙，踱上巷心，罷日下，眺了眺城南山頭亂葬崗一蓄蓄斑斕燦爛的墳堆，猛回身，雙手扠起腰肚，挺起腰桿瀏覽巷中人家，忽然噓出了口氣幽幽嘆息兩聲：「追隨蔣公渡海過來，一呆，都四十年囉。小鴒子說，清明節同學家家掃墓，就只我們這些小芋仔無墳可上！如今搬到夷洲路新家，眼看著就安家落戶，生根囉，再過二十年呵呵小鴒子三姐妹可就有墓可掃囉，呵呵呵清明節一家大小上我墳去，給我燒紙錢囉——」

靳五瞅瞅朱爸爸那滿面滄桑兩瞳淚光，悄悄打個寒噤。

東一咿呀，西一咿呀，滿巷公寓窗戶紛紛打開，探出雙雙眼眸望著朱爸爸。

臉漲紅，朱媽媽回身往屋裡走。朱鸝拎出了一盞水晶大吊燈來，門下，冷冷挑起眉梢。母女倆打個照面。朱鸝擦身而過，十趾鮮紅蔻丹趿著乳白塑膠拖鞋跨到了前頭那輛貨車旁，打開車門，擱進水晶吊燈，提攏起那一裙襬雪白蕾絲，攀上了車，坐進前座不聲不響闔起車門。朱媽媽垂下了眼瞼。一瞪，朱爸爸望望母女倆，摔了摔胳臂巷頭巷尾來回踱起方步，睥睨滿巷人家，曬著太陽舒伸起腰背。靳五打個哈欠拎起行囊，打開公寓前門正要跨進門檻，心一動，回過頭來。朱鴒抱出一紙箱課本簿子筆盒，簷下，看見靳五，呆了呆沉下臉來，自管把箱子擎到貨車上遞到那齜笑嘻嘻的小工手裡。靳五穿過巷心走了回來。朱媽媽，讓到門下，從袖口腋窩裡抽出手絹抹了抹指尖，擦起皎白的腕子。朱鴒揚起臉。靳五堆出笑容，瞅著朱鴒那身土黃卡其長袖上衣腰口繫著的黑布小裙：「今天沒上學？」

「請假。」朱媽媽笑了笑，抹乾淨了滿手的灰塵，把手絹掖回腋窩，低低頭反手撈起耳脖後汗蓬蓬一叢子烏黑髮梢，撩兩撩，披到肩膀上。朱鴒只管昂聳著脖子上那一小頭齊耳的短髮，不吭聲，豔陽裡兩隻眼瞳睜冷睜冷。

「妳要搬走了，朱鴒？」

「嗯。」

「以後見不著啦。」

「唔。」

「我帶朱鴒去吃午飯好不好？」心一酸，靳五回頭看了看朱媽媽：「往後，難得有機會見面了！吃完飯我送朱鴒回你們在夷洲路的新家。」

「好啊。」朱媽媽呆了呆。橐躂橐躂朱爸爸邁著皮鞋踱回來：「你們一大一小啊——」

「朋友一場！」靳五望望朱家兩口子，回頭瞅住朱鴒：「丫頭，我剛下飛機。」

「唔，你肚子餓了。」

朱鴒仰著臉望著靳五點點頭，眼瞳一沉黯，望到了地面，踢躂起腳上那雙塑膠小紅拖鞋慢吞吞往巷尾走去，不聲不響，一身小學女生春季制服，土黃卡其上衣黑布裙子，細高䠷兒，獨自個彳亍在正午時分滿巷炊煙中。耳脖上一篷齊剪的短髮梢，雞屁股樣翹亮翹亮。靳五望著朱鴒的背影呆了呆，拎起手提袋，朝門口肩併肩佇立的朱爸爸朱媽媽鞠個躬，挨著兩輛五十鈴貨車，鑽出了簷下，滿巷公寓窗口一雙雙窺望出的眼眸中，靜靜跟住了朱鴒。朱鴒悄悄一回頭，迎著漫城普照的陽光望住靳五，似笑非笑。靳五追上十來步，依伴到她身邊，大小兩個膀子挨住膀子悶聲不響走了一程的路。朱鴒冷冷又沉下臉來。

「妳有心事，丫頭？」

「沒。」

「搬家住新房子高不高興？」

「不，知。」

「夏天快到啦。」

「知道。」

朱鴒絞起眉心垂下脖子反手撮住後腦勺下那一簇髮根，搔著，汗湫湫撥了兩撥。血滴也似，陽光裡朱鴒那隻無名指紅瀅瀅一燦亮。靳五捉過她的腕子湊上眼睛瞧了瞧：「白金鑲紅寶石戒指！誰給妳戴上的？媽媽？朱鸝姐姐？」

「花井伯伯！」一摔手朱鴒抿起嘴。

靳五怔了怔悄悄打個哆嗦。眼一睜朱鴒早已跂起腳，把手遮上眉心，覷望起巷尾來，猛回頭揪住靳五的衣袖拔腳就跑：「前面有情況！快過去看。」巷尾貞陽街口榕下兩筒三色燈死滅。赤天中午，人頭洶湧，曼珠美容院簷外嘯聚起了百幾十個街坊老小男女，齜咬住牙齦，愣瞪起眼睛，昂伸出脖子鬼笑鬼笑朝門裡張望，滿頭大汗議論著，好不亢奮驚悸。一眾鄰里婦女遮住嘴紅著臉，噗哧噗哧。玻璃門裡亮著兩支日光燈，低聲細語，一襲青羅裙漂漾。朱鴒扯住靳五躥進人窩。有個街坊老阿公揑著一張報紙，昂聳起鼻頭那副老花眼鏡，門上門下，只管比對著。滿門老小紛紛歪過頸脖，把眼睛湊到阿公的報紙上。蟬翼樣，老廣黃城穿著雪白短袖薄港衫，汗淋漓，一條白背心綳住兩排肋骨，手裡提著零零七公事匣，臉紅脖子粗，跟一個滿腮紅酡一頭鬅鬙的街坊大流氓眼瞪眼拌上了嘴。流氓撩起汗衫下襬臌起肚腩，播兩播，趿起東洋木屐蹬蹬欺上兩步，一爪撈住黃城脖下的紅領帶，勾起兩隻醉眼：「駛你娘！港仔腳仔仙。」「你老母嫁咗俾阿差，老友！」骨碌骨碌喉核子竄兩竄，黃城嚥下口水笑瞇瞇綻開兩排假牙來。靳五扯過黃城的領帶望望門裡：「怎回事？城兄。」「幹兄，三個阿差做案做到貴寶島來哩，嘻嘻，大白天襲出印度迷魂大法，將曼珠美容院的老闆娘騙到市中心的一家旅館，禁閉五天，日夜交歡，昨天阿差才將老闆娘放回家。」一粲，黃城打個哆嗦，哈哈腰向阿公借過報紙瞇笑笑向靳五指點著：「瞧！記賊寫得清清楚楚，紀南街某巷貞陽街口曼X美容院，不就是賊一家麼？」噗哧，黃城忍住笑指了指門上的招牌。阿公托起老花眼鏡端詳著黃城一爪子攫回了報紙，湊上眼睛，背起手來，佝僂著又徜徉回美容院簷下。門裡走出兩個管區警察，睥睨兩眼，把拍紙簿往胳肢窩下一挾，撮起原子筆指住麇集門外的群眾：「看甚麼看？啊？沒有看過你們鄰居蔡老闆娘啊？攏總給我回家去！蔡老闆情緒不穩定，在大發脾氣，會出來揍人哦。」哄然，百幾十個街坊男女老小掩口葫蘆吃吃笑四下流竄了開去。

羅裙一閃，美容院玻璃門拉閤起了紗帘。

「三個阿差習用迷魂藥做案，從馬尼拉曼谷香港一路做到雞油中國，青天白日無法無天，丟他媽！」黃城呸了口痰，臌起兩粒青光眼珠湊到門縫上窺望著，嚥了嚥口水。

靳五瞅瞅黃城手裡拎著的那隻雪亮簇新公事匣：「城兄，你那甕人心大補酒呢？」

「賊個天氣？」黃城愣了愣回頭瞠住靳五：「賊樣的熱天飲人心酒？會飲死您的呢。」

「城兄，你做甚麼生意？」

「出口生意。」

「哦？賣甚麼？」

「同香港合作賣佛像和神像給老美！」黃城整整小紅領帶揚揚手：「拜。」

朱鴒望著老廣黃城的背影，眼瞳一轉扯住靳五的衣袖：「使迷魂大法的阿差，是誰？」

「印度人！香港人叫印度人阿差。」

「哦！」朱鴒猛地打個哆嗦：「又黑又髒又臭又窮的印度人。」

靳五擰擰朱鴒腮幫：「妳認識這個蔡老闆娘嗎？」

「蔡媽媽呀，蔡馮曼珠，街坊婦女會選出的模範夫妻。」朱鴒牽起靳五，鑽過那一窩子聚首簷下打著寒噤咬著耳朵的鄰里婦人，擠到曼珠美容院門口。議論紛紜謠諑四起。那街坊老阿公聳著眼鏡捏著報紙逡巡門下，讀一讀新聞瞄兩瞄門牌。麗日中天，兩扇玻璃門一黯，店中日光燈熄滅了，窸窸窣窣一襲青裙漂竄進後屋裡。朱鴒扯扯老阿公的汗衫後襬，道聲失禮，趴到門上，睜圓瞳子隔著那帘白紗朝玻璃門洞裡張望了半天，回頭看看靳五：「我媽常來做頭髮，我姐朱鸝留學日本回國省親，也來洗頭，蔡媽媽和蔡爸爸也常來我家買東西，曼珠是蔡媽媽的閨名，蔡馮曼珠！」

「哦，蔡馮曼珠我見過，三十七八歲挺豐滿皮膚挺白膩的女人！」靳五呆了呆：「晚上十點常看到他們夫妻手牽手肩併肩出門，坐在路邊攤，喝小酒看月亮，是挺恩愛的哦。」

「蔡爸爸——」朱鴒望望滿街探頭探腦一哄又糾合上來的街坊老小男子，頓了頓，牽著靳五鑽出人窩，悄聲說：「蔡爸爸是附近光化國民小學的老師，教體育和公民。」

「慘！」

「遇到這種事。」

「倒大霉。」

「說不定蔡媽媽會生個小印度人。」

猛哆嗦，朱鴒打了兩個寒噤。

靳五怔了怔，捏住朱鴒的腮幫，擰兩擰，揪起她後腦勺上那簇短髮根，走下了巷子。

蹦蹬，朱鴒跳起腳掙脫靳五的手躥進了巷旁榕蔭裡，眼瞳一冷，摔開臉去。

靳五茫然回頭望了望。

日正當中，滿巷公寓咿呀打開窗子。家家婦人注目下，兩輛貨車載著成堆家當一張古色古香朱漆彫花鴛鴦大牀，高供著兩塊匾子四個毛筆大字，制怒，洗心，搖搖盪盪駛出巷子來，穿過曼珠美容院門口嘯聚的街坊男女。叭，叭，喇叭大響。朱鸝坐在頭一輛貨車前座，憑著窗，勾起鮮紅食指尖挑撩著肩上蓬蓬黑絲鬃，搧著涼，只管繃住雪白臉子，木然眺望天空。朱媽媽板起臉孔，搖著扇押著後一輛貨車。謎笑謎笑，那嗞牙咧嘴的小搬運工人一臉腼腆，打赤膊蹲坐在大牀裡，抱住兩隻膝頭，汗淋漓，只管睥睨著滿街看熱鬧靜靜目送朱家母女的鄰里老小。朱鸝垂下了頭闔起眼皮，不瞅不睬。叭叭，叭叭，喇叭齊鳴中兩輛五十鈴貨車招搖過貞陽街，闖開人窩，太陽下燦亮著古舊的紅眠牀，顫顫巍巍，奔馳進三楚路大馬路八線車潮。

靳五揪揪朱鴒耳脖上的髮根子：

「爸爸呢？」

臉漲紅，朱鴒指了指巷裡。

朱家鋪子門口，朱爸爸一身魁偉滿面紅光，挺拔起肚膛昂聳起花斑大顱，獨自背起手邁起皮鞋踱著方步，一步一睜眼，瀏覽著街坊人家。滿巷窗戶人影閃動，麗日下炊煙中窺望出雙雙眼眸。幽幽兩嘆，朱爸爸揮了揮他那身光鮮燙貼的雪白港衫鐵灰西褲，坐回簷下一張老藤椅裡，弓起腰背垂拱著，曬起太陽來，汗水矇矓只管揉搓起眼皮，守望住巷口。

靳五呆了呆：「還沒搬完家啊？」

「沒！還要再搬兩車！」朱鴒沉下了臉。

大小兩個站在榕蔭裡望著滿巷歸人。刀鏟霍霍。咕嚕咕嚕，朱鴒肚皮裡打起小悶雷。

「中午妳想吃甚麼？丫頭。」

「隨，便。」

「邊走邊找找看，妳說好不好？」

朱鴒回頭望了望巷裡，眼圈一紅瞅住腳上那雙塑膠紅拖鞋，點點頭。心一酸，靳五彎下腰整整她那身土黃上衣黑布小裙，撥撥她那頭齊耳的髮絲，拎起行囊，鑽出榕蔭朝朱爸爸揮揮手，攬起朱鴒的肩膀子，依偎著，滿城米飯飄香炊煙送暖中，徜徉向江津路鬧市大街。鏜鏜，滿園傘花漂漾，國立海東大學正午的鐘聲盪響過圍牆外大馬路上的車潮，傳到市塵中來。

「老師回來啦？」太陽下一臉笑，耳垂子兩隻白金小耳環燦眨著：「吃飯去？」

「剛到！」靳五兜了兜手裡拎著的一旅行袋換洗衣服：「下午回校銷假。」

「好，回頭有些事報告老師。」

一裙水綠，漂失街頭。

朱鴒冷冷睜起瞳子：

「她是誰？」

「我們系裡的助教李潔之。」

「我不喜歡她！」

「哦？」

「她滿身香皂味道，好像有潔癖。」

靳五怔了怔哈哈大笑。

騎樓下，滿廊花旗似錦小學生揹著書囊蹦進蹦出。

「到美國走走，好不好？」

「沒興趣。」

「丫頭，妳不吃肯德基炸雞？」

「我喜歡吃火鍋。」

「大熱天中午吃火鍋？」

「嗯！」

靳五推開新開張的蓬壺海鮮火鍋店江津路分店彈簧門。

滿堂超強冷氣，蓬蓬瓦斯爐火。

「吃啥火鍋？丫頭。」

「牛。」

靳五叫了兩份牛肉。

大小兩個揮汗吃起牛肉火鍋。

「丫頭，我想喝啤酒。」

「可以的。」

朱鴒叫來兩瓶啤酒，給靳五斟滿了一杯。

靳五浮一大白：

「啊！大熱天喝冰啤酒，痛快。」

「我也喝。」

「慢著！小孩子不許喝酒。」

「花井伯伯跟我媽說，我已經長大了！花井老伯伯，就是那個日本國遊戲銃協同組合副理事長，現在升任理事長了，朱鸝留學日本就是他作保呀。」眼一亮，朱鴒羞紅了臉，伸手摸了摸她那頭刀切樣給剪得齊耳的短髮：「就因為我不是小孩了，所以，花井老伯才叫我媽把我兩根辮子給剪掉呀，過兩天，他還要帶我去曼珠美容院，請蔡媽媽幫我燙頭髮呢！我告訴你，花井老伯每次和木持老伯結夥來我們家，都瞞著我爸給我喝幾杯啤酒，半逼半哄！嘻嘻，木持老伯還逼我跟他交臂喝雙杯呢，花井老伯吃醋，差點跟他翻臉。」

「哦，日本雙雄！」靳五呆了呆把手探過桌面摸摸朱鴒的後腦勺子：「花井芳雄，木持秀雄，聽妳講他們都在中國打過仗，一個是磯谷師團一個是谷壽夫師團，都七十歲了吧？」

「陰魂不散，嘻嘻！」朱鴒甩甩耳脖上那篷子短髮絲：「我想陪你喝杯啤酒。」

「七歲大的小丫頭兒想喝酒！」靳五端詳著朱鴒好半晌嘆口氣：「好，讓妳喝小半杯。」

朱鴒斟了半杯酒，舉起杯子瞅住靳五：

「朋友一場！」

「敬妳，聰明美麗而又敏感的小女孩。」

靳五舉杯敬了敬朱鴒，兩口乾了。

朱鴒呆了呆啜了兩口啤酒，操起筷子涮了兩片牛肉，夾到靳五碗裡，眼圈一紅，把手肘支到桌面上握住兩隻手，揚起臉不聲不響望著靳五，半天，呃！打個酒嗝，日光燈下兩瓣子腮幫兒驀然泛紅上來，耳根颼地漲紅了。靳五瞅著她臉頰上兩朵酒酡，怔了怔。汗濟濟，跑堂小弟單掌托起三大盤火雞腰子炒麻油薑絲，蹬起高跟皮鞋，穿梭著走過來，哈個腰把瓦斯爐火轉小了，一齜，瞟瞟朱鴒看看靳五，抓起酒瓶替他們兩個添滿啤酒，又蹁躚開去，鞠個躬，把三盤炒雞腰送到鄰桌，替那群西裝革履汗流浹背圍爐划拳的年輕客人斟起白蘭地。冷氣大開，滿店客人男女老小滋牙咧嘴，熱天中午揮汗吃火鍋。靳五揉揉睡眼，抿住嘴忍住哈欠舉起酒杯朝朱鴒笑了笑，乾了。一笑，朱鴒端起酒杯望著靳五。靳五使勁點個頭。朱鴒昂起脖子瞅住靳五憋著氣咕嚕咕嚕喝了五六小口，燈下，兩瓣腮子紅豔豔綻開一雙桃花。靳五看得癡了。「朱鴒！」「嗯？」「妳可不要那麼快就長大哦，妳曾經許諾過我的。」「哦！」「記得？」朱鴒怔了怔把手支住下巴望著滿堂吃客呆呆思索半天，嗯！一點頭，自管解開土黃卡其上衣袖口的鈕釦，捋起袖子捲到肘彎上，喊著熱，抖著領口噓著酒氣搧起涼來。燈下，血滴樣一痘晶瑩。靳五心旆猛一搖蕩，呆了呆擱下酒杯伸手探過桌心那口熱氣蒸騰的火鍋，握住朱鴒的腕子，捏住她的無名指，爐火中，只管端詳著她那顆痘子般大的紅寶石戒指。汗湫湫，朱鴒扒開衣領，剝露出一株細長皎白的脖子，甩甩後腦勺上那篷短髮絲，啜著酒，望著靳五，忽然綻開笑靨掙了掙抽回那隻握在靳五手裡的腕子，眼瞳狡黠一眨：「花井芳雄老伯伯送的禮！祝賀我住新家呀。告訴你一件事：上次過年花井伯伯來我們家向爸爸拜年，不是送我一盒小町紅嗎？你忘記啦？嘻嘻，以前日本貴族女人用的口紅呀，小——町——紅！記得了？就是那晚大年除夕花井伯伯跟我媽關在廚房裡面，兩個在小聲吵架。我在外面飯廳陪木持伯伯吃飯，那老木持，嘻嘻，涎皮賴臉，強著要跟我交臂喝雙杯，我被他逼不過只好跑進廚房躲他。花井伯伯嚇一跳，臉白白，一個勁向我鞠躬哈腰嘰哩咕嚕把我推出廚房，關上門又去跟我媽吵嘴。吵甚麼？哦！我告訴你：我媽不滿日本法務省入國管理局禁止她入境日本，就跟三十多個姐妹睡東京國際機場，舉牌抗議，出了兩天兩夜洋相！我爸看了報紙才知道，氣得兩個禮拜不喝虎骨酒，嗯！虎骨酒就是用老虎身上的一根骨頭泡在高粱酒裡頭，我家祖傳秘方，可以治肝腸莽元的病——花井芳雄在日本是做甚麼的？不告訴過你？製造遊戲銃玩具手槍呀，日本國遊戲銃協同組合理事長呀。我爸跟我媽吵不吵架？我爸老了，現在難得跟我媽吵！可一吵起來那些話叫人聽了心裡發寒。我爸罵我媽：翹雜母，動不動就發飆！我媽罵我爸：安靜了三個月你身上到底哪兩根筋又不對勁了啦，老雜碎？我爸拔出拳頭比了比：賤！甚麼樣的女人玩甚麼樣的鳥子嘛！我媽笑笑：打某大丈夫，蹲在家裡喝老酒看少棒比賽，比賽贏了，樂得吱吱吱笑，輸了，悶聲不響跑去睡你那張老骨董的紅眠牀——我告訴你，這次搬家，我媽要把我爸的紅眠牀丟掉，我爸抵死不肯，今年開春後頭一次發脾氣了：他媽的！當年我二十歲小夥子拜別雙親，追隨蔣公他老人家過海來，孤家寡人飄蕩了二十年，才用三根金條把妳這個十五歲的臺南鄉下小雜母討來做老婆，洞房花燭夜，咱老朱，就是在那張牀上梳攏妳的！小鵬也是在那張牀上有的！小鵬就是我大姐朱鵬呀，爸爸最疼惜她。我爸六十歲啦，坐吃山空了啦，現在從早到晚規規矩矩坐在客廳看電視，晚飯後要喝酒，喝兩小杯虎骨酒，最喜歡一邊喝小酒，一邊看我們中華少棒隊比賽電視實況轉播，看得開心就笑瞇瞇。去年八月六號遠東少年棒球錦標賽，我們打日本，我們落後兩分，直打到最後一局，綽號番仔潘的潘正雄才十二歲猛一揮擊出三分全壘打，我爸跳起來大叫：原子彈！我媽笑笑說：一支全壘打跟原子彈相比？誇張哦。我爸愣了愣滿口酒差點噴到我媽臉上：怎不能比？不都叫日本投降了嗎？嗯？我媽只是冷笑，不理他，任我爸威風凜凜在客廳走來走去，眼勾勾打量我媽：雜母，日本人打輸了，妳冷言冷語不高興個毴？告訴妳，咱小時候家住臺兒莊附近，親眼看見戰場上成千成萬日本兵的死屍，滿坑滿谷，黑魆魆的，給咱們國軍的火炮轟得變成木炭一樣！你們海東郎看過這場面沒有？雜母，聽著：赫赫有名的日本陸軍磯谷師團臺兒莊一戰全死光啦，美國人丟在廣島的原子彈，媽的毴，也不過如此！咱國軍出生入死打了八年抗日戰爭，你們這幫海東郎，華夏子民炎黃子孫哦，嘖嘖，龜縮在這座島上做日本帝國的順民，做了五十年，直到蔣公領導抗日勝利，中國老百姓用身家性命換回你們的自由——妳站住，雜母！講不過我就要跑上樓去睡覺啦？那晚我爸恍恍惚惚，遊魂樣，在客廳走來走去不睡覺。嗯？你說甚麼？大聲點呀，大家都在猜拳鬬酒我聽不清楚！你是說，丫頭，不要喝了再喝下去就會爛醉如泥回不得新家了？你說，你知道我心裡苦？嘻嘻，相識一場拜託你再讓我喝兩口啤酒，大熱天中午開冷氣吃火鍋喝冰啤酒，痛快！你把耳朵湊過來，我偷偷告訴你：中華少棒隊一顆原子彈轟掉日本隊那晚，半夜我爸突然興奮起來，摸上樓哄我媽，央求她一塊睡他的紅眠牀，噗哧！我媽摟著我呼嚕呼嚕蒙頭大睡，我爸使盡水磨工夫，不得要領，沒奈何，一個人唉聲嘆氣輾轉反側睡在紅眠牀上，把牀板弄得嘰嘎嘰嘎響，偏我爸老來發福——嗯？我爸身材本就高大呀，花井伯伯木持伯伯兩個跟我爸站在一塊讓我媽拍過照，穿兩吋跟的皮鞋，還只夠到我爸的肩膀——老來發福，怕熱，那晚看少棒比賽多喝兩杯虎骨酒，滿頭滿身流汗，八月天呀，半夜兩點跳下紅眠牀打赤膊穿條內褲跑出家門口，指住巷裡人家的冷氣機，罵人沒公德心，自家涼快，一夥兒放出熱氣存心悶死他。兩百多萬人的山窩子裝了八十萬部冷氣機！海東暴發戶！擺闊啊？錢哪來的？當年蔣公率領徒眾過海，帶來四萬萬大陸老百姓的血汗錢當見面禮，總共九十萬兩黃金，四十年來利上滾利的嘛。真的，我爸半夜滿身大汗打赤膊站在門口這樣罵鄰居，一字一字，我現在學給你聽。嘻。夏天天一熱我爸就脫汗衫站在門口，跳腳，罵人家的冷氣機，天氣轉涼心情一好就梳我頭髮摸我臉：小鴒子，給牢牢記著！妳曾祖父也就是我爺爺，當年在家鄉過世時節，那口壽材可是用六塊板上等福州杉打造的喲，一層一層，總共塗上十二重紅漆，四十八個長工挑著，穿過五進院落直擡出我們邳縣朱家大門——害怕？害怕甚麼？哦！一年到頭老聽我爸講他爺爺躺著的那口棺材，我也習慣啦。高頭紅漆大棺，嘻嘻。我二姐聽了害怕不害怕？朱鴦？朱鴦一聽爸爸開講棺材掉頭就走！她不喜歡呆在家裡。告訴你，我爸我媽兩個都不喜歡朱鴦。我媽最疼誰？

朱鸝呀，因為街坊都說她們倆像姐妹不像母女呀，年紀差不多，只差十六歲，談得攏呀。朱鸝原先有個要好的男朋友楊長林楊哥哥——去年十二月十三號，你帶我和亞星姐逛小紅町，不是在新世界戲院遇見他們兩個嗎？我不告訴你，朱鸝和楊哥哥是師大同學，快訂婚了嗎？上次過年，媽媽要朱鸝帶花井芳雄老伯和木持秀雄老伯去高雄玩玩，日本雙雄，嘻嘻，偷偷在朱鸝飲料裡下了春藥，才——你嚇一大跳！臉都白了，來，我敬你一杯啤酒，不再跟你講朱鸝和兩位日本老伯伯的事了。告訴你另一件我爸的事：去年朱鳶考高中，復習歷史復習到半夜十二點復習完了，就叫樓上的朱鸝：姐，我把歷史念完了！爸爸坐在客廳看女籃賽重播，聽見了，就向朱鳶開訓：把歷史念完了？中國五千年歷史是初中三年那五本歷史課本記載得完的嗎？把歷史念完了？小鳶，妳說這句話感不感到慚愧？嗯？不慚愧？死ㄚ頭——」

爐火熊熊滿堂老少吃客吆三喝六。朱鴒說著說著，甩起她那篷子齊耳的短髮格格笑個不停起來，滿面紅暈，綻開兩朵桃花，燈下一雙眼瞳閃漾著淚光。靳五瞅著她那身卡其上衣黑布裙子小學生春制服，呆了呆，握過她那隻皎白的小腕子，拿下她手裡搭著的酒杯：「朱鴒，歇一歇別再說了，也別再這樣猛灌啤酒了，吃東西。」朱鴒勾乜起眸子齜嘻起兩排小白牙兒，似笑非笑，醉眼流盼只管望著靳五。靳五心頭一顫，捏住她下巴，招呼跑堂的小弟要來熱毛巾，把她那一頭臉滿脖子晶瑩的汗珠擦乾了。朱鴒仰起臉呆呆瞅住靳五，忽然，眼圈一紅抽搐起肩膀子哽咽了起來，半天一咬牙，忍住眼淚擦擦眼睛抄起筷子，埋頭吃起牛肉火鍋。靳五放下酒杯，靜靜瞅著朱鴒。鄰桌那群少壯西裝客剝掉了外套吆吆喝喝揮汗鬭起酒來，軒尼詩醇酒，一盅盅灌下亢昂的喉嚨。兩步一哈腰，笑瞇瞇，跑堂的小弟蹬著尖頭高跟皮鞋撅起臀子穿梭過滿堂男女，托來一大盤火鍋菜，瞟瞟朱鴒，靦腆笑笑，滴溜滴溜把盤子兜了兩兜送到鄰桌。滿桌西裝客，鬨然喝聲采。朱鴒怔了怔轉過脖子朝盤中覷了五六眼。烏黑鰍鰍好長的一根東西，切成薄片，盤蜷在平鋪的生菜葉上，等待下鍋。朱鴒望望靳五，燈下滿瞳子狐疑。那桌十來個客人乾了三瓶愛克斯歐上品白蘭地，大汗淋漓，紛紛抄起筷子，一片禮讓聲中夾起盤中那東西，往火鍋裡涮了涮，蘸著蒜泥芥末縮起鼻尖送進嘴洞。肩膀子猛一顫，朱鴒打個哆嗦。靳五呆了呆招來那抿住嘴憋住笑瞟啊瞟的跑堂小弟：

「那是甚麼？」

「噗哧！牛的那一支啦。」

「哪一支？」

「雞雞。」

「嗯？」

「公牛都有的那一支！先生。」格格兩笑，跑堂小弟哈了哈腰又替那桌年輕客人開了瓶軒尼詩，滿桌斟過一巡，回眸瞟了朱鴒兩眼悄悄捏住鼻尖：「春天吃牛鞭火鍋，有夠滋補！」

「我記得了，木持老伯伯帶我吃過！」淚光中朱鴒綻開了笑靨，燈下兩朵桃花紅酡酡燦漾腮渦上：「在華陽川菜館吃的，作法跟這家蓬壺海鮮店不同，告訴你，先把牛鞭一條燉煮十個鐘頭以上，再切成片，和黑棗蓮子枸杞當歸人參黨參一起用文火燉上五個鐘頭，嗯？為甚麼要用這些藥材？滋陰補陽，嘻嘻，去腥味——」朱鴒瞄瞄鄰桌那盤早已吃掉大半的生鮮牛鞭切片，捏住鼻尖，作勢欲嘔，眼瞳一轉指住堂中那桌衣履光潔金銀牙閃爍的男女：「你瞧，那盤火雞腰子炒麻油薑絲，是花井老伯伯最愛的！他不吃牛鞭呀，嫌牛鞭再怎麼加作料還是有騷味——甚麼？你說火雞腰子在美國一文不值？美國人不吃這種雜碎？哦！我只曉得，每隻公雞只有一對腰子，冷凍進口每對腰子在餐館要賣五十元，還不一定吃得到呢。時髦名菜呀，你在大學教書都不知道？嘻嘻，花井老伯透過我媽翻譯告訴我爸，美國火雞腰子有驚人滋補功能，壯腰、益精、補陽，對陽虛燥咳有極好的療效，他怕我爸誤解，還把陽虛燥咳四個漢字一筆一劃寫在紙上，哈個腰，板著臉一本正經的雙手遞給我爸過目呢。」

猛一怔，靳五哈哈大笑擎起啤酒杯，仰天乾了。

朱鴒甩起滿頭短髮，樂不可支啜了啜啤酒。

「朱鴒丫頭。」

「嗳。」

「喝夠了？」

「沒呢。」

「以後絕不許喝酒了！」

「朋友一場呀。」

泫然，朱鴒綻開了腮幫上兩朵酒渦。

靳五接過朱鴒遞過來的半杯殘酒，喝乾了，拎起行囊站起身會過帳，滿堂爐火人影朦朧中，推開玻璃門，走出蓬壺海鮮火鍋店江津路分店那一窟凜洌的冷氣。烱烱白！日正當中。小男生小女生汗流浹背馱著書囊一窩追逐一窩滿街流竄，車潮中，煙塵裡，銀鈴樣綻響起一串串嬉笑聲。水芙蓉，朵朵漂，臨街一家月子中心坐月子的大小媽媽換上了花裙，咭咭聒聒，抱著娃兒打起陽傘結伴出門逛街。五月天，春光無限好。踢躂踢朱鴒趿著塑膠拖鞋，穿梭人行道上，瀏覽街景，時不時回過頭來瞇覷住太陽朝靳五齜開兩排小白牙，喊著熱，搔起耳脖上那篷短髮，揉搓著腮幫上兩朵小酒酡。靳五哈哈大笑，躥上前攫住她後領子，蹲下身托起她的下巴，把她身上那件土黃卡其上衣領口解開了，往她黑裙袋裡掏出手絹，笑嘻嘻，抹去她那滿頭臉一脖子汗珠。朱鴒睜睜眼睛沉下了臉。「怎麼啦？丫頭。」眼瞳子烏溜溜轉兩轉，朱鴒望了望麗日下花火龍也似洶湧咆哮的一條通衢大街，呆了半晌，咬住下唇絞起眉心，張開兩條胳臂攀住靳五的頸脖，滿嘴酒氣湊到他耳朵上：「尿急！」靳五怔了怔，哈哈大笑一咬牙捏住她腮幫，擰兩擰，站起身拎起行囊牽起朱鴒的腕子，三步併做兩步，穿梭過人行道上花裙飄飄抱著娃娃成群逛街的坐月子媽媽，尋尋覓覓，閃躲著滿街漂逐的小學生，闖進臨街地下樓一家超級市場。冷氣大開，滿場子颼冷颼冷日光燈通明，人擠人，呼兒罵女咬牙切齒。靳五拎著行囊等候在收銀口。好半天，朱鴒捏著手絹笑瞇瞇走出女洗手間，滿耳脖短髮絲濕湫湫，彷彿剛洗過了臉。靳五招招手。眼一睜，朱鴒卻望到了生鮮部門靠牆那排冷霧氤氳的蔬果櫃，發起呆來，彷彿又撞見甚麼新奇事。人堆裡竹篙樣瘦長高蹺，徐娘半老，一個美國女人黃髮披肩兩腮臙紅，滿臉堆著慈藹的笑容，指指點點，率領二三十個中國小孩在超級市場實習生活英語。一窩子男女娃兒，四五歲，春衣繽紛，昂起烏黑小頭顱眼睜睜望住老師手裡舉著的兩顆番茄，一片聲啁啾起來：「妥——媽——妥絲！」海藍瞳子一燦亮，美國老師綻開唇上兩瓣血紅丹硃，齜起大白牙瞅住孩子們，半晌，一聲歡呼，捋起身上那襲白紗衣裙袖口，兩爪子一撈，往蔬果櫃中攫取兩顆美國捲心菜，朝娃兒們高高舉起。袖口下腋窩裡兩叢子金毛羢羢，汗晶晶。二三十張小臉兒仰望著老師鬨然答應了聲：「卡畢治！」連聲讚嘆之餘，美國老師放下捲心菜，又往櫃裡撈起其他蔬果考問娃兒。超級市場顧客盈門人聲鼎沸中，啁啁啾啾一窩小花雞樣，二三十條細尖嗓子綻響在滿堂冷霧裡。朱鴒看傻了，忽然，格格笑，指住美國女人身畔那個臉色蒼白渾身打著冷顫的男娃子，一字一字，朗聲讀出他手裡擎著的海報：「幸福的孩子都學習美語。」滿店顧客男女老小紛紛回眸，似笑非笑，打量著這群現場演練生活美語的娃兒。「斯比尼吉！」不瞅不睬，娃兒們只管仰望著老師。美國女人放下菠菜，拎起兩根紅蘿蔔往孩子們頭頂晃兩晃，一怔，斜眼瞟了瞟朱鴒，冷霧氤氳中堆出笑容眨了眨兩蓬子翹藍翹藍的睫毛：「哈囉！好漂亮的中國娃娃。」猛一愣，朱鴒眱了眱那五六十歲濃粧豔抹的洋婆子，回身拔起腳，穿過那窩嗷嗷昂首的男女娃兒，鑽過人堆跑出超級市場，躥進滿街天光裡。靳五拎起行囊趕上兩步，捏住朱鴒的耳根，揪住她，太陽下端詳起她那張剛洗過的皎潔臉子：「酒醒了？我送妳回新家。」朱鴒沉下了臉望著靳五半天不吭氣，兩瞳子泫泫然，忽然狡黠一眨，伸手扯住靳五的衣襟，示意他彎下腰低下頭來，把兩條胳臂纏繞住他的頸脖，噘起嘴湊到他鼻尖上嗬嗬嗬哈了三口氣。滿嘴酒味！靳五縮住鼻尖呆了呆伸手一攫，撲個空。格格兩笑，朱鴒早已兔脫，甩起髮梢趿起塑膠拖鞋蹦蹬蹦蹬，穿過炊煙飄漫的九嶺街蹚躂上了油花飛濺的平江路。豔陽天一碧如洗，中午時分，滿城男女老小漂逐上街，四處覓食。靳五打個哈欠揉揉眼皮，拎著行囊，穿梭過騎樓下家家油炸煎炒的小吃攤，閃躲著大街上窩窩追奔逐北的小學生，徜徉遛達，瀏覽著春日街景，遠遠跟住朱鴒那身流竄在人潮車潮中的卡其上衣黑布小裙。脖子上濕湫湫，一蓬短髮飄忽。平江路福臨鋪三姐橋甕江街上彬街橋頭驛，麗日薰風，嘩喇嘩喇驊割驊割，戶戶公寓綻起麻將聲家家廚房盪響起刀鏟。靳五緊緊盯住朱鴒，炊煙中，大小兩個穿過城中條條街衖，逛向城東新市區。朱鴒甩著髮梢鑽擠過滿騎樓男女老小吃客，跑下八線通衢大道長沙路，忽然，蹬蹬煞住腳步，跂起拖鞋覷起眼睛，把手遮到眉心上，太陽下車潮中呆呆眺望起來，回頭朝靳五招招手，指住了煙塵滾滾的新開街：「哇！浩浩蕩蕩！賓士五六〇富豪七四〇寶馬七三〇，哇！」

「哇！哪來的那麼多豪華大轎車？」靳五拎著行囊追上朱鴒，煙渦裡，瞇攏起眼睛，望著新開街口風沙蔽天黑魆魆轉進出的一列官家轎車隊。長沙路油煙蒸騰，騎樓下小吃攤上滿街吃客停下筷子，回眸張望。猛哆嗦，朱鴒躥到路肩下，睜圓瞳子凝望著前導車上懸掛的一幅白幡，一字一字，讀出上面十三個猩紅漢字：「日本全國經濟人連合會會長團。」

「哦，原來是日本工商鉅子訪華團！」靳五打個哈欠揪住朱鴒的髮根，扯兩扯，把她拉回路肩上來。癡癡呆呆，朱鴒只管跂起腳昂出脖子，覷望著那五六十輛轎車後座窗口閃漾著的一顱一顱花髮，機伶伶打個寒噤，閤起兩隻膝蓋彎下腰攏起裙襬子：「花井伯伯也在！」

「日本老兵陰魂不散！」

「陰兵。」

「嗯？丫頭。」

「嘻嘻，爸爸說他們是陰間響馬。」

「借屍還魂。」

大小兩個站在路肩上望著車隊巡行過長沙路。

朱鴒張開嘴巴驚嘆了聲：

「哇！日之丸。」

「丫頭，妳又發現甚麼了？」

「日本國旗日之丸。」

蓬頭垢面，朱鴒瑟縮在漫街煙塵中，指住那列黑色官家轎車車頭小旗上飄蕩著的一丸一丸紅日。風沙挾著炊煙，滾滾掃蕩下大街。黑魆魆，那隊轎車駛過火光毯毯的長沙路，折北，轉進鳥語花香的林蔭大道，大捷路。長沙路滿街小吃攤油花迸濺，汗流浹背，老闆們紛紛回轉過脖子，忙著煎炒烤炸起來。滿騎樓男女老小吃客汗水矇矓呆望半天，紛紛揉起眼皮，埋頭操起筷子扒起飯菜。

靳五望見車隊隱沒進了大捷路上開得一片醉的春花叢中，呆了半晌，蹲到路肩上，往朱鴒裙袋裡掏出手絹，抹去她滿頭臉的油煙，拿起她腕子，看看她那隻簇新的鑲碎鑽伯爵白金小女錶：「都快一點了！丫頭，我該送妳回新家了，我答應妳媽媽吃過午飯就送妳回去的。」

「還不要回家！花井老伯伯下午要來我們新家看朱鸝，我害怕見他！」一哆嗦，朱鴒縮起肩膀子，弓下腰身閤起膝蓋又把兩隻手攏住了裙襬，仰起臉，太陽下哀哀瞅望住靳五。

車潮洶湧，靳五望著路肩上風塵中朱鴒那瑟縮著的小小一個身子，心頭一震，撂下行囊當街蹲了下來把朱鴒摟進懷裡，半天，掏出手帕抹去她腮幫上兩行淚水，拂拂她那頭蓬亂的短髮絲，拎起行囊，牽起她的腕子：「好！不回家也沒甚麼了不得，今天下午我帶妳浪遊去。」

「朋友一場！」

「對！朱鴒丫頭。」

「謝謝你。」

大小兩個手牽手徜徉下東區大道三吳路。

騎樓下，一片聲聒噪，小雞樣窩窩小學生揹著書囊蠭湧了出來，躥過車潮追逐上靜安路，紛紛踮起腳尖，滿臉孺慕昂起脖子，簇擁住那漫步街頭似笑非笑一胖一瘦的中年夫妻。兩口兒，青天白日鶼鶼鰈鰈，咬著耳朵講悄悄話。男的剃個三分小平頭鼻尖上架副水晶墨鏡，一身美國空軍飛行員打扮，瘦高䠷，拎個旅行篋，腼腆嘻嘻把手挽住身畔那隻又肥又短的膩白膀子，若即若離。面如滿月，女的鼻頭上聳著黑框近視眼鏡，五短身材，一條白背心白短褲顫顫巍巍包裹住渾身一毬毬白肉堆子，胸脯上躺著個剛出世的嬰兒。大熱天，娃娃周身裹著洋緞子小被褥，探出又肥又短兩隻粉紅小手爪，只管招向爸爸。爸爸滿臉尷尬愛理不理。靜安路人行道上滿街小學生跂起腳仰起臉，看癡了。靳五揑住朱鴒後腦勺的髮根子把她揪出人窩：「丫頭，這兩口子是誰？」「香港大明星鄭小春沈宮雲夫妻！男的鄭小春，鼎鼎大名的愛國影人，去年岳飛遇害八百四十七周年紀念，他百忙中抽空，慨然接受重金禮聘回國，在我們莒光電視臺主演一齣八點檔連續劇精忠岳傳，親自串演岳飛，我媽最迷他，嘻嘻，看到風波亭那段我媽還背著我爸偷偷擦眼淚！偏我爸最討厭鄭小春，天天跟我媽說，鄭小春人模人樣卻去娶大肥婆沈宮雲，嘖嘖，哈！裡頭有鬼，一定是這老港仔有甚麼不可告人的把柄，揸在那沈宮雲手裡，聽說這老小子是天閹的嘛。」朱鴒一頭說一頭跂起腳，望著小學生團團簇擁下耳鬢廝磨著的那對香江影人，忽然，眼瞳狡黠一亮，回頭向靳五使個眼色，趿起拖鞋鑽到兩口子跟前，擦擦腮上淚痕，端整起臉容朝那鄭小春斂衽而拜：「岳將軍救命！鄉野小女子被金兵追殺。」一愣，鄭小春斜齜起兩瓣紅唇滿口白牙，眼上眼下打量朱鴒，猛昂首，仰天長嘯，嗬嗬嗬一聲聲迴盪在靜安路上。滿街小學生鼓掌歡呼。朱鴒憋住笑，望著靳五悄悄眨了個眼，腳一跂，兩爪子攀住沈宮雲那筒腴肥的白膀子，把頭探進她胸脯裡，看看她的小嬰兒，呆了呆揉揉眼皮又看了五六眼，回過頭來，打量起那矗立靜安路小學生堆中睥睨河山叱咤風雲的鄭小春，猛地打個寒噤，吐吐舌尖，躡起腳步鑽回靳五身邊，扯住他的衣袖，一臉凜然使個眼色叫他彎下腰附過耳朵：「那個小嬰兒，眼珠是藍色的！」靳五猛一嗆，打量著那一胖一瘦若即若離依偎在麗日下大街上的夫妻倆，好半天說不出話來。朱鴒弓下腰，把手捫住心窩嘔出兩口啤酒。嗬嗬嗬，鄭小春仰天長嘯了十來聲，把滿街小影迷逗得樂不可支前俯後仰了，才扶扶墨鏡，搔搔小平頭，整整身上那套美國空軍飛行員裝束，攬住夫人的腰桿，拎起行囊，硌磴硌磴邁出腳上那雙洋木屐徜徉下靜安路人行道。一街小學生揮手送別。笑盈盈，沈宮雲撮起懷中嬰兒那隻肥碩的手兒，四下招揚著：「拜拜，貝貝向祖國小朋友們說拜拜。」「岳爺爺岳爺爺！」一個小男生呼喚著躥過六線馬路的車潮跑上人行道，喘吁吁向鄭氏夫婦三鞠躬，雙手呈上一枝紅色畫筆，向後轉，當街撅翹起臀子。鄭小春接過畫筆，略不思索颼颼颼在小男生背上的書囊簽下了名。春蚓秋蛇，七個硃筆大字。靳五把脖子探進小學生堆中望望鄭小春的簽名：「岳門後繼鄭小春。」「岳將軍！岳爺爺！」靜安路上滿街嗷嗷昂首的小學生紛紛打開揹著的書囊，掏出畫筆，一擁呼嘯而上。鄭氏夫婦佇立人海中，望望四面八方𧖴湧而來的小影迷，臉煞白，三步併做兩步殺出重圍落荒而逃，竄進建康街，擺脫了追兵，兩口子又堆出滿臉笑容一路頷首答禮，高視闊步耳鬢廝磨，依偎著，遛達下繁花似錦的建康街，折北，漫京春光裡，朝市中心煙塵蔽天刀鏟綻響的鄢城路漫步遊逛過去。店家夫妻吃過午飯站出門來，叼著牙籤，眼一亮紛紛揮手招呼，滿騎樓行起注目禮。笑吟吟，鄭小春一路點頭答謝，一路逗弄著鄭夫人懷裡那個又白又胖眼珠藍藍的小娃娃。朱鴒牽著靳五跟蹤了半天，癡癡呆呆，只管窺望著鄭家父母孩子三口兒的身影，忽然，絞起眉心咬住牙根，摔開靳五的手闖出人堆搶到簷下，一蹲，捧住心口，嘩喇嘩喇嘔出十來口酒菜，仰起臉，一眨也不眨瞅住了靳五：「我媽最迷鄭小春演的岳飛，要是知道他妻子替他生下一個藍眼珠的混血兒，還滿街招搖，怕人家不知道他會生孩子似的——」「妳媽會很傷心！」「我爸會樂死！」朱鴒望著那漸行漸遠雙雙徜徉在鬧市大街的鄭氏夫婦，眼圈一紅。靳五蹲到朱鴒跟前，捧起她的臉子凝視了半晌，嘆口氣，往她裙袋裡掏出手絹拭淨了她滿嘴酒餿：「下回絕不准妳喝酒了！我帶妳回新家。」朱鴒望住靳五猛一顫兩隻肩膀子抽抽搐搐起來，淚下兩行。心一抖，靳五抹抹她腮幫，輕輕掰開了她那十根緊緊掐住心窩的手指，揉了揉她心口，攙起她來，自己蹲著，默不作聲整理起她那身卡其上衣黑布裙子春校服，把衣襬子掖回裙腰裡，汗蓬蓬撥開她眉眼上的髮絲：「好！我下午也不回學校，陪妳浪遊到底！相識一場。」

眼瞳一亮朱鴒搓了搓眼皮，淚光中太陽下綻開了笑靨。

靳五站起身，拎起行囊攬住朱鴒的肩膀走出簷下，一大一小，依偎著，穿過那又一窩𧖴湧而上簇擁住鄭氏夫婦要求簽名的小學生，逍遙，漫步，逛下城東新市區瓊樓中條條紅磚道。

「瞧！丫頭，屋頂有隻公雞向妳叫。」

臨街一棟四層洋樓屋頂電視天線桿上棲停著一隻大公雞，渾身黃雞毛亮毿毿，麗日下，腷腷膊膊撲打著翅膀，咯咯呱咯咯呱倉皇四顧，俯瞰著地上黑鴉鴉滿坑滿谷鬇鬡的人頭。朱鴒看傻了，一睜，把手遮到眉眼上，望望洋樓下那成千農夫額頭綁著的黃布條上四個黑字，怔了怔回頭瞪住靳五：「抗議洋雞！農民抗議政府開放美國火雞進口。」潑燦潑燦，一中隊鎮暴警察頂著銀盔扶著銀盾，繃住腮幫拉長下巴，睜圓瞳子瞪起太陽，不聲不響，不瞅不睬，口沫橫飛滿街指戟叫罵聲中只管把守住洋樓大門。警車四下遊弋，紅燈蕾蕾兜漩。星條旗下軍警對峙上了莊稼漢。對街騎樓下人行道上，眼睜睜，小學生們男娃女娃揹著書囊跂著腳昂起脖子張開嘴巴，看呆了。淚流兩行，一個老農夫攀上頭顱海中停泊著的貨車，揮起拳頭，黑黧黧皺起一臉風霜，引吭高呼起口號。滿場子斗笠，盪漾盪漾驀地裡浩浩瀚瀚洶湧起了陣陣波濤，日曬風吹，一片黝黑拳頭竄出，嗷嗷揮向星旗飄揚下那棟銀盔燦爛銀盾蕭森的洋樓，山鳴谷應。「丫頭，這幾千個農人在喊甚麼口號？」「打狗，不如打狗主人！」朱鴒豎起耳朵聽了聽眼瞳一亮扯了扯靳五的衣袖，叫他蹲下身來，人聲鼎沸中，攀住他的脖子把嘴湊上他的耳朵：「這些農夫都是養雞的雞農，在罵三字經，抗議美國政府向我們傾銷他們自己不要吃的火雞腰子。」滿天裡，忽然一片聲聒噪，紛紛颺颺撲打著翅膀飛竄起一隻隻公雞。滿街看熱鬧的男女老小人頭，譁然，瞇覷著太陽昂仰了起來。貨車上，那老雞農打開滿車鐵籠子一隻隻揪出黃雞毛土生公雞，老淚縱橫，頭也不擡，一隻隻只管摔上天空。貨車下滿場斗笠濤濤翻飛起千顆拳頭。朱鴒扯起靳五的衣袖，三兩步躥上路心安全島，扠起腰桿昂起脖子眺望那一蒼穹氈氈毿毿翻起觔斗的公雞。「丫頭，這是幹甚麼？」「放生抗議！」髮梢一甩朱鴒指住滿天公雞吃吃笑起來。十字路口，有個等候綠燈的摩托車騎士發動引擎飆進人堆中，一撈，攫住了一隻倉皇逃竄的公雞，拎到手裡，拗住雞脖子，撲脫撲脫咯咯呱咯咯呱，闖出人窩大開油門，招招搖搖，飛馳下那麗日藍天衣香鬢影車水馬龍的城東大道金陵路。滿街小學生愣了愣鬨然鼓掌喝起采來。星條旗，招展無恙。洋樓天臺探出一肩金絲鬃兩瓣桃花腮，眼瞳勾乜，海水樣藍，似笑非笑只管俯瞰著大街。滿場子莊稼漢勃然挺起拳頭，咆哮著，漫天摔出千百隻土黃公雞。一街小男生小女生看得呆了，驀地發聲喊，揹著書囊蹦起腳躥過馬路，鑽進星條旗下洋樓門外澎澎湃湃一漩渦悲號的斗笠中，街頭街尾聒噪著，窩窩小花雞也似追逐起滿街逃竄的大公雞來。路過的各式轎車紛紛踩住煞車，打開門，鑽出個個衣履光鮮的男女老小，追奔逐北，樂不可支四下捕捉公雞。雞飛，人跳。猛一怔朱鴒脫下塑膠拖鞋，塞到靳五手裡，齜起牙蹦蹬過馬路上火燙的柏油一頭鑽擠進了人堆，黑裙襬子飄飄竄竄，倏出，倏沒，追捕半天抱出了頭角崢嶸一隻大公雞，滿頭大汗望著靳五，笑吟吟。雰雰緋緋，滿城天豔陽飄灑下一翾翾花翎，花雨樣。洋樓天臺上，那外交官模樣的美國女人憑著女兒牆只管覷起海藍瞳子，春風薰人，金絲拂面，半天眺望著那一穹驚飛的公雞，笑不笑，掠著滿腮髮絲，低頭又望了望街上濤濤勃昂起的拳頭，猛哆嗦，縮回脖子甩起滿肩金鬃，隱身進洋樓裡。樓下大門口兩排銀盾五六十頂銀盔冷森森燦潑著陽光。拳頭海中，鎮暴警察綳住腮幫凝住眼眸，不動如山。小學生狼奔豕突，亂鬨鬨，街頭街尾車潮中呼嘯著捉拿公雞。貨車上，那白頭蒼蒼老雞農把幾十籠公雞全放生了，兩腮淚痕，一臉悲憤，拿出了兩串子血滴滴二十來顆不知甚麼東西，高高拎在手上，跳過來跳過去指指點點四下招搖。靳五聽了半天揪揪朱鴒髮根：「丫頭，老爹說甚麼？」「美國進口的冷凍火雞腰子一對五十元，有夠滋補，壯陽強腎，解凍後還有血流出來，保證新鮮！各位鄉親父老兄弟要不要買兩粒，回家叫老婆炒來吃？一隻公雞只有兩粒腰子哦！美國人自己不要吃，賣給我們，餐廳一盤火雞腰子炒麻油薑絲才五對十粒腰子，要賣四百元——」眼瞳一轉，朱鴒拍拍懷裡抱著的大公雞，回頭瞅乜住了靳五：「腰子是甚麼？」靳五怔了怔。旁邊一個看熱鬧的中年閒漢叼著菸嘻開兩枚大黃板牙：「睪丸。」「睪——丸！哦，我們剛才吃火鍋，旁邊那桌穿得很體面好像在證券公司上班的年輕男女，吃的原來是公雞的睪丸！」朱鴒呆了半天，低頭瞅瞅懷裡那隻公雞，滿瞳子詭笑，一臉悲憫嘆息了聲，跂起腳把手遮到眉眼上，凝望起貨車上老阿公拎在手裡兜來兜去的兩長串火雞睪丸。貨車下拳頭洶湧。洋樓天臺女兒牆頭，那一肩金絲鬃燦爛著漫天豔陽又甩探了出來，五指尖尖，摸到腋窩下搔了搔，朝街上架起銀絲邊眼鏡，俯瞰半晌，回頭向肩膀後兩顆金毛狨狨窺探著的大頭顱，招招手。男女三個聚首天臺，指指點點咬起耳朵。天臺下，成千雞農仰天一聲呼號，海嘯般滿街斗笠澎澎湃湃起來，一對對公雞腰子，血水滴瀝，雨點也似飛擲到洋樓門口旗桿上睥睨藍天麗日的星條旗。兩排銀盾鏗鏘一燦。朱鴒攫住靳五的手：「走！警察拔出棍子舉起盾牌開始鎮暴，糟！要流血了。」

滿街小學生男娃女娃抱著公雞揹著書囊，一哄，四下逃竄出大人堆。十字路口驀地蹦蹬起渦渦煙塵。

靳五攬住朱鴒的肩膀，拔起腳，追隨著抱頭鼠竄的小學生五顏六色一街漂盪的書囊，鬼趕般，闖過十字路口的紅燈，穿梭著煞車四起喇叭齊鳴的六線車潮，雞飛狗跳中，渡到對街人行道，擠進滿騎樓張開嘴巴隔岸觀火的人群裡。身後，聲聲淒厲，銀棍翻飛斗笠四迸，高個子軍警矮個子雞農星條旗下滿坑滿谷撕扭成一團，血潑潑。「你聽！」朱鴒愣了愣煞住腳步扯扯靳五的褲腰。喔喔喔——一聲長啼，朱鴒懷裡那隻大公雞鼓鼓翅膀昂伸出脖子，頭角崢嶸睥睨起大街，雄赳赳。金陵路鬧市大街車潮人潮，雞鳴四起。小學生街頭街尾漂逐，紛紛攫住懷裡振翅脫逃的公雞。一街人笑。朱鴒豎起耳朵聽著漫城雞啼，格格笑仰起臉望住靳五，甩甩滿頭滿臉汗珠太陽下酡紅酡紅綻開兩朵小酒渦。「丫頭，酒醒了吧？」「沒！你答應今天下午陪我浪遊到底，現在又想哄我回新家啦？」眼瞳一黯朱鴒沉下臉來。靳五呆了呆抿住嘴悄悄打個哈欠，把一路拎著的行囊換了個手。朱鴒摟住大公雞不吭聲，低眉垂目，踢躂起塑膠小紅拖鞋自管遛達下金陵路人行道，猛一蹦，躥上路肩把手遮到眉眼上，跂起腳眺望起吳淞路口。黑沉沉，八輛開道的摩托警車兩縱隊闖盪開滿路車潮，大太陽下八雙墨鏡，悄沒聲，燦爍著八張緊綳的臉孔八隻尖翹的下巴。煙塵燎天，白幡招颺，吳淞路口丸紅旗影影轉出了長長一列黑色官家大轎車，窗窗黑晶玻璃，目光睒睒，閃漾著一顱顱蕭森的花髮，靜蕩蕩，巡行金陵路上，穿過雞腰斗笠齊飛滿街搥胸呼號逃竄的雞農，漫天花翎飄舞中，折北，奔馳上城東縱貫大道津浦路。短髮飛飀，滾滾風塵中朱鴒抱著大公雞佇立路肩上半天覷望得呆了：「哇！五十五輛大轎車！陰魂不散，日本全國經濟人連合會會長團車隊，剛剛還在長沙路看到，現在遊行到這兒來了。」「別管他！我們上路吧。」「你答應今天下午陪我浪遊到底？」「誰叫我們朋友一場啊，朱鴒丫頭！」破涕一笑，朱鴒瞅瞅靳五手裡拎著的行李踟躕了半天，歎然握住他的手，拍了拍，踢躂起拖鞋褊褶起黑布小裙，逗弄著懷裡的大公雞，飄然迸下紅磚道。靳五揉著眼皮打著哈欠亦步亦趨跟住朱鴒：「丫頭，把這隻可憐的大公雞放了吧！」「不要！免得被人捉去割掉睪丸。」朱鴒回眸格格笑不停。黃舌帽，朵朵漂吳淞路金陵路口風飛沙，中正國民小學操場吱吱喳喳蜿蜒走出兩縱隊小男生小女生，饑腸轆轆，憋住肚皮，空水壺咚咚敲，條條白統襪雙雙黑皮鞋迤邐到校門口，羚羚羚，蹦蹬上金陵路鬧市街頭，一哄，車潮中四下流竄。中天太陽潑水般白鑠鑠撐開一篷火傘。眼一花，靳五撮起朱鴒的腕子看看她的錶：「嚇！一點三十分！中正國民小學這個時候才放學啊？」「日本貴賓來校參觀。」臉容一端，朱鴒煞住腳上那雙拖鞋，整整身上那套汗水淋漓的卡其上衣黑布裙子小學生春制服，蓬頭垢面，頂著一腦瓜子齊耳的髮絲，抱住公雞，轉身朝向校門口一襲長袍馬褂藹然端坐花壇上的蔣公銅像，鞠個躬，回頭瞅乜住靳五招招手。靳五拎著行囊趕過來向蔣公哈個腰。驀地繽紛一亮，出水芙蓉樣，幾十朵小陽傘一襲襲花布裙，麗日下漂蕩在校園中心黃沙迷濛鞦韆空盪的操場上，笑語盈盈。靳五看得出神了，站在人行道上，望著女老師們走出校門穿過馬路蠭湧向騎樓下家家小吃攤，一呆。好久不見！一輛銀紅保時捷颼地停到十字路口紅燈下，儷影雙雙，悄沒聲，泊在大馬路心渦渦油煙風塵中。張浵端坐前座，十四歲的一個少女，緊綳綳裹著火紅緞子連身小窄裙，剝露出兩隻皎白肩膀，耳垂上，血晶瑩，綴著顆櫻桃大的紅寶石墜子，腦勺下那束濃黑的髮梢給挽到頸脖上，鬆鬆綰著個髻兒。一臉素白兩瞳森冷，凝望前方。身畔，姚素秋昂揚著他那張狹長月白臉膛，掌著駕駛盤，精瘦精瘦，一條水藍仿綢短袖港衫汗漬漬貼身綳住心窩兩排肋骨，時不時推推銀絲眼鏡，回眸瞟乜張浵，齜著大齞牙綻開腮尖上兩隻小酒渦。張浵挺著腰肢只不吭聲。綠燈亮，保時捷咆嘯兩聲竄過十字路口。靳五站在小學門前，獨自個，望著姚素秋載著張浵雙雙消失在一城滄漭的紅塵車潮中，心一冷。豔陽裡一蓬子短髮絲，飛颺飄忽，朱鴒早已穿過十字路口那渦煙塵渡到對街，趿著塑膠紅拖鞋，踢躂踢，踹，踢躂踢，抱住大公雞踩著金陵路長長人行道花樹下一方方紅磚，自顧自唱起歌來：

呼伊想來擱想
彼個素蘭
素蘭要出嫁啦
要出嫁啦
素蘭！
看著她坐在轎內
滿面春風笑微微
呼伊想來擱想
雖然我已經不可為她
擱再來擱想
為怎樣使我這時會擱來暗思戀
喲呼伊
素蘭！

靳五哈哈大笑追上前揪住朱鴒後腦勺上的一簇髮根：

「呼伊想來擱想！」

「喲呼伊，素蘭要出嫁啦。」

格格笑，朱鴒縮起脖子摔脫靳五的手蹿開去。

麗日下車潮中大小兩個追逐了起來，一個拎著行囊一個抱著公雞，唱著，逗著，閃躲開滿街流竄的小學生，穿梭過騎樓下廊柱上筒筒兜漩的三色燈，笑哈哈，蹦蹬在紅磚道上。

——想來擱想！

——想來

——擱想！

——想來擱

——想！

——喲呼伊素蘭要出嫁啦

——擱再來擱想！

——擱再來

——擱想！

——想來擱想

——彼個素蘭要出嫁啦

——素蘭！

朱鴒齜牙咧嘴甩著耳脖上那頭短髮絲汗湫湫格格笑，早已迸出兩瞳淚花，站住了，滿臉子漲紅，笑，把那嚛嚛啪啪鼓著翅膀倉皇四顧的大公雞挾到腋下，半天拍著心窩喘著大氣。

「丫頭。」

「嗯？」

「這首古老的海東民謠，誰教妳唱的？」

「安樂新呀。」

一怔，靳五托起朱鴒的下巴：

「妳見到安樂新了？」

「他來過三次。」

「幹啥？」

「看你從南洋回來沒有呀。」

「哦？最近，妳有沒有看到亞星姐？」

「沒呢！半個月沒見亞星姐了。」

靳五呆了呆半天愣瞪著手裡拎著的行囊，心頭一涼。

瀅亮瀅亮，閃閃爍爍，車潮煙渦中大街上太陽下潑濺出一片水銀光。靳五眼一花，覷起眼睛。一輛五十鈴貨車載著滿車家具和一張冰清玉潔的簇新梳粧檯，顫顫巍巍駛過金陵路。朱媽媽鼻尖上架著墨鏡，坐在前座，押著一車粧奩，時不時歪過脖子和司機聊天，勾起小指挑撩起耳脖旁腮幫上烏黑的髮絲，薰風中汗淋淋搧著涼。兩肩髮梢，蓬蓬鬆鬆。那個成天瞇笑的小苦力打著赤膊盤起腿子高高箕踞梳粧檯上，烏鰍烏鰍渾身汗珠，倚著那一鏡瀲灩的光彩，搔著胳肢窩笑盈盈俯瞰大街。車潮中，第二輛五十鈴貨車追跟上來。一張桃紅緞面席夢思雙人大牀，蕩漾漾堆著滿牀被褥。兩肩垂拱，朱爸爸聳著頭角崢嶸一顆花斑大顱端坐駕駛座旁，齜著上齶兩枚大齙牙，汗水矇矓，覷起眼睛瀏覽著街景，時不時絞起眉心勾起小指甲尖，探到後腦勺，搔搔粉紅頭皮上幾十莖華髮。兩個搬運工滿身大汗，赤膊光腳，頂著中天的大太陽躺在一牀紅綢大被繡花枕頭中，蒙頭大睡。晃盪晃盪，兩車堆積如山的粧奩，巡過滿坑滿谷人頭鑽動的金陵路，奔馳在鬧市街頭，煙塵滾滾中揚長而去。

朱鴒早已躥到臨街一家理髮廳簷口那筒三色燈下，小小一個身子，閃閃躲躲挨靠著廊柱，沉下臉，探出脖子踮起腳尖，呆呆眺望著那兩輛五十鈴貨車折向東南轉進夷洲路。

靳五眺望了半天，回頭打量朱鴒：

「丫頭。」

「嗯？」

「搬完家了？」

「嗯！」

「新家就在夷洲路上？」

「嗯。」

「住高級住宅區，高不高興？」

「不知。」

朱鴒垂下頭來不吭聲了，只管撫摸著懷裡那隻頭角崢嶸的大公雞，半天擡擡頭。靳五心一寒。那雙黑眼眸麗日下閃爍著兩瞳子的怨懟。靳五嘆口氣，握住朱鴒的手把她牽出騎樓下廊柱後，大小兩個默不作聲，走下城中大動脈金陵路，朝東南市郊花木蓊薆一町瓊樓玉宇水晶宮樣的簇新夷洲路，趑趄著遛達過去了。海天寥廓春風薰人，萬里無雲好一穹窿青天白日。「摩西！」眼一睜，朱鴒端整起臉容，指住空軍總部門口大水池邊一身戎裝駐馬水湄回首北望的蔣公，回頭瞅望住靳五。靳五呆了呆肅然起敬：「率領徒眾，策馬渡海！」大小兩個手挽手當街雙雙朝蔣公銅像一鞠躬。朱鴒破涕為笑，牽起靳五的腕子抱住大公雞，一蹦，拔起腳，跑下空軍總部圍牆外木葉幽森春花燦爛的紅磚人行道，跑著喘著，回頭甩起短髮篷子，眱住那氣喘吁吁拎著行囊拚命追跟的靳五，眼瞳狡黠一眨，格格笑，逗著他滿街蹦跳又唱起那首歌來。呼伊想來擱想，彼個素蘭，素蘭要出嫁啦，喲呼伊素蘭想來擱想想來擱想，呼伊——嗚嗚嗚閧窿閧窿一列金黃客車飛馳過城心。嚀叮嚀叮，鐵柵降落。平交道口燄燄紅晶燈下，手勾住手，兩個衣履光潔裝束入時的小夫妻依偎著共撐一把小紅傘，四下瞇望，頭一低，雙雙鑽過鐵柵下來，漫天悽厲嗚嗚迴響的汽笛聲中，打著哆嗦穿過鐵軌，吃吃笑打情罵俏渡到了對街。火龍樣兩排車陣隔著平交道對峙，咆哮出滿街黑油煙。閧窿閧窿莒光號列車燦潑著窗窗豔陽，空蕩蕩，顛簸著闖過平交道。鐵柵升起。車潮中滿城漂逐四處覓食的男女老小拔起腳，挨挨擠擠踉踉蹌蹌，搶渡過平交道。中午，對街騎樓下店堂裡人頭翻滾蓬蓬勃勃燎燒起鍋鍋湯火，滿街飲食店顧客盈門，驀地，一聲聒噪，家家店門躥出了小男生小女生，一溜風，頭也不回，揹起書囊戴上黃舌帽蠭湧下人行道。春雷乍響！鬧市中，銀鈴樣嬌滴滴漫天洄盪起一條女嗓子。朱鴒扯住靳五的衣袖豎起耳朵聽了聽：「當街殺老虎，現殺現賣！」眼一燦，朱鴒牽起靳五趿起拖鞋鑽出了騎樓下窩窩男女吃客，滿頭汗，踢躂踢，摟住公雞追上那群奮勇爭先的小學生。炊煙浩渺一條大街，五彩斑斕，滿坑滿谷層層疊疊蕩漾著各式招牌，三色燈炫炫兒睞，人頭鑽動，麗日下群眾們簇擁出了兩輛天藍小貨車。擴音喇叭綻響在大街心。貨車上一個姑娘噘起小嘴湊到擴音器上清清喉嚨，一條嗓音閧然破空而出：「各位鄉親，大老虎現殺現賣！淨重四百五十斤，一隻公一隻母，鐵定明天五月十二號禮拜日上午十時，在夷洲路民眾衛生服務所正對面林氏宗祠廣場，現場宰殺！虎皮虎骨虎鞭虎腎，虎血虎肉虎牙虎腰子，歡迎本市父老兄弟當日光臨參觀選購，謝謝。」小男生小女生揹著書囊洶湧起頭上的黃舌帽，一街黃蝴蝶，穿梭著車潮人潮，四面八方飛撲向兩輛小貨車，鬧烘烘。朱鴒跂起腳，人堆中喘吁吁覷望了望，牽起靳五摟住公雞，鑽過六線快車道上剔著牙籤汗流浹背推推擠擠看熱鬧的男女，閃開滿街咆哮的汽車，追跟上去。幾十個小學生馱著書囊早已攀上兩輛緩緩遊行的貨車，七嘴八舌爭辯起來：蘇門答臘虎！亂講，明明是人家美國的美洲虎！美國才不會有吃人的老虎，這兩隻是孟加拉虎！波斯虎！才都不是！朝鮮虎——臉紅脖子粗一群小男生相持不下，猛咬牙拔出拳頭。雙辮飄飛，風塵中一個小小女生趴到貨車上，朝鐵籠子裡探望半天，回頭刮起腮幫羞起男生，細聲細氣：「沒常識！我們動物園不就有模樣相同的一對西伯利亞虎嗎？唉，虎落平陽被犬欺。」「妳敢罵我們是犬啊，小薇，看我們敢不敢把妳給扁了！」男生們一哄紛紛往手心裡啐兩泡口水，當街摩拳擦掌起來。麗日下，鐵籠中，頭角崢嶸渾身斑斕兩隻大老虎，懶洋洋齜著牙打哈欠只管各自趴伏在貨車上，不瞅不睬。銀鈴般柔聲一笑，那條女嗓穿透過擴音喇叭滿城漫天又盪響起來：「各位鄉親午安！我，林玉倩，代表金興畜產進出口股份有限公司，向您們報告好消息：簡許玉桂議員出價七千元，訂購虎膽兩枚虎牙一對，國民大會代表白景賢女士，十三萬元訂虎皮全套，影視雙棲玉女歌星齊姜，齊小妹，三萬元訂虎骨全副，滿濃賓館李董事長六萬元訂虎鞭一支，名主持人林春水訂虎宴一席，價錢另議，此外尚餘虎肉五百多斤，八十多瓶高粱酒瓶裝的虎血，每瓶售二千元，敬請父老鄉親兄弟姐妹明天準時蒞臨宰殺現場，參觀選購，壯陽滋陰強精補血，謝謝。」眼瞳一轉朱鴒瞪住靳五：「明天五月十二號是甚麼日子？」「不知道。」「母親節！」朱鴒搖搖頭白了靳五兩眼甩起髮梢吃吃笑起來。一街小學生追隨，滿坑滿谷看熱鬧的男女簇擁下，一公一母兩隻老虎分趴兩輛貨車上，虓，虓，打著大哈欠，遊行過城東新市區衣香鬢影麗人如織條條商店大街——各位鄉親，大老虎現殺現賣！各淨重四百五十斤——浩浩蕩蕩穿過路口紅燈，轉進花木葱蘢夷洲路林蔭大道。崒崒簇新高級公寓大廈，風塵中水晶宮樣燦爛著麗日，嘩喇嘩喇彼落此起，層層陽臺飄潑出波波麻將聲。髮鬘蓬飛，滿街裙影漂飀。靳五眼一亮拎著行囊迎著薰風，牽住朱鴒跟住兩隻老虎遊行下夷洲路：「哇！這條路我來過，年除夕容大哥容嫂子請我來吃年夜飯！新開發的高級住宅區，住的都是收入不錯的體面人家，嗯？丫頭，妳問甚麼？擴音機太響我聽不清楚，哦！容大哥容嫂子在岐陽女中教書呀，教了十多年，夫妻恩愛如初，有個漂亮的妹子叫容琳，海大外文系畢業在臺芳貿易公司當開發部副理——」臉一沉，朱鴒摟住大公雞跂住了腳，文風不動，汗水矇矓愣瞪著，在大馬路心濤濤追逐老虎的人潮中僵住了。臨街一棟新落成的公寓大樓，門口停著兩輛五十鈴貨車。朱媽媽一身紅裝，勾起食指尖挑撩著髮梢搧著涼，滿肩蓬鬈，汗湫湫，指揮工人把兩車粧奩搬進新居，時不時堆出笑容和大廈管理員搭話。靳五仰起臉覷了覷。十六樓陽臺上，一臉清素，朱鸝卸過粧洗過澡，換了身白衫子黑長褲拉開落地玻璃窗走出來，仰起臉，覷望天頂的日頭，手裡拈根梳子濕漉漉只管篦著滿頭濃亮的黑髮絲。大廈門洞中頭角崢嶸，閃爍著一顆花斑大顱。獨自個，朱爸爸垂拱在老家搬來的藤椅裡，簷下日影中端坐著，目光睒睒，監視工人卸下那張桃紅緞面席夢思雙人大牀。豔陽裡，滿牀紅綢被褥繡花枕頭。朱鴒佇立滿路人潮中，半天，昂起脖子，瞅望著陽臺上擡起皎白膀子一梳一梳刷起頭髮的朱鸝。靳五攬住朱鴒的肩膀，麗日下，望了望大廈門口嵌著的那塊金碧輝煌的大銅牌，摸摸朱鴒的頭：

「玄武大廈！好高好漂亮的一棟花崗岩鑲雨花石大樓！妳的新家就在這兒？」

「嗯。」

「我把妳送到家啦，丫頭。」

猛哆嗦，朱鴒把公雞挾進腋窩裡，弓下腰，閤起膝蓋攏住裙襬子，顫抖在馬路心上縮著脖子只管愣愣瞪著玄武大廈門口，一蹿，摔開靳五的手，掉頭鑽出滿街追趕老虎的男女老小，跑上對街，躲到了騎樓下。一輛計程車停到了玄武大廈大門前。一小顱子花髮，太陽下燦了燦，花井芳雄繃住兩瓣蒼黃的腮尖，托起玳瑁框水晶墨鏡探出頭來，滿街睥睨了睨，蝦著腰桿拎著公事包鑽出後座，朝朱爸爸一鞠躬。革履西裝，襟口綴著朵鮮紅玫瑰。靳五呆了呆追上朱鴒：「這個小老頭兒，不是也在那個甚麼日本全國經濟人連合會會長訪華團嗎？我們剛在長沙路遇到他，在車隊裡，記得嗎？後來在金陵國小門口也看見他。」「擅自脫隊，私下行動！花井老伯常常幹這種事情。」朱鴒頭也不回大步走下騎樓。一回頭，靳五仰起臉，望望玄武大廈十六樓陽臺。朱鸝早已消失在落地玻璃大窗後。朱鴒沉著臉，趿起拖鞋，望住腳尖慢吞吞躲閃到丸紅百貨公司大理石廊柱後，踢躂踢，只管逗弄著懷裡的公雞走下騎樓，不回頭。

「朱鴒？」

「你又累又睏先回去吧！我自己逛。」

心頭一抖，靳五攔住朱鴒撂下行囊蹲下身來托起她的下巴端詳半天，揑開她的嘴，湊上鼻尖嗅了嗅。好一嘴啤酒味！太陽下，細高鮡兒小小一個身子頂著脖子上刀切樣齊耳的短髮，汗湫湫蓬頭垢面，摟住大公雞，佇立騎樓下人來人往衣香鬢影中，揚起臉，只管冷冷瞅住靳五。熱天晌午，大公雞闔上了眼皮咯咯打起晌盹兒。靳五抿住嘴，悄悄吞下兩個哈欠，撮起朱鴒那身土黃卡其上衣黑布小裙春季校服的領子，抖兩抖，拂平了，把衣襬掖進裙腰，捋起她袖子汗水淋漓捲到她肘彎兒上：「朋友一場，朱鴒！我剛下飛機有點睏但是不累，今天陪妳逛到底。」「真？」朱鴒呆了呆眼瞳子泫泫一亮。靳五伸出小指和朱鴒勾勾手。各位鄉親，大老虎現殺現賣，虎肉虎血虎肝虎腎虎骨虎心虎鞭，滋陰壯陽，歡迎父老兄弟姐妹參觀選購——擴音器銀鈴樣嬌滴滴震天價響，麗日下薰風中，兩輛小貨車滿車攀附著小男生小女生，載著兩隻老虎，一街閒人追隨簇擁下，浩浩蕩蕩，遊行過鶯飛處處物阜民豐孤懸城東一隅的夷洲路新社區，煙波浩渺，車潮中遠去了。朱鴒拔起腳。大小兩個一個拎著行囊一個抱著公雞，跑下丸紅百貨公司一墩墩大理石柱，手牽手，瀏覽著滿櫥窗的繽紛，窺望著滿店堂選購母親節禮物的仕女。靳五回回頭。林蔭中風沙裡，艟艟艨艨，望不盡長長兩排簇新公寓大樓拔地而起，豔陽高照，人頭晃漾髮鬖漂甩，水晶宮也似，矗立在青天白日一嶼蒸騰起的紅塵中，嘩喇嘩喇瓢灑出波波痲將聲。格格笑，朱鴒褊褼起黑布小裙只顧往前奔跑，蹦蹬蹦，踢躂踢躂趿著拖鞋，拍著懷裡那隻倉皇四顧的大公雞搖籃曲般又唱起歌來：

想來擱想
彼個素蘭
素蘭要出嫁啦
要出嫁啦
喲呼伊素蘭！
擱再來擱想
想來擱想

鐓。鐓。鐓。車潮中綻響起銅鐘。紛紛飛飛，滿街黃蝴蝶飛竄出那長長一列伴隨老虎遊街的隊伍，聒噪著，蠭湧向夷洲國民小學。校門口，小男生小女生一個個煞住腳脫下黃舌帽，立正，朝蔣公銅像匆匆一鞠躬，繞過花壇，戴上黃舌帽拔起腳一溜風躥進教室。滿校園此起彼落，綻響起千百條小嗓子：

「老師好！」

「同學們好。」

鬧市車潮驀地琅琅響起一片讀書聲。

「兩點！開始上課了。」靳五拿起朱鴒的腕子看看她的手錶，走進校門裡，探著頭望望校園中一塵不染棟棟簇新粉白教室大樓：「丫頭，以後妳就在這兒上學啦，高興不高興？」

「高興啊，可以看老虎遊街！」朱鴒吃吃笑，拍了拍懷裡那隻病懨懨打著盹的公雞。

「把公雞放了吧，丫頭，妳看牠多可憐。」

「放了就會被人捉去割掉睪丸哦。」

「唉！我們上哪兒逛去？」

「逛逛，流浪。」

〈下〉 新東帝

粲然一笑，朱鴒挾住大公雞躥上路肩，頂著大太陽把手遮到眉心上，跂起腳覷起眼睛四下眺了眺，沉吟了半晌攫住靳五的腕子牽著他，朝西，折北，沿著城東縱貫大道津浦路，車潮中，追尋起那一條穿透過擴音喇叭嬌滴滴喊殺連天的女嗓子。人頭滾滾煙塵燎天，日西斜，遊行隊伍穿街過巷，早已飄忽進一城絢爛層層疊疊的招牌廣告中，望不見了。朱鴒嘆口氣。靳五悄悄揉了揉睡眼。大小兩個面面相覷，茫然佇立在城心滿坑滿谷腦滿腸肥四下漂逐的商人堆裡，莫知所適。膕膕膊膊咯咯呱！朱鴒腋下挾著的公雞瞌睡中忽然振翼大啼。「有戲看！」靳五蹲下身讓朱鴒騎上他肩膀，拎起行囊拔起腳，追隨著一街男女，穿梭過滿城叫賣各式點心聞聲趕來的小販，往明光街口跑去。朱鴒把兩條腿子夾住靳五的頸脖，居高臨下朝街中眺望：「哇！大軍壓境。」太陽下一渦人頭翻湧，鬇鬇鬡鬡，街坊婦女梳攏著頭髮整理著衣裳一窩蜂撲進了明光街口。街中，五光十色商店招牌下，潑燦潑燦十來盞警車燈兜漩出一天血光，警笛滿街悽厲。憲警雲集。天婦羅熱狗冰棒小販四下遊走叫賣。明光大戲院門裡，鎂光燈一閃一閃。各報記者汗流滿面似笑非笑擎著照相機獵取鏡頭。門外，黑鴉鴉一條鬧街，男女群眾麇集家家鋪子騎樓下天臺上，噗哧噗哧，滿街笑，舒頭探腦指點著戲院大門。有個中年西裝客身材五短，兩腮酡紅，汗水淋漓昂揚著脖上那顆墨鏡大顱，腆起肚膛，堵在戲院門洞口，笑，睥睨那閃爍一街的銀盔，攬住身畔那位三線一星制服筆挺身材高挑的大警察，勾肩搭背，正在談判。門裡大大小小湧出七八個流氓，揎拳擄袖，亮出膀子上的花鳥刺青，護衛著西裝客，又是罵又是笑，把嘴裡一泡泡檳榔汁啐向門外團團包圍住戲院的警察。門上門下兩相對峙。對街，烏鴉也似一排排棲止在屋頂女兒牆頭看熱鬧的男女群眾，驀地一片聲聒噪：「關門關門！戲院裡面的警察，半個也不要給他逃出！」眼一燦流氓們喜孜孜縮回脖子，砰，砰，把戲院兩扇前門闔起了，琅璫上鎖。滿街閒人鬨然歡呼。西裝客叉開褲胯子矮墩墩據守戲院大門前，搔搔褲襠，朝群眾一揮手，攪住身畔大警察的膀子跂起皮鞋噘起嘴唇湊到他頸脖上，堆滿笑容，咬上半天耳朵，掏出白絲手絹脫下水晶墨鏡，太陽下抹起兩腮幫紅慈慈的汗珠來，滿臉酒氣。大警察扠著腰瞪著自己的鞋尖，似笑非笑只管搖頭，半天，揚起臉四面望望嘆口氣，步履沉重走下了戲院門口的臺階，往一線二星小警察手裡攫過擴音器，湊到嘴上準備喊話，瞅著滿街嘯聚一片鼓譟的男女老小，拉長鐵青面皮發起了愣來。噼噼啪啪群眾鼓掌。橐橐橐，鏘鏗鏘，柏油路面上踹亮起雙雙鐵釘皮靴，銀盔爍爍銀棍飛舞。母雞樣，一街梳著頭髮打著毛衣奶著娃娃或做其他活兒的街坊婦女，看熱鬧正看得出神，一聲聒噪提起裙襬紛紛走避。「談判破裂！憲兵準備破門而入救出被困在戲院裡的警察。」汗湫湫滿面紅暈，蓬頭赤腳，朱鴒拎著拖鞋抱著公雞流竄人群中四處打探消息，回來報告靳五，拔起腳又躥開去。靳五揪住她脖子上的髮根，叫她穿上拖鞋，押著她，追隨眾家婦女躲進對街騎樓。汗矇矇，朱鴒揉著眼皮四下鑽擠，小小一個身子侷促在汗水蒸騰婦人們一墩墩腰臀下，猛一嗆，蹦蹬起腳尖，兩爪子攫住靳五的褲腰，扯了扯，央求他蹲下身來，把大公雞挾進腋窩攀住他的脖子躥上了他的肩頭，透口氣。「哦，王季平議員！」朱鴒兩腿夾住靳五的脖子，高踞滿坑滿谷頭顱堆上，眺了眺，指住戲院門口那顆閃爍著水晶墨鏡紅光滿面的大頭顱：「難怪敢一夫當關，把守戲院大門！連官階三線一星的直轄市警察局分局長，都要禮讓他三分，不敢越雷池一步，嘻嘻！你瞧王季平議員好不神氣。」靳五怔了怔，隔著滿街濤濤滾滾的人頭，太陽下，打量起那獨自個矗立臺階上叉開兩條短腿據守大門的西裝客。三線一星大警察，摸耳搔腮，趑趄在臺階下來來回回踱起方步，時不時揚起臉望望街頭麇集的群眾，只管搖頭。戲院門外，兩條壯漢肩膀上各扛著一架攝錄機遊走人群中，眼瞪眼牙齜牙，互瞄著獵取鏡頭。靳五搔搔朱鴒兒盪在他胸前的腳心：「他們在幹甚麼？」「蒐證！警察對上流氓！警方人員在蒐證，王季平議員派出手下進行反蒐證，以眼還眼以牙還牙。」「朱鴒小丫頭，妳甚麼都知道啊？」「誰不知？看電視新聞呀。」朱鴒騎在靳五肩膀上踢躂踢躂兒甩著腳上那雙小拖鞋，吃吃笑樂不可支，居高臨下，滿場頭顱堆裡，自管瀏覽著街景逗弄著腋下挾住的大公雞。一街老小覷住西斜的大太陽，等著盼著，汗珠瞳瞳，朝戲院門口昂伸出脖子。男女小販穿梭，厲聲叫賣點心。靳五馱著朱鴒鑽出騎樓下那窩街坊婦人，站到簷口，一擡頭呆了呆。樓上那家月子中心臨街八扇窗子，一排，汗蓬蓬披頭散髮，站出了二三十位坐月子的大小媽媽，敞著睡袍哺著娃兒，不聲不響俯瞰大街。血光潑潑。十來輛警車兜漩著車頭頂的紅晶燈，街頭街尾來回闖蕩在纍纍人頭堆中。咿呀，戲院前門開了。兩粒小平頭綻開一嘴血花，麗日下探出了門縫來，擠眉弄眼，舔嘴咂舌，挑逗起那銀盔熠熠銀盾鏗鏘團團包圍戲院的一中隊憲兵，呸啵，啐出兩大泡檳榔汁，揚了揚手縮回頸脖砰地闔上門。滿街群眾一粲，拍手笑。獨自個，王季平議員西裝革履腆著肚膛昂著墨鏡據守戲院大門，抱起拳頭，朝選民們團團一拱手。三線一星大警察瞇起眼睛，街頭街尾，覷瞅了瞅，搖頭一笑把手裡揝著的擴音器塞到身後那個小警察懷裡，扠起腰，望著腳下的柏油路面，搖頭，踢躂起皮鞋東南西北踱起方步來，擡頭絞起眉心步上臺階，堆滿笑容，挨到門上攬住王季平議員的肩膀拍了兩拍，弓下腰桿湊上嘴巴。兩條大漢廝摟著，一高一矮一瘦一壯，悄悄笑笑只管咬起耳朵，烈日下進行第二回合的談判。拍肩，摸背。滿街群眾舉踵翹望。朱鴒騎在靳五肩膀上，兩腿一夾，伸手撈住他的下巴搔兩搔示意他蹲下身來，一蹦，躥落到地面，摟住大公雞鑽鑽穿過街心擠出人窩，跑上戲院臺階，煞住腳，哈著腰磨蹭到大警察腳跟旁，昂起脖子豎起耳朵，瞇笑瞇笑諦聽兩造談判。兩個漢子兩雙胳臂繾綣半天，鬆開了。談判完成。王季平議員摘下墨鏡插入西裝口袋，摸摸朱鴒腦瓜子上那篷子烏湫湫短髮絲，一旋身，噠槖槖噠，打著暗號般的敲起門來。門開處，影影幢幢一窩花狼也似鑽聳出十來粒鬎鬎小平頭，笑齤齤，迎著西斜的豔陽，綻開顆顆紅豆樣小血牙。三線一星愣了愣，陪起笑臉只管搖著頭，同王議員推推讓讓，在十來個流氓一鬨簇擁下，雙雙給挾持進了戲院裡。兩扇大鐵門密密實實閤上了。對街家家店鋪天臺上女兒牆頭蹲踞著的一排男女，黑鴉般一聲聒噪，竄起身來張開膀子噼噼啪啪鼓掌。滿街人，喈喈笑。街心朵朵銀盔爍爍著兩排銀盾，悄沒聲，罷日下濺潑出一街冰樣的光芒。朱鴒聆聽完了兩造談判，跑下戲院門前的臺階，小心翼翼摟住大公雞，鑽過那兩排凝眸繃臉嚴陣以待的鎮暴部隊，擠出人窩躥回靳五身邊來。「事情怎麼了？丫頭。」「王季平議員問蕭分局長——就是那位高高瘦瘦官階三線一星的市警局城東分局長呀——老蕭，你到底是想公了還是私了？蕭分局長很不好意思的抱歉說：季平兄，還是公了吧。王議員就請蕭分局長進戲院看錄影帶。王議員告訴他：院方攝錄的影帶經本席——本席就是民意代表對政府官員的自稱，就像以前皇帝自稱，朕——經本席細心觀察，反覆檢視，確定小姐們實在有穿內褲，或許是因為戲院內燈光顏色和亮度的問題，引起誤會，唉，令警方蒐證人員以為小姐們沒有穿內褲。實在說，老蕭，是有穿內褲！我王季平可以拿人格擔保。警方人員攝錄的影帶一定有在小姐的內褲上動過手腳，存心搆陷老百姓！明天五月十二號就是母親節，老蕭！你誣賴二十五位小姐沒穿內褲，把她們統統抓起來，叫她們的老母和孩子明天去拘留所看她們呀？本席身受兩萬選民付託——」「丫頭！王議員滿嘴小姐的內褲，到底是怎麼回事？妳先喘口氣慢慢再說。」「王議員說：警察擾亂合法營業場所，本席獲悉後立即趕來明光戲院了解。老蕭，你不幹正事！市警城東分局放著滿街妓女不抓，每天派出二十餘名員警，分三班輪流到明光戲院站崗，進行蒐證，每班八人，售票窗口配置二人，戲院內各個重要據點配置六人，並有兩輛警車停在戲院大門口。你這種如臨大敵的搞法，是否過分了呢？本席獲悉，來戲院看節目的觀眾恐怕被警方蒐證人員攝錄進影帶，紛紛走避，戲院生意一落千丈！今天下午兩點鐘那場節目，老蕭，是觀眾熱烈要求臺上唱歌跳舞的小姐們，在穿著上減少一點，涼快一點，春天嘛！院方才在不違法的前提下，替小姐們購買了二十五條粉紅色半透明的三角內褲，二十五位小姐出場表演歌舞時，每位都有給她穿上內褲，笑死人！站崗臨檢蒐證的員警眼花花，以為小姐沒有穿內褲，就作起現場錄影存證，擾亂合法營業場所，所以，院方才暫時將八名警方蒐證人員，連同他們攜帶的攝錄影機及所拍得的底片，扣留在戲院內，本席——」「老天！陰陽怪氣的妳在講甚麼鬼話，ㄚ頭？」「王季平議員是這樣跟蕭分局長講的，我一句句學給你聽。」朱鴒挾起大公雞，一蹲，躲過了靳五攫到她腦瓜子上的手爪，蹿開去，人窩中搖甩起滿額頭兩肥幫汗蓬蓬的短髮絲吃吃吃笑起來。太陽西斜，一輛電視臺採訪車飛馳到現場，迸，迸，兩扇前門彈開，竄出了個綠背心花短褲飛毛腿男記者，把機器扛上肩，不聲不響滿場子攝錄起來。女記者俏生生，花信年華一襲翠藍洋裝兩腮桃紅臙脂，嫣然矗立群眾中，擎起麥克風，迎向滿城爨起的晚霞，綻開皎潔的牙齒。鏡頭到處，戲院門前雜雜遝遝人頭翻滾登時洶湧起一陣髼髼漩渦，看熱鬧的男女撮起衣袖衣褷衣襟，舉起公事包公文封皮包菜籃子，紛紛遮蓋到臉皮上，咕咕咯咯，笑，好一街逃躲電視記者攝錄影機的群眾！街頭街尾紅晶燈潑閃，警車遊弋。「蹲！」朱鴒眼一睜扯扯靳五的褲腰叫他蹲下來，挾著大公雞攀上他肩頭：「又有兩位市議員殺到！游政雄、簡許玉桂女士。」噼噼啪啪嘩喇嘩喇，游、簡許兩位民意代表板著臉鑽出了轎車，步履所及，海潮般群眾往兩旁分開，鼓掌歡呼紛紛讓出一條導往戲院門口的通路。采聲中兩位登上了臺階，掏出派司，向門下一身美式墨綠軍服挺立待命的憲兵隊長，亮了亮，回眸一笑，雙雙伸張起膀子安撫住了滿場喧囂的群眾，砰砰砰震天價響連袂敲打起戲院大門來。咿呀，門開一縫，流氓一窩探出小平頭。簡許議員跺跺三吋銀鞋，一聲嬌叱，連名帶姓朝門內呼喝了兩聲：「蕭客峰出來！」滿臉堆笑，市警城東分局蕭客峰分局長應聲出現，舉手朝簡許議員敬個禮，和游政雄議員寒暄兩句，叫來王季平議員，大夥研究起蕭分局長手裡拎著的二十幾條女用三角褲。王議員掏出墨鏡，戴上了，聳出鼻尖嗅嗅那堆粉紅透明三角小內褲，一哆嗦，摔開頭去，縮住鼻尖打了個連天響的大噴嚏：「有味道！證明是小姐們穿過的。」「啥味道？就算有味道吧，也不能就此證明小姐們確實穿著內褲上場表演！簡許夫人，政雄兄，你們兩位來評評理。」蕭客峰分局長苦笑兩聲，瞅瞅手裡拎著的一條條三角褲，回頭陪起笑臉，向兩位剛到的市議員訴說起原委來。街頭群眾，怒目以待。電視臺男攝影記者扛著機器早已躥到臺階下，一蹲，朝戲院門口翹起鏡頭。笑盈盈女記者擎著麥克風登上臺階，掠掠鬢絲，夕照晚風中，瀏覽起騎樓下天臺上滿坑滿谷的人頭。三位議員一名警官，交頭接耳圍聚在戲院門口，太陽下一條一條檢視起那一堆紛紛緋緋薄如蟬翼的小內褲，好半天縮住鼻尖，嗆著，時而談笑風生，時而臉紅脖粗怒目相向。朱鴒挾著大公雞騎在靳五肩膀上，豎起耳朵凝神傾聽：「蕭分局長說，這二十五個歌舞女郎明明都光著屁股上場表演嘛！王議員說，本席人格擔保，小姐個個有穿內褲！」滿街坊男女老小愣愣睜睜中了蠱般舉踵翹望，汗水朦朧，豎起耳朵捉摸著臺階上戲院門口傳出的爭論。兩造環繞著小姐內褲，研討了半個鐘頭。猛一摔手，簡許玉桂議員掙脫了三線一星大警察繾綣過來的兩條膀子，沉下臉，跺起高跟鞋，把五六條內褲一古腦兒摞進他懷裡，蹬，蹬，蹬，走到售票窗口攫下公共電話，從售票小姐手裡接過一枚硬幣投進電話匣子，颼，颼，颼，不假思索撥起號碼，摘下銀絲邊眼鏡把一隻架腳哈在嘴裡，兜啊兜，背向大夥兒咬起電話筒，講起悄悄話。臺階上那三條大漢面面相覷，扠起腰肚伸起懶腰瀏覽起群眾來。簡許議員依偎在牆角，柔聲笑，訴說了兩分鐘，回頭板起臉孔朝三線一星招招手。大警察扠著腰徜徉過來，笑了笑接過電話，搔著耳脖望著地面磨起皮鞋跟，連連稱是，鞠個躬擱回話筒，面壁愣瞪了半晌回頭朝三位議員齜齜牙，雙手一攤。朱鴒騎在靳五肩膀上，居高臨下兜甩起腳上兩隻拖鞋，拍撫著大公雞樂不可支：「沒轍！警政署長說，公事公辦愛莫能助！看來這檔子事只好公了囉。」王游簡許三位議員一夥兒沉下了臉。面紅耳赤，游政雄議員咬咬牙，堆出滿臉笑容矮墩墩挽住了高䠷䠷蕭客峰分局長的胳臂，廝抱到牆角裡，跂起皮鞋，背向一街群眾手勾手嘴湊嘴，再度溝通。皮笑肉不笑，三線一星拍拍游議員的肩膊，掙脫他的爪子，把手裡二十五條三角褲扔給跟班的一線二星小警察，鬆口氣，踱到臺階口沉吟半天，朝那肅立階下凝眸待命的憲兵隊長招招手。橐橐橐銀盔潑燦，銀盾鏗鏘，一排鐵釘皮靴躥上戲院門前的臺階，銀棍霍霍。人頭流竄，滿街群眾扶老攜幼呼兒喚女。男女小販四下迸逃。靳五拎著行囊馱著朱鴒一頭鑽進對街騎樓。滿城記者聞風而來。鐓，鐓，鐓，大門給憲兵用鐵杵撞開。八名被扣留在戲院內的市警城東分局臨檢蒐證人員，重見天日，扛著兩架攝錄影機，睜眨著眼眸迎向一街燦爛的天光，押出二十五位小姐來。麗日下，一縱隊，紅橙黃綠藍靛紫，女郎們身上圍攏住各色絲緞披風，雙雙皎白腿子蹬起三吋跟金縷鞋，魚貫步下臺階，跫跫跫，迎著階下一排翹起的照相機，穿梭過三四十個蹲身仰望的攝影記者，羞羞羞，滿街坊婦女詛咒聲中，擡頭望著天空不聲不響不瞅不睬走上大街。香風拂拂，滿街坊男人亢張起鼻孔來。「起解！」朱鴒挾住大公雞騎在靳五肩膀上吃吃笑吆喝了聲，悄悄把嘴湊到他耳朵上：「赤，條，條！這些小姐披風裡面甚麼都沒穿。」街心漩起一渦脂粉汗酸，卡嚓卡嚓快門下，二十五位大小舞孃高高矮矮，凝住烏青眼窩繃住臙紅腮幫，汗濟濟，拎起披風下襬，魚貫登上城東分局三輛鐵籠子押解車。人影幢幢戲院門洞裡，一鬨，湧出了五六百名男女老小觀眾，個個揉搓著血絲眼眸，閃躲開那滿城燦亮一桶桶白水也似濺潑過來的天光，遮掩住臉皮，靦腆嘻嘻，穿梭過臺階下一長排翹望著的照相機，四面八方分頭逃竄回家。咯咯咯，朱鴒笑得花枝亂顫整個兒趴伏到了靳五肩膊上，一聲叱喝：「收兵！」血潑潑漫街紅警燈兒閃，香風繚繞，一聲呼嘯城東分局那長長一條車隊在蕭客峰分局長率領下，潮水般，盪開兩旁逡巡不去的群眾，開拔出了明光街。一街婦女咬起耳朵議論起來，呼兒喚女。靳五擡頭望望。戲院對面樓上那家月子中心滿窗夕照，悄沒聲，髮鬢蓬鬆，坐月子的大小媽媽披著睡袍哺著娃兒，一排二三十位倚在窗口，還只管靜靜納著涼俯望著街景。街頭群眾嗒然若失，徘徊張望發起呆來。朱鴒爬下靳五的肩膀伸起懶腰，看看腋下挾著的公雞，一怔，把牠抱進懷中，呵！往牠那兩隻病懨懨早已翻白的眼眸上，吹口氣，牽起靳五的手，跋涉過街心滿地紙屑果皮，登上臺階把脖子探進戲院門裡：「打過架！小姐們拒捕，和警察們在舞臺上肉搏！」滿臺佈景橫七豎八，坍塌一地，圍繞著舞臺口樹立起的那排鐵柵欄東倒西歪。朱鴒打個哆嗦，牽住靳五躡手躡腳走下臺階，避開明光街曲終人散驀地洶湧起的車潮，煙塵中一轉身，鑽進明光戲院旁防火巷那一桶桶衛生棉化粧紙堆中，陰颼颼，踩著滿地陳年尿水，走到戲院後面徐州路大街上。

滿京紅日！炊煙四起。

大小兩個一個拎著行囊一個抱著公雞，手牽手，漂逐在紅磚道篷篷榕樹蔭下。

「小題大作！」朱鴒回頭望望明光戲院，吃吃笑，逗起大公雞來，踩著紅磚跳著房子遛達下徐州路林蔭大道，眼一睜，往前躥出五六步，把手遮到眉眼上眺了眺，蹦！拔起腳上那雙塑膠小紅拖鞋踢躂踢躂穿梭過十字路口，跑上蘭陵路，車潮中，回頭朝靳五招招手，板起臉孔指住了蘭陵女中的大門：「有宵小！」

白臉青腮，兩個西裝革履的男士拎著公事包趑趄在校門口警衛室旁，舒頭探腦，咬著耳朵鬼鬼祟祟窺伺著操場上活動的女學生。滿場子白衣黑裙，風沙中飛颺起一簇簇齊耳的短髮絲。蹕蹕蹕蹕——一聲悽厲，女生群中衝出了個女教官，剛健，婀娜，蹬著黑色高跟鞋，筆挺著身上那襲草綠上衣墨綠窄裙美式女軍官制服，吹起哨子趕到校門口，高䠷䠷，伸條胳臂指住了兩位矮小的男士：「幹甚麼的？」朱鴒跂起拖鞋，望望教官肩帶上綴著的兩朵金黃梅花，臉一端，敬個禮，伸出食指尖狠狠指住警衛室旁那兩雙閃爍的小眼珠：「報告中校！這兩名男子躲在這兒，鬼頭鬼腦偷看女生做運動。」汗濟濟兩腮鐵青，滿臉狐疑，那兩位男士對望半晌板起腰桿子雙雙朝向中校女軍官，鞠起躬來，嘴裡嘰哩咕嚕嘟囔著甚麼。教官怔了怔，咬忍住笑，乜起一雙丹鳳眼，打量起那兩身乳白羊毛呢春西裝四隻尖頭高跟黑皮鞋：「小妹妹，他們嘰咕甚麼？」「日語。」「日本話我聽不懂！」「教官把他們兩個送警處理好了。」溫婉一笑，朱鴒指了指蘭陵路邳州街口青天白日圖徽下的那間警察局。兩位男士臉皮煞青，嘬嘬嚃嚃鞠躬比劃，猛哆嗦，掏出雪白手絹抹起滿腮子晶瑩汗珠。踢躂踢，踢躂踢，有個本地老阿公趿著兩隻破鞋皮，叼根菸遛達過蘭陵女中大門口，一睜，煞住腳步，豎起耳朵趨前傾聽了聽：「報告教官，這兩個不是壞人啦，是在日本商社做主管的啦，來找他們在這間中學念書的女朋友啦。」中校呆了呆，一張素白的瓜子臉龐颼地漲紅了上來，兩道劍眉一挑，睜圓眼瞳，撈起脖下掛著的哨子咬到嘴裡，揮揮手。兩位男士蹬蹬退後兩步，拎起公事包，抹著汗，一路回頭哈腰橐橐橐邁起尖頭高跟皮鞋走下紅磚道，悄然告退了。校園裡綻響起鐘聲。滿操場黑裙子翩躚起一園黃沙，落霞中飛撲向教室。蹕蹕——教官厲聲吹著哨子催送走兩位男士，眼一柔，瞅瞅朱鴒，滿眼狐疑打量了靳五兩三眼，回身蹬起高跟鞋走進校門。朱鴒抱著公雞只管呆呆瞪望著門裡。花壇上，國父孫中山先生一襲長袍風塵僕僕滿臉慈祥端坐百花叢中，鎮守校門，凝眸俯視著鬧市大街。靳五勾起食指敲敲朱鴒的腦袋：「丫頭！妳又想到甚麼了？妳這腦筋呀——」不瞅不睬，朱鴒昂起脖子挺起腰肢望著國父銅像瞻仰了半天，忽然回頭瞅住靳五：「告訴你，我做過一個夢！你猜全省的中小學總共有幾座國父銅像？五十座？嘻嘻，一千兩百一十四座！我那個夢就是：有天半夜，島上所有國民小學大門口的國父銅像，全都活起來了，一個個睜著眼睛，不聲不響提著菜刀，到處搜索那些打著他的旗號扛著他的招牌禍國殃民的大官，還有，蹧蹋小女孩作賤小男孩的大人，不論男女，全都捉拿起來，用菜刀活生生血淋淋割下他們的頭顱——」「丫頭！妳才多大？打著國父的旗號呀禍國殃民呀蹧蹋小女孩呀，這種話，不像七歲的毛丫頭說的。」「老實告訴你，是我爸爸說的！不過，有天晚上我真的做過那樣的夢。」朱鴒縮起肩膀瞅住靳五，靦腆笑了笑。靳五哈哈大笑，捏住朱鴒脖子上的髮根，揪著她，走出蘭陵女中校門口，遛達下校園鐵蒺藜水泥圍牆外兩排亭亭毿毿的老榕樹，民族民權民生，民有民治民享，牆上十二個朱紅標語大字。滿京落紅！向晚時分，城西，海峽中那一輪浮蕩的大太陽迎面潑照過來。靳五眼一花，兩三分殘餘的酒意挾著睡魔湧了上來，仰天打個哈欠。朱鴒呆了呆扯扯靳五的褲腰帶：「你睏了累了？」「沒關係！丫頭。」靳五瞅瞅朱鴒那兩隻閃爍著夕照漸漸沉黯下來的眼瞳，心一酸，抿住嘴吞下兩個哈欠，摟過朱鴒的肩膀，弓下腰親了親她腮幫。

紛紛緋緋，蘭陵路邳州街口新東帝大飯店大理石門廊上樹立著十根旗竿，青天，丸紅，燦爛爛飛颺起一簇旗子。

四輛雙層遊覽車，悄沒聲停在路肩。

朱鴒仰起臉絞起眉心瞅住靳五，靜靜端詳了半晌，嘆了口氣，挾住大公雞，雙手接過靳五手裡拎著的行囊沉甸甸放落到地面：「坐！」「坐甚麼？」「你走得累了歇歇腳吧。」歉然一笑，朱鴒握住靳五的腕子，牽著他坐到邳州街口市警城東分局門外公車站牌下一條水泥凳上，昂出脖子，探了探頭，望望門內端坐著的值班警員，縱身一躍坐到凳沿上，把大公雞抱進懷裡，勾起小指尖挑開牠眼皮太陽下瞧個半天，呆了呆，噘湊上嘴唇，噓吹著氣，讓那奄奄一息的大公雞慢慢蘇醒過來。靳五點支菸睡眼矇矓吸上五六口：「丫頭，妳酒醒了沒？」「早就醒了！」朱鴒回頭瞅住靳五沉沉嘆息了一聲。意興闌珊滿身汗酸，一大一小肩併肩坐在城東分局門口水泥凳上，暮色蒼茫，漫城飄熅起的炊煙中，覷起眼，望著對面新東帝大飯店門口玻璃旋轉門中鑽進鑽出的仕女，衣香鬢影鶼鶼鰈鰈，走馬燈也似。朱鴒眼一亮挺起了腰桿睜圓瞳子。落日燦爛一簇旗下，門廊中，四個花信年華穿著同款水青色小腰身高衩旗袍的女郎，襟上別著小銅牌，手裡拎著公事包，一溜風，蹭起高跟鞋追出了一個外國男子。挺胸凸肚，那洋人邁開金𣯶𣯶兩條毛腿子踢躂著拖鞋，揚長而去，時不時扭轉過紅光滿面的半禿大頭顱，回眸齜翻起嘴皮，伸出舌尖舔舔兩枚大黃門牙，瞟個眼風，甩起手上拎著的零零七匣子朝姑娘們揮了揮。四個女郎亦步亦趨。朱鴒機伶伶打個寒噤：「木蘭軍，追獵美國商人！」「哦？」「這四個都是貿易公司開發部的女將，大專畢，外語能力特強，管你門口有無懸掛請勿打擾的牌子，反正，姑娘見多識廣，那怕你洋鬼子臉色再臭，眼皮再重，只要打開了房門大功即已告成大半。」「丫頭！這種下三濫的話妳是哪兒聽來的？」「電視！追趕跑跳黏，木蘭軍出入國際飯店找買家——電視新聞雜誌九十分鐘專題報導的題目。」臉容一端，朱鴒凜然瞅住靳五。綺年玉貌四位花木蘭旗袍窈窕，踮蹬起三吋金鞋，滿街追獵，把個搔腮搖頭連聲抗議的大肚腩中年美國生意人，逮住了，牽著攙著，簇簇擁擁一窩子拎著公事包，鑽進颼地駛到飯店門口的轎車。門下，司閽渾身火紅戎裝筆挺，敬個禮。朱鴒望著那輛綠豹積架載著五女一男猋竄進車潮中，仰天打個大哈欠，拍拍嘴，百無聊賴自管兜甩著腳上那雙小拖鞋，逗弄懷裡的大公雞。靳五睡眼昏花，悄悄打個大哈欠。兩輛官家大轎車烏沉沉駛到飯店門口。司閽腆起肚膛，致敬。躂橐躂，市警城東分局門口值班警員踩著大皮鞋，拿張報紙搧著涼來回踱起方步，探出頭來望望大街，猛一睜，沉下臉睞睞朱鴒，滿瞳子狐疑，靜靜打量起公車站牌下肩併肩坐在水泥凳上的大小兩個。靳五點支菸自管眺望大街。淋淋漓漓，滿城落紅，新東帝大飯店三十層大理石水晶樓臺，窗窗白紗帘，爍爍著夕陽閃漾著雙雙儷影。朱鴒摀住嘴齜著牙打了個連天響的哈欠，伸個懶腰，眼一亮望住飯店門口，扯扯靳五的衣袖。肩肩黑鬖雙雙墨鏡，汗湫湫，晚風夕照中悄沒聲漂盪出大理石門廊。小女郎們搖曳著繽紛的春裝，肩上腋下掛著挾著各色小皮包，三三兩兩走出飯店，側著身子，坐上人行道榕蔭下成排守候的摩托車後座，闔攏起膝頭，扶扶墨鏡，把手搭住那開車男孩的肩膀。浩浩蕩蕩，三四十對少年兒女依偎在摩托車上，一輪猩紅太陽下，呼嘯上蘭陵路八線大街去了。車潮中，暮靄蒼茫穿梭起嫋嫋小花裙，飄颺起篷篷小裙襬。朱鴒昂起脖子挺起腰肢覷望得出神了，忽然幽幽嘆出了口氣：「娃娃臉婦人身，注射雌素酮催熟的呢！小小年紀腰是腰腿是腿奶子是奶子臀部是臀部，凹凸有致——」

「丫頭！妳嘟嘟囔囔到底在說甚麼？」靳五心一抖，望著那群小應召女郎招搖過市滿街流竄一個個消失在漫京紅霞中，回頭瞅住朱鴒：「注射雌素酮？」

「促進女孩子發育的荷爾蒙呀。」

「妳怎知道？老天！」

朱鴒望望靳五不吭聲了，只管幽幽嘆息。

膈膊膈膊，朱鴒懷裡那隻大公雞病懨懨昏睡中突然撲打起翅膀，扯起嗓門呱噪起來。

「咦？害怕被人割掉睪丸呀？」朱鴒吃吃笑，挾住大公雞，逗弄著牠那血脈僨張紅灩灩頭角崢嶸的冠兒，猛回頭指住飯店門口：「莫叫莫叫！日本買春團來捉拿你了。」

老少男子一團隊兩三百人西裝革履拎著同款公事包，板起腰桿，相對鞠躬，禮禮讓讓魚貫穿過旋轉門，鑽出新東帝大飯店來，一眩，迎著漫天燦潑過來的落紅，機伶伶打個哆嗦，穩住腳跟瞇起眼睛摀住嘴洞，一臉睏盹打起哈欠，兩腮青青，淌著汗，在四位導遊小姐四面旗子引領下，端起臉容整起隊伍，分頭登上路肩泊著的四輛雙層遊覽車。株株短脖子，掛著照相機。一胴一胴乳白羊毛呢春西裝，炫亮炫亮，扣起兩排八顆櫻桃大的銅鈕子。公事包一隻隻脹臌臌，給摔上車廂行李架。窗口，排排紅絲絨座椅一雙一雙昂聳出上下兩層老少頭顱，木然，繃住腮幫板起臉孔，星火熄熄叼起香菸。

「甚麼買春團啊？人家是來考察商務的。」靳五把那四車正襟危坐的日本商人打量半天，哈哈大笑，擰擰朱鴒耳根：「哪有提著公事包一整團兩三百人結夥出國買春的！」

「你——」朱鴒臉飛紅，似笑非笑眼勾勾回眸瞅乜住靳五：「你是教授，不懂！」

「明明做生意的嘛！」靳五指指導遊小姐手裡的旗子：「上面寫甚麼？我看不清楚。」

「讓我看看。」朱鴒揉揉眼皮隔著蘭陵路上兩排車潮滿街煙塵，覷望半天，猛一怔拍了拍膝蓋：「日本國遊戲銃協同組合！我記起來了，告訴你吧，花井老伯伯上個月四號來我們家，接朱鸝去東京留學，透過我媽翻譯告訴過我爸，他們同業公會——唉，就是這個遊戲銃協同組合呀——為了感念蔣公在第二次世界大戰終戰後對日本軍人寬大為懷，不念舊惡，以德報怨，護送他們回國和家人團聚，並且保護天皇，不讓他被麥克阿瑟欺侮，因此，他們同業公會決定今年春天來我們自由中國開年會，一來感謝蔣公，藉此機會，全員到蔣公陵前鞠躬致敬，二來對他老人家渡過海峽一手建立的三民主義反共堡壘，表示全力的支持，三來——」

「幹啥？」

「遊覽春天的寶島呀。」

落日下，靳五回頭瞅著朱鴒腮幫上兩朵小紅暈汗蓬蓬一頭短髮絲，聽得呆了。大小兩個依偎著，併肩坐在城東分局門口水泥凳上，半天，覷起眼睛，望著新東帝大飯店四周蘭陵路邛州街臨城路棗莊街，向晚時分，嘩喇嘩喇，金光燦爛火龍也似洶湧起的車潮。朱鴒拍著懷裡的公雞，不吭聲，只管打量起飯店門口升火待發的四輛遊覽車，忽然眼瞳一亮：

「日本人沒有脖子！」

「亂講！凡是人都有脖子。」

「日本男人的脖子特別的短呀。」

「哦？我沒注意。」

「你不信？看看遊覽車上的日本人。」

「難怪日本男人看起來——」

「矮！過兩年，我就比花井伯伯長得高了。」

朱鴒吃吃笑。

靳五揪揪她耳脖上的髮根：

「丫頭，妳對日本人最深刻的印象是甚麼？」

「日本男人？認真！」

「無論做甚麼事都不馬虎？」

「嗯！」朱鴒肅然起敬，望望那四輛遊覽車上西裝筆挺纖塵不染的日本商人，忽然，噗哧一聲，憋住滿臉子映照著晚霞燦綻開的笑靨：「連玩女人都很認真，一本正經板著臉孔。」

「丫頭兒！」靳五狠狠一咬牙，擰了擰朱鴒的腮幫。

鐓，鐓，鐓鐓鐓。四輛雙層遊覽車燈光大亮撳起喇叭，開拔了，漫天落紅下，金碧輝煌闖進蘭陵路車潮中，盪開滿街放學的小學生，朝北，往嶧州路奔竄而去。歸人滿城，炊煙四起。朱鴒兒甩著腳上兩隻拖鞋，摟住大公雞不聲不響出起神來。風塵中，大小兩個蓬頭垢面，挨坐在蘭陵路邳州街口警察局門前，覷起眼睛，想起各自的心事，眺望著城西天際海峽中載浮載沉一丸子瘀血般的太陽。雪樣皎潔，新東帝飯店大放光明，薔薔水晶燈火下，走馬燈也似，窈窕淑女行色匆匆挾著皮包推著門廊中那扇玻璃旋轉門，鑽進鑽出。一陣香風旋起。靳五嗆了嗆回頭望望。臙脂凋殘，滿臉憔悴，一縱隊大小女郎披著絲緞披風蹬著三吋金鞋，在一個中年男子監護下，高高矮矮魚貫步出市警城東分局大門，集合到街口。蕭分局長矗立門中，滿臉笑容扠腰目送。那西裝革履殷實生意人模樣的男子攔下路過的計程車，掏出荷包預付車資，四個一輛，牧羊人趕羊群般呵護著叱責著，把姑娘們分批運送走了。「明光戲院二十五位歌舞小姐，唉，被保釋回家了，明天放假一天快快樂樂陪媽媽過母親節！」朱鴒嘆息了聲。一輛公共汽車晃晃盪盪咆哮著抽搐著停到了站牌下，門開處，蹦出三四十個小學生，男娃女娃，一窩子黃蝴蝶飛撲進十字路口，漂逐在油煙滾滾金光燦爛車潮中，聒噪著，四面八方流竄開去。暮靄粲紅，新東帝大飯店一殿樓臺燈火下，城東落日大街蘭陵路徐州路魯南路棗莊街嶧山街邳州街，家家炊煙，戶戶歸人，東漂盪起一隻黃書囊，西蕩漾著一雙黃舌帽。滿城小學生追逐著一京飄漫起的米飯香，饑腸轆轆放學了。「陰魂不散！唉，那個日本全國經濟人連合會會長團，中午在長沙路金陵路遇到，這會兒又巡行到這兒來了！」朱鴒指了指。白幡招颺，丸紅小旗彤彤，黑沉沉五六十輛賓士五六〇富豪七四〇寶馬七三〇轎車隊，一條長蟲樣，蠕動著游走著，悄沒聲，蜿蜒穿梭過城中大街小巷駛到了新東帝大飯店門口。鏦鏦鏦。蘭陵女中校園綻響起銅鐘。靳五拿起朱鴒的腕子看看她那隻鑲鑽白金小女錶：「五點半！妳媽一定急死了！我答應吃過中飯就送妳回夷洲路新家的。」不聲不響，朱鴒摟住大公雞蓬頭垢面坐在靳五身畔水泥凳上，只管瞅著腳上那雙小拖鞋。「妳餓不餓？不餓？妳渴不渴？」朱鴒仰起臉回頭瞅望住靳五半天點了點頭，眼瞳子泫泫一亮。心一酸，靳五雙手捧起朱鴒的臉兒，端詳著，悄悄嘆口氣，伸出食指尖抹掉她腮幫上兩顆淚珠，整整她那身汗水淋漓的卡其上衣黑布裙子小學生春制服，牽起她腕子，拎起行囊，沐浴著滿城炊煙，落日金暉中走下華燈初上的蘭陵路：「丫頭，我帶妳找水喝去！」

車潮中驀地綻響起濤濤合唱聲：

我們國父
首創革命
革命血如花
推翻了專制
建立了共和
產生了民主中華
民國新成
國事如麻

國父詳加計畫
重新改造中華
三民主義
五權憲法……

靳五攬住朱鴒的肩膀，車潮中豎起耳朵，凝聽著兩條街口外蘭陵女中滿園落紅裡傳出的合唱。莊嚴肅穆，悲愴，深沉，黃鶯出谷般千百條柔嫩的嗓子凌空而起，天際一輪猩紅太陽下，響遏行雲。靳五揪揪朱鴒耳根子：

「國父紀念歌！今天幾號？」

「五月十一，不是嗎？明天母親節。」

「哦，今天是母親節的前夕！」靳五呆了呆：「這些中學女學生為甚麼唱國父紀念歌呢？我還以為今天是國父生平甚麼重要的日子，大夥唱首歌兒，懷念懷念他老人家。」

「我回去問我爸爸。」朱鴒扯扯靳五褲腰：「走！渴死了，帶我找水喝去吧。」

大小兩個手牽手踩著滿街夕照尋尋覓覓，飄蕩城中。

海天寥廓，炊煙一城。

靳五噙著口水悄悄吞著哈欠。

「唉，你肚子餓了，眼睛睏了。」車潮中朱鴒停下腳步回過頭來端詳著靳五那張臉，忽然，豎起耳朵挨貼到他肚皮上，聽了聽，眼瞳子一柔亮，跂起拖鞋昂出脖子街頭街尾眺了眺，攫住靳五的手，徧褪起小黑裙，挨擠著滿騎樓流竄的老小歸人，穿梭過家家門口飄漫出的米飯香，煞住腳步把腦瓜子探進一鍋蒸騰的湯霧裡：「老闆娘，一大一小兩碗辣牛肉麵。」

「渴死了！丫頭，幫我叫兩瓶冰啤酒。」靳五走進店堂把拎了一下午的行囊撂到牆腳，落了座。兩支日光燈下，十來副座頭挨擠著滿堂揮汗吃麵的客人。下麵，收碗筷抹桌子，找錢，老闆娘三十來歲獨個照顧生意，攤裡攤外走馬燈轉進轉出，汗珠一臉，堆著笑容，腰下顫顫巍巍挺著八九個月的肚子。店堂後小客廳落霞滿窗，槍聲大起，血花飛濺，一霎子閃爍的電光中依偎著兩個姐弟模樣的小學生，併肩端坐沙發上，噗哧笑，只管瞪住電視機上播映的兒童卡通節目。老闆娘探探頭，一聲嘆息，捶捶腰背又自管招呼客人去了，團團轉。朱鴒向老闆娘招呼了聲，挾起公雞，自個打開冰箱拎出兩瓶啤酒拿過起子撬開瓶蓋，斟滿一杯溢婉一笑遞到靳五手裡。靳五接過杯子，不忙喝，靜靜瞅著朱鴒。細伶高䠷一個七歲女孩兒，脖子上刀切樣頂著齊耳的短髮絲，懷裡摟住大公雞，笑盈盈一臉孤寂，站在店門口瀰漫進的一街炊煙滿城落紅裡，仰起臉靜靜望著靳五。「丫頭，妳過來。」「唔。」「街上逛了一個下午，蓬頭垢面活像個小女叫化！」靳五捉住朱鴒的手把她牽到跟前來，端詳她臉兒，嘆口氣，問老闆娘要來濕毛巾，把她那雙汗漬斑斕的腮子抹乾淨了，撥掉滿頭臉的塵沙，拂拂她那身土黃上衣黑布小裙，猛一怔，摸到裙襬上兩灘雞糞。朱鴒拍了拍公雞的屁股，吃吃笑，聳出鼻尖，湊到靳五胸口上嗅兩嗅，一指頭戳住了靳五的眉心：「你自己也滿身臭汗。」大小兩個眼上眼下互相打量著，你指戳著我，我逗弄著你，直笑得迸出了淚水來。

靳五舉起酒杯：

「朱鴒，我敬妳。」

「謝謝你！朋友一場。」

淚光中朱鴒揉揉眼皮燦開了笑靨，雙手捧起麵碗敬了敬靳五。

落日照大街。朱鴒端坐凳上操著筷子夾起兩根麵條，呵冷了，餵進公雞嘴裡，自己吃著，時不時瞄一瞄靳五的酒杯，笑吟吟只管替他添酒。兩瓶啤酒落了肚，靳五打個酒嗝站起身往後走：「丫頭，再去拿兩瓶冰凍啤酒！我到洗手間轉轉就回來。」洗完手走出廁所，靳五一怔。日光燈下朱鴒那雙腮子紅灩灩綻出了兩朵桃花：

「我偷喝你的酒。」

「我知道。」

「嘻！你故意讓我偷喝。」

「妳心裡苦。」

朱鴒覷著街上的夕照瞅住靳五，不吭聲。

「朱鴒！下不為例。」靳五笑了笑捉過朱鴒的手握在自己掌心裡，好半天，暖暖摩挲著她的腕子，嘆口氣，捏了捏她的腮幫：「再喝酒就把妳這張橫的嘴巴——」

「打成直的！爸爸就是這樣罵我們。」朱鴒甩著耳脖上那篷短髮吃吃笑，眼圈一紅。

「妳們？」靳五呆了呆：「妳媽媽妳大姐朱鸝妳二姐朱鳶和妳？妳們朱家三姐妹都取得好名字！妳媽媽閨名叫——陳鸞雀？爸爸呢？朱方？方趾圓顱的方？哦！妳爸爸常常罵妳們嗎？」

「上了年紀耳朵不好，不常罵了，每次看完電視球賽喝完兩杯虎骨酒就說——」眼瞳一轉朱鴒探過桌面滿嘴酒氣湊到靳五耳朵上：「妳們母女四個嘀嘀咕咕，背後說我甚麼？留神哦，惹我傷心了，咱明天就回蘇北邳縣老家找個廟剃度去。」

「當和尚！妳媽怎說？」

「我就回臺南我老母家當尼姑去。」

「一個蘇北一個臺南。」

「嘻嘻，天南地北隔條海峽。」

「當初怎湊到一塊！」

「命。」

「不是命，丫頭！」靳五摸摸朱鴒腦瓜：「我給妳講個故事，東海中有一座仙山——」

「又是桃花源，又是蓬萊仙島！我不要再聽避秦的故事了，好不好？」朱鴒撥掉靳五的手，甩著滿頭短髮絲把兩隻食指尖戳住耳洞：「避秦，避秦，媽媽姐姐不在家，爸爸看完電視球賽喝醉酒，拉著我的手摸著我的頭講過一萬遍避秦的故事了。」

靳五愣住了，好半天，靜靜瞅著朱鴒腮幫上紅暈暈綻漾開的兩渦子小酒酡，忽然心中一動：「丫頭，妳知道，喝了三兩瓶啤酒帶著兩三分酒意，醉陶陶的做甚麼事情最痛快嗎？」

「坐雲霄飛車！」朱鴒眼一燦。

靳五猛一拍大腿哈哈大笑：「對了！妳坐過一百公里時速三百六十度旋轉的摩天輪嗎？」

「花井和木持兩位老伯帶我坐過！」朱鴒格格笑。

「走，朋友一場我請妳到遊樂園坐雲霄飛車去！坐完就回家哦。」靳五捉過朱鴒的腕子，拿下她手裡揝著的啤酒杯，隔著檯面，瞅瞅她那滿臉的紅霞，夕照中兩瞳子的清淚光。暮靄蒼茫。心一酸靳五把朱鴒兩隻小手暖暖握進了自己的掌心，揉了揉，拿起她腕子，看看她那隻簇新白金小女錶：「六點二十分！遊樂場在郊外，得坐計程車趕一趕。」

喲呼伊
素蘭要出嫁啦
要出嫁啦
素蘭！
想來擱想
想來擱想
擱再來擱想
彼個素蘭
素蘭要出嫁啦
喲呼伊——

朱鴒躥下計程車挾住大公雞把隻手兒攫住靳五的後腰，邊唱，邊笑，醉醺醺踢躂著拖鞋，跟住靳五向雲霄樂園售票亭跑去。落霞瀲灩，一野綠汪汪，水田中火燒火燎盪漾起好一輪大太陽，農莊人家炊煙寂寂。遊樂場上人頭飛竄，一漩渦一漩渦，風馳電掣中痙攣起聲聲嬌笑迸濺出陣陣驚呼。朱鴒扯扯靳五的後腰帶，煞住腳步，昂出脖子覷望著停車場邊那畦水稻田，看得癡了。田壟上一隻白鷺鷥，紅喙兒紅脖子，亭亭玉立，棲止在黑墩墩一頭大水牛背梁上啄食著蟲兒。一掃一掃，那老牛不住兜甩起尾巴幫小鷺鷥趕蒼蠅。大小兩個靜靜廝守在漫田春秧中。靳五看呆了，擱下手裡拎著的行囊，瞅瞅朱鴒。小丫頭癡癡愣愣只管拍著懷裡的大公雞瞅望著田壟，夕陽下，那張臉子映漾著落霞水光，綻亮起笑靨來。心一動靳五蹲下身：「來！我這頭老牛揹妳這隻小鷺。」朱鴒怔了怔，眨眨眼睛淚光中揉揉眼皮，把大公雞挾進胳肢窩裡，不聲不響猛一躥，牢牢攀住了靳五的頸脖。靳五揹起朱鴒來。

雲霄樂園大門裡一片春衫飄颺！飛車燐燐，孩兒們張牙舞爪濺潑著夕照，滿天猋竄。花樣年華五個大姑娘高䠷䠷各穿著單色緞子高衩長旗袍，明黃，翠藍，丹紅，驪黑，月白，褊褊褼褼搖曳著衩襬子蹬起高跟鞋，穿梭人群中，手裡各拿著兩個小圓筒，天光下擡起裸白胳臂，啵，啵，啵，交叉著往腋窩裡左一噴右一噴，笑靨盈盈，柔聲招呼攜家帶眷進出遊樂場的男士們，趨前一聞芳澤。老少男士靦腆嘻嘻湊上鼻頭，左腋嗅嗅，右腋嗅嗅。

「二號香！」

「一號比較不嗆。」

「二號比較能蓋住狐臭味。」

臉飛紅，男士們收回鼻子報告嗅後心得。

「臺芬化粧品公司開發克異香新產品，正在進行市場調查。」一位小姐穿梭過來，瞅瞅朱鴒拍拍她懷裡的大公雞，朝靳五笑了笑擡起一雙膀子，往腋下啵啵噴兩噴：「先生，請您鑑定！左腋一號右腋二號，請您嗅過以後告訴我們，克異香新產品您喜歡一號還是二號。」

靳五回頭看看朱鴒。

「嗅！」朱鴒板起臉孔：「不嗅白不嗅。」

靳五笑嘻嘻湊上鼻頭：「二號。」

「謝謝您。」小姐闔起腋窩，褊褼起翠藍旗袍下襬蹭蹬了開去，睒覷著落日四下狩望，一蹦，綻開腮上兩隻姣白小酒渦，追上前，揝著兩筒子香精，攔截住一個攙護小孫女走下雲霄飛車步出遊樂場的白頭翁，笑吟吟張開兩隻膀子：「這位伯伯，請你老人家鑑定一下——」

「毛鬖鬖的狐臭，噴上香水好不好聞？」朱鴒攀住靳五的脖子趴在他背上揪揪他耳朵。

靳五心頭一抖：「唔。」

「歡迎，金門前線來的阿公阿婆光臨雲霄兒童樂園！」幾十條嬌滴滴的嗓子，驀地，發聲喊。石板地上蹦蹬起雙雙高跟鞋，花裙飛飈一窩蜂撲向大門口。門外，炊煙嬝嬝水稻田中，六線快車道落紅浩瀚，一片車潮，兩輛遊覽車晃盪著窗窗白頭駛進了雲霄樂園停車場。門開處，精神抖擻鑽出八位獅友，西裝革履，頭戴黃摺帽肩披黃背心，笑瞇瞇滿面紅光，挺胸凸肚守到車門口，伺候著呵護著那兩車睡眼矇矓魚貫步下車的老翁老婦。唐衫唐褲滿臉風霜，老夫老妻四五十對，手挽手趑趄車下，抖簌簌昂起脖子覷起眼睛，仰望那一天閧窿奔竄頭顱滾滾的雲霄飛車。「歡迎前線的阿公阿婆，光臨後方！」三四十位遊樂場服務小姐搖曳起花裙，一擁而上，把七彩花環套上老人家的脖子：「四十年，您們辛苦了！謝謝您們接受獅子會的邀請和招待，前來寶島一遊。」雙雙小白手兒握住了阿公阿婆的腕子，牽著攙著，噓寒問暖歡天喜地，簇簇擁擁護送到遊樂場閘門口。八位獅兄獅弟，堆出笑容亦步亦趨。旗袍一翩躚，明黃翠藍丹紅驪黑月白五隻穿梭花叢的蝴蝶也似，臺芬姑娘蹬起高跟鞋，汗湫湫搶到了門下，一鞠躬，張開兩條膀子啵啵噴兩噴：「金門前線來的阿伯，辛苦了！臺芬化粧品公司請男士們嗅一嗅，幫忙鑑定新開發的產品，阿嬤們莫呷醋哦。」

花白一堆百來顆風霜頭顱，笑藹藹漲紅了臉皮。

夕陽下，五位小姐亭亭玉立綻開腋窩：

「前線來的老阿伯——」

「莫害羞。」

「告訴本公司——」

「喜歡一號？」

「二號？」

「來！阿伯嗅嗅看。」

憨頭憨腦一個矮阿公張開嘴巴光禿禿嘻著兩顆大麗牙，似笑非笑出了半天神，倏地，跂起黑布鞋，把隻酒齇大鼻聳到丹紅旗袍小姐腋窩下，鼓起鼻孔嗅兩嗅，猛掉頭，愣瞪住大夥機伶伶打個哆嗦：「二號！有香哦。」前仰後合，滿場子阿婆們顫抖起小圓髻上綴著的紅絨花金簪子，摀住嘴洞，詛咒著指住矮阿公噗哧噗哧笑成一團。臺芬姑娘俏立白頭堆裡，笑吟吟，滿肩黑鬘飄飀晚風中。月白旗袍小姐抹抹脖子上的汗珠，瞅住了個瘦長阿公，眼一柔，搭起兩隻小噴筒欺前兩步擡起膀子。阿公閤起眼睛，正待引頸一聞，冷不防吃他老妻揪住黑布唐衫袖子，扯進了人窩裡。遊樂園服務小姐們團團簇擁起阿公阿婆，捧著名冊握著硃筆，一頭一頭清點過人頭，鬆口氣，把前線來的四五十對老夫妻兩對兩對護送到閘口，穿梭過旋轉門，走進了雲霄飛車場。八位獅兄獅弟佇候在大門下，抹著汗咬著耳朵，笑，搖頭，撣撣黃背心整整黃摺帽，端起臉容，朝五位臺芬姑娘揮揮手拔起腳追上了阿公阿婆們。

靳五回頭看看朱鴒。不聲不響，朱鴒挾住大公雞攀住靳五的脖子趴在他背上，只管覷起眼睛，暮靄中，眺望著遊樂園大門外那片炊煙漠漠的水田，兩隻瞳子清清冷冷。靳五嘆口氣：

「我們坐雲霄飛車去吧，丫頭。」

「好。」

「坐完就回家！明天母親節，早點回家。」

「知道。」

「爸媽都會著急。」

「我知道。」

「妳怎麼了啦？意興闌珊的。」

「沒啊。」

靳五瞅著朱鴒那兩隻眼瞳，悄悄打個寒噤。

城西日落海峽，凝血般的一丸。

猩紅滿天，髫髫鬡鬡汗水淋漓飛漩起顆顆大小人頭。

朱鴒爬下靳五的背脊，抱住公雞，一掌一掌拍著，昂起脖子，望著那一列倏上倏下鬼哭神號峰迴路轉穿山過橋的鐵軌車，人堆中滿臉子的落寞。列車到站了，簌簌抖，吃吃笑，披頭散髮爬出家家爹娘小孩。遊樂場的姑娘們哄著逗著，把阿公阿婆們催送上了月臺。八位獅兄獅弟，裡裡外外打點。四五十對手挽手依偎著的老人家，唐衫唐褲，滿面風霜，脖子上套著七彩花環笑齶齶又是害怕又是興奮，你揪我一把，我掐你一下，半天推舉出了十對夫妻。靳五看看朱鴒。朱鴒歪著頭，瞅著那二十位阿公阿婆坐上雲霄飛車，一動不動，冷冷凝起瞳子。哨聲響。靳五把行囊擱到月臺上，牽起朱鴒的腕子趕到閘口，準備登車。朱鴒煞住腳步，悄悄扯了扯靳五的衣袖，牽著他走下月臺：「我不要坐。」「好好的為甚麼不坐了？」朱鴒只管搖頭，眼圈一紅咬住了牙根，抽搐起兩隻肩膀子仰起臉望住靳五，哀哀啜泣起來。夕照裡，小小一個女孩兒滿身汗酸蓬頭垢面抱著一隻大公雞，晚風蕭蕭，撩亂起她耳脖上那蓬子短髮絲。靳五心一酸撂下行囊，落了跪，把朱鴒摟進懷裡：

「丫頭，不要那麼快長大！」

朱鴒放聲大哭。

——民國七十六年八月動筆於北投泉之鄉
民國八十年七月完稿於南投市永鳴路

聯合文叢 355

海東青

作　　者／李永平
發 行 人／張寶琴
總 編 輯／李進文
責任編輯／張召儀
資深美編／戴榮芝
業務部總經理／李文吉
行銷企畫／許家瑋
發行助理／簡聖峰
財 務 部／趙玉瑩　韋秀英
人事行政組／李懷瑩
版權管理／黃榮慶
法律顧問／理律法律事務所
陳長文律師、蔣大中律師
出 版 者／聯合文學出版社股份有限公司
地　　址／(110)臺北市基隆路一段178號10樓
電　　話／(02)27666759轉5107
傳　　真／(02)27567914
郵撥帳號／17623526聯合文學出版社股份有限公司
登 記 證／行政院新聞局局版臺業字第6109號
網　　址／http://unitas.udngroup.com.tw
E-mail:unitas@udngroup.com.tw
印 刷 廠／鴻霖印刷傳媒股份有限公司
總 經 銷／聯合發行股份有限公司
地　　址／(231)新北市新店區寶橋路235巷6弄6號2樓
電　　話／(02)29178022

版權所有・翻版必究

出版日期／1992年 1月 1日　初版
2017年10月15日　二版二刷第一次
定　　價／800元

Copyright © 1992 by Yong-ping Li
Published by Unitas Publishing Co., Ltd.
All Rights Reserved
Printed in Taiwan

ISBN 957-522-605-4（平裝）

《本書如有缺頁、破損、裝幀錯誤、請寄回調換》

國家圖書館出版品預行編目資料

海東青／李永平著.
二版. -- 臺北市：聯合文學. 2006〔民95〕
960面；14.8×21公分. --（聯合文叢；355）

ISBN 957-522-605-4（平裝）

857.7　　　　95003498

《聯合文學》感謝您購買本書，這一小張回函，是專為您與作者及本社所搭建的橋樑，我們將參考您的意見，出版更多的好書，並適時提供您相關的資訊，無限的感謝！

姓名：　　　　　　　　生日：　年　月　日　性別：□男 □女

地址：□□□

電話：（日）　　　　（夜）　　　　（手機）

學歷：　　　　在學：　　　　職業：　　　　職位：

E-Mail：______________________________

1. 您買的這本書名是：______________________________

2. 購買原因：______________________________

3. 購買日期：______年______月______日

4. 您得知本書的方法？

□________報紙／雜誌報導　□報紙廣告書評　□聯合文學雜誌

□________電台／電視介紹　□親友介紹　□逛書店

□________網站　□讀書會／演講　□傳單、DM　□其他________

5. 購買本書的方式？

□________市（縣）________書店　□劃撥　□書展／活動

□________________網站線上購物　□其他________________

6. 對於本書的意見？（請填代號1. 滿意 2. 尚可 3. 再改進，請提供建議）

書名______內容______封面______編排______綜合或其他建議________________

____

7. 您希望我們出版？

________________作者或________________________類的書

8. 您對本社叢書

□經常購買　□視作者或主題選購　□初次購買

（請沿虛線剪下）

文學說盡人間事　自己的一生就是文學

客戶服務專線：（02）2766-6759轉5107聯合文學網：http://unitas.udngroup.com.tw

廣　告　回　郵
北區郵政管理局登記
證北台字7476號
免　貼　郵　票

聯合文學 出版社股份有限公司　收

110 台北市基隆路一段178號10樓

10F,178 KEELUNG RD.,SEC.1,
TAIPEI.(110)TAIWAN R.O.C.

(請沿虛線對摺後寄回，謝謝!)